Anne B. Ragde

Tod im Fjord

Mord in Spitzbergen

Zwei Romane in einem Band

btb

Tod im Fjord

Aus dem Norwegischen
von Gabriele Haefs

Not Waving, But Drowning

Nobody heard him, the dead man,
but he still lay moaning:
I was much further out than you thought
and not waving but drowning

Poor chap, he always loved larking
and now he's dead
it must have been too cold for him, his heart gave way
they said

Oh, no no no, it was too cold always
(still the dead one lay moaning)
I was much too far out all my life
and not waving but drowning.

Stevie Smith

Westnorwegen und Zement, das gehört irgendwie zusammen. Wenn wir uns bei den Zementfabrikanten erkundigten, dann würde Westnorwegen sicher ganz anders dastehen als beispielsweise Buskerud. Der für Westnorwegen zuständige Verkaufsdirektor der Zementbranche hat sicher ein höheres Gehalt, ein schickeres Auto, mehr schwarzes Geld, eine elegantere Frau, eine jüngere Geliebte, verwöhntere Kinder als sein Kollege in Buskerud. Und vermutlich wohnt er in Nordås, hat auf dem Nordåssee ein schnittiges Segelboot oder hat sich eine alte Villa in Kalfarlien erschlichen und renoviert. Er und seine Frau sind selbstverständliche Gäste bei der Eröffnung der Festspiele, und außerdem besitzt er ein wunderschönes Sommerhaus auf Sotra, eine Skihütte im Kvamskog und eine Jagdhütte auf der Hardangervidda.

Alles andere wäre ja noch schöner!

Überlegt doch nur, mit welchen Zementmengen dieser Mann umgehen muss!

Na, ich habe mich nicht so richtig darüber informiert, was Zement eigentlich ist, vielleicht drücke ich mich also falsch aus. In den Kulissen spuken noch dazu die Begriffe Beton und Mörtel herum, aber ich rede hier von dem Material, aus dem in Westnorwegen Mauern und Treppen gegossen werden, jede einzelne Stufe, von dem Material, das im Lauf der Zeit auf Grund von Erosion braun und löchrig wird, anscheinend aber ewig hält.

In Buskerud werden Treppen zumeist aus Holz hergestellt, und in den Mauern sind häufig Steine, vielleicht Steine, die mit ein wenig Zement aneinandergeklebt worden sind. Aber hier im Westen wird mit diesem Material gemauert und gegossen, und zwar lotrechte und waagerechte Flächen gleichermaßen. Wenn die Leute aus dem Westen eine Kunst beherrschen, dann die, aus einer arroganten Felswand ein infrastrukturelles System aus rechten Winkeln, Treppen, die sich aufwärts und abwärts winden, mit längslaufenden Geländern, wie man sie in Buskerud auch nicht findet, zu gestalten. Es handelt sich um Eisengeländer. Um glatte Eisenrohre mit vertikal angegossenen Querstangen alle zwei Meter, auf deren Spitze eine kleine Kugel sitzt. Sie werden schwarz oder grau gestrichen, meistens grau.

Und weil die Häuser im Westen steilere Giebel und überhaupt ganz andere Formen und Kurven haben als die in Buskerud (oder überhaupt im gesamten restlichen Land), blicken wir auf eine ganz eigene Bebauung. Ich weiß nicht, warum sich das so entwickelt hat. Etwas, das ursprünglich ein einfaches Handwerk war, eine Tugend der Notwendigkeit – manche würden sogar von einer Arme-Leute-Lösung sprechen, weil man eigentlich von Schiefer und Holz träumte –, ist zu einem Teil der westnorwegischen Seele geworden. Ein so bodenständiges Handwerk wie überhaupt nur möglich wurde unbeabsichtigt in eine Idee verwandelt, in den Kernpunkt eines architektonisch-geographischen Images. Zement ist für mich zu einem Begriff geworden, der sehr viel beinhaltet, der von viel größeren und anderen Werten spricht als seinen chemischen Bestandteilen oder gar seiner praktischen Funktion.

Ich würde gern einen wohlformulierten kleinen Essay über Zement schreiben. Gerade heute würde mir das Spaß machen, obwohl ich eigentlich ein ganz anderes Bild im Kopf habe oder haben sollte: ein Rentier in der flachen, senfgelben Tundra. Ein Kalb. Von vorne aufgenommen, sodass man ahnt, warum wir im Norwegischen nicht x-beinig sagen, sondern »kalbsbeinig«, Licht, Linien, alles im Bild dreht sich um das eine: die Augen des Kalbes.

Und meine Aufgabe ist es, mich vom Ausdruck dieser Augen inspirieren zu lassen. Wörter und Sätze zu einer Kreation zusammenzufassen, die denen, die das Bild sehen und den Text lesen, etwas vermittelt, das über die Summe von Text und Bild hinausgeht. Ich muss zwischen den Zeilen eine Wirklichkeit postulieren, sie erschaffen. Die Wirklichkeit hinter den Augen des Kalbes. Ich soll mich nicht über Zement verbreiten. Schon gar nicht über Zement.

Doch Zement findet sich schon in meinen frühesten Kindheitserinnerungen. Eine Mauerkante zum Sitzen, mit kleinen Hubbeln, die sich durch den Stoff bohren und in die Haut drücken, ein kühles Eisengeländer, an dem ich meine Fingerlänge messen kann, Treppenstufen, bis hinauf in den Himmel, mit dem Fjord im Rücken, eine erwachsene Hand zum Festhalten, kleine Absätze aus mit Algen und Moos dekorierten Zementflächen an den Ecken, und ganz oben: Waffeln und Saft, weiße Tischdecken mit Plattstickerei, die nicht bekleckert werden dürfen, Großmutters Freundinnen in großgeblümten Kleidern, jede mit einer Brosche am Halsausschnitt, immer mit einer Brosche.

Das war der Himmel.

Und danach, wieder nach unten, an Mauern und Treppen entlang, Schwindel erregende Höhen mit kahlem Fels auf jeder Seite, ungezähmte, unheimliche, einsturzgefährdete westnorwegische Felswände, wo noch niemand auf die Idee gekommen war, eine Zementtreppe zu gießen.

Das war der Tod.

Ich bin zu Besuch in Bergen, in Møhlenpris, bei einem fünf Wochen frischen Geliebten, der sehr gut verdient, das meiste jedoch langfristig in Aktien und Fonds investiert hat, und deshalb in einer winzigkleinen Mietwohnung lebt, ohne Balkon oder eine nette Sitzbank vor der Sonnenwand. Ich bin erwachsen, die Sonne scheint. Ich sollte in der Wohnung sitzen und mein Notebook mit Betrachtungen über das Rentierkalb füllen, aber die Sonne ruiniert alles. Ich muss Wasser sehen. Wasser und Sonne gehören zusammen. Ich denke nicht an Treppen und Mauern, jetzt nicht, nicht, als ich die Wohnung verlasse. Doch als ich in einem scheinbar undurchdringlichen Dschungel aus Werkstätten, Lagerhäusern und anonymen Schuppen nach dem Puddefjord suche, ertappe ich mich beim Gedanken an – eben – Zement. An eine graubraune, sonnenwarme aus Zement gegossene Treppe, wo ich ganz oben sitzen kann; dieser Gedanke macht mich traurig, denn hier gibt es nur Werkstätten und Ufer vor den mit grünen Büschen bewachsenen Kanten, die steil in den drei Meter tiefer gelegenen Puddefjord fallen. Ich habe mir eine vulgäre 1,5-Literflasche-Mack-Sommerbier gekauft, die anderen Flaschen im Laden waren nicht gekühlt, und diese Flasche schwinge ich im Gehen hin und her, halte sie zwischen Mittel- und Zeigefinger. Der Asphalt brennt durch die Sohlen meiner Stoffschuhe, aus der Ferne höre ich das Schnattern der Kanadagänse im Nygårdspark, und ich denke mir, wie unüberlegt ich doch zu diesem Sommerbesuch bei einem Liebhaber aufgebrochen bin, der selber gar keinen Urlaub hat und dazu nicht einmal über Balkon oder Garten verfügt, und ich ärgere mich, weil ich ja eigentlich schreiben müsste. Doch dann erreiche ich eine offene Fläche, und an ihrem Ende: eine Mauer. Ein Eisengeländer. Eine Treppe, die zum Puddefjord hinunterführt. Und mir fällt alles wieder ein, und ich wage es, mich zu freuen.

Die Sonne knallt. Es sind bestimmt vierzig Grad, und ich finde keinen Schatten für mein Bier. Ich sitze. Ich rutsche mit dem Hintern auf dem Zement herum, halte mich am Geländer fest, schließe die Augen und lasse grünes Schimmern der Sonnenreflexe im Wasser durch meine Augenlider sickern, und das Glücksgefühl, das mich durchströmt, ist so total und alt, wenn ich die Zeitperspektive in meinem eigenen Leben in Betracht ziehe, dass ich das Gefühl habe, voll in die Kloake zu stürzen.

Das ist das hier nämlich. Ein Kloakenablauf. Die Treppe, auf der ich sitze, führt glatt ins Wasser, oder sollte ich sagen, ins Nichts? Aber alles ist einwandfrei vorhanden. Ohne, dass es etwas bedeuten würde. Ich kann es kaum riechen. Ich öffne die Bierflasche, hebe sie mit beiden Händen zum Mund, und der Geschmack vermischt sich mit den Sonnenreflexen, und alles ist pures Glück, und ich denke: Wer mag an einem solchen Tag schon Schriftstellerin sein! Wer mag an einem solchen Tag schon in einer düsteren, knallheißen Wohnung sitzen und lyrische Texte über Svalbard verfassen!

Das Geländer müsste angestrichen werden. Ich finde es schön, dass es nicht angestrichen ist, dass niemand hier eingreift, dass das vermutlich ein unberührter Flecken ist, vielleicht einer der letzten unberührten Flecken in dieser Stadt, so unberührt, dass niemand sich die Mühe gemacht hat, die zuständige Stelle auf das unangestrichene Eisengeländer hinzuweisen. Es fühlt sich genauso an, wie es sich anfühlen soll. Ich umfasse es mit meinen Fingern, und die Finger gehören einem kleinen Mädchen, so klein, dass sie das Leben nicht in Worte fassen konnte, aber trotzdem hoffte, es eines Tages zu schaffen. Und ich lasse meinen Blick zu meinen Fingern wandern und betrachte sie, stelle fest, dass sie endlich zu einer erwachsenen Frauenhand geworden sind, und dass ich es inzwischen schaffe, Sprache und Gedanken zu paaren, sogar in Situationen, in denen ich nicht ein einziges Wort schreibe.

Ich bin glücklich. Eigentlich muss ich das noch einmal sagen. Obwohl wir beim Schreiben die Dinge ja nicht sagen, sondern zeigen sollen, das haben wir von Hemingway gelernt. Und das Beste von allem: Ich bin pflichtvergessen weggelaufen und habe das hier gefunden! Ich hätte auch ausbüxen und eine lebhafte kleine Bierkneipe finden können. Dafür habe ich nämlich eine Nase. Vermutlich hätte ich dann vergessen, dass ich Sonne und Wasser suchte; ich hätte mich in der Kneipe amüsiert und mit alten alkoholisierten Bergensern gesprochen, die mit ihren Erlebnissen als Kriegsmatrosen prahlten, und ich hätte »gute Güte« und »meine Herrn, die Lerche«, und »einfach tierisch« gesagt und alles geglaubt, was sie über die Konvois nach England erzählten, und ihnen von meinem Stipendium einen Schnaps spendiert, und sie für einen Moment mit der Nachricht enttäuscht, dass ich Erik Bye nicht kenne, obwohl einer von ihnen schon geglaubt hat, mich im Fernsehen gesehen zu haben, und dann hätte ich ihnen abermals zugeprostet, und mir wäre vielleicht eine Idee für eine Novelle oder eine Glosse gekommen, und es wäre wunderschön gewesen. Aber stattdessen sitze ich hier. Das Bier findet keinen Schatten. Es muss getrunken werden. Der Puddefjord ist offen und liegt in der Sonne. Er muss betrachtet werden. Und die Treppe unter mir ... nein, ich will nichts mehr über die Treppe sagen. Abgesehen davon, dass man in Bergen doch irgendwie anders schreibt als anderswo.

Ich höre sie, noch ehe ich sie sehe. Ich habe die Augen noch geschlossen, und das Glücksgefühl ist noch immer sehr stark; es liegt nicht an der Kloake, dass ich sie nicht öffnen mag.

»Hier, Tövchen. Hier kommen wir ans Wasser.«

Die Stimme eines älteren Mannes. »Hiiiiier, Töööövchen«. Schnarrendes R und gedehnte Vokale, die sich trotz ihrer Breite vornehm anhören.

»Ja, du hast Recht. Und es gibt auch eine Treppe.«

Heisere Frauenstimme. Vom Rauchen heiser. Ich drehe mich nicht um, hoffe noch immer, dass die beiden in meinem Klosterdasein nur ein kleines Intermezzo darstellen, aber ihre Schritte kommen leider immer näher.

Also trinke ich noch einen Schluck Bier, um klarzustellen, dass ich nun einmal hier sitze und mit meinen eigenen Angelegenheiten beschäftigt bin, und mir ist nur zu bewusst, dass ich die ganze oberste Treppenstufe besetze und damit den Weg zum Wasser und zu den anderen Stufen versperre, aber daran will ich auch nichts ändern, ich war ja schließlich zuerst hier.

Plastikgeräusche, Gepäckgeräusche, Tüten, wie nach einem Einkaufsbummel, und jetzt hilft alles nichts mehr, ich schaue mich kurz um. Und mit der Fähigkeit der Schriftstellerin, in Sekundenschnelle ein breites Szenario zu erfassen, starre ich abermals in die Kloake und frage mich, warum ein älterer Mann und eine jüngere Frau mit zwei riesigen Einkaufstüten von Tybring-Gjedde und einer kleineren Tüte ohne Werbeaufdruck sich dermaßen über einen Zugang zum Wasser freuen. Sie sind nicht einmal mit dem

Auto gekommen, sondern haben offenbar ihre Tüten von der Bushaltestelle bis hierher geschleppt. Und da sie nur vier Meter von mir entfernt sind, überlege ich jetzt, ob es unhöflich ist, sie nicht anzusprechen. Das ist so, als ob einem mitten im Hochgebirge Leute begegnen. Wir begrüßen sie, obwohl es Fremde sind, wir reden sogar mit ihnen und trinken vielleicht eine Tasse Thermoskaffee. Und dieser unberührte Flecken am Puddefjord wird zum Hochgebirge, es führt kein Weg daran vorbei, ich drehe mich um und lächele und sage hallo.

Die Frau streicht sich die Haare aus der Stirn, sie hört nichts, denn sie bückt sich gerade und zieht zwei große, farbenfrohe Teile aus den Tüten. Ihr Hintern steckt in dunkelblauen Shorts, auf die die Sonne brennt, an ihrer Nasenspitze hängt ein Schweißtropfen. Der Mann lächelt und nickt mir langsam zu. Er ist elegant angezogen. Weißes Hemd, helle Hose, helle Schuhe und eine jugendliche Schirmmütze, die seine Augen in Schatten taucht. Er hilft der Frau nicht beim Auspacken, sondern sieht mich lange an. Sein Blick ist wachsam, wach.

»Schön ist's hier«, sagt er.

Ich kann keine Antwort geben, ich bin mit Glotzen beschäftigt: Das, was die Frau aus den Tüten zieht, sind zwei plattgedrückte Gummiboote. Und eine Pumpe von der Sorte, mit der Gummimatratzen aufgepumpt werden. Sie macht sich an einer transparenten Öffnung zu schaffen und presst das Mundstück der Pumpe hinein, richtet sich auf, sieht den Mann an, der plötzlich kleiner ist als sie, und sagt:

»Jetzt drück schon!« Sie hat ein fleischiges Gesicht mit dicken Lippen. Sie sind nicht geschminkt, aber etwas an ihrer Farbe verrät mir, dass sie regelmäßig mit wütendem Rot gefärbt werden.

Der Mann zeigt keine Reaktion. Sie stößt ihn an. »Mit dem Fuß. Na los!«

Loooooous! Er wendet seinen Blick von mir ab und macht mit dem Knie in einem lächerlich scharfen Goofy-Winkel eine langsame Pumpbewegung. Die Frau faltet das zweite Gummiboot auseinander. In den Booten, die nicht größer sind als ein mittelgroßes geschlachtetes Schwein, sollten eigentlich Kinder unter erwachsener Aufsicht am Strand herumplatschen. Das Seesicherheitsamt würde sie in dieselbe Sicherheitsklasse einsortieren wie einen Joghurtbecher.

Ich schaue auf das Wasser. Es ist ganz ruhig. Beruhigend ruhig und sonnenweiß. Aber trotzdem kann ein Schiff kommen, dessen Schraube die Wassermassen in einen wilden Sog verwandelt.

Ich schaue wieder den Mann an. Er pumpt und erwidert meinen Blick. Inzwischen hat auch er sich eine schweißnasse Stirn erarbeitet. Sein Fuß bewegt sich auf und ab. Ich trinke einen Schluck Bier und frage: »Wollen Sie einen Bootsausflug machen?«

Der Mann nickt und lächelt. »Es ist so schönes Wetter.«

Da hat er absolut Recht. Es ist schönes Wetter. Aber deshalb braucht man noch lange nicht in einem knallbunten Joghurtbecher in See zu stechen.

»Was haben Sie vor?«, frage ich.

»Einen Bootsausflug machen«, sagt plötzlich die Frau. »Das haben Sie ja selbst gesagt.«

Säääälpst.

»Aber …«

»Im Laden haben sie gesagt, dass das mit den Booten sehr gut geht, wenn man sich in der Mitte hält«, erklärt die Frau, und jetzt entdecke ich die Ruder. Plastikruder. Vier rote Ruder, ich zähle zweimal nach. Wenn man in der Mitte bleibt ... Aber dort ist für einen erwachsenen Menschen nur mit Mühe und Not Platz, im Inneren der würstchenförmigen Reling, die der Mann nun endlich mit Luft gefüllt hat, worauf die Frau ganz schnell den Stöpsel in die Öffnung steckt. Sie befiehlt ihm, sich an das nächste Boot zu machen.

»Wo soll's denn hingehen?«, frage ich.

»Sie kommen aus Oslo«, stellt der Mann fest und pumpt wieder los. »Was machen Sie hier?«

»Bier trinken und mich sonnen«, antworte ich.

»In Oslo scheint die Sonne doch auch«, sagt er.

»Nicht so wie hier«, erwidere ich. »Echte Bergensonne.«

»Ihr Gewicht in Gold wert«, sagt er. »Kein Wunder, dass im Puddefjord so viel Wasser ist. Alles ist von oben gekommen.«

»Was ist los mit dir?«, schimpft die Frau. »Kannst du dich nicht konzentrieren?«

Ich kehre ihnen den Rücken zu und atme tief ein. Das Geräusch ist leichter und offener als das saugende Asthmakeuchen der Luftmatratzenpumpe. Ich drehe mich um und schaue ihnen wieder zu, und dabei merke ich, dass die Sonnenwärme von der Zementkante bis in meine Brüste hochgewandert ist.

»Halten Sie das denn nicht für gefährlich?«

»Gefährlich?«, wiederholt die Frau. »Vieles ist gefährlich.«

»Sie ist meine Tochter«, sagt er. »Das hat sie von mir.«

Die Boote liegen prall und blank da, mit genopptem Boden, bereit, sich den sieben Meeren zu stellen. Das eine ist orange und grün, das andere rot und weiß. Sie sehen jetzt noch kleiner aus als im platten Zustand, denn jetzt haben sie ihre maximale Ausdehnung erreicht, und die ist erschreckend bescheiden. Sie sind kleiner als die Idee eines Bootes, obwohl sie jetzt zu echten Booten geworden sind.

Die Tüten sind leer, nur die unbedruckte nicht. Die beiden reden miteinander. »Ich will es im Boot vor mir haben, ich nehme es aus der Tüte«, sagt er, und sie reicht ihm ein graues Fotoalbum. Ein Fotoalbum. Ich stehe auf.

»Würden Sie uns ins Wasser helfen?«, fragt die Frau. »Es ist vielleicht ein bisschen schwierig, an Bord zu kommen.«

»Aber sicher«, sage ich und starre das Album an. »Sie wollen ein Album mitnehmen?«

»Möchten Sie mal sehen?«, fragt er und schlägt das Album in der Mitte auf, ohne die richtige Stelle zu suchen. Ein roter Wollfaden zeigt diese ohnehin an.

Ich gehe die wenigen Schritte auf ihn zu. Er riecht nach Schweiß, aber nicht unangenehm. Ich sehe sein Gesicht aus der Nähe und stelle fest, dass er in den Fünfzigern sein muss. Sein Zeigefinger tippt auf ein schwarzweißes Bild. Es zeigt eine Frau, die die linke Hand zu einem Gruß hebt, sie trägt ein dunkles Kleid, hat dunkle Haare und blasse Beine. Sie steht an einem Strand. Das Bild ist vom Wasser her gemacht worden, offenbar winkt sie dem Fotografen an Bord zu. Hinter ihr sind Häuser und verschwommene Fabrikschornsteine zu sehen, der Strand ist klein, am Rand liegt allerlei Strandgut, wie bei einem Schrotthändler.

»Das ist meine Mutter«, sagt er. »Ich will die Stelle finden, wo das Bild gemacht worden ist.«

»Hier?«

»Ja, sehen Sie das nicht? Hier!« Er zeigt ins Album.

Mit weißer Tinte ist in Schnörkelschrift unter das Album geschrieben worden: »Am Puddefjord.«

»Diese Stelle wollen Sie suchen?«, frage ich.

»Ich werde sie finden«, sagt er. »Und heute ist ein guter

Tag für die Suche. Ein sehr guter. Man kann sie nämlich nur vom Wasser aus finden, nicht vom Land her. Das haben wir schon versucht.«

Er lächelt mich glücklich an, wie eine Bekannte. Es ist eine Art väterliches Lächeln. Oder ein Enkelkinderlächeln, ich weiß es nicht; ich verstehe dieses Lächeln nicht und möchte glauben, dass er getrunken hat, aber das hat er nicht, sein Atem riecht nach Kaffee und nach etwas Süßem.

»Natürlich«, sage ich.

»Würden Sie danach die Plastiktüten für uns in den Abfall werfen?«, fragt die Frau. Ich nicke. Sie schaut mir zum ersten Mal in die Augen. Sie ist in die Defensive gegangen. In ihrem Blick sehe ich Reihen von gefüllten Gläsern und brennenden Zigaretten, und instinktiv erkenne ich, dass Schnaps nicht die Belohnung für den Einsatz war, sondern der Einsatz selber.

Das erste Gummiboot wird aufs Kloakenwasser gesetzt. Ich stehe auf der untersten Stufe und helfe Tövchen an Bord. Sie kriecht wie eine Spinne über die würstchenförmige Reling, mit den Füßen zuerst, in der Hocke. Ich halte sie fest und merke, dass die Haut an ihren Ellbogen hart und schrumplig ist. Ich kämpfe gegen den Drang, noch zwei Stufen weiter zu gehen, ins Wasser, aber der Anblick der Abwasserrohre gibt meinem Kreuz ganz neue Kräfte.

Sie füllt ihr Gummiboot bis an den Rand, mit hellblauen Sandalen und einem Pflaster auf dem einen Knie. Sie sitzt da wie ein Kind, mit gespreizten Beinen, wie auf einem zu hohen Stuhl, und ich denke nicht mehr; ich muss eine Aufgabe erledigen, ich habe versprochen, ihnen zu helfen. Sie schiebt das Ruder durch die Plastikringe und bugsiert sich zwei Meter aufs Wasser hinaus. Das Boot trägt sie. Ich kann unten eine dicke Ausbeulung erkennen, an der ihr Hintern schuld ist, aber das Boot trägt sie. Und das Wasser ist seicht und von glitzernder Ruhe.

»Trauen Sie sich das wirklich?«, frage ich. Ich setze das Boot für ihn aufs Wasser, im Vergleich zu seiner Größe wiegt es fast nichts. Der Mann kommt mit angespannten Bewegungen die Treppe herunter. Seine Hose leuchtet vor der Zementtreppe sauber und ordentlich; leuchtet vor den vertrockneten grünen Kloakenresten in der Tiefe jeder Stufe. Er wirft die Ruder ins Boot, und aus dem Album baumelt der rote Faden.

»Trauen Sie sich das wirklich?«, frage ich noch einmal. Er gibt mir keine Antwort, sondern packt meine Hand so, wie man mitten im Hochgebirge eine Hand packt, um einen heimtückischen Bach zu überqueren, und hockt sich auf die unterste Stufe, während ich den Rücken gegen die Mauer presse, um eine Art Gegengewicht zu produzieren. Dann zieht er das Boot mit der Ferse zu sich und verlegt langsam den Schwerpunkt an Bord.

Jetzt sind sie beide auf See. Ich setze mich auf die Treppe und stecke mir endlich eine Zigarette an und sehe zu, wie sie sich an den Rudern zu schaffen machen und offenbar versuchen, sich daran zu erinnern, wie das geht: Vorwärts geht es durch rückwärts rudern, die Arme bewegen sich mit der Uhr.

Es dauert seine Zeit.

Ihre Bewegungen sind träge, in der Hitze, in den Reflexen der Wasseroberfläche. Sie arbeiten konzentriert und reden nicht miteinander, sind von ihrer Aufgabe in Anspruch genommen. Ich fülle meine Lunge mit Rauch und versuche, mich daran zu erinnern, welcher Wochentag heute ist; ich kneife im Sonnenlicht die Augen zusammen, um mir auch nicht das geringste Detail entgehen zu lassen.

Er hat den Kniff als erster raus. Zwei Ruderschläge, die er unter Kontrolle hat, dann lässt er die roten Plastikruder zufrieden zwischen Handflächen und roter Reling ruhen. Er wird von Luft getragen, derselben, die ihn umgibt, die jedoch in gefangenem Zustand, umschlossen von Gummi, plötzlich eine definierte Funktion hat und eine Aufgabe erfüllen kann. Das einzige, was ihn vor dem Untergehen rettet, ist der fehlende Kontakt zwischen der Menge der eingeschlossenen Luft und der übrigen Atmosphäre.

Plötzlich starrt er mich an. Das Album liegt auf seinen Knien. Er sieht aus wie die dänische Flagge, weiß auf rot, mit einem albumgrauen Flecken wie aus Möwendreck. Aus der Ferne höre ich eine Sirene, und die Kanadagänse schnattern oben im Park und glauben, die Wirklichkeit sei noch immer dieselbe wie vor einer halben Stunde.

»Das werden Sie nie vergessen«, sagt er. »Vergässen.« Er braucht nicht zu rufen, Abenteuer und Festland sind nur durch sieben oder acht Meter voneinander getrennt. »Das werden ... Sie ... *nie* ... vergessen!«

»Nein«, sagte ich und denke, dass ich das Pathos hinter seinen Worten dekodieren muss. Aber das hat Zeit, das Dekodieren hat Zeit.

»Tövchen«, sagt er. »Los geht's.«

Ich kann nicht länger bleiben. Ich könnte zusehen, wie sie hinter dem ersten Lagerhaus verschwinden, aber das kann ich nicht. Meine Arme tun weh, meine Finger, ich sehe die Tastatur des Mac vor mir, sehe, dass die obere Reihe mit QWE beginnt und mit OPÅ endet. Mir ist schlecht, mir ist schwindlig, ich denke an Zement und Rentierkälber und lange Treppen und das Tempelfjell und Wollgras, das sich durch eine dünne Eisschicht presst, und an das Bild eines verwesten Eisbärkadavers, über den ich ebenfalls schreiben soll, und meine Füße wollen mich fast nicht tragen, als ich die Bierflasche hochhebe und die leeren Plastiktüten zusammenraffe.

Rickard hat sich in mich verliebt, weil ich Schriftstellerin bin, aber das will er nicht zugeben, vermutlich, weil es etwas Kleinkariertes hat, so, als verliebten wir uns in Leute, weil sie ein schickes Auto oder ein schönes Haus besitzen und zwei Jahre im Dschungel unter Kannibalen gelebt haben und eine exotische Vergangenheit besitzen. Ich finde es ganz in Ordnung, dass er sich in meine Schreiberei verguckt hat, aber nicht einmal, wenn ich ihm diesen Einstieg anbiete, mag er es zugeben.

Ich habe mich wegen seines Geruchs in ihn verliebt; seine Haut duftet immer ein wenig nach Zimt, ein Duft, der weder Parfüm noch Seife zu verdanken ist, und das gebe ich auch zu; ich sage es ihm, aber trotzdem wagt er nie, die Ursache seiner Verliebtheit einzugestehen. Zimt scheint besser zu sein als Bücher.

»Das, worauf wir zuerst anspringen, ist doch nur ein Ausgangspunkt«, habe ich schon mehrmals gesagt. Aber nein. Er findet die Schriftstellerinnenrolle ungeheuer interessant, aber nicht Ausschlag gebend oder Grund legend. Obwohl er anfangs nur darüber sprechen wollte. Meine Kindheit interessierte ihn nicht die Bohne, er wollte nicht wissen, welche Musik ich mag oder wen ich bei den letzten Parlamentswahlen gewählt habe.

Ich bin sein Schmuckstück. Seine eigene Autorin zum Anfassen. Das findet er wunderbar. Nicht zuletzt, weil er ansonsten mit Menschen zu tun hat, die gern bei der geistigen Elite schmarotzen, wie er es auch selber macht, er ist Journalist. Ein schmissiger, schnittiger Fernsehjournalist. Ein Prominenter.

Er hat mich über meinen Roman vom letzten Jahr interviewt und gedacht, ich hätte dieselben Talente und dieselben Erkenntnisse wie meine Hauptperson, obwohl ich vorher sechzehn Bücher geschrieben hatte, ohne menschliche Nachtseiten dieses Kalibers auch nur zu erwähnen.

Jetzt weiß ich, dass ich nicht … so eine bin. Aber ich brilliere trotzdem mit meiner frisch erworbenen Kompetenz, wenn wir uns mit seinen Freunden treffen, alles andere würde ihn schrecklich enttäuschen, glaube ich. Ich äußere mich wie die absolute Expertin über jegliche Schattierung der Sexualität, von Pädophilie bis zum alltagsnorwegischen Reihenhaussex. Ich spreche über Stellungen, Orgasmusvarianten, Fetische, Verliebtheitsmuster und Geschlechtsidentität. Ihm erscheine ich als eine Art schreibende Femme fatale, so, wie die Zeitungen mich sehen, als Anaïs Nin der Jahrtausendwende, mit der er vor seiner identitätslosen Freundesschar Punkte machen kann. Und wenn ihn das in den Augen der anderen, von seinen eigenen ganz zu schweigen, zu einem Henry Miller macht, dann wird es zweifellos mir zugute kommen.

Zugleich gibt mir das alles eine gute Portion Freiheit. Ich bin mit der mir zugewiesenen Rolle zufrieden. Ich wandere vom Hafen von Møhlenpris los und stelle mir vor, wie lustig es sein wird, ihm von dem Paar mit den Gummibooten zu erzählen. So was erleben nur schreibende Leute, wird er sagen. Eine Schriftstellerin denkt an nichts Böses, starrt ins Wasser und trinkt kaltes Bier, und schwupp, schon tauchen hinter ihrem Rücken ganze Novellenkonzepte auf. Sie werden in allen Einzelheiten und ihrer vollen Symbolik ausgebreitet, und die Schriftstellerin wird in den Handlungsverlauf einbezogen. Und das wäre nicht einmal gelogen. Ich bin schon in die seltsamsten Situationen geraten, wenn ich ein Buchprojekt vorbereitet habe. Es ist zum Beispiel kein Zufall, dass ich gebeten worden bin, die Texte zu den Bildern aus Svalbard zu schreiben. Ich habe weiß Gott meine Dosis an Treibstoff verbraucht, um dieses kleine Inselreich kennen zu lernen. Zugleich weiß ich, dass es darum nicht geht. Jeder Svalbard-Reiseführer, der sich ebenso gut auskennt wie ich, könnte eben nicht über den Blick des Rentierkalbes schreiben. Dazu gehört mehr. Ich weiß nun mal, was ein Aufenthalt in polarer Natur mit uns macht, was mit einem Menschen in Breitengraden passiert, in denen Menschen sich eigentlich nicht aufhalten sollten.

Ich kenne meine Themen. Und was ich nicht kenne, lerne ich kennen. Auf diese Weise wachsen wir. Auf diese Weise reifen wir. Auf diese Weise erlangen wir prominente Liebhaber, weil wir nach ein paar Halben geistreiche und ausgefeilte Beobachtungen von uns geben, die wir beim tiefen Eintauchen in die Menschenseele gemacht haben.

Ich gebe zu, dass ich stolz bin. Stolz auf das, was ich unternommen habe, um besser schreiben zu lernen. Ich bezahle dafür, und ich verdiene die Leckerbissen, die mir am Ende in den Schoss fallen, inklusive eines Liebhabers, der nach Zimt duftet, wenn er schwitzt, und das sogar am Unterleib, wo man doch mit ganz anderen Ausdünstungen rechnet. Ich bin schon geil auf ihn, als ich hier über unebene Bergenser Pflastersteine wandere, die durch die dünnen Sohlen tennisballgroße Löcher in meine Füße bohren, und ich freue mich darauf, ihn zu sehen, ihm von meinen Erlebnissen zu erzählen, noch einmal zu erfahren, dass die Liebe in seinen Augen wie ein Reflex auftritt, sowie ihm aufgeht, dass ich Erlebnisse mitbringe, die ich später literarisch verwerten kann.

Sein Schmuckstück wird heute funkeln. Wir werden in der Wesselstue Wein und rotes Fleisch genießen und darauf duftende Leidenschaft folgen lassen. Als Bonus. Wenn der Mann mit dem Album das wüsste!

Aber natürlich ist die Beziehung nicht perfekt. Er ist erfüllt von Wörtern und wütend erkämpftem Engagement. Er ist schrecklich gern anderer Meinung als ich. Er ist *voll* von Wörtern und von aus der Boulevardpresse gelernten Phrasen. Anfangs hielt ich seine Wut bei unseren Diskussionen für echt und streckte die Waffen; ich will nicht, dass ein Mensch, in den ich verliebt bin, wütend auf mich ist. Ich erkläre das damit, dass er neidisch ist, dass er kein Parasit sein will, sondern das Wirttier; es macht mich nervös, stört mich, ich kann es nicht ertragen. Ich habe den Verdacht, dass er mich austricksen will und dass er nicht sieht, wie ich meinen Glanz verliere, wenn er mich in einen wortlosen und sprachlosen Zustand versetzt. Ich werde zu einem viel zu schweren Stück aus Schmiedeeisen, das um seinen Hals hängt, glanzlos, kein einziger seiner Freunde wird ihn darum beneiden.

Zugleich bleibt es für mich ein Mysterium, was am Bücherschreiben so attraktiv sein soll, so attraktiv für andere, meine ich, die das selber nicht tun. Für mich ist es attraktiv. Es ist mein Leben, ich fühle mich privilegiert. Wenn ich mit einem Gedanken ringe, mit einer Beobachtung, mit einem Zipfel der Wirklichkeit, den ich nicht verstehe, dann brauche ich mich nur an die Buchstaben zu machen. Und in den Computer strömen Ordnung und Verstand, System, sorgfältige Organisation, Abklärung, Entlarvung, pro und kontra, schöne Umrisse und etwas, das Ähnlichkeit mit einer Antwort haben kann. Ich schreibe, um mich selber zu verstehen, um zu begreifen, warum alles so gekommen ist, innen und außen, und ich schreibe für immer, ich werde niemals aufhören, ich würde auf alles andere verzichten, wenn ich dafür weiter schreiben dürfte. Ich fülle fiktive Personen mit meinen Fragen, lasse sie meine Zweifel ausleben, besorge ihnen Hintergrund und Augenblicke, gebe ihnen Stimme und Geruch und Erinnerungen und auf dem Dachboden verstaute Kinderspiele. Und dann sitze ich als Souffleuse da, in einer Vertiefung unter der Bühne, und registriere alles, was passiert, helfe ihnen nur ausnahmsweise ein wenig weiter, nur ausnahmsweise. Und hinter allem weiß ich – weiß ich! –, dass es mir gehört, wirklich alles. Es kommt aus meinem Kopf.

Deshalb: Für mich ist es einwandfrei ziemlich attraktiv. Dass ich schreibe. Dass ich Schriftstellerin bin. Wenn ich eine Handwerkerin wäre, würde ich mir oft freinehmen müssen, um bei allerlei Psychologen die Stuhlsitze abzuwetzen. Dem Himmel sei Dank, dass ich mir alles von der Seele schreiben kann. Oder, wie ein Verflossener einmal sagte: Dass ich mich tiefer hineinschreiben kann. Ich weiß noch, dass ich herzlich über diese Bemerkung gelacht habe.

Aber für andere? Für die soll meine Schreiberei attraktiv sein? Doch, ich kann das schon auch akzeptieren, und zwar dann, wenn es um Geld geht. Ich verdiene nämlich gut. So gesehen bin ich eine gute Beute für einen Mann. Bis der Tag nach Weihnachten kommt, an dem die Leute keine Bücher mehr kaufen und sich nicht mehr für Bücher und die Computerquälerinnen interessieren, die welche schreiben.

Doch Rickards Kollegen mustern mich mit anerkennenden Blicken, obwohl Sommer ist und sie keine einzige Zeile von mir gelesen haben. Journalisten mögen schlaue Leute, und dafür halten sie mich. Außerdem schreibe ich im Jahr mehr Wörter als sie, und vor solchen Leistungen haben sie Respekt.

Eigentlich ist es schade, dass Schlauheit und Quantität die einzigen Erklärungen sind, die mir einfallen. Und es ist traurig, dass Rickard zu der Bande gehört, der solche banalen Beweggründe im Kopf herumschwirren. Deshalb bin ich nicht mehr geil auf ihn, als ich seine Wohnungstür aufschließe, sondern bleibe für einen Moment stehen und schaue die Straße hinunter. Die eine Seite ist sonnenweiß, die andere schattengrau. Die Grenze zeichnet sich wie eine Kante aus Kopfsteinpflaster ab. Ich muss an dieses deutsche Wort denken: Kopfstein, Schädelstein. Pol Pot und Bergen-Belsen. Bergen und Belsen. Die Hansestadt Bergen. Bin ich betrunken? Nein, ich habe nicht einmal die Hälfte des Bieres getrunken. Aber ich bleibe stehen, während der Schlüssel im Schloss begraben ist, und registriere den Anblick von weißem Licht und Schatten und frage mich, ob die Gummiboote noch immer schwimmen. Und warum stehe ich hier? So unbeweglich? Weil mir eine neue Beobachtung immer hilft, die vorige ins richtige Licht zu rücken. Solche Beobachtungen machen mich glücklich, berauschen mich. Ich kann über sie schreiben, kann sie beschreiben. Sie gehören mir. Und so gehört mir meine Kindheit, weil ich nur ein nicht angestrichenes Eisengeländer brauche, und schon stehe ich wieder mitten darin.

Ich werde nicht wieder geil, als ich feststelle, dass er unerwartet früh nach Hause gekommen ist und in schwarzen Levi's und weißem T-Shirt auf dem Sofa liegt und ungeheuer essbar aussieht, braun und fesch; nur sind seine blauen Paul Newman-Augen geschlossen.

Er reißt sie auf. Er lächelt nicht.

»Ach«, sagt er. »Da bist du.«

»Wieso?«

»Nicht wieso. Ich sage nur, da bist du.«

»Du bist sauer«, sage ich. »Ärger im Job, oder was?«

»Das nicht. Aber ich hab diese höllische Hitze so satt.«

»Die Sonne hast du satt? In Bergen?«

»Ja.«

»Deine Laune wird sich gleich bessern. Ich kann dir was Witziges erzählen.«

»Schieß los.«

»Mir ist heute eine komplette Novelle in den Schoß gefallen.«

»Ach.«

Er setzt sich nicht auf. Ich hatte gedacht, er würde sich aufsetzen. Ich hätte mich neben ihn gesetzt und darauf gewartet, dass er den Arm um mich legt, und dass ich gegen sein Begehren kämpfen müsste, um die Geschichte erzählen zu können.

Ich sehe ein Stück Haut zwischen Tennissocke und Hosenbein. Ich könnte die Hand hineinschieben, unter meiner Handfläche Pelz und auf meinem Handrücken steifen Stoff spüren, ich könnte sie hineinpressen, bis es nicht mehr weiterginge, vielleicht bis hinauf zu der heißen Grube in der

Kniekehle, wenn ich Glück hätte, und wenn ich auch noch meine Nase hineinsteckte, würde es nach Zimt riechen. Wir könnten uns im heißen Schlafzimmer in seinem geschmacklosen orangen Bettzeug lieben, ich könnte seine Ohren und seinen Hals lecken und seinen Geräuschen zuhören, und danach könnte ich in seinen Armen liegen und von den langen Treppen meiner Kindheit und Großmutters großer Hand um meine und Johannisbeersaft in kleinen Wassergläsern aus Kristall erzählen, wo das Muster direkt ins Kristall eingeschliffen ist, graue Striche im Blanken, und wie unheimlich es war, daraus trinken zu müssen, ich musste beide Hände nehmen, weil das Glas keinen Henkel hatte, und ich hätte zu den Waffeln lieber Milch gehabt, aber roter Saft betonte das Muster, während weiße Milch es dämpfte. Ich könnte endlos lange darüber erzählen, wie es gewesen war, als kleine Enkelin bei meiner Großmutter zu Besuch zu sein und in frischgebügelten Kleidchen und weißen Söckchen und mit einer immer über dem linken Ohr verrutschten Haarschleife herumgeschleppt und den Freundinnen vorgeführt und gelobt zu werden, weil ich so still und höflich war und nie kleckerte, und weil ich nie um etwas bat, sondern alles hinnahm, weil ich an der Wirklichkeit, die mich umgab, keinen Zweifel hatte. Das habe ich inzwischen nachgeholt, und ich frage mich manchmal, ob alle Kinder sich so deutlich an ihre Kindheit erinnern wie ich, oder ob ich mich so klar und präzise erinnere, weil ich schon damals geahnt habe, dass ich meine Lebensspanne mit Wörtern füllen würde. Der ältere Mann aus dem Hafen muss die Stelle finden, wo seine Mutter gestanden hat, er muss den Strand betrachten, wo ihre Schuhe den Boden berührt haben, muss die Erinnerung auf die einzige Weise zum Leben erwecken, die er kennt. So wie ich, als ich die Finger um das Geländer geschlossen und meinen Hintern auf den Zement gesetzt habe, braucht er eine physische Verbindung, einen minimal anwesenden Faktor, um die Vergangenheit in die Gegenwart zu holen.

Ich denke: Das ist ein seltsamer Tag.

Ich werfe die Filtertüte in den Kehricht. (Ja, ich sage jetzt auch Kehricht. Nach nur fünf Wochen. Müll klingt vulgär.) Ich gebe Kaffee in eine neue und gieße Wasser darüber. Rickard ist noch immer nicht aufgestanden. Das gefällt mir nicht, wir sind doch Liebende, kein altes Ehepaar, das faul auf einem Sofa liegen kann, ohne etwas zu riskieren. Rickard riskiert etwas. Und ich habe nicht vor, als Erste das Schweigen zu brechen …

»Nun erzähl schon«, sagt er.

»Zwei Leute sind mit zwei mikroskopisch kleinen Gummibooten von Tybring-Gjedde auf den Puddefjord hinausgefahren.«

Und schon bereue ich es. Ich riskiere, alles kaputtzumachen. Mein Erlebnis kann sich schon in der Luft dieser kleinen, bis an den Rand mit einer planlosen und fragmentarischen Bekanntschaft gefüllten Wohnung auflösen.

»Quatsch«, sagt er.

»Ja, Quatsch. Der pure Irrsinn. Aber das haben sie wirklich gemacht.«

»Waren sie betrunken?«

Ich hole Atem, es ist zu spät. Ich liefere eine professionell fetzige Zusammenfassung, ich flechte kleine Beobachtungen hinein, damit er ahnen kann, dass das ein feiner kleiner Novellenstoff ist. Ich lasse das mit der Treppe aus, das mit dem Zement, aber den älteren Mann und Tövchen kann er haben. Ich sitze mit einer Zigarette auf der Fensterbank, außerhalb seines Blickfeldes, und ich ende mit der Überlegung: »Die Hölle hier ist die Glaubwürdigkeit. Ich meine, das kauft mir doch kein Mensch ab.«

Er setzt sich auf.

»Das hast du dir also nicht einfach aus den Fingern gesogen? Vorhin bei deinem Spaziergang?«

»Nein.«

Er steht auf, sieht mich an. Seine Haare sind im Nacken plattgedrückt.

»Ach Scheiße, hast du jemanden angerufen?«, fragt er und hält Ausschau nach dem Telefon.

»Angerufen? Wen denn?«

»Die Polizei ... die werden doch ertrinken. Wenn ein Lastkahn näher als fünfzig Meter an sie herankommt, dann enden sie als Makrelenfutter.«

»Sie haben gewusst, was sie tun. Ich meine ... die wollten das doch. Er wollte das.«

»O verdammt. Wie lange ist das her? Eine Stunde? Zwei?«

»Eine vielleicht.«

»Und du rauchst hier ganz gelassen eine Zigarette und freust dich darauf, über sie zu schreiben?«

»Ja. Bist du gefeuert worden?«, frage ich.

»Gefeuert. Wovon redest du, zum Teufel?«

»Ja, weil du meine Geschichte nicht witzig findest, Rickard? Sie war doch fantastisch. Sie ist doch fantastisch!«

»Du bist doch verrückt. Ich rufe die Polizei an.«

»DAS TUST DU NICHT!«

»Also ist es doch nicht wahr.«

»Natürlich ist es nicht wahr. In der Wirklichkeit passiert so was doch nicht.«

Er sieht mich an. Lange. Die Kaffeemaschine sagt skl-pt-tr, und ich rieche den Kaffeeduft. Einen heißen Duft, zu heiß für diese Hitze, ich habe wieder Lust auf kaltes Bier.

»Doch«, sagt er leise. »Es ist passiert. Das sehe ich dir an.«

Ich lächele ihn an, beuge mich ein wenig vor. *»Ist das nicht spannend?«*, flüstere ich.

»NEIN, Emma. Das ist respektlos. Du bist respektlos.«

»Nein, du bist respektlos«, sage ich. »Du willst doch anrufen. Du meinst, sie hätten nicht alle Tassen im Schrank.«

»DAS HABEN SIE AUCH NICHT!«

»Doch, haben sie wohl.«

»Weißt du, was dir fehlt?«, fragt er.

»Nein. Erzähl mir, was mir fehlt.«

»Eine Verankerung in der Realität.«

Ich hätte allerlei akzeptieren können. Ich hätte seine Wut akzeptieren können, hätte mir erzählen lassen können, dass meine Ansichten über bosnische Flüchtlinge der pure Schwachsinn sind, könnte mir raten lassen, ich sollte mir die Haare färben, weil er eigentlich auf Blondinen steht, ich könnte ertragen, dass er ein Bastesen T-Shirt trägt (auch, wenn ich es bei der ersten Gelegenheit in Fetzen gerissen hätte), ich hätte ihn betrunken und ungenießbar hinnehmen können, ich hätte zusehen können, wie er ein kleines Kind mit Füßen tritt, wenn er nur hinterher eine Erklärung liefert. Aber auf einer Fensterbank zu sitzen und von einem Journalisten – einem Journalisten! – zu hören, mir fehlte die Verankerung in der Realität, das war zu arg. Und die Kälte, die ich ganz unten im Bauch spüre, ungefähr da, wo der Zwölffingerdarm anfängt, macht mich ruhig, ganz ruhig. Fünf Wochen Beziehung sind angesichts einer derart üblen Beleidigung kaum eine Hilfe. Und er wiederholt sie auch noch, weil ich keine Antwort gebe. Ich lächele nur, werfe die Kippe aus dem Fenster, voll in einen blaugrauen Schatten, und gehe ins Schlafzimmer. Er kommt hinterher.

»Dich kriegt man einfach nicht zu fassen«, sagt er. »Bei dir gibt's ja bloß Wörter. Du bist so verdammt distanziert.

Fasst die Wirklichkeit mit einer Pinzette an und fragst dich, was du in deinen Büchern verwenden kannst.«

»Pinzette? Also nicht mit der Mistgabel. So wie du.«

»Was zum Teufel willst du damit sagen?«

»Ich will nicht mehr mit dir reden. Wolltest du nicht die Polizei anrufen?«

»Die werden sicher auch von anderen entdeckt. Was machst du da eigentlich?«

»Packen. Eigentlich.«

Das ist einfach. Sommerkleider brauchen nicht viel Platz. Und das eine Fach im Toilettenschrank ist schnell ausgeräumt. Einige Haare bleiben zurück. Und ein Q-Tip. Rickard hängt wortlos an meinen Fersen, versucht nicht, mich anzufassen. Ich präge mir die Gerüche im Zimmer ein, ich will sie nicht vergessen, und das mit den Haaren und dem Q-Tip, das ist ein gutes Bild. Bezeichnende Details, in denen alle sich wieder erkennen. Und was charakterisiert dieses Schlafzimmer so, dass ich mit wenigen Stichworten meine Erinnerung bei einer späteren Gelegenheit zum Leben erwecken kann? Was unterscheidet dieses Schlafzimmer von allen anderen Schlafzimmern?

Ich halte inne. Schaue mich um. Auch Rickard bleibt stehen und schaut in dieselben Richtungen wie ich. Wir stehen da wie zwei wachsame Vögel, die gemeinsam Ausschau halten. Er vor allem, um herauszufinden, was ich suche. Etwas, von dem ich geglaubt hätte, ich hätte es nach Bergen mitgebracht, wo kann es nur stecken? Es dauert nur Sekunden. Kurze Zeitzipfel mit koordinierten Blickbewegungen, in denen ich mich weiter von ihm entfernt fühle, als es selbst nach drei Jahren Zusammenleben inklusive Weihnachtsferien und Osterferien und gemeinsamer Kasse und versuchsweise romantischen Mahlzeiten und schnarchenden Rücken, abgewandt vom sehnsüchtigen Unterleib, angebracht gewesen wäre.

Und nun weiß ich es. Ich hab's! Die Farben. Das orange Bettzeug, ich habe es wohl schon einmal erwähnt, da haben wir's also. Ich hatte es schon erkannt und isoliert, was aus diesem Zimmer eben Rickards Zimmer macht. Oranges Laken, oranger Bettbezug, ostergelbes Kopfkissen. Wer sucht sich solche Farben für Stoffe aus, in denen man ausruhen will? Wer hat in einem Laden gestanden und gesagt: »Ich nehme das orange.«

»Wer hat dein Bettzeug gekauft?«

»Hä?«

»Dein Bettzeug.«

»Ich ... du willst doch wohl nicht gehen?«

»Das Bettzeug. Hast du das selber gekauft?«

»Hab ich noch vom Studium her. Aber du willst doch wohl nicht ...«

»Himmel, du hast studiert? Bist zur Uni gegangen und hast gelernt, die Wirklichkeit so zu beschreiben, dass sie glaubhaft wird? Meine Güte!«

»HERRGOTT! Ich habe Staatswissenschaft studiert. Ich bin doch kein schnöder ...«

Er greift nach mir. Ich weiche aus. Höre ich Tränen in seiner Stimme, als er ruft: »Du musst doch einsehen, dass du nicht tatenlos zusehen kannst, wie ein alter Mann und eine junge Frau ertrinken, bloß weil du ihre Boote pittoresk findest?«

»Nein. Das sehe ich nicht ein. Ich bin Beobachterin. Keine Handelnde. Ja. Ich gehe. Jetzt. Genau jetzt nämlich.«

»Wohin?«

»Flugzeuge gibt es immer.«

»Nach Oslo?«

»Das geht dich nichts an. Du bist jetzt Historie. Und vielleicht wirst du sogar eines Tages eine gute Geschichte. Ein nettes Kapitelchen. Oder nein ... eine Fußnote. Acht Punkt kursiv auf der letzten Seite. Ganz unten. Da, wo das Buch aufhört.«

»Ich wusste nicht, dass du ein Arschloch sein kannst«, sagt er.

»Und ich wusste nicht, dass du ein verdammter Romantiker bist.«

Kopfstein. Kleine kahle Schädelspitzen, in Reih und Glied, in allen Richtungen, die Gesichter sind unter der Oberfläche begraben. In Tokio kann man sich lebende Affengehirnmasse servieren lassen. Der Affe wird in einem besonders konstruierten Tisch festgeschraubt, wo nur seine Schädelspitze herausschaut, genau wie hier. Dann wird der Schädel geöffnet wie ein Sonntagsei, und der Inhalt wird verzehrt. Wenn der Schädel leer ist, ist der Affe tot. Es ist offenbar eine Delikatesse, aber verboten, und deshalb ganz besonders teuer und begehrt. Das Paradoxon: Die Elefanten werden ausgerottet, weil der Handel mit Elfenbein verboten ist, damit die Elefanten nicht ausgerottet werden. Deshalb der astronomische Preis. Deshalb die Ausrottung der Elefanten.

Ich gehe mit langen Schritten durch Nygårdshøyden. Die steinernen Treppenstufen schlängeln sich vor mir nach oben. Lange Ketten aus scharfen Winkeln, die in der Sonne baumeln. Sie sind so schön. Wenn sie nicht so unbeschreiblich schön und symmetrisch und *richtig* wären, dann würde ich jetzt sicher weinen.

Ein bekannter Rabulist aus der norwegischen Revueszene steht rauchend vor dem Hotel Norge und starrt einen großen schwarzen Hund mit rotem Tuch um den Hals an, der den Springbrunnen anpisst. Der Hund pisst, nicht der Hals. Diese Präzisierung erinnert mich an Rickards Ausbildung, denn solche Sprachpatzer begehen Journalisten am laufenden Band.

Ich sehe es auch. Nicht das laufende Band, sondern den Hund. Staatswissenschaft also? Leute wie Rickard brauchen ein Norwegischstudium und einen ausführlichen Kurs in Ethik mit dazugehörenden Rollenspielen. Der Hund hat ein glänzendes Fell. Es erinnert an den Teich der Toten, ein schönes Bild, dicht und undurchdringlich, ein Schutz vor fast allem. Der Rabulist hat struppige Haare und freundliche Augen. Seine Augenfältchen gefallen mir, sie sind auf eine verletzliche Weise glaubwürdig.

»Deiner?«, frage ich und sehe den Hund an.

»Ein Junkiehund, den niemand wollte«, sagt er. »Der Besitzer ist sicher eingebuchtet. Oder an einer Überdosis eingegangen. Und deshalb habe ich ihn zu mir genommen.«

»Heißt er Treu?«

Er schaut mich erschrocken an. »Ja!«

»Ganz ruhig, das war nur geraten. Ich will ihn dir nicht wegnehmen.«

»Ich weiß, wer du bist. Du bist Schriftstellerin. Deshalb weißt du auch, dass ein Junkiehund Treu heißen muss.«

»Oder Trip? Kick? Vielleicht blöd, so einen Namen zu rufen. Wenn die Bullen in der Nähe sind.«

Ich setze mich auf eine Mauer. Der Torgalmenning wimmelt nur so von Mauern, die darum flehen, dass jemand sich auf sie setzt. Ich schaue zu Ole Bull hoch, der lautlos vor sich hinfiedelt, frisch restauriert nach seinem schrecklichen Sturz vom Denkmalssockel. Ich zünde mir eine Zigarette an. Lasse meine Tasche in der Sonne ruhen. Treu pisst noch immer, jetzt auf neue Steine und Vorsprünge unter Ole Bull. Dann schlabbert er aus dem Springbrunnen. Eine Frau will ihn streicheln, vermutlich hat sein himbeerrotes Halstuch sie angelockt, aber er scheint diese Aufmerksamkeit nicht erwidern zu wollen.

Typischer Junkiehund. Einmannshund, der einer zufälligen Passantin keinerlei Unterwerfung schuldig ist. Er ist seinem früheren Besitzer in blinder Loyalität gefolgt, hat allerlei gesehen, hat gelernt, abzuschalten, loszulassen, zu verdrängen und seine Liebe damit portionsweise zu verteilen, an genau ausgesuchte Einzelindividuen. Der Rabulist ist durch das Nadelöhr gelangt.

Die Skateboardfahrer sausen über die schrägen viereckigen Betonkonstruktionen. Die Räder klingen wie Sturm und Unwetter, ich wünsche mir Regen. Aber der Himmel über allen Hausdächern ist wahnsinnig blau. Ich muss an einen Junkie denken, mit dem ich früher einmal befreundet war. Er erwachte an einem Sommermorgen, schaute aus dem Fenster und sagte: »Die Sonnenhölle scheint, es ist überall grün und grauenhaft.«

Der Rabulist und Treu sind jetzt im Hotel Norge verschwunden. Sie wohnen sicher dort, und bestimmt tut es einem liebeshungrigen Junkiehund mit einem roten Halstuch gut, im Hotel zu wohnen. Vielen tut es gut, im Hotel zu wohnen, und die Wörter stellen sich lange vor dem Gedanken ein: Ich will nicht weg von hier.

Das Zimmer ist ziemlich klein, aber es hat ein großes Doppelbett, und das Bad ist riesig. Ich liebe Hotelbadezimmer. Mit weißen Fliesen überall, und ganz ohne Fussel oder herumliegende Socken und zähe gelbe Punkte unter der Klobrille. Ich verstreue meine wenigen Toilettenartikel und beschließe, mir bei der ersten Gelegenheit ein Schaumbad zu kaufen. Und neue Kleider. Und vielleicht noch sehr viel mehr. Während der letzten fünf Wochen habe ich auf Rickards Kosten gelebt, *war eine ausgehaltene Frau.* Ich wurde ein teures Schmuckstück, von dem sich dann am Ende herausstellte, dass es ihm gar nicht gehörte. Ich begreife noch immer nicht, was passiert ist.

Verankerung in der Realität.

Ich hätte also versuchen sollen, sie zurückzuhalten? In den Laden wetzen und bitten, das Telefon benutzen zu dürfen. Diese brutale Bergenser Polizei alarmieren, zu der ich nun wirklich kein Vertrauen habe, um kurz darauf zu sehen, wie der Mann und Tövchen und die Boote und die Ruder vom Fjord gezerrt und in eine grüne Minna gestopft werden, ihrer Würde beraubt und ...

Würde! Das ist das richtige Wort.

Endlich ist das Wort da. Würde. Ich habe ihnen ihre Würde gelassen, als ich ihren Plan widerspruchslos akzeptiert habe.

Und indem ich ihnen geholfen habe ...

Ich setze mich auf den Badewannenrand und lege die Finger auf die kalten glatten Fliesen. Ich habe ihnen geholfen. War es das, was Rickard schockiert hat? Der Unterschied zwischen aktiver und passiver Sterbehilfe? Hätte ich mit der Bierflasche am Eisengeländer lehnen und einfach nur zuschauen sollen?

Sie wären nicht an Bord gelangt, sondern in die Abwässer gefallen. Beide wären im Wasser gelandet, spätestens beim Versuch, sich gegenseitig zu retten.

Gut, und weiter? Ich muss nachdenken. Sie wären in die Abwässer gefallen. Wären nass geworden und hätten sich gefürchtet. Und hätten vielleicht – nein, vermutlich – ihren Plan aufgegeben.

Ihren Plan aufgegeben.

Wenn ich ihnen nicht geholfen hätte, hätten sie ihren schwachsinnigen Plan aufgegeben. Deshalb stimmt nicht, was ich zu Rickard gesagt habe: Ich war nicht nur Beobachtende. Aber ich war auch keine Handelnde.

Ich war ... Kollaborateurin. Agentin wäre ich gewesen, wenn der Plan für dieses Bootsunternehmen von mir gestammt hätte. Aber jetzt sehe ich es ein: Ich habe mehr dazu beigetragen, als richtig gewesen ist.

Ich kann nach Møhlenpris zurückgehen und meine frisch errungene Erkenntnis an den Mann bringen. Ich bin nur fünfzehn Gehminuten von dort entfernt.

Aber ich sehe ihn auf dem Sofa liegen, als ich die Wohnung betrete. Er hat sich nicht aufgesetzt. War von der verflixten Hitze müde und kaputt. Hatte sie so satt, dass nicht einmal eine frische, schriftstellernde Geliebte sein Unbehagen angesichts von vierundzwanzig Grad im Schatten mildern konnte.

Ich bleibe. Hier. Das Badezimmer ist so sauber. Kühl.

Und das Wasser, das ich einige Minuten später aus der Dusche über mich hinwegströmen lasse, ist das sauberste Wasser, das ich je gespürt habe. Und ich bezahle dafür, es gehört mir. Ich kann sogar über dieses verdammte Duschwasser schreiben, wenn ich will, so sehr mein ist das. So sehr, dass das Possessivpronomen zum Adjektiv wird.

Ich stelle den Inhalt der Minibar in die Ecke und verlasse das Zimmer. Meine Einkaufsrunde beschert mir Bier zum Normalpreis, Obst und Saft, rotes Farbbad, eine neue Strumpfhose, gemustert mit gelben Ballons auf schwarzem Grund, ich kaufe Zigaretten, Zeitungen und Kaugummi. Ich kaufe auch Zimt, eine plattgedrückte kleine Tüte gezähmten Duft. Ich stecke die Tüte in meine Handtasche, damit sie nicht zwischen Kartons und Apfelsinen zerquetscht wird.

Ich fülle die Minibar mit meinen Einkäufen und lasse mir ein fast kaltes Bad ein. Ich möchte so gerne einen Zorn verspüren, der weit über das oberflächliche Äußere des Gesprächs hinausreicht! Einen Zorn, der ihn von meinen Schultern schüttelt. Wie kann ich aufhören, verliebt zu sein? Mein Abmarsch hatte mit Stolz zu tun, nicht mit Gefühlen, das ist ein wichtiger Unterschied.

Ich halte einen weißen Waschlappen unter den Wasserstrahl, der in die Badewanne strömt, und reibe mich damit ab. Zimt bleibt auf feuchter Haut haften. Das Reinigungspersonal soll von mir aus denken, was es will. Ich bin Schriftstellerin, ich bedarf der dramatischen Handlungen, die mir auf eine symbolgesättigte Weise genügend Selbsterkenntnis vermitteln, um kosmisches Chaos zu Literatur umzuformen. *Horror vacui.* Eine Tüte Zimt hilft da schon weiter. Dumm, weil banal? Durchaus nicht. Das Banale und Naive ist gerade modern. Pu der Bär ist modern. Eine Seite nach der anderen über die schnöde Jagd nach Honig. Pu der Bär, der erste praktizierende Postmodernist der Weltgeschichte, mit Behagen/Unbehagen als einzige Richtschnur und mit unmittelbarer Bedürfnisbefriedigung als endgültigem Ziel.

Und der Zimt ist wie Puder. Wie wüstenfarbiger Puder, der in feuchtem Zustand dunkelbraun wird. Unter den Armen, auf den Brüsten, im Schritt. Ich schnuppere an meinen Händen und muss niesen. Ich rieche nach Rosinenbrötchen und Weihnachten und Reisbrei und weiß, dass Zimt aus zermahlenen kleinen Holzstücken besteht, meine Großmutter hat solche verwendet, sie hingen an Bindfäden über dem Kochtopfrand. Gegenwart und Vergangenheit, ein Strang aus Erfahrung, parallele Assoziationsstränge, wie die Fäden in einem Fischernetz. Sie treffen aufeinander, verflechten sich und verlassen einander wieder, dann wiederholen sie diese Bewegung, in Reih und Glied wie Längengrade bauen sie sich in die Breite auf und werden zu Jahren und Erinnerungen, diesmal an Zimt.

Die rote Farbe zieht schmale Blutstreifen, sie verschlingen sich wie wütende Rosenmuster. Und der Zimt liegt wie ein dunkles Geriesel auf dem Wasser, als ich bis zur Nasenspitze darin versinke und das Geriesel von der Seite betrachte. Das Wasser fühlt sich kalt wie der Tod an, eine Grönlandrobbe würde sich hier wohl fühlen. Wenn mein Körper ruhig bleibt, bleibt auch der Wasserspiegel ruhig. Wenn ich auf dem Wannenboden mit der Hand winke, dann blubbert der Wasserspiegel ein wenig vor sich hin. Und in diesem Geblubber stecken Kräfte wie in einem kleinen Mahlstrom.

Warum hat er mich so angestarrt? Wieso hat er gewusst, dass ich in Oslo wohne? Er hat diesen Satz nicht wie eine Frage betont. Und er hat gesagt, ich würde ihn nie vergessen. Sehr pathetisch hat er das gesagt.

Die rote Plastikreling vor seinen hellen Kleidern. Graues Album. Blanker Puddefjord. Rotes Plastikruder. Wenn ich stehen geblieben wäre und ihnen hinterhergeschaut hätte, dann wären die Ruder immer dünner geworden und er hätte mich an jemanden erinnert, der sich in einer Tonne die Niagarafälle hinuntertreiben lässt.

Verankerung in der Realität.

Sich innerhalb von Rahmen aus Realität orientieren: Wie

viel kann ein solches Boot vertragen. Der Mann und ich haben eine Gemeinsamkeit, einen vollständigen Mangel an Verankerung in der Realität. Oder vielleicht haben wir noch eine größere Gemeinsamkeit: Wir schauen den Realitäten gefasst ins Auge, verzichten aber darauf, uns an ihnen zu orientieren.

Hier drinnen ist es zu still. Badezimmerstill. Hotelbadezimmerstill. Der Zimtgeruch ist kräftig. Die rote Farbe macht mich müde. Ich wünschte, es würde bald regnen. Ich wünschte, ich könnte ein bisschen weinen.

Das wäre mir jetzt gerade recht, zu weinen, während ich den Zimt auf der Wasseroberfläche betrachte; es würde Tränen und Duft unlösbar zu einer Erinnerung an Rickard und intellektuellen Verrat und einsortierte Trauer verbinden; zu einer Erinnerung, die auf die Dauer Früchte tragen könnte. Ich konzentriere mich hundertprozentig, kneife die Augen zu und richte meine Gedanken auf meine Tränenkanäle. Nach langer Zeit spüre ich zwei Tränen kommen. Ich habe an meine Großmutter gedacht, daran, wie viel größer sie war als ich, wie breit ihr Schoß war, dass ich dort sitzen konnte, ohne mich fest zu halten, ich habe an den Geruch ihrer Halsgrube gedacht, daran, dass sie immer ein mit Blümchen besticktes Taschentuch in der Schürzentasche hatte, dass ich sie immer wieder gefragt habe, wie sie jemals ihren Ehering ablegen wollte, da er in aufgequollener Haut fast begraben war. Aber es war ein Fehler, an meine Großmutter zu denken, das führt ins Chaos. Ich reiße die Augen wieder auf und möchte nicht mehr weinen, sondern laut lachen. Aber nicht einmal das will mir gelingen.

Ein Kadaver auf Svalbard verwest nicht, er wird fast gefriergetrocknet, mumifiziert. Im Augenblick des Todes wird gerade die Kälte, die den Tod verursacht hat, zur Bewahrerin eines Eindrucks von Leben.

Ein toter Eisbär würde unvorstellbar lange brauchen, bis er ganz verschwunden wäre. Wenn man in diesem Zeitraum jeden Tag ein Bild von ihm machte, würde ein Abspielen im Zeitraffer den Eindruck erwecken, wir hätten ein Kostüm vor uns. Der Pelz würde in sich zusammensinken, aussehen, wie eine verlassene Haut, aus der zwei kichernde Menschen nach ihrem Auftritt herausgekrochen sind. Am Ende würde das Pelzkostüm zu Fusseln werden, die von Vögeln zu ihren Nestern getragen werden, bis schließlich nur noch das Skelett übrig wäre, mit hochaufragenden geschwungenen Rippen, wie eine kleine Kathedrale, falls nicht Polarfüchse oder andere Bären sie zerbrechen würden, um besseren Zugang zu Mark und Rückenwirbeln zu erhalten.

Ich habe von allen Bildern, über die ich schreiben soll, große Farbkopien anfertigen lassen. Wenn ich sie auf dem Doppelbett verteile, haben sie wirklich Ähnlichkeit mit einem Buchprojekt. Die Bilder decken mein Thema, und sie haben einen roten Faden, der mich unter anderen Umständen ungeheuer inspirieren würde. Das hier wird zweifellos zu einem andersartigen Buch, weil die Bilder weit über standardisierte glamouröse Touristenfreundlichkeit hinausgehen. Sie zeigen eine Kargheit, kombiniert mit einem Herz zerreißenden Überlebensdrang, wo das Leben trotz allem gelebt wird, nicht wegen allem. Und diese haarfeine Grenze muss ich aufzeigen, muss mehr daraus machen als stereotyp predigenden Naturmoralismus, wie jede hochnäsige Polliebende ihn von sich geben könnte. Nehmen wir zum Beispiel den Eisbären. Wir könnten doch von einem Svalbardbuch, und sei es Nummer 50 in der Serie, einen wahren Schatz an prachtvollen Großaufnahmen von Eisbären in jeglicher Lage erwarten. Aber hier gibt es nur ein Eisbärenbild, und dieser Eisbär ist ein Kadaver, mitten in einer Geröllhalde, er sieht lebendig aus, wenn auch ein wenig ziellos und unnatürlich, weil er liegt, und mit mattem Fell. Wir sehen außerdem, dass jemand hier und da eine Kralle abgehackt hat, Souvenirs, gepflückt von vorüberkommenden Polarstreunern. Ich habe in Oslo auch so eine, eingelassen in Silber und zu einem feschen Ohrring umfunktioniert.

Der Bär ist nach vorn gefallen. Seine Beine haben unter ihm nachgegeben. Die Rückenwirbel sind deutlich markiert, er ist verhungert. Im Tod bietet er einen spannenden Anblick, mit einem Glorienschein aus Vorgeschichten und viel sagenden Untertönen. Ich habe das Bild als Nr. 7 eingeplant. Ich öffne die Svalbard-Datei in meinem Mac und schreibe:

Hunger, Jagd
Seehund, Speck
PCB, global
Fortpflanzungsfähigkeit,
Opfer von
Tourismus
Tod, Würde
Traum
Frost, Wärme
Polarnacht
Verwesen vs. Mumie, Ägypten

Katzen, Krallen (als Schmuck)
Penisknochen (als Schmuck)
Weißes Eis, gelbes Fell

Irgendwo muss man anfangen, und das am besten auf banalem Niveau. Das sind gute Wörter, die mich in Gang bringen können. Irgendwann. Vor allem das mit der Mumie und den Krallen, das ist interessant. Die meisten Stichwörter werde ich ohnehin verwerfen oder im Doppelsinn des Textes verstecken, das ist immer so. Die Katze war in Ägypten ein heiliges Tier und hatte auch Krallen, das ist eine mögliche Verbindung, und möglicherweise sind Katzen mumifiziert worden, um besser geehrt und/oder geheiligt werden zu können, und/oder um ihre königlichen Herrchen und Frauchen zu begleiten. Königlich, ja. Ich kann schreiben, der Bär liege auf König Karls Land. Das reißt mit, das ist gut. König Karls Begleiterin, eine weiße Mumie mit vier Beinen, deren Krallen aus dem weißen Mumifizierungshemd ragen. Daraus kann ich noch allerlei zusammenspinnen. Ich sehe schon ein Fischernetz aus Berührungspunkten und muss mich über die Sache mit den Katzen informieren. Recherche, Recherche, das wird schon laufen, ich bin ja schon in Gang. Auch die anderen Bilder haben mir allerlei zu sagen. Vielleicht sollte ich zwischen Lyrik und Prosa variieren? Und vielleicht sogar einige rein wissenschaftliche Informationen dazu nehmen, als kleine Kästen vielleicht? Ja, das würde eine interessante Bandbreite ergeben.

Ich öffne eine neue Datei und schreibe:

Sonne, Wärme, Zement
alter Mann mit junger (25–30?) verlebter Tochter
Gummiboote von T-G
Farben, Licht

Kloake
Bild im Album
Album auf den Knien
Luftmatratzenpumpe
Rote Ruder
Bügelfalte in seiner Hose
Das werden Sie nie vergessen

Ich sammele die Bilder ein und lege trotz meiner Katzenidee das Rentierkalb nach oben. Dann höre ich meinen Anrufbeantworter zu Hause in Oslo ab. Die ersten zwei Nachrichten sind von meinem Verlag, der hofft, dass es mir gut geht und dass wir zusammen essen und trinken werden, wenn ich wieder in Oslo bin. Danach kommen viele Mitteilungen von Rickard; ich muss mich beim Zuhören aufs Bett setzen, und nach der fünften höre ich mit Zählen auf. Er scheint in immer größere Panik zu geraten und erklärt sein Verhalten damit, dass er vermutlich etwas ausbrütet, und es war wirklich nicht meine Schuld, er muss doch einsehen, dass ich Schriftstellerin bin und kein Seenotdienst, und ganz zum Schluss teilt er noch mit, dass er mich liebt. Er weint. Ich lösche die Anrufe.

Das hat er noch nie gesagt. Nach fünf Wochen können wir doch nicht wissen, ob wir einen Menschen lieben. Der Mann muss verrückt sein.

Der Computerbildschirm lächelt mich an; mir ist schon ein Funken von einer Idee zum Thema königliche Mumien gekommen und ich fühle mich in jeder Hinsicht wunderbar. Der Inhalt der Minibar gehört mir, ich werfe die Minibarliste in den kleinen Kunstlederpapierkorb unter dem Schreibtisch und öffne ein kaltes Bier. Ich rieche den Zimt bis hier, aber nicht mehr auf meiner eigenen Haut, obwohl ich nackt bin. Ich gehe ins Badezimmer.

Der Zimt sieht aus wie Schlamm, und die Tüte sieht unvorstellbar bescheuert aus, wie sie da offen und leer auf dem Waschbeckenrand liegt. Fluchend knülle ich sie zusammen und lasse sie in den Kehricht fallen, dann spüle ich die Badewanne aus, um den letzten Rest der roten Farbe zu entfernen. Ich feuchte Klopapier an und wische auf dem Boden, dem Reinigungspersonal soll der Einblick in die pathetischen mentalen Bocksprünge einer Autorin erspart bleiben. Ich liebe dich. Was zum Henker will er damit sagen? Und der will mir was über fehlende Verankerung in der Realität erzählen!

Hier kann ich arbeiten. Hier muss gearbeitet werden! In diesem Hotelzimmer werde ich Taten vollbringen. Und die Hansestadt liegt mir zu Füßen.

Draußen auf dem Flur bellt ein Hund, was mich aus meinen Gedanken reißt. Ich horche auf das Echo des Gebells, horche lange. Es war ein glückliches Bellen, voller Erwartung. Der Rabulist hat dem Hund etwas gesagt, hat ihm etwas versprochen, ihm einen Zipfel vom Himmel versprochen. Und das Bellen, auch wenn kein weiteres folgt, hat plötzlich auch mich glücklich gemacht. Ich kann einen so großen Zipfel haben, wie ich will, so groß, wie ich nur auf die Erde ziehen kann. Der Himmel gehört nicht nur Rickard, er gehört genauso sehr mir und einem Mann in einem Gummiboot und einem Hund mit Halstuch. Und er gehört auch dem Eisbären tief im Tod, denn er muss nicht auf würdelose Weise verwesen, überwimmelt von Maden und Käfern. Permafrost und Aasfresser sind besser als Schmeißfliegen, Kälte ist besser als Hitze, die überall eindringt, hemmungslos.

Bergen ist eine Nachtstadt. Eine Gebärmutter aus köstlichen Getränken, gebackenen Kartoffeln an kleinen Imbissbuden, Jugendlichen und Erwachsenen in kontinentalem Mix, breiten warmen Straßen und zwei Fixpunkten: Der Hafen mit den vielen Booten, und das Restaurant hoch oben auf dem Fløyen, dem Großen Wagen zum Verwechseln ähnlich, wenn es nur dunkel genug wird. Was passiert. Die Berge werfen Schatten und beschützen und locken das Gefühl von Augenblickserlebnissen hervor. Eine Kollegin hat einmal während eines Seminars in Bergen gesagt: »Etwas an Bergen stimmt nicht, diese Stadt hat etwas Trauriges.«

Ich verstehe nicht, wovon sie redet. Aber ich weiß plötzlich, dass Bergen mir durchaus nicht zu Füßen liegt, wie ich gedacht hatte. Ich möchte dem Mann, der weinend mitteilt, dass er mich liebt, absolut nicht über den Weg laufen, was bedeutet, dass ich mich nicht in der Wesselstue oder im Stundesløse oder den anderen Kneipen herumtreiben kann, die von Presse- und Wortmenschen frequentiert werden. Ich werde die Art von Lokalen aufsuchen müssen, für die Rickard sich nicht so recht begeistern kann, dort, wo die Schicksale der Kriegsmatrosen zu finden sind, wo anständige Menschen sich nicht blicken lassen.

Und ich lande im Bull's Eye. Natürlich lande ich dort. Nachdem ich den ganzen Weg zum Hafen und zurück gewandert bin und mir eine Spur von Paranoia erarbeitet habe, gehe ich ins Bull's Eye im Erdgeschoss meines eigenen Hotels. Der Mac ist nur vier Etagen von mir entfernt, und es ist beruhigend, im Lager bleiben zu können.

Außerdem würde Rickard niemals einen Fuß in diesen Laden setzen. Das ist kein Aufenthaltsort für anständige Menschen, und ich bezweifle, dass die Kundschaft hier jemals ein gebundenes norwegisches Buch aufschlägt, deshalb kann ich hier getrost die Wahrheit sagen. Aber eigentlich ist es gar nicht so schlecht, wenn wir vom Karaoke absehen und vom Adlerblick des Türstehers, der die Gäste daran erinnert, dass hier in regelmäßigen Abständen Messerstechereien stattfinden. Das Lokal hat absolut seinen Charme, nicht zuletzt wegen der Schankregeln. Der Tresen bildet ein großes Viereck, in der Mitte befinden sich Barmann und Flaschen, auf den Tresenteilen im Norden, Süden und Westen werden nur Bier und Wein gereicht. Wer Schnaps will, muss sich an den Osttresen begeben. Es ist immer wieder witzig, wenn ein nichts ahnender Gast von Süden her um einen Kognak bittet und gebeten wird, den Tresen zu umrunden und noch einmal zu bestellen. Von Osten her.

Und es ist ein guter Tresen, er sieht aus, wie sich das gehört. Vorne gepolsterte Kunstlederkante, so weich, dass man später in der Nacht ein kleines Nickerchen darauf machen könnte, ohne steif und mit blauen Flecken zu erwachen. Knapp über dem Fußboden verläuft eine korrekte Messingstange, um für ein Gleichgewicht zu sorgen, das leicht auf Abwege geraten kann, wenn wir auf so einem sinnlos hohen Stuhl sitzen. Und gleich unter der Kante gibt es Kleiderhaken. Wie sich das gehört.

Es ist schon ziemlich voll, als ich komme, und das Karaoke läuft wie blöd. Ein Stück von Celine Dion wird mit großem Enthusiasmus und mangelndem Gehör von einer jungen Dame vorgetragen, deren Mut daraufhin von ihrer Freundinnenschar gepriesen wird. Ich bestelle von Osten her Bier und Schnaps und reiche dem Barmann meine Kreditkarte und einen Hunderter. Das habe ich gelernt, ganz allgemein als allein stehende Frau auf dem Zug durch die Gemeinde, und in dubiosen Lokalen ganz besonders: Reichlich Trinkgeld für den Barmann, und frau hat einen Verbündeten, getreu bis in den Tod, wenn blöde Mannsbilder zudringlich werden. Reichlich Trinkgeld, und frau kann den Türsteher beinahe als ihren persönlichen Leibwächter betrachten. Diese Erkenntnis hat mir sehr genutzt, als ich für meinen letzten Roman in Kopenhagen und auf der Reeperbahn recherchiert habe, wo Frauen, die allein um die Häuser ziehen, nur ein einziges Motiv zugestanden wird. Einmal, und zwar in der Bar des Hotels St. Pauli in Hamburg, hat der Barmann eigenhändig drei Kerle auf die Straße gesetzt, weil sie mich nicht in Ruhe lassen wollten. Ich hatte ihm gleich bei meiner ersten Bestellung fünfzig Mark gegeben. Wir können das durchaus so formulieren: Je dubioser das Lokal, desto höher das Trinkgeld. Und Tresenleute sind fast überall auf der Welt integere Menschen mit Berufsstolz und dem Bedürfnis, ungeschriebene Kavaliersgesetze einzuhalten, egal, wie niedrig die Hemmschwelle in diesem Lokal sonst sein mag. Auf einen Barmann ist immer Verlass. Seine Frau, seine Kinder und sein Arbeitgeber mögen das anders sehen, aber wenn er im Dienst ist, dann kann ich mich auf ihn verlassen.

Der Barmann im Bull's Eye, sein Namensschild verrät mir, dass er Paul heißt, fragt, ob ich hier im Hotel wohne. Es ärgert mich, dass er mir das ansieht, aber ich nicke. Dann geht mir auf, dass er es an meiner Schlüsselkarte gesehen hat, die lag vorhin neben meiner Visakarte. Jetzt steht die Visakarte hochkant in einem Milchglas in einem Regalfach hinter dem Tresen, denn ich hatte plötzlich Lust, ausgiebig und grenzenlos zu trinken, ohne an Kronen- und Örebeträge denken zu müssen, und ich finde, ich kann mir das gönnen, um mir die Paranoia aus dem Leib zu spülen. Womit ich die Paranoia früher nutzen kann, als ich erwartet hatte. Denn sie ist kein erstrebenswertes Gefühl, auf dem ganzen Weg zum und vom Hafen habe ich Rickard gesehen und aus allen Richtungen seine Stimme gehört. Wie eine Frau in einem alten norwegischen Film sagt: *Die Stadt wimmelt nur so von dir.* Der Mann, dem sie das sagt, kapiert rein gar nichts, und sie muss deutlicher werden: *Von solchen wie dir.* Schade, dass das nötig war, das hat dem Text etwas von seiner Stärke genommen. Raymond Carver verzichtet auf solche überdeutlichen Erklärungen und erzeugt eine ganze Novelle hindurch Spannung durch den Titel: *Die sind nicht dein Mann.* Die Frau sagt zu ihm: *Bei der Arbeit behaupten sie, ich sei nur noch ein Schatten meiner selbst.* Und der Mann erwidert: *Was wissen die denn schon? Die sind nicht dein Mann!*

Das ist schön. Das sind Sätze, die ganze Stunden meines Lebens verbrauchen können, einfach, weil ich an sie denke, weil ich sie durch mein Zwerchfell kullern lasse. *Die sind nicht dein Mann.* Viel mehr Subtext lässt sich gar nicht in einen schlichten kleinen Satz stopfen. Und Paul stellt ein schäumendes Halbes und ein Schnapsglas voll Genever vor mich hin. Und Rickard ist nicht mein Mann. Und die Stadt wimmelt nicht von ihm. Aber was mag er *ausbrüten*? Einen Vulkanausbruch? Eine Psychose? Eine Ejakulation? Einen Pickel?

»Ich würde dir gern einen Whisky ausgeben«, sage ich zu Paul.

»Du willst doch keine sechzig Kronen für kalten Tee hinblättern?«, erwidert Paul. Da haben wir's. Für hundert Kronen können wir sogar Ehrlichkeit kaufen.

Ich betrinke mich eigentlich selten richtig, aber jetzt freue ich mich auf die erste Phase des Rausches. Dann denke ich nämlich immer sehr klar. Es ist eine Phase, die ihr Gewicht in Gold wert ist, eine Phase, wo die Mikroperspektive dem Horizont weichen muss.

Diese Phase kann ich nutzen, wenn ich für ein Buch vor einem Geflecht aus losen Fäden sitze, gegen Abend, wenn ich den ganzen Tag über der Tastatur gehangen habe. Vielleicht habe ich mich in die Irre gefaselt, habe mein Ziel aus den Augen verloren, weiß nicht mehr, was ich anfangs gedacht habe. Der Rausch macht mich auf eine Weise hellsichtig, die es mir ermöglicht, die großen Linien zu sehen. Ich sehe vielleicht ein, dass ich die zuletzt geschriebenen drei Szenen streichen sollte. Dass ich Zeit und Ort wechseln muss, aus einer anderen Perspektive erzählen, das Tempo steigern oder drosseln, einen Dialog einbauen muss, der klärt und für eine Öffnung sorgt. Wenn ich ein wenig berauscht bin, finde ich immer gute Metaphern. Dann drucke ich Teile des Textes aus, ich fülle gelbe Zettel mit Stichwörtern oder schreibe Listen, und ich starre in dieser kleinen feierlichen halben Stunde diese Zettel an, bis Zielsetzung und Überbau mir in Flammenschrift ins Gesicht leuchten, und ich sehe, wo ich war, wo ich bin und wo ich zwangsläufig enden soll und muss. Wenn ich dann mehr trinke, was man ja leider tut (denn man hat doch gerade erst angefangen), dann verfliegt die Erkenntnis in Sekundenschnelle.

Doch allein in einer Bar zu sitzen und diese halbe Stunde zu erleben, vorausgesetzt, man wird in Ruhe gelassen, vermittelt einen zitternden Kick von Fantasie im freien Fall. Ich horche, ich rieche und denke, analysiere und konkludiere, ich krieche unter die Haut aller Menschen, die ich entdecken kann, ohne dass ihnen auch nur der geringste Verdacht käme. Ich studiere Gesichter wie eine durchtriebene Phrenologin, ich schnappe alle unausgesprochenen Mitteilungen eines Paares oder einer Gruppe auf. Unbehagen, Neid, die grausame Langeweile und den Lebensüberdruss, die ein Mann und eine Frau zusammen ausstrahlen können, das Element von Konkurrenz in einer Gruppe von Freundinnen, wie der hinten beim Podium, wo die nichtsingenden Freundinnen sich körperlich anbieten, um etwas gegen den Sängerinnenmut der Freundin aufbieten zu können. Wenn sie in diesem Spiel nicht gut sind, laufen sie Gefahr, dass die Sängerin später an diesem Abend mit dem schärfsten Typen abzieht.

Das Bull's Eye entfaltet sich um mich herum wie eine großartige Arena, ich glaube sogar schon, das Sägemehl zu riechen. Ich schlürfe Blicke und Gesten wie Honig. Wie die Leute angezogen sind, was sie zeigen, und was sie verbergen wollen. Alle sind sie so leicht zu lesen, dass es wehtut. Ja, manchmal geben die Menschen dermaßen viel von sich preis, dass ich ein schlechtes Gewissen habe, weil ich sie betrachte.

Hinter mir sitzen zwei ältere Männer, ich habe sie schon bemerkt, als ich auf den Barhocker geklettert bin, und ich weiß, dass sie meinen Hintern ausgiebig gemustert haben; das ist mir aufgegangen, als ihr Gespräch für einen Moment verstummte. Jetzt reden sie wieder. Ich höre zu und lächele in meine Gläser; es macht mir Spaß, ihnen zuzuhören. Sie sind ziemlich angetrunken, der eine kommt aus Ostnorwegen, der andere aus Bergen.

»Bescheuertes Lied«, sagt der Ostnorweger. »Ich begreife nicht, wieso ihr das immer wieder singt. Wer in Bergen spielt denn heutzutage überhaupt Sitar?«

»Das ist doch unser Lied, wir hören gar nicht auf den Text. Es ist ein schönes Lied.«

»Ich nahm meine frischgestimmte Sitar in die Hände … ich hab nicht mal gewusst, dass eine Sitar gestimmt wird. Wie sieht die denn überhaupt aus?«

»Wie eine Art Gitarre. Und du sollst nicht ...«

»Gitarre? Der Herr gibt, der Herr nimmt, auch eine Gitarre.«

»Sitar«, betont der Bergenser.

»Ich nahm meine frischgestimmte Zigarre ...«

»Nicht ...«

»Ich nahm meine frisch angezündete Zigarre ...«

»Nein!«

»Ich schob meine frisch angezündete Zigarre ... in ihr Dings!«

Vulgäres Lachen. Das jedoch nicht vom Bergenser stammt. Nein, durchaus nicht. Der Ostnorweger jedoch könnte sich ausschütten vor Lachen. »Ich schob meine frisch angezündete Gitarre in ihr Dings.«

»Das ist ... das ist eine Nationalbeleidigung, so was zu sagen.«

»Red kein Blech. Ist doch bloß ein Lied, Mann. Aber das mit der frischangezündeten Zigarre gefällt mir gut. Oder ... oder die frischgestimmte Zigarre ... Frischgestimmt ... haha, du kannst dir sicher vorstellen, woran ich da denke, haha ...«

Ole Bull steht nur wenige Meter von ihnen entfernt, doch der Ostnorweger kapiert rein gar nichts. Kapiert nicht, dass jeder Bergenser Tränen in den Augen hat, wenn die Statsraad Lehmkuhl nach einer Reise auf dem Weg in den Hafen Nordnestangen umrundet. Dass Bergenser ihren Hut, wenn sie einen tragen, an die Brust drücken und ihr stolzes Lied singen, ohne auch nur ein Wort zu überspringen. Denn nicht das Gehirn hat den Text gespeichert, sondern das Herz. Und der Ostnorweger kapiert auf keinen Fall, dass jeder Bergenser innerhalb einer Sekunde hellwach war, als die Stadt von der Nachricht geweckt wurde, Bull sei vom Sockel gefallen oder möglicherweise im Laufe der Nacht von seinem Sockel vor dem Hotel Norge gestoßen worden, und liege jetzt mit gebrochenem Arm und zerschlagener Nase auf dem Beton. Bergen bebte in seinen Grundfesten, und an diesem und den fünf folgenden Tagen gab es kein anderes Gesprächsthema. Den Vandalen war allerlei zuzutrauen; daran, dass sie Grabsteine umwarfen, war man ja fast schon gewöhnt. Aber Ole Bull! Ole Bull wird nicht umgeworfen. Nicht einmal satanistische Punks können so gefühlskalt sein, das muss doch sogar ein Ostnorweger einsehen. Dass sich später Materialermüdung, als Ursache für Bulls Sockelsturz herausstellte, bedeutete für die Stadt eine enorme Erleichterung, die Welt war wieder gut.

Und ich will mich schon umdrehen und dem Ostnorweger das alles erklären, dass Bergen viel mehr ist als eine Stadt, dass sie eher ein Zustand ist, in dem Lieder und Statuen zu gefühlsbeladenen Symbolen werden, als ich erstarre.

Da ist sie doch! Tövchen!

Sie ist es wirklich. Sie ist gerade hereingekommen. Allein. Und vielleicht hatte ich ja unbewusst erkannt, dass dieses Lokal das richtige für ein solches Gesicht ist.

Sie hat ihre Shorts durch einen ultrakurzen unkleidsamen Minirock ersetzt und Lippenstift in genau dem Rotton aufgetragen, den ich mir vorgestellt hatte, ansonsten sieht sie mitgenommen und müde aus, so, als sei sie hergekommen, um sich auszuruhen. Auf ihre Weise, durch Trinken. Ich bin durch ihren Anblick dermaßen erleichtert, dass mir echte, frische Tränen über die Wange laufen.

Ich verlasse den Tresen, biege um die Ecke und bahne mir einen Weg. Ich will sie umarmen, sie mit Geschenken überhäufen, ihr ein Bier ausgeben, ihr eine Rolle in einer so schönen Novelle geben, dass ich ihr ewiges Leben erschreibe.

»Tövchen!«, rufe ich. Sie hat schon den Tresen erreicht, wo Paul gehorsam nach einer Flasche Rotwein greift.

Sie wirbelt herum. Wirklich, sie wirbelt. Wie eine Eiskunstläuferin bei der abschließenden Pirouette. Der Luftzug, den das Gewirbel hervorruft, riecht nach müdem Schweiß.

»Da bist du ja!«, sage ich. »Wie ist das mit dir und deinem Vater weitergegangen? Erzähl mal! Wie ist euer Ausflug verlaufen?«

Sie kneift die Augen zusammen. Sie hat geweint, ihre Augen sind geschwollen. Die Wimperntusche ist runzlig wie altes Pauspapier. Sie ist älter, als ich geglaubt hatte. Über dreißig, aber ich verzeihe ihr alles. Mein eigenes Lächeln brennt in meinem Gesicht, ich spüre sein Zittern bis in die Ohrläppchen. Mein Lächeln wird trockener, als ich diese Augen sehe, die aus unbegreiflichen Gründen (ich habe ihnen doch geholfen!) schmal geworden sind, aber ich behalte mein Lächeln, ich halte es mit eisernem Griff fest, bis sie mir schließlich eine Ohrfeige verpasst und schreit:

»Du Arsch! Du Scheiß ... ARSCH!«

Und dann stürzt sie aus dem Lokal. Vorbei an den Türstehern, die hinter ihr her schauen, weg von mir. Ihre Beine sehen in der Spätsommerdunkelheit draußen aus wie weiße Stöcke, und sie hält ihr Gesicht fest, als habe sie Angst, es könne auseinander fallen.

Mein Geneverglas ist leer, ich winke nach einem neuen. Die Musik ist laut, niemand hat ihre Worte gehört, ich kann also ruhig und ungestört von neugierigen Blicken sitzen bleiben. Nur Paul blickt mich leicht fragend an, während er sorgfältig den Rotwein wegstellt und zur Bokmaflasche greift. Aber er stellt keine Fragen, wie gesagt, er ist ein echter Barmann.

Ich trinke und werfe einen kurzen Blick hinauf zu meiner Visakarte. Sie liegt ruhig wie ein Anker bei Südwest. Am nach Osten schauenden Tresen. Es sind meine Visakarte und mein Barmann und meine Flaschen, und es geht mich nichts an, ob ein hergelaufener Ostnorweger eine frischangezündete Zigarre in eine Frau steckt. Sie reden jetzt außerdem über etwas anderes, und der Bergenser hat die Oberhand.

Ich bin müde, das merke ich. Und ich habe zwei Möglichkeiten: entweder auf mein Zimmer gehen und schlafen, oder weitertrinken. Ich entscheide mich für letzteres und beschließe, den silberblanken guten Rausch durch schwere Benommenheit zu ersetzen; außerdem beschließe ich, dass das schnell passieren soll.

Die Menschen in meinem Blickfeld sagen mir plötzlich nichts mehr. Ein Mann sitzt zwei Meter rechts von mir, mit einem Bier, das in seinem eigenen Kondensschweiß badet. Der Mann hat saubere Onanistenhände, das sehe ich immerhin, also habe ich noch nicht sämtliche Analysefähigkeit eingebüßt. Solche Hände sind nämlich unverkennbar. Es sind arbeitslose Hände. Die Haut spannt sich über die Knochenstruktur und leuchtet in einem ungesunden Rotton. Er sitzt im Osten, kann sich aber trotzdem nur Bier leisten, es dauert noch lange, bis die Stütze ausbezahlt wird. Die feuchtblanke Haut, die Leere, der Mangel an Zukunft. Das Onanieren ist seine einzige Freude. Wenn er allein lebt, dann macht er es vor seinen Zeitschriften oder vor irgendeinem Film. Hat er eine Frau, dann macht er es mit dem Rücken zu ihr, wenn sie schläft, und dabei stellt er sich vor, was er mit ihr machen würde, und vielleicht auch mit einer Zusatzfrau im Bett. Was hat sie nur gemeint? Ich habe ihnen doch geholfen. Oder ... hat sie das gemeint? Herr, mein Gott, wenn sie und Rickard beide ... Bin ich denn wirklich diejenige, die einfach keinen Durchblick hat?

Doch Tövchen sah nicht so aus wie eine, die mit vorgehaltener Pistole zur Bootsfahrt gebracht worden war. Sie wollte es doch selber! Sie schien richtig Lust darauf zu haben, aufs Wasser zu gelangen, die sommerleuchtenden Möglichkeiten des Puddefjords auszutesten.

Die Paranoia hat wieder und aus unerwarteter Richtung angegriffen. Rickard ist im Vergleich schlicht und übersichtlich, obwohl tief in mir noch immer die Frage nagt, warum ich mit meinen Svalbardbildern nicht gleich nach Oslo zurückgefahren bin. Aber ich habe Rickard in einer leeren Zimttüte in den Kehricht geworfen, habe ihn vom Anrufbeantworter gelöscht (wo er inzwischen bestimmt noch weitere Nachrichten hinterlassen hat), in einer Wut, die jederzeit neu hervorbrechen kann; der Wut darüber, dass er sich auf dem Sofa nicht aufgesetzt hat und dass er gerade zu diesem Ausdruck greifen musste. Zu diesem blöden Ausdruck, in dem das Wort Realität vorkommt.

Tövchens Anklage dagegen hängt in der Luft, und nicht einmal mit dem besten Willen kann ich sie auf einen passenden Haken bugsieren. Ich will nicht glauben (und nicke langsam vor mich hin), dass Rickards und Tövchens Aggressionen derselben Quelle entspringen.

Hinten bei den Klotüren gibt es ein Kartentelefon. Ich fische eine Karte heraus, auf der noch viele Einheiten sind; sie ist dekoriert mit einer Almhütte und blauen Bergen mit verschneiten Gipfeln. Ich nicke Paul zu, damit er solange meine Gläser hütet und verhindert, dass irgendwer heimtückische Tabletten hineinwirft.

»Polizei Bergen, bitte sehr.«

»Hier ist ... Lene Isaksen, und ich wollte fragen ... es klingt sicher komisch, aber ist heute zufällig im Puddefjord jemand ertrunken?«

»Mit wem spreche ich, bitte?«

»Lene Isaksen.«

»Von der Bergens Tidende? Oder vom BA?«

»Nein, ich wollte nur fragen.«

»Ich kann Ihnen keine weiteren Auskünfte erteilen.«

»Keine weiteren? Aber Sie haben ja noch gar nichts gesagt.«

»Tut mir Leid«, sagte der Mann, ohne eine Spur von Bedauern in der Stimme.

»Können Sie denn sagen, ob im Puddefjord ein Toter gefunden worden ist? Ohne dabei von Ertrinken zu reden?«

»Sind Sie eine Art Angehörige? Moment, ich stelle Sie durch.«

Ich lege auf.

Angehörige. Angehörige sind wir im Zusammenhang mit einem anderen Menschen. Wir sind niemals Angehörige im Zusammenhang mit uns selber.

Er muss tot sein. Er ist tot. Ertrunken. Nein, das kann nicht sein. Eine Frau mit frisch ertrunkenem Vater steigt nicht in ihren hellblauen Minirock und geht ins Bull's Eye, nicht einmal das könnte ihre Wut erklären, ihr Bedürfnis nach einem Sündenbock. Eine plötzlich vaterlose Frau sitzt zu Hause und weint, während sie per Telefon die Verwandtschaft unterrichtet und die ersten zaghaften Vorbereitungen für die Beerdigung trifft, Choräle aussucht, den Text für die Todesanzeige, die Speisenfolge. Das hier hat doch keinen Sinn.

»Verdammt.«

»Bitte?«

»Nichts, Paul. Nichts. Gib mir bitte noch einen Genever. Ich glaube, diesmal einen Hultskamp. Kann ja nicht in alle Ewigkeit Bokma trinken. Muss ein bisschen variieren. Das ist der Schlüssel zu einem guten Leben, habe ich gehört.«

Der Mann mit den Onanistenhänden starrt mich an. Seine Finger liegen um das Glas wie um eine Skulptur aus Knetmasse. Er ist offenbar redselig, deshalb schaue ich ganz schnell in die andere Richtung, bekomme mein Glas und ein neues Bier und gebe vor, vorsichtig am Hulstkamp zu nippen und mit meiner Wahl einverstanden zu sein. Ein Mann steigt aufs Podium und fängt an zu singen. »Crazy«. Patsy Clines unsterblichen Herzensschrei, aus dem Julio eine Schnulze gemacht hat. Der Mann sieht gut aus, unerwartet gut für dieses Lokal, aber nicht so gut wie Rickard.

Wie ekelhaft seine Mitteilungen auf dem Anrufbeantworter waren. Er quengelte und winselte. Ein erwachsener Mann! Ich will keinen erwachsenen Mann, der mir vorjammert, dass er mich liebt. Ich will einen Mann zum Diskutieren und zum Vögeln. Dann kann ich eine ganze Weile verliebt sein. Aber mehr auch nicht. Keinen Liebeskram. Ich werde nämlich niemals einem Mann die Priorität einräumen. Jetzt im Sommer, wo ich an einem ziemlich einfachen Fotobuch herumpusseln kann, ist so eine Beziehung schon in Ordnung, aber wenn ich mich dann an einen neuen Roman oder einen Erzählband mache, wird der Mann einfach in den Hintergrund gedrängt werden und vermutlich verletzt sein, wenn er sich in diesem Hintergrund entdeckt. Glaubt ja nicht, ich hätte das nicht versucht. Und die Energie, die dazu nötig ist, Distanz zu halten, ohne zu verletzen, raubt mir Kräfte, die mindestens einem halben Kapitel pro Tag entsprechen. Peter Høeg sagt, wenn er mit Schreiben anfängt, hängt er den Intellekt an den Nagel und gibt sich hin. Der Intellekt ist nur in der Recherchierphase wichtig. Wenn das Schreiben anfängt, muss der Intellekt abgehängt werden. Der Prozess ist wie eine vollständige physische Hingabe. Sagt er. Und dann ist er in Fräulein Smilla und ihrem Gespür für den Schnee. Und dann kann eine lebendige Beziehung nicht gepflegt werden. Sage ich. In dieser Phase will ich von keinem Mann gesehen werden. Ich will in keinem Auge als ich sichtbar sein, ich will allein in meinem eigenen Kopf sein. Und daher der hohe Alkoholverbrauch vieler Autorinnen und Autoren. Alkohol verschafft eine träge Ruhe vor uns selber. Alkohol kann eine kleine Brücke zwischen Fantasie und Wirklichkeit bauen und Verletzlichkeit und Einsamkeit bei der Arbeit dämpfen.

Eigentlich finde ich ja nicht, dass wir beim Rauschmissbrauch eine Sonderstellung einnehmen sollten, aber egal. Ich persönlich habe mehr davon, wenn ich die Natur aufsuche. Dort finde ich Ruhe und Leere, eine Ruhe, die der Schlaf niemals geben kann, weil dort die Träume in die Arena stürmen, eine Ruhe, die Alkohol niemals geben kann, weil er den Verbrauch einer Energie nicht durch eine neue ersetzt. Die Natur dagegen ist ein Leben spendendes Sammelsurium von scheinbarer Planmäßigkeit und schenkt mir noch dazu ein Erlebnis von Schönheit.

Er singt gut, unser Julio. Und als ich meinen Blick von seinen weißen Zähnen zum Fenster wandern lasse, entdecke ich den prasselnden Regen und breche in Tränen aus. Ich weine aus Erleichterung, weil das Wasser vom Himmel die Welt endlich rein waschen wird, aber ich kann schon nach dem ersten Schluchzen aufhören, und niemand hat es gesehen. Die Straßen und der Platz draußen leuchten schon wie blank polierter Obsidian, reine nasse Flächen, die auf neue Flächen treffen, mit übersichtlichen Winkeln und Ecken.

Ich unterschreibe eine Visaquittung, wünsche Paul eine gute Nacht und gehe hinaus in den Regen. Ich gehe um den ganzen Block und nehme jeden Tropfen an wie ein kaltes Lecken vom dunkelgrauen Himmel. So schnell kann es gehen: Im einen Moment ahnen wir die Extrempunkte des Universums, im nächsten endet die Welt beim Gipfel des Ulriken. Im einen Moment sind wir ein angebetetes Schmuckstück um den Hals eines Geliebten und eine nützliche Helferin für zwei fremde Seelen mit ausgefallenen Bootsfahrtsgelüsten. Im nächsten Moment sind wir nicht in der Realität verankert und ein Scheißarsch. Und mit solchen Sprüngen sollen wir armen Würstchen dann auch noch Schritt halten.

Treu ist nicht zu sehen, weder vor dem Hotel noch drinnen. Mein Zimmer ist überraschend aufgeräumt, aber sehr leer. Es war klug von mir, erst richtig beschwipst wieder herzukommen. Der Zahnpastageschmack ist alles, was ich als klassischen Reflex noch brauche, um mich vom Schlaf überwältigen zu lassen. Ich habe eine leere Einkaufstüte am

Fensterhaken angebracht, um das Geräusch des Regens einzufangen, und als letztes höre ich das leise Trommeln und ein ebenso leises Bellen unten auf der Straße, das von jedem Hund auf der ganzen Welt stammen kann.

Der Zahn der Zeit wird auf Svalbard in einem in der übrigen Welt eher seltenen Grad sichtbar, da es fast keine Vegetation gibt und große Teile des Landes über Monate hinweg eisfrei bleiben. Der Tempelfjell auf dem Bild sieht wirklich aus wie ein Tempel, mit behaglich zur Seite ausgebreiteten Ellbogen und mit dunklen Kohlenschichten wie horizontale Laubengänge und schattige Galerien. Der Zahn der Zeit. Vom Ordovizium bis heute. Ich kritzele auf einen Klebezettel: Wie spitz ist der Zahn der Zeit? Die Zähne beißen sich auf den Knochen. *Der Zahn der Zeit misst den Verfall. Jahre. Zeit. Lichtjahre. Lichtjahre messen Entfernung, keine Zeit. Kann ein Berg in Jahren gewogen werden?*

Der Kater zerstört jede Kritikfähigkeit, und ich liege im Bett und finde diese Worte schön. Treffend und beschreibend, der Anfang eines kleinen Gedichts.

Nachdem ich zweimal gekotzt hatte, holte ich mir Frühstück und ging damit auf mein Zimmer. Ein saurer Hotelangestellter wies daraufhin, dass es ungeheuer viel Zusatzarbeit macht, wenn immer mehr Gäste auf ihren Zimmern frühstücken, doch ich antwortete wahrheitsgemäß und mit lauter, klarer Stimme, dass der Speisesaal kein Aufenthaltsraum für anständige Menschen sei, wenn man nach dem Essen keine rauchen dürfe. Die Diktatur des Antirauchwesens muss immer wieder bekämpft, der norwegische Moralismus darf von der schreibenden Zunft auf keinen Fall stillschweigend akzeptiert werden. Wir müssen Zolas Fahne hochhalten, auch in den ganz kleinen Kriegen.

Es ist ein seltsames Frühstück, ein typisches Katerfrühstück. Vier gekochte Eier. Salz. Tomate. Saft. Kaffee. Ein Stück Brot, das ich nicht angerührt habe. Ich habe auch das Telefon nicht angerührt, um meine Nachrichten abzuhören, und ich habe keine einzige Zeitung gesehen.

Im Fernseher läuft die Ricki Lake-Show. Ein feiner Kontrast zum Zahn der Zeit. Was dort passiert, lässt uns wünschen, der Zahn möge ein wenig schneller nagen, möge diese Ricki sterben lassen, möge mir dieses hirnrissige Gefasel ersparen, das ich nicht ausschalten kann, weil meine primitive Neugier meine Menschenachtung von der Bahn fegt. Heute geht es um Untreue, ein Mann hat soeben erfahren, dass seine Liebste ihn verlassen will. Er weint.

»Wie ist dir jetzt zu Mute, Thomas?«, fragt Ricki. »Lilith sagt, dass sie sich seit drei Monaten hinter deinem Rücken mit Graham trifft, den wir gleich kennen lernen werden. Seit drei Monaten, Thomas, war Lilith nicht beim Aerobictraining, sondern hat sich mit Graham getroffen, mit ihm geschlafen, ihre Träume mit ihm geteilt, ist in ihm aufgegangen, und du hast von allem nichts bemerkt? Was sagt das wohl über deine und Liliths Beziehung, Thomas, dass du nichts bemerkt hast? Thomas?«

Thomas schluchzt. Lilith streichelt seinen Rücken, er schiebt ihre Hand wütend beiseite.

»Tut mir Leid«, flüstert Lilith so leise sie kann, aber wir haben es durch das Mikrofon doch gehört.

»Und was meinen Sie hier im Studio zu Thomas?«, fragt Ricki.

Ein Farbiger steht auf, bekommt sofort ein Mikrofon gereicht und sagt: »Ich finde, er ist selber schuld. Wenn er und Lilith eine gute Beziehung hätten, dann hätte sie Graham nicht gebraucht. Und sie können keine gute Beziehung gehabt haben, wenn Thomas nichts bemerkt hat.«

»Danke«, sagt Ricki. Thomas' Schultern zittern, doch dann reißt er sich zusammen, wischt sich die Augen und zeigt sein Gesicht. Es ist kalt und gefühllos. Er räuspert sich. »Darf ich etwas sagen?«

Ricki nickt wachsam, hält die Karten mit der einen Hand dicht an ihre Brust, in der anderen hat sie das Mikrofon, das ihr pro Jahr bestimmt ein Einkommen von siebzig Millionen US-Dollar sichert.

»Ich möchte nur sagen«, sagt Thomas, »zu ... Graham. Dass, wenn er sein Leben mit einer Frau teilen will, die dazu fähig ist, einen Mann drei Monate lang zu betrügen, und ihm danach das hier ... mir das hier anzutun ...«

Er breitet die Arme aus, zeigt auf Studio, Publikum, Kameras, Ricki.

»So eine Frau ... bitte sehr, sag ich da nur. You got yourself a lying, cheating bitch, and you are welcome to her.«

Ricki rutscht nervös auf ihrem Stuhl hin und her. Ich lache laut. Im Saal wird vereinzelt Applaus laut. Jetzt weint Lilith. Und glücklicherweise wird amerikanisches *trash TV* häufig von Reklame unterbrochen, deshalb können alle sich ein wenig fassen. Ich auch. Endlich kann ich den Fernseher abschalten. Ich halte meine Klebezettel in der Hand und lausche auf den Regen, ich fühle mit der Leber, wie weit der Abbau des Alkohols schon gediehen ist, ich fühle nach, ob die Eier eine dauerhafte Ruhestätte gefunden haben. Ich lege mich wieder zum Schlafen hin und versinke zuerst in einem unruhigen Dämmern, in dem mich die Angst vor einem Kater und schlechter Laune dermaßen quälen, dass kein Kaffee der Welt das kurieren könnte.

Das Bett ist zu groß, das Bettzeug zu weiß, das Zimmer zu grau, mein Körper fühlt sich zu alt an, mein Magen zu schwer, und das, was ich über den Zahn der Zeit hingekritzelt habe, ist zu blöd, um jemals gedruckt zu werden.

Als ich endlich einschlafe, träume ich einen Haustraum. Wenn mein Leben in allen Fugen ächzt, habe ich immer Hausträume. Das Haus bin ich selber. Und das Haus kann brennen (Leidenschaft), von Wind durchweht werden (dann habe ich zu viel zu tun und fühle mich unsicher), von Wasser überspült werden (keine Kontrolle), wegen eines Umzugs ein- oder ausgeräumt werden (dann überdenke ich meine Lage), kann auf Pfählen mitten im See stehen (dann will ich allein sein), oder kann schön, luftig, voller wunderbarer Farben und Dinge sein, die ich berühre (ich habe eine richtige Entscheidung getroffen und fühle mich wohl in meiner Haut).

In meinem Traum an diesem Morgen im Hotel Norge wimmelt es im Haus von mir unbekannten Menschen. Die Fußböden fallen zur einen Seite hin ab, nur mit Mühe kann ich die Zimmer durchqueren, und ich will, dass die anderen gehen, bevor das Haus zusammenbricht. Es ist ein ekelhafter, bedrohlicher Traum, lächerlich leicht zu deuten. Und als ich drei Stunden später mit alkoholfreiem Körper und leicht erschöpfter Leber aufwache, sehe ich ein, dass es mir in meiner Lage nichts bringt, wenn ich mich dahintreiben lasse wie ein Korken. Ich muss mich der Welt stellen, Position beziehen, konfrontieren.

Ich dusche, ziehe mich an, suche mir einen großen weißen Bogen mit dem Hotellogo und setze mich ans Telefon. Mit Stift und Papier, vielleicht fällt mir ja etwas ein, was ich sagen könnte, während Rickard redet, oder vielleicht will ich filigrane Karomuster voller Punkte zeichnen.

Mir graust. Es ist verdammt mies, dass das Mündliche so viel schlimmer ist als das Schriftliche. Die mündliche Sprache wird eingefangen und vielleicht Jahre später gegen uns verwandt. Es gibt keine Möglichkeit zum Korrekturlesen. Keine Reuefrist. Keine Ruhe in der Schreibtischschublade.

Vom Empfänger verstanden.
Vom Empfänger erwidert.
Fertig.
Kann nicht zurückgeholt werden.
Kein Knopf zum Löschen.

Und meine Worte werden durch den Wirklichkeitsfaktor eines anderen Menschen geschlürft, und A kann zu B werden. A wird für immer B bleiben, weil ich nicht präzise genug war. Und wenn ich dann weitermache, werden neue Aussagen zu C werden und niemals mein B (mein A) modifizieren oder klären können. Deshalb ist Reden so unheimlich. So verpflichtend und gefährlich. Aber das Allerschlimmste an der mündlichen Sprache ist alles, was wir nicht sagen können. Dieser ganze Absatz kann von meiner Hand unmittelbar vor Drucklegung in diesen Text eingefügt worden sein, und niemand weiß, dass ich mir diese Gedanken am Hotelschreibtisch schon einmal gemacht und sie später vergessen habe. Bis vorhin, als sie mir wieder einfielen und ich dachte, dass sie hier passten. Ein Streit mit Rickard enthält so viele ungesagte Worte meinerseits, sodass der französische Ausdruck *l'esprit d'escalier* perfekt passt. Direkt übersetzt: der Geist der Treppe.

Auf der Treppe. Auf dem Abmarsch. Fort von dem Menschen, mit dem wir gesprochen haben. Zu spät. Ich hätte dies sagen sollen, und jenes. Und Himmel, das hier, das hätte ich sagen sollen. O verflixt. Es bringt aber auch nichts, sich vorher Bemerkungen zu notieren. Gespräche mit Rickard treiben immer in unerwartete Richtungen, und die Abflüsse können überall den Strom zum wilden Sog machen.

Ich überlege mir, dass es Spaß machen müsste, darüber einen kleinen Essay zu schreiben und ihn in einer literarischen Zeitschrift zu veröffentlichen. Die bloße Tatsache, dass ich hier sitze und mir diese Gedanken mache, hindert mich seit Minuten daran, den Hörer von der Gabel zu nehmen und die Nummer meines Anrufbeantworters zu wählen. Es scheint sich um eine Gedankenkette von seltener Fruchtbarkeit zu handeln.

Aber Essays liegen mir nicht. Ich muss mich an Dichtung halten, an Literatur. Da kann ich sagen, was ich will. Ohne es zu meinen. Ohne es zu wissen. Und dort erschaffe ich Wirklichkeiten, nagelneue, am laufenden Band.

Die erste Nachricht stammt von einem Tomås vom NRK Bergen, der mich interviewen will. Er möchte wissen, ob ich hin und wieder in Bergen bin, und damit ist klar, dass er sich nicht in Rickards Kreisen bewegt und folglich nicht weiß, dass ich schon lange hier bin, und den Grund dafür weiß ich, als er hinzufügt, dass er die Sendung »Kirche im Gespräch« betreut. Er möchte mit mir über meine Novelle in der Anthologie eines kleinen christlichen Verlages sprechen, er hat die Korrekturfahnen gelesen und findet meinen Beitrag ungeheuer interessant.

Die nächste Nachricht ist von einer Siri, ihren Nachnamen verstehe ich nicht, aber glücklicherweise ihre Telefonnummer. Sie ist freie Mitarbeiterin der Zeitschrift »Cupido« und möchte mich ebenfalls interviewen, und zwar zu den Reaktionen auf meinen letzten Roman.

Endlich ertönt Rickards Stimme. Bei der ersten Nachricht ist er betrunken. Er will seinen Schlüssel zurückhaben. Es scheint mitten in der Nacht zu sein. Er hat Tee und Gin getrunken, in dem Versuch, das zu bekämpfen, was sich in ihm zusammenbraut, erklärt er.

Sein Schlüssel! Ich habe noch seinen Schlüssel! Und den will er zurückhaben, was nur eins bedeuten kann: Er hat mich bereits abgeschrieben. Mehr kann ich nicht denken, denn bei der nächsten Nachricht kann ich seine Stimme fast nicht erkennen. Sie ist neu. Kristallklar. Hellwach.

»Ich bin's. Du musst versuchen, eine Bergenser Zeitung aufzutreiben, am Hauptbahnhof oder an dem kleinen Kiosk beim Grand, da gibt es welche. Im Puddefjord ist ein Mann ertrunken. Hier steht kein Wort über ein Gummiboot, ein Album oder eine Frau. Und ich habe die Polizei angerufen. Sie hatten keine Ahnung, wovon ich redete, als ich diese drei Dinge erwähnte. Oder … eine Frau ist natürlich kein Ding, aber … ich musste einfach sagen, wir hätten einen idiotischen anonymen Tipp bekommen, und ich habe gesagt, sie sollten das vergessen. Aber du musst sie anrufen, Emma. Und ihnen sagen, was du weißt. Aber ruf zuerst mich an!«

Ich rufe niemanden an. Ich stürze in die Rezeption und reiße die Bergens Tidende an mich. Im Lokalteil finde ich eine winzige Notiz:

Ertrunkener gefunden

Ein bisher nicht identifizierter Mann wurde gestern gegen sechzehn Uhr vor dem Dokkeskjærskai von drei jungen Anglern entdeckt. Vermutlich ist der Mann ertrunken. Die Polizei wollte sich nicht zu möglichen Verletzungen äußern und geht bisher von einem Unfall aus.

Der Mann war Mitte fünfzig, 178 cm groß, blond, er trug eine helle Hose und ein helles Hemd. Die Polizei bittet alle, die bei der Identifizierung helfen können, sich zu melden.

Ich lasse die Zeitung fallen und sinke auf dem Bett zurück. Bisher sind mir die Bilder an der Wand noch gar nicht aufgefallen. Zwei sinnlose Schmierereien, dazu ein Kunstdruck von Man Ray. Weiße Zickzacklinien zerschneiden einen nackten Torso. Wie passend.

Es wird an die Tür geklopft. Bescheiden und leicht, natürlich ist es ein thailändisches Zimmermädchen, müde und erschöpft vom Einsammeln der Frühstücksreste.

»Sie brauchen das Zimmer heute nicht aufzuräumen«, rufe ich, aber sie klopft noch einmal. Ich renne zur Tür und öffne.

»Please clean your room?« Sie lächelt kurz und still. Sie ist so groß wie eine norwegische Neunjährige.

»No need. Not today. Thank you.«

Es regnet auf die Plastiktüte, die ich am Fensterhaken befestigt habe, kleine, unregelmäßige Tropfen. Ich sehe seine Körperbewegungen vor mir. Die Bügelfalte in der Hose, die Spannung im Bein unter dem Stoff. Braune Haut unter weißem, kurzärmeligem Hemd. Den Flaum an seinen Ohrläppchen, die kleine Runzel, wo sie die Wange berühren, eine solche Runzel, wie ältere Männer sie bekommen. Dänische Farben im Gummiboot, das Album auf seinen Knien, seine Augen, das Lächeln. *Das werden Sie nie vergessen!*

Und der Puddefjord war gestern doch so schön. Blank wie Alufolie, undurchdringlich. Warum wollte der Fjord einen Mann verschlingen? Einen ganzen Mann verschlucken, weil er ein wenig übertrieben und sich ein zu positives Bild von seiner Seetüchtigkeit gemacht hat. Wird Mut auf diese Weise bestraft? Wird fehlende Verankerung in der Realität mit dem Tod bestraft?

Gestern lebte er noch, heute ist er tot. Plötzlich hat er große Gemeinsamkeiten mit den grünen Flecken auf den Treppenstufen, die ins Wasser führen, in die Kloake: Beide sind sie Materie, die jetzt zersetzt wird. Der Inhalt seines Gedärms, seines Magens, seine Gehirnmasse, sein Knochenmark, überall dort hat der Verwesungsprozess schon eingesetzt. Egal, ob er kühl liegt, was sicher der Fall ist, es geht schon los. Ihm müsste das Blut abgepumpt werden, man müsste seinen Körper einfrieren, um die Milliarden von Bakterien zu bezwingen, die sich jetzt über ihr eigenes Wirttier hermachen. Bakterien, die immer dort sind, die sich dort wohl fühlen, jetzt begehen sie Selbstmord. Jedes Haar, das Schneckenhaus hinten im Ohr, der Nagel des kleinen Fingers, die Wadenknochen, der Nasenflügel, das Ohrläppchen mit dem feinsten Flaum, das alles muss weg, es wird pulverisiert und in undefinierbare Ewigkeit verwandelt.

Wie hat er geheißen? Himmel ich kenne seinen Namen nicht. Plötzlich erscheint es mir als lebensnotwendig, seinen Namen in Erfahrung zu bringen. Ich muss wissen, wie er über fünfzig Jahre lang genannt worden ist.

»Hallo, Rickard, ich bin's. Ich habe deine Nachricht gehört.«

»Verdammt, Emma. Hast du eine Bergenser Zeitung auftreiben können?«

»Ja.«

»Hast du die Polizei angerufen?«

»Nein.«

»WARUM NICHT?«

»Reg dich ab. Bist du übrigens krank geworden?«

»Nein, ich glaube, ich hab's noch rechtzeitig in den Griff gekriegt. Aber Scheiß drauf. Das ist doch dieser Mann, oder? Du hast zwar nicht gesagt, wie er angezogen war, aber ...«

»Er ist es«, antworte ich und zeichne schon auf meinem Papier herum. Blumen, seltsamerweise, Blumen kritzele ich sonst nie. Sie haben fünf Blütenblätter, alle, ich habe inzwischen vier Blumen gezeichnet, und jetzt werden sie schraffiert.

»Hör mal, du musst mir jetzt zuhören. Tust du das, Emma?«

»Ja.«

»Die Polizei wird in diesem Fall keinen Finger rühren, wenn du ihnen nicht Bescheid sagst. Sie werden das als Selbstmord behandeln. Wo wir doch beide wissen, dass seine Tochter dabei war ... wie siehst du das?«

»Weiß ich nicht. Keine Ahnung.«

»Die Tochter kann es gewesen sein. Sonst wäre der Mann doch sofort identifiziert worden. Wenn sie sich sofort nach seinem Ertrinken an die Polizei gewandt hätte. Oder sogar schon bei seinem Ertrinken.«

»Daran habe ich noch nicht gedacht.«

»Die Tochter kann jetzt schon über alle Berge sein.«

»Das glaube ich nicht. Und vielleicht ist sie ja gar nicht seine Tochter. Vielleicht hat er das nur behauptet.«

»Wieso glaubst du das?«

»Keine Ahnung.«

»O verdammt, du weißt so wenig, Emma. Aber genug, um die Polizei anzurufen.«

»Das tu ich nicht.«

»Das MUSST du!«

»Nein.«

»Dann rufe ich an. Und verweise sie an dich. Ich sage ihnen, was du mir erzählt hast.«

Ich setze mich auf, begegne im Spiegel meinem Blick, sage langsam und leise: »Das … tust … du … nicht … du verdammter SCHEISSjournalist! Das ist MEINE Geschichte, ist das klar?«

Rickard schweigt sehr lange, dann antwortet er: »Ich glaube, ich habe mich eben verhört. Hast du gesagt, das sei deine Geschichte?«

»Ja. So ist es.«

»Das ist nicht deine Geschichte, Emma. Das ist die Geschichte dieses Mannes. Des Toten!«

»Ja, er ist tot. Er ist ertrunken. Er kann nicht wieder zum Leben erweckt werden. Und ich will darüber schreiben. Ich will es nicht in den Fernsehnachrichten sehen. Ich will nicht deine mitfühlende Visage sehen müssen, wenn du von den Booten und dem Album und der Mutter erzählst, die mit einem weißen Taschentuch winkt. Das ist *meine* Geschichte.«

»Was bist du doch für ein Miststück!«

»Miststück? Und willst du mir jetzt auch noch erzählen,

dass mir die Verankerung in der Realität fehlt? Gerade du, wo du nichts anderes machst als loszustürzen, wenn es irgendwo brennt?«

»Na gut. Ich werde nicht mehr mit dir reden. Gut, dass du nach Oslo zurückgefahren bist. Das finde ich sehr gut. Schick mir meinen Schlüssel. Sofort. Scheiß Egoistin? Scheiß *Narzisstin*!«

Die Novelle, die ich für den kleinen christlichen Verlag geschrieben habe, basiert auf der Schöpfungsgeschichte in der Bibel, einem Buch, bei dem ich es immer schon seltsam gefunden habe, dass es im Norwegischen, das alle Substantive klein schreibt, mit einem Großbuchstaben beginnt. Wirklich gute Vermarktung. Aber das darf ich um Gottes (auch großgeschrieben) willen im Interview nicht sagen. Ich möchte doch um jeden Preis als respektvolle und nachdenkliche Autorin erscheinen, wo ich mich schon auf dieses Projekt eingelassen habe. Außerdem ist es politisch korrekt, sich in religiöse Betrachtungen zu vertiefen, in unserer Zeit, wo Wunderheiler und Astrologen die hungrigen Leerstellen stopfen, die vom alten, ehrerbietigen Glauben geblieben sind. Die Allerraffiniertesten suchen sich natürlich einen philosophischen Zugang zu den Leerstellen und werden damit Millionär, während wir anderen uns an der Bibel zu schaffen machen, vor allem an der Bibel. Der Koran ist doch zu anstrengend. (Und bei genauerem Nachdenken fällt mir ein, dass Buchtitel immer großgeschrieben werden.)

In meiner Novelle habe ich Eva vorbehaltlos dafür gelobt, dass sie die Frucht des Baumes gegessen hat. Auf diese Weise hat sie für Adam und sich die Erkenntnis errungen, was richtig ist und was falsch. Ich gehe sogar so weit, dass ich beschreibe, was passiert wäre, wenn Eva nicht vom Baum gegessen hätte: Sie und Adam wären Tiere geblieben; weil sie keine Scham kannten, hätten sie sich wie Tiere verhalten, sie hätten sich mit ihren eigenen Nachkommen gepaart und sich um das Essen geprügelt. Selbst wenn es genug zu essen gibt, streiten sich Tiere darum.

Tomås vom NRK ist entzückt, als er erfährt, dass ich mich in Bergen aufhalte und mich einfach in ein Taxi setzen und zum Funkhaus fahren lassen kann. Ich hoffe, ich rieche nicht nach Suff, aber sicherheitshalber kaufe ich mir an dem einer chinesischen Pagode nachempfundenen Kiosk auf dem Torgalmenning eine Schachtel Mentholpastillen.

Alle Berggipfel sind von Nebel und Regen verschleiert, nur der Løvstakken ist noch zu sehen. Wie gut. Die Sonne hat lange genug geschienen. Es war lange genug gutes Wetter, das die Welt zu einer illusorischen Idylle macht und den Menschen ein übertriebenes Vertrauen in ihre eigene Unsterblichkeit gibt. Die Sonne muss geschienen haben, als er aus dem Wasser gezogen wurde. Es muss ein scharfer Kontrast gewesen sein, Regen und Wind passen besser zum Tod durch Ertrinken, so wie sie besser zu einer Beerdigung passen.

Die Kopfhörer umschließen meinen Kopf wie warme Hände, ich kann meine eigene Stimme hören.

Sie isst. Der Saft des Apfels tropft über ihr Kinn. Weiße Zähne reißen neue Stücke aus dem Fruchtfleisch. Die Schlange windet sich vor Begeisterung, die Frau geht in die Hocke und streichelt sie. Und gesegnet seist du, Frau, die isst und den Mann von derselben Frucht anbietet! Gesegnet seist du, weil du Gottes Gebot getrotzt und nach Wissen gestrebt hast. Und gesegnet seist du, Mann, der es wagt, seiner Frau zu glauben, wagt zu erkennen, dass diese Stärke auch dir Stärke geben wird. Sie essen sich satt und wissen, dass es nicht richtig ist. Sie genießen dieses Gefühl, denn plötzlich sehen sie alles Schöne. Den Garten, der sie umgibt, die Bäume, den Himmel, der sich glänzend über ihnen wölbt, den vom gelebten Leben grünen, unscharfen Horizont. Sie essen und lachen. Sie ist jetzt verlegen. Schämt sich ihrer Nackt-

heit. Sie errötet. Er lacht lauter. Sie dreht sich weg, schaut ihn aber über ihre Schulter hinweg an, lässt ihn ihren Blick für einen langen, kochenden Moment fest halten, und sein Glied erhebt sich zu ihr, zu der Frau, die auf ihn wartet, mit einem Geschlecht, das vor Hunger und Säften pocht, das pocht von einer Zukunft von Millionen von Generationen …

Tomås nickt. Ich klappe das Buch zu. Er hat diesen Abschnitt ausgesucht. Ich selber hätte bei einer so kurzen Lesung das direkt Erotische vermieden, in dem ich ja aus Effekthascherei durchaus auch einige Pornoklischees eingebaut habe. Aber Tomås nickt und fragt, wie ich mich dem Text genähert habe. Der Heiligen Schrift. Der Urgeschichte, dem Schöpfungsbericht, mit großen Buchstaben in wirklich jedem Wort.

»Ich weiß ja, dass es eine heilige Schrift ist, aber ich als Nicht-Gläubige kann mich dem Text doch auf etwas freiere Weise nähern als eine Gläubige … glaube ich.«

Es ist immer wichtig, sich zu Beginn eines Interviews als ein wenig unsicher darzustellen, als suche man die richtigen Wörter, als gebe man hier und jetzt alles, um Klarheit zu schaffen. Doch in meinem Kopf strömen die Gedanken nur so dahin, ich warte darauf, dass ich die Profischaltung einlegen kann, lautlos rufe ich nach einem Autopiloten, der die Kontrolle über Kehlkopf und Sprachzentrum übernehmen kann, ich versuche, mich an einen Gedanken beim Schreiben, an meine genialen Schlussfolgerungen zu erinnern. Ich sage: »Ich musste den Text immer wieder lesen, um die Demut aufzugeben, die wir doch mit uns schleppen, es ist ja trotz allem die Bibel. Ich hatte Angst, diese Demut könne mir den intellektuellen Zugang zu den Worten und dem, was sie ausdrücken sollen, unmöglich machen.«

»Die Demut aufgeben? Meinen Sie, den Respekt?«

»Nein, nicht den Respekt. Eher diese Haltung … alles hinzunehmen.«

Ich lache kurz. Tomás lacht nicht.

»Es kommt doch auch vor, dass Theologen«, sage ich dann, »dass auch Theologen das, was in der Bibel steht, kritisch sehen. Oder … nicht kritisch, aber sie sagen, dass der Text auch über den konkreten Sinn der Sätze hinaus gedeutet werden kann.«

»Und das haben Sie gemacht. Die Theologin gespielt.«

»Nicht gespielt, aber … aber ich habe im Text einige offenkundige logische Brüche entdeckt.«

»Und worin bestehen diese … logischen Brüche?«

Ich rutsche auf dem Stuhl hin und her und konzentriere mich auf den Mentholgeschmack, aber das hilft nicht. Meine Ohren sind glühend heiß, meine Stimme klingt fremd und kalt. Und dumm. Ich kann mich schlucken hören.

»Vor allem in der Scham«, sage ich. »Ehe sie vom Baum essen, können sie sich nicht schämen. Und es ergibt keinen Sinn, dass Gott ihnen diese Fähigkeit nicht geben wollte. Scham, so wie ich das sehe, sorgt dafür, dass wir dem Bösen widersagen. Aber Gott wollte die Menschen in Unkenntnis über das lassen, was richtig und was falsch ist. Warum?«

»Ich weiß es nicht«, sagt Tomás. »Aber ich glaube, das reicht.«

Ich nehme die Kopfhörer ab und schiebe klitschnasse Haare hinter ebenso nasse Ohren. So ist es im tiefen Wasser, denke ich, man wird nass hinter den Ohren, auch wenn man sich einbildet, schon seit Jahren trocken zu sein.«

»Wann wird das gesendet?«, frage ich.

»Wir müssen erst entscheiden, ob wir es überhaupt senden«, erwidert er. Ich nicke. Das klingt logisch. Eine junge Frau führt mich über den Flur zum Fahrstuhl. Draußen zu atmen wird zu einem Geschenk. Ich bleibe stehen und atme.

Ein Auto hält, ein Mann kommt vorbei, ich atme. Vielleicht sollte man einfach schreiben, was man schreiben will, und nachher nicht so viel darüber reden? Vielleicht sollten wir das Gerede der Literaturkritik überlassen? Ein Text soll immer klüger sein als die Person, die ihn geschrieben hat. Warum also soll ich darüber hinaus noch gezwungen werden, etwas zu meinen? Ich hätte nicht herkommen müssen. Ich hätte Nein sagen können. Ich kann immer Nein sagen. Und die Art Autorin werden, die als verschroben gilt, weil sie nicht reden will, weil sie nicht verrät, dass nicht der Intellekt Literatur erschafft. Peter Høeg hat das begriffen. Aber er kann noch dazu reden, kann genau das sagen. Weil er klug ist und ich nicht? Weil ich nur so getan habe, als interessiere ich mich für Gott, für Eva und die Scham? Vor fünf oder sechs Jahren habe ich ein ganzes Wochenende bei einem Schamanen verbracht. Er trommelte. Ich lag neben einem Lagerfeuer auf dem Rücken und reiste in mein Inneres. Ich begegnete meinem Begleittier, und zwar bei G. Näher mein Gott zu dir werde ich wohl nie gelangen. Ich beschließe, Cupido noch einen Tag aufzuschieben, um mich nicht in den Ideologien zu verirren. Und der Mann hat an seinem Auto die Scheinwerfer brennen lassen.

Im Taxi kaue ich wie besessen Mentholpastillen und betrachte die Scheibenwischer, die ihr Werk verrichten, ohne zusammenzustoßen. Sie arbeiten zusammen, ohne Berührung, spiegelverkehrt, das ist schön.

Ich erzähle dem Taxifahrer, dass ich mir die Sache anders überlegt habe und nicht in die Innenstadt will. Ich will nach Svartediket und in der Dämmerung am Wasser entlanglaufen. Ich habe keinen Regenschirm. Ich freue mich darauf, im Gesicht nass zu werden und meine Scham über meinen Mangel an Scham wegzuwaschen, obwohl ich doch weiß, dass es viel leichter ist, Scham und Schuldgefühle zu ertragen als Verrat. Eva verstieß gegen das Gebot, das Gott ihr auferlegt hatte, worauf Gott seinerseits Eva im Stich ließ, als Strafe, als sichtbare Konsequenz. Natürlich war es leichter für sie, die Schuld auf sich zu nehmen, als sich mit ihrer Trauer über Gottes Verrat auseinander zu setzen. Habe ich beim Schreiben so gedacht? Dem Taxifahrer erzähle ich nichts davon. Für ihn bin ich ein schmales Stück spiegelverkehrtes Gesicht, zwei Augen über einer Nase. Ich bezahle, was mich in seinen Augen zu einem anständigen Menschen macht. So wenig ist nötig, um würdevoll und aufrecht vor ihm zu stehen. So viel ist nötig.

Dass ihr es überhaupt über euch bringt, ein Buch nach dem anderen zu schreiben. Es gibt doch schon massenhaft Bücher, da kann es doch gar nichts geben, worüber ihr noch schreiben könnt?«

»Tut es auch nicht. Wir schreiben immer wieder über dasselbe. Mehr oder weniger.«

»Und zwar über ...«

»Das Meer, den Tod und die Liebe.«

Ich stehe in Dyvekes Weinkeller an der Bar und trinke Kaffee. Es ist spät. Der Mann neben mir ist fremd und redselig, er hat seine Zeitschrift ausgelesen. Ich habe rote Wangen, nach dem langen Spaziergang am Wasser und zurück zum Hotel. Ich habe die blanke Wasserfläche angestarrt und mir vorgestellt, wie ein schwimmender Leib darin festhängt. Ich lebe. Ich bin jung und stark, meine Oberschenkelmuskeln sind glühend heiß, meine Haare frisch gewaschen, ich hatte eine fantasievolle Idee für ein Liebesgedicht an eins der kargsten Bilder von Svalbard, ein Bild, auf dem Wollgras vor einem Gletscher aus dem Eis wächst. Und morgen werde ich frisch und munter erwachen und mich vielleicht auf die Suche nach Tövchen machen, um festzustellen, warum diese verwirrende Person einen solchen Hass an den Tag gelegt hat. (An den Tag legen, witziger Ausdruck.) Der Mann neben mir will reden. Er lässt sich nicht mit Klischees abspeisen. Abspeisen mit ... Mein Sprachgehör ist nach meinem Spaziergang geschärft. Ich sollte nicht hier sein. Ich sollte am Mac sitzen und dieses Gehör nach Kräften nutzen.

»Das Meer, der Tod und die Liebe. Über das Meer gibt's

verdammt wenig zu sagen«, sagt der Mann. Er ist schon ziemlich angetrunken. Ich beneide ihn nicht darum.

»Das Meer ist ein Symbol. Für das ewig Unverständliche«, sage ich.

»Was das Meer ist, ist leicht zu verstehen. Verdammt viel Wasser. Und ein paar Fische.«

»Ein Symbol«, wiederholte ich. »Ein Symbol dafür, warum wir hier sind. Wohin wir gehen. Das Leben. Sehnsüchte und Träume.«

»Scheißgefasel.«

»Richtig.«

Er lacht schallend. »Leute, die anderen ihre Meinung aufzwingen wollen.«

»Richtig.«

»Findest du wirklich?«

»Sicher. Aber trotzdem, wenn man ein wenig liest ... bekommt man ziemlich viel in den Griff.«

»Ein Beispiel!«

»Tja, wenn du viele Krimis liest, erfährst du, was eine Gesellschaft wichtig nimmt.«

»Wieso denn?«, fragt er und wischt sich Wein von der Oberlippe.

»Die Art der Verbrechen zeigt, was im Moment von Bedeutung ist.«

»Geld.«

»Sicher. Geld. Aber uralte Krimis handeln von Gottheiten, Kriegen und politischer Macht. In mittelalten Krimis geht es um Diebstahl von Silber und kostbarem Porzellan und um Fälschungen von wertvollen Gemälden. Krimis heute handeln von Betrug an Versicherungsgesellschaften, Banken, reichen Leuten. Davon, dass die Autoritäten fertig gemacht werden.«

»Krimis handeln von Morden.«

»Das auch. Aber ich rede von den Motiven. Denn gemordet wird immer. Die Menschen haben sich immer vor dem Tod gefürchtet, aber vielleicht noch nie so sehr wie jetzt. Wir fürchten uns die ganze Zeit mehr und mehr vor dem Tod.«

»Glaubst du wirklich? Und deshalb lesen wir gern darüber?«

»Sicher. Wir finden es wunderbar, uns zu fürchten und gleichzeitig ein wenig von unserem Hass auf die Mächtigen abzulassen. Danach fürchten wir uns dann ein bisschen weniger.«

»Aber es gibt doch nicht nur Krimis. Ihr schreibt doch nicht nur Krimis. Und wovon zum Henker handeln die vielen Bücher?«

»Ja, da sagst du was Wahres.«

»Hab gar nichts gesagt. Hab bloß gefragt.«

»Von ... von normalen Menschen.«

»Hunderte von Büchern über normale Menschen? Wozu denn?«

»Weil einige von uns einfach schreiben müssen. Hast du von Bukowski gehört?«

»Nein.«

»Den solltest du lesen. Er hat schwachsinnig viele Bücher geschrieben. Und wenn wir durchzählen, dann kommen wir sicher auf zweihundert Seiten über seinen Stuhlgang.«

»Hör auf!«

»Wirklich! Großes Ehrenwort und bei den Augen meiner Eltern. Zweihundert Seiten. Darüber, dass er auf dem Klo sitzt. Wie die Exkremente seinen Leib verlassen, und wie sie riechen. Vor allem, wie sie riechen. Im Vergleich zu dem, was er gegessen hat. Oder noch lieber getrunken.«

»Aber ... warum?«

»Weiß ich nicht. Er lebt nicht mehr. Am liebsten hatte er den Geruch am Tag nach zwanzig Halben. Beim Kacken.«

»Zwanzig …?«

»Er war Alkoholiker. Ja, zwanzig.«

»Harte Arbeit, ich muss schon sagen. Zwanzig Halbe.«

»Aber der Geruch hing anderthalb Stunden in der Luft. Das fand er toll.«

»Und darüber hat er geschrieben … und du, worüber schreibst du?«

»Na ja … du hast in deiner Musikzeitschrift über Bob Dylan gelesen, habe ich gesehen.«

»Dylan ist Spitze. Dylan ist alles.«

»Er hat ja vor allem viel Text und wenig Musik, findest du nicht?«

»Tja … doch. Nein.«

»Aber wovon handeln Dylans Texte?«

»Von Liebe. Frauen. Kleinen Leuten. Vom Menschsein.«

»Und sonst noch?«

»Nein.«

»Und darüber hat er geschrieben, immer wieder.«

»Ja.«

»So ist das auch mit uns.«

»O verdammt. Das ist ja der pure Volkshochschulkurs.«

»Du hast angefangen.«

Und plötzlich geht mir auf, dass es ein Fehler war, herzukommen. Nicht nur wegen meines vergeudeten Sprachgehörs. Denn als ich die Kaffeetasse an den Mund hebe, begegne ich dem Blick von einem von Rickards Kollegen. Er ist allein hier.

»Meine Güte, Emma. Ich dachte, du wärst wieder in Oslo«, sagt er.

»Bin schon unterwegs, fliege morgen früh. Musste erst noch ein Interview hinter mich bringen. Draußen beim NRK.«

»Und mit dir und Rickard ist Schluss, habe ich gehört?«
»Was hat er denn gesagt? Darüber?«
»Nur, dass Schluss ist.«
Alle starren ihn an. Den Promi. Nur wenige haben mich angeglotzt, und der Dylananbeter hatte keine Ahnung, wer ich bin. Aber ich hätte nicht herkommen sollen. Dyvekes Weinkeller ist für anständige Leute. Für solche, die die Bedienung zum Wahnsinn treiben, indem sie immer nur ein Glas aus immer neuen Flaschen bestellen, die geöffnet werden müssen, worauf diese Leute versnobte Adjektive über die Qualität des Abgangs von sich geben.
Aber der Spaziergang, zwei Stunden allein mit meinem eigenen Leib, draußen in der freien Natur, hat mich die Situation zu einfach sehen lassen.
»Ich muss jetzt los«, sage ich. »Muss früh raus.«
Der Dylanmann nuschelt einen Abschiedsgruß. Der Promi nimmt mich in den Arm, und für einen Moment schauen auch mich alle an.

Ich brauche nicht zu fragen, ob es im Ambassadeur freie Zimmer gibt; in diesem Hotel will nämlich niemand wohnen, außer Leuten, die noch nie in Bergen waren und blind dem eleganten Namen vertrauen. Das Hotel ist fast nie ausgebucht, abgesehen von extremen Zeiten, die mit Fest- oder Fußballspielen zu tun haben.
Im Erdgeschoss liegt die berüchtigte Fußballkneipe. Ich glaube, Rickard war noch kein einziges Mal dort. Und als ich mich außerdem als Lene Isaksen ins Gästebuch eintrage, fühle ich mich sicher.

Ehe ich das Hotel Norge verlassen habe, habe ich nach Treu Ausschau gehalten. Ich wollte so gern wissen, ob es ihm gut geht. Dass er mit seinem roten Halstuch und versorgt von dem fürsorglichen Rabulisten umhertrabt. Vielleicht hätte er sich heute Abend sogar streicheln lassen. (Treu, meine ich, nicht der Rabulist.) Sich streicheln lassen, weil ich ihn verlasse. Und ich muss noch etwas über Treu sagen, nämlich, dass er mit der eigentlichen Geschichte rein gar nichts zu tun hat; ich habe ihn weder aus Effekthascherei noch wegen Komposition oder Plot dazugenommen. Er ist Wirklichkeit. Und in der Wirklichkeit existieren Individuen, die ganz unabhängig davon auftreten, was unbekannte Beobachter gerade zu beobachten wünschen. In Wirklichkeit ist jedes Individuum nur für sich selber wichtig. Deshalb: Wenn ich erwähne, was Treu um den Hals trägt, was er macht und wo er pisst, dann nur, weil es Wirklichkeit ist, und nicht, weil ich einen schwarzen Hund brauche, der auf symbolische Weise verstärken kann, was ich sage. Oder nicht sage. Ja, ich würde sogar behaupten, wenn Treu nicht existierte, würde ich niemals auf die Idee kommen, ihn zu erfinden.

Es ist halb zwölf Uhr nachts. Rickard zappt jetzt sicher und zieht ansonsten Energie aus seinem grenzenlosen Ekel über eine großkotzige Autorin, an die er zufällig bei einem Auftrag in Oslo geraten ist; eine Autorin, von der er glaubt, dass sie nicht einen einzigen schwachen Punkt besitzt, nicht einen einzigen *undurchdachten* Punkt, überhaupt keinen Zugang zu rotem, bloßgelegtem nacktem Fleisch, eine Autorin, die bereits erwachsen und kompetent und freiberuflich und mit vollem Zugriff auf alles geboren worden ist. Ob er sein Bett wohl neu bezogen hat? Mir geht auf, dass er das während meines ganzen Besuchs nicht ein einziges Mal getan hat. Was für ein Schwein. Aber möglicherweise ist es jetzt ja so weit. Er putzt und räumt mich aus dem Haus und fährt mit feuchtem Klopapier durch die Fächer des Badezimmerschranks. Eine Frau würde das jedenfalls tun. Die

Wohnung eine symbolische Katharsis durchmachen lassen, um dann neu anzufangen, mit Wollmäusen, die aus einer unabhängigen Lebenssituation heraus entstehen. Gemeinsam erarbeitete Wollmäuse sind uns immer verhasster als die, die wir auf eigene Faust erwirtschaftet haben. Diese können wir fast lieb gewinnen, sie werden zu Freundinnen, auf die wir uns verlassen können.

Mein Zimmer im Ambassadeur könnte aus einem Kieslowski-Film stammen. Es gibt keine Bettdecke. Der Heizkörper unter dem Fenster ist von Rost gefleckt. Das Linoleum wirft Blasen. Das Waschbecken im Badezimmer hat einen Hahn für Kalt und einen für Heiß, von der Sorte, bei der wir uns entweder verbrennen oder Frostbeulen zuziehen. Das Wasser hat orange Streifen aufs Porzellan gemalt, wie mit einem breiten Pinsel. Die Badewanne weist auf dem Boden und in einem Kreis um den Abfluss dieselbe Farbe auf. Die Bodenfliesen sind gesprungen.

Doch der Lärm aus der Etage unter mir ist einfach beruhigend. Obwohl das Zimmer dramatisch gesehen ein wunderbar literarisches Zimmer ist, man könnte sich leicht zu einem finnischen Text inspirieren lassen. Auch der Lärm stimmt. Sufflärm, Alkgefasel. Bald werden sie sich prügeln, das weiß ich, ich habe sie von der Straße aus gesehen und noch nie hier gewohnt, aber bald werde ich ihre Stimmen durch das Fenster und nicht durch den Boden hören, denn sie werden auf Hamburgerjagd in die Stadt ziehen. Das erinnert mich an ... vor drei Wochen wollte Rickard einen amerikanischen Konzertpianisten herumführen, der in Troldhaugen ein Griegkonzert gab. Nach allerlei Sehenswürdigkeiten hatten wir Hunger, und ich schlug vor, ins Burger King zu gehen, um ein gewisses Gegengewicht zur ganzen Geschichte zu erlangen. Rickard lachte hämisch und spöttisch, der Pianist jedoch nickte begeistert, und Rickard hörte auf zu lachen und kam offenbar zu dem Schluss, dass nicht einmal kultivierte Amerikaner sich von ihrer dekadenten Hamburgerhörigkeit befreien können. Doch als wir im Burger King ankamen, fiel dem Ami das Kinn auf die Brust. Er hatte »Bergen King« verstanden. Aber wir blieben dort. Und aßen.

Es wäre eine gute Erinnerung, so beim Einschlafen. Wenn mir nicht plötzlich einfiele, wie wunderschön amourös Rickard später wurde, als der Pianist mit mir zu flirten versuchte.

»Gleich poliiär ich diär deine miese Frässe!«, schreit gleich darauf unten auf der Straße eine Fistelstimme. Das ist besser.

Das hier ist fast schlimmer. Als wirklich angerufen zu werden. Ich werde gewissermaßen handlungsunfähig. Der Einbahnstraßenkommunikation preisgegeben.

»Hallo, Emma, hier ist Åse vom Verlag. Eine Dame hat um deine Nummer gebeten. Ich hab sie aber nicht rausgerückt. Sie hätte ja lügen und sich als Journalistin ausgeben können, aber sie kam mir nicht ganz … was soll ich sagen … normal vor. Betrunken oder … ich weiß nicht. Sie war auch ziemlich wütend. Sie heißt Tove, einen Nachnamen hat sie nicht genannt. Bergenserin. Ihre Nummer wollte sie mir auch nicht geben. Sag Bescheid, wenn sie deine haben darf. Falls sie sich noch einmal meldet.«

»Hallo, ich bin's. Scheiße, du bist doch in Bergen! Was soll das eigentlich? Hast du einen anderen? Lügst mich an und behauptest, du wärst in Oslo! O verdammt!«

Ich rufe Åse an und sage, wo ich bin.

»Und diese Tove kann mich hier im Ambassadeur erreichen«, sage ich, dann plaudern wir noch eine Runde über das Svalbardbuch. Was mir ein dermaßen schlechtes Gewissen macht, dass ich auf unglaubwürdig übertriebene Weise behaupte, wie wunderbar leicht das alles gehe.

»Du hast ja noch Zeit«, sagt Åse, die mich durchschaut hat. »Brauchst du Geld?«

»Das nicht.«

»Und Liebe?«

»Das doch.«

Erst, als ich aufgelegt habe, fällt mir ein, dass ich Lene Isaksen bin. Ich rufe die Rezeption an und erfinde eine lange Geschichte, warum sie meine Anrufe an mich durchstellen sollen, obwohl ich Lene Isaksen bin.

Auch heute regnet es. Ich stecke Rickards Schlüssel ein und gehe hinaus ins Bergenser Wetter. Das Verkehrsgeräusch ist normal und stetig. Ich muss noch einmal an meine Kollegin denken, die behauptet hat, dass mit dieser Stadt etwas nicht stimmt. Sie müsste jetzt hier sein und sehen, dass die Autos aussehen wie in Oslo, dass die Leute sich kleiden wie in Oslo, dass die regenschweren Wolken ebenso grau sind, dass die flirrenden Taubenscharen auf genau dieselbe Weise auffliegen, dass der nasse Asphalt genau die gleichen kreideweißen Kaugummiflecken aufweist, dass die Schaufenster ebenso schmutzig sind, dass auch die Leute hier auf ihre Treppen Krüge stellen, in denen die Blumenkronen sich langsam füllen, bis sie zu schwer werden und die Blume zur Seite kippt und sich leert.

Er hat ein schreckliches Chaos veranstaltet. Dieser Anblick macht mich fast glücklich. Die Wohnung riecht nach kaltem Kaffee, die Fernbedienung liegt genau an der Stelle, wo er in der vergangenen Nacht vermutlich gesessen hat. Der Bildschirm ist von Staub und Nikotin verklebt. Nächste Woche wird er darin sitzen. Dann wird er lange schlafen, ehe er zur Arbeit geht. Es waren schöne Wochen. Hektische Morgenliebe und lange Frühstücke mit frischen Brötchen; abends, wenn er fertig war, trafen wir uns zum Essen und zum guten Trinken in der Wesselstue, mit ganzen Horden von Journalisten, die diskutierten und sich stritten und es spannend fanden, mich kennen zu lernen.

Das Bett ist unverändert, mit seinen grellen Farben. Ich

würde gern etwas tun. Ihm zu verstehen zu geben, dass ich hier in seinen tiefsten Geheimnissen gestanden habe, während er sich sicher wähnte. Sich sicher wähnte. Man ist nicht sicher, das wähnt man sich nur. Obwohl wir den Ausdruck auch so deuten könnten, dass wir so lange und verbissen wähnen, dass wir uns allein deshalb am Ende sicher fühlen.

Ich kann sein Bettzeug stehlen und es wegwerfen. Ich kann mit meinem Lippenstift den Toilettenspiegel bekritzeln. Ich kann auf den Boden pissen. Ich kann CDs klauen. Der Spiegel, ja ... möglicherweise stelle ich etwas mit dem Spiegel an. Das wäre eine wahrhaft narzisstische Tat. Ich lache laut. Aber mein Lachen trifft auf Buchrücken und Staub und fremde Wände und überlebt nicht lange. Ich bin nicht hier, gehöre nicht dazu. Obwohl ICH doch in Westnorwegen aufgewachsen bin, während Rickard durch Groruddalen stapfte und seine schadenfrohe, sensationsgeile und exhibionistische Persönlichkeitsabweichung aufbaute. Ich bin in dieser aus Zement gegossenen, gemauerten, spitzgiebligen Stadt ZU HAUSE. Rickard bezahlt in Bergen nur seine Steuern, das reicht nicht.

Neben dem Bücherregal hängt ein kleines gerahmtes Bild von ihm an der Wand. Er ist ein sieben Jahre alter Schulbub. Ich nehme mir eine Zigarette und stelle mich davor, vertiefe mich in sein Gesicht und seine Pose, in die Augen, die über einer sommersprossigen Nase und einem triumphierend verlorenen Milchzahn vor Leben leuchten. Meine Asche fällt zu Boden, er ist niedlich. Er ist ungeheuer niedlich. Manche bekommen Kinder, andere nicht. Manche trauen es sich zu, kleine Zellen einen ganzen Menschen aufbauen zu lassen, andere fragen sich mit etwa siebzig, ob sie jetzt vielleicht über genügend Lebenserfahrung und Reife und damit elterliche Kompetenz verfügen. Es ist ein Schwarzweißbild, aber bestimmt trägt er einen roten Schulranzen. Klein-

Rickard mit dem roten Ranzen, und zum ersten Mal weine ich in dieser Wohnung. Nicht sehr, aber genug, um meine Zigarette nass werden und sterben zu lassen. Und ich hätte dieses Bild gern gestohlen, aber die Befriedigung, mit der Rickard den nackten Nagel in der Wand entdeckt hätte, hält mich davon ab, es in die Tasche zu stecken.

Stattdessen gehe ich ins Schlafzimmer. Im Nachttisch finde ich die Kondome, die ich selber gekauft habe. Die Packung ist noch ungeöffnet. In der anderen sind nur noch zwei. Die stecke ich ebenfalls ein. Danach nehme ich die Batterien aus der Fernbedienung und stopfe sie in die Blumenerde um eine riesige Palme. Die Batteriesäure wird den Rest erledigen.

Der Schlüssel trifft mit totem Pling auf den Briefkastenboden auf, und ich bereue. Ich hätte noch mehr tun sollen. Alle Leckereien, die ich selber angeschafft habe, aus dem Kühlschrank nehmen, zum Beispiel. Wo ich doch in der Eile vergessen habe, die Flaschen aus der Minibar im Hotel Norge mitzunehmen.

Ich schaue mich in den Straßen um, betrachte das Dach des technischen Museums, die frischrenovierten Fassaden, die Spielplätze, die schmächtigen Bäume mit den engen, schmiedeeisernen Gittern um den Stamm, die Rhododendronbüsche vor den weiß getünchten Kellerwänden. Ich horche auf den Lärm der Møhlenprisschule, und höre aus der Ferne die Vögel im Park zwitschern. Die Menschen sind in der Schule und bei der Arbeit, nur die eine oder andere Tagesmutter regiert unangefochten in einer fremden Wohnung, durchwühlt Kommoden mit Unterwäsche, sucht in Nachttischen nach Pornoheften und Handschellen und anderen für sie unerklärlichen Requisiten; studiert Spermaflecken auf den Laken, liest Briefe, die sie im Bücherregal findet, stiehlt Kleingeld vom Dielentisch und findet es wunderbar, für diese Menschen keine Verantwortung zu empfinden, sondern deren Nachkommenschaft einfach nur im richtigen Moment Bananenpüree und Milch und ein Minimum an menschlicher Zuwendung liefern zu müssen.

Und die Affenschädel sind noch immer im Boden eingelassen. Geblendete Beobachter, die den Nacken des Nachbarn dicht vor Augen haben, in alle Ewigkeit. Alles ist so still. Einsam. Geht mich nichts an. Aber ich könnte dorthin gehen, wo die Kloake in den Puddefjord strömt. Ich könnte mich am Geländer fest halten und mich bücken und die Stufen unten im Wasser anstarren, die heute wegen des Wetters eine andere Farbe aufweisen. Ich könnte mir Gedanken machen. Könnte ein Stückchen weiterkommen, ohne zu ertrinken. Könnte mich fragen, warum es mich so ergriffen hat, warum ich das weißrote Bild vor der sonnenblanken Fläche schützen wollte, wie ein Foto meines eigenen toten Kindes, das einzige, das ich aus dem Hausbrand retten konnte. Ich könnte mich fragen, warum ich unbedingt eine Verteidigungsmauer errichten will, deren Sinn ich nicht begreife. Könnte aus einer zufällig vorübertreibenden Minibinde, die alles in die richtige Perspektive setzt, die mir befiehlt, schleunigst die Stadt zu verlassen und Tövchen zu vergessen, Kraft ziehen. Könnte ganz einfach feststellen, warum ich auf den Grund will, um dann wieder nach oben zu treiben, um dann darüber eine Novelle schreiben zu können. Eine Novelle? Langsam hat die Sache schon Ähnlichkeit mit einem Roman. Wenn ich nicht bald mit Tövchen sprechen kann, wird das ein Roman, zum Henker.

Aber ich gehe nicht zur Kloake, ich wandere über Nygårdshøyden, über Treppen ohne Plattstickerei und blinkende Broschen, die am Ende warten. Nasse, unebene

Treppenstufen strecken sich unter meinen Fußsohlen aus. In der Sekunde, in der ich mein Gewicht nach oben geschoben habe, liegen sie da wie immer. Den Mikromillimeter Erosion, den ich dem Zement zugefügt habe, wird niemand auf mich zurückführen können, wie bei Tempelfjell gibt es keine Verantwortung für die Zerstörung; sie ist ein passiver destruktiver Effekt der Tatsache, dass die Zeit weiterrollt und ich mit ihr, wie ein Alk, der oben auf seinem Berg sitzt und nervös mit den Füßen scharrt; wie die Tatsache; dass eine Beobachtung von der anderen abgelöst wird. Mich älter macht. Mich zum personifizierten Zahn der Zeit werden lässt, zu einem Zahn, der es niemals schaffen wird, sich zu einem Ziel durchzunagen, den Knochen in der Mitte zu finden.

»Polizei Bergen, bitte sehr?«

»Es geht um den Mann aus dem Puddefjord. Den Ertrunkenen. Wissen Sie schon, wer er ist?«

»Mit wem spreche ich?«

»Inger ... Taraldsen.«

»Wissen Sie etwas über diesen Mann?«

»Sie wissen also auch nichts.«

»Ich habe Sie gefragt.«

»Ich weiß auch nichts.«

Die Telefonzelle ist von der aussterbenden Sorte. Alt und rot, ein kleiner Schlupfwinkel, wo nicht nur Schultern und Kopf von einer Plexiglashaube geschützt werden, sondern der ganze Körper. Es ist unangenehm, in den neuen offenen Telefonhauben reden zu müssen; man kehrt der Welt den Hintern zu, alle können sehen, ob man unsicher von einem Fuß auf den anderen tritt, können hören, wie laut man spricht, verstehen sogar einzelne Wörter. Eines Tages werden wir uns nach den roten, körperschmalen Häuschen sehnen, doch an diesem Tag wird es zu spät sein. Erst lange Zeit, nachdem der Fortschritt einen Gegenstand als veralteten Müll klassifiziert hat, fangen wir an, ihn zu lieben.

In hohem Tempo fährt ein Krankenwagen an mir vorbei. Ein Mensch bewegt sich gebückt hinter weißverschleierten Fenstern. Ich denke plötzlich an Blut. An viel Blut. Und muss mich einen Moment setzen, neben einen Krug voller Blumenköpfe, die bis an den Rand mit Wasser gefüllt sind, wie bodenlose Seen. Ich kann nicht an Blut denken; wenn ich zu lange daran denke, muss ich mich erbrechen oder mich hinlegen. Es geht eigentlich nicht so sehr um das Blut selber, ich kann die Vorstellung von Bluttransfusionen nicht ertragen. Dass ich welches bekomme. Das Blut eines anderen. Es ist immer ein Mann. Und dieses Blut soll durch mich hindurchströmen. Wenn ich mir in den Finger schneide und ihn in den Mund stecke, sauge ich wildfremde Blutstropfen in mich hinein. Und bei der Menstruation strömt Per Hansens Blut aus meiner ganz privaten Gebärmutter.

Ich schiebe den Finger in eine Blume. Die läuft über, muss nicht umkippen, vielleicht abbrechen, nicht sterben, ich habe ihr das Leben gerettet. Mit dem feuchten Finger fahre ich mir über die Stirn. Danach mache ich das Kreuzzeichen, aus einem Impuls heraus; weil es dramatisch und fremd wirkt, wenn jemand mich jetzt sieht, von einem Fenster her vielleicht, wenn mich jemand dabei sieht. Diese Person würde das nie vergessen. *Wie sie da im Regen auf der Treppe saß und sich an die Stirn fasste und sich dann bekreuzigte, du kannst dir ja nicht vorstellen, wie seltsam das ausgesehen hat. Wie unerwartet!*

Ich war nicht allein mit dem Schamanen. Es waren mehrere, die um das Lagerfeuer lagen und in inneren Bildern davonschwammen. Später, in wachem Zustand, haben wir die Bilder verglichen. Zwei hatten dasselbe gesehen, dieselbe Geschichte aufgesucht. Was sie erzählten, kam mir beeindruckend und erschreckend vor, sie hatten sich sogar gegenseitig gesehen. Ich bin am nächsten Tag ausgestiegen, ich wollte nicht mehr. Denn es gibt niemals zwei gleiche Geschichten. Ich stehe ein wenig unsicher von der Treppe auf und flüstere: »Es gibt niemals zwei gleiche Geschichten, das glaube ich einfach nicht.« Aber was ist aus seiner Mütze geworden? Die war in der Zeitung nicht erwähnt. Wie hat sie ausgesehen? Ich weiß noch, dass ich sie sehr jugendlich fand, aber das kann an der Farbe gelegen haben. Und als er im Boot saß und die letzten Worte zu mir sprach, hat er das Kinn ein wenig gehoben und die Sonne unter den Schirm gelassen. Es kann aber keine Aufsehen erregende Farbe gewesen sein, wo er in meiner Erinnerung doch rot und weiß ist, nur das Album fügte noch einen Grauton hinzu. Ich stehe von der Treppe auf und ärgere mich darüber, dass ich den Schlüssel zurückgegeben, dass ich ihn widerspruchslos in den Briefkasten geworfen habe.

Ich gehe gern bergab. Der Körper lässt sich selber los, physische Newton-Gesetze ziehen mich an sich wie große, warme Großmutterarme mit lockerem Unterarmfett und klein karierter Haut. Ich spüre den scharfen westnorgischen Winkel der Treppe in meinen Waden, ich gebe mich der Kraft hin, die mich zum Kern hinsaugt. Und plötzlich weiß ich es wieder! »Big Time« stand auf seiner Mütze. Und sie war ebenfalls rot. Ich lasse meinen Körper einige Zentimeter zu einem neuen Stück nasse Straße hinunter. Big Time, große Zeit, eine so riesige Zeit, dass das Licht verschwindet, auch wenn es ursprünglich ein Ziel hatte. Big Time, weiß gestickt. Die Mütze hat ihm sicher ein Mensch geschenkt, dem diese Wörter gefielen. Aber ich sehe sie jetzt allein durch den Puddefjord treiben. Verschmutzt. Hoffnungslos optimistisch.

Vom Hotelzimmer aus rufe ich Siri an, die freie Mitarbeiterin von »Cupido«. Ich habe es schon satt, einen Hörer am Ohr zu haben, noch ehe ich die Nummer wähle. Die Kondome liegen auf meinem Nachttisch. Dazu werde ich mir immerhin eine Nachricht von Rickard anhören müssen, und ich freue mich darauf.

Siri ist jung und ehrerbietig. Sie findet es mutig, dass ich eine solche Geschichte geschrieben habe, ich verkneife mir eine zustimmende Bemerkung. Sie sagt, mein Buch habe ihr Leben verändert, ich frage, ob es nicht eine Nummer kleiner geht. Ich betrachte beim Reden mein Gesicht und sauge Rauch hinein. Ich frage mich, ob ich mir einen anderen Lidschatten zulegen sollte. Etwas tun. Die Haare färben. Schneiden? Sie sagt, sie habe über das Ende geweint und will wissen, warum das so sein musste, so überraschend, so weh, so einsam. Aber jetzt habe ich gelernt. Ich gebe keine Antwort, sondern reagiere mit einer Gegenfrage; hat sie verstanden, warum sie geweint hat? Noch ehe sie antworten kann, sage ich, die Antwort auf diese Frage sei die Antwort auf ihre Frage. Ich blase Rauch gegen mein Spiegelbild und hülle mich in eine Wolke. Siri fragt, ob ich schreibe, um die Krise zu steigern. Ich antworte verwundert mit ja, ehe ich mir die Sache überlegen kann.

»Natürlich steigere ich die Krise. Ich kreiere keine Krisen aus existierender Wirklichkeit, sondern ich füge durch meine Geschichte eine neue Wirklichkeit hinzu, und das wird im Kopf der Leserin zum letzten Tropfen und löst etwas aus. Wenn die Geschichte trifft, natürlich nur.«

Sage ich. Siri versichert mir, dass die Geschichte trifft. Voll ins Schwarze. Mitten hinein. Ich frage sie nach dem, was sie auf meinem Anrufbeantworter hinterlassen hat.

Über die Reaktionen. Will sie nichts darüber wissen? O doch, sie hat Zeit genug, aber was ist mit mir? Ich antworte, in »Cupido« stünden doch sonst nicht so lange Interviews. Ja, aber das hier sei eine Ausnahme, dazu habe sie die Redaktion überreden können, denn die Rezeption meines Buches passe genau in die Diskussion über Grenzen, an denen es liegt, dass man »Cupido« nicht als Porno bezeichnen könne. Ich stecke mir eine neue Zigarette an, und mir ist schon schlecht. Aber an Blut werde ich nicht denken.

Und dann plaudern wir über Porno. Siri über meinen Roman, ich über Zeitschriften und Filme. Es ist die längste und vorhersagbarste Debatte der Welt, ihren Sinn habe ich noch nie verstanden. Aber ich erzähle ein wenig über fremde Männer, die anrufen, weil sie glauben, ich habe ihr innerstes Wesen verstanden, da es ihrer Ansicht nach nur um Sexualität geht, und ich erzähle über Kritiker, die sich zur Handlung eines Romans äußern, statt zu dem Projekt überhaupt. Das sind Reaktionen. Ich kann sie lieben oder hassen, aber es sind Reaktionen. Und wir reden über Einsamkeit, über Bedürfnisse, darüber, dass Frauen über Texten fantasieren und Männer über Bildern. Über solche Dinge reden wir.

Doch plötzlich mag ich nichts mehr sagen, obwohl es lange Zeit witzig war, viel zu sagen und trotzdem professionell verschlossen zu bleiben. Am Ende bin ich müde. Es ist anstrengend. Und Schriftstellern liegt es wohl auch eher als Schriftstellerinnen. Männer sind daran gewöhnt, mit Worten um sich zu werfen, ohne ihre wirkliche Meinung mitzuteilen. Ich sage, es klopft, ich habe einen Termin. Sie will mir das Interview vor dem Druck schicken, aber ich sage, das sei nicht nötig. Auch wenn sie alles missverstanden hat und mich als noch dümmer erscheinen lässt, als ich eigentlich bin … das interessiert mich wirklich nicht weiter. Ich kenne die Leute nicht, die das Interview lesen, sie sind mir egal. Als ich auflege, kommen mir die Tränen, deshalb schalte ich ganz schnell den Mac ein. Das Licht des Bildschirms beruhigt mich, ich starre lange die Icons an, dann suche ich eine alte Novelle heraus, die vor drei oder vier Jahren in einer Anthologie erschienen ist, eine Novelle, von der niemand genug begriffen hat, um sie zu verabscheuen, einen angreifbaren und demütigen Text über ein kleines Mädchen, einen Text, in den alle sich hineinversetzen, einen Text, den die Kritiker »in Moll gestimmt« nennen können, ohne sich an ihrem eigenen eingerahmten »Weinenden Kind« zu verschlucken. Einen so wenig widersprüchlichen und widerspenstigen Text, dass niemand mehr weiß, wer ihn geschrieben hat.

Ich lese die Novelle dreimal.

Ich denke an Ruhm. Ich denke an Bücherstapel und Remissionsabsprachen, an Quartalsbände und Schmusebücher und Werbegeschenke und Lesungen und ganze Seiten mit Farbbild. Tief unten in meinem Bauch nimmt eine leise Aggression Form an, und ich lasse sie einige Minuten lang anschwellen, ehe ich sie als zarten Keim eines verkannten Genies identifiziere. Verkannte Genies sind verbittert. Kein Gefühl verschlingt mehr Energie als Verbitterung, und das kann ich mir einfach nicht leisten. Das weiß ich, ich glaube es nicht nur. Und damit bin ich nicht mehr traurig. Und auch nicht einsam. Denn ich kann mir nicht vorstellen, wer mir Gesellschaft leisten könnte. Und wir lernen aus allem. Es ist anstrengend, aber wahr. Was mich nicht umbringt, macht mich stark. Für mich ist es ein Symbol für absoluten Ruhm, wenn eine Boulevardzeitung mein Bild mitten ins Sonntagskreuzworträtsel setzt, mit einer langen grauen Kreuzwortstraße, die in meinem Pony beginnt. Solche Sonntagskreuzworträtsel sind ganz leicht zu lösen. Und dann bin ich berühmt. Dann bin ich einwandfrei zu Ruhm gelangt in einem Land, in dem kaum jemand mehr als drei Generationen von den Pflugfurchen getrennt ist. Aber mein Gesicht ist noch nie in einem Sonntagskreuzworträstel aufgetaucht.

Ich greife in den Stapel der arktischen Bilder, schließe die Augen und ziehe eins heraus. Ich öffne die dazugehörige Datei und betrachte dabei das Bild. Es zeigt fossilisierte Blätter. Ich schreibe. Ich schreibe schnell.

Einmal sind diese Blätter von einem Baum gefallen. Der Sommer hat ihnen das Chlorophyll genommen. Ihre Farben glitten von Gelb zu brennendem Rot. Doch kein Kind hat sie aufgesammelt, um sie auf weißem Karton unter einem Stapel aus Lexika zu pressen. Niemand fuhr mit dem Rechen über sie hin, niemand baute luftige Pyramiden, an die dann ein Streichholz gehalten wurde. Kein verschmähter Liebhaber wanderte allein durch die Nacht und versetzte ihnen Fußtritte.

Die Jahreszeit wurde zu einer Millionenjahreszeit, zur Tertiärzeit.

Sie sind jetzt kalt, die Blätter.

Wenn du die Augen schließt und an ihnen leckst, kannst du die Zeit schmecken.

Ich sehe die Wörter nicht mehr. Es ist ein kurzer Text. Ein präziser Text. Ein richtiger Text. Zusammen mit dem Bild regt er zum Nachdenken an. Ich schließe die Datei, das war's. So arbeiten Profis: Auf den Wellen der Irritation kann schöne Literatur an Land gespült werden.

Aber du musst doch etwas über sie wissen? Du hast doch gewusst, was sie trinkt!«

»Sie hat gesagt, was sie haben wollte.«

»Du hattest sie noch nie gesehen, willst du das damit andeuten?«

»Ich versuche eigentlich, so wenig wie möglich anzudeuten.«

»Hör mal, Paul. Ich will ihr wirklich nichts Böses. Ich muss nur mit ihr sprechen. Wirklich!«

»Aber sie wollte ja offenbar nicht mit dir sprechen.«

»An dem Abend nicht, nein. Aber jetzt hat sie mich angerufen. Hat versucht, mich zu erreichen. Es ist wichtig.«

Paul schwankt schon. Wenn er das Glas in seiner Hand noch länger wienert, dann sollte er es einer Fernsehreklame für ein Spülmittel vermachen, statt es ins Regal einer Bergenser Karaokebar mit ostwärts gerichteter Schnapslizenz zu stellen.

»Ich respektiere deine Unbestechlichkeit«, sage ich und versuche, seinen Blick einzufangen.

»Die brauch ich hier auch«, sagt er, und kostet dieses lange Wort aus.

»Und ich brauche meine auch«, sage ich. »Deshalb kannst du mir unbesorgt sagen, wo ich sie finden kann.«

Avancierte Logik. Komplett unlogisch, aber sie wirkt.

»Sie kommt ziemlich oft her«, sagt er.

»Weißt du, wo sie arbeitet?«

Er kehrt mir den Rücken zu, stellt endlich das unglaublich saubere Glas ab und sagt leise: »Du kannst es unten am Strandkai versuchen. Aber es ist noch ein bisschen früh.«

Aha. Ich hab's ja geahnt. Ich hatte gerade angefangen, es zu ahnen.

»Aber kann sie in einer anderen Bar sein? Jetzt, was glaubst du?«

Ich rede schnell, um zu beweisen, dass seine feinfühlige Mitteilung mich nicht erschreckt.

»Vielleicht im H.C. Andersen.«

»Hast du sie schon mal mit einem älteren Mann gesehen?«

Jetzt endlich erwidert er meinen Blick. Hart. »Sie arbeitet hier nicht«, sagt er. »Nie.«

»Der Mann ist ein gemeinsamer Freund von Tove und mir«, sage ich.

»Ach.« Paul nimmt sich ein neues Glas.

»Er hat keine Arbeit«, sage ich und lobe mich, weil ich das Verb in die richtige Zeit gesetzt habe. »Also, hast du?«

»Vielleicht.«

»Weißt du, wie er heißt?«

Er dreht sich zu mir um: »Hast du nicht gesagt, er ist ein Freund ...«

»Ein Freund, dessen Namen ... ich nicht weiß.«

Ich lache dämlich, aber das hilft nichts. Paul schaut mir ins Gesicht, mustert mich.

»H.C. Andersen«, murmele ich und gehe.

Nichts, was ich vorher oder nachher gelesen habe, hat mich tiefer beeindruckt als »Das hässliche Entlein«. Ich war beim ersten Mal acht Jahre alt. Es sagt nicht viel über das, was ich bis zu diesem Zeitpunkt gelesen hatte, aber ziemlich viel über das, was später kam.

Ein junger Mann vor dem Dickens kann mir weiterhelfen.

»Unter der Johanneskirche«, sagt er und kaut weiter in

gefährlicher Nähe zu einem Pickel an seiner Unterlippe herum.

Für ihn ist das der Name einer Kneipe, ich glaube nicht, dass er dem Entlein dabei auch nur einen Gedanken widmet, ihm ist sein Pickel wichtiger, und außerdem hat er Hunger, Durst, ist satt, müde oder geil. Gut, dass wir mit der Sprache mehr können, als nur Grundbedürfnisse zu vermitteln, denke ich und wandere durch die Vaskerelvsmau. Ohne das geschriebene Wort wären wir nur Tiere, dann stünden wir mit Eva vor dem Baum, brav, ohne zu essen, und kämen nicht vom Fleck. Und es geht nicht nur um Sprache an sich, sondern um geschriebene Sprache. Denken wir doch nur an die Urbevölkerungen, von den Indianern bis zu den Aborigines. Die haben ihre mündliche Überlieferung, und was hat ihnen das gebracht? Wenig, wenn wir vom kulturellen Status ausgehen. Mündliches Erbe stirbt. Schriftliches Erbe lebt. Homer lebt, obwohl die Welt, in der er geschrieben hat, tot ist. Dante lebt. Das Kulturerbe der Indianer stirbt mit ihnen zusammen aus. Und das der Sami. Der Eskimos. Wohlmeinende Völkerkundler können diese Kulturen noch für eine gewisse Zeit am Leben erhalten, mit Hilfe von Sauerstoffzelten und … Bluttransfusion, aber sie können nur, hier und jetzt, die Reste einfangen. Während wir Homer mit Hamsun vergleichen und die Bandbreite dieser Literaturen erleben. Es bringt nichts, von einem Punkt aus eine Linie zu ziehen, wir brauchen zwei Punkte. Erst dann sehen wir, wo die Linie weitergeht und können Abweichungen definieren und deuten. Ich fühle mich für einen Moment feierlich gestimmt und stolz, weil ich große Literatur kenne, weil ich in meiner eigenen Zeit ein kleines Rädchen bin, ein lächerlich kleiner Punkt, aber eben doch ein Punkt, an den in hundert Jahren die Literaturforschung ein Lineal anlegen kann; aber wenn ich an das Schicksal glaubte, würde ich ihm Vorwürfe machen, denn schließlich gibt es der Geschichte einen komischen Anstrich, wenn es gerade mich in eine Kneipe dieses Namens schickt: Genannt nach einem Schriftsteller, der in mir vermutlich den ersten Keim des Neides gepflanzt hat, weil er mich dazu gebracht hat, vor Glück zu weinen. Und literarischer Neid ist meine stärkste Antriebskraft.

Doch nicht einmal H.C. Andersen war unfehlbar. Der beste Satz im »Hässlichen Entlein« ist im Text viel zu gut versteckt, so einfach mittendrin, obwohl er doch an den Schluss gehört, das Ende bilden sollte: »Es schadet nichts, in einem Entenhofe geboren zu sein, wenn man nur in einem Schwanenei gelegen hat.«

»Einen Halben und einen Gammeldansk.«

Ich war noch nie hier, aber es ist genau die Sorte Lokal, wo ich mich hätte verstecken und mir Kriegsmatrosengeschichten anhören sollen, statt am Puddefjord zwischen den Lagerhäusern herumzuirren und Wasser zu suchen. Das ist nicht nur eine braune Kneipe, denn vieles kann als braun bezeichnet werden, sogar helles Beige. Diese Kneipe ist braun wie in Frankreich gebrannte Espressobohnen, dieses Braun grenzt an Kohlschwarz. Diese Kneipe ist geradezu perfekt. Unter der Decke hängen in den Ecken riesige dänische Flaggen, wie alte, eingestaubte Hängematten für tote Fliegen; die Flaggen hingen wahrscheinlich schon hier, als wir unsere Steuern noch an Kopenhagen zahlten. Einmal waren sie weihnachtsrot und perlweiß, und ich nehme das als Omen. Sie wird kommen. Auch, wenn sie von meinen Farbassoziationen keine Ahnung hat.

»Zweiundachtzig Kronen.«

Oder so, sagt die Frau hinter dem Holzverschlag, der einen Tresen darstellen soll. Schwedin in einer dänischen

Kneipe, in einer Stadt, die nur mit sehr viel gutem Willen als norwegisch durchgehen kann. Ich klettere auf einen Barhocker, genauer gesagt auf eine Art hohen Küchenhocker, und betrachte das menschliche Interieur. In einem solchen Lokal sind die Menschen Interieur, keine Gäste. Sie scheinen hier zu wohnen, immer schon hier gewesen zu sein, widerstandslos verfließen sie mit Staub und Nikotin. Zwei junge Nutten lehnen laut lachend in der Ecke, sicher ist Tövchen ihnen bekannt. Eine Gruppe aus drei jungen Männern streut mit Tabak um sich, schlürft Bier und redet langsam und umständlich miteinander, ihnen ist offenbar kaum bewusst, dass sie hier nicht allein sind. Zwei einsame Männer betrachten ihre Finger, die ihre Gläser auf dem Tisch fest halten, um zu verhindern, dass Tisch und Glas ins Universum entschwinden. Eine ältere Dame schaut verstohlen und unwillig zu dem einen Mann hinüber; plötzlich springt sie auf und schnappt sich das Feuerzeug, das vor ihm liegt, mit einer ungeschickten, aber schnellen Bewegung, wartet auf die Beleidigung, die ausbleibt, und marschiert dann zu ihrem Tisch zurück, den sie bei diesem Manöver fast umgeworfen hätte. Die Tresenfrau beobachtet sie mit halbherziger Wachsamkeit. Ein Türsteher ist nicht zu sehen. Hier reicht eine Schlägerei nicht für den Rausschmiss, hier muss wenigstens ein Mord geschehen, ehe der Saal geräumt wird.

Es tut gut, im H.C. Andersen zu Hause zu sein. Und das bin ich wirklich, obwohl ich gut angezogen und nüchtern bin. Ich leere meine Gläser und bitte um Nachschub. In braunen Kneipen ist das Aussehen nicht wichtig, hier geht es um Einstellung und Zustand, um die Art, wie wir um uns blicken, um den Ausdruck in unseren Augen. Wir kommen her, um zu entspannen, um uns einen Rausch anzuarbeiten, und erst in zweiter Linie zum Reden. Und wir werden von

Fremden angesprochen, damit müssen wir leben; ich kann jederzeit zu irgendwem im Lokal gehen und ein Gespräch vom Zaun brechen, und niemand wird auch nur mit der Wimper zucken. Die Codes liegen fest. Und die Codes sind rund und vage, ihnen fehlt es an Primadonnenlaunen und herkömmlichen Manieren. Das hier ist eine Art menschlicher Ausnahmezustand. Eine Oase. Deshalb liebe ich braune Kneipen, inklusive die Espresso-braunen, und ich weiß zugleich, dass ich auf der Hut sein, Augen im Hinterkopf haben muss. In solchen Lokalen passiert alles schnell, überraschend schnell, wenn wir die Promille in Betracht ziehen. Wegen eines Streits um sieben Kronen oder wegen vier in der vergangenen Woche gehörten Wörtern kann ein Pulverfass hochgehen. Pulverfässer besitzen Messer und harte Fäuste; die Fäuste können plötzlich auf den Tisch hauen und Gläser mitreißen oder eine weiche Wange treffen. Und dann gilt es, die Blicke zu senken, sich nicht einzumischen, schon ein leises Wimpernzucken kann als übelste Provokation aufgefasst werden. Uns geht niemand hier etwas an, aber zugleich können wir mit allen reden. Distanz und Nähe vermischen sich auf eine Weise, die uns im Blut stecken muss, wenn wir damit zurechtkommen wollen. Und anständigen Leuten steckt das nicht im Blut. Menschen mit begrenzter Weltsicht wollen keine unvorhersagbare Welt, und es macht ihnen Angst, wenn Querstriche das lineare Fortstreben aufhalten. (Eigentlich kann auch ich das Unvorhersagbare nicht leiden, aber plötzlicher Streit in einer braunen Kneipe ist für mich erwartete Vorhersagbarkeit, in einem Vakuum, in einer Wirklichkeit, mit der ich umgehen kann, weil ich sie jederzeit verlassen könnte. Und, wie ich hinzufügen muss, das mit größter Leichtigkeit und mit größter Feigheit.)

Die Nutten in der Ecke sind jung und niedlich. Auf naive

Weise kräftig geschminkt, mit roten Nägeln, die durch die Luft jagen, und flaumweichen Spalten zwischen den Brüsten. Der Weg den Strandkai entlang ist weit, aber vielleicht arbeiten sie unterwegs, was weiß ich. Sie sind jedenfalls keine kleinen Mädchen mit Schwefelhölzern, die nicht. Sie kennen ihren Platz auf Erden und sitzen nicht barfuß in Torwegen und träumen von geschmückten Weihnachtsbäumen. Und hier kommt Tove.

Sie sieht mich sofort. Ich fange ihren Blick auf und gleite vom Barhocker. Ich registriere dieselbe Aggression wie beim letzten Mal, aber ihre Augen sind nicht mehr geschwollen, und sie ist anders gekleidet. Elegant, frisch, für eine Nutte. Sie strahlt eine Energie und eine Kraft aus, die ich vielleicht zu meinem Vorteil wenden kann.

»Kann ich mit dir sprechen?«, frage ich. »Dir ein Bier ausgeben?«

»Nein.«

»Bleib hier. Bitte. Ich weiß nämlich nicht, was du ...«

»Sag mal, wohnst du nicht in Oslo? Kannst du nicht nach Hause fahren?«

Immerhin bleibt sie ruhig stehen. Drei Schritte ins Lokal, mit einer kleinen silbernen Schultertasche, die wütend hin und her schwingt. Die Nutten in der Ecke verfolgen jedes Wort; ich nehme an, die anderen im Raum machen das auch.

»Ich fahre wieder nach Oslo. Sofort. Wenn du mir sagst, was ich verbrochen habe. Und warum du in meinem Verlag angerufen hast.«

Sie tritt an mich heran. Sie riecht nach Parfum und Zigaretten. Ihr sorgfältig aufgetragenes Make-up hat keine Risse, ihr Mund wohl.

»Es war deine Schuld«, sagt sie leise. »Das wollte ich dir

sagen. Du hast alles kaputtgemacht. Du hast mir alles kaputtgemacht.«

Ihre Augen hassen.

»Wieso habe ich alles kaputtgemacht? Ich habe euch doch geholfen!«

»Geholfen? In dem Moment, ja. Aber glaubst du, das ist eine Hilfe?«

Mein Puls ist lauter als ihre Worte, als meine Worte, ich habe das Gefühl, schreien zu müssen, um gehört zu werden, um zu hören. Sie ist zu plötzlich aufgetaucht, und ich kapiere rein gar nichts. Ich habe nur Blut, das ruckweise durch mein Adernsystem geschoben wird, vor allem durch meine Mundpartie und meine Ohren. Ich nehme ihren Arm, sie reißt sich los, und ich höre nicht einmal das Klacken ihrer Absätze auf dem Holzboden.

»Du bleibst hier«, sage ich. »Du musst mir sagen ... wie meinst du das? In dem Moment ... ich verstehe das nicht.«

Sie dreht sich zur Tür um und geht hinaus, die beiden anderen Nutten springen auf und laufen hinterher. Ich ganz zuletzt. Die Straße glänzt vom Regen, der graue Himmelsfleck am Ende sieht aus wie eine offene Kellerluke, die Autos sausen gleichgültig darauf zu. Sie rennt los. Hinter mir knallt die Tür ins Schloss. Sie hat schon ein Taxi angehalten.

Ich heule hinter ihr her: »Ich wohne im Ambassadeur! Frag nach ...«

Ich habe den Namen vergessen.

»Frag nach ... MIR!«

Sie sitzt im Taxi. Und das fährt los.

»Du musst mir sagen, warum. Sonst muss ich ... ALLES ERFINDEN!«

Das hat sie nicht mehr gehört. Ich spüre das Gewicht meiner Arme an meinem Körper, meiner Füße auf dem Boden. Ich kann diesen Menschen einfach nicht zum Sprechen bringen, das ist Wahnsinn. Ich bekomme keine Antwort. Ich will Antwort. Ich befinde mich in der wirklichen Welt und ich will Antwort. Ich konnte sie nicht einmal fragen, ob sie ihn umgebracht hat. Vielleicht, weil ich das nicht glaube.

Die Schwedin gibt mir abermals zwei Gläser. Der Schnaps brennt. Und meine Haut brennt von den Adrenalinmengen, die abgebaut werden und verschwinden müssen. Zum Glück kann ich jetzt wieder hören.

»Kennst du sie?«, frage ich.

»Sie kommt oft her«, antwortet die Schwedin auf Schwedisch.

Einer der jungen Männer tritt neben mich und möchte Bier und eine einzelne Zigarette kaufen. Seine stecknadelkopfgroßen Pupillen starren die Flaschen an.

»Du kannst von mir eine Zigarette kriegen«, sage ich müde. »Nimm zwei. Nein, nimm drei, für jeden eine.«

Er lächelt engelsgleich und greift zu.

»Du musst lieb zu Tove sein«, sagt er. »Sie ist lieb.«

»Ist sie das?«

»Sehr, sehr lieb.«

»Kennst du ihren Vater?«

Er öffnet den Mund zu einem schallenden Lachen. Seine Zähne sind von Zahnstein bedeckt.

»Ihren Vater?«

»Ja, ihren Vater«, sage ich.

»Vater, Vater, die Gefahr ist vorbei.« Er fuchtelt mit den Armen und lädt das ganze Lokal als Publikum ein. »Die Gefahr ist vorbei, sag ich. Denn ihr Vater ist tot. Der war doch …«

»Ist er schon lange tot?«

Plötzlich ist er ernst, schaut mir ins Gesicht, legt den

Kopf schräg, um mich durch das Loch in seiner Hornhaut zu finden.

»Schon sehr lange. Tove hat sich so gefreut. Er hat sie ganz oft gefickt. Tove ist lieb. Du musst lieb zu Tove sein.«

»Er ist nicht erst vor kurzem gestorben?«

»Vor kurzem? Meinst du, vor kurzem?« Er sieht zuerst verwirrt aus, dann verängstigt. Will sich an der Schläfe kratzen und trifft beim zweiten Versuch. Runzelt die Stirn und sagt mit ernster Stimme: »Nein, das ist länger her. Das war um Weihnachten. Als er gestorben ist ...«

Er strahlt mich an und betrachtet dann die drei Zigaretten in seiner Hand. »Das war um Weihnachten. Bald danach war Weihnachten. So war das. Und du ...«

Er richtet seinen Zeigefinger auf meine Brust und trifft.

»Musst lieb sein.«

Ich will ja lieb sein. Liiiieb. Ich bin lieb. Im tiefsten Herzen bin ich ein lieber Mensch. Im tiefsten Herzen und im tiefsten Grunde. Vielleicht nicht zu Rickard, aber das ging nicht anders.

Die Schwedin will auch nicht mehr sagen. Ich erkundige mich, ob mit Tove zusammen ein älterer Mann gesehen worden ist, doch die Schwedin zuckt nur die Schultern und widmet sich ihrem Kaugummi. Und ich leere meine Gläser und stelle fest, dass die einsame Frau sich zu dem Feuerzeugmann gesetzt hat und seine Haare streichelt, und dabei weint sie und er flucht. Kein Tisch oder Bierglas hat diese Hemisphäre verlassen, das Braune ist so braun wie bisher, und ich spüre, wie das Bier meinen Magen wärmt, ganz zu schweigen von den vielen supergesunden Kräutermischungen im Schnaps, in Bergen auch nach dem Showstar »Eddie Skoller« genannt. »Einen Skoller, bitte«, sagt man, und sofort wird ein Gammeldansk aufgetischt. Ich habe diesen

Ausdruck bisher noch nicht benutzt, war nur die zuhörende Beobachterin. Ich beschließe, ihn von nun an zu adoptieren.

Anständige Menschen würden mir raten, auf das vage Gestammel einer hergelaufenen Nutte zu pfeifen. Aber es gibt keine hergelaufenen Nutten, es gibt hergelaufene Menschen, die zu Nutten geworden sind, und Tove hat mit mir gesprochen, keine Nutte. Sie war keine Nutte, als sie in ihren dunkelblauen Shorts einen Männerfuß auf die Gummimatratzenpumpe dirigiert hat, oder als sie mich danach bat, ihre leeren Plastiktüten von Tybring-Gjedde wegzuwerfen. Sie war zwar wie eine Nutte gekleidet, als sie vor wenigen Minuten ihre Anklagen wiederholt hat, aber das zählt nicht. Wenn ich die Sorte wäre, die, um ihren Lebensunterhalt zu verdienen, Menschenwürde an den gespielten Rollen bemisst, dann wäre ich Journalistin geworden, keine Schriftstellerin.

Ich halte für einen Moment den Atem an.

Tybring-Gjedde.

Wer bei Tybring-Gjedde einkauft, braucht eine Kundenkarte. Eine Kundenkarte! Eine Kundenkarte mit einer Nummer!

Mit einer Nummer, die zu einem Namen zurückführen kann. Einer Nummer, die bestimmt auf einer Quittung steht, die vielleicht noch in einer der leeren Tüten steckt.

Erst als ich mich schweißnass und atemlos über einen übel riechenden Kehrichtbehälter beuge und feststelle, dass die Stadtreinigung ihre Pflicht bereits getan hat, komme ich zu mir. Oder … zumindest fast: Der Rausch wird schwer durch meinen Leib gepumpt, die Kräuter haben sich in mein Blut gemischt.

Ich schwitze nicht nur, ich bin in Schweiß gebadet. Ich glaube auch, dass ich weine. Ich knalle den Deckel zu und schaue mich auf der Straße um. Die Zigaretten in meiner Tasche sind trocken. Ich beschließe, auf der Treppe eine zu rauchen. Auf meiner spanischen Treppe.

Heute stinkt die Kloake nicht. Die Regentropfen reinigen die Luft und zerwühlen die Wasseroberfläche, sodass sie fast sauber wirkt. Zum ersten Mal frage ich mich, warum die Treppenstufen im Wasser verschwinden. Ist der Unterschied zwischen Ebbe und Flut wirklich so groß? Der Wasserstand ist derselbe wie beim letzten Mal, aber da gab es noch mindestens fünf Stufen, die ich jetzt nicht sehen kann.

Ich stelle mir vor, wie die Stufen gegossen worden sind. In aller Eile, ehe das Hochwasser kam. Aber wie haben sie den halb getrockneten Zement geschützt, während sie auf die Ebbe warteten? Ein Mysterium. Eins von vielen.

»Ja, ja, was soll's«, sage ich laut. »Eins von vielen.«

Ich halte die Zigarette senkrecht unter meinen Fingern. Der Regen peitscht auf mich ein. Jeder Tropfen trifft meinen Scheitel wie ein sonnenwarmer Hieb. Eine Möwe landet weiter oben und schaut mich an. Vögel! Es macht immer Spaß, Vögel anzusehen. Vögel sind witzig; die Vorstellung, dass es sich um Nachkommen der Dinosaurier handelt, macht dieses Erlebnis noch schöner. Ich stehe auf und will zum Nygårdspark gehen, und ich bin mit mir zufrieden, weil ich auf derselben Stelle gesessen habe und nicht hysterisch geworden bin, sondern tiefsinnige Spekulationen über die Maurer verflossener Zeiten und ihre Versuche angestellt habe, die Stadt weit über die Grenzen der physikalischen Gesetze hinaus zu bebauen/vermauern.

Doch die Vögel im Park sind heute nicht witzig. Sie schieben die Köpfe unter die Flügel, als ihnen aufgeht, dass ich keine Tüte mit Brotresten in der Hand habe. Sie sitzen in Reih und Glied da, einige Enten haben sich hingelegt. Das Prasseln des Regens auf Wasserspiegel und Blätter erinnert mich an das Klirren von kleinen Münzen in einem Lederbeutel. Nein … das war keine gelungene Metapher, ich sollte lieber mehr an Maurer denken. Aber mir fällt kein neuer Gedanke zu diesem Thema ein, deshalb gehe ich zurück und vorbei an Rickards Fenstern.

Das ist ein kühner Streich. Ich habe mich nicht einmal mit Umhang und hochgeschlagenem Kragen und weichem Filzhut getarnt.

Ich kichere vor Erleichterung, als ich sehe, dass er die Vorhänge geschlossen hat. Ich bleibe lange stehen. Relativ betrachtet lange. Aber ich höre auf zu kichern, als sieben Meter von mir entfernt eine junge Frau an der Haustür klingelt, die Gegensprechanlage in der Wand betätigt, worauf sich einer der Vorhänge im Luftzug einer Tür bewegt, von der ich weiß, dass sie sich auf der anderen Zimmerseite befindet. Einige Sekunden später bewegt der Vorhang sich noch einmal. Sie ist drinnen. Bei Rickard. Obwohl es im Haus noch sieben andere Wohnungen gibt … der Vorhang hat sich bewegt. Und Vorhänge bewegen sich nicht aus purem Jux.

Verdammter Arsch. Bock. Nicht mal das Bettzeug hat er gewechselt. Dieses Schwein.

Ich durchquere Nygårdshøyden wie eine alte, gebeugte Bauersfrau aus dem Umland und pfeife auf die gegossenen Treppenstufen und alle meine kindischen Assoziationen zu Broschen und Waffeln und Plattstickerei und jage ins erstbeste Lokal. Triefnass und durstig. Ich könnte in die Wesselstue gehen, ich weiß ja, dass Rickard nicht dort ist, aber ich könnte seine Kollegen nicht ertragen, will seinen Namen jetzt nicht hören.

Ich trinke und denke. Ich muss ganz schnell meine konstruktive Energie zurückgewinnen und in meinen Händen formen wie einen Schneeball. Und dann muss ich werfen und treffen.

»Wo bin ich eigentlich?«

Er ist jung und hoch gewachsen, hält sich gerade, hat einen glatt rasierten Schädel und einen Ring in der Augenbraue. Er sieht verdammt toll aus. Er wienert Gläser. Offenbar wienern alle Barmänner Gläser, die Barfrauen ziehen an ihrem Kaugummi.

»In Bergen.«

»Ich meine, wo in Bergen?«, quengele ich.

»In der Garage.«

»In einer Garage? Parke ich hier?«

Ich lache, das nüchternste Lachen, das mir gelingt.

»Hier bekommst du nichts.«

»Hab schon ziemlich viel bekommen. Drei Halbe.«

»Und Wein kannst du haben. Aber sonst nichts.«

»Nicht mal einen winzigkleinen Skoller?«

»Hier gibt's nur Bier und Wein. Weder Skoller noch … sonst irgendwas.«

»Hab ich vielleicht danach gefragt?«

»Nein.«

»Ich hab bloß versucht, rational zu sein. Mich in der Realität zu orientieren«, sage ich. Er nickt. Und wienert.

»Jetzt ist es sauber. Das Glas«, sage ich.

»Ach.«

»Ich finde es schrecklich, wenn Leute böse auf mich sind, und ich nicht weiß, warum.«

»Ich bin nicht böse.«

»Dich hab ich auch nicht gemeint, Süßer.«

Ich lache wieder, mache mir aber nicht mehr die Mühe, meinen Rausch zu beherrschen. Weshalb mein Lachen ziemlich plump ausfällt. Er mustert mich forschend.

»Du«, sage ich. »Hast du von dem Mann gehört, der gerade im Puddefjord ertrunken ist?«

»Ob ich von dem gehört habe? Gerade?«

»Ja. Gerade. Nicht vor Weihnachten. Oder ... ich weiß ja nicht, ob er ertrunken ist. Ich nehme an, dass er natürlich und friedlich in seinem Bett eingeschlafen ist. Das passiert Vergewaltigern doch häufiger.«

»Ich kapier nichts von dem, was du da redest!«

»Ha! Das waren ehrliche Worte. Frisch von der Leber weg. Komisch ...«

»Was ist komisch?«

»Dass man von der Leber weg sprechen kann. Dieses Organ ist doch für ganz andere Zwecke bestimmt.«

»Ja, damit kennt deine Leber sich sicher aus.«

»Meine? Ich trink doch bloß ganz wenig. Aber jetzt ist doch Sommer und Sonne und ...«

»Regen.«

»Genau. Regen. Aber wir reden immer von Sommer und Sonne. Auch, wenn das gar nicht stimmt. Weißt du von dem Mann?«

»Ich glaube nicht. Im Puddefjord?«

»Er ist dir also nie begegnet? Zusammen mit Tove?«

»Eine Tove kenn ich auch nicht.«

»Das ist eine Nutte.«

»Davon kommen nicht viele her. Wir haben vor allem arbeitslose Jugendliche.«

»Ja«, ich werde nachdenklich. »Viele Nutten sind ziemlich jung. Aber arbeitslos sind sie nicht gerade.«

»Bist du eine Nutte?«

»Nein. Doch. Vielleicht. Ich schreibe Bücher.«

»Bücher? Wie spannend.«

Spannt. (So sprechen sie das aus. Und sie sagen *Frauh*. Nicht Frau. Das verstehe, wer will. *An dieser Stadt stimmt etwas nicht.* Vielleicht hat meine Kollegin das gemeint? Die Aussprache? Kann das so einfach sein?)

»Ja, nicht wahr. Das ist spannt.«

»Was schreibst du denn so?«

»Bücher. Über das Meer, den Tod und die Liebe. Und im Meer ... da gibt es viele kleine Fische, das kann ich dir sagen. Vom winzigen Kapelan zum dicken Butt. Und Wale! Gib mir noch einen Halben, bitte. Süßer. Du bist doch nicht sauer?«

»Gehört zu meinem Job, nicht sauer zu sein. Ich kann böse werden. Aber sauer bin ich nie. Bist du ganz sicher, dass du noch mehr willst?«

»Sicher. Wie das Amen in der Kirche. Wie die Bank von Norwegen. Weißt du ... da gibt es kein Gold mehr. Als Entsprechung für unsere Geldscheine und Münzen. Als unser Nationalschatz. Das war in alten Zeiten so. Jetzt gibt's nur noch Papiere. Obligationen und Wertpapiere. Zahlen auf Bildschirmen.«

»Du redest so sprunghaft. Wie eine Besoffene. Aber du drückst dich sehr gut aus. Hast die Wörter im Griff. Und das ist ja vielleicht auch kein Wunder.«

Er lächelt. Endlich lächelt er.

»Du hast ein zahnpastaweißes Lächeln«, sage ich. »Weiß wie Blendax. Weiß wie ein Ritter auf einem stolzen Schimmel. Oder wie Koks.

»Vergiss es.«

»Ich will gar nichts. Ich zieh dich nur auf, verstehst du? Meinst du, ich komm von der Zivilbullerei?«

»Du bist doch Schriftstellerin, hast du gesagt.«

»Ja, hab ich gesagt. Das hab ich gesagt, und das bin ich. Und das hier ist ein selten gutes Bier. Ganz fantastisch. Hast du eine Beziehung?«

»Ja.«

»Ich auch. Aber im Moment fickt er gerade mit einer anderen.«

»Sauerei. Weiß er, dass du das weißt?«

»Nein. Er weiß nicht mal, dass es mir etwas ausmacht. Denn eigentlich haben wir Schluss gemacht.«

»Und du bist gegangen?«

»Ja.«

»Das ist immer das Schlimmste. Dann weißt du sozusagen, dass sie so schnell wie möglich mit anderen vögeln werden. Aus Rache«, sagt er und nickt.

»Genau. Aber ich hab mich auch ein bisschen gerächt. Ich hab seine Kondome geklaut. Und er hat schreckliche Angst vor Ansteckung. Und er wird das erst entdecken, wenn er die Hand gewissermaßen leicht zerstreut in den Nachttisch schiebt, um eins rauszuholen, im entscheidenden Moment. Unmittelbar vor der Penetration. Weißt du … Penetration bedeutet nicht Eindringen, wie viele glauben. Es bedeutet Vollendung.«

Er lacht das lauteste, fröhlichste Lachen, das ich seit einer endlosen Ewigkeit gehört habe. Ich habe kein so glückliches Lachen mehr gehört, seit ich es selber produziert habe, zusammen mit Rickard in der Wesselstue, in fröhlicher Gesellschaft, als ich mich sicher wähnte, in der Bewunderung, der anderen und meiner Schriftstellerinnenrolle.

»Du bist einfach unglaublich«, sagt er.

»Ich hab schon erwartet, dass du das sagst«, sage ich. »Außerdem ist er ein Promi.«

»Ach? Wer denn?«

»Rickard Revestad von TV 2.«

»O Scheiße. Das ist ein verdammt scharfer Typ.«

»O Scheiße«, sage ich. »Bist du schwul?«

»Ja.«

»Mist!«

»Aber wenn ich hetero wäre ...«, er zwinkert mir zu.

Ich verlasse ihn. An diesem Abend brauche ich mehr als ein Schwulenzwinkern, um den Status quo zu erreichen.

Rickard nutzt die Gelegenheit, um lange Monologe zu halten. Erst schimpft er mich wegen der Batterien aus der Fernbedienung aus. Er schimpft auf aufgeregte, beleidigte Weise. Wie ich es auch wollte. Dann folgt der Kondommonolog. Ich freue mich. Der Mann redet mit Fistelstimme, was ja nach einem Interruptus nur natürlich ist. Denn ich kann mir einfach nicht vorstellen, dass er es über sich gebracht hat, über Aids und Herpes und Tripper zu diskutieren, bestimmt hat er irgendeinen anderen Grund für den Abbruch der Session aus dem Ärmel geschüttelt.

Er nennt mich kontrollgeil und krank. Er hält sich lange beim Wort »kraaaank« auf. Immer wieder kommt er darauf zu sprechen. Ich soll mich um fachliche Hilfe bemühen, diesen Müll. Danach ist die Anfrage einer Hotelzeitschrift aufgezeichnet, die eine Novelle von mir aus einer alten Sammlung von Kriminalgeschichten kaufen will (die müssen heute angerufen haben). Und dann ist Rickard wieder zur Stelle. Wach, redet in gebildetem Tonfall. Kühl. Überlegt.

»Ich habe mich bei allen Hotels erkundigt. Aber du hast dich offenbar unter einem anderen Namen einquartiert. Um Jagd nach dieser Geschichte zu machen. In der BT ist heute ein Bild von ihm. Die Polizei versucht seine Identität festzustellen. Sie wissen noch immer nicht, wer er war. Und du weißt, dass er bei seinem Ertrinken mit einer jungen Frau zusammen war. Mit einer Frau, die vielleicht einen Finger mit im Spiel hat. Findest du das witzig? Auf einer solchen Information zu sitzen? Findest du es witzig, die Detektivin zu spielen? Ich rufe jetzt die Polizei an und sage ihnen, was ich weiß. Denen fällt es sicher leichter, dich aufzuspüren, als mir. Weißt du, was du bist? Du bist eine spekulative Autorin. Und ein spekulativer Mensch. Und in den Läden gibt es jede Menge Kondome, und ich werde mir noch heute welche kaufen und sie auch benutzen.«

Darauf folgt ein weiterer beruflicher Anruf. Ob ich im Herbst drei Wochen auf Lesereise durch die Gesamtschulen von Østfold und Vestfold gehen möchte.

Ich rufe sofort Hotelzeitschrift und Reisearrangeur an. Sage der Hotelzeitschrift zu und nenne Kontonummer und zuständiges Finanzamt. Die Lesereise lehne ich ab. Ich erfinde unsichere Reisepläne, sodass ich mich nicht anderweitig binden kann. Bei diesem letzten Gespräch steigere ich mich in einen dermaßen tiefen Ekel gegen alles, was mit Schule zu tun hat, hinein, dass ich heftig weiter über meine geplanten Reisen fabuliere. Als ich auflege, zittere ich vor Wut.

Spekulativ! Er will mich wirklich verletzen. Ich wähle seine Dienstnummer und habe nach wenigen Sekunden seine Stimme im Ohr.

»Ich habe mit der Polizei gesprochen. Die finden das sehr interessant«, sagt er.

»Ich melde mich selber bei ihnen. Ich habe nichts zu verbergen, ich weiß nämlich rein gar nichts. Nur, dass sie Tove heißt. Und ansonsten ist es mir scheißegal, was du machst.«

»Du bist heiser, Emma. Brütest du etwas aus? Hab ich dich doch anstecken können?«

»Nein, du hast doch immer Kondome benutzt. Ich bin heiser, weil ich eine lustige Nacht hatte. Zu viele Zigaretten, zu viel Sekt, aber nicht zu viel Schwanz. Gerade genug Schwanz. Und er war größer als deiner.«

»Du bist also immer noch in Bergen.«

»Ja. Ich wohne im Ambassadeur.«

»Diesem Loch.«

»Es ist ein witziges Loch, hat was Ethnisches. Im Speisesaal riecht es sogar nach Kotze.«

»Warum bist du nicht nach Hause gefahren?«

»Weil ich arbeite. Ich betrachte das hier als Urlaub. Als Arbeitsurlaub. Ich mag Regen. Und weißt du, was? Wir sind beide ziemlich spekulativ, Rickard.«

»Wie meinst du das?«

»Ich spekuliere *über* die Schattenseiten des Lebens. Du spekulierst *damit*. Und das ist schlimmer.«

Ich höre, wie er langsam und angestrengt atmet. Dann sagt er: »Ich hoffe, dein Buch wird ein Flop. Denn das passt zu dir. Du bist eine Null.«

»Es wird bestimmt ein Flop. Wenn ich über dich schreibe. Und das habe ich vor. Eine ganze Geschichte. Ich werde dir eine ganze Geschichte spendieren. Ich werde deinen Namen ändern, mehr nicht. Nur, damit du mir keine juristischen Bluthunde auf den Hals hetzen kannst.«

»Und wovon soll diese wunderschöne Geschichte handeln?«

»Warte ab. Alle werden wissen, dass du gemeint bist. Und stell dir vor, wie witzig das für die Leute sein wird, wenn sie erfahren, dass du nur Bier und Wein bekommst, wenn du ins Bull's Eye und zu dem Tresen gehst, auf den dein Schwanz zeigt! Sag mal, warum lässt du dich nicht operieren?«

»Ich …«

»Aber so schlimm ist das doch auch wieder nicht. Dass er so schief ist. Viel besser als der Liebhaber, den ich mal hatte, dessen Schwanz nach unten hing. Glatt nach unten. Er musste mich von hinten und auf dem Kopf ficken, um den G-Punkt zu treffen. Und das ist doch eine komische Stellung. Und absolut nicht erotisch.«

Er legt auf, ich renne aufs Klo und kotze. Es stinkt nach

Hefe. Nach Bierhefe und nach Körperhefe. Irgendein Indianerstamm spuckt ins Obstkompott, um den Gärungsprozess in Gang zu bringen. Ich kotze noch einmal. Ich könnte einen Weinberg aufmachen.

Es ist leicht, das Zimmer zu leeren. Ich bin keine einkaufsgeile Person, die auf Reisen Gepäck anhäuft. Meine Tasche ist so schlaff wie an dem Tag, an dem ich mit Rickard hier gelandet bin. Mit dem Mac in der Schultertasche und der Tasche in der Hand melde ich mich aus den Slums ab. Ich teile noch mit, wo sowohl ich als auch ich für etwaige Anrufe zu erreichen sind, dann wandere ich zum Hotel Norge zurück und checke als ich selber ein. Ich frage, ob Treu noch hier wohnt, was die Dame hinter dem Computer bestätigt. Und ich nutze die Gelegenheit, um die Großzügigkeit dieses Hotels zu loben und zu sagen, wie ungeheuer gemütlich ich es finde, dass ein Hund einfach frei herumlaufen darf. Gemütlich, wie zu Hause, so ist das. So und nicht anders.

Ich hoffe, damit einen Ausgleich zu schaffen, falls andere sich über Treu beschweren. Die Rezeptionsfrau weiß ja, wer ich bin, vielleicht spielt sie jetzt mit dem Gedanken, in der Rezeption eine Bronzetafel anzubringen, die mitteilt, dass die berühmte Autorin bei ihren Besuchen in Bergen immer hier absteigt. Und wenn die Berühmte auf dem Flur frei laufenden Hunden begegnen will, dann will die Hotelleitung ihr da nicht widersprechen. Aber das alles sage ich nicht laut, vor allem, weil ich weiß, dass Treus Besitzer in Bergen tausendmal beliebter ist als ich. Die Bronzetafel gehört im Grunde jetzt schon ihm.

Ich dusche in dem schönen Badezimmer mit der Badewanne ohne orange Streifen. Ich denke ein wenig an Zimt und rotes Farbbad, und überlege mir, dass ich ihn jetzt wohl genug verletzt habe. Eine Versöhnung ist ausgeschlossen. Mir ist nicht mehr schlecht, dafür habe ich einen gewaltigen Hunger. Und um noch mehr Dinge aufzuzählen, über die ich mich freuen sollte: Ich habe wirklich Urlaub. Ich bin nicht pleite. Ich schreibe ein wenig, obwohl es sehr langsam geht. Und frischgevögelt bin ich auch.

Ich richte die Handbrause vorsichtig auf die Stelle zwischen meinen Beinen. Ich könnte allerlei über den Mann der vergangenen Nacht erzählen, den ich in der Fußballkneipe aufgelesen habe, wo er in Trainingshosen und T-Shirt mit dem Aufdruck »Give it to me, baby«, und Metzgerschnurrbart und Flaschenöffner am rechten Mittelfinger saß. Ich könnte erzählen, dass ich ihn aufgelesen habe, weil ich dachte, er würde eine fantasielose, aber rohe und wirkungsvolle Version der voll zur Sache-Missionars-Kiste bringen, aber dass er die totale Überraschung war. Ich könnte erzählen, was er mit mir gemacht hat, mehrere Stunden lang, was wir unter der Dusche gemacht haben, was er ganz allein geschafft hat, und was ich ganz allein geschafft habe. Vor allem, weil er sich zu diesem Zeitpunkt nicht bewegen konnte, denn er hatte in meiner Garderobe eine Entdeckung gemacht: zwei lange Seidenschals. Einen mit Leopardenmuster, den anderen mit schwarzen und weißen Zebrastreifen.

Aber darüber verrate ich keinen Mucks. Ich sage nur, dass er Petter hieß. Und Petter hat mit dieser Geschichte nur wenig zu tun. (Treu hat das auch nicht, das weiß ich. Aber der ist ein einsamer Wolf, ein Findelkind, er hat sehr viel *gesehen* und trotzdem seine stoische gleichgültige Ruhe behalten, deshalb schreibe ich so gern über ihn.)

Ich bin nämlich keine spekulative Schriftstellerin, die ihre Buchseiten mit müßigem Sexgerede füllt, um ihren Leserinnen in einem ansonsten grauen und langweiligen Alltag einen kleinen Masturbationskick zu geben. Ich finde es besser, wenn sie echte Ware suchen, eigene Erfahrungen sammeln, statt sich um meine sexuellen Eskapaden zu kümmern.

(Wenn Petter Tove gekannt hätte, dann wäre mein literarisches Alibi gerettet und ich könnte bis ins kleinste Detail ausmalen, warum ich jetzt kühlendes Wasser über innere und äußere Schamlippen fließen lasse, um das hitziggeschwollene Pochen zu dämpfen.)

Natürlich haben sie mir nicht mein altes Zimmer gegeben. Deshalb rühre ich die Minibar nicht an. So lässt sich Geld sparen. Und dann können wir es uns leisten, welches auszugeben. Ich lasse mich von meinen Füßen zur Wesselstue tragen, endlich zur Wesselstue, wo niemand auch nur mit der Wimper zuckt, als ich als Vorspeise Schnecken in Knoblauch und als Hauptgericht Kabeljauzungen bestelle, obwohl es doch erst zwölf Uhr mittags ist. Ich bestelle außerdem eine ganze Flasche Weißwein. Meine nächste Station ist schließlich die Polizei, und ohne einen lindernden Schleier über den Nervenenden sollte man sich nicht in die Höhle des Löwen wagen.

In der Wesselstue liegt die BT aus. Ich finde ihn sofort, falte die Zeitung zusammen, kippe ein Glas Wein und schlage sie wieder auf.

Er hat die Augen geschlossen. Er ist tot. Tot und namenlos. Die Notiz unter dem Bild ist fast identisch mit der Ersten. Er liegt auf dem Rücken. Ich stelle mir vor, wie der Fotograf sich über ihn beugt und auf jeder Seite des Leichnams einen Fuß platziert hat, um den Porträtfotografen vorzugeben.

Hätten sie nicht wenigstens mit Streichhölzern seine Augen aufsperren können? Kann irgendwer einen Blicklosen erkennen?

Doch sicher, er sieht aus wie sonst. Sein Hemd ist am unteren Bildrand gerade noch zu sehen. Es ist nicht mehr weiß, sondern hat die Farbe des Wassers beim Dokkeskjærskai angenommen, wo ich selber schon einmal geangelt habe. Ich habe die Fische wieder ins Wasser geworfen, wie gewonnen, so zerronnen. Es war kein großer Verlust, braune, von den Abwässern verseuchte kleine Kabeljaus mit überdimensionalen Köpfen.

Die Kabeljaus sind unter ihm hindurchgeschwommen. Haben zu der schimmernden Oberfläche hochgeschaut, wo die Welt endet und ein unbegreiflicher Zustand beginnt, und haben entdeckt, dass ein ganz anderer Umriss als die vertrauten Bootskiele das Licht aussperrte. Vielleicht haben sie ein wenig an ihm herumgezupft oder an ihm geschnuppert, oder was immer Kabeljaus unternehmen, um sich die Dinge genauer anzusehen.

Ich bezahle und gehe, und dabei denke ich: Hoffentlich hatten die Jungs, die ihn gefunden haben, nicht so viel Hunger, dass sie ihre Fische auch gegessen haben.

Warum zum Teufel melden Sie sich erst jetzt?«

»Ich … es war so schrecklich, als ich diese Nachricht in der Zeitung entdeckt habe. Dass er ertrunken ist. Und deshalb habe ich mich betrunken.«

Der junge Bergenser Bulle sitzt ganz still da und lässt meine Antwort in seinem Kopf nachhallen. Offenbar machen ihm die einzelnen Bildbestandteile Probleme, offenbar kann er sie nicht zusammenbringen.

Denn ich habe mir Mühe gegeben mit meinem Äußeren. Ich bin sauber und frischgeputzt, mit diskreter Schminke und ordentlicher Frisur. Ich spüre, dass mein Blick gerade ist und mein Mund (und ich hoffe, auch mein Atem) nach jeder Menge Kaugummi riecht. Ich habe meinen Namen genannt, mehr nicht. Doch als der Bulle sich nach meinem Beruf erkundigt, und ich sage, Schriftstellerin, wirkt er ungeheuer erleichtert. Das Bild fügt sich für ihn zusammen, so dicht, dass nicht einmal eine Rasierklinge in den Fugen Platz hätte. Schön, ausnahmsweise einmal von den allgemeinen Vorurteilen und vorgefassten Meinungen über das Leben als Schriftstellerin zu profitieren.

»Schriftstellerin, aha. Das erklärt natürlich alles.« Er lächelt sogar. »Ihr könnt doch trinken, so viel ihr wollt. Zur Inspiration, stimmt das nicht?«

»Genau«, antworte ich.

»Erzählen Sie, was passiert ist.«

Passiät. Ich beschreibe die Boote, die Kleidung, Toves Aussehen, den geografischen Punkt im Hafen, wo sie das feste Land verlassen haben, nenne Uhrzeit, Tag, Datum. Ich sage nichts – nichts! – über das Album. (Das nennt sich künstlerische Integrität und ist nicht einmal eine Notlüge.) Ich erzähle, dass der Mann Tove als seine Tochter vorstellte, nein, nicht gerade vorstellte, aber sie doch als Tochter bezeichnet hat.

»Was hatten die beiden wohl vor, was meinen Sie?«

»Keine Ahnung.«

»Sie haben nichts gesagt?«

»Nein. Zu mir nicht.«

Der Bulle notiert. Langsam. Das schenkt mir lange Pausen in meinem Bericht, die ich mit Stille fülle, was mir gar nicht ähnlich sieht. Ich spekuliere nicht, und ich habe schon längst beschlossen, meine weiteren Begegnungen mit Tove nicht zu erwähnen. Ich schaue mir stattdessen ausgiebig sein Büro an.

»Haben Sie sie später noch einmal gesehen? Diese Tove?«

»Nein.«

»Hm. Dann müssen wir uns wohl auf die Suche nach ihr machen. Sicher ist sie ebenfalls ertrunken.«

»Ach, übrigens ... ich habe sie wohl gesehen.«

»Ach?«

»Ja. Aber ich habe ... nicht mit ihr geredet. Ich habe sie an dem Abend kurz gesehen. Sie stieg in ein Taxi ein. Da trug sie nicht mehr die Shorts, sondern einen Rock. Einen hellblauen Rock.«

»Ach? Seltsam. Dass sie sich nicht bei uns gemeldet hat.«

Jetzt ist sein Misstrauen erwacht. Geschieht ihr recht. Wenn ich wenigstens meine eigene bescheidene Person vor seinem Misstrauen bewahren kann, ist alles in Ordnung. Und ich habe wirklich das Gefühl, die Lage ganz und gar zu beherrschen. Ich suche Zipfel meiner Geschichte aus, genau ausgewählte Stücke, das finde ich witzig. Und am Ende gibt es nichts mehr zu sagen. Ich sitze ganz still auf meinem Stuhl, versuche ungeheuer beeindruckt und aufmerksam auszusehen und sage: »Er kam mir so freundlich vor. Hat denn wirklich noch niemand angerufen, seit das Bild veröffentlicht worden ist?«

»Nein. Aber wir sind ja noch mitten in der Urlaubszeit. Trotzdem, komisch ist es schon.«

»Vielleicht sollten Sie eine ganzseitige Anzeige aufgeben. So eine kleine verschwindet doch in der Menge. Die BT ist ja so groß.«

Er hat keinen Sinn für Ironie und antwortet:

»Das erlaubt unsere Finanzlage nicht. Und für die Angehörigen wäre es ein Schock. Sein Gesicht ist doch einwandfrei tot. Nur noch eins ... warum haben Sie nicht die Polizei angerufen, als die beiden losgerudert sind? Sie konnten sich doch denken, dass das nicht gut gehen würde.«

»Ich ... ich weiß es nicht. Gleich danach kam mir das alles fast vor wie ein Traum. Als sei gar nichts passiert, verstehen Sie? Diese winzigen Gummiboote, das war absurd, es war wie in einem Buch ...«

Der Bulle nickt ernsthaft. Er hat begriffen, dass er es mit einer empfindsamen Künstlerinnenseele zu tun hat. Ich beschließe, den entscheidenden Stoß zu meinem Vorteil auszuführen:

»Ich habe sogar geweint. Als sie losgefahren sind und dann hinter einem Lagerhaus verschwanden. Das Ganze hatte etwas ... etwas Schönes. Es symbolisierte ... Hoffnung. Einfach Hoffnung. Dass zwei Menschen eine solche Reise für möglich halten können. Verstehen Sie?«

Wenn er es nicht versteht, dann will er das jedenfalls nicht zugeben. Aber es ärgert mich, dass ich meine Worte nicht mit ein paar Tränen anreichern konnte. Das muss am Wein liegen. An der Distanz, die der Schwips herstellt. Aber der Bulle ist trotzdem beeindruckt. Eine kleine Handbewegung verrät, dass er fast meine Schulter gestreichelt hätte. Hätte er gut tun können. Er sieht nicht schlecht aus, hat leicht schiefe Vorderzähne, die er beim Schreiben mit der Zungenspitze berührt.

Er notiert sich meine Adresse. Und meine Nummer in Oslo, falls ich abreise. Er akzeptiert sofort, dass ich nicht weiß, wie lange ich in Bergen bleiben werde. Auf dem nächsten Fest kann er alle eine Stunde lang mit einem Vortrag über das Wesen der Schriftstellerin unterhalten. Schön für ihn. Schön für mich. Gott, was für ein wunderbarer Beruf. *Hab mich betrunken* … Aber ich muss ein wenig vorsichtig sein. Sollte vielleicht nicht erwähnen, dass ich ihm das erzählt habe. Ich sollte überhaupt nicht so viel über Alkohol schreiben. In der Literatur können männliche Hauptpersonen einen vierhundert Seiten langen Roman hindurch an alkoholisierter Paranoia leiden, ohne dass das als etwas anderes betrachtet wird denn als eine Tatsache, die die Glaubwürdigkeit steigert. Weibliche Hauptpersonen können sich das nicht leisten. Helden können besoffen sein und durch die Flasche ihre Frustrationen leeren, sie können ihr Herz erleichtern, und das fast leere Glas übernimmt die Rolle des jubelnden Publikums. Heldinnen dagegen haben teilnahmsvollen Freundinnen ihr Herz auszuschütten. Aber was, wenn sie keine haben? Meine weiblichen Hauptpersonen suchen nur selten weibliche Gesellschaft auf. Und da müssen sie doch trinken.

Doch gerade jetzt, als ich meinen jungen Bullen verlasse, steuere ich die Bibliothek an, und keine braune Kneipe. Ein kühner Sonnenstrahl bricht über dem Lungegårdsvann durch die Wolken, als ich über die Straße gehe. Mein Gespräch mit Rickard hat mir eine manische Energie geschenkt; mir fällt plötzlich ein, dass ich mich ein wenig über Ägypten und Mumien und Katzen und so informieren wollte. Also, ans Werk! Die Polizei ist informiert. Im Lauf des Tages werden sich bestimmt irgendwelche Bekannten von ihm melden. Tove wird sich ihre unbegründeten Anschuldigungen abschminken können – sie ist in diesem Fall doch die Hauptverdächtige! Und zwar dermaßen, dass sie wirklich Grund hat, mich zu hassen. Und das ist doch die typische kindische Reaktion: Wenn man immer wieder desselben Verbrechens beschuldigt wird, ohne es begangen zu haben, dann tut man es am Ende doch. *Du hast mir alles kaputt gemacht.* Ja, das habe ich. Die Bergenser Bullerei ist dir auf der Spur, und das geschieht dir Recht.

Die Kabeljauzungen haben mein System in Schwung gebracht, noch im kleinsten Zipfel Gehirnsubstanz brodelt der Blutzucker. Rickard kann mir nichts mehr tun, und meine Unternehmungen der letzten Nacht haben meinen Körper so geschmeidig gemacht wie ein Schweizer Uhrwerk. Ich fühle mich wohl, genieße, beobachte, auch wenn mir vor dem Bibliotheksbesuch graust. Ich verdränge die Unruhe, indem ich die Eindrücke in mich aufsauge: Der See mitten in der Stadt gibt Bergen einen Hauch von europäischer Größe, es ist eine selten schöne Stadt, Norwegens vornehmste, mit ihrem hanseatischen Baustil und den hohen, verzierten Fassaden. Hier haben sie sich nicht damit begnügt, die Häuser funktionell aufzustellen, nein, sie haben überlegt und abgeschätzt. Geplant und ästhetische Rücksichten genommen. Sie haben einfach eine unerwartet große ästhetische Energie an den Tag gelegt. Haben in der Schatztruhe gewühlt, haben auf die große Trommel geschlagen. Der Sonnenstrahl war nur ein Aufflackern, im wahrsten Sinne des Wortes. Die Menschen haben wieder ihre Schirme aufgespannt, denn ein schrägfallender Nieselregen steuert unentschlossen den Boden an. Ich habe keinen Schirm. Ich lasse mir gern die Haare nass regnen. Ich denke an den Eisbärkadaver, den die Kälte auf König Karls Land mumifiziert hat. Ich lache beim Gedanken an Rickard, der mit spekuliert, und nicht über. Das war genial von mir – dass zwei kleine Präpositionen einen solch abgrundtiefen Unterschied in Lebenssicht und Berufsethos aufzeigen können! Ich lächele zwei alten Bergenser Damen holdselig zu, als sie in ihren Burberry-Mänteln und Halstüchern an mir vorübertrippeln und dabei vornehm durch zusammengebissene Zähne reden. (Versucht das einfach mal, auf diese Weise klingt jeder Akzent bergensisch.) Sie erwidern mein Lächeln nicht. Das tun Bergenser Damen nie, wenn sie nicht wissen, welchen Beruf dein Vater hat, und was deine Mutter für eine Geborene ist. Ich lächele noch einmal, und sie tauschen einen verdatterten Blick. (*Verdattern? Verdattert …* man denkt dabei an Dotter im Bart, und doch sind vor allem Frauen verdattert und lassen vor lauter Verdatterung unüberlegte Bemerkungen fallen.)

Ich bin fast glücklich. Rein und unbesudelt glücklich. Es ist fast unheimlich. Aber andererseits weiß ich ja auch einiges über moderne Biochemie, nämlich, dass sexuelle Aktivität den Serotoninzufluss zum Gehirn steigert. Und Serotonin ist der Stoff, der von Glückspillen stimuliert wird. Mit anderen Worten: Meine Stimmung wird sich bald wieder verschlechtern, eben, weil die Zufuhr unterbrochen ist. Meine Selbstachtung könnte niemals zwei aufeinander folgende Nächte mit einem Metzgerschnurrbart ertragen.

Eine Autorin, die Bibliotheken mag, muss wohl masochistisch veranlagt sein oder sich auf vorzügliche Weise vom Augenblick distanzieren können.

Ich bin/kann keins von beiden. Deshalb mache ich nach Möglichkeit einen Bogen um Bibliotheken und habe große Pläne, hinfort alle Recherchen per Internet zu betreiben. Aber mein Notebook schafft das nicht, ich müsste den großen Computer zu Hause nehmen, doch auch dessen Modem ist nicht schnell genug. Ich beschließe hier und jetzt, vom Herbst an in Computertechnologie zu investieren, denn ich ertrage es nicht.

Es sind die Bücher.

Es gibt zu viele davon. Eins neben dem anderen.

Zu viele Leute haben sie geschrieben. Es gibt so viele Bücher, dass ich fast aufgeben möchte. Warum soll ausgerechnet ich noch weitere schreiben? Oder, wie Storm P gesagt hat: »Es ist unbegreiflich, dass irgendwer zwei Jahre lang an einem guten Buch schreiben mag, wenn man sich für wenige Kronen ein fertiges kaufen kann.«

Zu seiner Zeit waren die Bücher billiger. Und hier sind sie sogar gratis. Es ist kaum auszuhalten. Vom Boden bis zur Decke. Autor und Autorinnen für jeden Buchstaben des Alphabets. Dicke Bücher, dünne. Ganze Serien, o Scheiße. Tausende davon. Wie viele Jahre der Selbstverherrlichung sich wohl in diesen vielen Einbänden verbergen! Zwischen diesen vielen Zeilen!

Sich als stolzes Rädchen und kleiner Punkt zu fühlen und aus dem Neid den Drang zum Schreiben zu saugen, das geht hier nicht, hier kann ich mich immer nur mit einem Buch auf einmal auseinander setzen. Das hier ist zu groß, zu endgültig. Deshalb lasse ich die belletristische Abteilung erleichtert links liegen und steuere Geschichte und Mythologie an. Die Historiker mögen schreiben, sie müssen die Tatsachen für die Nachwelt aufzeichnen, anders als die Urbevölkerungen, und gerade das kann mich durchaus ein wenig freuen. Belletristikabteilungen dagegen müssten den Schulen vorbehalten sein. Kindern und jungen Menschen mit Gehirnen wie gierige Schwämme. Erwachsene können sich ihre Bücher selber kaufen oder selber schreiben.

(Ähnlich, wenn auch nicht ganz so schlimm, geht es mir mit Buchhandlungen. Ich kaufe dort nie ein. Ich sitze auch nie hinter einem Tischchen mit Tischdecke und brennender Kerze und signiere. Ich bin dort nicht anzutreffen. Die Bücher, die ich lesen will, bestelle ich per Post direkt beim Verlag. Aber von Berufs wegen muss ich mich natürlich darüber freuen, dass es Buchläden gibt. Schrecklich freuen. Danke.)

Eine junge Frau mit rosa Schleife im Haar führt mich zum richtigen Regal. Und hier kann ich an einem Schreibtisch sitzen und mich in Werke über Ägypten vertiefen. Sie hat mir auch ein paar Blatt Papier gegeben (hatte ich natürlich vergessen) und mir einen frisch gespitzten Bleistift geliehen.

Aber ich finde kein Wort über Katzen. Habe ich mir das nur eingebildet? Haben moderne Katzenmenschen die ägyptische Geschichte mystifiziert, um ihre eigene Katzenhörigkeit zu legalisieren? Dann muss ich mir auch einen Besuch vor einigen Jahren in einem Kopenhagener Museum eingebildet haben, wo es von Katzen und Mumien nur so wimmelte, nachdem ich diverse Skulpturen von Rodin passiert hatte. Ich schlage noch einmal im Register nach, aber das bringt mich auch nicht weiter.

In den Büchern wimmelt es jedoch von anderen Tieren, von Gottheiten in Tiergestalt. Ich finde Falken, Schakale, Paviane, Kobras, Skorpione und Nilpferde. Die Vorläuferin der Sphinx ist zwar eine griechische Mischung aus Löwin und Frau, und in allerlei Zusammenhängen stoße ich auf Löwenfüße, aber nie auf eine Katze. Und plötzlich habe ich vergessen, wie ich überhaupt auf die Katzen gekommen bin. Katze und Eisbär? Was soll denn das für ein Zusammenhang sein? Ich vergesse die Katze und mache mich über Mumifizierungsprozesse her. Und hier gibt es Leckerbissen für jegliche makabere Fantasie.

Zuerst wird das Gehirn durch die Nase herausgeholt, danach werden die Eingeweide entfernt und die Bauchhöhle gesäubert. Nur das Herz bleibt einsam zurück. Die Innereien werden präpariert und in eigenen Gefäßen aufbewahrt. Der Leichnam mit dem Herzen wird für siebzig Tage in flüssiges Natron eingelegt, was Fleisch und Muskulatur dehydriert. Der Körper wird an der Luft getrocknet und mit Sand und Ton gefüllt. Die inneren Hohlräume werden mit in Parfüms und Kräutern eingeweichten Leintüchern ausgestopft, dann wird der Körper gesalbt und in duftende Bandagen gehüllt. Die Bandagen werden bemalt, um das Ganze der verstorbenen Person so ähnlich wie möglich zu machen. Unmittelbar vor der Beerdigung folgt dann das »Mundöffnung« genannte Ritual; die Mumie wird dadurch auf magische Weise zum Leben erweckt. Gesicht und Brustkasten werden abermals bemalt, und große Bonzen bekommen Goldmasken und Sarkophage und allerlei Geräte mit auf die Reise, außerdem werden die Wände der Grabkammern prächtig ausgeschmückt. Und dann beginnt das Leben in der Götterwelt. Jetzt beginnt das Leben! Bei einem Totenkult wie dem ägyptischen verstehen wir gut, dass sich niemand vor dem, was nach dem Tod kam, fürchtete. Mit Ausnahme der Sklaven natürlich, die sich bis aufs Blut abplacken mussten. Von denen steht nichts in diesen Büchern. Ich glaube nicht, dass sich irgendwer die Zeit nahm, ihre sterbliche Hülle mit Sand und Ton zu füllen, wenn sie beim Schleppen von Steinquadern für die Pyramiden tot zusammenbrachen.

Es sind schöne Bilder. Die in den Büchern und in meinem Kopf. Der Eisbär ist trocken wie ein frisch natronifizierter Leichnam. Und er liegt in einer Grabkammer, der sich kein Pharao zu schämen brauchte: einer Polarnatur, die erst dort aufhört, wo der Horizont sie zerteilt. Und die Geräte, die ihm im nächsten Leben, bei den Gottheiten, weiterhelfen sollen? Was ist die wichtigste Waffe des Eisbären? Zähne und Krallen, natürlich. Und die werden im Tod nicht zersetzt. Hm. Das wäre eine Idee. Das könnte einen guten Text für ein Svalbardbuch geben, aber noch ist es nicht greifbar.

Nicht greifbar! Zwischen die aufgeschlagenen Bücher und mich schieben sich wieder die Augen des Rentierkalbs und fegen alles andere beiseite. Die Augen bringen genau das zum Ausdruck, was ich über Svalbard sagen möchte, über die Tiere und die Natur. Aber ich bekomme es nicht zu fassen. Mache ich meine Aufgabe vielleicht schwieriger, als sie ist? Den Text über die Fossilien habe ich doch geschafft. *Wenn du die Augen schließt und daran leckst, kannst du die Zeit schmecken.*

Verdammt, flüstere ich. Und habe plötzlich schrecklichen Durst. Ich sage das ganz einfach im Klartext: Ich bin eine durstige Hauptperson. Die Schnecken waren sicher ein wenig salzig.

Auf dem Weg nach draußen begegnet mir ein echter Bergenser Autor. Er ist hergejoggt, dieser übermäßig gesunde Mensch. Er will sich einige alte Bergen-Karten ansehen und Kopien machen. Er fragt, ob ich etwas Neues schreibe, das tun wir alle immer, und alle haben eine Sterbensangst vor der Antwort; wir alle konkurrieren um den Platz in den Buchbeilagen der Hauptstadt. Ich antworte, dass ich es noch nicht so recht weiß, dass Bergen aber der perfekte Ort ist, um sich inspirieren zu lassen. Das hört er gern, und auch wieder nicht. Doch als ich mich über die lähmende Büchermenge in den Sälen hinter uns beklage, sagt er:

»Eben weil es so viele gibt, können wir doch unbesorgt auch noch ein paar schreiben.«

Das ist eine gute Antwort. Aber mein Durst wird davon nun wirklich nicht gelöscht. Und mir fällt plötzlich ein, dass Freitag ist, das Wochenende beginnt.

»Du schwitzt«, sage ich.

»Das ist ja auch der Sinn der Sache«, sagt er.

»Wenn du Muskeln haben willst, dann stopf dir doch einfach Sand und Ton unter die Haut.«

Ich gehe die Kaigate entlang und überlege mir, was mit dem Körper des Mannes passieren sollte. Er gehört eigentlich sofort in die Natronlösung. Aber wenn niemand ihn vermisst, wer wird dann den komplizierten Mumifizierungsprozess durchziehen, um ihn für die Nachwelt zu bewahren? Ihn bis an die Zähne fürs Götterleben bewaffnen? Tove hat ihn geliebt.

Das wird mir plötzlich schmerzhaft bewusst. Sie hat ihn geliebt. Diese Tatsache habe ich bisher total übersehen. Natürlich hat sie ihn geliebt, das war zu hören, als sie mit ihm gesprochen hat, auf diese liebevoll scheltende Art. Ich wäre fast zu dem jungen Bullen zurückgekehrt, um ihm das zu erzählen, als wichtige Nachricht, als für den Fall entscheidende Information.

Er würde lachen. Als ob Tövchens Gefühle für den Toten irgendeine Rolle spielten.

Aber das tun sie! Sie arbeitet als Nutte. Sie muss sich blind auf ihn verlassen haben, sonst hätte sie ihn nicht auf dieser irrwitzigen Bootsfahrt begleitet. Er kann ihr Zuhälter gewesen sein, der sie beschützt hat. Und so, wie eine Geisel sich gefühlsmäßig an ihren Bewacher binden kann, kann es ihr auch ergangen sein. Während Kopf und Vernunft sie immer wieder an eins erinnerten: Dass er sie im Grunde ausnutzte. Und das wäre ein Motiv: Um sich zu befreien, hat sie ihn ertränkt.

Das alles kann stimmen. Nur eins trübt meine empirische Freude: Warum macht sie dann mir Vorwürfe? Was habe ich kaputtgemacht, wenn sie ihm doch den Tod gewünscht hat? Liegt es daran, dass ich ihren Aufbruch gesehen habe? Dass sie weiß, dass ich sie verraten kann? Aber wenn diese Bootsfahrt mit Ertrinken insgeheim passieren sollte, wenn Tove sie als kaltblütigen Mord geplant hatte, warum haben sie sie dann am hellichten Tag unternommen? Mitten auf dem Puddefjord?

Ich bleibe stehen und zünde mir eine Zigarette an. Ich hätte das alles meinem joggenden Kollegen erzählen sollen. Der kennt sich mit Mysterien und Morden und verborgenen Motiven aus. Sein literarischer Wolf in der Bergenser Unterwelt wäre der perfekte Sparringpartner.

Aber nein! Das ist meine Geschichte. Das ist *meine* Geschichte!

Und ich kann immer noch versuchen, mit den niedlichen jungen Nutten ins Gespräch zu kommen. Die haben bestimmt noch keine Zeit gehabt, um Hass auf mich zu entwickeln.

Unglaublicherweise finde ich eine gute altmodische Telefonzelle von der roten Sorte, so echt norwegisch wie rotes Telemarksvieh, und unglaublicherweise habe ich sofort Rickard an der Strippe, obwohl die Nachrichtenzeit näherrückt und ich eigentlich einen heißen Tipp für den Dreifachmord in Røa haben müsste, um überhaupt durchzukommen.

»Ich habe mit der Polizei gesprochen, Rickard. Du kannst dich also beruhigen. Alles liegt auf dem Tisch. Und geht jetzt seinen Gang.«

»Du meine Güte. Das hast du also gemacht.«

»Ja.«

»War es unangenehm, mit ihnen zu sprechen, was meinst du?«

Ich muss nachdenken. Ich denke nicht an die Vorderzähne des jungen Bullen und an seine Fragen, sondern an Rickards Tonfall. Er tut so, als wäre ihm mein Wohlergehen wichtig.

»Ja, ein bisschen.«

»Du kannst die Bergenser Polizei doch nicht leiden.«

»Nein. Ich kann überhaupt keine Polizei leiden. Und schon gar keine, die Leute in Fahrstühlen und Autos zusammenschlägt und das danach abstreitet.«

»Aber ansonsten ist alles gut gegangen?«

Himmel, ich habe nicht mehr genug Einheiten auf meiner Telefonkarte für so viel Sympathie.

»Ich fand es schwer, mich an alles zu erinnern. Es ist doch so lange her.«

»Nur ein paar Tage.«

»Das ist lange her.«

»Hast du getrunken?«

»Nein, noch nicht.«

Nicht, seit mir eingefallen ist, dass ich Durst habe. *Hast du getrunken?* So eine Frage kann einen zeitlichen Aspekt beinhalten, und zwar den Zeitraum von dem Tag, an dem wir zum ersten Mal an die Mutterbrust gelegt worden sind, bis heute. Besser, ich sage gleich nein.

In der Frage liegt außerdem ein Vorwurf, den ich nicht vertrage. Rickard erinnert mich plötzlich an norwegische Buchrezensenten.

»Du, Emma, können wir nicht am Wochenende mal zusammen essen gehen? Ich muss nur am Sonntag arbeiten. Wäre das nicht nett?«

»Wieso sollte das *näääätt* sein?«

»Aber wir können doch Freunde sein?«

»Wozu denn?«

»Emma!«

»Du willst über die Gummiboote berichten, so ist das. Du willst ein kleines nettes Feature drehen, das die Leute zu den Neun Uhr-Nachrichten lockt. Im Stil von Katze von Feuerwehr durch Mund-zu-Mund-Beatmung wiederbelebt.«

»Red keinen Unsinn. Ich weiß doch nicht genug.«

»Genau. Nix Essen, Revestad. Und jetzt ist meine Karte alle.«

Er ruft etwas, das ich nicht hören kann. Dieser Schleimi!

Die Tage sind zu lang. Ich müsste bald abreisen. Meine Post durchsehen und mich um meine Pflanzen kümmern, die von meiner freundlichen Nachbarin immer zu gut gegossen werden. Nach meiner letzten Reise musste ich mehrere Liter Blumenwasser ausgießen. Ein riesiger Avocadobaum war dabei verstorben, er kam mir in der Diele entgegengeschwommen.

Wasser Wasser Wasser. Alles ist ein Prozess, in Bewegung. Nichts ist unveränderlich, auch, wenn es so aussieht. Wir erwachen eines Morgens und halten uns für dieselben wie gestern. Wir akzeptieren problemlos, dass jedes einzelne Partikel im Universum Position oder Intention geändert haben kann, aber ich ... ich ... mein Körper und meine Gedanken, *mein Bewusstsein meiner selbst,* wollen sich für unverändert halten. Aber ich bin so veränderlich wie ein Wasserfall, so unveränderlich wie der Bogen, den die Wassermassen beschreiben. Neue und immer neue Wassermassen, die in der Luft ganz still stehen, wenn wir sie nur aus ausreichender Entfernung betrachten. Aber alles fließt. Mein Leben ist so beständig wie ein Prozess. Ich kann mich mit den einzelnen Komponenten in diesem Prozess auseinander setzen, niemals jedoch mit dem Prozess an sich. Ich habe keinerlei Kontrolle. Ich halte mich in jeder Sekunde für bewusst, aber jede Sekunde ist eine neue, das sagt mir meine Vernunft, in jeder Sekunde bin *ich* neu, und ich habe keinen wirklichen Grund, etwas anderes zu glauben. Ich habe also keine Ahnung, wer ich vor einer Stunde war. Leider. Ich sehe es lieber gleich ein und mache mich an die Trauerarbeit. Sorgen sollten wir uns im Voraus machen. Immer. Dann sind sie an dem Tag, an dem sie wirklich losbrechen, so übersichtlich wie die Südnorwegenkarten des norwegischen Automobilclubs.

Es wäre schön, das Meer zu sehen. Das Meer scheint stabiler zu sein als ein Wasserfall. Wenn überhaupt irgendetwas das Gemüt zum Glauben an zuverlässige Stabilität bringen kann, dann ist es das Meer. Tod und Liebe werden im Vergleich dazu zu Kleinigkeiten.

Der Hafen ist eine Portion Meer. Dorthin gehe ich und kaufe mir ein halbes Brötchen mit Räucherlachs, um womöglich noch durstiger zu werden, und ich kaue und betrachte die Segelboote. Die vielen in die Luft ragenden Masten, die Segeltörns, die in ihrem Bug ruhen, die Stürme, denen sie sich jederzeit zu stellen bereit sind. Ich habe den

Touristenstrom im Rücken, ein babylonisches Sprachgewirr. Ich spucke eine Fischgräte auf den Asphalt und bereue es gleich, ich hätte sie als Zahnstocher nehmen können.

Wo ist er jetzt? Danach hätte ich die Polizei fragen sollen. Zieht ihn in dieser Sekunde ein Pathologe aus einem Kühlfach, um ihn nachdenklich zu betrachten? Hebt er ein weißes Laken an, sieht das Gesicht aus der Zeitung und wundert sich? Macht er sich an dem Zettel am großen Zeh zu schaffen, wo die gepunktete Namenszeile leer geblieben ist?

Dann schiebt er den Leichnam zurück, und die rostfreie Stahlplatte, die von einem toten, namenlosen Körper bedeckt ist, gleitet auf weichen Gummirädern lautlos zurück. Die Tür fällt zu. Die Temperatur wird überprüft. Und der Pathologe empfindet ein leises Mitleid mit diesem Mann, der sich vermutlich auf keine überfüllte Kirche freuen kann, auf Bänke, voll gestopft mit weinenden, ihn vermissenden Menschen, die zu seinen Ehren schluchzen, und die sich keine Mühe geben, ihre Tränen zu verbergen, weil sie doch gerade zum Weinen hergekommen sind.

Der Tod soll der Beweis dafür sein, dass man gelebt hat. Der Trauergrad der Hinterbliebenen soll zeigen, wie sehr man geliebt und respektiert worden ist.

Aber wenn du nun so unbekannt bist, dass niemand weiß, wer du bist, selbst dann, wenn du nicht mehr *bist*. Wenn du nicht die Person bist, und trotzdem einen Namen hast, der in Stein gemeißelt werden soll, dann müsste jemand sich an dich erinnern. Ein Bankangestellter, mit dem du auf Grußfuß gestanden hast, eine Nachbarin, ein Straßenarbeiter, der noch weiß, dass du mit ihm gesprochen hast, weil du keinen Parkplatz für dein Auto finden konntest. Der Straßenarbeiter könnte dann einen Straßennamen nennen, eine Gegend, etwas, das die Polizei auf deine Spur bringen kann.

Das ist schlimmer als der Tod: Als Leiche der Welt unbekannt zu sein.

Aber vielleicht liegt es an den Augen. An der Tatsache, dass sie auf dem Bild in der Zeitung geschlossen sind. Möglicherweise wollen Menschen Fremde nicht erkennen, wenn diese die Augen geschlossen halten. Geschlossene Augen weisen auf etwas Privates hin, deuten an, dass die Person sich verstecken, ungesehen bleiben will.

Wenn ich nicht schon gewusst hätte, wer er war, hätte ich mich vielleicht auch unangenehm berührt abgewandt und schnell weitergeblättert, zu den Comics.

Ich drehe mich um. Auf dem Fischmarkt wimmelt es von lebendigen Körpern. Von geborenen Körpern mit Zellen, die langsam dem Untergang entgegen ticken. Von Füßen, die sich spielerisch leicht bewegen. Die Automatik der Muskeln sieht auffallend, fast wundersam einfach aus. Nie befinden sich beide Füße zusammen in der Luft. Die Arme schwingen asymmetrisch hin und her, um Passgang oder Balanceschwierigkeiten zu vermeiden. Und die Gehirnmasse in jedem Körper, vielleicht eine Tonne Gehirnmasse insgesamt, denn es befinden sich viele Menschen auf dem Markt und in den O-Bussen und den Autos, die in beide Richtungen fahren; die ganze Gehirnmasse ist immer an der Arbeit. Ununterbrochen! Wenn wir sie zu einem Klumpen sammelten, einem Riesengehirn, dann würden wir jede Menge Überlappungen entdecken. Homogen gedachte Gedanken, die einander einebnen. Von dieser Tonne würden vielleicht nur einige Hundert Gramm strahlend neue und originelle Vergleiche anstellen. Nein, was rede ich da … einige Gramm! Mehr nicht. Und wem gehören diese armseligen paar Gramm?

Mir, möchte ich meinen.

Das möchte ich so schrecklich gern meinen.

Ich falle auf der Stelle tot um, wenn ich nicht mehr meine, dass sie mir gehören.

Im Lauf der letzten Jahre habe ich viele Nutten kennen gelernt. Ich kann kühn behaupten, auf diese Weise meinen Horizont erweitert zu haben. Mein Horizont ist durch das Wissen, wie andere mit Hilfe von Mund, Unterleib und melkenden Händen Geld verdienen, um einiges erweitert worden.

Nutten sind Menschen, für die ich tiefen Respekt entwickelt habe. Ich sage das nicht, um eine sozialerotische Wirkung zu erzielen, sondern, weil es stimmt. Nur selten begegnen uns rationalere Menschen als Nutten. Alles haben sie platziert. Alle Gefühle haben einen Merkzettel bekommen, auf dem steht, was dahinterliegt. Und dass viele von ihnen neben dem Job kein normales Liebesleben mehr führen können, liegt eher am Rauschgift als an Überarbeitung.

Es gibt unterschiedliche Nuttenkategorien, abhängig davon, wie sie in dieses Gewerbe geraten sind. Aber wenn ich von Straßennutten rede, und das tue ich, denn ich kenne mich, dann sind sie eine ziemlich homogene Gruppe, oder doch auch wieder nicht. Mit den alten Nutten bekannt zu werden ist fast unmöglich, und die ganz jungen können noch kaum ihre Erfahrungen in Worte kleiden. Die alten sind verbittert und desillusioniert und oft irgendeiner Sucht verhaftet, sie arbeiten auf der Straße, weil sie zu fertig aussehen für das grelle Licht der Massagesalons. Die ganz jungen leben in der rosa Illusion, sie könnten ihr Gehirn ausschalten, um an leicht verdientes Geld zu kommen, oder sie sind zu Hause vergewaltigt worden und in einer Opferrolle erstarrt, die immer wieder bestätigt werden muss: Erniedrigt zu werden ist sicher und übersichtlich, die Geschäftsmechanismen sind sicher und übersichtlich, die Scheiße riecht so, wie sich das gehört. Und die jungen arbeiten auf der Straße, weil sie sich dort frei fühlen; sie haben Angst, in einem geschlossenen Ausbeutungssystem hinter Perlenvorhängen mit üblen Arbeitsabsprachen und unbequemer Arbeitszeit zu landen.

Ich habe am liebsten mit denen dazwischen zu tun, die es schon seit einer Weile machen, aber noch nicht zu lange. Denen, die eifrig beteuern, dass sie aussteigen, wenn sie genug Geld auf die hohe Kante gelegt haben, aber die jetzt schon einen Rauschbedarf entwickelt haben, von dem sie nicht zugeben wollen, dass er dieses Ziel vereiteln wird. Ihre Lebenslüge fault von der Wurzel her, aber diese Nutten reden bereitwillig über ihren Alltag, sie verfolgen die gesellschaftlichen Entwicklungen, sie haben ihre Ansichten über Freier und militante Frauengruppen, über norwegische Drogenpolitik, über Männerrolle und Frauenrolle und Sexualpolitik. Und nicht zuletzt haben sie sich eine Meinung über die norwegische Frau gebildet und deren verkrüppeltes, verkrampftes Verhältnis zu ihrer eigenen Sexualität, das sie durch den norwegischen Mann kennen lernen, der nicht einmal wagt, ein wenig Bondage light vorzuschlagen, aus Angst, von seiner Frau dann als pervers abgestempelt zu werden.

Man entwickelt Respekt für Menschen, die am Rand von allem leben und das wissen, und die trotzdem eine krampfhafte Würde signalisieren, die auf dem Recht des Individuums auf Entscheidungsfreiheit basiert.

Sie sind heute noch ebenso niedlich, und sie sitzen am selben Tisch. Spielen sich zwischendurch mit lackierten Nägeln auf, erstarren dann aber, als ihr Blick auf mich fällt. Ich setze mich einfach zu ihnen und lächele sie an. Ich habe sie schon als junge, verträumte Nutten auf der Jagd nach leichtverdientem Geld eingestuft, mit einer übersichtlichen IQ-Höhe und einem naiven Weltbild, das ich durchaus nicht anbohren will. Mir geht es nur um harte Fakten.

»Kann ich euch zu einem Bier und einem Skoller einladen?«, frage ich freundlich.

Sie wechseln einen Blick, die eine nickt langsam und verwundert für beide. Ich mache die Schwedin auf uns aufmerksam und bestelle.

»Ich heiße Emma«, sage ich.

»Vergiss es«, sagt die, die genickt hat.

»Was soll ich vergessen?«

»Wie wir heißen.«

»Das habt ihr doch nicht gesagt.«

Ich lache. Sie lachen nicht.

»Die Polizei hat mir noch nie einen ausgegeben«, sagt die Nickerin.

»Die Polizei? Glaubt ihr, ich käme von der Polizei?«

Ich lache noch lauter, mit großer Energie. Dieser ganze Tag steht im Zeichen von Energie und Reflexion. Am Nachmittag habe ich die Minibar mit eigenen Naturalien gefüllt und sogar einen Text zu einem Möwenbild zusammengeschustert.

»Wer hat gesagt, ich wäre bei der Bullerei? Tove?«

»Soll das Bier eine Bestechung sein?«, fragt die, die nicht genickt hat. Ich entdecke plötzlich, dass die beiden sich unter ihrem Make-up sehr ähnlich sehen.

»Seid ihr Schwestern?«

Ich habe jede Menge Geduld. Sie antworten nicht, aber sie nippen an Bier und Schnaps, als ich bezahlt und sehr wenig Trinkgeld gegeben habe. Es bringt nichts, in einem Lokal mit Barfrau und ohne Türsteher mit Kohle um sich zu werfen.

»Seid ihr also Schwestern?«

»Das verraten wir nicht.«

»Aber ich bin Schriftstellerin. Und nicht von der Bullerei.«

»Schriftstellerin?«

»Ja. Und wenn ich mit Leuten rede, und wenn sie mir etwas erzählen, dann stehe ich unter einer Art Schweigepflicht. Nicht nach dem Gesetz, aber ich finde eben, dass ich das tue.«

Es ist immer befriedigend, wenn wir sehen, dass unsere zielgerichteten Lügen voll ins Schwarze treffen. Diese hier trifft die, die nicht genickt hat, ihr Blick richtet sich etwas fester auf mich. Aber die Nickerin bringt noch immer ihr Misstrauen zum Ausdruck:

»Aber warum hast du es auf Tove abgesehen? Wenn du nicht von den Bullen kommst.«

»Tove ist nur sauer auf mich. Und sie kommt sicher heute nicht hierher, wenn sie glaubt, dass ich hier bin.«

»Sie hat gesagt, sie wollte dir nicht begegnen. Gestern hat sie sich ziemlich darüber geärgert, dass du hier warst.«

»Kennt ihr sie gut?«

»Ach, was heißt schon gut Wir ...«

»Ich weiß, dass ihr auf den Strich geht. Und Tove auch.«

»Du bist doch von der Polizei. Suchst du Stoff?«

»Stoff, ja. Aber nicht solchen, wie ihr meint.«

»Tove hat dich als Geier bezeichnet. Genau dieses Wort hat sie benutzt.«

»Aber ich bin Schriftstellerin und mag die Polizei auch nicht sehr. Und wenn ihr mich für eine Drogenfahnderin haltet, warum sitzt ihr dann hier? Und redet mit mir?«

»Weil du uns einen ausgegeben hast. Und wir sagen doch gar nichts, oder?«

»Ich arbeite an deiner Geschichte«, sage ich.

»Ich habe auch schon Gedichte geschrieben. Ziemlich viele«, sagt die, die nicht genickt hat.

Ich lächele anerkennend, gewissermaßen überrascht aufmerksam. Wenn ich etwas restlos satt habe, dann, mir anhören zu müssen, was in den Schreibtischschubladen anderer Leute liegt. Vor einigen Jahren habe ich eine Wohnung verkauft, und unmittelbar zuvor hatte mein damals neuer Roman ziemlichen Staub aufgewirbelt. Der Makler hatte die Tatsache, dass ich als Verkäuferin auftrat, offenbar weidlich ausgenutzt, und ich glaube, dass etwa achtundvierzig von fünfzig Interessenten, die zur Wohnungsbesichtigung kamen, einfach nur sehen wollten, wie ich wohnte, und außerdem wollten sie mir erzählen, dass sie in den Sechzigerjahren neun Gedichte und zwei Erzählungen verfasst hatten. Drei von ihnen riefen später an und wollten mir ihre entsetzliche Lebensgeschichte erzählen, die einen ganzen Roman verdient hätte, und den Roman sollte keine andere schreiben als ich. Es war eine Zeit der Zumutungen, bis ich die Wohnung an einen kulturellen Gossenmenschen verkaufen konnte, der die Boulevardpresse las, nie von mir gehört hatte und ein fettes Bankkonto besaß.

»Ach«, sage ich und beuge mich vor. »Wirklich?«

»Kristin ist die Künstlerin von uns beiden«, sagt die Nickerin und scheint ihre Worte sofort zu bereuen.

»Eine echte Künstlerin, also?« Ich lächele das Vertrauen erweckendste Lächeln aller Zeiten und sage, begleitet von etwas, das ich für einen verträumten Blick halte: »Dinge zu erschaffen ist wunderbar. Ich habe heute Nachmittag ein Gedicht geschrieben. Über ein Bild einer Möwe.«

»Lass hören«, sagt Kristin.

»Es ist noch nicht fertig ...«

»Lass trotzdem hören«, verlangt Kristin.

Ich wühle leicht zögernd und seufzend in meiner Handtasche und finde die Zettel aus der Bibliothek, wo das Möwengedicht am Rand meiner Notizen steht.

»Es ist noch nicht ganz fertig, wisst ihr, es ist nur ein Entwurf.«

»Lass endlich hören. Aber sag zuerst, wie das Bild aussieht.«

Die Nickerin lässt sich im Sessel zurücksinken und sieht erst Kristin an, dann mich.

»Also, die Möwe sitzt zwischen anderen Möwen«, sage ich. »Aber diese will gerade losfiegen. Sie hat die Flügel ausgebreitet, ein Fuß ist schon in der Luft, der andere hat gerade noch Kontakt mit dem Stein darunter. Das Bild ist im Bruchteil einer Sekunde vor dem Abflug aufgenommen worden.«

»Wie schön!«, sagt Kristin. »Ich kann es richtig vor mir sehen. Es erinnert mich an die Möwe Jonathan.«

Du meine Güte. Ich verliere fast den Faden. Die Möwe Jonathan. An die denkt sie also.

»Und jetzt das Gedicht«, sagt Kristin.

Ich lese vor: »Stille ist ein Vakuum, bevor etwas beginnt, das niemand erwartet hat. Mutig oder naiv, das sind zwei Seiten derselben Startlinie. Aber nichts kann mich erschrecken. Obwohl alles mir das Leben nehmen wird. Ich wage zu glauben, dass jemand es entgegennimmt. Tragen meine Flügel auch diesmal? Obwohl sie mich beim letzten Mal getragen haben? Fliege ich?«

»Du bist wirklich Schriftstellerin«, sagt Kristin. »Echt! Aber du musst das aufschreiben wie ein Gedicht. Die Sätze an komischen Stellen aufteilen, wo es eigentlich gar nicht passt, das sieht besser aus. Ich sehe alles vor mir. Das Bild und das Gedicht und … du bist wirklich gut! Hast du auch das Foto gemacht?«

Jetzt habe ich sie beide. Ich erzähle von Svalbard, und wir

bestellen mehr Bier und Schnaps, ich erfahre, dass die Nickerin Katrine heißt, und messbare Minuten werden zu lang gestreckter Zeit. Katrine fragt, woher ich meine Ideen nehme, und ich verbreite mich routiniert über die Arbeit einer Schriftstellerin. Ich fühle mich wohl in meiner Haut. Kristins Augen strahlen. Als ich mit dem Mann in Dyvekes Weinkeller gesprochen habe, habe ich die lebenssatte und desillusionierte Autorin gespielt, jetzt gebe ich die engagierte und bewusste, die temperamentvolle, angetrieben von künstlerisch unantastbaren Ambitionen. Zugleich merke ich, dass ich ins Gespräch hineingleite, dass ich dabei bin, statt einfach mit Goldkörnern um mich zu werfen, um etwas Bestimmtes zu erreichen. Diese beiden passen nicht in meine Nuttenkategorien, sie sind jung und durchaus nicht in verdrängter Wirklichkeit eingeschlossen, etwas hier stimmt nicht.

»Sagt er das wirklich?«, fragt Kristin.

»Er hat es gesagt. Er ist zweiundsechzig gestorben.«

Ich habe ein wenig über Faulkner erzählt, über das Einzige, was er für beschreibenswert hielt: *A heart in conflict with itself.* Das brauchte ich nicht einmal zu übersetzen. Ich staune mehr und mehr über diese beiden.

»Das muss doch bedeuten, dass man das eine macht und das andere will«, sagt Katrine.

»Ja, einen Konflikt«, sage ich.

»Konflikte gibt's überall«, sagt Katrine. »Die bleiben keinem Menschen erspart.«

»Ich glaube nicht, dass Faulkner Konflikte *zwischen* den Menschen meinte, er meinte die *in* den Menschen.«

»Sicher«, sagt Kristin. »Genau das sagt er doch, aber du ... du schreibst über die Wirklichkeit? Über das, was du erlebst? Was du siehst?«

»Ich benutze die Wirklichkeit, aber es ist ungeheuer

schwierig, direkt über sie zu schreiben. Das ist nicht glaubwürdig. Nur Dichtung und Lügen sind glaubwürdig.«

»Warum ist das so? So komisch?«

»So komisch ist es eigentlich gar nicht. Die richtige Wirklichkeit ist voller Zufälle. Die nichts bedeuten. In Büchern muss alles etwas bedeuten. Und genau das habe ich restlos satt. Dass es in Büchern keine Zufälle geben darf.«

»Kümmer dich doch einfach nicht drum«, meint Katrine. »Schreib über Zufälle.«

»Das ist nicht leicht. Alle wollen Zusammenhänge, wollen ein Muster sehen. Verstehen. Auch das, was sie lesen. Im Leben lassen sie sich mehr gefallen als in Büchern. Im Leben ist alles möglich. Aber beim Lesen wollen sie ... die Kontrolle haben.«

»Die Kontrolle? Sie können doch nicht entscheiden, was im Buch passiert?«

»Doch, in mancher Hinsicht schon. Weil sie den Überblick haben wollen. Wenn in einem Text etwas Unerwartetes passiert, dann muss das später von Bedeutung sein, wenn alle Fäden entwirrt werden und die Lösung gefunden wird. Wenn dieses Unerwartete dann keine verständliche Lösung erhält, dann sind die Leser sauer und reden von einem Scheißbuch. Und wenn so ein Leser dann auch noch Bücher rezensiert, dann lesen plötzlich hunderttausend Menschen in der Zeitung, dass ich ein Scheißbuch geschrieben habe. Der Rezensent kann einfach nicht hinnehmen, dass Literatur zu wirklich wird.«

»Und deshalb hat dieser Leser die Kontrolle über dich«, sagt Kristin. »Weil es dir nicht egal ist, was er erwartet.«

Ich starre sie an. »Ja«, sage ich langsam. »Ich kann ihm das nicht geben, was er nicht erwartet. Ich schreibe doch, worüber ich will, aber ich muss auf die richtige Weise darüber schreiben. Stellt euch mal vor, ich schriebe einen Liebesroman, und mitten in diesem Roman käme Prinzessin Diana bei einem Autounfall ums Leben. Stellt euch vor, sie wäre damals noch am Leben gewesen. Glaubt ihr, dass das geht? Nein. Dann müsste das ganze Buch von Diana handeln. Aber als es wirklich passiert ist, aus purem Zufall ... da wurde Dianas Tod ein Intermezzo in ziemlich vielen Liebesbeziehungen, die es damals im wirklichen Leben gab. Aber es geht nicht, über solche Zufälle zu schreiben. Das ist einfach unmöglich.«

»Worüber kannst du sonst noch nicht schreiben?«

»Tja, wie Leute miteinander reden, zum Beispiel.«

»Im Buch?«

»Ja. Wenn ich ein Gespräch wiedergebe. Dann muss alles etwas bedeuten, mit der Handlung zu tun haben. Und wenn ich die Personen zu viel sagen lasse, dann steht in den Rezensionen, ich hätte meine literarischen Personen zum Sprachrohr meiner eigenen Meinungen gemacht.«

»Aber trotzdem bist du das, die das alles schreibt.« Kristin lacht und trinkt. Sie lächelt wie ein kleines Mädchen mit Bierschaum auf der Oberlippe.

»Genau«, erwidere ich.

»Leute können in Büchern also nicht einfach drauflos reden. Sagen, was sie wollen.«

»Nein, spinnst du? Deshalb sind diese Gespräche oft ziemlich komisch. Aufgesetzt. Es gibt ein wenig Husten und Räuspern und Pausen, die Leute drücken sich falsch aus, benutzen das falsche Wort und berichtigen sich dann. Wie im echten Leben. Wenn das in einem Buch passiert, dann glauben die Leser, ich wollte diese Person ein bisschen dumm wirken lassen.«

Seit dem letzten Schriftstellerkongress habe ich nicht mehr so diskutiert und formuliert. Es ist ein wunderschönes Gefühl. Die Wörter vibrieren bis hinunter in meine Waden und funkeln in meinen Fingerspitzen, sie glühen in meinen Augäpfeln. Es ist fantastisch, an Literatur zu denken, statt an Literaturpolitik. Rickard und seine Freunde sprachen gern mit mir über Buchclubs und Preisbindung und Einkaufspolitik der Bibliotheken und literarischen Kommerz, Börse und Kathedrale, und natürlich debattiere ich liebend gern über diese Themen, aber über Literatur haben wir nie gesprochen. Und jetzt merke ich, wie sehr mir das gefehlt hat.

»Was ist für dich das Schlimmste beim Schreiben?« fragt Kristin. Und ohne überhaupt nachzudenken, antworte ich: »Die Dummheit. Die ganze Dummheit danach, wenn das Buch veröffentlicht wird. Dass das Publikum jedes Buch für eine Autobiographie hält. Und dass die Autorin für jede Reaktion bei jedem Leser und jeder Leserin verantwortlich gemacht wird.«

»Und bist du das nicht?«, fragt Katrine.

»Nein, natürlich nicht. Nicht einmal, wenn eine Person Selbstmord begeht, nachdem sie ein Buch von mir gelesen hat, bin ich verantwortlich. Soviel ich weiß, hat sich noch niemand umgebracht, aber mehrere haben sich scheiden lassen. Das weiß ich.«

Sie lachen beide. Und wir sitzen hier so gemüüüütlich, und mir geht plötzlich auf, dass ich die Führung wieder an mich reißen muss. Ich will tiefer in diesem Gespräch versinken, ich habe Schnee in der Hand, der zum Ball geformt und geworfen werfen muss und treffen soll, und endlich wage ich zu sagen: »Tove kommt heute wohl nicht.«

»Sie war eben noch hier«, sagt Katrine. »Sie hat dich durchs Fenster gesehen und kehrtgemacht.«

»Warum hast du nichts gesagt?«

»Sie will ja doch nicht mit dir sprechen«, sagt Kristin.

»Hat sie einen festen Kunden? Einen älteren Mann?«, frage ich.

»Keinen Kunden, aber ...«, fängt Kristin an und wechselt mit Katrine einen Blick.

»Sie hat lange nicht mehr gearbeitet«, sagt Katrine. »Zwei oder drei Monate nicht mehr. Sie hat erst vor wenigen Tagen wieder angefangen. Sie hatte nämlich einen Freund. Aber der scheint jetzt weg vom Fenster zu sein, mehr wissen wir nicht.«

»Wie hieß er denn?«, frage ich und nehme einen ausgiebigen Schluck, um den Eifer in meiner Stimme zu dämpfen.

»Heinz, aber wir haben ihn nie gesehen. Wir sind ihr eines Tages in der Stadt begegnet, und da hat sie das erzählt. Er wohnt irgendwo hier in der Gegend. Sie war so stolz. Jetzt ist sie nur noch sauer. Wütend. Aber ich glaube, vor allem traurig. Sie hat sicher geglaubt, sie brauchte nicht mehr zu arbeiten. So denken wir ja alle.«

Heinz. Heinz mit dem Album. Heinz, der Sohn seiner Mutter.

»Viele denken das«, sage ich. »Fragen sich, warum ihr auf den Strich geht. Warum ihr euch keinen anderen Job sucht.«

»Die meisten brauchen einfach mehr Geld, als sie mit einem normalen Job verdienen können.«

»Nehmt ihr Drogen?«

»Nein. Wir trinken nur ein bisschen. Um munter zu werden«, sagt Katrine ernst.

»Und Tove? Nimmt die Drogen?«

»Ein bisschen, glaube ich. Aber wir haben eine Wohnung. Und da brauchen wir Essen und Strom und ...«

»Ihr seid Schwestern?«

»Sicher, und wir wohnen zusammen«, sagt Kristin.

»Keine Ausbildung?«

»Hör auf. Du redest wie eine vom Sozialamt, nicht wie eine Schriftstellerin«, sagt Katrine mit scharfer Stimme.

»Ich finde das nur ein bisschen traurig«, sage ich. »Dass ihr keinen anderen Job finden könnt.«

»Das liegt daran, dass es uns nicht gibt«, kichert Kristin. »Au!«

Katrine versetzt ihr unter dem Tisch einen Tritt und ist plötzlich eine andere. Gereizt, kalt.

»Euch gibt es nicht?«, frage ich.

»Das war nur ein Jux«, erklärt Kristin.

Ich trinke und sehe sie an. Ich rieche etwas. Den schwachen Duft eines gut abgehangenen Geheimnisses.

Kristin sieht Katrine verärgert an. »Sie hat doch gesagt, sie hätte Schweigepflicht, und stell dir vor, sie könnte …«

»Halt die Klappe«, sagt Kristin. »Du hast zu viel getrunken.«

»Das macht doch Spaß«, sagt Kristin.

»Wein, Weib, Gesang«, sage ich.

»Ja, wir müssen jetzt los«, sagt Katrine. »Danke für Bier und Schnaps.«

»Nein! Ich will mich weiter mit Emma unterhalten. Das macht Spaß.«

»Kristin!« Katrine springt auf und wird zur hoch gewachsenen Autorität. Zur Zuhälterin. Kristin zwinkert mir zu, stemmt sich aus dem Sessel hoch und zieht ihre Leggins nach oben. Ich sehe für einen Moment ihre schmale Hüftpartie. Die könnte jedem jungen Mädchen gehören und noch kaum von Männerhand berührt worden sein. Sie streicht die Leggings gerade und lässt den Pullover wieder sinken. Über dem Pullover trägt sie eine kurze kleine Lackjacke. Bei beiden Mädchen ist der Spalt zwischen den Brüsten deutlich zu sehen, wie ein kleiner Verkaufsstand, ebenso flaumig und einladend wie am Abend zuvor. Im Grunde haben beide für ihr junges Alter einen sehr großen Busen. Was sicher bei ihrer Berufswahl von Vorteil gewesen ist.

Ich winke ihnen zum Abschied fröhlich zu, bleibe sitzen und schaue meine Papiere an. Meine Notizen über Mumifizierung. Das Gedicht über die Möwe Jonathan. Um das Blatt herum sehe ich die nassen Ringe, die mein Bierglas hinterlassen hat. Die wütende Frau mit dem Feuerzeug und den Tränen sitzt allein und mit gebrochenem Blick in einer Ecke. Niemand hat die Fliegen aus den Flaggen geschüttelt oder zum Lüften in den Wind gehängt, aber eine Möglichkeit kann nie dasselbe sein wie eine Wirklichkeit.

Er hieß Heinz. Die Leiche heißt Heinz. Ich müsste die Polizei anrufen.

Der Mann von der Auskunft kann mir in der Stadt Bergen vierzehn Heinze liefern. Der Zähler läuft, ich notiere wie besessen Namen und Telefonnummern. Hotelrechnungen nehmen leicht astronomische Ausmaße an, und diese hier wird astronomischer als jede andere, denn ich kenne die Straßennamen nicht und kann sie deshalb nicht den Stadtteilen zuordnen.

Einige Namen klingen typisch deutsch, vom Heinz bis zum letzten Buchstaben des Nachnamens. Andere sind Kombinationen. Heinz Anders, zum Beispiel. Und Ole-Heinz. Himmel, was für Namen Eltern kleinen, unschuldigen Wuscheln doch geben. Ich muss mir einen Stadtplan zulegen.

Auf dem Weg zur Rezeption begegnet mir Treu, und ich freue mich unsinnig über seinen Anblick. Ich gehe in die Hocke und locke ihn zu mir, und er gönnt mir wirklich einige Sekunden. Der Rabulist lässt sich nicht sehen, aber ich höre hinter einer Ecke sein Lachen, es wirft auf dem Flurteppich ein gedämpftes Echo.

»Was bist du für ein Feiner«, flüstere ich und kraule Treus Ohr. Es ist weich und glatt, warm in der Mitte, wo das dünne Stück lebendes Fleisch sitzt. Sein Nacken ist so straff und muskulös und wunderschön gerade. Er wedelt langsam mit dem gesenkten Schwanz, dreimal Wedeln, nicht schlecht, und ich kann ihn fast überall streicheln, ehe es ihm reicht; er weicht einige Schritte zurück, schaut sich um, wartet auf His Master's Voice. Aber hinter der Ecke wird noch immer gelacht, und ich hüpfe in der Hocke hinter Treu her und streichele ihn noch einmal. Er schaut mich jetzt an, sein Blick ist warm wie Kakao, seine Augen glänzen wie rohes Eiweiß, ich entdecke seine langen schwarzen Wimpern. Ein wenig spärlich, aber lang und geschwungen. Und sein Nasenknopf ist aus der Nähe wirklich ein Anblick. Kohlschwarz wie Lakritze, mit einem patinierten Feuchtigkeitsschleier und auf seltsame Weise kariert, wie die Risse in einem vertrockneten Flussdelta.

»Du bist ein schöner, feiner Junge, du. Fein und schwarz.«

Ich bin nicht daran gewöhnt, mit Tieren zu reden, aber ich verfüge offenbar über eine natürliche Begabung, denn Treu gefällt das, was er hört. Und ich denke plötzlich an die Bücher eines ehemaligen Vorsitzenden des Schriftstellerverbands; in seinen Büchern werden Hunde immer zum Opfer von Aggressionen. Die Hauptperson versetzt ihnen immer wieder Tritte, von rechts, von links, tritt kleine Schoßhunde mit minzgrünen Halsbändern ebenso wie große, streunende Köter. Diese Szenen sind immer lustvoll beschrieben, und ich habe oft gelacht, wenn ich über diese unmotivierte Gewalt gelesen habe.

»Aber ich mache das nicht, feiner Treu, du wirst nicht getreten und nicht gequält, nicht, wenn ich dir in Wirklichkeit begegne, und nicht, wenn ich dich in ein Buch stecke. Denn du bist einfach nur fein und schön.«

Und ich werde doch tatsächlich mit einem blitzschnellen Lecken belohnt. Ich sehe nur einen rosa Blitz, nehme ein wenig Hundemundgeruch wahr, und schon ist es wieder vorbei. Ich reibe mir die Nase, und dann steht der Rabulist vor mir. Im ersten Moment sieht er besorgt aus, als versuchte ich, eine ihm vorbehaltene Liebe zu stehlen, dann sieht er, dass ich es bin, und lächelt.

»Er scheint die schreibende Zunft zu mögen«, sagt der Rabulist, geht dann aber weiter, und leider folgt Treu ihm.

Ich bleibe noch einen Moment hocken und genieße den verflogenen Augenblick. Endlich verstehe ich, warum es Menschen mit hohem Blutdruck, Psychosen und Manien gut tun kann, Kontakt zu Tieren zu haben. Sie anzufassen. Es hat gut getan. Und so ein kleines Lecken, das genaue Gegenteil von blinder Gewalt. Das Lecken hat meine Panik gedämpft, meine Jagd nach einem Stadtplan, nach Tove und Heinz, wozu zum Teufel soll das alles gut sein?

So denke ich, vielleicht zwanzig Sekunden lang; ich genieße es, voll und ganz anwesend zu sein, befreit von äußerlichen Prämissen, ziellos. Bis ich mich recke und meine fast eingeschlafenen Knie aneinander presse und denke: Ich habe nicht eine einzige Sekunde zu verlieren.

Ich habe soeben die Finger um einen abgenutzten Stadtplan geschlossen und Luft geholt, um »tausend Dank« zu sagen, als ich ihn hinter mir höre.

»Konnte mir ja denken, dass du jetzt hier wohnst.«

Die Rezeptionsfrau verschlingt ihn mit den Augen, und sogar ich brauche einige Sekunden, um die Tresortür zuzuschlagen und seinen maskulinen Strahlenglanz auf Stahl treffen zu lassen.

»Na und?«, antworte ich und gehe auf den Fahrstuhl zu.

»Emma!«

»Ja, so heiße ich. Lass mich in Ruhe.«

»Das meinst du doch nicht im Ernst. Wir könnten doch … die andere … das hatte ich mir nur ausgedacht.«

»Ausgedacht? Ich habe sie doch gesehen.«

»Verdammt, spionierst du mir nach, oder was?«

»Sicher. Musste doch wissen, was du für einer bist. Und jetzt weiß ich es. Ein geiler Bock, das bist du. Hast nicht mal das Bett frisch bezogen. Ein Schwein, das bist du. Ein geiles Schwein!«

»Früher hat dir das gefallen!«

Es ist etwas Besonderes, mit einem Menschen zu sprechen, der hinter uns geht, versucht, Schritt zu halten, versucht, unseren Blick einzufangen. Es gibt ein Gefühl von Macht, auf diese Weise ein Gespräch zu führen, und ich entdecke, dass dieses Gefühl mir gefällt.

Endlich kommt der Fahrstuhl. Auch hier folgt er mir, aber ich lege die flache Hand auf seinen Brustkasten und schiebe ihn zurück, ohne ihm ins Gesicht zu sehen. Ich kann gerade noch mein Handgelenk retten, als die Türen sich schließen. Meine Handfläche brennt, die Tresortür vibriert.

»Es gibt noch andere Fahrstühle«, ruft er dramatisch, seltsamerweise wirkt das nicht pathetisch. Vielleicht, weil ich so daran gewöhnt bin, seine Stimme im Fernsehen zu hören.

Als ich gerade auf dem Bett den Stadtplan ausgebreitet habe, wird an die Tür geklopft.

»Bist du das, Treu?«, rufe ich.

Schweigen.

»Treu? Bist du das?«

Ich gehe zur Tür. »Hallo?«

»Natürlich ist das nicht Treu«, sagt Rickard leise.

»Dann nicht«, sage ich und gehe zum Bett zurück. Ich verdränge das, wozu ich es benutzen könnte. Alle Zutaten sind zur Hand, Rickards Körper, mein eigener, eine federnde Matratze, ein wunderbares Badezimmer, ich habe sogar Kondome. Ich könnte einen Leben spendenden, Serotonin stimulierenden Rückfall erleiden.

Er klopft weiter, und ich drehe MTV voll auf und öffne eine Bierflasche. Ich fühle mich stark und stolz, meine Integrität ist so riesig, dass sie das Zimmer zum Bersten bringen könnte, das Hotel, Bergen, die Welt. *Fehlende Verankerung in der Realität. Spekulativ.* Ha! Lieber reiß ich einen Metzgerschnurrbart auf. Jederzeit. Hier sollen nicht die Sekrete bestimmen, was Sache ist.

Nach fünf Minuten verstummt das Klopfen. Fünf Minuten. Mehr hat er vor Rapunzels Turm nicht investiert. Trottel. Eigentlich habe ich die ganze Stadt langsam satt. Nicht zuletzt den Akzent. Der hat etwas Quengeliges. Nicht nur, wie sie alles aussprechen, sondern die Satzbetonung an sich. Als heulten sie und bettelten sie um Aufmerksamkeit, wenn sie nur eine belanglose Bemerkung über das Wetter machen. Scheiß Drecksstadt.

Nachdem ich eine halbe Stunde lang in Fünfpunkt gesetzte Straßennamen angestarrt habe, habe ich drei Heinze eingekreist. Mein Herz hämmert aufgeregt, kleine Adrenalindosen werden von den Nebennieren in meinen Blutkreislauf gespritzt. So ist das Leben der Detektivin. Der junge Bulle sitzt sicher noch, falls er nicht nach Hause gegangen ist, und das ist er sicher, aber sagen wir, er sei nicht, einfach wegen des Textflusses, an seinem Schreibtisch und starrt das Telefon an, das klingeln soll, damit ein Bankangestellter oder ein Straßenarbeiter ihm mitteilen kann, dass die Leiche vom Dokkeskjærskai, ja, das muss doch ... das kann niemand anderer sein als ...

Ich dagegen renne durch braune Kneipen und betreibe teilnehmende Beobachtung, erschleiche mir das Vertrauen von skeptischen Nutten, rufe die Auskunft an, stolziere auf eigenen Füßen von dannen und besorge einen Stadtplan, kreise mögliche Identitäten ein. Wie professionell! Wie meisterlich!

Der Erste meldet sich mit Hans.

»Heinz?«, frage ich.

»Ich nenne mich Hans«, sagt er. Und ist keine Leiche

mehr. Ich bitte um Entschuldigung und behaupte, mich verwählt zu haben.

Ich müsste jetzt noch einige Male die falsche Nummer erwischen und immer wieder mit falschen Heinzen reden, aber in der wirklichen Welt ist alles möglich, und als ich als nächstes die Nummer eines Heinz in der Neumanns gate wähle, muss ich es lange klingeln lassen. Ich zähle. Es klingelt elfmal, dann wird abgenommen.

»Hallo?«, frage ich.

Schweigen.

»Hallo? Bin ich richtig bei Heinz Hermann Ottesen?«

»Ja.« Es ist eine Frauenstimme.

»Kann ich mit ihm sprechen? Ich bin eine Arbeitskollegin von ihm.«

»Sie haben sich verwählt.«

»Tut mir Leid. Wiederhören.«

Ich lächele, leere die Flasche und lasse mir Kohlensäure durch die Nase steigen. Ich fege Zigaretten, Tasche, Schlüsselkarte zusammen, werfe noch einen Blick auf den Stadtplan und meinen Zettel mit der Adresse und stürze los.

Die Stimme war die von Tövchen.

Die Neumanns gate ist eng und schmutzig, aber ich kann mir denken, dass die Wohnungen teuer sind. Die Steinhäuser ragen auf beiden Seiten auf wie die sunnmørischen Alpen. Aus einem offenen Fenster klingt hämmernde Musik, Menschen reden laut, um sie zu übertönen. Flaschen klirren.

Ein Laden an der Ecke hat sich auf Stuckimitationen spezialisiert, lange bewundere ich kreideweiße Deckenrosetten, ehe ich, im besten Detektivinnenstil, die Hausnummern unter die Lupe nehme. Mein joggender Kollege wäre stolz auf mich.

Ich habe jetzt das System durchschaut und stelle fest, dass Heinz in dem verdreckten Haus Nr. 4 auf der linken Seite wohnt/e. Johlende Betrunkene torkeln an mir vorbei und genießen das Wochenende auf traditionelle norwegische, zugedröhnte Weise.

Es wäre schön, so zu sein wie sie. Echten Urlaub und einen echten Liebhaber und einen echten Bestseller im Mac zu haben, echte Lebensfreude im Leib und Blick und Gehör, die teilnehmen und nicht nur als ewige Beobachtungsgeräte zur Stelle sind. Es wäre schön, einen Job zu haben, bei dem es Freizeit gibt. Es wäre schön, Freizeit zu haben, die nicht von einer Sekunde zur anderen zur Recherche wird. Es wäre schön, jeden Monat einen festen Betrag aufs Konto zu bekommen, egal, ob ich dafür viel oder wenig gearbeitet habe, einen festen Betrag als eine Art Vertrauenserklärung, die beweist, dass irgendwer glaubt, dass ich wirklich arbeite, auch wenn ich in diesem Monat keinerlei Ergebnisse vorweisen kann, eine Belohnung dafür, dass ich es über mich bringe, jeden Morgen aufzustehen.

Aber ich bringe es nicht über mich, jeden Morgen aufzustehen. Trotzdem habe ich niemals Freizeit. Mir geht auf, dass es Polizisten sicher ein bisschen ähnlich geht: Sie dürfen einem Verbrechen nicht den Rücken kehren, auch wenn sie gerade auf Hochzeitsreise sind und sich in die Vollendung vertiefen. Auf diese Weise besteht eine winzige Gemeinsamkeit zwischen mir und dem mit den erotischen Vorderzähnen. Nur, dass er morgens aufstehen muss.

Und ich muss an der Tür klingeln. Ich muss mich anstrengen, für meinen Lohn, für die Geschichte, für das Fortschreiten der Erzählung.

Ich finde sofort seinen Namen. H. H. Ottesen. Womit ich nicht gerechnet hatte, ist die Gegensprechanlage. Damit kann sie mich aus sicherer Entfernung abweisen, alle Kommunikation abbrechen und mich handlungsunfähig auf der Türschwelle stehen lassen.

Doch dann höre ich einen Dieselmotor mit sinkender Umdrehungszahl hinter mir, ein Taxi hält vor dem Haus. Rasch laufe ich zum Stuckladen zurück.

Gleich darauf kommt Tövchen mit einem Pappkarton in den Armen heraus. Sie bleibt im Licht der offenen Tür stehen, es ist dunkel, es ist spät, sie müsste zur Arbeit. Müsste heftig mit den Hüften wackeln, wenn Autos vorüberkommen, und Knöpfe und Hunderter zählen. Aber sie steht in Jeans und grünem Pullover in einer Haustür in der Neumanns gate, mit einem Pappkarton in den Armen: und mit dem einen Fuß zieht sie einen Besen heran, den sie in die Tür klemmt, ehe sie zum Taxi geht und den Karton in den Kofferraum stellt, den der Fahrer schon für sie geöffnet hat. Sie wechseln einige Worte, dann geht er mit ihr ins Haus. Ich renne zum Auto, öffne den Kofferraum, öffne den Karton, sehe einen silbernen Aschenbecher, einige silberne Vasen, einen Kaktus, CDs und allerlei in rosa geblümtes Küchenpapier gewickelten Kleinkram; dann stürme ich zu meinem Aussichtspunkt zurück. Oder ... vielleicht war das ja gar kein echtes Silber.

Sie kommen zusammen zum Vorschein, auch er trägt jetzt einen Karton. Sie hat zwei kleine Lautsprecher, auf denen drei kleine Bilder liegen. Es muss sich um Gemälde handeln, denn die Rahmen sind aus dickem vergoldeten Gips. Der Fahrer setzt sich hinter das Steuer, während sie zum dritten Mal im Haus verschwindet und gleich darauf mit dem Rest der Stereoanlage und einer Plastiktüte wieder vor uns steht. Sie legt alles nach hinten, setzt sich ins Auto, steigt wieder aus, entfernt den Besen, steigt abermals ein, und dann fahren sie los.

Ich fluche. Fluche in gebildetem Schriftnorwegisch und mit Bergenser Akzent. Ich fluche ausgiebig und betrachte die Stuckrosetten und zünde mir eine Zigarette an und spiele mit dem Gedanken, morgen wieder herzukommen und mir eine zu kaufen, sie mit Araldit Rapid an meine weiße Decke zu pappen. Langsam gehe ich zum Torgalmenning zurück und dann weiter bis zum Hafen, unterbrochen nur durch einen Besuch im Burger King, wo zwei Tüten Zwiebelringe den Weg zu meinem Mund finden, der jetzt auf Grund fehlender Variationsmöglichkeiten nicht mehr flucht. Außerdem denke ich jetzt, und ich denke weiter, als ich die Treppe zu einer anderen Fußballkneipe als der, über der ich gewohnt habe, hinuntergehe. Die Eingangspartie ist braun und anziehend, im Lokal wimmelt es von Fernsehschirmen, die alle einen Boxkampf übertragen, im Publikum ist kaum eine Frau zu sehen, und die Zuschauer stehen da wie Schattenboxer in Ruhestellung und trinken pissgelbe und fast schaumlose Halbe. Ich bitte um einen Dry Martini, um richtig wach zu werden, und betrachte den Faustkampf, der in einem Quadrat aus aufgespannten Seilen vor sich geht.

Der Ringrichter umtanzt die Boxer wie ein geiles Huhn, die Leute im Lokal machen erwartungsvolle Gesichter, sie wollen Blut, Rotz, Spucke, zerschmetterte Nase, Gehirnmasse in freiem Fall.

Ein Gefühl der Einsamkeit rutscht in meinem Magen, die vielen betrunkenen, johlenden Menschen haben es in Bewegung gesetzt. Glaube ich. Arme um Schultern, Finger, die berühren können, Hüften, die gegeneinander stoßen. Nähe. Und Zukunft, auch, wenn die nur für einige Stunden in die Nacht hinein gilt.

Ich nippe mein Glas leer und bestelle noch eins. Das, was durch meinen Magen geglitten ist, wird verwässert. Ich werde wach. Ich denke: Kristin ist der schwache Punkt. Kristin allein, ohne Katrine. Ich trinke meine neue Gindosis zu schnell und stolpere wieder zur Treppe. Der eine Boxer ist zu Boden gegangen, ich dagegen werde noch nicht ausgezählt. Und die Nummer der Polizei ist die letzte, die ich wählen werde, obwohl Tövchen gerade die Wohnung eines Toten plündert, mit dem sie meiner Ansicht nach absolut nicht verwandt sein kann.

Ich fühle mich in Nuttengegenden nicht wohl, obwohl ich zeitweise ziemlich oft welche besucht habe. Ich bin sogar durch die Nuttengasse Herbertstraße auf der Reeperbahn in Hamburg gegangen, verkleidet als Mann, um mir die Show anzusehen. Wenn die Nutten in ihrer Gasse eine Frau entdecken, dann übergießen sie sie aus Eimern und Tassen mit Urin; die Gasse ist an beiden Enden mit einem

Tor verschlossen, deshalb haben sie den Überblick. Ich habe mir die Schaufenster angesehen, die traurigen, viel sagenden Haltungen, die die Körper bei meinem Anblick annahmen, ich bin durch die Gasse gegangen und habe so getan, als sei ich gerade an diesem Abend nicht in Einkaufsstimmung.

Der Strandkai lässt sich jedoch nicht mit dem schrillen Lebenslügenlicht der Reeperbahn vergleichen. Ich gehe auf die Nykirke zu, und wenn ich nicht wüsste, wo ich bin, und wenn ich in Gedanken versunken wäre, würde mir vielleicht nicht einmal aufgehen, was in dieser Gegend für Geschäfte gemacht werden.

Aber ich rieche das alles. Die Art, in der die Autos fahren, das Unwahrscheinliche an der Tatsache, dass einsame Frauen rauchend vor solch gottverlassenen Häusern stehen. Ich sehe keiner ins Gesicht, und sie lassen mich in Ruhe vorübergehen. Keine sitzt nackt und nur mit Stöckelschuhen bekleidet auf einem Plüschhocker und zeigt hinter Glas und Fensterrahmen ihre Geschlechtsorgane. Sie sind angezogen, aber sicher tragen viele keine Unterhose, sie haben die Taschen voller Kondome und sind auf eine Weise geschminkt, die es fast paradox wirken lässt, dass sie sich von den Freiern nicht küssen lassen, dass keiner das kleine Gemälde über dem Warenangebot berühren darf.

Ich entdecke sie hinten bei der Nykirke, sie stehen nebeneinander und unterhalten sich. Ein Auto hält einige Meter von ihnen entfernt, und das Fenster wird heruntergekurbelt. Kristin schaut hinüber, schüttelt den Kopf, sagt etwas zu Katrine, und die streichelt ihr die Wange, steigt ein, der Wagen fährt los, und mir fällt ein, was ich gedacht habe, als Tövchen sich vorhin ins Taxi gesetzt hat: dass sie auf eine professionelle Weise eingestiegen ist. Sehr rasch und präzise, auf eine nuttenhafte, verdeckte Weise, die sie durch jahrelanges Training erworben hat.

»Hallo! Ich geb dir zwei Fickrunden aus.«

Sie lacht nicht. Schaut mich vage an, ohne Interesse im Blick. Sie ist im Dienst, losgelöst von ihrem Gehirn, das wird mir sofort schmerzlich bewusst. Sie zieht einen kleinen Metallflachmann aus der Tasche und nimmt einen guten Schluck, dann sagt sie tonlos: »Wirklich? Tust du das? Schön. Kannst du dir das denn leisten?«

»Zwei Stunden. Ich bezahle. Auch das, was wir trinken.«

»Okay.«

Eine leichte Beute. Ich komme mir ziemlich mies vor, als ich sie von ihrer schwesterlichen Zuhälterin weglotse, aber ich verdränge meine Reue.

»Du hast andere Schuhe angezogen«, sage ich, als wir uns in Bewegung setzen.

»Die hatte ich in der Tasche. Und überhaupt ... jetzt kann ich sie wieder ausziehen. Du fährst doch nicht auf Schuhe ab, oder? Willst du mich wirklich nicht kaufen?«

»Frauen sind nur selten Schuhfetischistinnen«, sage ich voller Erfahrung. »Das passiert höchstens echten Kampflesben, und das bin ich nicht. Keine Sorge, also. Ich will nur mit dir reden.«

»So, wie in Büchern geredet wird?«

Sie lacht. Ihr Lachen klingt freudlos und verstummt ganz plötzlich, als ob die Luft es nicht tragen könnte. Sie klammert sich unsicher an meinem Arm an, streift ihre Stöckelschuhe ab und zieht flache Stoffschuhe an.

»Katrine wird sauer sein«, sagt sie zum Asphalt.

»Wo ist sie hingefahren?«

»Mit einem Typen nach Hause. Das trau ich mich nicht.

Ich trau mich auch nicht im Notfall, Spray zu benutzen. Hab Angst, dass sie dann noch aggressiver werden.«

»Das kann ja auch sein. Aber Katrine hat keine Angst.«

»Hat vor gar nichts Angst.«

»Älter als du?«

»Drei Jahre. Sie ist zwanzig.«

Wir werfen einen Schatten wie ein Paar. Wir könnten wirklich Bekannte sein. Ich könnte ihre Tante sein, sie könnte die Tochter meiner viel älteren Schwester sein.

»Viel zu tun gehabt?«, frage ich.

»Nur Blasen«, ist die Antwort. »Scheißgeschmack, und ich hab keinen Kaugummi mehr. Ich hab Gummigeschmack bis tief in den Magen.«

»Ich hab auch keinen mehr. Aber jetzt kriegst du gleich ein Bier. Oder was du sonst willst.«

»Lieber Schnaps.«

»Wohin möchtest du gehen?«, frage ich.

»Ich komm nicht überall rein, aber ... gehen wir ins Strand.«

Kurz vor dem Torgalmenning führt sie mich in etwas, das Ähnlichkeit mit einem Hotel hat und dann doch wieder nicht. Irgendwo klingelt ein Glöckchen: Habe ich nicht in den Werken meines joggenden Kollegen über dieses Hotel gelesen? Doch, sicher, hier betrete ich literarischen Boden, das passt doch ausgezeichnet.

Wir fahren mit dem Fahrstuhl in den vierten Stock und stehen plötzlich in einer gemütlichen kleinen Bar mit einem lächelnden älteren Barmann, der sofort verkündet, dass sie Kaffee und Kognak im Sonderangebot haben. Er macht kein Aufheben von ihrem Alter, ihm ist es wichtiger, sich beruflich als großzügig zu erweisen.

Sie findet das Licht zu grell, deshalb suchen wir uns einen anderen Tisch.

»Ich mag Licht nicht, wenn ich bei der Arbeit bin«, sagt sie. »Ich will nicht gesehen werden, ich will nicht ich sein, aber ich bin schon ziemlich beschwipst, und das tut gut.«

»Im H. C. Andersen war es doch schön«, sage ich.

»Mm. Ja. Ich freue mich oft ... Bin gut gelaunt. Denke, jetzt passiert es vielleicht. Etwas Schönes.«

»Was denn? Ein Mann?«

»Nein, nicht so wie in dem Film mit Julia ... Julia ...«

»Roberts. Und Richard Gere. Pretty Woman.«

»Ja, der. Nicht so. Ich träume, dass jemand kommt und einen Film machen will. Und mich dafür aussucht. So richtig. Für eine Filmrolle. Nicht als Nutte, die gerettet werden soll, sondern eine andere Rolle. Eine echte.«

»Bewirb dich doch bei der Schauspielschule.«

Sie lässt sich nicht einmal zu einem Lachen herab, und ich höre selber, wie blöd dieser Vorschlag klingt. Vielleicht lässt er sich ein andermal verwerten. Irgendwann.

»Schreibst du, wie Leute nuscheln? Ist das schwer? Das zu buchstabieren?«

Ich sehe sie an. Sie befreit sich aus ihrer Arbeitstrance.

»Nein«, sage ich. »Ich schreibe ganz normal. Wenn du Leute nuscheln lässt, sieht das einfach aus wie jede Menge Tippfehler. Das bringt nichts.«

»In Büchern gibt es viel, das nichts bringt.«

»Das gilt auch für deine Gedichte.«

»Ach, die. Das sind nicht gerade Möwengedichte.«

»Ich würde sie trotzdem gern mal sehen.«

Das ist nicht gelogen. In diesem Moment glaube ich, dass Kristin vielleicht gut schreibt. Warum nicht? Wo ich das doch kann. Irgendwo muss sie doch anfangen. Wir alle haben mit Gedichten angefangen. Mit Schlüsselgedichten.

»Sie handeln sicher von dir? Deine Gedichte?«, frage ich.

»Nein, keins davon. Sie handeln von ... Katrine. Und meiner Mutter. Vielleicht handeln einige auch von ... uns. Von uns allen.«

»In der Bergenser Aussprache klingt es komisch, wie ihr *meine Mutter* sagt. Und *mein Vater*. Höflich irgendwie. Förmlich ... Lebt deine Mutter noch?«

»Ja. Ich will noch einen Kognak. Geht das?«

»Natürlich.«

Wir haben viel Zeit. Ich habe sie freigekauft. Wie eine farbige Sklavin von einem weißen Massa. Und nicht nur sie genießt den Alkohol im Leib. Ich habe das Gefühl, in meinem Sessel zu schweben, nicht zuletzt, weil ich weiß, was ich ihr erspare. Ich bin gerührt. Ich werde geradezu sakral. Ich breite die Arme aus und deklamiere:

»I celebrate myself, I sing myself, and what I assume you shall assume, for every atom belonging to me as good belongs to you ...«

Kristin kichert. »Mehr!«

»If I shouldn't be alive when the robins come ...«

»Robins?«

»Rotkehlchen, glaube ich. Oder vielleicht auch Dompfaff. If I shouldn't be alive when the robins come, give the one in red cravat a memorial crumb ...«

»Nein, das ist zu traurig. Sag was Lustiges.«

»Hm. How happy is the little stone that rambles in the road alone ...«

»Das ist zu dumm. Kindisch. Sag was ... Großes. So wie das Erste, was du aufgesagt hast.«

»Mal sehen ... was Großes?«

Wir trinken den Kognak zügig, übertreiben aber nicht mit dem Kaffee.

»Ja«, sagt Kristin. »Etwas Großes. Schwülstiges. Warum kannst du nur englische Gedichte?«

»Weil ich Englisch studiert habe. Jetzt weiß ich etwas … If you can talk with crowds and keep your virtue, or walk with kings nor lose the common touch. If neither foes nor loving friends can hurt you, if all men count with you, but none too much …«

»Nicht *men* wie Mannsbilder, sondern wie Menschen, nicht wahr?«

»Ja.«

Die am Nachbartisch lassen sich kein Wort entgehen.

»If you can fill the unforgiving minute, with sixty seconds worth of distance run, yours is the earth and everything that's in it. And, which is more, you'll be a man, my … son!«

»Jetzt hat es Mannsbild bedeutet.« Kristin prustet los, ich auch; die am Nachbartisch starren uns schweigend an und versuchen offenbar, uns zu klassifizieren, was ihnen nicht gelingt, dann erheben sie sich und gehen.

Die Nacht ist ein koksgraues Viereck an der Wand, wir können über den Hafen auf die Håkonshalle schauen, der Kognak wärmt, und es ist wunderbar zu lachen.

»André Bjerke hat dieses Gedicht ruiniert«, sage ich und werde ernst. »In seiner Übersetzung. Hat eine Art militärisches Paradegedicht daraus gemacht. Und dabei hat es eigentlich einen stillen, vorsichtigen Tonfall, auch wenn es schwülstig ist. Traurig.«

»Sehr traurig«, sagt Kristin und lacht weiter.

»O Scheiße, ich bin schon ziemlich …«

»Blau?«, vollendet Kristin. »Ich finde es schön, dass ich … dass wir … dass ich dich kennen gelernt habe. Diesen Satz hättest du nicht schreiben können.«

»Nein. Ich auch.«

»Ich würde so gern studieren.«

»Tu es doch einfach. Lass dir ein Studiendarlehen geben. Aber ein wenig musst du doch studiert haben. Oder … ist deine Mutter Engländerin?«

»Nein. Ja … ich habe schon studiert. Gewissermaßen.«

»Wo denn?«

Sie rutscht unruhig im Sessel hin und her. »Katrine wird sauer, weil ich gegangen bin.«

»Sie glaubt doch, dass du mit einem Freier beschäftigt bist. Du, weißt du übrigens, wie Tove mit Nachnamen heißt?«

»Ich hab das mal gewusst. Jetzt weiß ich es nicht mehr. Irgendwas Biblisches.«

»Johannesen? Markussen?«

»Weiter!«

»Himmel, mehr fällt mir nicht ein. Eliassen?«

»Sehr alt. Nicht das Neue Testament.«

»Adamsen? Evasen? Mosesen?«

»Adamsen …«

»Adamsen«, sage ich. »So heißt doch kein Mensch.«

»Abrahamsen! Sie heißt Abrahamsen.«

»Tove Abrahamsen«, sage ich. »So also. Jetzt singen wir ein finnisches Trinklied, Kristin.«

»Was du alles kannst.«

»Das geht so … NUN!«

Wir lachen uns fast schimmelig und spritzen mit Kognak um uns, und Kristin glaubt, dass wir bald vor die Tür gesetzt werden, und das kann schon sein, aber mir ist das restlos schnurz. Der Rausch liegt wie aufquellender Brotteig in meinem Körper, mein Kopf gibt jede Nuance mit größter Leichtigkeit wider.

»Warum gibt es dich und Katrine nicht?«, frage ich und hülle meine Frage in Lachen.

»Na ja, ganz so ist es nicht. Es gibt uns doch. Wir gehen ja auf den Strich. Und verdienen Geld.«

»Vergiss nicht, ich stehe unter Schweigepflicht, Kristinchen, meine Freundin. Mehr Kognak?«

»Wenn wir noch welchen kriegen.«

Ich gehe selber zum Tresen und sage langsam, aber sicher, dass wir noch mehr Drei-Sterne-Ware wollen. Ich bezahle und gebe dem noch immer lächelnden Barmann fünfzig Kronen Trinkgeld. Er lächelt breiter und reicht mir zwei kleine bauchige Gläser, deren Inhalt aromatisch über den Boden schwappt. Ich schaffe es, in gerader Linie zum Tisch zurückzugehen, und Kristin flüstert: »Du siehst aus, als ob du einen Besenstiel verschluckt hättest. Total steif.«

»So soll es auch sein. Erklär mir, was du vorhin gemeint hast. Als Katrine dir den Tritt verpasst hat.«

»Dräng doch nicht so. Das weiß nämlich kaum jemand.«

»Schweigepflicht, Kristin. Schwei. Ge. Pflicht.«

Sie schaut mich an. Sie ist erst siebzehn Jahre alt. Ich bin zweiunddreißig, fast doppelt so alt, doppelt so gerissen, ich kippe einen Schnaps und erwidere gelassen ihren Blick. Sie sieht aus wie ein Rentierkalb. Allein in der gelben Tundra. Ganz allein. Niedlich. Jung. Liebenswert. Ein Opfer. Auf dieses Kalb steht eine Abschussprämie. Das ganze Jahr.

»Du musst mir versprechen, dass du …«

»Versprochen«, sage ich. »Großes Ehrenwort und bei den Augen meiner Eltern. Mir geht es doch um Toves Geschichte. Nicht um deine.«

»Nicht? Aber warum …«

»Ich interessiere mich für dich als Mensch, Kristin!«

Ich begreife nicht, wie ich es über mich gebracht habe, das zu sagen. Aber ich habe es gesagt. Genau so. Es ist zum Kotzen, aber ich kotze nicht. Ich sitze ganz ruhig da und lasse meine Worte in sie einsinken. Ich beuge mich vor, um sie zurückzuholen und um Entschuldigung zu bitten. Lasse sie sie glauben.

»Es gibt uns nicht«, sagt sie, fast ein wenig feierlich. »Nicht auf dem Papier. Norwegen weiß nichts von uns.«

»Norwegen?«

»Wir … meine Mutter hat uns zu Hause bekommen. Alle beide. Am Arsch der Welt, mit einem Hippiheini, der von Keramikkram gelebt hat. Er ist verschwunden, als wir noch klein waren, ist nach Alaska gegangen. Meine Mutter hat nie mehr was von ihm gehört.«

»Aber auch, wenn ihr beide zu Hause geboren worden seid, und nicht …«

»Sie haben niemandem von uns erzählt. Keine Schule. Gar nichts. Und dann war es irgendwann zu spät. Es ist nämlich strafbar, Kinder nicht in die Schule zu schicken. Also durfte es uns weiterhin nicht geben.«

Diese lange Rede hat sie fast erschöpft. Ich glaube kaum, was ich höre, deshalb entspanne ich mich. Kein zusätzliches Herzklopfen, nicht der kleinste Spritzer Adrenalin.

»Das ist doch nicht möglich«, sage ich.

»Das ist möglich. Meine Mutter hat uns zu Hause unterrichtet. Als wir nach Bergen gezogen sind, hat sie so getan, als gingen wir in einem anderen Stadtviertel zur Schule. Da hat sie ein Zimmer gemietet und uns unterrichtet, in allen möglichen Fächern, nur nicht in Mathe. Davon hat sie nämlich keine Ahnung.«

»Aber das Geld. Sie musste doch … Kindergeld und …«

»Sie hat abends gearbeitet.«

»Als …«

»Wir waren einige Male beim Arzt. Und das war unheimlich.«

Jetzt ist sie nicht mehr zu bremsen. Sie trinkt einen Schluck Kaffee, einen großen, für ihr Alter, und sagt dann: »Beim ersten Mal hat meine Mutter den Namen ihrer Kusine benutzt, Katrine hatte Keuchhusten. Diesen Namen haben wir dann mehrmals benutzt. Aber wir waren fast nie krank. Wir dürfen den Namen noch immer benutzen, wenn wir ihr vorher Bescheid sagen. Die Pille können wir auf der Straße kaufen. Und sonst …«

»Und jetzt …«

»Können wir nichts machen. Nicht, so lange meine Mutter noch lebt. Sonst kommt sie ins Gefängnis.«

»Stimmt das?«

Herzpumpe und Nebennieren sind am Werk. Meine Hände zittern.

»Das stimmt. Aber Himmel, Emma, du darfst Katrine nicht verraten, dass ich das erzählt habe.«

»Nicht doch, nicht doch, keine Angst.«

»Und du darfst nicht darüber schreiben. Nie im Leben! Oder … erst, wenn wir selber … nicht, so lange meine Mutter noch lebt.«

»Und sie …«

»Stirbt noch lange nicht.«

»Und weiß sie, wovon ihr beiden lebt?«

»Ja.«

»Aber trotzdem übernimmt sie nicht die Verantwortung.«

»Sie ist ziemlich verrückt. Nicht ganz klar im Kopf. Aber sie ist unsere Mutter. Du bist die Erste, der ich davon erzähle. Ich habe es noch nie zu Worten gemacht. Oder … in Worte gefasst, heißt das wohl.«

Plötzlich schlägt Kristin die Hände vors Gesicht, ihre Energie ist verflogen, ich beuge mich vor und streichle ihr nacktes braunes Knie.

»Mach dir keine Sorgen«, flüstere ich. »Niemand wird etwas erfahren. Großes Ehrenwort und bei den Augen meiner Eltern.«

»Das hast du schon gesagt.«

Sie setzt sich gerade und schnieft, fährt sich mit der Hand durch die Haare, zieht ihren Pullover gerade, sodass das Muster sich dem Spalt zwischen ihren Brüsten anpasst, reißt sich zusammen. Aber ich lasse nicht locker.

»Aber wenn du studieren ... dann müsstet ihr doch mit der Grundschule anfangen.«

»Genau. Und darauf haben wir keinen Bock. Ich hab auch schon als Tagesmutter gearbeitet. Ehe ich zusammen mit Katrine losgegangen bin. Aber viele Möglichkeiten haben wir nicht, Arbeit zu finden. Wir können nicht mal nach Mallorca fahren, wir haben doch keinen Pass.«

Plötzlich bin ich schrecklich müde. Der gute Rausch ist schwerer Trübsal gewichen. Mein Kopf ist voll, dieses Geheimnis ist zu groß. Ich würde gern aufstehen und es allen im Lokal erzählen, es aus mir herausbrüllen, die Geschichte hörbar machen, damit sie wahrer wird. Sie können nicht nach Mallorca fahren, denn es gibt sie nicht.

»Vielleicht könnten wir irgendwann mal was Lustiges unternehmen?«, frage ich.

»Irgendwann? Morgen?«

»An einem ganz neuen, frischen Tag.«

»Aquarium«, sagt Kristin. »Ich war schon jahrelang nicht mehr da. Aber Katrine ...«

»Wir tun so, als ob ich nichts wüsste. Gehn wir?«

»Wir sind aber noch keine zwei Vögelrunden hier.«

»Das Geld bekommst du trotzdem.«

»Gehen wir morgen ins Aquarium?«

»Ruf mich im Hotel Norge an, ich muss auch mit Tove sprechen. Du weißt nicht zufällig, wo sie wohnt?«

»Sie wohnt irgendwo in der Nähe vom Krankenhaus. Ich weiß noch, dass sie einmal gesagt hat, sie könnte auf dem Heimweg vorbeischauen.«

»Berufsverletzung?«

»Das kannst du dir ja denken. Sie hat schrecklich ausgesehen.«

»Aber wollte keine Anzeige machen.«

»Hier in der Stadt?« Kristin lacht, ein anderes Lachen, erwachsen und wissend. Und der Kalbsblick ist verschwunden. Die Tundra liegt nicht rein und unbesudelt hinter hier, sondern versoffen und erschöpft, mit gemusterten, verschlissenen Teppichen, mit Sesseln und Aschenbechern. Nur die Temperatur ist hier vorzuziehen, stubenwarm und freundlich, man könnte fast glauben, dass das hier eine schönere Welt ist, eine bessere Gegend, ein günstigerer Ausgangspunkt zum Überleben.

»Gehen wir eine Minibank suchen«, sage ich.

Ich gebe ihr das Geld, sie wechselt die Schuhe und geht über den Strandkai. Unsicher. Wenn sie stürzt und sich den Knöchel bricht, muss sie einen falschen Namen angeben, damit ein Arzt ihr hilft.

Der Torgalmenning kocht nur so von Menschen, es ist zwei Uhr, viele haben Essen in den Händen und mampfen mit offenem Mund. Die breite Straße mit den Neonlichtern auf beiden Seiten kommt mir peinlich normal vor. Ich drehe mich um und schaue zum Fløyrestaurant hoch, zum Großen Wagen, nichts hat sich verändert. In wie vielen Zusammenhängen müssen wir in öffentlichen Registern vertreten sein, um etwas vom System zu haben? In fast allen.

Ich mag nicht an den nächsten Tag denken. Ich kann das Aquarium nicht leiden. Jede Menge Wasser, an Land gehoben, mit eingesperrten Fischen. Und hier kommt ein Mann auf mich zu, vertritt mir den Weg, stemmt die Hände in die Seiten.

»Ich bin dir schon den ganzen Abend gefolgt«, sagt er.

Für einige Sekunden sieht er aus wie ein Teil der Menschenmenge, der gesichtslosen und essenden. Der mit zwei Beinen, zwei Armen und einem Kopf. Ehe er in all seiner Erkennbarkeit aus der Masse hervortritt und zu Rickard Revestad von TV 2 wird. Ich bleibe für einen Moment schwankend stehen, dann setze ich mich wieder in Bewegung. Rickard hängt sich an mich, ich kann seine unerträglich schicke Erscheinung aus dem Augenwinkel heraus sehen.

»Den ganzen Abend?«, frage ich.

»Du hast in der Neumanns gate an einem Taxi herumgeschnüffelt, dann warst du bei der Nykirke und bist schließlich mit einer Nutte ins Strand gegangen.«

»Wir waren in der Bar.«

»Ja, ich weiß, dass du keine Lesbe bist.«

»Du Arsch.«

»Ich bin Journalist. Mach meine Arbeit. Und du bist hinter irgendwas her.«

»Geh doch eine Runde wichsen. Das hast du verdient.«

»Du bist betrunken, Emma.«

»Und dafür solltest du verdammt dankbar sein.«

Er bleibt für einen Moment zusammen mit Ole Bull vor dem Hotel stehen. Das Wasser strömt in den Springbrunnen. Wieder und wieder, dasselbe Wasser, zu den Klängen des stummen Geigenspiels.

Ich lasse mir die Zimmernummer des Rabulisten nennen, fahre mit dem Fahrstuhl nach oben, hämmere gegen die Tür, aber niemand macht auf. Ich breche in Tränen aus. Ich wollte ihn für die Nacht leihen, wollte ihn am Fußende meines Bettes haben. Ich hätte ihm die halbe Decke gegeben, wenn sich die Gelegenheit ergeben hätte, hätte seinen Nasenknopf betrachtet, hätte ein Ohr in die Hand genommen. Von Treu, nicht von seinem Besitzer. Ich klopfe wieder, womöglich noch energischer. Kein Laut ist aus dem Zimmer zu hören.

Ich gehe auf mein eigenes. Weit und breit kein Metzgerschnurrbart zu sehen. Ich würde gern den Fernseher erschießen, so wie Elvis das gemacht hat, aber das würde zu viel kosten. Das einzig Witzige, was mir einfällt, ist Rickards Palme. Die Vorstellung, dass die Batteriesäure langsam aber sicher in die Blumenerde sickert und die Palme killen wird. Ich muss lachen, und der Spiegel überzieht sich mit weißen Zahnpastapunkten.

Das Zähneputzen vergesse ich nie. An dem Tag, an dem ich vergesse, vor dem Schlafengehen die Zähne zu putzen, ist alles verloren.

Die Toilettenschüssel hat mich aufgenommen wie eine alte Freundin. Alle meine Eingeweide habe ich ausgekotzt, nur mein Herz sitzt noch in meiner Bauchhöhle, alles andere treibt im Puddefjord. Diesmal kommt nur Wasser. Wasser, das sich mit Wasser vermischt, die Tränen sind das Tüpfelchen auf dem i. Wenn ich in diesem Moment meinen Leib in Natronflüssigkeit versenkt hätte, würde das British Museum in siebzig Tagen ein Vermögen für mich bezahlen.

Wie kann ich dieser Morgenstunde eine tiefere Thematik und Struktur geben? Es fehlt ihr an Relevanz, es fehlt ihr an innerer Logik und Triebkraft, es fehlt ihr an Sprache. Es gibt keine Sprache auf diesem Erdball, die diesen totalen Mangel an Verankerung im eigenen Leib beschreiben kann. Aber keine Rose ohne Dornen, sagte der Kater und vergewaltigte den Igel. Gestern war ein fruchtbarer Tag.

Vor dem Hotelzimmer lauern Sonne und Sonntag. Ich betrachte einen Moment den Pavillon, er gibt den Straßen etwas vom Paris des 19. Jahrhunderts. Von hier oben aus kann ich mir einbilden, dass die flanierenden Bergenser helle Sommeranzüge tragen und Blumen in den Knopflöchern haben, sie tragen Zylinder, die Bergenserinnen haben lange Kleider mit Schleppe, Hauben, Fächer, Sonnenschirmchen. Ich schließe die Vorhänge und segne die Hotelleitung, die in einen so schweren und undurchdringlichen Brokatstoff investiert hat, dass ich im Handumdrehen nächtliche Befreiung vortäuschen kann.

Ich hole mir ein Bier und trinke es im Stehen neben der Toilette. Langsam.

Es kommt nicht wieder hoch.

Noch immer nicht.

Ich bleibe einige Minuten ganz still stehen und warte, bis ich spüre, dass der lähmende Zugriff der Nüchternheit loslässt und etwas Zutritt gewährt, das fleckenweise Ähnlichkeit hat mit einem neuen Tag, einem neuen Leben, einer Wiedergeburt. Ich hole mir noch ein Bier, nehme mir eine Zigarette, gehe zurück zur Kloschüssel, betrachte mein widerliches Spiegelbild. »Ich interessiere mich für dich als Mensch, Kristin.« Ich trinke mehr, ich trinke aus, ich sage es, wie es ist, was schert es mich, dass weibliche Hauptpersonen zu diesem Zeitpunkt eine Freundin anrufen müssten. Und das Bier hilft, ist doch klar. Der Klapperschluck ist ein guter alter Trick, der für das biochemische Gleichgewicht im Gehirn wahre Wunder wirkt. Nicht, weil Bier Kalium und Magnesium und Natriumchlorid enthält, Stoffe, nach denen das Gehirn nahezu heult, sondern, weil eine neue Dosis Alkohol dafür sorgt, dass das Gehirn sich über solche banalen, kleinlichen Forderungen erhaben dünkt.

Auf einer heiligen Welle des Wohlbefindens schwimme ich zum Telefon und höre meinen Anrufbeantworter ab.

Diesmal kein Rickard. Zuerst zwei gute Nachrichten: vom Verlag. Vom Lektor, der mitteilt, dass mein letzter Roman nach Deutschland verkauft worden ist, hurra. Danach vom Lektor, der mitteilt, dass die Store Norske Spitsbergen Kohlekompanie das Svalbardbuch sponsert, sie haben fünfzehnhundert Exemplare bestellt. Er scheint sich darüber zu freuen wie ein Schneekönig, fragt am Ende aber noch, ob ich bald etwas Neues schreiben werde. Einen Roman? Eine Novellensammlung?

Danach kommen zwei Anrufe von älteren Verwandten, die in Oslo zu Besuch sind. Wortkarge Mitteilungen von

Menschen, die das Gespräch mit Anrufbeantwortern nicht gewöhnt sind, sie möchten sich gern mit mir treffen, will sagen, sie wollen in Oslo herumgeführt werden, statt mit dem Stadtplan auf dem Armaturenbrett verzweifelt nach Vigelandspark und Nationalgalerie zu suchen.

Aber ihnen bleibt nichts anderes übrig. Denn ich sitze in einem Hotelzimmer in Bergen, neugeboren und verwirrt, mit Kotze in der Nase. Zu irgendeinem Zeitpunkt muss ich meine Heimkehr in die Hauptstadt bekannt geben und eine weitere Niederlage an der Liebesfront eingestehen. Und ich muss ein Buchprojekt beginnen, das mehr ist als arktische Kurzprosa mit existenziellen Untertönen. Ich muss die Segel hissen, muss klar Schiff machen, muss den Profigang einlegen, muss in die Gänge kommen. Ich muss verdammt noch mal etwas unternehmen, was meinen Geldverbrauch rechtfertigt, etwas, das meine zahllosen Konten füllt, eins für Steuern, eins für feste Ausgaben, eins zum Sparen, eins mit Juxgeld. Von diesem lebe ich derzeit.

Ehe das Verdrängen einsetzen kann, rufe ich an, um meinen Kontostand zu überprüfen. Zweitausend. Zweitausend! Ich lache laut. Das ist nichts weniger als lächerlich. Doch, übrigens, es ist weniger als lächerlich. Ich muss sofort einen soliden Betrag von meinem Sparkonto überweisen, und das mache ich per Kontofon, und das sofort.

Wenn das hier ein Roman wäre, dann würde das, was jetzt passiert, die Handlung weiterbringen. Wenn es ein Kriminalroman im besten Chandlerstil wäre, so einer, wie die alten Knaben ihn mögen, könnte ich eine Person mit einer Pistole in der Hand mein Hotelzimmer betreten lassen und abwarten, was passiert, als ich gleich darauf einen eiskalten Druck gegen meine Schläfe spüre. Ich könnte auch beschließen, dass im Nachbarzimmer ein grauenhafter Mord geschieht. Oder ich könnte Treu von seinem zugedröhnten Exherrchen entführen lassen und ihm (Treu) die Starrolle in der Geschichte geben, die er verdient. Ich könnte mich von Rickard vergewaltigen lassen (hm). Ich könnte den Metzgerschnurrbart mitten in der Fußballkneipe vergewaltigen (hm). Ich könnte den Barmann Paul aus dem Bull's Eye zum Drahtzieher im illegalen Schnapshandel dieser Stadt machen. Ich könnte Rickards Besucherin zu einer Psychotin aus Sunnmøre machen, zum Mitglied einer fanatischen Sekte, die nach mir sucht, um die Welt von überflüssigen Autorinnen zu befreien, die über Urinsex schreiben. Ich könnte mich mitten auf den Torgalmenning stellen und den Koran auf so skandalöse Weise beleidigen, dass wirklich Schwung ins Hemd kommt, oder ich könnte mir einen spannenden und komplizierten Nervenzusammenbruch spendieren, sodass ich zu kryptischer Dekomposition und vagen Bruchstücken greifen muss, um mein weiteres Vorgehen darzustellen, dass ich meinen Bericht gewissermaßen verhallen und dabei den Stream-of-consciousness überhand nehmen lassen muss, ohne an die Sprache andere Forderungen zu stellen als die nach normal verständlicher Syntax, und vielleicht nicht einmal das. Oder ich könnte mich selber im Lotto zwei Millionen gewinnen lassen.

In Büchern kann so viel passieren. Aber hier sitze ich nun. Und will keine Handlung zusammendichten, die mir passt und die Erwartungen meines Publikums anschürt. Diesmal will ich nämlich ehrlich sein.

Also schminke ich mir Pistolen, Entführung, Koran, Schnapsschmuggel und Lottogewinne ab: Ich gehe wieder ins Bett. Und wenn ich aufwache, werde ich feststellen, warum Tove Abrahamsen aus der Wohnung eines Ertrunkenen Nippes und Gemälde gestohlen hat.

Ich kann schlafen und das Hotelzimmer verlassen, ehe Kristin anruft und mit mir ins Aquarium gehen will. Vermutlich bereut sie ihre Offenheit und will nicht mit ihrer Schwester allein sein. Und andererseits traut sie sich nicht, ihr zu sagen, dass sie mit mir allein losziehen will.

Das wäre etwas für Rickard, der davon träumt, die täglichen Nachrichten durch Programme von sechzig Minuten Dauer zu ersetzen. Ich glaube schon, seine Stimme zu hören, während mit der Handkamera aufgenommene unklare Bilder vom Strandkai gesendet werden, wie er zu Tränen rührende Szenen aus der Kindheit der Mädchen schildert, gewürzt mit gescheiterten Zukunftshoffnungen; wie er in die Tiefe geht, von A bis Z, wie er glaubt, was sich für Journalisten aber immer auf von K bis L oder höchstens bis M beschränkt.

Toves Haus ist lächerlich einfach zu finden, nachdem ich dasselbe Verfahren wie mit Heinz angewandt habe, mit dem Unterschied, dass ein Nachname die Arbeit ja noch erleichtert.

Ein schmutziger Bengel fährt vor der ebenfalls schmutzigen Haustür auf einem Dreirad durch den Schlamm. Die ganze Straße hat etwas Schmutziges, die Fensterscheiben im Erdgeschoss sind von den Autos mit Pfützenwasser vollgespritzt worden. Ich stelle mich neben den Bengel, stecke mir eine Zigarette an und betrachte die Straße hinter mir. Sie ist in der Mitte trocken und grau, die Schlammpfützen finden sich nur noch an den Rändern. Ein älteres Paar macht einen langsamen Sonntagsspaziergang, weiter hinten spielen andere Kinder. Ein Supermarkt hat auf dem Bürgersteig ein

Reklameplakat vergessen, ein Rad ist von einer Mauer umgekippt, fünf oder sechs Vögel jagen in hektischen Ellipsen über einen Himmel, der dem Blick den einzigen sauberen Punkt bietet, eine Sauberkeit, die die Schlammpfützen auf verräterische Weise widerspiegeln. Aber kein Rickard ist zu sehen.

Der Bengel stürzt. Ich sehe ihn an. Er weint nicht, er rappelt sich wieder auf und steuert zwei Steine an. Einen hat er schon auf eine rote Ladefläche hinten auf seinem Rad gepackt. Es handelt sich offenbar um ein zielbewusstes Kind mit klaren Plänen für diesen Tag, mit einer Mutter hinter einem der Fenster, die ihn die Welt auf eigene Faust erkunden lässt, ohne dass es ihr große Sorgen zu machen scheint, dass Autos vom Gesamtgewicht zahlloser Tonnen an diesem kleinen Menschen vorbeidröhnen, der nur ein wenig Haut und einen winzigen Schädel zu seinem Schutz hat. Ich rauche bis zum Filter und warte darauf, dass das Kind mich anspricht. Tun Kinder das nicht – sogar bei Fremden? Ab und zu? Aber ich werde total ignoriert. Der Kleine dreht sich um seine eigene Achse und verhindert durch seine Gleichgültigkeit, dass meine Existenz die seine auf irgendeine Weise beeinflussen kann; er lässt seinen Kurs nicht von meinem Magnetismus verändern, er lässt das Tempo in der Bahn, in die er hineingeschleudert worden ist, nicht drosseln. Aber obwohl er sich nicht durch seine eigene Aktivität/Originalität/Schicksalskraft in meine Geschichte hineinpresst, ist er schon dort gelandet, einfach, weil seine Mutter ihn vor kurzer Zeit angezogen und an die Luft geschickt hat.

Neben der Klingel an der Tür im ersten Stock klebt ein gelber Zettel, auf den mit rotem Filzstift »Tove« geschrieben worden ist. Hier wohnt also Tövchen. Ich habe noch keine Strategie entwickelt, als ich auf den Knopf drücke und die

Diele hinter der Tür mit einem nasalen »Plong« fülle. Und da steht sie. Vor mir. Und kann mir die Tür vor der Nase zuschlagen, worauf sie jedoch verzichtet.

»Du meine Güte«, sagt sie langsam, mit gesenkten Augenlidern.

»Du wirst sicher verstehen, dass es mich verletzt, wenn du mich beschuldigst«, sage ich und finde, dass diese Worte passen. Sie sind deutlich, kommen zur Sache, sind aus einem Zusammenhang gerissen, den nur Tövchen und ich kennen; sie binden uns aneinander.

»Verletzt ... dich?«, fragt sie.

»Ja, du hast mir ja fast vorgeworfen, an seinem Tod schuld zu sein.«

Sie schweigt.

»Ist das da draußen dein Kind?«

»Kind? Nein. Spinnst du?«

»Darf ich reinkommen?«

Das Adjektiv »unordentlich« greift längst nicht weit genug. »Chaotisch« kommt der Sache schon näher. »Bombentreffer« ist fast perfekt. Ich erkenne die Kartons und die Gemälde vom Vorabend, dazu eine alte Stereoanlage und zwei kleine, eingestaubte Lautsprecher, darauf liegende Lampen und einige Tischdecken.

»Du räumst seine Wohnung aus«, sage ich.

»Wie meinst du das? Ich bin gerade erst eingezogen, deshalb ... wie hast du mich eigentlich gefunden?«

Sie ist reichlich zugedröhnt. Auf ihrer Oberlippe sitzt ein Rotweinschnurrbart, aber ich glaube, ihr Rausch stammt nicht nur davon. Die Worte kommen auf eine Weise, die ich nur schwer wieder geben kann; wenn ich es nicht besser wüsste, würde ich sagen, sie spricht mit slawischem Akzent.

»Ich habe gestern Abend gesehen, dass du Sachen aus seiner Wohnung geholt hast«, sage ich kühn und entdecke eine Schachtel Paralgin forte neben dem Spülbecken. Tövchen hat sich einwandfrei einen schönen Sonntagscocktail gemixt. Zu meinem Glück. Ihr Visier ist hochgeklappt, sie hat nicht mit Gästen gerechnet.

»Hast du angerufen?«, fragt sie und gibt sich Mühe, die Augen zu öffnen. »Vor kurzem? Ich dachte, das wäre ...«

»Ja.«

»Das hab ich mir gedacht. Die Polizei weiß, wer er ist ... jetzt.«

»Keine Ahnung. Vielleicht.«

»Wissen sie das nicht? Und ich hab mich so beeilt, als du angerufen hast. Ich dachte ...«

»Ich weiß, wer er ist ... war. Was die Bullerei weiß, weiß ich nicht.

»Du weißt nur, wie er hieß und so?«

»Ja. Und dass ihr zusammen wart. Und dass du ihn vielleicht umgebracht hast.«

»Ich?«

Ihre Augen kullern auf mich zu, werden aber von den Augenlidern eingefangen. Ich stelle mir vor, wie ihr Gehirn arbeitet, wie Tangdolden, die durch Sirup gezogen werden. Herauskommen weder Angriff noch Verzweiflung, sondern tonlose Wörter in Reih und Glied: »Ich hab ihn doch nicht umgebracht. Und alles kaputtgemacht. Selber.«

»Nicht?«

»Nein. Er war doch ... er war doch so ...«

Sie bricht in Tränen aus, und die scheinen sie zu überraschen, offenbar wollte sie die vermeiden und hat deshalb fünf Tabletten mit zwei Glas Rotwein geschluckt. Ich verlagere mein Gewicht auf den anderen Fuß.

»Liiiieb zu mir«, sagt sie. »Alles ist kaputt. Vorbei. Zum Teufel. Voll ... zum ... Teufel.«

Ich lächele sie an, ich hoffe, es ist ein mitfühlendes Lächeln, ich weiß nicht, ob ihr das auffällt, aber ich habe keine Ahnung, was ich sonst tun sollte. Ich freue mich über ihren Rausch, er hat ihre Aggression gedämpft, gibt mir aber zu viel Macht. Ich kann sie melken. Glaube ich. Mir wird bei der bloßen Vorstellung schon schlecht, und ich muss mir eine alte Episode ins Gedächtnis rufen, eine relativ gesehen alte, meine Verzweiflung im Bull's Eye, als ich sie entdeckt habe, am Tag der Gummiboottour. Ich bin auf sie zugestürmt, freudestrahlend wie ein Kind, gespannt, erwartungsvoll, erfüllt noch von vielen anderen naiven, unschuldigen Gefühlen, und dann wurde mir ihre Aggression unverhüllt an den Kopf geknallt. Ich hatte getrunken, ich freute mich so über ihren Anblick, dass ich mich verletzlich machte, was mir nicht oft passiert, ich weiß noch genau, wie schrecklich das war; ihre Vorwürfe und die Tatsache, dass sie weggelaufen ist, dass sie meinen Anblick nicht ertragen konnte, obwohl ihr doch aus Pauls warmen Händen eine ganze Flasche Rotwein fröhlich zuwinkte. Die Erinnerung an meine eigene Verzweiflung rührt mich zutiefst. Sie war echt, zum Henker, kapiert die Frau das nicht?

»Ich verstehe gar nichts mehr«, sage ich. »Er ist tot, das ist klar. Aber dass ich damit etwas zu tun haben soll …«

Ich würde mich gern setzen, etwas tun. Die Hände um eine Teetasse schließen, eine Kaffeetasse. Ja, Himmel, ich würde sogar mit Tövchen Rotwein trinken, wenn ich nur die Hände um etwas schließen könnte. Sessel und Sofa sind von Heinzens Habseligkeiten bedeckt, dem Zimmer fehlt eine ruhige, ungestörte Ecke. Ein winziger Küchentisch ist nicht bedeckt mit Habseligkeiten, aber es gibt keine Küchenstühle. Auch Tövchen steht, ich frage mich, wo sie gewesen ist, ehe ich geklingelt habe. Sie weint noch immer.

Gleichmäßig und tonlos, als wolle sie das Wasser aus ihrem Körper loswerden, nur deshalb.

»Hast du keine Küchenstühle?«

Sie sieht mich an. Und ich möchte das sofort sagen: Es ist kein tausend Klafter tiefer Tierblick. Wenn es ein Tierblick wäre, dann der eines Tieres, das soeben von einem Daktaripfeil getroffen worden ist, worauf der Fotograf den Blick zwischen zwei unsicheren Schritten einfangen konnte, einen zu jeder Seite, und in der Sekunde nach Auslösen der Kamera wäre das Tier mit gespreizten Beinen zu Boden gefallen.

»Ich habe sie weggeworfen. Ich hatte darauf gekotzt. Und das ... das ging nicht mehr ab.«

Ich fühle mich überhaupt nicht wohl in meiner Haut. Ich würde mir gern etwas ausdenken, worüber mein Durchschnittspublikum sich amüsiert, was Fantasie und Verführung in den Bericht bringt. Aber hier stehe ich nun und habe keine Ahnung, wie es weitergeht. Ich weiß nur, dass ich mich nicht geschlagen geben will. Die Sache ist zu weit gediehen, es ist zu spät, ich könnte nie mehr an mich selber glauben, wenn ich mir die Geschichte jetzt entgleiten lassen würde, wenn ich mich nicht mehr um Tove kümmerte und ginge, nur weil sie mir keine zusammenhängende Geschichte liefert.

Es geht um meine Selbstachtung. Es geht um eine Verankerung in der Realität, die, wie ich zu meiner Schande gestehen muss, ziemlich neu für mich ist. Ich haue nicht ab. Ich stehe. Ich habe keine Kontrolle, aber ich bleibe stehen (ich habe zwar Macht, weil ich nüchtern bin, aber Macht und Kontrolle sind zwei sehr verschiedene Dinge). Aber ich fühle mich nicht wohl. Wohl fühlen tue ich mich nicht. Wie ich mich fühle, ist nicht wohl. Nein.

»Vielleicht sollten wir irgendwo hingehen? Hast du Hunger? Ich lad dich gern zum Essen ein, Tövchen.«

»Nenn mich nicht Tövchen! Tu nicht so, als wenn du mich kennst!«

Das heißt, so tun als ob. Das denke ich, während ich einige Schritte zurücktrete und den Blick einer Irren auffange und zugleich dankbar bin, weil es mir erspart bleibt, weitere Sympathie für sie zu empfinden. Brüll du nur. Mach du dir nur dein Gehirn kaputt und werde ungenießbar. Mach dich nur so ekelhaft, dass für mich nur noch das Fortschreiten der Handlung und die Informationsfetzen wichtig sind, die ich brauche, um das Werk zu vollenden und den Lektor glücklich zu machen.

»Gut«, sage ich. »Ich werde dich nicht mehr Tövchen nennen. Sondern nur Tove.«

Sie rennt zu ihrem Pillenglas, stellt es dann aber ungeöffnet in den Küchenschrank. Sie weint jetzt nicht mehr, und das macht mir Sorgen.

»Ich wünschte«, sage ich.

»Ich auch«, sagt sie.

»Dass du nüchtern wärst, dann könnten wir ...«

»Ich auch.«

»Habt ihr die Stelle gefunden, wo seine Mutter ...«

»Ja.«

Sie reißt die Reste einer Küchenpapierrolle an sich, reißt die letzten Stücke herunter und reibt sich das Gesicht.

»Ja. Die haben wir gefunden. Es waren noch weitere Häuser gebaut worden, aber vom Wasser aus war sie leicht zu finden. Er hat geweint. Der Arme ... Erst, als er mich kennen gelernt hat, konnte er ...«

Sie schluchzt auf und stützt sich aufs Spülbecken. Über ihrer Nagelhaut sitzen Reste von knallrotem Nagellack. Es ist heiß hier.

»Sich ein Bild von ihr ansehen. Das hatte er nicht mehr gemacht, seit ... viele Jahre ... nach dem Waisenhaus.«

»Sie ist gestorben, als er noch klein war?«

»Hat sich erhängt. Er fand sie eines Morgens in der Küche. Da war er sechs. Sie war … Nutte. Sie auch.«

Tövchen lacht. Ich wünschte, ich könnte mich irgendwo hinsetzen. Stattdessen steuere ich ein sauberes Glas an, das ich im Küchenregal entdeckt habe, und fülle es mit Wasser. Ihr Oberarm berührt meinen, als ich das Glas unter den Wasserstrahl halte, ihr Gesicht hat sich abgewandt.

»Und sein Vater?«

»Ich glaube, du solltest jetzt gehen. Ich bin doch nicht ganz … ich will nicht reden. Ich will nichts sagen. Deshalb musst du gehen.«

Sie fängt wieder an zu weinen, aber das scheint ihr selber gar nicht bewusst zu sein.«

»War er Deutscher? War Heinz ein Deutschenkind?«

»Ja. Das hat sein Leben kaputtgemacht, aber andere können das nicht verstehen.«

Die Berührung an ihrem Oberarm hat ihr nicht gefallen, und deshalb ist sie mitten ins Zimmer getreten, hat es in Besitz genommen, mit übereinander geschlagenen Armen. Sie versucht sich zusammenzureißen, das ist leicht zu sehen. Es ist auch leicht zu sehen, dass ihre Kraft begrenzt ist. Ich kann ihre Schwäche ausnutzen oder sie respektieren. Tove schnauft.

»Das ist doch klar. Dass ein Deutschenkind es schwer hat«, sage ich.

»Pa.«

»Doch, das ist so.«

»Niemand kapiert, wie schwer das ist. Dass es ein ganzes Leben kaputt machen kann.«

Du meine Güte. Jetzt wird sie beredt. Diese Frau ist immer wieder für eine Überraschung gut. Vielleicht brauche ich sie für eine Weile nicht zu respektieren.

»Ich kapiere das«, sage ich brav.

»Darum geht es nicht!«, ruft sie gereizt. »Es geht darum, dass es keine besondere Geschichte ist. Das hat er sich nur eingebildet. Dass sie so toll wäre.«

»Schon gut, schon gut. Ich wollte doch nicht ...«

»Hättest du ein ganzes Buch über ein Deutschenkind geschrieben? Nur darüber?«

»Ja. Aber mit ein bisschen Würze, mit einem originellen Dreh, und ...«

»Es gab aber ... im Leben von Heinz keinen originellen Dreh. Trotzdem hat er geglaubt, es gäbe genug. Sein Leben sei superspeziell. Niemand hätte so gelitten und sei so ... anders gewesen als er. Wenn man mitten drin steckt, kommt einem alles immer viel größer vor ...«

Sie starrt den Boden an, scheint auf das Echo ihrer eigenen Worte zu horchen und ihren Wahrheitsgehalt abzuschätzen, dann schaut sie wieder zu der leeren Küchenpapierrolle hinüber und geht in die Diele und weiter. Genau damit habe ich gerechnet, dass sie auf dem Klo oder im Badezimmer oder in einem anderen Zimmer verschwindet. Ich habe auf einem Karton ein Schlüsselbund gesehen, das ist mir schon beim Hereinkommen aufgefallen. Ich will mit dem kompletten Schlüsselbukett durchbrennen, doch als ich es leise hochhebe, sehe ich, dass auf einen Schlüssel mit rotem Nagellack ein H gemalt worden ist. Ich breche mir den Daumennagel ab, als ich den Schlüsselring aufstemme und den Schlüssel herunterziehe. Ich stecke den Schlüssel in die Tasche und lege das Bund zurück.

Sie kommt wieder und drückt sich Klopapier ins Gesicht. Mit schwacher Stimme murmelt sie: »Geh. Ich will schlafen.«

Ich lasse mich aus der Tür schieben. Ich weiß, wo sie wohnt. Sie weiß, dass ich weiß, wo sie wohnt, wo sie arbeitet. Als letztes sagt sie: »Du kannst der Polizei von mir aus Bescheid sagen. Aber erzähl nichts von mir. Er hat keine Verwandten. Niemanden. Die Gemeinde Bergen bekommt alles. Abgesehen von dem, was ich geholt habe.«

Die Tür wird hinter mir ins Schloss geknallt, zu schnell.

»Ist es deine Schuld, dass er ertrunken ist?«, rufe ich.

»Trottel!«, wird hinter der Tür geantwortet.

»Warum ist er ertrunken? Wie bist du an Land gekommen?«

»Ich bin gerudert. Hau ab!«

L'esprit de l'escalier. Aber sie hat ihn nicht umgebracht. Und sie hat seine Wohnung ausgeräumt, weil die Gemeinde Bergen alles bekommen und es der Heilsarmee oder einem Bogenschützenverein oder was weiß ich wem vermachen wird. Das leuchtet ein.

Die Geschichte sieht nun ungefähr so aus: Er ist ihrer Ansicht nach zu früh gestorben. Und eins ist noch unklar: Warum hat sie mich in die Sache hineingezogen, denn das hat sie? Und deshalb bin ich hergekommen. Um zwei vage Anklagen mit einem korrekt passenden Ursachenzusammenhang zu versehen.

Ich knabbere an meinem Nagel und fluche so laut, dass der Bengel es hört. Für einen Moment schenkt er mir seine Aufmerksamkeit, dann wendet er sich wieder ab. Aber ich habe schon die winzigen Goldkugeln an seinen Ohren entdeckt. Er ist ein Mädchen. Und das ist nicht alles, was hier nicht stimmt. Ich renne die Treppe wieder hoch und verursache ein weiteres nasales »Plong«. Genauer gesagt, drei davon. Sie öffnet nicht. Ich hämmere gegen die Tür und rufe:

»Woher hast du gewusst, dass ich Bücher schreibe?«

Niemand antwortet. Nicht einmal Tövchen.

Wenn ich mir einen normalen Beruf suchen sollte, dann würde ich mich an ein Fließband stellen. Und ich habe mir oft überlegt, was auf diesem Fließband vorbeifahren sollte.

Keine Fische. Die sind zu schleimig, und außerdem weiß ich, dass Fischsortierhallen kalt und nass sind, ich will nicht auf ein gutes Wort hin krank werden, von einem bösen ganz zu schweigen.

Keine Eier, die durchleuchtet werden müssen, es ist zu makaber, im Hinblick auf ein gemütliches Sonntagsfrühstück Missgeburten studieren zu müssen.

Keine zu füllenden Flaschen, das macht zu viel Krach, das habe ich beim Coca Cola-Streik von einem Fernsehreporter erfahren.

Nein, ich will Pralinen. Ich will vor einem Stapel jungfräulich leerer Pralinenschachteln stehen, deren Boden von diesem wunderschönen Plastikabguss bedeckt ist, in dem jede Vertiefung genau die Form des Schokoladenstücks aufweist, das ich hineingeben soll. Jede Grube wartet auf ihre formatierte Auserlesene, und die bekommt sie. Von mir. Plopp, und schon liegt sie da. Die Nächste bitte. Krokant, Nougat, ein dunkles Oval voller Marzipan. Wenn die Schachtel voll ist, stimmt alles. Die Löcher sind gefüllt, nicht ein einziges steht leer, ich lege den Deckel darauf, bedecke die Symmetrie. Ich kann mir keine befriedigendere Arbeit vorstellen. Ich arbeite die vorgeschriebene Zeit ab, fülle die vorgeschriebenen Schachteln, hole meine Lohntüte, gehe nach Hause, schlafe traumlos, erwache traumlos, habe den Überblick über die Geschwindigkeit des Bandes, über Warenmenge und -beschaffenheit, über die Anzahl der Schachteln, der leeren wie der vollen. Was ich mache, kann gezählt und gewogen werden, mit Maßband gemessen. Ich erledige eine Arbeit, deren Zeit gestoppt werden kann. *Für eine Pralinenschachtel braucht sie 3,54673 Sekunden. Nicht schlecht.*

Als Kind habe ich Kerzenwachs in leere Pralinenschachteln gegossen. Wenn das Wachs erstarrte, drückte ich die Stücke heraus und gab das imaginäre Konfekt in Schüsselchen. Schon damals.

Aber ich kann Buchstaben, Wörter, Seiten, Bücher zählen, ich kann sie wiegen und ihr Format messen. Wenn mich jemand fragt, wie viel ich geschrieben habe, könnte ich zum Beispiel antworten: elf Kilo, insgesamt 3,7 Meter hoch und 2,2 Meter breit. Und dieser Text enthält bisher:

Zeichen: 336.695
Wörter: 46.801
Zeilen: 5.581
Absätze: 1.359

Auch die Zahlen können für mich sprechen. Aber es gibt einen großen Unterschied: Ich weiß nicht, wann die Pralinenschachtel voll ist. Oder wann sie das sein sollte.

Die Vögel sind verschwunden. Ich stampfe mit dem Fuß in eine Pfütze, hart, es spritzt, ich werde nass, das tut gut, und ich mache es nicht für den Fall, dass jemand mich sieht und mich für immer als die, die mitten in der Lars Hilles gate an einem ganz normalen Sonntag unachtsam in eine Pfütze getreten ist, in Erinnerung behält, nein, ich tue es meinetwegen und kann mich auf die Feuchtigkeit konzentrieren, die durch meine dunkelblaue Socke dringt und danach Zehen und Zehennägel blau färbt, sie werden erfroren und pflegebedürftig aussehen. Die Verfärbung zu betrachten wäre eine Erleichterung für einen Menschen, der sich danach sehnt, Ursache und Wirkung in handgreiflicher Eindeutigkeit zu sehen, ich werde sofort begreifen, dass meine Zehen nicht gefroren sind, dass es sich einfach um eine Illusion mit einer ganz anderen Vorgeschichte als Minusgraden handelt. Ich brauche sie nur zu waschen, das Wasser braucht nicht einmal heiß zu sein, und schon ist das Problem gelöst. Dann habe ich es gelöst.

Ich stampfe noch einmal in die Pfütze, diesmal mit dem anderen Fuß, für den Fall, dass das Mädchen mit den Goldkugeln zusieht.

Sie sitzen vor dem chinesischen Zeitungskiosk auf der Bank und lesen Sonntagszeitungen, jede in Minirock und Sandalen gekleidet, sie sind leicht gebräunt und sehen gesund aus, es ist wirklich beeindruckend, wie sehr ein jugendlicher Teint Unschuld vortäuschen kann.

Während meiner Wochen in Bergen habe ich mir einen witzigen Bekanntenkreis zugelegt: eine Bande von Fernsehjournalisten und drei Nutten. Alles leicht zu verwechseln. Abgesehen von der halbdeutschen Leiche, die ich nicht mehr richtig kennen lernen konnte.

Sie haben mich noch nicht gesehen. Im Adverb *noch* liegt eine Erwartung, dass sie mich sehen werden. Bald. Aber ich bleibe bei Ole Bull stehen.

Meine Schuhe sind aus geblümtem Stoff, die Spitzen sind schmutzig und jetzt zu allem Überfluss auch noch nass. Ich habe die Wahl, ich habe eine Unmenge Wahlmöglichkeiten. Von diesem Punkt aus kann ich gehen, wohin ich will, ich kann den Leuten ins Gesicht starren und sagen, was ich will. Ich kann essen oder nicht, ich kann arbeiten oder nicht, ich kann lieben oder nicht, ich kann leben oder nicht, ich kann nach rechts, links, vor und zurück gehen oder einfach fünf Stunden auf der Stelle stehen bleiben, bis ich von Weißkitteln abgeholt werde.

In der Wirklichkeit gibt es kein Ende, weder ein glückliches noch ein trauriges. Das einzige Ende ist der Tod und das nur für jeden einzelnen Menschen. Der Tod lässt sich niemals in epischer Breite und unter Einbeziehung verschiedener Menschen abwickeln. Ein Ende muss mit Absicht herbeigeführt werden, und nicht einmal dann steht fest, dass es uns gelingt. Seht euch doch mich und Rickard an. Es kam kein Ende dabei heraus, dass ich seine Wohnung verlassen habe, auch wenn ich das damals glaubte. Ich kaufte mir Zimt und verlängerte damit die Geschichte, und jetzt – jetzt streicht er immer wieder durch die Kulissen. Und Katrine und Kristin haben eine Mutter, der es an Verstand fehlt, um den Selbstmord zu begehen, zu dem sie sich moralisch verpflichtet fühlen sollte. Und wenn sie das tut, ist das für die Mädchen kein Ende, sondern ein Anfang, wenn auch nicht aus dem Nichts, so doch zwischen allen Stühlen, denn ein eventueller Beginn wäre von der Vorgeschichte gefärbt.

Zugleich ist jeder einzelne Punkt in der Zeit eine abgeschlossene Handlung in sich selber, jede Szene hat einen Anfang und einen Schluss, wenn auch kein Ende. Ein Ende ist definitiv für eine ganze und messbare Welt, daran bin ich aus Filmen und Büchern gewöhnt. Hinterlassene Eindrücke bilden zwar eine Art mentale Fortsetzung, aber die *Handlung* läuft nicht weiter, denn sie setzt selbstständiges Dichten voraus, und dazu bin nicht einmal ich im Stande, auf Grund der schlichten Tatsache, dass es sich um die Geschichten anderer Menschen handelt. Ich habe an Novellenstaffetten teilgenommen und Kapitel mitten in der Handlung geschrieben, das jedoch mit Hilfe loser Fäden, die mir die früheren Mitwirkenden gereicht hatten, und ich habe genauso pfiffige Fäden an die weitergegeben, die nach mir kamen, aber das ist etwas anderes.

Und was mich jetzt am meisten beunruhigt, ist, dass dieser Hyperrealismus, in den ich geraten bin, mir die Erleichterung nehmen wird, ein Ende zu erreichen, die Ziellinie zu überqueren und fertig zu sein. Meine Großmutter saß mit zwei Freundinnen zusammen; sie hatten Halma gespielt und schalteten den Fernseher ein. Es lief ein Schwarzweiß-Drama, und ich weiß noch, wie meine Großmutter sagte: »Fernsehspiele machen gar keinen Spaß mehr, die haben heutzutage so einen seltsamen Schluss.«

Sie hatte Recht. Und deshalb sind mir meine Schuhspitzen so schmerzlich bewusst, weil ich entscheiden kann, wohin ich sie führe, weil ich die Wahl habe. Ich kann mich für und gegen sie entscheiden. Oder für etwas ganz anderes. Für die Arktis, zum Beispiel, ich kann innerhalb weniger Stunden dort sein, meine Stoffschuhe durch wasserdichte Wanderstiefel ersetzen, diese Stiefel ansehen, sie dann heben, auf Weiten aus gefrorenem Wasser blicken und mich auf einem Bett aus losen Fäden zur Ruhe legen und mich um nichts mehr kümmern. Doch wenn ich das tue, dann bin ich geflohen, statt zu wählen. Es wäre eher eine Niederlage als eine Entscheidung für einen Weg, auch wenn die vielen möglichen Erlebnisse, die mir dort oben widerfahren können, bestimmt ein paar Buchseiten füllen würden, zur großen Freude meines gierigen Publikums, vorausgesetzt, dass dieses Publikum alle stringenten epischen Forderungen an den Nägel hängt. Doch da Stringenz streng genommen als Gedankenklarheit definiert wird, ist diese Reise für mich unmöglich. Und ich bin auch noch nicht in der richtigen Stimmung, um meinen frisch gestohlenen Schlüssel zu benutzen. Vielleicht heute Abend.

»Hallo. Sonntagsspaziergang?«

Vermutlich unbewusst kneift jede im hellen Sonnenlicht ein Auge zu, auf genau dieselbe Weise, während sie zu mir hochschauen.

»Wieso denn?«, fragt Katrine.

»Kein Wieso denn. Ich hab doch nur gefragt, ob ihr einen Sonntagsspaziergang macht.«

Ich bin plötzlich unsicher, ob ich das Aquarium erwähnen kann, ob Kristin von unserem Treffen erzählt hat, aber sie rettet mich, indem sie sagt: »Ich würde so gern ins Aquarium gehen, und zwar schrecklich gern mit dir.«

»Ach, ins Aquarium?«, sage ich.

»Kristin hat sich in den Kopf gesetzt, dass du ihr Tipps fürs Schreiben und so geben kannst«, sagt Katrine und blättert in ihrer Zeitung.

»Ach, ja, ja. Als Singer den Nobelpreis bekommen hat, sollte er für angehende Schreiberlinge Tipps geben, und er sagte, sie sollten über das schreiben, was sie kennen. Write about the things you know, hat er gesagt.«

»Du meine Güte«, sagt Katrine. »Hier kullern die Goldstücke ja nur so. Wie auf Knopfdruck.«

»The things I know ...«, sagt Kristin und lässt die Zeitung sinken.

»Du kannst über dein Leben schreiben. Wie es gewesen ist. Bisher«, sage ich kühn. Katrine setzt sich gerade, blättert.

»Ich will nicht, dass andere über mein Leben lesen. Das ist meine Privatsache«, sagt Kristin.

»Du kannst persönlich schreiben, ohne privat zu werden. Und du kannst unter Pseudonym veröffentlichen.«

Ich stehe turmhoch vor ihnen, in meinen nassen Schuhen, und habe mir eine Zigarette angezündet.

»Ich bin nicht so ganz in Form«, sage ich dann. »Ziemlich verkatert. Weiß nicht, ob Fische heute das Richtige sind. Habt ihr Tove gesehen, seit wir uns unterhalten haben, und ihr gesagt, dass ich schreibe?«

»Nein. Sie glaubt doch, du bist bei der Bullerei.«

»Wollte mich sicher nur bestrafen. Wegen irgendwas.«

»Weswegen denn?«

»Keine Ahnung.«

Ich kaufe eine lauwarme Flasche Cola und noch mehr Zigaretten; die beiden haben die Zeitungen zusammengefaltet, als ich aus dem Kiosk komme.

»Kannst du nicht mitkommen«, bittet Kristin.

Ich starre meine Schuhspitzen an und nicke. Ich habe einen Punkt erreicht, wo ich die Handlung ihrem Schicksal und der Erzählung die Führung überlassen muss. Deshalb gehe ich zusammen mit den beiden weiter, ohne das übergeordnete Ziel, irgendetwas zu erreichen, eine klare Antwort, eine Lösung oder einen Zipfel eines unerwarteten Horizontes.

Aber ich hatte Pinguine und Seehunde vergessen. In meiner Erinnerung enthielt das Aquarium nur Fische in allerlei Formen und Größen.

Schon aus hundert Meter Entfernung hören wir die Nebelhorngeräusche der Pinguine, vermutlich ausgestoßen mit in den Nacken geworfenem Kopf und geschlossenen Augen, hoch zu einem Bergenser Himmel, von dem sie nicht begreifen können, warum sie sich darunter befinden. Ich schaudere, bekomme eine Gänsehaut.

»Ich hasse wilde Tiere in Gefangenschaft«, sage ich.

»Sei nicht so verdammt politisch korrekt, wir machen einen Sonntagsausflug«, sagt Katrine, und ich starre sie an.

»Nutten haben nicht so zu reden«, sage ich.

»Du hast doch keine Ahnung«, sagt sie.

Ich nicke. Wörter sind Lügen. Körpersprache nicht. Aber ich kann mich nicht beherrschen und sage trotzdem: »Ja, ich habe keine Ahnung. Ich habe nicht viel Ahnung. Viel Ahnung habe ich nicht. Nicht viel Ahnung habe ich.«

Kristin lacht laut.

»Darf ich deine Gedichte mal lesen«, sage ich.

»Wenn wir dich besser kennen«, sagt Katrine.

»Aber ich wohne doch nicht hier, ich kann jeden Moment abreisen.«

»Dann kannst du sie auch nicht lesen«, sagt Katrine.

»Mir geht es nicht gut. Mir ist schlecht. Schwindlig. Ich hatte vergessen, dass es hier Pinguine und Seehunde gibt. Sagt mal, bin ich hier die Einzige, die einen Kater hat?«

»Das nicht«, sagt Kristin. »Aber es ist doch Sonntag. Da müssen wir was Nettes unternehmen.«

»Arbeitet ihr sonntagabends nicht?«

»Nie.«

Scheiden, Hände und Münder dürfen sich ausruhen. Am siebten Tage ruhte Gott. Heute müssen die Freier wichsen oder ihr Glück bei ihren Gattinnen versuchen. Mir wird immer schlechter, je mehr wir uns den Pinguingeräuschen nähern, Katrine kauft Eintrittskarten, bezahlt auch für mich, sagt, ich könnte später einen Kaffee ausgeben.

»Hier gibt es frisch gebackene Waffeln«, sagt Kristin, sie sieht aus wie eine Zwölfjährige. Schmal und biegsam. Die Sehnen in ihren Kniekehlen treten scharf hervor, sie hat weißen Flaum an den Waden, ich stelle mir vor, wie Spermien daran hinunterfließen, und nun sind wir drinnen. Ein Seehund schaut hoch, richtet sich gerade auf und verschwindet dann im Wasser. Sein Pelz ist glatt und undurchdringlich wie Glas, ich sehe noch, wie seine Schnurrbarthaare sich sträuben, als er schon längst verschwunden ist. Die Tiere wimmeln in allen Ecken des Beckens herum. Menschengesichter pressen sich an die Glasscheibe, sie sehen aus wie Fotos von Vermissten.

Die Seehunde schwimmen, als hätten sie nie etwas anderes gemacht, mit blitzschnellen Kursänderungen, legen sich ab und zu auf den Rücken, glotzen das Publikum an, stoßen seltsame Geräusche aus, die gegen Betonmauern stoßen, statt hoffnungsvoll über die Wellenkämme der Barentsee zu fliegen und auf ein fremdes Seehundohr zu stoßen.

Die Pinguine sind an Land aufmarschiert und sehen blöd

aus, mit bunten Puscheln auf dem Kopf und resigniertem Blick. Sie streiten sich untereinander und fühlen sich nicht wohl in ihrer Haut. Ihre Füße sehen aus wie Gummi, Füße, die das Gewicht perfekt verteilen und nicht viel anders aussehen könnten, wenn ein Mensch auf eigene Faust den ersten Pinguin aller Zeiten konstruieren müsste. Die Sonne bricht über die Tiere herein, über die Seehunde im Wasser und die Pinguine an Land, und über alle Kinder, die mit den Fingern zeigen und mit Fistelstimmen rufen, mit Eis in der Hand und Schuhspitzen, die sie an die Mauer pressen, um den Körper weiter nach oben zu schieben. Einige Eltern sind nicht verkatert und heben ihre Kinder mit erwachsener Muskelkraft hoch. Ich setze mich auf eine Bank.

»Drinnen ist es sicher kühler«, sagt Katrine.

Ich stecke mir eine Zigarette an und ein fundamentalistischer Antiraucher starrt mich vorwurfsvoll an, ich blase Rauch hinter ihm her und muss husten.

»Scheiße.«

»Geht's dir so schlecht?«, fragt Kristin.

»Das nicht. Gehen wir rein«, erwidere ich.

Es gibt jede Menge Wasser, dieser Betrieb suhlt sich geradezu in Wasser. Sie müssen Wassermassen gezähmt haben, die dem Ringentjern entsprechen, und dieses Wasser haben sie portionsweise in Tanks, Betonteiche und Springbrunnensysteme eingelassen. Ich bin wütend und weiß nicht warum. Ich würde mich so schrecklich gern für etwas entscheiden; vielleicht hat der Mangel an Möglichkeiten meinen Zorn erregt. Aber ich sperre meinen Zorn auf der Innenseite meines Gesichts ein, halte es unter Kontrolle; die beiden haben frei und machen einen Sonntagsausflug. Ich kann ihnen diesen Punkt im Leben nicht verderben, ich kann nicht eine einzige Fischschuppe, eine Flosse, einen einzigen Krebs zerstören, der seitwärts über den saubergescheuerten Steinboden wankt. Außerdem habe ich den Schlüssel eines Toten in der Tasche. Wir schauen Lachse und Tintenfische und Seepferdchen an. Das Glas ist dick und bricht den Blick ent- zwei, wie schusssichere Schalter in Postämtern; mir ist wahnwitzig schwindlig.

»Ich glaube, ich brüte etwas aus«, sage ich. »Das hat nichts mit der Arbeit der Leber und der natürlichen Trägheit in der Transmittersubstanz der Neuronen zu tun.«

»Du sagst so komische Dinge«, sagt Kristin und lacht wieder. »Hast du nicht langsam Lust auf Waffeln?«

Ein Steinbeißer hat das Kinn auf einen Stein gelegt und schaut mir voll ins Gesicht. Er kommt mir wütend vor, ist aber unfähig, eine Gemeinheit zu begehen. Er ist von Wasser umgeben, von Wasser, das mit Luft Ähnlichkeit hat. Er ist von Leben für sich, von Tod für mich umgeben. Er atmet im Tod, aus und ein, aber nicht eine einzige entlarvende Luftblase kann erzählen, wie verschieden wir sind. Ist er sich seiner Gefangenschaft bewusst? Im Wasser? Im Aquarium? Kann das seine Wut erklären? Dem Steinbeißer zuliebe wollen wir hoffen, dass er dümmer ist als er aussieht, auch, wenn das Aquarium geräumig ist und die Wassermenge allein in diesem einen Tank mich sicher beeindrucken würde. Das Ziel jeden Fisches muss sein, dass die Menge Wasser die Wirkung aufhebt, wenn jemand hineinpisst. Auf dem Fischmarkt würden die Fische sofort sterben, wenn ich mich auf die Bottichkante setzte und urinierte. Dieser Steinbeißer jedoch würde vielleicht nur ein leises Unbehagen verspüren. Den Fischen im Puddefjord ist das alles schnurz.

Er sieht ziemlich gut aus, wenn man sich daran gewöhnt hat, wie hässlich er ist. Spiegelt er sich an der Innenseite des Glases? Oder betrachtet er wirklich mich? Sieht er mich als mit den Sinnen erkennbaren Abdruck einer Idee, als Schatten an einer Höhlenwand, den er selbst zu werfen glaubt? Ich meinerseits kann den Anblick dieses hilflosen Fisches nutzen, um eine kleine Dosis Glück zu erarbeiten; ich suhle mich in seinem Unglück, was seine Gefangenschaft und das Element betrifft, aus dem er seinen Sauerstoff saugen muss, und auch im Hinblick auf seinen tröstlichen inneren Irrtum, dass er auf dem Weg zu etwas und durchaus nicht im Augenblick gefangen ist.

»Vielleicht bringen Waffeln Schwung in die Sache«, sage ich. »Ja. Einwandfrei. Ich wähle Waffeln.«

Ich gebe Kristin hundert Kronen, und während die beiden bestellen und die Tabletts zu einem Tisch draußen im Schatten bringen, halte ich Ausschau nach der Toilette; ich brauche Wasser im Gesicht, Süßwasser, gereinigt und gechlort und ganz und gar ohne Fischausscheidungen.

»Du bist ja wirklich dauernd auf Trab. Und Freundinnen hast du dir auch zugelegt.«

»Du hast ja offenbar auch viel zu tun«, sage ich und drehe mich langsam weg.

»Ja, mehr denn je. Ich finde übrigens, du hättest dem Kleinen helfen können, als er gestürzt ist.«

»Das war ein Mädchen. EIN MÄDCHEN!«

»Nicht so laut. Ein Mädchen. Auch egal.«

»Wo warst du? Ich hatte doch überprüft, ob du mich verfolgst.«

»Im Auto.«

Daran hatte ich nicht gedacht. Dass er sich mit einem Auto tarnen könnte. Mein joggender Kollege würde über meine Detektivinnenkünste hämisch lachen, wenn er nicht einfach zu nett wäre, um über irgendwen hämisch zu lachen. Ich muss meine Strategie ändern. Ich schlucke meine Übelkeit herunter und lächele Rickard an.

Lächele!

Wenn er ein wenig weniger vögelnswert wäre, dann wäre alles einfacher. Die Frauen in unserer Nähe verschlingen ihn mit Blicken, sogar die mit kleinen Rotzgören am Rockzipfel, ja, vielleicht grade die mit Rotzgören am Rockzipfel, mit Männern zu Hause, die auf monatliche Lohnzahlungen und tägliche Irritationsmomente reduziert sind.

»Wer sind diese beide Mädels eigentlich?«, fragt er.

»Lehrerinnen. Hab sie hier letztes Jahr auf meiner Lesereise kennen gelernt.«

»Zu jung für Lehrerinnen. Du lügst. Was machst du hier eigentlich?«

»Arbeiten. Und lügen. Mach ich doch immer. Liebst du mich noch?«

Er schaut ganz schnell weg, schiebt die Hände in die Hosentaschen. Seine Unterarme sind braun und muskulös, die Armbanduhr hängt locker um das Handgelenk. Ich sehe, wie er das Armband mit einer raschen Bewegung öffnet, den Arm über mich ausstreckt und die Uhr auf den Nachttisch fallen lässt, damit sie nicht an meinen Haaren reißt, während wir uns lieben. Wenn ich einen Kater habe, bin ich immer geil; ich habe zu schnell gelächelt, das ist gefährlich, ich bin nicht zurechnungsfähig.

»Vielleicht«, antwortet er und sieht mich wieder an, ernst, ein wenig unergründlich, er spielt ein Schauspiel, da bin ich mir zu neunundneunzig Prozent sicher, und ich habe nicht gefragt, weil ich eine Antwort wollte; ich hasse nichts so sehr wie Antworten auf schlecht begründete Fragen, denn sie machen mich für den weiteren Verlauf des Gesprächs verantwortlich.

»Was willst du hören?«, fragt er und grinst schief. Er ist zum Kotzen wunderbar.

Ich serviere ein neues Lächeln und versuche, aus dem Nichts eine Strategie hervorzuzaubern, aus dem Blauen, aus dem Schwarzen, aus dem Roten.

»Is it the sea you hear in me, its dissatisfaction? Or the voice of nothing, that was your madness? Love is a shadow, how you lie and cry after it. Listen – there are its hooves, it has gone off, like a horse.«

»Ach was. Ja, wenn du meinst.«

»Geh weg.«

»Ich habe die Bettwäsche gewechselt.«

»Wie interessant.«

»Ich war nicht mit Hilde zusammen, mit der, die du gesehen hast. Sie ist eine Kollegin und wollte nur mal vorbeischauen.«

»Pa.«

»Manche Leute machen das eben. Schauen vorbei. Das mit den Kondomen habe ich entdeckt, als ich nach einem Porno gesucht habe.«

»Nach deinen vollgewichsten Pornoheften.«

»Genau. Und du bist heute wunderbar, schön und rund. Herrlich. Vergiss nicht, dass es dir gefällt, wie mein Schwanz geknickt ist. Aber du bist heute wirklich zum Fressen. Ich habe dir ja schon häufiger gesagt, dass du nicht sexy bist, sondern erotisch. Das ist ein großer Unterschied.«

»Ach«, sage ich dämlich und trete von einem Fuß auf den anderen.

»Hm. Rubensschön. Ich könnte dich anknabbern«, sagt er mit leiser Schlafzimmerstimme.

»Halt die Klappe. Und außerdem hab ich Kaugummi in den Schamhaaren.«

»WAS? Kaugummi in den …«

»PST! Ich wollte den Kaugummi ins Klo spucken, und dabei ist er hängen geblieben. Und ich hatte keine Schere oder Rasierklinge, sondern nur einen Nägelknipser, und damit hab ich es nicht geschafft …«

Er übertönt mich durch sein Lachen und legt dabei den Kopf in den Nacken, genau wie die Pinguine, ehe er mich wieder ansieht und sagt: »Du fehlst mir so schrecklich, unter anderem auch aus solchen Gründen. Du bist ein frischer Windhauch, Emma. Und neulich hab ich wirklich was ausgebrütet, ganz bestimmt.«

»Das ist ziemlich unangenehm. Es ziept, wenn ich mich bewege«, sage ich.

»Ich hab einen Rasierapparat«, sagt er und beugt sich zu mir vor. »Ich könnte da im Handumdrehen Ordnung schaffen.«

Ich habe das hier nicht unter Kontrolle. Einer der wichtigsten und unterhaltsamsten Hohlräume des Körpers reagiert bereits auf Revestads Plattheiten und seinen leichten Zimtduft, den ich gerade aufgefangen habe.

»Du«, sage ich. »Gib mir doch eine ehrliche Antwort …«

»Ich bin immer ehrlich.«

»Halt die Fresse! Dann wärst du doch arbeitslos, mein Lieber. Nein, jetzt sag mir ehrlich … geht es dir um mich oder um meine Geschichte?«

»Ich wusste nicht, dass es da einen Unterschied gibt.«

Ich lasse ihn stehen. Innerhalb weniger Sekunden habe ich die Stirn dermaßen gerunzelt, das es infernalisch wehtut. Wie nach einem Insektenstich. Nein, nach einem Tigerbiss.

Sie sind nicht da. Ich sehe sie vor dem Eingang, auf dem Weg in die Stadt. Katrine zieht an Kristins Arm. Ich sehe sie wie durch ein Teleobjektiv; sie werden zu einer schmerzlich isolierten Form mit wogenden Konturen, wie der Sheriff im »Weißen Hai« in der Sekunde, in der er erfährt, dass sein jüngster Sohn zusammen mit dem Killerhai im offenen Meer treibt. Katrine muss mich mit Rickard gesehen haben, mit dem Feind, mit der gerissenen Muse des Populismus in Person. Ich drehe mich um und rechne damit, seinen Brustkasten anzusehen, aber auch er ist nicht mehr da. Alle sind verschwunden, ich stehe allein in der Menge von Wasser und Waffeln. Und es ist so heiß. Die Tiere machen einen Höllenlärm, jetzt werden sie zu allem Überfluss auch noch gefüttert. Die Seehunde wälzen sich auf die kleinen Pontonbrücken und büßen all ihre Eleganz ein, die Pinguine streiten sich ärger denn je. Und die Jungen … von denen gibt es viel zu viele. Genetische Chromosomenkonstruktionen, die Augensterne ihrer Eltern, ein ganzer Strand von Steinen mit weit aufgerissenem Schlund und fuchtelnden Fingern, die nach Eis und Waffeln greifen, die die Tiere berühren wollen, sie besitzen, lieben, von ihnen geliebt werden, erleben, im blinden Verlangen nach neuen Erlebnissen, die die alten übertreffen.

Der Steinbeißer hat trotz seiner Wut doch immer noch Ruhe ausgestrahlt.

Ich glaube, das liegt daran, dass er von seiner eigenen Existenz einfach nichts begreift. Wenn alle Verwunderung durch Wissen ersetzt wird, sterben wir. Der mühselige Versuch zu verstehen, warum, hält uns am Leben, treibt unser Gehirn im Kreis, hält den Metabolismus im biorhythmischen Gang. Frage und Antwort sind unser Treibstoff, Frage und Antwort, widerstrebende Kräfte; der Drang nach Gewissheit gegen die Abscheu vor endgültigen Antworten ohne ein einziges Fragezeichen. Entfällt der Widerspruch, entfällt auch der Kosmos. Ich setze mich vor das volle Tablett, drei Tassen Kaffee, drei Teller mit Waffeln und Marmelade und saurer Sahne. Ich spüre, dass Rickard mich von irgendeiner Stelle her beobachtet, die ich nicht sehen kann, und ich schlage die Beine übereinander, arrangiere mich so schön auf dem Stuhl, wie das überhaupt nur möglich ist. Ich glaube, ich habe Fieber. Ich denke an Ingmar Bergman, der glaubt, die innigsten Momente seines Lebens dadurch ruiniert zu haben, dass er bei sich selber Regie geführt hat. Ich denke, dass ich nichts mehr von dem wissen will, was alle anderen gesagt, gedacht und geschrieben haben, dass ich etwas Eigenes erschaffen will.

Deshalb brauche ich Heinz.

Ich brauche den Anblick der Gummiboote, um nicht den Glauben an mich selber zu verlieren, daran, dass ich aus Kleinem Großes schaffen kann. Die dänischen Farben, als er auf einem glatten Puddefjord balancierte, die sind mein Strohhalm. Dass er vom Wasser her seine Mutter gesucht hat, dass sie sich aufgehängt hat, als er sechs war, dass er ertrunken ist, als er die Stelle gefunden hatte, dass er ein Deutschenkind war, dass er den Schmerz erst auskosten konnte, als er einem anderen Menschen nahe gekommen war, nämlich Tove Abrahamsen, in all ihrer Gebrechlichkeit, einer Nutte, wie seine Mutter eine gewesen war. Die Geschichte an sich kann sich mit einem Roman von Umberto Eco messen. Sie ist der pure »Name der Rose«, wenn ich sie nur zu fassen bekomme, wenn ich ihr Fleisch und Blut und ergreifende pittoreske Abschweifungen geben kann. In ihr wimmelt es von schönen Bildern, und ich will sie haben. Ich will sie beschützen und pflegen, will sie vor Rickards feuchtklammer Gier retten. Für ihn wäre die Geschichte nur ein Sprungbrett zu etwas anderem, während Heinz für mich ein ganzes Jahreseinkommen oder mehr bedeutet. Ich habe schon mit dem Gedanken gespielt, mit Stevie Smiths Gedicht »Not waving, but drowning« anzufangen. Und ich glaube, die erste Szene habe ich auch schon: Ein Bergenser Kreißsaal mit einer hochbusigen Hebamme und Schreien und Jammern und mattschimmernden Metallinstrumenten und einer Stimmung, die sich aus Mitleid und Abscheu zusammensetzt. Gesenkte Blicke, verstohlenes Halblächeln. Das verdammte Mitleid, das die Gebärende nur zu deutlich spürt, gepaart mit jammernd frohen Rufen beim Anblick eines neuen, gesunden Kindes. Eines perfekten, gesunden Deutschenkindes. Doch eine Mutter, die soeben entbunden hat, ist ein heiliges Wesen, das Respekt verlangen kann, so war es seit dem Morgen der Zeiten. Eine Gebärende ist nicht dasselbe wie eine Empfangende mit rotem Lippenstift und Schnaps im Blut. Ich habe jede Menge Stoff, für eine Seite nach der anderen.

Aber ich sitze einfach nur hier und starre dünne saure Sahne an, die gerade in der Sonne schmilzt, bis mir von diesem Anblick schlecht wird. Alles, was ich vorzeigen kann, sind Bruchstücke. Alles, was ich in letzter Zeit getan habe, ist ... ich habe fossilisierte Blätter, an denen man lecken kann, um die Zeit zu schmecken, und ich habe eine Möwe und allerlei vage Vorstellungen. Vor meiner Nase wartet ein Vermögen, aber ich komme nicht einmal dem Blick eines elenden Rentierkalbes auf den Grund.

Das einzige Handfeste, was ich habe, wenn ich mich entscheide, daran zu glauben, ist Rickards Begierde. Und er ist wie vom Erdboden verschluckt. Einfach weg. Wasser ist nicht sein Element. Er wird sich große Mühe geben müssen, wenn er sich dort hineinpressen will, wird sich mit Bleigewichten und dicken Steinen beschweren müssen, ich jedoch bin schon dort. Ich bin davon umgeben, kann mir jedoch die Kräfte, die darin wohnen, nicht zu Nutze machen. Eine Möglichkeit kann nie dasselbe sein wie eine Wirklichkeit, und in der Wirklichkeit liegen die Antworten, wie eine wogende weiche Hülle, die mich umgibt, wie eine wogende weiche Hülle um neue Verwunderung, das ist Literatur.

Ich hebe die Hand und packe mich an der Nase. Da ist sie. Ich habe allen Grund zu der Annahme, dass ich mich gleich dahinter befinde.

Und diese verschwindend geringe Gewissheit reicht aus, ich kann jetzt aufstehen und durch die Stadt gehen, zwischen Häuserreihen, die Licht und Schatten trennen, ich kann meinen Körper aufrecht halten, die Tür zum Haus in der Neumanns gate aufschließen, die richtige Wohnung finden, auch diese Tür aufschließen, die Diele betreten, die Tür hinter mir abschließen und auf einen wildfremden Hocker sinken, der unter einem in einen Hirschkopf aus Messing eingelassenen Thermometer an der Wand steht.

Wenn ich mir wirklich klar mache, dass ich eines Tages tot sein werde (nicht sterben, sondern tot sein, ich meine den Zustand an sich), stelle ich mir vor, wie andere mein Hab und Gut sehen. Meine Schwester, irgendwelche Bekannte, Kolleginnen, entfernte Verwandte, ich habe nicht viele, die mir nahe stehen. Wenn ich Staub wische, weil ich es nicht mehr über mich bringe, meinen Namen hineinzuschreiben, hebe ich Gegenstände auf, die für alle anderen keinerlei Wert besitzen. Gegenstände, an denen auch ich nicht hänge, die ich aber auch nicht wegwerfen will, weil gerade dieser Gegenstand oder dieses Objekt beim Bilanzziehen helfen. Eine blöde kleine Vase, die in einem Secondhandladen für fünfzehn Kronen angeboten werden könnte, und ich würde daran vorbeigehen, würde sie nicht bemerken, eine solche Vase wische ich sorgfältig ab und weiß, dass sie nur Wert hat, weil sie mir gehört, sich in meinem Haus befindet, in einem Pferch, weil sie ein Teil meines äußeren Lebens ist. Am Abend meines Todes ist sie nur eine Vase, das *Ding an sich*. Niemand wird Lust haben, sie wieder zu kaufen, sie wieder zu besitzen. Und niemand wird wissen, dass ich sie sauber mache, weil ich sie selber gekauft habe, einfach, weil sie mir da und dort, auf einer Reise nach Spanien, gut gefiel. Als ich nach Haue kam, fand ich sie nicht mehr schön, aber ich werfe sie nicht weg. Ich werfe auch keine Kleider weg, die ich nie anziehe, oder Kaffeetassen, die ich nie aus dem Schrank nehme, weil der Henkel zu unbequem sitzt. Mein Zuhause wimmelt nur so von Schrott, der für mich mein Zuhause ausmacht. Ich habe sicher den ein oder anderen grafischen Druck, den ein oder anderen

Silberlöffel und technische Geräte, weiße Waren und schwarze Waren, die Klang und Bild geben, aber Werte an sich? Nein.

Und ich sehe die Menschen dort stehen, verdutzt und überrascht, weil ich tot bin. Sehe, wie sie meine Schränke leeren, wie sie über halb vollen Kästen Kaffee trinken, sehe, wie sie Gegenstände in die Hand nehmen, wie sie versuchen, das herauszufiltern, was sie verwenden können, sehe sie den Rest in schwarze Müllsäcke füllen. Und die Gegenstände werden von ihnen auf ganz andere Weise betrachtet als von mir, die ihnen Kontext und Geschichte gegeben hat. Mit mir verschwindet ein Blick. Ein Blick, der mein Leben enthält.

Mit Ausnahme meiner Topfblumen und Zeitungen und Zeitschriften, die recycelt werden, werden alle Gegenstände in meiner Wohnung länger leben als ich. Und wenn die Vase in einem Müllsack landet, wird sie doch weiterhin existieren, während mein Leib sich zersetzt. Der Vorteil lebloser Dinge ist, dass sie nicht sterben müssen.

Meinen einzigen Trost finde ich in den Bücherregalen, in den Büchern, die ich selber geschrieben habe. Die, die ich dagegen gekauft und gelesen habe, werden für die Leute, die meine Wohnung ausräumen, auf dieselbe Ebene gestellt werden wie Vasen aus Spanien, sie werden sie für ein Butterbrot an ein Antiquariat verkaufen, doch meine Bücher, meine nagelneuen Belegexemplare, werden sie wohl nicht wegwerfen. Die eigenen Bücher einer verstorbenen Autorin – auf die greift man doch gern zurück; wenn meine Schwester ein Geburtstags- oder Weihnachtsgeschenk braucht, bringt sie eines statt einer Flasche Rotwein zu einer Essenseinladung mit, wenn sie vorher nicht mehr in den Weinladen gehen konnte. Auch die Vorstellung, dass meine

Bücher nach meinem Tod noch gelesen werden, macht mir Freude. Manche schreiben vor allem aus diesem Grund. Es schenkt ihnen zwar nicht Talent und Fähigkeit, aber die Ausdauer, ihr Projekt durchzuführen. Sie glauben, sich unsterblich zu machen. Sie gewinnen Zeit. Und Nachwelt. So, wie auch die Kolleginnen und Kollegen aus anderen Kunstbereichen glauben, die Zeit zu sprengen, wenn sie etwas hinterlassen, das bis zu ihnen zurückverfolgt werden kann. Und nicht nur in der Kunst werden handfeste Werte hinterlassen. Das tun auch Maurer, Straßenarbeiter, Tischler, Stuckateure, Gravierer. Aber es gibt doch einen entscheidenden Unterschied: Der Steinmetz, der einen Namen in den Grabstein einmeißelt, selbst, wenn das mit Fleiß, Berufsstolz und überaus feinem Gespür für Ästhetik geschieht, wird an seinem eigenen Todestag zu einem abgeschlossenen Kapitel, da er seine Arbeit nicht signiert. Eine deutliche Absenderangabe ist alles.

Ich schaue in ein Badezimmer, und erhebe mich, gehe hinüber, drehe einen Hahn auf, lasse das Wasser über meine Handgelenke strömen. Ich spreize die Finger und verteile das Wasser auf meinen Unterarmen, dann begrabe ich endlich mein Gesicht in einer gesammelten Dosis von Einzeltropfen, denen diese eine Aufgabe zugeteilt ist – mein Gesicht abzukühlen –, ehe sie im Abwassersystem verschwinden und unbrauchbar werden, bis sie verdampfen, aufsteigen, zu Regen werden, zu Trinkwasser werden. Das kann seine Zeit dauern.

Das Handtuch riecht nach Mann, ich halte es an mein Gesicht, es riecht nach fremdem Mann und nicht nach Zimt. Ich habe das Licht nicht eingeschaltet, deshalb brauche ich nicht zu sehen, wie schmutzig das Handtuch ist. Von der Diele aus werfe ich einen Schatten über das Waschbecken, und im Spiegel bin ich eine zwielichtige Silhouette. Irgendwo tickt eine Uhr, Autos fahren auf der Straße, es ist Sonntag.

Das, was sie entfernt hat, fehlt mir nicht, ich weiß ja, wo es sich befindet. Es fehlt mir nicht. Die Wohnung, so wie ich sie sehe, ist trotzdem komplett. Und ich gehe langsam von Zimmer zu Zimmer und rieche. Zwei Wohnzimmer, eine kleine Küche mit gelben Vorhängen, Badezimmer, Klo separat. Ich öffne die Küchenschränke und sehe im obersten Fach Vasen; sie haben Ähnlichkeit mit meinen. Das gilt auch für die Kaffeetassen mit den Kerben, für die Becher mit blöden Henkeln und braunen Rändern unten, die weggescheuert werden müssten, für die Stapel von großen und kleinen Schüsseln. Ich öffne die Schubladen und finde noch mehr Chaos, ein halbes verschimmeltes Brot, einen Flaschenöffner in Form einer Flamencotänzerin, einen altmodischen Quirl. Auf dem Topfschrank steht eine Plastikpflanze, zusammen mit einem kleinen Esel aus Hanf. In seinen Satteltaschen befinden sich Salz- und Pfefferstreuer. Das Zimmer riecht ein wenig nach Bratenfett, und als ich mich unter den Abzug beuge, sehe ich dunkelgelbes Fett wie Harz vom Gitter hängen. Im Spülbecken steht eine Schüssel voller Krümel, zusammen mit einem Kaffeebecher. Im Becher schwimmen Schimmelkissen, der Kaffee ist weißlich, enthält Sahnereste. Ich öffne den Kühlschrank und bilde mir ein, nichts zu riechen. Vier Sorten Senf, Folge deutscher Gene. Marmelade, Ketchup, Käse, Diätmargarine, Aufschnitt, Erbsen, Bier, ein Camembert, zwei Flaschen Bier, eine halb volle Flasche Aquavit, Milch, Sahne, eine ungeöffnete Packung Pumpernickel, eine rote Paprika, die gerade in sich selber versinkt. Das alles hat er offenbar essen wollen. Er hatte vor, das goldene Papier vom Camembert zu wickeln, ein großes Stück abzuschneiden und es auf eine feuchte Scheibe Pumpernickel zu legen, zu kauen, zu schlucken. Jetzt gehört der Geschmack niemandem.

Wer war er? Will ich nicht mehr wissen, als ich jetzt schon weiß? Will ich zum Beispiel wissen, was er von Beruf war? Nein, ich beschließe, dass er Bibliothekar war, dass er sich sein ganzes Erwachsenenleben hindurch mit Büchern beschäftigt, dass er diese Büchermengen ertragen konnte, weil er selber nicht geschrieben hat. Eine ganze Wand im Wohnzimmer ist nämlich von Bücherregalen verdeckt, von der Decke bis zum Boden, es sind sogar noch mehr Bücher als bei mir zu Hause. Er war Mitglied vieler Buchclubs, das sehe ich, und selten hat er etwas abbestellt. Außerdem hat er Übersetzungen aus dem Deutschen und einige Bücher in der Originalsprache, dazu deutsche Wörterbücher, ein einbändiges deutsches Wörterbuch. Ich finde Goethe und Heine und Thomas Mann, und die eiskalt analysierenden deutschen Philosophen, alle mit abgegriffenen Ecken, alle tot. Ich ziehe Goethes »Dichtung und Wahrheit« heraus und sehe deutlich, wie seine Hände dieses Buch halten, so wie das Album, und bisher verstehe ich nicht richtig, dass er wirklich hier gewohnt hat.

Und als ich die Regale nach dem anderen Album absuche, finde ich meine eigenen Bücher. Fünf meiner Romane und seltsamerweise auch ein Kinderbuch. Ich atme durch die Nase und starre die Buchrücken an, da steht mein Name. Das ist mein Name. Hier in dieser Wohnung. Der Schutzumschlag eines vor vier Jahren erschienenen Romans ist besonders abgegriffen, den muss er mehrmals gelesen haben. Das Buch spielt auf Svalbard, und ich beschließe, dieses Buch zu berühren, es aus dem Regal zu ziehen. Und ich muss ganz schnell die Beine spreizen, um das Gleichgewicht zu behalten und nicht auf dem abgetretenen Parkett umzufallen, als ich es aufschlage und sehe: »Viele Grüße für Heinz, von Emma P.«

Ich klappe es wieder zu und stelle es zurück. Ich hatte im Buchladen Melvær eine Signierstunde, damals, als ich noch nicht den Mut hatte, nein zu einer Viehschau bei brennender Kerze zu sagen. Ich müsste mich an ihn erinnern können. Von den unzähligen Menschen, die im Laufe der Jahre vor mir gestanden und langsam ihren Namen buchstabiert haben, während ich ungeduldig mit gezücktem Kugelschreiber wartete, müsste ich mich gerade an ihn erinnern können. Aber das tue ich nicht. Er hat mein Buch genommen, hat vermutlich zum Dank höflich genickt, ist zur Kasse gegangen, um zu bezahlen, hat das Buch nach Hause in die Neumanns gate getragen und es an die Stelle gestellt, wo ich es herausgezogen habe. Ich schiebe es tiefer hinein und laufe in die Küche, öffne mit Hilfe der Flamencotänzerin eine Flasche Bier und trinke sie ganz aus. Die Tränen strömen mir über die Wange, das kommt von der Kohlensäure. Wer wird hier wegwerfen und ausräumen und putzen? Die Verantwortung übernehmen? Im Schlafzimmer bin ich noch nicht gewesen.

Über dem Bett hängt ein Bild aus dem Rheinland. Grüne Üppigkeit ist darauf zu sehen, wie ein Garten Eden ohne Wissen um Gut und Böse, auch das Flusswasser spiegelt die grüne Farbe wider. Das Glas vor dem Bild ist verstaubt, die Vorhänge sind zugezogen, das Bett nicht gemacht. Ich wage nicht, daran zu riechen, habe Angst, kotzen zu müssen bei der Vorstellung, dass hier ein Mann gelegen hat, der wenige Stunden später sterben würde. Ich öffne einen Schrank und blicke einen Stapel Unterhosen an. Weiße Baumwollunterhosen. Abgenutzt und zerknüllt. Und in diesem Augenblick erkenne ich, dass ich ihm zu nahe gekommen bin, ich bin dabei, die Geschichte zu ruinieren, ich will nicht mehr wissen, will nicht wissen, dass er so echt war, dass er durch Tragen und Waschen seine Unterhosen verschleißen konnte. Die Luft droht, mich zu ersticken, ein Schweißtropfen läuft zwischen meinen Schulterblättern nach unten und berührt mich wie eine Spinne, aber ich kann es nicht lassen, ich muss eine Unterhose herausnehmen und sie an mein Gesicht halten und den schwachen Geruch von Weichspüler und stickigem Schlafzimmerschrank einatmen. Ich lasse sie aufs Bett fallen und stürze aus dem Zimmer, meine Ohren sausen, ich habe meinen ursprünglichen Entschluss aufgegeben: aus seiner Wohnung ein Andenken mitzunehmen, eine Erinnerung an eine Erinnerung.

Sein Telefon ist rostrot, ich hebe den Hörer ab und sehe ein kleines Bild von ihm an; er hat es in den Rahmen eines Bildes der Statsraad Lehmkuhl gesteckt, auf der eine Bande von Jungmatrosen an der Reling steht. Er lächelt vertrauensvoll wie ein Kind, sein Lächeln erinnert an etwas, aber ich weiß nicht, woran. Sein Gesicht ist so alt wie in der Sonne am Puddefjord, aber er trägt keine Schirmmütze; seine Haare sind schütter und sorgfältig nach rechts gekämmt, er hockt an einem Waldsee, neben ihm kann ich den Zipfel einer im Moos ausgebreiteten Decke ahnen. Er trägt eine blaue Hose; ich sehe, wie die Knie sich gegen den Stoff drücken. Seine Schultern sind spitz und verletzlich, jemand sollte den Arm darum legen und ihn gut fest halten, damit er nicht in der Leere verschwindet, und ich weiß erst, dass ich weine, als ich in meinen Mundwinkeln den Salzgeschmack registriere. Ich lasse den Telefonhörer fallen und reiße das Bild in tausend Stücke und lasse sie wie Konfetti auf den Boden rieseln. Ich bin krank, ich habe Fieber, ich will die

Kontrolle, ich will nicht hier stehen und laut stöhnen, ich würde gern meine Bücher aus den Regalen nehmen, aber das schaffe ich nicht, meine Knie zittern wie bei einer Live-Lesung im Fernsehen. Ich nehme wieder den Hörer ab, wähle die Nummer, die ich auswendig gelernt habe.

»Polizei Bergen.«

»Er heißt Heinz Hermann Ottesen und hat in der Neumanns gate gewohnt. Der Ertrunkene vom Dokkeskjærskei.«

»Und Sie heißen …«

»Gar nicht.«

»Tausend Dank für den Tipp.«

»Das ist kein Tipp. Das ist echte Wahrheit«, sage ich und lege auf.

Der Schlüssel macht im Briefkasten nicht »pling«, er trifft Mahnungen von Elektrizitätswerk und Telefongesellschaft, Kiefernmöbel und Birnen im Sonderangebot, die Besuchsankündigung des Schornsteinfegers und die Monatslieferung der verschiedenen Buchclubs, dann macht er ein weiches »plong«. Ich habe ihn in den Schlitz geworfen, ohne zu überprüfen, ob der Briefkasten wirklich diese vielen Ankerpunkte der Wirklichkeit enthält, aber in einem Traum sehe ich mich den Briefkasten öffnen und einen Brief mit deutscher Briefmarke und Stempel finden, sehe mich den Brief aufreißen und die frohe Botschaft eines unbekannten deutschen Bruders lesen, der seinen norwegischen kennen lernen möchte, sehe mich an der Wand nach unten sinken, in hoffnungsvoller Trauer darüber, dass der Brief einige elende Tage zu spät gekommen ist.

Es würde gut tun, so an der Wand zu sitzen, mit kühlem Beton im Rücken und verstaubtem Licht, das durch die Fensterchen oben in der Wohnungstür fällt, und mir diese

Begegnung vorzustellen, die zwischen den beiden Halbbrüdern nicht stattgefunden hat; hier so lange zu sitzen, wie ich will, ohne dass irgendeine lebende Seele weiß, wo in der Handlung ich mich befinde.

Der Mac hängt schwer wie der Arm eines alten Freundes auf meiner Schulter, ich steuere das Lille Lungegårdsvann an, wo ich sicher eine freie Bank finden werde. In einer Tüte steckt ein Stück Pizza.

Ich wurde vor einer Stunde, also schon ziemlich spät am Tag, in triefnassem Bettzeug wach und war wieder gesund. Es war ein Geschenk, den Körper zu strecken und das Metronom des Gehirns wieder ticken zu lassen. Ich sah durch einen Spalt zwischen den Vorhängen die Sonne und hasste sie nicht. Ich schaltete den Fernseher ein und sah mir die von der Hotelkette selber produzierten, hoffnungslos schlechten Wirtschaftsreportagen an und trank selbstgekauften kalten Saft aus dem Karton und rauchte drei Zigaretten, dann ging ich unter die Dusche.

Ich habe Heinz eingeordnet und werde das tun, was getan werden muss, und das in der richtigen Reihenfolge. Ich werde es mir gestatten, mich glücklich zu fühlen, weil die Vase bei mir zu Hause noch lange von mir betrachtet werden wird. Heinz ist meine Geschichte, mein nächster Roman. Es ist fast unheimlich, wie irrational und sentimental wir werden können, wenn wir nicht ganz gesund sind. Ich habe bei einem Kloakenausfluss zwanzig Minuten mit ihm verbracht und bin vor Jahren über einem Bücherstapel seinem Blick begegnet, das ist alles.

Es macht Spaß, an ausgefallenen Orten, wo der Mac eigentlich nichts zu suchen hat, den Bildschirm zum Leben zu erwecken. Die Kontraste zwischen Schirm und Natur dahinter, wie ein Fenster in eine andere Welt, das mitten in der ersten liegt. Und die Tatsache, dass dieses Fenster mir gehört, mit meinen Worten gefüllt ist, einem Filter zwischen dem, was ich sehe, und dem, was ich (sehen) will.

Ehe ich hergekommen bin, war ich in einem Reisebüro und habe für morgen einen Billigflug nach Oslo gebucht, habe meine gesparten Bonuspunkte benutzt, und auf diese Weise kann ich die Reise fast als gratis betrachten.

Nach Hause. Um ein Dasein zum Leben zu erwecken, das für den Rest des Jahres so weitergehen soll. Für die letzte Jahreshälfte. Bücherherbst, Schnee, Männer, Plaudereien für den Rundfunk, nicht die Novemberfrist für »Cupidos« Novellenwettbewerb vergessen, Essen im Håndverkeren, späte Abende im Savoy, Literaturdebatten in den Zeitungen, Wochenendausflüge ins Hemsedal, vor dem Saga aufs Taxi warten, lange Nächte mit dem »Paten« I–III per Video, Lesungen mit Bier und Schnaps und krampfhaft verborgenem Neid auf die guten Rezensionen der anderen.

Eigentlich wollte ich ein Ruhejahr einlegen. Ein Denkjahr. Nur ein kleines Fotobuch in der Mache. Das gibt mir Distanz, niemand weiß, was ich mache. Ich schreibe:

Das Rentierkalb weiß nicht, dass es eines Tages sterben wird.

Es braucht all seine Energie zum Überleben, ohne zu wissen, warum. Und an dem Tag, an dem es von einem Jäger erschossen wird oder im letzten Schlummer, ehe es von Hungertod und Frost eingeholt wird, in der Tundra lebt, wird dieses Nichtwissen ihn vor dem Traum und dem Verlust seines Lebens bewahren.

Das Kalb hat keine Gottheit, die es um Gnade anflehen könnte. Es hat Füße, die es und sein schlagendes Herz tra-

gen; es hat das Moos der Tundra, es hat kleine Felsscharten, wo es Schutz vor dem Wind finden kann, es hat die anderen Rentiere in der Herde, an die es sich anlehnen kann, um für einen kurzen Moment die Augen zu schließen. Weder glaubt es, noch glaubt es nicht, dass es ewig leben wird.

Es ist kein Gast in ungastlicher Natur, es ist selber die Natur.

Die Vögel schwimmen auf dem Wasser, ohne zu fliegen. Dem Text fehlt etwas. Eine letzte Zeile, eine Verbindung zwischen Kalb und Betrachterin. Die Vögel schwimmen. Aber ich glaube, sie wissen genau, dass sie jederzeit abheben können. Ich esse das inzwischen fast kalt gewordene Pizzastück, es hat in einer mit Alufolie gefütterten Tüte gesteckt. Werden nicht auch Särge mit Metall gefüttert? Mit Blei? Ich rauche, ziehe meinen Flugschein hervor, sehe ihn lange an, der Bildschirm geht in Pausenstellung über und wird schwarz, wird zu einem Loch vor dem Wasser, einem Loch in die Tiefe.

Ohne den Umweg über mich wird Rickard Heinz nicht stehlen können. Er weiß nicht, wie Tove aussieht, es reicht nicht, dass er gesehen hat, wie ich in ihr Haus gegangen bin, das hat nämlich vier Etagen, und in jeder gibt es viele kleine Wohnungen. Und ich habe keine Lust, noch einmal mit ihr zu sprechen. Von jetzt ab werde ich mir eine Wahrheit über ihre Wut zusammendichten. Über das, was ich ihrer Meinung nach verbrochen habe. Oder ich werde gerade dieses Bruchstück fallen lassen, es wird zu einer Bagatelle im von mir entworfenen Projekt. Ich will mich lieber auf das konzentrieren, was sie dazu gebracht hat, ihm das anzutun.

Den Rest werde ich in Oslo dichten. Sicher kann ich das!

Von jetzt an kann einfach alles passiert sein, ich kann die Bilder mischen wie ein Kartenspiel, kann einzelne verbrennen und neue knipsen. Das Bild, das ich zerrissen habe, kann ich an der passenden Stelle einfügen, vielleicht mit einem etwas anderen Hintergrund, oder einem anderen Gesichtsausdruck, wir werden sehen, wofür ich mich entscheide. »Dichtung und Wahrheit.« Es tut gut, wieder gesund zu sein, kein Fieber zu haben, nicht von den spitzen Schultern eines älteren Mannes zu Tränen gerührt zu werden. Ich bin unterwegs. Ich setze mir ein Ziel, plane mein Vorgehen, ich bin in meinem eigenen selbstgeschaffenen Lebenslauf auf kreative Weise vorhanden.

Ich nehme einen Farbkasten für Kinder. Ich hätte auch einzelne Farbklumpen kaufen und meine eigene Farbskala komponieren können, aber das wäre an die achtzehn Mal teurer geworden. Ich will mir lieber drei gute Pinsel und teures Zahnemühle-Papier kaufen. Der Mac droht, von meiner Schulter zu rutschen, ich bewege mich wie der Glöckner von Notre Dame durch den Laden, um nicht die sorgfältig aufgestapelten Waren herunterzufegen. Ich muss einfach lächeln, als ich mit einem Pinsel über meine Handfläche fahre und mir das Bündel Marderhaare von Farbe durchzogen vorstelle.

Paul wienert vorsichtshalber jetzt schon alle Gläser und Flächen. Durch die Fenster zum Ole Bulls plass fällt scharfes Licht, wie ein Lichtecho von der Mauer auf der anderen Seite. Es muss von links kommen, immer von links. Paul lächelt und ist die Freundlichkeit selber, während er mir einen großen Stapel Servietten, zwei Glas Wasser und ein Bier reicht. Er scheint mich auch für kreativ zu halten, ich nehme an, ich strahle vor Schaffenskraft.

Die runden Kuchen aus reiner Farbe sehen so schön aus,

dass ich mich wirklich mit Gewalt davon abhalten muss, sie in den Mund zu stecken, vor allem den roten. Darauf herumzukauen, zu spüren, wie er zerbricht und Spucke anzieht, wie er zu mindestens einem halben Liter unheimlicher Farbe wächst.

Eisblöcke und Schnee und Berge und Steine. Die Natur liegt ganz ruhig da, so weit vom Rheinland entfernt, wie es überhaupt nur möglich ist. Die fossilisierten Kohlenlager in den Bergen kann ich auswendig. Das Eis mischt sich mit dem Wasser des Bull's Eye und wird zu funkelndem Schnee, der auf tiefblaue Spalten trifft, eine Reinheit sondergleichen, eine Kathedrale, erschaffen von Wetter, Wind und Frost, vor der wir einfach anbetend in die Knie sinken müssen, so versunken, dass wir gar nicht merken, wie die anderen Leute glotzen und tuscheln, irgendwelche arbeitslosen Zufallsgäste, die mindestens Alkoholiker sein müssen, um an einem sonnigen Montag an einem Ort wie diesem zu sitzen. Paul gibt mir einen Eiswürfel, den stecke ich in den Mund, um mich in Richtung Polarpunkt zu versetzen.

Ein Aquarell bleibt eine Etüde, bis es getrocknet ist. Jeder Pinselstrich kann weggewaschen und neu geschaffen werden. Die Flüssigkeit arbeitet mit den Farben, nicht umgekehrt. Die Pastelltöne stellen sich von selber ein. Wenn man einige raffinierte Techniken gelernt hat, sehen noch die schlichtesten Linien professionell aus, und Paul ist beeindruckt. Wenn er mich jedoch bäte, den Tresen zu malen, würde ich in der Klemme stecken, denn es liegt mir überhaupt nicht, ein Modell korrekt wiederzugeben. Eis und Wasser und Himmel und Wolken und Steine habe ich dagegen im Griff, und ich signiere ein kleines Sammelsurium, reiche es ihm und brauche für das Bier nicht zu bezahlen.

Ich male zwei Stunden lang, ohne zu ahnen, dass zwei Stunden vergangen sind. Ich trinke nur zwei Halbe und rauche fast nicht. Als ich wieder zu mir komme, denn so empfinde ich das, ist es, als hätte ich eben erst geliebt. Mein Kopf bebt und summt, mein Leib ist weich wie mürbes Hirschfilet, meine Augäpfel und meine Kopfhaut brennen, und ich habe Hunger.

Ich habe heute eine halbe Seite geschrieben und vier Bilder gemalt, dazu das für Paul. Ich bin obenauf. Ich habe einen Schneeball geformt und weiß, ich könnte treffen, was immer ich will. Ich kann mit der Sonne, Bergen, Rickard, Pinsel und Farben umgehen, und der letzte Kontrapunkt im Rentierkalbtext wird sich von selber einstellen, wenn ich nur nicht zu sehr herumquengele. Ich raffe mein Chaos zusammen und denke, ich hätte eigentlich Grund zur Besorgnis; ich merke mit einer Art unerträglicher Leichtigkeit, wie wohl ich mich fühle. Eine frohe Autorin ist keine gute Autorin. Eine Autorin sollte deprimiert sein, und ich beschließe, das Gefühl, etwas erreicht zu haben, zu verdrängen, und mir lieber meine Laune zu verderben, indem ich an alles denke, was ich nicht geschafft habe. Ich werde zum Beispiel im belletristischen Bücherherbst, der jetzt heranrückt, nicht anwesend sein. Ruhejahr! Ha! Ich sollte es lieber ganz offen sagen: Faulheit! Zu viel Herumgewusel im vergangenen Winter, Unfug und Jux und sozialer Unsinn, ich sollte mich schämen, Schamgefühl und Verstand genug haben, um aus dem Schriftstellerverband auszutreten und mich um erneute Aufnahme zu bewerben, wenn ich etwas vorweisen kann, einige hundert dicht beschriebene Seiten, mit denen es sich brillieren lässt.

Treu badet im Springbrunnen, als ich nach draußen komme. Er ist ein glatter schwarzer Fisch mit rosa Zunge im breiten Grinsekeuchen. Wenn ich versuchen wollte, ihn zu malen, würde ich auch die rote Farbe benutzen müssen, für sein himbeerrotes Halstuch (das jetzt durch die Feuchtigkeit weinrot aussieht) und für seine Zunge. Er hat im Brunnen etwas entdeckt und zieht mit den Vorderpfoten daran, dann taucht er tollkühn unter, reißt den Schatz vom Boden hoch, springt aus dem Becken und schüttelt sich viermal. Auf dem Asphalt liegt ein Eisstiel, den er zwischen die Zähne nimmt und innerhalb weniger Sekunden zu Sägemehl zerkaut. Er ist glücklich, das steht fest; hier gibt es keine verborgenen Schichten von Melancholie, die ihm Gewissensbisse bereiten, wenn er einige Stunden lang nicht daran denkt. Er wird immer im Augenblick leben, in jedem Moment befindet er sich im Moment. Und er wirkt so erschreckend lebendig, wie er hier mitten in seinem großen nassen Flecken steht und Sägespäne ausspuckt und in alle Richtungen strahlenklare Blitzblicke ausschickt. Er weiß nicht, dass Montag ist. Er bezweifelt nicht einmal, dass er geliebt wird. Er erlaubt sich, es gut zu haben, wenn er es gut hat.

Er sieht mich an. Ich sehe ihn an. Ich stehe ganz ruhig da und wäre auch gern Hund. Ich will seinen Augenblick stehlen und zur nächstgelegenen Hausecke rennen und einen gelben Strom pissen, ich will seinen Hunger stehlen, seine Hoffnung auf einen Bissen, den er absolut nicht verdient hat, ich will seine Fähigkeit stehlen, Zusammenhänge und die Verantwortung für Konsequenzen zu ignorieren, ich will seine Stummheit stehlen und seine unbeholfenen Pfoten, die zur Not einen Eisstiel durch ein flaches Becken schieben können.

Soll Treu doch an meiner Stelle den Kosmos auf seine Schultern wuchten.

Soll Treu doch heute Abend vor dem Fernseher sitzen und Rickard Revestads Antlitz betrachten, ohne Reue zu empfinden.

Wenn wir feststellen, einen anderen Menschen unterschätzt zu haben, kann das so hart für uns sein, dass wir anfangs vor allem wütend sind, Schluss, aus. Und das werde ich. Ich wollte vor dem Mittagsschlaf schnell eine Kleinigkeit essen. Einen Hamburger im Freien, während ich die Passanten betrachte und ihnen ausgeklügelte Reiseziele andichte.

Ich hatte vergessen, dass er weiß, dass sie Tove heißt. Er hat sich in irgendeinem Nebensatz verbissen und diesen sorgfältig gespeichert. Er ist kein lächelnder ausgelassener Bursche, er ist ein Eisbär. Ein Eisbär kann das Atemloch eines Seehundes auf zwei Kilometer Entfernung riechen. Und auch das Loch allein. Ohne Seehund. Ich sehe, wie er den Strandkai entlang wandert. Ohne Kamera, die Hände in den Taschen. Sehe, wie er sich als Freier ausgibt, sehe, wie er sich nach der Nutte Tove erkundigt, sehe sein geschmeicheltes Lächeln, wenn er erkannt wird, sehe die Frauen, die mit ihm reden, hin und her gerissen sind zwischen dem Stolz, mit einem Promi zu sprechen und dem Wunsch, Tove zu beschützen, sehe ihn mit ernster Miene versichern, dass es ganz bei Tove liegt, dass er nur Kontakt zu ihr aufnehmen möchte, mehr nicht.

Nebeneinander gehen sie am Buchladen Melvær vorbei. Tövchen scheint nüchtern zu sein, Rickard redet und fuchtelt mit den Armen. Ich kenne ihn gut genug, um zu wissen, dass er ihr alles Mögliche verspricht, dass er einem heruntergekommenen, leicht käuflichen Menschen einredet, sein

Weltbild sei Gott, das Fernsehen sei Gott, Fernsehzuschauer seien Menschen, die erwarten, dass alle Erlebnisse mit ihnen geteilt werden, auch das der tollkühnen Ausfahrt eines Deutschenkindes und einer Nutte auf dem offenen Fjord.

Ich lasse einen halb gegessenen Hamburger und eine ganze Tüte Zwiebelringe in den nächsten Kehrichteimer fallen und nehme die Verfolgung auf. Wenn ich eine Magnum .44 hätte, dann würde ich hier und jetzt die vierte Macht im Staate perforieren und zur Ader lassen, würde zusehen, wie er sich im Todeskampf auf dem Asphalt windet. Gibt es etwas Verantwortungsloseres als Journalisten? Sie können politische Entscheidungen kippen, zum Beispiel einen Ausweisungsbescheid, indem sie eine Rotz-und-Wasser-Reportage über diese arme, ausgewiesene Familie machen, während die neunzehn anderen Familien, die genau dieselben Voraussetzungen haben, ignoriert und aus dem Land geworfen werden. Sie können Riesenbetriebe auf Knien vor dem einen Menschen herumrutschen lassen, dem die Kosten für einen defekten Staubsauger nicht erstattet worden sind. Sie können die Warteschlangen eines Krankenhauses überspringen, indem sie einen Hüftpatienten zur besten Sendezeit weinen lassen, sie können durch die Sprache tendenziöse Blickwinkel erzeugen, die ein ganzes Volk an der Nase herumführen, wenn die Entscheidung getroffen werden soll, ob ein Krieg seine guten Gründe hat und dem Wohl der internationalen Gemeinschaft dient, oder ob nur die Waffenindustrie der USA und die Ölmultis davon profitieren. Sie können Politiker, Wirtschaftsführer, Lehrer, Volkswirte, allein stehende Mütter, Arbeitslose, Fußballtrainer und Künstler kritisieren. Aber wehe, jemand übt Kritik an ihnen! Das gestatten sie sich nur untereinander, und nur unter vier Augen und bei geschlossenem Vorhang.

Und wenn sie mit ihrer Macht konfrontiert werden, mit

der elitären Freiheit, auf die sie sich berufen, dann bagatellisieren sie das Problem. Drücken sich vor der Verantwortung.

Aber natürlich wird das hier eine Superreportage. Eine Rekonstruktion der Gummibootsfahrt gehört dazu, bei der er einen anderen Mann und eine andere Frau einsetzt und ein Rettungsboot zur Hand hat. Und Tove kann als dunkles, beschattetes Profil erzählen, mit Donald-Duck-Stimme. Sie will ja schließlich nicht die Dinge zurückgeben müssen, die sie aus seiner Wohnung entfernt hat. Er kann allerlei Blickwinkel zeigen, vielleicht Liebe, Mutter-Sohn, Sohn-Tove. Und vermutlich erfährt Rickard hier und jetzt, vor dem Buchladen Melvær, warum Heinz ertrunken ist. Dass er nicht schwimmen konnte, dass ein Frachter kam, dass Tove sich dermaßen über ihre Beteiligung an diesem Abenteuer geschämt hat, dass sie deshalb geschwiegen hat.

Ich habe selber schon mit dem Gedanken an diesen Frachter gespielt. Ich will, dass es ein deutscher ist, auf der Rückfahrt in die Heimat, dass Heinz von einer deutschen Schiffsschraube getötet wird, dass das Schiff vielleicht während des Krieges gebaut worden ist, dass vielleicht ein Seemann an der Reling stand und zum Ufer hinüberschaute, wo die Kriegsgeliebte seines Vaters gestanden hat, dieser Mann an der Reling ist vielleicht Heinzens Halbbruder, der nicht ahnt, dass Heinz in diesem Moment unter dem Schiffsbug in Fetzen gerissen wird. Heinz hatte in seiner Wohnung das gleiche Bild, er hatte es im Nachlass seines Vaters gefunden. Und wenn Rickard ähnlich assoziiert hat …

»Scheiße!«

Eine feine Dame starrt mich an und hebt eine Augenbraue.

»Hab ich Ketchup am Kinn?«, frage ich bergenserisch. »Am Känn.«

Sie eilt indigniert weiter, und Rickard und Tove überqueren die Straße und verschwinden mit mir im Schlepptau zwischen den Marktbuden. Er verspricht ihr Geld, er verspricht ihr Linderung ihres Kummers, er verspricht ihr Selbstverwirklichung, ohne in irgendeiner Hinsicht die weitere Verantwortung für sie tragen zu wollen. Er lässt sie in dem Glauben, seine Versprechen beruhten auf moralischen Überlegungen. Er lässt sie in dem Glauben, er sei ein Mensch. Wenn er noch lange weiterredet, wird sie glauben, ihm und dem norwegischen Volk und den Aktionären der Fernsehgesellschaft ihre Mitwirkung schuldig zu sein. Sie bleiben am Hafenrand stehen, setzen sich an einen freien Tisch, geben keine Bestellung auf, Rickard hat es eilig, er müsste schon bei der Arbeit sein, aber jetzt redet Tove. Lange. Er hört zu und nickt.

Er steht auf. Tövchen bleibt sitzen. Er winkt einer Serviererin und gibt ihr einen Geldschein, zeigt auf Tövchen. Sie darf sich offenbar etwas bestellen, möglicherweise ein Bier und ein Krabbenbrot, auf Revestads Rechnung.

Während er selber geht. Nachdem er auf die Uhr gezeigt und etwas gesagt hat, was sie zum Lächeln bringt.

Ich gerate nicht in Panik. Ich bin noch immer wütend, möglicherweise noch wütender. Und mit einer gesunden Portion Wut werde ich kalt wie eine wechselwarme Schlange. Ich verstecke mich hinter dem Zeitungskiosk, starre die bunte Titelseite der Firdapost an, und sehe aus dem Augenwinkel, wie der Schleimi am Hafen entlangläuft, in Richtung Fernsehstudio. Tove schaut ihm hinterher, ihr werden ein Bier und eine Schüssel serviert. Ich stecke mir eine Zigarette an und denke nach, obwohl ich das doch lassen wollte. Ich dachte, meine Pläne ständen fest, der Flug sei gebucht, die Recherche werde alsbald in Form von Worten aufstieben.

Ich schließe äußere Eindrücke, Touristen, die Segelboote auf dem Wasser, den Geruch südeuropäischen Rasierwassers aus, schließe ein heulendes Kind aus, dessen halber Körper aus der Karre hängt, die Schläuche der Fischbuden, die Sonne in Tövchens Rücken, und denke wirklich lange nach. Ich fasse einen Entschluss. Ich erlaube mir nicht, den moralischen Aspekt zu bewerten, sondern stelle vage fest, dass der Zweck die Mittel heiligt, auch, wenn ich andere in eine gewisse Krise stürze.

Meine Wut klingt ab, als sich die Details meines Plans deutlicher abzeichnen. Ich will meine Schäfchen aufs Trockene bringen. Aufs Zundertrockene. Ich habe ein übergeordnetes Ziel, eine heilige Berufung, ich werde einen Roman schreiben. Kunst schaffen. Nicht über die Schattenseiten des Lebens spekulieren, sondern mit ihnen. Ich habe Recht. Ich habe das Recht auf meiner Seite.

Und das Seltsamste von allem, das Unwahrscheinlichste, was in diesem Moment passieren könnte, passiert: Als ich zum Hotel zurückgehe, komme ich an einer Mutter und ihrem kleinen Sohn vorbei. Er hat ein zusammengefaltetes, aufblasbares, rotweißes Gummiboot. Die Mutter trägt die Ruder.

Sie sind beide nicht nass. Sie sind beide nicht tot. Die Mutter winkt nicht mit einem weißen Taschentuch und sieht auch nicht besonders nuttenhaft aus, sie trägt ein gelbes T-Shirt mit einer Zeichnung von Leonardo da Vinci, und der Junge ist ein normaler halberzogener Bengel, der vermutlich Roy oder Nils oder Petter heißt.

Aber da gehen sie. Und ich sehe sie. So ist es wirklich.

Ich bestelle Pizza aufs Zimmer und betrachte bei voller Lautstärke Rickards Gesicht, Kopf und Oberkörper, und dabei trinke ich Bier aus der Flasche und habe mir vier Kopfkissen in den Rücken gestopft und meine Zehennägel feuerrot lackiert. Die Aquarelle stehen auf dem Schreibtisch. Ich habe allerlei Konturen mit schwarzem Filzstift nachgezogen, das macht sich gut.

Ich bin in einer wütend überschwänglichen Stimmung, die mir eine Höllenangst eingejagt hätte, wenn ich nicht wüsste, woher sie stammt. Ich beiße in den Zahnbecher, nur um den Druck der Lymphe in meinem Kiefer zu genießen, und Rickard lächelt kreideweiß. Seinen Schopf hat er mit Creme und Gel gezähmt und seine Haut mit karottenrotem Puder abgedeckt, der im Kameralicht schändlich natürlich aussieht. Sein Schlips ist gelb, falsche Farbe, warnt vor Pest, Cholera oder beidem. Der Schwarze Tod kam im Sommer 1349 nach Norwegen. Und als er kam, kam er nach Bergen. Gebracht von einer Ratte. *I'm the slime oozing out of your TV set.* Der Pizzaboden ist weich wie ein Weizenbrötchen, der Belag schmeckt nach nichts, vielleicht ein wenig nach nicht im Kühlschrank gelagertem Frischkäse, aber ich kaue drauflos und sehe zu, wie sein Adamsapfel auf und ab wandert. Wie oft habe ich daran herumgeleckt.

Ein kleiner Filmbericht über Regen im Sommer-Norwegen wird serviert. Ein Mann gießt aus einem Behälter Regenwasser in einen Messbecher. Was ist, wenn er eines Tages kleckert? Wenn auf Grund eines plötzlichen Muskelzuckens ein Spritzer auf den Boden fällt und er sich nicht traut, das jemandem zu verraten? Alle meteorologischen Statistiken werden in Bezug auf die Zahl aufgestellt, die er danach in die Tabelle einträgt, und die Niederschläge des vorigen und des kommenden Jahres werden im Licht des zum Himmel schreiend falschen Resultats bewertet, das durch die Muskelzuckung entstanden ist. Zufälle. Ich habe keine Zeit für weitere Zufälle.

Ich vermisse Rickard, als die Komödienserie beginnt, aber ich erwecke meinen Computerbildschirm zum Leben und lese hier und da in meinen Dateien, denke an Mumien, denke an Heinz, an meine Avocadopalme, an meine Vase, an eine infizierte Ratte, die an Land taumelt, um einen Ort zum Sterben zu suchen, die sich hinter Mehlsäcke legt und mühsam und zischend atmet, während das Rattenherz hämmert und aus den Wunden der Eiter in den Staub tropft, und dann kommt aus dem großen Nichts eine Knabenhand, um einen Sack zu packen und auf einen Karren zu laden. Und die Ratte schlägt ihre gelben langen schmalen Zähne in die Knabenhand, wendet die letzten Kräfte auf, um sich vor dieser Bedrohung zu schützen, beißt und hält fest, und der Junge schreit auf, und ein älterer Mann eilt herbei und schlägt die Ratte mit einem Stock tot. Sie lässt die Hand erst los, als sie tot ist. Und der Junge wird krank, erleidet Blutstürze und Krämpfe und heftiges Fieber, und damit ist die Epidemie ausgebrochen, die Bevölkerung Norwegens geht ein wie die Fliegen, in Jostedalen überlebt nur eine einzige Frau. Darüber wurde dann ein Film gedreht. Daraus wurde Kunst gemacht.

Ich hole die Kondome und stecke sie in meine Schultertasche, um sie nicht zu vergessen, ich schenke mir einen frischen Schluck Genever ein, versenke den Mac in Finsternis und steige auf MTV um.

In der Wesselstue schwirren die Stimmen, ich sehe sie sofort. Er hat sich die Fernsehschminke abgewaschen, das tut er immer. Die frischsten Fernsehgesichter behalten sie für den Rest des Abends, als Adelsstempel, sie glauben, dass ihnen das besseren Service und mehr Aufmerksamkeit einbringt, und wir können nicht ausschließen, dass sie Recht haben könnten.

Ich richte meine Aufmerksamkeit auf ihn und auf unsere erste Begegnung. Auf seinen weißen Schreibblock, der mit Krähenfüßen gefüllt wurde, während er fragte und bohrte und mit mir flirtete. Auf Wein und Salat des Hauses, die er danach ausgab, auf das persönliche Interesse, das er an den Tag legte, beim Gedanken an die versteckte Welt des bizarren Sex, in die ich mich vertieft hatte, und ich redete so vorurteilslos drauflos, dass er sofort auf mich ansprang, wie ich später erfuhr. Er sah sich sogar gezwungen, aufs Klo zu gehen und zu wichsen, und als er mir das erzählte, einen Tag später, stellte er es als Salut an mich dar, als Tribut, den sein Körper mir unfreiwillig gezollt hatte. *(Is that a gun you are carrying, or are you just glad to see me?)* Und ich will ja auch gar nicht verhehlen, dass ich ebenso sehr auf ihn abgefahren bin. Am nächsten Tag gab es mehr Wein, und Knie, die sich in der Kneipe aneinander drückten, und danach gingen wir zwischen nackten Steinleibern dahin und geilten uns an Nähe und natürlicher Nacktheit auf, ehe wir die Sache die ganze Nacht hindurch in meiner Wohnung wirklich praktisch durchführten. Meine kürzliche Investierung in schwarze Seidenbettwäsche für über tausend Kronen beeindruckte ihn und betonte meinen Sinn für stoffliche Finessen. Dann fuhren wir nach Bergen, um das Interview vor der Kamera stattfinden zu lassen, und ich blieb hier.

Und bin noch immer hier. Wieder. Er entdeckt mich. Ich lächele kokett. Er presst sich hinter Rücken hindurch und kommt auf mich zu. Ich breche mein Lächeln nicht ab und hänge mich in seinen Blick. Ich weiß, dass ich braun bin, ich weiß, dass er meine zerzauste und achtlose Frisur schön findet, dass er auf rote Zehennägeln in Sandalen steht, dass sich der Spalt zwischen meinen Brüsten durchaus mit dem von zwei jungen Nutten auf dem Strandkai messen kann.

»Hast du mich gesucht?«

»Ich fahre morgen. Deshalb dachte ich, wir könnten vielleicht …«

»Toll. Schön. Gut gedacht. Dann gehen wir, ich hole nur schnell meine Jacke.«

Die anderen an seinem Tisch lächeln und winken und stoßen auf unsere Wiedervereinigung an. Ich lächele auch, winke aber nicht. Die in Seidenwesten gekleideten Kellner der Wesselstue rennen mit Biergläsern an mir vorbei, ich habe Lust auf eins und schlage vor, ins Kontoret zu gehen.

Und ich trinke mehr Genever und Bier und lasse Rickard über mich hinweg und in mich hineinspülen und lehne mich in seine Augen und sage: »Heute brauchst du nicht zum Wichsen aufs Klo zu gehen.«

»Nicht?«

»Ich dachte, ich gehe mit dir nach Hause. Um die geklauten Kondome zurückzugeben.«

»Hast du wirklich einen Typen gevögelt, als du im …«

»Nein. Ich habe nur an dich gedacht. Wie blöd das war. Dass ich gegangen bin.«

»Warum fährst du dann nach Hause? Du kannst doch einfach …«

»Ich muss wieder arbeiten. Ich wäre auf jeden Fall gefahren.«

In einer Bar zu sitzen und zu wissen, was man danach tun wird, ist ein guter Einstieg. Es hat einen betörenden exhibitionistischen Aspekt. Alle können einem Paar ansehen, ob es den Körper des Gegenübers kennt, oder ob es nur einen zufälligen Flirt durchzieht. Und als er mir leicht mit einem Finger über den Mund streicht und sich zugleich die Lippen leckt, ist verständlich, warum diese Handlung zum Klischee geworden ist. Ein Klischee ist ursprünglich kein negativer Begriff, wie viele glauben, sondern so gelungen, dass man es im Glücksfall immer wieder verwenden kann.

Er macht es dreimal, in angemessen großen Zeitabständen, bis ich nicht mehr da sitzen kann und Nygårdshøyden wie ein Mount Everst zwischen seinem Bett und meinem Unterleib zu liegen scheint.

»Your place or mine?«

»Yours«, sage ich.

Er hat das Bett wirklich neu bezogen. Und seine Palme lebt noch, trotz der Batteriesäure. Die Erde hat die Batterien wohl noch nicht zerfressen. Das ist etwas, was ich gerade noch registriere, ehe wir auf der Bettdecke liegen, aber ich will nicht ins Detail gehen, es spielt keine Rolle, was wir machen, es ist privat, es geht darum, *dass* wir es machen, dass ich mich dafür entscheide, und dass Rickard einverstanden ist, fast ohne zu wissen, dass er gefragt worden ist. Und als wir einigermaßen satt sind und ich in seinem Arm liege, sage ich:

»Jetzt fahre ich nach Hause und schreibe einen Roman über die beiden im Gummiboot.«

»Gut.«

»Vielleicht wird es auch ein Film. Ich kann zuerst das Drehbuch schreiben und danach das Buch. Wenn der Film ein Erfolg wird.«

»Du hast die Zukunft wirklich im Griff, Emma. Aber das hast du ja immer.«

»Ich weiß, dass du mit Tove gesprochen hast. Ich fand es ganz schrecklich, euch zusammen zu sehen.«

An der Decke sitzt ein elektrischer Rauchmelder mit einer kleinen roten Birne, die in meinem Augenwinkel blinkt, während ich an seinem Brustfell herumspiele. Der Zimtgeruch ist überwältigend, ich genieße ihn. Er hat noch immer nicht geantwortet.

»Ich fand es schrecklich«, sage ich noch einmal. »Weil ich diese Geschichte brauchte. Ich habe sie lieb gewonnen, habe mich daran gewöhnt, daran, dass ich sie schreiben werde. Bitte, Rickard …«

»Warum kannst du das Buch denn nicht schreiben, wenn ich eine Reportage zu dem Thema gemacht habe?«

»Das geht nicht.«

Ich stütze mich auf den Ellbogen, schaue in sein Gesicht, küsse seine Mundwinkel, blase ihm ins Ohr, er schüttelt sich und lacht.

»Das geht nicht, Rickard«, flüstere ich. »Ich muss neu schreiben. Frisch. Meine Sachen. Und ich habe sie gesehen.«

»Erzähl mir, wie du dir das denkst. Wo du anfangen willst. Was du vor dir siehst.«

Und wieder werde ich zu seinem Schmuckstück. Meine Worte heben uns aus dem Bett und aus dem Fenster und in eine Geschichte über einen kleinen Jungen, der seine erhängte Mutter findet und weiß, dass auch mit ihm etwas ganz und gar nicht stimmt. Der Vater, dessen Sohn durch die Adern des Jungen strömt, stammt aus dem fernen, von Feinden bewohnten Land. Ich rede mich wach, wacher als wach, ich rede mich so lebendig, dass ich einen Fuß oder eine Milz opfern würde, um zu sehen wie sich die Buchseiten füllen, ein Titelbild und einen Umschlag bekommen, als Roman in meiner Hand liegen, als mein Roman. Mit der Hebamme und Tövchen und einer deutschen Schiffsschraube, und mit einem roten Faden, der alles an der richtigen Stelle festhält, in der richtigen Zeit, eine erhobene Hand mit einem Taschentuch, ein letztes Lebwohl. Wenn ich noch ein wenig über den Krieg und die Geschichte Bergens recherchiere, dann werden es mindestens dreihundert Seiten. Und Rickard drückt sein Schmuckstück an sich, hält es in der Hand, wir lieben uns wieder, und ich weine ein wenig vor Panik, weil er noch immer nicht gesagt hat, dass er die Sache fallen lässt, er glaubt, ich weine, weil ich wegfahre, und ich lasse ihn in diesem Glauben.

»Du und ich, Emma«, flüstert er, und ich lache nicht. Ich weine noch ein wenig mehr, und er streicht mir die Tränen aus dem Gesicht, und ich sage: »Das ist wichtig für mich, Rickard.«

»Das ist auch wichtig für mich.«

»Diese Geschichte, oder dass du eine Geschichte hast?«

»Letzteres. Etwas anderes zu machen. Mehr als nur die Nachrichten. Die hab ich satt. Weißt du. Nehmen mir alle Kraft. Machen mich leer.«

»Und wenn ich dir eine andere Geschichte gebe? Darf ich diese dann behalten?«

»Ist die gut?«

»Bestimmt besser. Für dich. Sie ist etwas Besonderes. Aber eben auch ein Fall für die Nachrichten. Und deshalb nichts für mich.«

»Lass hören.«

»Nein. Ich muss wissen, dass du tauschst. Ehe du sie hören kannst.«

»Willst du ein Bier?«

»Lieber Saft, wenn du hast. Und meine Zigaretten liegen in meiner Tasche.«

Vom Bett aus kann ich die ganze Zeit seinen Körper sehen. Er erinnert an ein Rennpferd, ich würde ihn gern einölen. Seine Arschbacken müssen die schönsten sein, die ich je an einem Mann gesehen habe. Daran denke ich, nicht daran, was ich sagen soll. Ich habe meinen Entschluss gefasst, und die Durchführung ist immer einfacher als das, was davor war. Glaube ich. Und seine Neugier ist jetzt geweckt.

»Na gut«, sagt er und reicht mir Saft, Aschenbecher, Zigaretten und Feuerzeug, legt sich wieder neben mich, küsst meine linke Brust.

»Erzähl«, sagt er.

Und während ich erzähle, geht mir auf, wie viele Nutten in diesen Geschichten vorkommen. Kristins und Katrines Mutter war sicher auch in diesem Gewerbe tätig, ich glaube nicht, dass sie mit Hilfe einiger abendlicher Putzstunden das ehrgeizige Projekt durchführen konnte, in dem sie sich selber gefangen gesetzt hatte.

Rickard erstarrt, während ich rede, ich spüre das wie einen Kältehauch. Er bekommt sogar eine halbe Erektion. Mehrmals murmelt er: »Das ist ja unglaublich.«

Und am Ende: »Dass das überhaupt möglich ist! Dass sie das geschafft haben ...«

»Sie haben es geschafft. Aber ich weiß nicht, wie lange sie es noch schaffen werden.«

»O Scheiße, was für eine Mutter.«

Er kann nicht mehr still liegen, sondern springt auf und läuft mit seiner Zigarette im Zimmer hin und her, holt sich noch ein Bier, langsam senkt sein Eifer sich über mich und lässt mich frieren. Seine Erektion ist verschwunden, jetzt steht ihm alles im Kopf. Und wie.

»Ich habe mich nicht weiter informiert. Ich habe nur Kristin zugehört. Vielleicht ist ja alles gelogen.«

»Glaubst du das?«

»Nein. Aber trotzdem … ich weiß nicht, ob es richtig ist, wenn du darüber berichtest.«

»Warum hast du es dann erzählt? Du wolltest doch tauschen! Das wird großartig, Emma. GROSSARTIG!«

Er lacht schallend, ich bekomme wieder eine Gänsehaut. »O verdammt, damit kann ich viel mehr machen. So eine Kiste berührt doch so vieles. Elterliches Versagen, Staat, Verantwortung der Mutter, ihre Wahl eines … Berufs. Woran kann ich sie eigentlich erkennen?«

»Sie schreibt Gedichte. Die Jüngere. Kristin. Sie sind beide tüchtig. Die Mutter hat ihnen allerlei beigebracht, sie muss eine ganz besondere Frau gewesen sein. Aber trotzdem. Sie sind belesen, sprechen Fremdsprachen. Aber von Mathe haben sie keine Ahnung.«

»Weißt du, wo sie wohnen?«

»Nicht bei ihrer Mutter?«

»Nein.«

»Aber wo?«

»Zentral. Sie sind traurig, weil sie nicht nach Mallorca fahren können, sie haben doch keinen Pass.« Er bleibt stehen und schaut mich an. »Kneifst du jetzt, oder was? Willst du mir nicht verraten, wo sie wohnen?«

»Ich weiß nicht, wo sie wohnen.«

»Nachname?«

»Weiß ich nicht.«

»Nachname der Mutter?«

»Weiß nicht.«

»EMMA! Ich kann doch verdammt noch mal nicht jeden Tag über den Strandkai tigern und mich nach irgendwelchen Nutten erkundigen.«

Komisch, dass die Haare an seinen Oberschenkeln eine andere Farbe haben als die auf seinem Brustkasten. Und seine Schamhaare glitzern, als wären sie immer nass.

»Du würdest deine eigene Großmutter verkaufen«, sage ich.

»Lass den Scheiß. Du machst das schließlich auch.«

Ich ziehe Nikotin in meine Lunge. Nikotin ist gesund. Der Teer ist das Gefährliche.

»Sie sitzen oft im H. C. Andersen. Ehe sie zur Schicht gehen. Und sie stehen meistens zusammen, glaube ich. Wenn die eine nicht gerade einen Freier hat. Kristin hat lange blonde Haare, Katrine kurze rote.«

»Braves Mädchen!«

Ich nehme mir noch eine Zigarette. Plötzlich bin ich schrecklich müde. »Kann ich hier schlafen?«

»Tust du doch ohnehin.«

»Ich schlaf gleich ein.«

»Mach das. Ich muss nachdenken.«

Aber ich kann nicht sofort einschlafen. Denn als ich gerade auf der Kante stehe und mich in die Dunkelheit schwingen will, ist der Satz da.

Ich sehe den Fotografen mit den Augen des Kalbes, spüre seinen Mangel an Angst, weil der Fotograf ihm gleichgültig ist. Und gerade das prägt doch die extreme Natur in der Arktis und der Antarktis, dass die Tiere keine Angst vor dem Menschen haben. Ein Walross zuckt nicht einmal mit der Wimper, wenn man sich ihm langsam und immer wieder um einige Meter nähert.

Pinguine watscheln neugierig auf die Menschen zu, voller Vertrauen, weil ihnen das Gegenteil fehlt.

Das liegt daran, dass die Menschen dort nichts zu suchen haben. Wir gehören nicht dorthin. Wir sind überflüssig, unnütz. *Aber das Kalb ist kein Gast in ungastlicher Natur, es ist selber Natur.*

Wenn du dich umdrehst und gehst, wird es dich niemals vermissen.

Ich erwache als erste. Rickard hat mir den Rücken gekehrt. Auf seinem linken Schulterblatt sitzt ein halb reifer Pickel. Es freut mich, dass sein Körper nicht perfekt ist. Lange starre ich den Pickel an, nur ihn. Dann dusche ich hinter verschlossener Tür, bewege mich leise, brauche nicht viel Wasser, danach schleiche ich mich in die Küche und setze Kaffeewasser auf. Ich will weg. Weg hier, nach Hause. Ganz nach Hause. Aber zuerst Kaffee und eine Zigarette, einige Minuten im Startloch sitzen, ehe ich die Muskeln anspanne und den Rest des Lebens angehe. Ich kann Rickard von Oslo aus anrufen, wenn ich wieder fit bin. Und ich muss dem Verlag klar machen, dass meine Geheimnummer nicht an Frauen mit Bergenser Akzent weitergegeben werden darf. Das muss ich als erstes erledigen. Gleich morgen.

Ich stehe schon in der Tür, als er mich einholt. Nackt, mit Sand im Augenwinkel und einer pendelnden Morgenlatte.

»Mein Flugzeug«, lüge ich, es geht erst um halb fünf.

»Wolltest du mich ohne ein Abschiedswort verlassen?«

»Auf Wiedersehen, Rickard. Ich wollte dich anrufen, du hast so schön geschlafen. Bis bald.«

»Ich muss dir etwas sagen, ich sage es trotzdem.«

»Trotzdem?«

»Heinz wollte nicht, dass du es erfährst. Er hatte Angst, das würde alles kaputtmachen. Aber das glaube ich nicht. Ich glaube, du kannst es verwenden. Ich halte gerade dich für eine so weitsichtige Autorin, dass du es verwenden kannst. Auf eine elegante Weise.«

»Sprichst du schon mit Vornamen von ihm?« Ich kann

nicht atmen. Instinktiv weiß ich, dass ich es nicht wissen will. Ich wollte es die ganze Zeit wissen, aber jetzt nicht mehr, ich will nur nach Hause und mir eine Wahrheit in der richtigen Größe zusammendichten.

»Und deshalb wollte ich eigentlich gar nichts daraus machen«, sagt er. »Aber egal, jetzt habe ich ja eine neue Geschichte.«

»Hast du von Tove etwas erfahren, das dich dazu gebracht hat, die Sache fallen zu lassen? Etwas, das mit mir zu tun hat?«

»Ja.«

»Also?«

»Heinz hatte dich erkannt. Er ... liebte Bücher und Literatur, um es ganz einfach und banal auszudrücken. Er arbeitete als Steuerprüfer von acht bis vier. Aber er hat für die Bücher gelebt. Sein ganzes Erwachsenenleben hindurch. Literatur bedeutete alles für ihn. Als er dich entdeckt hat, da ...«

»Da?«

Ich klammere mich an den Türrahmen, er ist aus grauem Kunststoff. Der Garderobenschrank liegt oben voller Müll, unter anderem sehe ich zwei eiserne Hanteln.

»Er hat sich ertränkt. Hat den Stöpsel aus dem Boot gezogen und sich versinken lassen. Vorher hat er die ganze Zeit von dir geredet. Gesagt, wie schade es sei, dass er kein Testament gemacht habe, sonst hätte er alles Tove vermacht. Aber er müsse jetzt Schluss machen, das sei der beste Schluss, den er sich wünschen könnte. Er sagte, es sei das Schicksal gewesen. Dass genau an diesem Tag eine quicklebendige Autorin auf genau dieser Treppe saß.«

»Aber warum. WARUM, Rickard?«

»Nicht weinen. So schrecklich ist das nicht. Du kannst damit umgehen.«

»Ich weine nicht.«

»Er hat gewusst, dass du über ihn schreiben würdest. Wenn er diesen Tag nicht überlebte. Er sagte, wortwörtlich: Eine Schriftstellerin wird sich das nicht verkneifen können. Aber du dürftest nicht erfahren, dass das der Grund war. Dass er dich auf diese Weise lenken wollte. Denn das mögen Autoren nicht.«

Ich drehe mich zur Tür, packe die Klinke, drücke sie nach unten.

»Bis dann«, sagt Rickard.

Ich gehe hinaus, drehe mich um und sehe ihn an. Sein Gesicht. Er lächelt tatsächlich. »Das wird sicher ein tolles Buch«, sagt er. »Ich freu mich schon.«

Ich schlucke. Ich weine noch immer nicht. Erzähle ihm nur ziemlich ruhig, dass seine Palme leider bald eingehen wird. Er schaut mich verwundert an.

»Eingehen? Die ist doch aus Plastik. Echt ist nur die Blumenerde.«

Es regnet. Das ist gut. Ich gehe zum Nygårdspark, der extrem grün ist, und höre mir an, wie die Tropfen die Bäume treffen. Irgendein Ereignis hinter dem Springbrunnen hat eine ganze Kindergartengruppe angelockt. Ich laufe auch hin.

Eine Kanadagans schleppt einen Flügel hinter sich her. Der Flügel ist blutig. Zwei Männer versuchen, die Gans mit einem riesigen Käscher zu fangen. Ein kleiner Junge sagt: »Das war ein Dieb. Extra. Um gemein zu sein. Das war fies.«

Ich nicke, gehe in die Hocke, streiche mit der Hand über das Gras, sammle Wasser, reibe mir das Gesicht. Viel Blut war nicht zu sehen, aber es war mehr als genug.

Ich setze einen Fuß vor den anderen. Fuß um Fuß, Wort um Wort. Die oberste Reihe der Tastatur sagt: QWERTYUIOPÅ. Mir stehen neunundzwanzig Buchstaben zur Verfügung, niemand hat mehr, ich kann sie auswendig; an dem Tag, als wir sie in der richtigen Reihenfolge auswendig aufsagen konnten und sie Alphabet nannten gab es in der Schule Karamellbonbons. *Das werden Sie nie vergessen.* Sein Blick, sein Lächeln. Ich verstand sein Lächeln. Ich verstand sein Lächeln nicht, es war ein Vaterlächeln, ein Enkellächeln, ich weiß noch, dass ich es damit erklären wollte, dass er getrunken hätte.

Ich gehe aus dem Park in die Thormøhlens gate. Dort gibt es keinen Bürgersteig, ich muss mich vor den Autos in Acht nehmen. Ich gehe dicht am Drahtzaun vorbei durch den Schlamm. Ich packe den Zaun ab und zu an, meine Finger werden rostig, es sieht aus wie getrocknetes Blut.

Auf der untersten Stufe oder auf der ersten Stufe über Wasser liegt ein Kondom. Es ist nicht hier weggeworfen worden, es ist durch das Abwassernetz geschwommen, es kann durchaus unseres sein, meins und Rickards. Es regnet nicht mehr, der Wasserspiegel ist blank. Weiter draußen fährt ein Motorboot vorbei, ein Mann an Bord streift sich die Kapuze ab. Bald werden die Wellen des Bootes auf das Land auftreffen, ein schwappendes Resultat der von ihm verdrängten Menge an Oberflächenwasser.

Ich setze mich auf die Treppe. Meine rotlackierten Zehennägel sind von Schlamm überzogen, sie sehen aus wie Vogelfüße. Ich will nicht, dass der Regen aufhört. Ich zünde mir eine Zigarette an.

Ich höre seine Stimme am Wasser, höre, wie er Tövchen von mir erzählt, wer ich bin, was ich geschrieben habe, welche Wirklichkeiten, an die er glaubt, ich erschaffen habe; ich höre ihn von Svalbard erzählen, dass ich so lebendig über die Einöde geschrieben habe, dass er fast das Gefühl hat, selber dort gewesen zu sein. Ich höre Toves hilflose Versuche, ihn zurück zum Album und der Stelle zu bringen, die sie suchen wollen, ich höre ihn sagen, wichtiger sei, dass er mir das Bild gezeigt hat. Ich höre, wie sie darauf besteht, die Suche fortzusetzen, höre sie sagen, dass sie nichts von einem Testament hören will und was der Unsinn eigentlich soll. Ich höre, wie er zu einer unsicheren und unmöglichen Erklärung von Größe und Symbolik ansetzt, die zeitlos in den Taten seiner letzten Stunde ruht, ich höre, wie er sich mitten in seiner Rede unterbricht.

Und ich sehe sie beide.

Die albernen roten Plastikruder, die mit dem Puddefjordwasser kämpfen, sie haben keine Sonnenbrillen und müssen die Hand an die Stirn legen, wenn sie zum Land hinüberschauen.

Ich höre ihn rufen: »Das ist es!«

Ich sehe ihn zum Vergleich das Album hochheben, ich sehe ihn langsam nicken, ich sehe ihn das Album zuklappen, ich sehe, wie er sich mühevoll umdreht, um den Stöpsel des Gummibootes zu finden, ich höre ihn sagen, das Schicksal habe es so gefügt, ich dürfe es jedoch nicht erfahren, denn eine Schriftstellerin will nicht in der Handlung gelenkt werden, ich sehe ihn den Stöpsel herausziehen, ich höre das Geräusch der kleinen Portion Luft, die sich endlich mit der großen vereint, ich höre Tövchen rufen: »Nein, tu das nicht!«, ich höre ihn sagen, dass eine Autorin es nicht schaffen wird, sich zu beherrschen, ich sehe das Album aufgeschlagen im Wasser treiben, ich sehe den roten Faden Wasser ziehen und sinken, ich sehe die Blasen wie Silber aus seinem Mund strömen, als er sich widerstandslos ertrinken lässt, ich sehe das Album als letztes versinken, ich sehe die Bilder, die sich in der Feuchtigkeit aufrollen, ich sehe die erhobene Hand der Mutter verschwommen im Wasser zittern, ich höre Tövchen so weinen, dass sie es niemals vergessen wird. Ich werfe meine Zigarette die Treppe hinunter und weiß, warum ich schreiben muss, und jetzt habe ich es getan.

Mord in Spitzbergen

Aus dem Norwegischen
von Gabriele Haefs

Ein Dankeschön
an die Besatzung der M/S Origo der Saison 1994,
mit Kapitän Per Engwall, Reiseleiter Christian Milde
und Eislotse Helmer Kristensen

Helmer kam am 31. August 1995 auf Kiepertøya bei einem Eisbärangriff ums Leben.

Dieses Buch ist Helmer gewidmet.

Prolog

Das alte Seehundweibchen machte schläfrig die Augen auf und zu. Sie rutschte ein wenig hin und her, um eine bequemere Haltung zu finden, glitt dabei jedoch nicht von der Eisscholle. Sie fühlte sich sicher dort, seitwärts gelegen auf einer nur vier Meter breiten Eisscholle, nur wenige Sekunden vom schwarzen Wasser entfernt, in dem niemand sie erreichen könnte. Sie könnte dreihundert Meter tief tauchen, wenn sie das wollte, und lange unten bleiben. Der Sauerstoff würde sich mit dem Hämoglobin in ihrem Körper verbinden und an Hirn und Muskeln weitergereicht werden; und das würde ihr die Kraft geben, zu denken, sich zu bewegen und ihre Umgebung im Auge zu behalten, ohne die Lunge benutzen zu müssen.

Sie hatte viel gesehen. Hatte es registriert, ohne weiter darüber nachzudenken. Von ihren Jungen waren mehrere gestorben. Weißlinge mit kohlschwarzen Nasen waren Stunden nach ihrer Geburt in Eisspalten verschwunden, ehe sie selber schwimmen konnten. Riesige Eisschollen, die sicher wie Festland gewirkt hatten, hatten sich beim Eisgang senkrecht erhoben und Hunderte von hilflos zappelnden Jungen in die Tiefe stürzen lassen. Andere waren von Jägern getötet worden. Mit eingeschlagenem Schädel und durchstochenem Nacken waren sie davongeschleppt worden, und auch das heisere Schreien der Mutter hatte es nicht verhindern können. Einige hatte sie lange gestillt, und die waren groß geworden, hatten mit ihr zusammen Fische gefangen, waren um die Wette geschwommen, hatten gespielt, waren selbständig geworden, um dann zu verschwinden.

Jetzt lag sie allein auf einer Treibeisscholle, im offenen Meer vor den Nordwestinseln, unter einer niedrigstehenden Mitternachtssonne, die am Horizont zu beben schien und die Meer und Wolken honiggelb färbte. Um das Boot kümmerte sie sich vorerst noch nicht. Sie hatte keine Angst vor Booten, nicht vor großen, nicht vor kleinen, nicht vor lärmenden und nicht vor leisen. Boote passierten und verschwanden dann wieder.

Aber dieses hier kam langsam doch zu nah an sie heran. Sie spannte die Muskeln in ihren Flossen an, richtete mühsam ihren schweren Körper auf und ließ den spitzen Bug, der das Wasser durchpflügte und das Schiff hinter sich herzog, nicht aus den Augen.

Die hohe Schiffswand würde die Eisscholle treffen. Die Seehündin beugte sich vor und glitt über den Schollenrand. Das Eiswasser umgab sie, sie öffnete die Augen und tauchte senkrecht nach unten, wobei ihr Fell silberblanke Luftblasen abgab. In fünfzig Meter Tiefe hielt sie inne und steuerte dann die Wasseroberfläche an, ein kleines Stück von dem Koloß entfernt, den ein Propeller antrieb, der dabei das Wasser zu weißem Schaum aufpeitschte.

Der Schnurrbart durchbrach die Wasseroberfläche. Ihm folgten die Augen. Sie zwinkerte, starrte die Schiffsseite an und beobachtete die unerwarteten Bewegungen dort. Etwas wurde aus der blauen, senkrechten Wand gepreßt. Und sie sah, wie dieses Etwas auf das Wasser traf, sie lauschte dem Platschen, witterte in der Luft, schwamm hinüber und ließ sich bestätigen, was ihre Nase ihr erzählt hatte.

Sie umkreiste es neugierig, während es versank, wollte ihm aber nicht zu nahe kommen. Sie wartete auf ein Zeichen, daß das andere lebte und wieder die Oberfläche ansteuern würde. Nur sie und ihresgleichen konnten so tief schwimmen und jagen. Aber sie konnte keine planmäßigen Bewegungen wahrnehmen, nur eine langsame Rotation, kraftlos herabhängende Körperteile.

Auf zweihundert Meter Tiefe stellte sie ihre Beobachtungen ein. Mit einer Schwanzbewegung stieg sie dann blitzschnell zum Licht empor, während schwarzes Polarmeer das verschlang, was unter ihr versank.

Wieder durchbrach ihr Schnurrbart die Wasseroberfläche. Sie zwinkerte mit den Augen, um sie von Wasser auf Luft umzustellen. Das Schiff war inzwischen schon mehrere hundert Meter von ihr entfernt. Ihre Eisscholle war zerbrochen, die Meeresoberfläche, die vor kurzem noch wie gehämmertes Kupfer dagelegen hatte, war nun im Kielwasser des Bootes aufgewühlt. Fernes Motorendröhnen war noch zu hören. Sie schnaubte energisch und ließ ei-

nen Schwarm von Salzwassertropfen zur Sonne hochwirbeln. Ein kleiner Regenbogen zeichnete sich für einen Moment in den Tropfen ab.

Sie legte elegant den Kopf in den Nacken und war verschwunden.

Eigentlich fahre ich zum Trinken nach Svalbard. Das sagte ich mir jedenfalls mit lauter Stimme, als ich an einem Tag Mitte August alles stehen- und liegenließ, um in aller Eile eine Reise zu buchen, die ein Heidengeld kostete, mir aber eine reiche Auswahl an Begegnungen mit wilden Tieren in einer *atemberaubenden* Natur verhieß. Ich dachte ein wenig darüber nach: Wieso man das schon im voraus versprechen konnte. Nicht, daß die Natur so schön war, daß man es nicht glauben konnte, wenn man sie nicht mit eigenen Augen gesehen hatte. Jeder Idiot weiß schließlich, daß Svalbard eine Perle ist. Aber das mit den Tieren, das glaubte ich nicht so ganz. Man kann doch keine zähnefletschenden Eisbären und schlafenden Walrösser bestellen. Ein Bild zeigte einen Eisbären, der auf einem Schiff den Kopf durch ein Bullauge quetschte. Er leckte sich den Mund. Auch Wale wurden mir versprochen, und ich fand es beeindruckend, daß das Reisebüro das Leben im Meer dermaßen gut unter Kontrolle hatte.

Das einzige, worauf ich mich felsenfest verließ, war die Alkoholpolitik. Der norwegische Staat würde es nicht schaffen, den Leuten auf Svalbard ihre Steuerprivilegien unter der Nase wegzuschnappen, ehe ich dort oben angelangt wäre. Und der Wucherpreis, den die Reise kostete, wirkte gar nicht mehr so schlimm bei der Vorstellung, in Ruhe und Frieden trinken zu können, ohne grauenerregende Rechnungen anstellen zu müssen, bei denen mir jeder Schluck im Hals steckenblieb. Und weil ich eine Meisterin in der Kunst bin, den reinen Alkohol zu verbergen, der in meinem Blut herumschwimmt, freute ich mich auf einen fast ununterbrochenen Rausch, bei dem ich jedoch niemals benebelt genug sein würde, um zu vergessen, was mich zu der Entscheidung getrieben hatte, eine Reise in den höchsten Norden zu unternehmen. Und ich würde auch nicht so alkoholisiert und lässig sein, daß ich mein Vorhaben nicht präzise und unwiderruflich ausführen könnte. Mein oberflächliches, munteres Auftreten würde, das hatten viele

Jahre des Trainings mich gelehrt, als perfekte Tarnung fungieren. Ein guter steuerfreier Drink würde mir zu der Schlagfertigkeit verhelfen, die ich brauchte, um als *ich selber* auftreten zu können. Ein guter Drink, und ich konnte fast immer meine Umgebung davon überzeugen, ich sei bis ins Mark munter und oberflächlich.

Aber ich hatte nicht viel Zeit, um alle Vorbereitungen zu treffen. Ich mußte ja schon in drei Tagen aufbrechen. Am Sonntagabend setzte ich mich deshalb mit eiskaltem Weißwein und frischgespültem Aschenbecher an meinen Schreibtisch und machte eine Liste. Die Abreise fand am Mittwochmorgen statt, oder, genauer gesagt, in der Nacht zum Mittwoch. Das Flugzeug nach Tromsø startete um sieben Uhr. Das bedeutete, Taxi für Viertel nach sechs bestellen, rechnete ich aus, und das notierte ich dann auch. Ganz oben auf meiner Liste stand Andersen. Er brauchte ein Zuhause für die Zeit meiner Abwesenheit.

Ich blickte zu ihm hinüber, zu meinem gelben Wellensittich, und griff zum Telefon. Ich fing mit meinen beiden Exmännern an, mit denen ich noch Kontakt hatte. Beide interessierten sich für meine Svalbardreise, und beide wollten mir von *ihrem* Verhältnis zu polaren Gegenden und Kälte und Winter erzählen. Und was, wenn mir ein Eisbär begegnete?

»Das will ich hoffen«, antwortete ich. »Bei dem Preis.«

»Vielleicht wirst du aufgefressen«, sagte Leif, der Ex Nummer eins. »Die Eisbären da oben fressen gern Touristen, das weißt du doch sicher?«

»Reg dich ab, es gibt doch Reiseleiter, die auf uns aufpassen sollen. Dafür haben sie sicher Bomben und Granaten bereit gelegt.«

»Aber auf Eisbären darf man überhaupt nicht schießen! Oder erst, wenn sie dich fast schon aufgefressen haben. Die stehen genauso streng unter Naturschutz wie die Tiger in Indien! Wenn du einen siehst, dann mußt du den ganz schnell vergessen, Bea.«

»Du hörst dich ja an, als ob ich schon halb verzehrt wäre. Und außerdem sind wir doch mit dem Schiff unterwegs.«

»Eisbären können schwimmen.«

»Sicher, aber Schiffsleitern hochklettern können sie bestimmt nicht.«

»Aber was willst du denn eigentlich auf Svalbard?«

»Nichts. Das ist kein Job. Ich will Ferien machen.«

»Ferien? Da macht doch wohl kein Mensch Ferien!«

»Aber sicher! Mitternachtssonne und Meer und Berge und Gletscher und überall Bären. Verdammt teuer ist's auch. Würde mich nicht wundern, wenn das bald das neue Super-Reiseziel würde. Warte nur, bald fahren die Leute zum Heiraten hin, und damit ist die Sache gelaufen. Schluß mit Rom und Paris, dann ist Longyearbyen angesagt«, erklärte ich und versuchte, das Gespräch durch die Erwähnung von Andersen zu Ende bringen. Aber Leif wollte selber für einige Tage verreisen, zwar nur nach Notodden, zum Fotografieren, aber trotzdem. Außerdem war er kein fürsorglicher Typ, war das noch nie gewesen, es war vorgekommen, daß ich bei Krankheiten tagelang mit ein paar Tassen Tee und einer Banane abgespeist worden war, und deshalb war ich eigentlich etwas erleichtert. Ich liebe Andersen, und er ist daran gewöhnt, daß jeden Tag jemand mit ihm spricht und sich um ihn kümmert.

Als nächsten rief ich Torvald an, aber auch der mußte wegfahren. Zu irgendeinem strohtrockenen Kurs, weshalb ich seine Erklärungen unterbrach.

»Kannst du dir das denn leisten?« fragte Torvald, der durchaus nicht an blutrünstige Raubtiere in weißem Fell dachte. Torvald achtet immer auf das Nächstliegende, und unsere Beziehung ging zu Bruch, weil er jede Krone einteilen wollte und weil er beim Einkaufen immer einen Kugelschreiber dabei hatte, um an Ort und Stelle den Preis jeder Ware zu notieren, statt zu Hause einen rätselhaften Strichcode anzustarren und nicht zu wissen, was er bezahlt hatte. Die Kassenzettel waren auch keine große Hilfe, weil ich die immer unterschlug, zumindest wenn wir zusammen einkauften. Wenn die Schlußsumme hoch war, folgte nämlich immer eine fruchtlose Strafpredigt darüber, wie ich das Geld vergeudete, und wie unnötig es sei, fünf verschiedene Arten von Senf im Kühlschrank zu haben.

»Nein, ich kann mir das im Moment sicher nicht leisten«, antwortete ich. »Aber das Reisebüro schickt die Rechnung erst danach, ich muß morgen nur eine kleine Anzahlung leisten. Und bis die Rechnung kommt, schwimme ich sicher in Geld.«

»Ach ...«

»Oder ich bin dann vielleicht schon tot, und dann brauche ich sie auch nicht zu bezahlen.«

»Himmel, du brauchst doch mindestens eine Bestellung von Walt Disney für einen kompletten Film, um wieder solvent zu werden. Gib doch lieber gleich zu, daß du pleite bist.«

»Da oben ist alles steuerfrei.«

»Wie gut zu wissen.«

»Aber Andersen braucht ...«

»Geht nicht. Tut mir leid. Aber daß du nach Svalbard willst!? Da ist es doch so kalt! Seit meiner Militärzeit finde ich Frieren schrecklich. Wir haben eine ganze Nacht bei zwanzig Grad minus im Zelt verbracht, mit nassen Kleidern, und der Typ, der das Feuer hüten sollte, schlief ein, und ...«

Mein dritter Anruf galt Sissel, an die zwanzig Minuten später. Sie sagte sofort zu. Ich hätte gleich Sissel anrufen sollen. Eine Frau übernimmt gern ganz spontan die Verantwortung für ein lebendiges Wesen. Aber im Laufe unseres Gespräches fiel mir dann wieder ein, warum ich sie nicht gleich angerufen hatte. Sie wollte nämlich alle Einzelheiten über meine letzte Trennung hören, aber ich sagte, ich sei jetzt über das ärgste hinweg und wolle eine Reise machen.

»Natürlich passe ich auf Andersen auf. Natürlich. Du brauchst bestimmt eine Luftveränderung. Mach dir ein paar schöne Tage, Bea, das hast du verdient.«

Ich legte auf und sah Andersen an. Einen Vogel in einem Käfig. Gefangen. Ich fand es schrecklich, ihn so zu sehen, aber ich wußte, daß er umkommen würde, wenn ich ihn in die Natur hinausjagte. Ich hatte ihn nicht selber gekauft, das hatte ich immerhin nicht auf dem Gewissen. Nie im Leben wäre ich in ein Tiergeschäft gegangen, hätte auf einen Vogel in einem Käfig gezeigt und gesagt: »Den will ich haben!«

Abscheulich. Ein Vogel muß frei sein. Er hat doch Flügel, zum Henker. Hamster sind schon etwas anderes, und Meerschweinchen und Mäuse und Ratten und Spinnen und Skorpione. Die kann man gern hinter Glas und Gitter stecken. Aber einen Vogel? In Andersens DNS versteckten sich Generationen der Gefangenschaft, biologische und mentale Anpassungen an Stäbchen und kleine Spiegel in blauen Plastikrahmen, getrocknete Ähren, die mit einer Klammer an den Gittern befestigt werden, Plastikleitern, auf denen er hin und her springen kann, Metallglöckchen, die bimmeln, wenn er sie mit dem Schnabel anstößt. Er scheint sich im Käfig wohl zu fühlen. Darüber staune ich immer wieder. Und ich habe die Verantwortung für ihn. Er gehört mir. Ich kann ihn nicht auffordern, seinen Kram zu packen und sich zu verpissen; ich kann danach nicht mit einem schwarzen Müllsack durch die Wohnung wandern und alte Rasierschaumdosen und Hi-Fi-Zeitschriften und einsame Socken und Kaffeetassen mit Männernamen einsammeln und in den Müll werfen. Seine Gefangenschaft ist auch meine. Ich putze seinen kleinen Spiegel. Seine fehlende Freiheit führt zu meiner Fürsorge für ihn, sie rettet ihm das Leben. Aber oft frage ich mich, wie lange so ein Vogel leben kann.

»Ich verreise, Andersen«, flüsterte ich. Er glaubte mir. Natürlich glaubte er mir. Mir glauben alle, es ist fast unfaßbar, wie wenig Ausflüchte nötig sind, um die Wahrheit eine Armlänge von mir wegzuhalten. Niemand wußte, daß ich einen lukrativen Job ablehnen mußte, den ich wirklich brauchte, wenn ich in zwei Tagen losfahren wollte. Danach hätte sogar Sissel mit allem anderen als mit Fürsorge und Gerede von »mach dir ein paar schöne Tage« reagiert. Denn alle wußten, daß ich viel verdienen mußte, um ein dermaßen unstrukturiertes Finanzleben durchzuhalten, und daß sich niemand das Angebot entgehen läßt, für einen Monat bei einer großen Zeitung als Karikaturistin tätig zu sein. Gott sei Dank hatte ich noch niemandem von diesem Angebot erzählt, und deshalb konnte ich dankend ablehnen, ohne mich dem Verdacht oder den hysterischen Vorwürfen von Besserwissern auszusetzen, die ihre Spießervernunft hinter der Beteuerung verbargen, wie sehr sie mich liebten, und daß sie nur mein Bestes wollten.

Ferien … ich kostete das Wort aus. Bedeutete es, *von etwas weg* oder *zu etwas hin* zu fahren?

»Armer Andersen ... auch du könntest mal Ferien gebrauchen ... um deine lebenslängliche Haft zu vergessen.«

Er tanzte auf seinem Stöckchen herum und zwitscherte fieberhaft, ich machte die Käfigtür für ihn auf. Ein Wohnzimmer muß doch wie eine ganze Welt wirken für einen kleinen Wicht, der in einem Viertelkubikmeter Luft wohnt. Es tat mir gut, ihn herumfliegen zu sehen, aber wenn er sich auf die Fensterbank setzte und mit dem Schnabel ans Glas tippte, zuckte ich jedesmal zusammen. Er weiß es, dachte ich, er weiß, daß er eingesperrt ist und daß ich an allem schuld bin. An diesem Abend aber flog er nicht zum Fenster, sondern landete auf der Sofadecke. Er hinterließ ein wenig Kacke, umgeben von einem hellen Rand, dann setzte er sich auf meine Schulter und schielte zum Weinglas hinüber. Ich ließ ihn kurz am Wein nippen, gerade genug zum Einschlafen, und es gelang mir, meine Schulter nicht zu bekleckern. Dann plauderten wir ein Weilchen. Ich mit spitzem Schmollmund und Schmatzgeräuschen, er mit brausenden Schwingen und ständigen Stößen gegen seinen eigenen Brustkasten, wo er eine Feder nach der anderen durch seinen Schnabel gleiten ließ. Ein reinlicher Bursche, dieser Andersen. Mit einem begrenzten Wortschatz. Ich hatte es bald satt, mit ihm zu reden, und ich holte mir mehr Wein und ein paar Blätter feuchtes Küchenpapier, um die Kacke zu entfernen. Andersen krallte sich während der ganzen Aktion an meiner Schulter fest.

»Was sollte ich bloß ohne dich machen?« fragte ich, und das hörte er offenbar gern. Es war auch im Grunde kein dummes Gerede. Wenn ich Finanzpolitiker und andere Haie karikieren wollte, dann inspirierte Andersen mich oft. Sein Schnabel. Das etwas geierhafte Profil. Die Krallen, die hart zupackten und nicht wieder losließen. Das energische Gezwitscher mit offenem Mund und dicker Zunge, und die flatternden Flügel, die die Aufmerksamkeit ablenkten – wie bei einer Schneehuhnmutter, die von ihren kostbaren Jungen wegfliegt, um die Aufmerksamkeit ihrer Feinde von ihnen abzulenken. Schon viele gerissene Machtmenschen haben die Zeitung aufgeschlagen und sich selber als Vogel karikiert gesehen, als Andersen in schriller Form; haben sich mit Federn statt ihres lukrativen finanziellen Fallschirms gesehen. Wenn die Spitzenpolitiker sich fetzen und gegenseitig dahin wünschen, wo der Pfeffer wächst, ist es ebenfalls gut, Andersen zu haben. Einen Vogel vor sich herzujagen, fast zu glauben, man habe ihn erwischt, während er hochmütig im obersten Regalfach landet, ist ein gutes Bild für solche Streitereien hinter den Kulissen. Andersen kommt immer zurecht, so klein und mickerig er auch aussieht.

Ich betrachtete wieder meine Liste. Anrufbeantworter. Blumen. Post. Packen. Warme Kleider. Neue Daunenjacke. Und, in Klammern, hinter dem Stichwort Daunenjacke: Mit Am Xpress bezahlen. Dann stand noch auf der Liste: bei der Zeitung absagen. Und ganz unten: Flugunterricht abbestellen. Ich fügte hinzu: den Müll nicht vergessen. Das passierte mir nämlich erschreckend häufig. Und nach nur einem kurzen Wochenende kann so ein Müllbeutel so infernalisch stinken, daß der gesamte Bereich unter dem Spülbecken mit Chlor gescheuert werden muß. Aber es ist immer derselbe Gestank. Ich finde es erstaunlich, daß zwei Mülltüten immer gleich riechen, egal, was darin ist. Ich frage mich, ob die Mülleute, die jeden Tag mit dieser Problematik konfrontiert sind, den Grund dafür wissen.

Es war inzwischen schon ziemlich spät. Am nächsten Tag würde ich genug zu tun haben. Ich stellte das Weinglas in die Spülmaschine und wischte die Zigarettenasche, die die Flügelturbulenz hochgewirbelt hatte, vom Tisch, dann machte ich eine Lampe nach der anderen aus. Ganz zum Schluß steckte ich Andersen wieder in den Käfig. Er widersprach nicht. Der Weißwein hatte gewirkt. Er mochte nicht einmal mehr aufs oberste Stöckchen klettern, um dem Vogel im Spiegel gute Nacht zu sagen.

Langsam ging ich durch die Zimmer, warm vom Wein, braun nach einem langen Sommer, und dabei strömte nachtgraues Augustlicht durch die Fenster und tilgte alle Farben. Ich genoß es, allein im Haus zu sein. Eine ganze Woche. Ich hatte fast vergessen, wie es aussah. Ich genoß es, daß im Halter im Badezimmer nur eine Zahnbürste steckte, daß niemand im Bett wartete, daß niemand etwas dazu sagte, daß ich die Zeitungen des Tages anschleppte, um sie auf der Bettdecke zu verteilen und zu lesen, bis ich darüber einschlief. Ich genoß es, das Licht auszuknipsen und mich vom Weißwein in den Schlaf schieben zu lassen, ohne daß mich der Atem eines anderen störte. Ich genoß es, nicht darüber diskutieren zu müssen, auf welche Zeit der Radiowecker gestellt werden sollte, und dabei immer zu versuchen, eine halbe Stunde herauszuschinden. Ich war allein. Ich war frei. Ich war frei und konnte einen zwanzig Jahre alten Traum wahr machen. Oft war ich über lange Zeit überzeugt gewesen, daß es ein Traum bleiben würde, eine Phantasie. Aber ich hatte nicht eine Sekunde gezögert, als sich plötzlich die Möglichkeit geboten hatte, ihn in die Tat umzusetzen, obwohl das rasche Entscheidungen und umfassenden praktischen Kurswechsel erfordert hatte.

Ich preßte die Handflächen an mein Gesicht. Die Haut hielt Adern und Sehnen, Knochen und Muskeln zusammen. Hauchdünne Haut, die die Farben durchscheinen ließ, blaue Adern, umgeben von Lymphe und Fleisch. Das Blut wurde stoßweise weitergepreßt, bis in die Fingerspitzen hinein. Ich ballte die Fäuste, bis sich mir die Nägel in die Haut bohrten, und ich erlebte die Stärke, die meine Arme bis in den Daumen hinein brennen ließ. Eine Stärke, die alles schaffen würde. Eine Stärke, die ich besaß. Ich ballte die Fäuste, bis sie zitterten und bis sich die Fingerknöchel wie weiße Nasen davon abzeichneten. Ich spreizte die Finger. Die Lebenslinie an meiner rechten Hand glänzte vor Schweiß. Ich leckte daran. Es schmeckte wie Meerwasser.

»Das hast du im Griff, Bea. Das schaffst du sehr gut«, flüsterte ich. »Und außerdem kann es ja sogar eine schöne Reise werden.«

Ich legte zwei Finger an mein Handgelenk und überprüfte meinen Puls. Ein wenig hoch, vielleicht. Das lag sicher am Nikotin.

Am nächsten Morgen rief die Zeitung eine halbe Stunde vor dem Gedudel der Neun-Uhr-Nachrichten an, das mich sonst aus Träumen herausreißt, denen ich zumeist voller Erleichterung entrinne.

»Ich habe dich hoffentlich nicht geweckt?« fragte eine Stimme.

»Aber nein«, antwortete ich aus alter Gewohnheit, und dabei fummelte ich am Radiowecker herum, um ihn abzustellen. Aber vermutlich konnte der Anrufer meiner Stimme anhören, daß ich gerade erst aufgewacht war. Die Götter mögen wissen, wie ihm das gelungen war, ich gab mir doch alle Mühe, wach und munter zu klingen, und ich hatte mich gründlich geräuspert, ehe ich den Hörer vom Telefon auf dem Nachttisch genommen hatte.

Es war einer der Redakteure, und er wollte den genauen Termin für die Ablieferung meiner Karikaturen besprechen. Ich ließ ihn lange reden und stand auf, um mir alles zu notieren, aber dann fiel mir plötzlich ein, daß ich durchaus keine Karikaturen abliefern würde. Ich fiel ihm ins Wort und informierte ihn kurz über den Stand der Dinge. Er schien überrascht zu sein, und ich hielt es nicht für angebracht, ihm von meinen Urlaubsplänen zu erzählen. Ich machte aus meiner Svalbardreise ein Unternehmen zum Recherchieren für einen großen Auftrag, über den ich leider keine Einzelheiten erzählen könne, das sei alles streng vertraulich. Ein wenig besorgt fragte er, ob eine andere Osloer Zeitung dahinterstecke, aber ich beruhigte ihn mit der Behauptung, es handele sich um ein Buchprojekt, ein humoristisches Buch über norwegische Polfahrer. Mehr könne ich nicht sagen, weder über Verlag noch über Autor, und ich wäre dankbar, wenn er keine weiteren Fragen stellte, denn eigentlich hatte ich schon zuviel gesagt. Das akzeptierte er. Ehe ich Kaffee getrunken habe, gelingen mir die Bluffs nie besonders gut, aber ab und zu kann ich überrascht meiner eigenen Stimme zuhören, die auf die Fabrikation von passenden Lügen vorprogrammiert zu sein scheint.

Ich konnte also einen Punkt von meiner Liste streichen, noch ehe ich mich angezogen hatte. Der Tag ließ sich gut an. Ich warf den Morgenrock über, holte die Zeitung herein und stapfte auf nackten Füßen in die Küche, wo ich mir einen altmodischen Kaffee kochte, bis zum Rand voll mit Koffein und Gerbsäure. Ich schnitt mir zwei dicke Scheiben Graubrot ab und kaute langsam, während ich die Zeitung durchblätterte. Nichts Neues unter der Sonne. Nichts, das ich nicht mit gutem Gewissen verlassen könnte, mir würden nur die Comics fehlen. Kalvin und Hobbes ganz besonders.

Das Reisefieber hatte mich gepackt, ein Hochfrequenzton, der in den Waden einsetzte und im Hinterkopf endete. Ich würde weit in den Norden reisen. Mit einem Schiff. Würde Taten begehen. Ich konnte keinen einzigen Artikel zu Ende lesen, nicht einmal, als der Kaffee getrunken war und ich mit den drei Zigaretten anfing, die bei mir immer auf eine Mahlzeit folgen. Ich warf die Zeitung in den Holzkorb und rief in der Geschäftsstelle an, um sie abzubestellen. Ich mochte meinen Nachbarn nicht mit der Bitte auf die Nerven gehen, die Zeitung ins Haus zu holen, und was zum Henker sollte ich nach meiner Rückkehr mit acht alten Zeitungen anfangen? Sie abzubestellen bedeutete außerdem gespartes Geld. Torvald wäre stolz auf mich gewesen. Dann rief ich im Postamt an, aber die mußten alles schriftlich haben, konnten nicht einfach so die Post lagern, es könnte sich bei meinem Anruf ja um einen bösen Scherz handeln.

»Aber Sie kennen mich doch?« widersprach ich. »Ich bin doch fast jeden Tag an Ihrem Schalter.«

»Das hilft leider nichts«, antwortete die Frau, ich hörte, daß es diejenige war, die wie Brad Pitt aussah, nur ohne Schnurrbart. Brad Pitt ist ein fesches Mannsbild, aber sein Aussehen stand der Frau im Postamt nicht gerade gut zu Gesicht. Und im Moment betrieb sie Paragraphenreiterei von der schlimmsten Sorte.

Ich duschte und trug Wimperntusche auf, suchte mir eine Hose und ein ungebügeltes T-Shirt, stopfte meine Brieftasche zusammen mit Zigaretten und meiner Liste in die Tasche, hängte sie mir um, setzte die Sonnenbrille auf und begab mich auf meinem alten

Peugeot-Rennrad, das absolut nicht mehr rennen kann, hinaus in den warmen Spätsommermorgen.

Im Postamt stand eine Schlange, aber ich drängelte mich vor und erquengelte mir das benötigte Formular. Brad Pitt saß hinter dem Schalter rechts, dem mit der längsten Schlange. Sie war schweißnaß auf der Stirn und versuchte mühsam, einer alten Dame, die ihre Krücken quer vor den Schalter gelegt hatte und offenbar nichts begriff, irgend etwas zu erklären. Ich füllte das Formular aus und legte es neben die Krücken.

»Bitte sehr, wir haben vorhin miteinander telefoniert.«

Sie bedachte mich mit einem verwirrten Blick, dann nickte sie, und ich ging. Die Arme, dachte ich, hier arbeiten zu müssen. Jeden Tag. Das ganze Jahr. Das ganze Leben. Ich hatte in meiner frühen Jugend eine feste Anstellung gehabt, das war nötig gewesen, um einen Fuß in die Branche setzen zu können. Jetzt steckte mein ganzer Körper in der Branche, alle wußten, daß ich gut war und mit einer scharfen Feder Bilder zeichnete, die mehr sagten als tausend Worte. Dadurch hatte ich das allergrößte Privileg erreicht: Ich konnte meinen Wecker auf neun Uhr morgens stellen. Oder auch auf elf. Obwohl ich noch immer log, wenn jemand so früh anrief, und behauptete, schon seit Stunden aufzusein. Vermutlich arbeitete ich härter als viele mit fester Arbeitszeit. Aber allgemein galt, daß der Tag wesentlich früher als um neun anzufangen hat, und dagegen kam ich nicht an. Dieser Gedanke ärgerte mich, als ich in die Stadt fuhr, und ich beschloß, das nächste Mal, wenn ich geweckt würde, zu sagen: »Ja, stell dir vor, ich habe noch geschlafen.« Das wollte ich sagen, ohne mich über lange Arbeiten am Vorabend zu verbreiten oder irgendein Geschwafel zu servieren, um meinen abweichenden Tagesrhythmus zu legitimieren.

Eine halbe Stunde später hatte ich das Gefühl von Effektivität eingebüßt, mit dem ich mit der Liste in der Tasche von zu Hause aufgebrochen war. Denn es war offenbar unmöglich, im August eine Daunenjacke aufzutreiben. Die Wintermode sei noch nicht eingetroffen. Schließlich regte ich mich auf. »Ich will ja auch gar keine

Wintermode«, versuchte ich zu erklären. »Ich brauche nur eine warme Jacke, eine sehr warme Jacke.«

Schließlich wurde ich in einem Laden in den Keller geführt und durfte dort in alten Kartons aus dem Vorjahr herumwühlen. Ich fand eine Jacke, die perfekt paßte, obwohl die Farben so knallig und grausig waren, daß ich sofort ein Bier brauchte, um mich wieder zu beruhigen. Außerdem nahm der Laden keine American-Express-Karte an. Aber ich brauchte die Jacke. »Ich nehme sie«, sagte ich und bezahlte bar. Die Jacke wurde in einer Plastiktüte verstaut, die ich auf dem Gepäckträger befestigte. Mein nächster Halt war das Reisebüro, wo ich die Flugscheine für die Strecke Trondheim – Longyearbyen und eine Bestätigung der Buchung für die Schiffsreise von Longyearbyen einmal um Svalbard herum und zurück nach Longyearbyen erhielt. Die Hälfte des Vorschusses lag jetzt auf meinem Gepäckträger, aber zu meiner großen Freude stellte sich heraus, daß American Express *hier* angenommen wurde, und damit waren alle Sorgen getilgt und das Gefühl von Effektivität wieder hergestellt.

In strahlender Laune kaufte ich mir viele Zeitungen und ließ mich in einem Straßencafé nieder, wo ich mir ein Bier bestellte. Ich stöhnte vor Zufriedenheit, als der Kellner eine taufrische Halbe neben meine jungfräulichen Zeitungen auf den Tisch stellte. Ich hatte die Tickets in der Tasche und die Daunenjacke auf dem Rad. Jetzt mußte ich nur noch Unterhosen, ein paar gute Skizzenblöcke, Filzstifte und weiche Bleistifte kaufen. Ich wollte gutausgerüstet losziehen. Nichts sollte dem Zufall überlassen werden. Vermutlich würde ich auch noch in den Schnapsladen gehen und mir einige Flaschen zum vollen Preis kaufen, die ich dann im Koffer haben könnte. Im Reisebüro hatte ich nämlich erfahren, daß ich mit meinem Flugschein nur einmal zollfrei einkaufen könnte. Das Boot hatte zwar auch alle Rechte, aber der Mann im Reisebüro wußte nicht, ob dort in Flaschen oder nur glasweise verkauft wurde.

»Gibt es an Bord eine Bar?« hatte ich gefragt, aber er hatte keine Ahnung. Ich betrachtete das Bild des Schiffes in der Broschüre, die er mir gegeben hatte. Es war ein kleines Schiff, ein blaues Eisenschiff. Vierzig Meter lang. Es sah durchaus nicht aus wie ein Schiff mit eigenem Barmann. Ich beschloß, lieber auf Nummer Sicher zu gehen.

Aber zuerst das Bier. Ich schob die Zeitungen beiseite und griff nach dem Glas, leerte es, kniff die Augen zu und ließ meine Tränen durch meine Wimpern sickern. Ich benutzte tränenechte Wimperntusche, das war also kein Problem. Ich schnappte keuchend nach Luft, als ich das leere Glas auf den Tisch setzte: »Noch eins«, signalisierte ich dem Kellner und schlug Dagbladet auf, um die Karikatur von Finn Graff zu inspizieren.

Als ich nach Hause kam, schwitzte ich heftig. Vier lange Treppen hoch bis zu meiner Dachwohnung mußte ich meine vielen Pakete schleppen. Wahnwitz. In einem Haus ohne Fahrstuhl zu wohnen. Drei Halbe hatten außerdem meine Muskeln schlaff und gleichgültig werden lassen. Ich stellte meine Tüten auf den Dielenboden. Meine Arme taten mir weh. Ich vermißte nur selten ein eigenes Auto, aber wenn ich viel einzukaufen hatte, war es grausam anstrengend, alle Teile auf dem Gepäckträger unterzubringen oder sie am Lenker und an meinem Körper zu befestigen. Aber ich war stark. Jung und stark.

Ich schloß die Tür ab, zog mich aus und ging auf die Dachterrasse, wo ich mich im Sonnenschein in den Liegestuhl fallen ließ und sofort einschlief.

Vermutlich wäre ich an Sonnenstich und Entwässerung eingegangen, wenn nicht Bergesen gekommen wäre. Ich wäre tot gewesen und hätte die Svalbardrechnung nicht bezahlen können, die bestimmt vorgelegt worden wäre, auch wenn ich die Reise niemals hätte antreten können. Ich kämpfte mich aus dem Liegestuhl hoch und landete auf allen vieren im Kunstgras, wo ich wie ein Hund den Kopf schüttelte und mir ein paar Schweißtropfen von den Lippen leckte. Wenn ich die Augen zumachte, sah ich neongrünes Licht.

Ich ließ erst eine und dann noch eine Sekunde verstreichen, dann zog ich mich an der Wand hoch. Mein Kopf dröhnte. Die

Türklingel. Die hatte geschellt. Ich taumelte in die Diele, stolperte über meine Einkäufe und landete abermals in Hundestellung.

»Wer ist da?« piepste ich in Richtung Türspalt.

»Bergesen. Ich brauche deine Hilfe.«

»Ich gehe ins Badezimmer, aber ich schließe erst auf. Zähl bis zehn, ehe du reinkommst.«

Ich konnte die Badezimmertür gerade noch zuziehen, ehe ich seine Schritte hörte. Jetzt brauchte ich kaltes Wasser. Sehr viel kaltes Wasser. Ich stand unter der Dusche und fragte mich, was Bergesen wohl wollte. Der geschäftsführende Direktor in einer großen Computerfirma, ich hatte ihn über eine Reklameagentur kennengelernt, für die ich manchmal arbeitete. Wir hatten einige Male gevögelt. Er sah noch immer gut aus, und deshalb wollte ich ihn nicht in der Diele haben, während ich nackt durch den Flur zum Badezimmer ging, mein fünfunddreißig Jahre alter Hintern sackte vielleicht inzwischen ein wenig ab? Ich hatte mich eine Zeitlang nicht mehr in diesem Winkel gespiegelt, und ich machte das ganz schnell, während das kalte Wasser strömte und mir eine Gänsehaut machte.

»Bist du bald fertig?« rief er.

»Gleich. Muß nur schnell den Morgenrock anziehen.«

Er zog mich an sich.

»Mm, du riechst gut.«

Ich wollte nachsehen, was diese Umarmung vielleicht noch enthielt, aber schon sagte er: »Du mußt etwas für mich tun, sonst bringt meine Frau mich um. Ich hätte das nämlich schon längst erledigen sollen.«

Das Wort »Frau« rückte alles in die richtige Perspektive.

»Na gut. Möchtest du etwas trinken? Wir können auf die Terrasse gehen.«

Ich mixte eins zu eins Weißwein und Limo mit sehr viel Eis und trug alles hinaus in die Sonne. »Was soll ich denn tun? Ich weiß nicht, ob ich das noch schaffe, ich fahre übermorgen nach Svalbard.«

»Das machst du, während ich hier warte. Wo du doch so schnell und tüchtig bist. Nach Svalbard?«

»Zuerst die Arbeit. Damit deine Frau dich nicht umbringt.«

Ich drehte den Sonnenschirm um, daß der Schatten auf uns und den Terrassentisch mit den von ihm mitgebrachten Papieren fiel.

Es ging um ein Festmahl, das am nächsten Freitag bei ihm zu Hause stattfinden sollte. Ich war nicht eingeladen. Sechzehn Personen. Die erfolgreichen Knaben mit ihren Damen sowie einige Parteispitzen von Konservativen und Rechtsliberalen. Statt Blümchen auf den Tischkarten wünschte seine Frau sich kleine Zeichnungen der einzelnen Gäste. Bergesen hatte Bilder bei sich. Schnappschüsse und Zeitungsausschnitte, er wußte, was ich brauchte. Und cremefarbenes Bütten mit Goldrand, in der Mitte gefaltet. Ich holte Bleistifte, Filzstifte und einen Radiergummi.

»Einen Tausender pro Stück«, sagte ich. »Weiß.«

»Du spinnst wohl. Fünfhundert pro Stück. Schwarz«, sagte Bergesen.

»Abgemacht.«

»Du mußt ja ein Heidengeld einsacken. Das hier machst du doch in einer Stunde!«

»Rechne du, ich zeichne. Fünfmal sechzehn.«

»Guter Drink. Macht achttausend. Dein Morgenrock geht auf.«

Ich sah ihn an und lächelte. Er beugte sich vor und küßte mich langsam.

»Hab keine Zeit für sowas«, flüsterte ich gegen seine Stirn.

»Nein?«

»Nein ... ich hab soviel anderes im Kopf ...«

Ich wich ihm aus und fing an zu zeichnen, und er sah mir fasziniert dabei zu.

»Du bist gut«, sagte er. »Diese haarfeine Balance zwischen Humor und Bosheit ...«

»Karikieren bedeutet zärtliches Anpissen. Das Charakteristische betonen, Allgemeines herunterspielen«, dozierte ich.

»Ganz sicher, daß du keine Zeit hast für ...«

»Ganz sicher.«

»Du kommst mir ein bißchen gestreßt vor, Bea. Deine Hände zittern etwas.«

Ich reichte ihm eine fertige Zeichnung. »Aber die Striche sind doch okay. Siehst du da vielleicht irgendein Zittern?«

Ich lachte kurz.

»Du machst über alles Witze«, sagte er.

»Ja sicher, das ist eine gute Technik«, sagte ich.

Er sah zu, während ich die Zeichnungen vollendete. »Wie geht's übrigens mit der Liebe?«

»Mit der Liebe? Du meinst, ob ich zur Zeit einen Bettgenossen habe?«

»Ja.«

»Dann sag das doch. Nerv mich nicht mit Liebe.«

»Himmel, Bea«, er leerte sein Glas. Meines war schon leer. Ich trug beide in die Küche, um sie wieder zu füllen, er folgte mir.

»Und sonst? Wie geht es sonst?« fragte er.

»Du läßt nicht locker, was? Im Moment wohne ich allein.«

Diesmal ließ ich die Limo weg.

»Aha, Und jetzt fährst du nach Svalbard. Läufst du vor irgendwas weg? Oder vor irgendwem? Ich meine, Svalbard ist doch nicht gerade der Ort, wo man ...«

Er sah mir ins Gesicht und ersparte sich durch eine Kursänderung eine wütende Antwort. »Weißt du überhaupt, was du mitnehmen mußt?«

Ich erzählte ein bißchen über die Reise, über das Schiff, zeigte ihm die Broschüre. Er schwelgte in Erinnerungen an Jagdtouren in Alaska und Kanada, an Angeltouren in der Finnmarksvidda, an Expeditionen, wie wichtige Männer sie unternehmen, um Potenz und Infrastruktur der norwegischen Wirtschaft zu stärken.

»Was ist mit Schuhen?« fragte er.

»Gummistiefel«, sagte ich. »Und Turnschuhe.«

»Gummistiefel? Ich glaube, du spinnst. Typisch Frau. Hast du keine Wanderstiefel? Du brauchst Wanderstiefel.«

»Es ist doch August. Mitternachtssonne und ...«

»Du brauchst Wanderstiefel.«

Ganz hinten im Kleiderschrank fand ich ein Paar alte Bergstiefel, und, noch immer im Morgenrock, befolgte ich Bergesens Instruktionen und holte Zeitungen, ein verwaschenes T-Shirt und eine fast eingetrocknete Dose Schuhcreme. Damit schmierte ich auf seine Anweisungen hin die Stiefel ein.

»An den Sohlen besonders viel auf die Nähte. Noch mehr. Das, was nicht einzieht, wischst du dann ab, aber erst in einer Stunde. Putz sie richtig blank. Je blanker, um so besser.«

Meine Finger wurden braun und klebrig. Es paßte mir nicht, daß er plötzlich zu meinem Reiseberater geworden war, daß er Dinge wußte, von denen ich keine Ahnung hatte, daß er verhindert hatte, daß ich in ungeeigneten Gummistiefeln durch die Polarnatur spaziert war.

»Ich nehme jetzt Flugunterricht«, sagte ich, um das Gleichgewicht der Macht wieder herzustellen. Es klappte.

»Das ist doch nicht wahr. Du ...?«

»Ja. Ich.«

»Aber ...«

»Aber was? Meinst du, ich schaff das nicht?«

»Wie viele Stunden hast du denn schon gehabt?«

»Erst fünf. Dazwischen kommt immer schrecklich viel Theorie, deshalb geht es so langsam. Physik und Motorenkunde und lauter Scheiß ... und jede Menge Meteorologie.«

»Daß du die Theorie schaffst, bezweifle ich ja gar nicht. Aber Fliegen ... Himmel, nicht einmal ich selber ... aber warum? Warum hast du damit angefangen?«

»Hatte einfach Lust. Es ist wunderschön.«

»Ach was. Schön ...«

Ich hörte auf, an den Stiefeln herumzureiben. Erzählte ihm über Flugunterricht in dreitausend Fuß Höhe über den Selbubergen bei strahlendem Sonnenschein. Vom Gefühl von Kontrolle, Perspektive.

»Du bleibst gern auf Distanz, was? Kriegst du davon irgendeinen Kick? Vom Abstand zum Boden, zum Rest der Welt?«

»Vielleicht.«

»Aber was ist dein Ziel?«

Ich kratzte in der Schuhcremedose herum und rieb wieder weiter.

»Ein Ziel nach dem anderen«, sagte ich. »Zuerst möchte ich solo fliegen. Vielleicht traue ich mich ja gar nicht, wenn es soweit ist. Da draußen in Værnes ist so verdammt viel los. Passagierflugzeuge, militärische Flugzeuge. Ziemlich scheußlich, in so einem kleinen Drecksflugzeug zu starten und zu landen und dabei mit dem Tower englisch reden zu müssen. Da fließt der Schweiß nur so. Aber es macht Spaß, etwas Neues zu lernen, etwas ganz Neues zu lernen.«

»Na, denn Prost!« Er wurde nachdenklich. »Aber du fliegst doch nicht mit Promille?«

Ich lachte. »Nein. Wenn ich fliege, habe ich vorher mindestens drei nüchterne Tage, mit Tee und Theorie.«

»Himmel. Das würde ich nicht schaffen. Vielleicht fliege ich deshalb nicht. Aber sag Bescheid, wenn du den Flugschein hast.«

»Alles klar. Dann brauche ich nämlich Freunde, mit denen ich für Sprit und Flugzeugmiete zusammenlegen und auf die Färöer und so fliegen kann, damit mein Flugschein nicht wieder eingezogen wird.«

»Sprit, du meine Güte.«

Ich ließ die Bergstiefel auf der Zeitung stehen und wusch mir die Hände, trank Weißwein, musterte Bergesens braunes Gesicht und begegnete dabei seinem Blick. Der blieb an mir haften. Wir standen einander gegenüber, aber ein Stück voneinander entfernt, vor dem Küchentisch.

»Nein«, sagte ich.

»Warum hast du keine Lust? Nur so aus alter Freundschaft ...«

»Hab im Moment soviel anderes im Kopf.«

»Das hast du schon gesagt. Aber jetzt hast du mich mit Weißwein abgefüllt, und die Sonne scheint, und vielleicht fliegen wir zusammen auf die Färöer, und da soll ich nicht geil auf dich sein dürfen?«

»Heute nicht. Ich bin frigide geworden.«

»Ha! An dem Tag fällt das Dovregebirge ein. Auf einen Schlag. Mindestens zehn auf der Richter-Skala.«

»Was weißt du denn davon?«

»Daß es sehr wenig wahrscheinlich ist.«

»Ach ja?«

»Ja! Wir waren ja schließlich einige Male zusammen, nicht wahr?«

»Man kann sehr gut Lust haben und trotzdem frigide sein.«

Er leerte sein Glas. Seine Finger hinterließen durchsichtige Spuren im Tau.

»Ich hätte es gemerkt, wenn du nur so getan hättest«, sagte er und leckte sich die Lippen.

»Nie im Leben. Und wenn, dann wärst du der einzige auf der Welt.«

»Was erzählst du mir da eigentlich? Daß du nur ...«

Ich lächelte als Antwort und schwieg. Er rückte näher an mich heran, flüsterte: »Ich glaube, du bist ein kleiner Schelm ... ich glaube fast, wir beide müssen überprüfen, ob du ...«

»Nein. Heute nicht. Vergiß es. Und jetzt mach, daß du fort kommst. Ich habe sehr viel zu tun.«

»Einen Gute-Reise-Kuß muß ich dir doch wohl verabreichen dürfen ...«

Ich war gespannt, ob mein Puls wohl schneller gehen würde, als er ganz dicht an mich herankam. Das tat er nicht, obwohl Bergesen gut roch. Mann. Rasierwasser. Ein schwacher Weichspülerduft aus seinem Hemdkragen.

»Es gibt nichts Schöneres als nackte braune Frauen in weißen Frotteemorgenröcken«, murmelte er mit belegter Stimme. Ich schob ihn langsam weg.

»Dann kauf doch einen. Für deine Frau«, sagte ich.

Er lachte. »Verdammte Zynikerin.«

»Schluß mit den Komplimenten. Bis die Tage.«

Als er gegangen war, öffnete ich alle Pakete und Tüten, holte Koffer und Bügelbrett, ging nackt von Zimmer zu Zimmer und klaubte alles zusammen, was ich am nächsten Tag einpacken wollte. Die acht Tausender stopfte ich in meine Brieftasche und freute mich über rasch verdientes Geld für sechzehn schnelle Karikaturen. Manna vom Himmel. Schwarzes Taschengeld für eine weiße Reise.

Jetzt konnte ich soviel von meiner Liste streichen, daß ich mir lieber gleich eine neue machte. Anrufbeantworter, Blumen, Müll, warme Kleider, Taxi bestellen. Ich rief meinen Fluglehrer an und machte einen neuen Termin in drei Wochen. Dann schmierte ich mir meine übliche dunkelbraune Farbe in die Haare, nachdem ich einen Zentimeter blonden Wuchs festgestellt hatte, suchte nach den Magentabletten, während die Farbe einzog, fand sie, steckte sie in meinen Kulturbeutel, spülte und wusch die Haare. Ich putzte die Stiefel, bis sie glänzten wie Cognacflaschen.

Und dann mochte ich nichts Vernünftiges mehr tun. Es war halb sechs, und ich war reich und warm und beschwipst und ziemlich glücklich. Sonnenstrahlen wogten durch sämtliche Fenster und durch die offene Terrassentür zu mir herein. Das Haus war still, ich hörte nur fernen Verkehrslärm aus der Trondheimer Innenstadt und ein paar Fliegen und eine Hummel, die sich in meine Wohnung verirrt hatten. Ich fing die Hummel in einem Milchglas und ließ sie über den Dächern frei, weil ich plötzlich Angst hatte, sie könne Andersen etwas tun. Andersen saß bewegungslos in seinem Käfig, döste und ließ den Schnabel hängen.

»Jetzt fängt der Abend an!« rief ich, und Andersen fuhr zusammen. Ich schob Anne Grete Preus ins CD-Gerät und mixte mir einen Gin Tonic, den ich zusammen mit einer Schale Studentenfutter und einer ungeöffneten Schachtel Zigaretten in die Sonne hinaustrug. Mit geschlossenen Augen setzte ich zum abendlichen Rausch an, hörte der Musik zu, trank und dachte an Kälte. Es war einfach unvorstellbar, unfaßbar, daß dort oben gerade jetzt Polarnatur wartete. Die Temperatur lag um null Grad, hatte das Reisebüro gesagt. Feuchte Seeluft und oft auch etwas Wind ließen alles noch kälter werden. Ich nahm ein Stück Eis in den Mund und lutschte daran herum. Es war kalt genug. Vielleicht würden sie uns Polareis in unsere Drinks geben und wir könnten Eisstücke von vorüberschwimmenden Eisbergen abhacken?

Ich reckte mich im Liegestuhl und strich mir über die Haut. Ein Körper, der vor Wohlbehagen zitterte, zusammengehalten von sonnenwarmer Haut. Anne Grete sang von Schmetterlingsflügeln, und ich versank wieder in dem Gefühl, das mich nicht mehr verlassen hatte, seit ich mich zu dieser Reise entschieden hatte. Dem Gefühl, mich zu etwas entschlossen zu haben, einem euphorischen

Empfinden, mit der Ausführung eines Planes begonnen zu haben. Ich würde es schaffen. Die ersten Schritte waren getan.

Um acht Uhr hatte ich den funkelnden Rausch hinter mir gelassen und befand mich in der Phase des klaren Denkens. Der, die sehr viel Alkohol erfordert, wenn man einen neuen Gipfel der Gleichgültigkeit erreichen will. Dann schellte das Telefon.

Es war Lupus. So nannte ich ihn wegen seiner Wolfsaugen. Eigentlich hieß er Mikael. Er weinte und redete unzusammenhängend. Fragte, ob er mir fehle und ob ich mir die Sache anders überlegt habe. Ich konnte mich nicht an sein Gesicht erinnern, nur an die Augen. Er war betrunken. Das hatte er sicher von mir gelernt. Er sagte, er habe die Kaffeetasse mit seinem Namen vergessen. Die Tasse hatte ein Wolfsgesicht und, in Braun, die Aufschrift Lupus. Ich hatte sie von einem Porzellanmaler herstellen lassen.

»Die habe ich weggeworfen«, sagte ich.

»Weggeworfen?« kreischte er, und ich verlor den letzten Rest von Achtung vor diesem Kerl.

»Ja. Und du fehlst mir überhaupt nicht.«

»Weißt du …« Jetzt weinte er nicht mehr. »Weißt du … du bist kalt, du, ein verdammter kalter Fisch! Ein Arsch! Mich einfach rauswerfen, und … so kannst du andere Menschen nicht behandeln! Was habe ich falsch gemacht? Sag mir das!«

»Nichts. Ich war einfach nicht mehr verliebt.«

»Aber wir wollten doch … man ist doch nicht immer verliebt? Nach einer Weile geht die Beziehung irgendwie in eine andere Phase über.«

»Aber diese Phase kann ich nicht ausstehen.«

»Nicht ausstehen? Die kannst du also nicht ausstehen?«

»Nein.« Er schwieg einige Sekunden, dann sagte er mit leiser Stimme. »Weißt du, Bea, mit dir stimmt was nicht. Da stimmt etwas ganz schrecklich nicht … und das liegt sicher an dem, was du mir damals mal im Suff erzählt hast, als du …«

»Hör auf!«

»Das meine ich wirklich! Bei dir liegt irgendwas falsch! Ich habe darüber eine Fernsehsendung gesehen, eben erst. Wenn solche Kinder erwachsen werden, dann gelingt es ihnen nicht …«

»Ich lege jetzt auf.«

»Warte! Du brauchst Hilfe, von einem Psychologen oder so. Du hast … du hast WUNDEN IN DER SEELE, Bea! Lachst du …?«

»Ja. Natürlich lache ich. Und jetzt lege ich wirklich auf. Ich verreise. Hab noch allerlei zu erledigen.«

»Wohin denn?«

»Nach Svalbard. Mit dem Schiff. Einmal um Svalbard herum.«

»Aber was ist mit mir?«

»Du bist betrunken.«

»Ja, aber … hast du sie wirklich weggeworfen?«

»Mach's gut.«

Im nächsten Moment schellte das Telefon wieder, aber ich kümmerte mich nicht darum.

Verliebtheit. Die haßte ich. Den eigenen Hormonen ausgeliefert zu sein. Im nachhinein konnte ich immer erkennen, daß meine Persönlichkeit sich restlos verändert hatte. Daß ich Entscheidungen getroffen hatte, die überhaupt nicht zu mir paßten. Dinge gesagt, Dinge getan, eine andere geworden war. Es war verdammt unheimlich. Ich hatte Freundinnen, denen es auch nicht anders ging, und wir hatten schon davon geredet, eine Selbsthilfegruppe zu bilden. Wir wollten ein Papier unterschreiben, in dem wir alle Entscheidungsbefugnisse über unser eigenes Leben aufgaben. Die anderen aus der Gruppe konnten uns kidnappen und Handschellen und Klebeband über dem Mund und alles, was sie wollten, benutzen, um uns dann in einer Hütte einzusperren, bis die Hormone sich wieder stabilisiert hatten. Das hätte uns wirklich viele Probleme erspart. Daß wir das wirklich nie lernten! Wo wir doch immer wieder erlebten, daß die Verliebtheit nicht länger vorhielt als höchstens zwei Monate! Himmel, manche heirateten ja schon nach ein paar Wochen, und wenn der Traum dann vorbei war, stand man da wie ein Ölgötze und verstand nur noch Bahnhof.

Immer wieder. Ich wußte, wovon ich sprach. Zu Versprechen verleitet werden, in Situationen, in denen man vollständig unzurechnungsfähig ist. Kisten, die Treppen hochgetragen wurden. Kommodenschubladen und Schrankfächer, die ausgeräumt wurden, um den Besitztümern eines neuen Mannes Platz zu bieten. Die Hoffnung, daß das hier vielleicht etwas ganz anderes sei, endlich etwas Echtes, endlich ein Mann, der nicht beim ersten Zeichen von Kälte aufgab und glaubte, bis ins Innerste vorgedrungen zu sein. Rasiersachen im Badezimmer. Kämme, Bürsten. Kleider in der Waschmaschine, bei denen ich erst nachsehen mußte, wieviel Grad sie vertragen konnten. Fremde CDs, die plötzlich Seite an Seite mit meinen standen. Blumen, hier und dort ein Bild an der Wand. Zum Glück hatte ich bei Möbeln die Grenze gezogen. Zur Not einen Schreibtisch oder einen Computer, den Rest lagerten sie ein, oder sie vermieteten ihre eigene Wohnung möbliert.

Und während meine Männer einzogen, tanzte ich um sie herum. Über alle Maßen verliebt, wie ein geiles Huhn. Ich arbeitete schlechter, verlor das wirklich Wichtige aus dem Griff, ich vernachlässigte sogar Andersen. Ich fand die neuen CDs spitze, die Bilder schön, und ich glaubte, der neue Körper könnte mich restlos befriedigen, was sie nur selten, sehr selten schaffen. Ich fing an, Gerichte zu mögen, die ich noch wenige Wochen zuvor verabscheut hatte. Ich stellte den Radiowecker auf halb acht, weil Er dann aufstehen mußte. Nie mehr. Nie mehr. Lupus gegenüber hatte ich im Suff noch dazu zu viel gesagt, hatte mir eingebildet, er sei ein Mensch, dem ich mich anvertrauen könne. Ich hatte mir eingebildet, ich könne meine Geheimnisse ablegen und mich gerade aufrichten. Irrtum. Ich würde mich erst gerade aufrichten können, wenn diese Reise vorbei war, wenn ich meine Arbeit getan hatte. *Wie schade,* würden alle sagen, *was für ein entsetzlicher Tod … aber es ist wenigstens schnell gegangen.*

Das Telefon schellte noch einmal, aber auch jetzt ging ich nicht hin. Kalt? War ich kalt? Nein, Svalbard war kalt. Nicht ich. Die Wärme sprudelte durch meinen Körper. Ich hatte mir am Bauch einen Sonnenbrand geholt, als ich vor Bergesens Besuch eingeschlafen war, und ich mixte mir einen superstarken Drink mit Rose's Lime, wegen des Vitamin C. Mir fiel ein, daß ich seit dem Frühstück nichts mehr gegessen hatte, und ich warf eine Handvoll Erdnüsse und fünf Vitamin-B Tabletten ein, drückte die Sex Pistols ins CD-

Gerät und hörte mir »My Way« in einer Lautstärke an, bei der Andersen mit ausgebreiteten Flügeln von seiner Stange fiel. Ich brachte ihn ins Schlafzimmer, ohne die Musik leiser zu stellen, und tanzte mit hocherhobenem Glas durch das Wohnzimmer.

Ich weiß nicht mehr, wie ich ins Bett gekommen bin, aber ich erinnere mich daran, daß ich das machte, was ich nach einer richtigen Sauferei immer tue: Ich trank viel Wasser, mindestens drei Gläser, und ich aß eine mit Salz bestreute Tomate. Mit normalem starken Kochsalz, Natriumchlorid, das verhindert Kopfschmerzen.

Aber das Salz konnte nicht verhindern, daß ich am nächsten Morgen um fünf aufwachte. Drinking Man's Hour. Wenn der Rausch ein Ende nimmt und durch normalen Schlaf ersetzt werden soll und man statt dessen aufwacht. Mit schwarzen Gedanken, mit bagatellmäßigen Problemen, die bis zur Unkenntlichkeit vergrößert sind, mit dem wie eine Stahlsaite gespannten Körper unter der Decke. Ich dachte an Lupus, an seine Augen, und plötzlich konnte ich sein ganzes Gesicht vor mir sehen: den Mund, die Wangen. Ich hatte ihn als Wolf gezeichnet, mit Backenbart und zottigen Ohren, mit feuchter Schnauze. Er konnte auch wie ein Wolf lecken.

Bergesen. Ich hätte seinen Wunsch erfüllen sollen, ihn dazu bringen, bei mir zu übernachten, auf seine Frau zu pfeifen, die zu Hause saß und ein fettes Bonzengelage plante. Dann hätte ich ihn jetzt wecken können, hätte aufstehen und Kakao kochen können, das einzige, was gegen Drinking Man's Hour hilft. Wir hätten ihn auf der Terrasse trinken und zuhören können, wie die Vögel im Ahornbaum im Hinterhof erwachten, hätten uns in Decken wickeln und über Leben und Tod und die Unendlichkeit des Universums und anderen Schnickschnack reden können, der bedeutungsvoll wirkt, wenn der Rest der Welt schläft und wir die einzigen wachen, bewußten, intelligenten Menschen sind.

Ich klapperte mit den Zähnen. Plötzlich entdeckte ich, daß Andersens Käfig vor dem Kleiderschrank stand. Andersen schlief. Er war an solche Behandlung gewöhnt. Spannung im Alltag für einen kleinen Nachkommen der Dinosaurier mit Ausblick auf alle vier Wände des Hauses. Es brachte nichts, noch länger im Bett zu bleiben. Ich stand auf und kochte Milch mit Kakaopulver und etwas Kaffee, um einen Mokkageschmack zu erhalten. Ich blätterte in der Reisebroschüre über das Schiff, mit dem ich fahren würde. Es hatte am Bug einen Eispanzer und machte schon seit einigen Jahren in der Saison Kreuzfahrten um Spitzbergen. Es hieß Ewa. Ich wollte von diesem Schiff träumen, wollte über meine Träume selber bestimmen, das richtige Thema eingeben und nie wieder einen Alptraum haben.

Ich schlief erst um halb sieben wieder ein. Und ich träumte nicht von der Ewa. Ich träumte den alten schrecklichen Traum, der sich nur mit Alkohol lindern ließ. Ich hatte ihn länger nicht mehr gehabt, aber seit ich mich zu dieser Reise entschlossen hatte, war er wieder da. Das Gedudel der Neun-Uhr-Nachrichten rettete mich im letzten Moment.

Sissel war nicht verliebt. Sie war sauer und mannstoll und behauptete, sie habe zugenommen.

»Wo denn?« fragte ich.

»Hier!« Sie kniff sich in den Oberschenkel.

»Ich finde, du hast dich überhaupt nicht verändert.«

»Kummerspeck. Davon kommt das. Ich brauche eine Nummer.«

»Tut mir leid. Da kann ich dir nicht helfen. Willst du ein Bier?«

»Spinnst du? All die blöden Kalorien! Ich bin in der letzten Woche jeden Abend losgezogen. Ich habe es total satt, besoffenen Trotteln meine Lebensgeschichte zu erzählen. Wo finde ich einen Mann, mit dem ich nicht zu reden brauche? Ich will im Moment keine Beziehung, sondern nur ein winziges Abenteuer.«

»Ruf Lupus an. Der fühlt sich einsam.«

»Der arme Mikael. Dieser Spitzname ist einfach blöd. Irgendwie respektlos. Fehlt er dir sehr?«

»Sicher. Aber so ist das Leben.«

Ich wußte nicht, warum, aber ich hatte Sissel nicht erzählt, daß ich Lupus vor die Tür gesetzt hatte. Ich hatte gesagt, wir hätten uns einvernehmlich getrennt, und ich glaubte, er habe eine andere. Eilig wechselte ich das Thema. »Warum kommst du eigentlich so früh?«

»Aus purer Langeweile. Ich wollte eine Runde einkaufen gehen, aber dann habe ich meinen Kontostand gesehen und mir die Sache anders überlegt.«

»Du kriegst einen Tausender dafür, daß du Andersen hütest.«

»Echt?«

Ich lachte. Jede andere hätte die Überraschte gespielt und behauptet, ihn wirklich auch gratis hüten zu wollen. Nur Sissel nicht.

»Ich bin reich«, sagte ich. »Hab gestern einen schnellen Job gemacht.«

»Aber plötzlich bist du dann wieder pleite.«

»Genau. Und dann mußt du Andersen gratis nehmen. Möchtest du vielleicht etwas anderes trinken als Bier? Ich kann uns was mit Light-Limo mixen.«

»Aber der Schnaps hat doch auch Kalorien.«

»Ach was. Die sind leer. Ganz leer.«

Ich hatte fast alles gepackt. Das Taxi war bestellt. Ich hatte auf meinem Anrufbeantworter hinterlassen, wo ich war, und potentiellen Einbrechern mitgeteilt, meine Wohnung sei eine uneinnehmbare Festung. Sie müßten einen Hubschrauber nehmen und würden hier keine Werte finden, die es rechtfertigten, zu zwanzigtausend pro Stunde eine Maschine zu mieten. Normale Menschen, die anriefen, fanden das immer sehr komisch. Ich hatte Magentabletten und Zeichengeräte eingepackt, und ich hatte Wollsachen gewaschen, die jetzt auf der Terrasse auf dem Trockner hingen. Dicke Socken, Schal und Mütze, Pullover, Superunterwäsche. Es war ein witziger Kontrast, als Sissel und ich uns oben ohne mit unseren Gläsern in die Liegestühle fallen ließen. Ich hatte zwei Badehandtücher geholt, um in unserem Rücken den Schweiß aufzusaugen.

»Winterklamotten, total bescheuert«, sagte Sissel.

»Morgen um diese Zeit bin ich da.«

»Warum fährst du eigentlich?«

»Ferien. Habe ich dir doch erzählt.«

»Irgendwas stimmt da nicht. Auch wenn du wegen der Sache mit Mikael durchhängst.«

»Alles stimmt. Ich möchte bloß mal was erleben.«

»Verlieb dich bloß nicht!«

Ich wünschte, sie würde gehen. Sie trank viel langsamer als ich, und ich hatte mich auf raschen Suff eingestellt, um den Träumen zu entgehen, so vom Nachmittag ab, mit dem letzten Glas unmittelbar vor den Fernsehnachrichten. Dann würde ich wieder nüchtern und munter sein, wenn das Taxi kam. Aber Sissel blieb und langweilte sich. Sie wollte Zeit totschlagen. Zum Glück blieb sie sitzen, wenn ich neue Drinks mixte. Ich goß Schnaps in meine und verabreichte ihr die normale Dosis. Ich konnte kein Gejammere ertragen, sie jammerte immer los, wenn sie blau war. Und sie mußte doch Andersen zu sich nach Hause schaffen. Daß sie dabei schwankte, konnte ich nicht akzeptieren.

Es war anstrengend, mich weniger besoffen zu verhalten, als ich war, und ich hörte mich gereizt an, wenn ich ihr antwortete. Schließlich wurde sie sauer und wollte gehen, aber der Tausender stimmte sie wieder freundlich.

»Gute Reise, Bea. Und viel Vergnügen!«

Sie roch nach Schweiß und nach Haaröl. Ich winkte Andersen zu, und der klammerte sich an die unterste Sprosse seiner kleinen Plastikleiter.

Die Wollsachen waren trocken. Ich wickelte die Ginflaschen in Pullover und Schals ein und steckte alles in den Koffer. Danach trug ich meine Topfblumen in die Küche und stellte sie auf den Tisch. Sissel hatte angeboten, sie zu gießen, aber ich fand die Vorstellung schrecklich, daß andere Leute über meinen Fußboden liefen, während ich selber verreist war. Ich goß sie kräftig und bedeckte danach den unteren Teil der Töpfe mit Zellophan.

Ich mußte alles erledigen, ehe ich so besoffen war, daß es mir nicht mehr darauf ankam. Ich schloß den Koffer und mußte mich darauf setzen. Wenn bloß achtlose Flugplatzangestellte meine Ginflaschen nicht zerbrachen! Auf meinen Flugschein wollte ich mir Cognac und Champagner kaufen. Eine goldene Witwe, beschloß ich, keinen moussierenden Jux.

Ich suchte mir ein Fünfzig-Öre-Stück und drehte die Kofferschlüssel um. Meinen Kulturbeutel wollte ich in die Handtasche stecken. Und dann war die Zeit gekommen, sportliche Kleidung herauszulegen. Ich konnte vor dem Aufbrechen noch duschen und meinen Frühstückskaffee auf dem Flugplatz einnehmen. Alles mußte im Badezimmer bereitliegen, wenn ich erwachte, damit ich keine einzige Gehirnzelle benutzen mußte. Ich holte meine alten Levi's, ein T-Shirt, weiße Socken, Turnschuhe, saubere Unterhose. Ich wollte auf der Reise meine Öljacke anziehen, die war schon okay. Die Daunenjacke lag im Koffer, zusammengepreßt zu einem luftleeren Klumpen und mit Klebeband umwickelt.

Ich ließ Waschmaschine und Spülmaschine laufen, obwohl beide nur halbvoll waren. Es war schöner, in eine aufgeräumte Wohnung zurückzukehren. Ich stand in der Diele und hörte noch einmal meinen Anrufbeantworter ab. Ich hatte alles unter Kontrolle, aber es paßte mir nicht, daß ich so hektisch war.

»Lupus fehlt mir«, sagte ich plötzlich laut. »Soll ich ihn anrufen und sagen, daß ich ihn liebe und daß er zurückkommen soll, damit wir noch einmal neu anfangen können?«

Die Zimmer waren leer. Nicht einmal Andersen war da. Seltsam, daß ein Vogel, der nur wenige blöde Gramm wog, dazu beitrug, eine Wohnung von hundertzwanzig Quadratmetern zu bevölkern? Die Leere bewies, daß er das schaffte. Ich war allein.

»Nein, Lupus fehlt dir überhaupt nicht. Dir fehlt dein kleiner Piepmatz. Und jetzt hör auf mit dem Gejammer. Himmel, Bea, du bist zum Kotzen. Zeit für ein Glas und für ein bißchen Musik.«

Meine Stimmung paßte nicht zu Anne Grete Preus. Ich konnte jetzt kein Gerede über Leben und Liebe und Verrat und Sehnsucht und Verletzlichkeit ertragen. Ich legte eine CD mit Straußwalzern ein und trank und rückte Gartenmöbel gerade und entdeckte einen vergessenen Blumentopf. Ich ließ den Fernseher lautlos laufen, um Andersens Bewegungen in meinem Augenwinkel zu ersetzen. Ich bestellte mir einen Weckruf, für den Fall, daß der Strom und damit auch der Radiowecker ausfiele. Und dann hatte ich den Anruf bei meinem Vater lange genug aufgeschoben.

Er war noch nicht im Bett. Früher war er immer nach den Abendnachrichten schlafen gegangen, aber durch die vierzehn Fernsehkanäle war sein Tagesrhythmus zu Bruch gegangen. Mein Vater behauptete allerdings, auf seine älteren Tage weniger Schlaf zu brauchen. Jetzt reichten ihm schon fünf Stunden pro Nacht, und er hatte ausgerechnet, daß er in einem Alter von 122 überhaupt nicht mehr schlafen würde und durch Fernsehen rund um die Uhr die Kabelgebühren voll amortisieren könnte.

»Ich fahre morgen nach Svalbard.«

»Ach? Wie nett.«

»Starr nicht die Glotze an, wenn ich mit dir rede.«

»Nein, nein, ich will nur …«

»Ich höre doch deine Fernsehstimme!«

»Du hättest mal reinschauen können.«

»Ich hatte so schrecklich viel zu tun. Und du mußt ja unbedingt am Arsch der Welt wohnen, und ich habe kein Auto.«

»Nicht fluchen.«

»Arsch der Welt ist kein Fluch. Das sagen alle.«

»Und du willst also nach Svalbard? Zu den Pinguinen?«

»Die leben am Südpol.«

»Hast du getrunken?«

»Was?«

»Ich höre, daß du getrunken hast. Ich höre immer, wenn du getrunken hast.«

»Was siehst du dir denn heute abend an?«

»Einen Film. Und dann habe ich noch zwei Filme und ein Hockeyspiel auf einem noch nicht gesehenen Video.«

»Dann kommst du ja wirklich kaum zum Schlafen.«

»Trink nicht soviel!«

»Paß auf dich auf, Paps.«

Wir sagten auf Wiedersehen. Ich kippte meinen Drink ins Spülbecken, aß meine Tomate und nahm Lebensmittel, die sich nicht halten würden, aus dem Kühlschrank. Sie füllten eine ganze Plastiktüte, die ich vor die Wohnungstür stellte. Ich nahm auch gleich die Mülltüte mit, und damit war das erledigt.

Ich putzte mir die Zähne und ging ins Bett, wußte aber, daß ich nicht schlafen würde, und deshalb holte ich mein neuestes Fabergé-Buch, um mich in kostbaren Phantasien und Farbbildern zu ertränken. Das gehört zu meinen großen Leidenschaften im Leben, Fabergé-Eier, aus Gold und Platin, oder emailliert, manchmal mit Rubinen und Diamanten besetzt, und alle mit einer Überraschung in der Mitte, eine so präzise Juweliersarbeit, wie die Welt sie vorher oder nachher nie gesehen hatte. Insgesamt wurden vierundsechzig Eier hergestellt, dann machte die russische Revolution dem ein Ende, weil die steinreichen Kunden geköpft und Fabergé aus dem Land verjagt wurde. Ich sah mir lange die Bilder meines Lieblingseies an, das funkelnde Gold, das kleine Huhn im goldenen Dotter. Das allererste Ei der Serie, bestellt von Zar Alexander III als Ostergeschenk für die Zarina, nur sieben Zentimeter lang.

Das war noch Liebe! Eine ganz andere als die, von der Lupus faselte. Eines Tages wollte ich die Eier aus nächster Nähe sehen, nicht nur in teuren Kunstbüchern. Eines Tages wollte ich sie in der Hand halten und Hitze und Überfluß einer anderen Zeit spüren.

Ich knipste die Lampe aus und dachte an Golddotter und zu Rosen geschliffene Diamanten, während ich in schwarzen Schlaf hineinglitt. Dann schellte das Telefon, und gleichzeitig stimmte der Radiowecker ein. Es war schon Viertel nach fünf und ich konnte mich an keinen Traum erinnern. Was für ein Geschenk. Was für ein kostbares Ostergeschenk!

Das Taxi war noch nicht gekommen, als ich die Haustür hinter mir abschloß.

Nieselregen hing in der Luft. Die Straße lag grau und blank vor mir, ohne Bewegungen hinter den Fensterscheiben. Bei meiner Rückkehr würde ich eine andere sein. Ich steckte eine Zigarette an und ließ das Nikotin durch meinen leeren Magen in meinen Körper wandern. Absolut nicht gesund. Aber ich war auch nicht der gesunde Typ, obwohl ich ziemlich sportlich aussah. Als ich die Zigarette halb geraucht hatte, hörte ich den Dieselmotor. Ich hatte ein Flugplatztaxi bestellt, was bedeutete, daß noch andere mit mir zusammen fahren würden. Ich war gespannt auf diese anderen, ob sie unterwegs schlafen würden, ob sie Mundgeruch hätten, ob sie reden und nerven und unbedingt wissen wollen würden, wer ich sei und wohin ich reiste. Gerade Taxifahrer können unvorstellbar redselig sein, und nur wenige begreifen die Signale der Fahrgäste, die ihre Ruhe haben wollen.

Aber im Auto saß sonst niemand. Der Fahrer sprang heraus und verstaute meinen Koffer im Kofferraum.

»Sie wollen nach Nodden?« Ein Nordnorweger, der das R verschluckte. Ich grunzte als Antwort.

»Wir müssen noch jemand holen in Singsacker«, fügte er hinzu.

Die Reifen dröhnten über das Kopfsteinpflaster. Eine Möwenschar hob verdutzt vom Mittelstreifen beim Ilapark ab. An die Mauer der alten Anstalt hatte jemand mit blutroter Farbe gesprüht: *Trondheims unvorstellbare Doofheit*. Ich schloß die Augen. Horchte auf die Scheibenwischer, die zu wenig Wasser für ihre Arbeit hatten.

Der Fahrgast aus Singsacker wartete schon am Straßenrand. Ein junger Typ mit Locken, Tarnanzug und unförmiger Stofftasche.

»Sie wollen nach Nodden?« wiederholte der Fahrer munter, und der Typ bestätigte das. Fügte hinzu, daß hier nicht nur von Tromsø die Rede sei, sondern wirklich und wahrhaftig von Svalbard.

»Nach Svaaaalbadd! Was Sie nicht sagen ...«

Doch das sagte er. Und noch sehr viel dazu. Fünfunddreißig lange Minuten lang redeten sie. Ich schaute aus dem Fenster und spielte die Müde. Gähnte mehrmals, um diesen Eindruck zu verstärken, und hielt nach Elchen oben am Hang bei Malvik Ausschau. Sie stapften auf dünnen Beinen dahin und waren im vagen Morgendunst nur schwer zu sehen. Kaffee, ich dachte an nichts anderes. Konnte nicht einmal richtig dem Lockenkopf zuhören, der sich in Longyearbyen offenbar auskannte wie in seiner Westentasche und der sich über die Bierpreise im Café Busen verbreitete und behauptete, »Huset« sei nicht mehr so wie früher. Wie früher, fragte ich mich, das war sicher lange vor seiner Geburt. Aber dann hörte ich, daß er im Bergwerk arbeitete und gutes Geld verdiente. Also wollte er nicht dieselbe Reise machen wie ich.

Nach dem Einchecken bekam ich endlich meinen Kaffee. Koffein und Nikotin und eine Waffel mit Ziegenkäse. Ich kaufte mir sofort zwei Tassen, weil ich dann nicht zweimal gehen mußte. Solche Dinge hatten Torvald immer aufgeregt. Nachfüllen war nämlich gratis. Ich bezahlte also fünfzehn Kronen, um nicht aufstehen zu müssen. Von mir aus gern, aber für Torvald reichte es zu der Behauptung, daß ich sein Leben damit um mehrere Jahre verkürzte. Wie gut für ihn, daß ich Schluß gemacht hatte. Obwohl er reizend war, vor allem im Schlaf. Sah wirklich aus wie ein Weihnachtsengel. Aber das ist doch kein Leben: mit jemandem, den man in schlafendem Zustand vorzieht. Ich habe gehört, daß viele Eltern zu ihren Kindern eine solche Beziehung haben, was ich wirklich nicht beurteilen kann.

Ein Innenarchitekt war offenbar im Café Amok gelaufen und hatte es mit Gemüse aus Pappe und an die Wände geklatschten alten Rucksäcken und Angelruten versehen. Ich trank Kaffee und wurde wach. Ich sehnte mich nach einem Bier, nahm mich aber zusammen. Ein Stück von mir entfernt nippte tatsächlich ein Typ an seinem Bier. Um halb sieben Uhr morgens. Es kam mir sehr sehr norwegisch vor, eine Art Freiheitskick für den Typen, der sicher zu Hause eine Frau von der Quengelsorte hatte, eine von denen, die behaupten, daß sie nach einem halben Martini schon müde sind. Gütiger Jesus, sie sind nicht nur müde, sie protzen auch noch damit. Armer Mann.

Ich bin unterwegs, dachte ich, jetzt bin ich niemand. Auf Reisen verschwindet die Identität. Man arbeitet nicht, man wohnt nirgendwo, man kann keine Bücherregale vorweisen, die anderen erzählen, was man liest und wer man ist. Niemand sieht unsere Freunde, die Leute, mit denen wir uns umgeben. Niemand weiß, was wir verdienen, von wem wir Weihnachtsgeschenke bekommen, ob wir unseren Blinddarm noch haben oder nicht. Die anderen sehen nur unsere Reisekleider und unser Handgepäck, und nur sehr wenige können auf so dünner Grundlage klare Schlußfolgerungen ziehen.

Ich kann das. Ich sehe ihre Schuhe, ihre Hände, ihren Schmuck, die Falten um ihre Augen, wie sehr sie daran gewöhnt sind, auf Reisen zu sein, im Café Schlange zu stehen. Nicht alle mögen es, auf diese Weise aus einem vertrauten Lebensrahmen gerissen zu werden. Ihr ganzes Auftreten zeigt, was ihre Reiseziele sind, ob sie Menschen treffen werden oder nur eine Aufgabe erledigen sollen. Für einige wenige gilt übrigens beides. Ohne, daß jemand es ihnen ansehen kann.

In Tromsø merkte man allmählich, welche Menschen mit einem anderen Flugzeug nach Svalbard weiterreisen würden. Eine ältere Dame stand mit einem Jungen von höchstens zwanzig am Kiosk. Sie kauften Schokolade und Zeitschriften. Ich bat in der Bar um eine Halbe und schaute in eine andere Richtung, sah mir durch das Fenster das Flugzeug an, mit dem wir gekommen waren, eine blöde kleine Propellermaschine, eine Fokker 50, deren Rückflug sich verspätete, weil am Heckrotor ein Draht klemmte. Pech. Aber wir würden zum Glück per Jet übers Barentsmeer fliegen.

Es regnete. Der Sommer ging zur Neige. Ich betrachtete Menschen in Daunenjacken und trank. Die ältere Dame holte sich einen Kaffee, der Junge Cola. Sie nahm die Brille ab und fing an, sie zu putzen, eine Brille, die aussah wie der Boden von Colaflaschen, und sie hätte fast ihre Tasse zu Boden gefegt, als sie die Brille wieder aufsetzen wollte. Ihr Gesicht war einmal schön gewesen. Sie sah ein wenig aus wie eine ältere Ausgabe von Elizabeth Taylor, obwohl sie wohl vermutlich gleichaltrig waren.

Ich brach ein angespanntes Gespräch mit einem Typen vom Zaun, der sehr aufgeregt war und unbedingt wissen wollte, ob ich nach Svalbard unterwegs sei, damit er selber erzählen konnte, das sei auch sein Reiseziel. Er war noch nie dort gewesen und erzählte lang und breit, daß er Forscher sei. Er sah ein bißchen aus wie ein Gesundheitsexperte, der oft im Fernsehen über richtige Ernährung und Graubrot und Cholesterin spricht. Mir fielen die Wörter Kleie und Ballaststoffe ein, während der Typ über Rentierparasiten und Funkmarkierung und Suche per Hubschrauber und Füchse als Wirttiere plapperte.

»Die Parasiten kapseln sich im Gewebe ein. Und da können sie lange bleiben«, sagte er.

Ich nickte. Das hörte sich vernünftig an. »Und frißt der Eisbär dann dieses Rentier und kriegt die Parasiten ab?« fragte ich. Der Junge stand jetzt in der Schlange vor dem Würstchenkiosk. Ich hätte gern gewußt, ob er zu jung sei, um scharfen Senf aus Dijon zu mögen.

»Nein«, antwortete der Gesundheitsexperte eifrig. »Bären fressen nur selten Rentiere und niemals Kadaver. Die ernähren sich vor allem von Robben, und in deren Ernährungskette gibt es andere Parasiten. Über Fische.«

»Aha, ja.«

Er lachte. »Ich freue mich so!«

»Schießt ihr mit Daktari-Gewehren auf die Rentiere?«

»Ja. Und um diese Zeit sind sie so fett, daß sie nach der Betäubung fast nicht mehr auf die Beine kommen, habe ich gehört. Fett wie Schildkröten«, sagte er strahlend.

»Fett?«

»Sie brauchen Fett für den langen Winter.«

»Fett ist nicht gesund«, wandte ich ein und trank einen guten Schluck. »Sie sollten mehr Kleie und Ballaststoffe essen.«

»Was?« Er war verwirrt, starrte in sein Bier und klimperte mit den Wimpern. »Himmel, wie lange wir noch warten müssen. Unser Flugzeug geht erst in anderthalb Stunden. Ich wünschte, ich könnte schlafen ...«

»Schlaf du nur, such dir ein Sofa. Ich wecke dich.«

»Ganz bestimmt?« Er starrte mich glücklich an.

»Sicher.«

In kaufte Zeitungen. Die ältere Dame hielt sich die *Aftenposten* vor die Augen, der Junge aß seine Wurst. Er hatte nur Ketchup darauf und war sicher nicht älter als achtzehn. Ich bat die Frau hinter dem Tresen um noch ein Bier und einen sauberen Aschenbecher.

Eingekapselt im Gewebe, dachte ich, da liegen die Parasiten und warten darauf, zuschlagen zu können, Tod und Teufelswerk zu verbreiten. Die können sicher lange warten, jahrelang. Ein kleiner Flecken von einem Tier mit einem enormen Tötungspotential. Und dabei lebt es in einem Kreis, immer wieder im Kreis, von Wirttier zu Wirttier. Es geht eine Nemesis durchs Leben.

»Das Bier ist warm«, sagte ich. »Wenn ich etwas Warmes will, dann nehme ich Kaffee.«

»Tut mir leid, ich habe gerade ein neues Faß aufgemacht. Tut mir sehr leid«, murmelte die Tresenfrau. »Wollen Sie lieber eine *Flasche* Bier?«

»Ja, bitte.«

»Arctic Beer?«

»Ja.«

Die Flasche zeigte das Bild eines Polarteddys vor türkisem Hintergrund. Der Teddy steckte sicher voller Parasiten und PCB, aber ich trank die Flasche trotzdem leer.

Der Gesundheitsexperte wollte im Flugzeug neben mir sitzen, aber das konnte ich durch die Behauptung verhindern, ich sei müde und wolle mich ausbreiten. Das Flugzeug war nicht einmal halbvoll, und das machte mir Sorgen. Zu viele halbleere Flugzeuge, und simsalabim, schon wird die Route eingestellt. Ich möchte, daß überall Flugzeuge hinfliegen, zu jeder Zeit, dicht hintereinander, damit ich an Bord springen und zu fernen Gestaden verfrachtet werden kann, wann immer ich möchte. Wenn ich das alles hinter mir hätte, wollte ich mir einen Ausflug nach New York spendieren und mir im Forbes-Museum in der Fifth Avenue die Fabergé-Eier ansehen.

Der Gesundheitsexperte war wach und munter, und immer wieder bedachte er mich mit breitem Dankeslächeln, weil ich mir die Verantwortung auferlegt hatte, ihn zu wecken, und weil ich ihn auch geweckt hatte, obwohl er sabberte und ich nicht wußte, wie man auf einem Flugplatz einen fremden Mann berührt, den man wecken will. Schließlich hatte ich an der Tasche gezerrt, die er auch im Schlaf noch umklammert hielt.

Die Dame und der Junge setzten sich nach ganz hinten, wie das Leute machen, die Angst vor dem Fliegen haben und die gelesen haben, daß die Heckpartie beim Absturz weggeschleudert wird und deshalb den schlimmsten Treibstoffexplosionen entgeht. Sie hatten wohl nicht die Tatsache bedacht, daß wir über offenes Meer fliegen würden. Da wird nichts weggeschleudert. Da versinkt alles, und in eisigem Salzwasser von null Grad überlebt man höchstens einige Minuten.

Aber ich hatte nicht gelogen. Ich war müde. Der Servierwagen kam an mir vorbei, und ich lehnte den Gratischampagner ab, was mir überhaupt nicht ähnlich sah. Ich dachte träge an ein weiteres Bier, stopfte mir dann aber die Öljacke unter den Kopf und versank im Dämmerschlaf. Ich dachte an die Nemesis, die griechische Göttin, die die Gerechtigkeit symbolisiert. Sie läßt die Menschen abstürzen, die zu hoch gestiegen sind. Sie straft Übermut. Ich hatte Zeichnungen von ihr mit Zügeln in der Hand gesehen, auf denen sie sehr zielbewußt und eifrig ausgesehen hatte. Andere Zeichnungen stellen sie mit Flügeln dar. Mit Flügeln. Wie Andersen. Vielleicht war mein kleiner Vogel ja die Göttin in geschickter Verkleidung? Jetzt wurde auch ich auf Schwingen getragen, nur waren die mit Jetmotoren verbunden. Mit Motoren, die hoffentlich mehr aushielten als die Drähte im Heckrotor einer Fokker 50.

Ich wurde von Keuchen und Stöhnen und Rufen geweckt und merkte, wie sofort mein Blut schneller strömte: Stürzten wir ab? Ich schaute aus dem Fenster. Wir sanken durch die Wolkendecke und zogen das Sonnenlicht hinter uns her. Ich zwinkerte mit den Augen, war hellwach, setzte mich gerade und starrte.

Berge. Überall gewaltige Berge. Flach, breit, braun, unten aneinander grenzend, verbunden durch schwarze Scharten und glitzernde Schmelzwasserflüsse. Es war ein unwirklicher Anblick, jenseits sämtlicher Proportionen. Ich hatte ja geglaubt, schon viel gesehen zu haben, aber nun ertappte ich mich dabei, daß ich mit offenem Mund dasaß.

Das Flugzeug legte sich auf die Seite, und nun waren die Berge genau vor uns. Täler so breit wie Dänemark zwischen nackten, kahlen Berghängen, bedeckt von braunem Samt, der kein Licht durchließ. Nichts bewegte sich. Alles ruhte. Keine Baumwipfel wogten, keine Blumenwiese bewegte sich in der Brise und änderte dabei ihre Farben. Unbewegliche, durch nichts zu erschütternde uralte Berge, die schon lange hier lagen, ohne je erwartet zu haben, daß jemand sie sehen würde. Ich hatte fünfunddreißig Jahre gelebt, ohne zu begreifen, daß sie nur eine Flugreise von mir entfernt waren.

Meine Augen brannten, als ich sie schloß, vermutlich hatte ich eine Weile nicht mehr gezwinkert. Ich dachte: Vergiß nicht, warum du hergekommen bist. Aber kaum hatte ich diesen Gedanken gedacht, als die Berge wieder da waren, mit ihrer gleichgültigen Größe, die alles von Menschen Erschaffene übertrafen. Sie stiegen höher und höher und schlossen sich um uns, als wir der Erde entgegensanken, dem Meer.

Mir fiel der Text aus der Broschüre ein, über die *atemberaubende* Natur. Alle im Flugzeug waren aufgeregt. Sie preßten sich gegen die Fenster und knipsten mit ihren kleinen automatischen Kameras, die ihnen nur den Blitzreflex in der Fensterscheibe liefern würden.

Ich reckte den Hals, weil ich sehen wollte, was die Dame und der Junge trieben.

Die Dame saß still da und schaute mit leisem Lächeln durch die Flaschenböden, sie sah sicher nicht viel. Der Junge drückte sich über seinem offenen Mund den Fotoapparat vors Gesicht.

Der Isfjord preßte sich zusammen und wurde zum Adventsfjord. Advent. Wartezeit. Ich entdeckte die Landebahn. Sie sah da unten so seltsam gerade und korrekt aus. Ich war zu ihr unterwegs, zu Menschen, zur Zivilisation, an Bord eines Schiffes, das von Händen gebaut worden war, die wußten, wie ein Schiff auszusehen hat. Ich versuchte wieder, zur Beobachterin zu werden, zur Zeichnerin, die nüchtern und distanziert registrierte, wie die Welt aussah, um sie bei Gelegenheit so glaubhaft wie möglich zu Papier bringen zu können. Um das zu schaffen, mußte ich meinen Blick von den Bergen abziehen und mich auf die Tragflächen des Flugzeuges konzentrieren. Die hatten Spaltflaps von der Art, die die Luftströmung durchlassen und Turbulenzen mindern, so daß die Tragfläche mit höheren Angriffswinkeln arbeiten kann. Je höher der Angriffswinkel, um so langsamer kann man fliegen. Aber wird man zu langsam im Verhältnis zu Konstruktion und Größe der Tragflächen, dann stürzt man ab. Zerschellt. Stirbt. Daran dachte ich, als wir zur Landung ansetzten und die anderen aufgeregt ihren Kram zusammensuchten.

Folgende Szene hatte ich immer voller Abscheu miterlebt: einen Menschen in einer Ankunftshalle, der ein Schild über seinem Kopf hochhält, mit einem Text, der sich an eine ganz bestimmte Gruppe von Menschen richtet. Diese Menschen lesen den Text, finden sich darin wieder und scharen sich wie Säuglinge um den Schildträger, drängen sich aneinander und warten wachsamen Blickes darauf, daß sich ihnen noch weitere anschließen. Nähert sich dann jemand, der auch nur den geringsten Hauch von Verwirrung zeigt und ganz offenbar nicht zu dieser Gruppe gehört, kann man in den Augen der Leute mit korrekter Zugehörigkeit den nackten Haß lesen. *Du gehörst nicht zu uns, mach, daß du wegkommst, zum Teufel.*

Und gleichzeitig staunen die Fachleute über das Wesen des Fremdenhasses? Sie bräuchten nur einen Tag in einer Ankunftshalle zu verbringen, da könnten sie das Phänomen eindeutig studieren.

Ich war immer zutiefst erleichtert, daß ich nicht dazugehörte, wenn ich an diesen Schildträgern vorüberschritt. In meinem ganzen Leben hatte ich noch nie dazugehört und war munter gegen den Strom marschiert. Ich war ein Individuum gewesen, das sich jeglicher Gemeinschaftsbezeichnung widersetzte, hatte denselben Trotz gezeigt wie Popmusiker, die sich nicht »in eine Schublade einordnen« lassen wollen.

Aber jetzt ging ich auf das Plakat zu. Es war eigentlich eher ein Blatt Papier, so gehalten von zwei Händen, daß sich das Gesicht dahinter auf ein Kinn und einen lächelnden Mund begrenzte. Auf dem Zettel stand kurz und bündig: Ewa.

Ich blieb stehen und sagte: »Hallo.«

Kinn und Mund erweiterten sich zu einem Männergesicht. Es lächelte ebenfalls. »Bist du Bea?«

»Ja.«

Plötzlich standen Dame und Junge bei uns. Der Mann sagte: »Und ihr seid Turid und Frikk?«

»Sind wir«, sagte die Dame und betrachtete die drei Buchstaben auf dem Zettel mit zusammengekniffenen Augen.

Ein älterer Mann kam auf uns zu, und diesmal fragte der Schildhalter: »Bist du Oscar?« Der Mann nickte, und der Schildträger hielt es jetzt für angebracht, den Zettel sinken zu lassen und uns die Hand zu geben.

»Ich bin Per, einer eurer Reiseleiter. Der Bus wartet draußen.«

»Aber …« Ich schaute mich um. »Sind wir nur zu viert?«

»Die anderen sind schon gestern abend eingetroffen. Mit einem Auslandsflug.«

Während wir auf unser Gepäck warteten, entnahm ich einem

Plakat an der Wand, wie gefährlich die Eisbären wären, welche Gefahrensignale es gab und wie man sich zu verhalten hatte. Kein Ausflug ohne Waffen, aber andererseits: Auf Bären durfte nur in Notwehr geschossen werden, da sie unter strengstem Naturschutz standen. Das Paradoxon war mir sofort bewußt. Wie definierte man eigentlich Notwehr? Es habe keinen Sinn, auf den Kopf zu zielen, stand dort noch, in Notwehr sei die Brust angebracht.

Der Blick des Teddys machte mir angst. Es war kein Blick mit Spielraum. Es war ein Blick, der gleich zur Sache kam, ohne Umschweife oder freundliches Schleichen um den heißen Brei. Es war ein Blick, der den Fotografen als potentielle Mahlzeit sah. Als Fleisch und Blut und gute Knochen, aus denen man nahrhaftes Mark saugen konnte. Und der Text erklärte, daß der Teddy beim Angreifen den Kopf senkte und losstürzte, daß er schnell war, auf kurzen Strecken sogar sehr schnell. Innerhalb weniger Sekunden konnte er sich zum Angriff entscheiden. Ich schauderte. Ein Raubtier mit einem Höchstgewicht von siebenhundert Kilo, auf das man eigentlich nicht schießen durfte. Vielleicht konnte es ja doch Schiffsleitern hochklettern? Ich riß meinen Koffer vom Laufband. Die anderen hatten ihr Gepäck schon erhalten.

Per, Oscar, Turid und Frikk. Der Reiseleiter stand offenbar auf Vornamen, und ich hoffte, daß er nicht der Typ »hier auf dem Schiff sind wir eine große Familie, und jetzt machen wir's uns gemütlich, Leute« war.

Oscar trug eine Öljacke, wie ich, und sagte nicht viel. Ich hatte ihn schon im Flugzeug gesehen, er hatte direkt hinter mir gesessen. Per sah genauso aus, wie ich mir einen Reiseleiter auf Svalbard vorgestellt hatte, mit hohen schwarzen Bergstiefeln, Isländer, und Hose und Jacke in passenden Farben, aus glänzendem Stoff und mit solide und polar aussehenden Polstern, mit Fell am Kapuzenrand und mit dicken Knöpfen, Reißverschlüssen und Klettverschlüssen verschlossenen Taschen überall dort, wo Platz für eine Tasche war. Er stapfte vor uns aus der Halle und zum Bus. Wie Entenküken wanderten wir hinterher, ohne miteinander zu reden, verlegen in dieser neuen Gemeinschaft, vorläufig nur entschlossen, genau das zu tun, was uns befohlen wurde.

Andere anonyme Fahrgäste, die abgeholt worden waren, spazierten zu Privatwagen, deren Seiten von Kohlenschlamm schwarz waren. Sie warfen ihr Gepäck in die Kofferräume, plauderten, kannten einander. Sie waren *nach Hause* gekommen, hier, auf einer Landebahn in einer Gegend, in der eigentlich niemand leben konnte. Der Gesundheitsexperte fiel überhaupt nicht auf, auch er schien hier zu Hause zu sein. Er entdeckte mich und winkte.

Ich hatte Durst. Dort lag der Fjord. Das Schiff konnte nicht weit weg sein. Ich wollte an Bord, in meine Kajüte. Wie gut, daß ich die fünftausend extra gelöhnt hatte, die mir eine Einzelkabine sicherten. Ich wollte meinen Koffer aufmachen und einen trinken, und den Rausch die Freude hervorholen lassen, endlich hierzusein – obwohl ich vor weniger als einer Woche noch nicht geahnt hatte, daß ich am Mittwochvormittag in Longyearbyen in einem Bus unterwegs zu einem Anleger und einem Schiff und einer Schiffsreise sitzen würde.

Ich setzte mich ganz hinten in den Bus, allein. Der Schlaf im Flugzeug hatte meine Leber alle Promille verbrennen lassen. Meine Hände zitterten ganz wenig. Oder lag das vielleicht an den Bewegungen des Busses? Turid und Frikk saßen nebeneinander. Frikk reckte den Hals und zeigte in alle Richtungen. Ich blickte an den Bergen hoch. Ich hatte sie einmal für eine Zeitung gezeichnet. Es ging um einen Besuch der Ministerpräsidentin, den die Einheimischen nicht so recht zu schätzen wußten, was einigen Wirbel verursacht hatte. Die Bergarbeiter hatte ich als Schar von halbblinden Maulwürfen dargestellt, die Rotoren des Hubschraubers hatten den roten Teppich mitsamt der Ministerpräsidentin in die Luft gewirbelt. Sie rollte wie eine Kugel auf den Bergwerkseingang zu, wo die Maulwürfe sie schon erwarteten. Die Hauptperson auf der Zeichnung war ein Vogel gewesen. Im Käfig. Ein altes Echo der Warnvögel, die früher in Bergwerken benutzt worden waren, als Meßgerät für die Qualität der Atemluft. Und der Vogel, der eine verdächtige Ähnlichkeit mit Andersen aufwies, schrie die Botschaft, während Gro auf ihn zu kullerte: »Schlechte Luft! Schlechte Luft!«

Aber dahinter hatte ich die Berge gezeichnet und spürte deshalb in den Fingerspitzen ihre charakteristische Prägung. Die horizontalen fossilen Schichten, die mit der Struktur der Steine über und unter ihnen brachen. Alle Berge schienen gleich hoch. Sie umgaben Longyearbyen auf Höhe der Meeresoberfläche. Zeit und massives Eis hatten diese Landschaft geschaffen. Und unter allem lag die Kohle, diese segensreiche Entschuldigung dafür, daß norwegische Bürger hier lebten und dafür sorgten, daß nicht raffgierige Typen mit verdächtigem Akzent hier aufkreuzten und Berge und Fjorde und Tiere und Meer ausbeuteten.

Und doch – es war unmöglich, die Größe der Berge wiederzugeben. Das sah ich jetzt ein. Ich hatte eigentlich keine Ahnung gehabt. Ob es sich nun um eine Zeichnung, ein Foto oder einen Bericht der Fernsehnachrichten handelte, es war unvorstellbar, daß sie so groß sein könnten, solange man sie nicht selbst gesehen hatte. Vielleicht verstärkte das Fehlen jeglicher Vegetation die Dimensionen noch, die reinen Linien, die alle Konturen bildeten. Die Luft war unwirklich scharf und durchsichtig, wie ein klarer Herbsttag auf der Hardangervidda. Außerdem waren die ganzen Berge zu sehen, vom Gipfel bis zum Meeresspiegel, ich hatte tausend Meter vertikale Sicht. Der Galdhøpiggen ist einfach nicht dasselbe, weil man sich am Fuße des Berges schon fast am Gipfel befindet.

Der Bus fuhr an zwei Zapfsäulen und einigen Lagerhäusern vorbei. Wir näherten uns dem Hafen.

Und da lag sie.

Die Ewa.

Mit Eispanzer vor dem Bug und allen Schankrechten. Sie lag da und wartete auf mich, blau und lang und ganz ruhig, mit einem gelben Mast mit Ausguckstonne. Ein riesiges schwarzes Gummiboot war am Bug festgezurrt.

Per geriet sofort in hektisches Organisieren, obwohl wir doch nur zu viert waren.

»Stellt euer Gepäck hier am Anleger ab. Wir fahren erst in zwei Stunden, vorher können wir also noch einkaufen gehen. Und wer will, schafft auch Museum und Galerie. Die anderen, die schon an Bord sind, kommen auch mit.«

Die anderen. Ich konnte an der Reling Gesichter erkennen. Zwei waren schon auf dem Weg an Land, über eine Art Holzplattform, die den Abgrund zwischen Kai und Schiff verdeckte. Ich beneidete sie, denn sie hatten die Ewa schon zu ihrer Basis gemacht, zu einem Punkt, von dem sie aufbrachen und zu dem sie zurückkehrten. Sie hatten sie vor mir eingenommen.

»Ihr braucht keine Angst um euer Gepäck zu haben, hier auf Svalbard gibt es keine Kriminalität«, rief Per.

Ich schleppte meinen Koffer zum Gepäck der anderen und lief dann rasch zurück zu meinem Platz ganz hinten. Langsam füllte sich der Bus mit Menschen. Ich hörte Englisch und Französisch. Drei Japaner brabbelten miteinander. Unfaßbar, daß sogar kleine Kinder es schaffen, diese Sprache zu lernen.

Ich dagegen wechselte mit niemandem ein Wort, setzte mir die Sonnenbrille auf die Nase und wartete auf die nächste Unterbrechung.

Hier, bei 78 Grad Nord, gab es zwar einen Supermarkt, aber der quoll nicht gerade über von Waschpulver zum Sonderpreis. Dagegen war er bis obenhin vollgestopft mit Kristall und Silber und Gold und Uhren und teuren Klamotten und wahnsinnig geschmacklosen Reiseandenken. Mir wurde richtig schlecht von dem Anblick. Mußte man denn wirklich blöde kleine Spielzeugeisbären verkaufen, wo doch die echte Ausgabe jederzeit auftauchen konnte? Sie verkauften sogar kleine zottige Spielzeugpinguine, es war nicht zu fassen, ich kaufte einen für meinen Vater und fragte mich, wo wohl die Ortsansässigen einkaufen mochten. Aber dann entdeckte ich eine Ecke, in der die Normalität regierte: Käse, Milch, Salami, Tiefkühlkost und Babynahrung. Schnaps und Zigaretten fand ich erst, nachdem ich kilometerlang an Regalen vorbeigewandert war, die mich ins Warenhaus Glassmagasin in Oslo versetzten. Unglaublich erleichtert füllte ich meinen Einkaufswagen mit Renault Cognac, Champagner und Zigaretten und warf noch ein paar Tüten Karamelbonbons dazu, dann fischte ich meinen Flugschein aus der Tasche, der mir diese vielen Schätze sicherte.

»Gibt es hier eine Toilette?«

Die Kassiererin zeigte mir den Weg und stempelte meinen Flugschein ab. Ich ließ den Einkaufswagen vor der Tür stehen, schließlich gab es auf Svalbard keine Kriminalität, nahm einen guten Schluck Cognac und pißte dabei, dann verließ ich diesen Glaspalast des entwürdigenden Kommerzes und steuerte ein Bier im Café Busen an.

Ich war in meine Halbe vertieft, als sie kamen. Es wäre aufgefallen, wenn ich darauf bestanden hätte, allein an meinem Tisch zu sitzen.

»Doch, hier ist frei.«

Ich steckte mir eine Zigarette an und hoffte, es mit fanatischen Nichtrauchern zu tun zu haben, aber Frikk legte eine Packung Prince auf den Tisch und ging zum Tresen.

»Für mich nur Kaffee!« rief Turid hinter ihm her. Er nickte, ohne sich umzudrehen. Sie lächelte. »Er kennt mich. Ich habe so wenig Appetit. Die Mahlzeit im Flugzeug wird noch stundenlang bei mir vorhalten.«

Ich zog meine Lippen zu einem Lächeln auseinander.

»An Bord sind ja nicht gerade viele aus Norwegen«, plapperte sie weiter, während sie ihre Daunenjacke auf den Stuhl hinter sich drapierte; mit dieser Art von Kleidungsstück schien sie nicht so recht vertraut zu sein. Ich trank und rauchte, mußte wieder pissen. Auf allen Seiten umgaben uns die Einheimischen. Nordnorwegischer und finnmärkischer Singsang wogte durch den Zigarettenrauch, der vor den Fenstern von der Sonne blau getönt wurde. Ich schwitzte.

»Entschuldigung, ich muß zur Toilette.«

Dort wischte ich mir mit nassem Klopapier die Stirn und begegnete meinem eigenen Blick. Der sagte mir nichts. Auf dem Rückweg zum Tisch kaufte ich noch ein Bier.

Frikk beugte sich über ein Stück Bienenstich. Turid blies ihren Kaffee an und lächelte, als ich mich setzte.

»Ich heiße Turid«, sagte sie. »Aber das weißt du ja schon. Und das ist Frikk.«

Frikk nickte mit Creme am Kinn. Er hatte Pickel auf der Nase – aber nicht, weil er zu stark gewürzten Senf aß.

»Ich heiße Bea.«

»Das wird spannend!« sagte Turid. Frikk nickte und trank seine Cola. Die Cola hatte oben eine Fettschicht, als er sein Glas wieder hinstellte. Ich schluckte und starrte die Leute an den Nebentischen interessiert an. Ich zog eine Zigarette aus der Packung, das Feuerzeug fiel mir auf den Boden unter Turids Stuhl. Sie bückte sich und fing an, mit den Fingern den Boden zu betasten.

»Ach, ich sehe wirklich nicht gut.«

»Kurzsichtig?« fragte ich.

»Ja, und in den letzten Jahren ist es schlimmer geworden.«

Ich fand das Feuerzeug. »Hier ist es«, sagte ich.

Wir richteten uns auf, gleichzeitig, und stießen mit der Stirn gegeneinander. Es tat nicht weh, aber ihre Augen waren für die eine Sekunde, die wir brauchten, um uns zu entschuldigen, ganz dicht vor meinem Gesicht.

»Nein, viel wirst du auf dieser Tour nicht zu sehen kriegen, so kurzsichtig, wie du bist«, kicherte Frikk.

Turid antwortete nicht sofort.

Ich zog den Rauch bis in die Lungenspitzen, dann hob ich das Bier an den Mund und trank lange, ohne ihren noch immer an mir haftenden Blick zu erwidern. Ihre funkelnden Brillengläser erinnerten mich an Sonnenstrahlen, gebündelt in einem über Moos gehaltenen Brennglas. Bald stieg ein dünner Rauchfaden auf, gefolgt von einer kleinen Flamme. Meine Wange brannte.

»Der Junge hat recht«, sagte ich langsam und leckte mir die Lippen. »Wieso fährst du nach Svalbard, wenn du nur so wenig siehst?«

Sie räusperte sich. »Frikk hatte so große Lust auf diese Reise.«

Sie räusperte sich noch einmal, trank einen Schluck Kaffee und fügte hinzu: »Er interessiert sich so sehr für Natur, für alle Natur, die ein bißchen anders ist. Ich fühle mich zu Hause am wohlsten, in meinem Garten. Aber wo ich schon einmal hier bin, werde ich mich schon amüsieren. Ich bin ja schließlich nicht blind.«

Danach erzählten die beiden, was sie eingekauft hatten. Vor allem Frikk führte das Wort.

»Der Bus holt uns in einer Dreiviertelstunde ab«, sagte Turid.

»Ich glaube, ich gehe zu Fuß«, sagte ich.

»Findest du den Weg?«

»Einfach geradeaus zum Fjord und dann nach links.«

Sie nickte.

»Aber es ist vielleicht ein bißchen weit«, fügte ich hinzu.

»Ja. Ich glaube, Frikk und ich warten auf den Bus.«

Die hohe Wolkendecke war zerrissen und ließ helle Sonnenflecken durch. Der Fjord lag still und dunkel da. Die Straße führte zuerst geradeaus und dann in einem Winkel von neunzig Grad nach links. Hier brauchten sich die Straßenbauingenieure nicht den Kopf über im Weg stehende Bäume zu zerbrechen, sie konnten einfach die Straße anlegen und damit fertig. Ich fror und bohrte die Hände in die Taschen. Meine Einkaufstüte baumelte von meinem Arm, ich freute mich darauf, das Klebeband vom Daunenjackenklumpen zu reißen und Luft in die Jacke zu lassen. Es würde gut tun, sie anziehen zu können, ich ahnte schon, daß sie in den kommenden Tagen sehr oft meinen Körper umschließen würde, vielleicht auch in den Nächten mit Mitternachtssonne. Das Sightseeing würde sich für den guten Per wohl nicht auf die normalen Arbeitszeiten begrenzen.

Und dann fiel mir der Cognac in meiner Tüte ein. Ich blieb stehen und trank. Ein verdrecktes Auto kam vorbei, jemand glotzte. Wenn ich hier wohnte, dann wäre mein guter Ruf jetzt wohl ruiniert. Aber ich wohnte ja nicht hier. Deshalb winkte ich dem Wagen munter zu, trank wieder an meinem Renault, rieb mir die Wange, ohne eine Brandwunde zu entdecken, und wanderte weiter über die schnurgerade Straße auf den wartenden Fjord zu.

Der Bus überholte mich, als ich den Hafen fast erreicht hatte.

Mein Koffer war verschwunden, zusammen mit dem Gepäck der anderen. Per stand mit einer jungen Frau auf der Holzplattform und half den Leuten an Bord. Beide wechselten von einer Sprache in die andere, und die Frau sagte zu mir: »Welcome, my name is Pia, Piiia ...«

Als sei ich geistig behindert und brauche die Dienste einer Logopädin.

»Ich bin Norwegerin«, sagte ich.

»Ach was? Ich heiße Pia.«

»Das habe ich gehört.«

»Geh einfach in die Messe, da treffen wir uns alle.«

In die Messe? Ich kletterte über die höchste Türschwelle aller Zeiten und hatte plötzlich einen Satz im Kopf: »Der König begab sich in seine innere Gemahlin.« Den hatte ich in der dritten Klasse in einem Schulaufsatz verwendet, und ich hatte erst fünf Jahre später mitten im Geschichtsunterricht kapiert, warum der Lehrer damals gelacht hatte.

Die Messe war ein Raum mit fünf oder sechs am Boden befestigten Tischen, rotkarierten Tischdecken und ebensolchen Vorhängen vor den Bullaugen. An den Tischen saßen Leute in dicken Jacken und hatten Handschuhe und Kameras vor sich liegen. Sie warteten gespannt. Turid und Frikk hatten sich schon niedergelassen. Frikks leuchtende Augen musterten den Raum und die Menschen. Ich setzte mich zu den Japanern und nickte höflich: »Hello.«

Sie lächelten alle drei von einem Ohr zum anderen und nickten mehrere Male. Ich fühle mich immer ein bißchen unwohl in japanischer Gesellschaft. Dieses Lächeln, das einfach da ist, ganz und gar ohne Grund. Was sie wohl machen, wenn sie wirklich glücklich sind? Ich versuchte, ihr Gegrinse nicht zu erwidern, ich sah lieber in eine andere Richtung und vermied direkten Blickkontakt.

»Jetzt sind wir alle hier!« rief Per und rieb sich die Hände. Ein Infobrett war neben einem Fernseher und einem Videogerät an der Wand angebracht. Pia trat neben Per. Sie waren niedlich, wie aus einem Bilderbuch. Jetzt setzte ein endloser Informationsstrom ein, der dazu führte, daß mein Durst überhandnahm, aber ich blieb sitzen.

Die Besatzung wurde vorgestellt. Sie defilierten lächelnd und nickend vorbei. Mir ging auf, daß es sehr lange her war, daß mich so viele Menschen innerhalb so kurzer Zeit angelächelt hatten. Hatte ich diese vielen wohlwollend entblößten Gebisse wirklich verdient? Ich versuchte, mir die Namen zu merken, und plötzlich erkannte ich, wie genial es war, daß Per sich auf Vornamen begrenzte, und daß dieser Entschluß sicher teuer erkauften Erfahrungen entsprungen war.

Zuerst kam Sigmund, ein riesiger Seebär: der Kapitän und Besitzer des Kahns. Seine Augen waren kalt. Er schien sich unwohl zu fühlen, aber er lächelte auf Kommando. Er hatte struppige Haare, und seine Hose und sein Pullover waren ausgebeult. Er hieß uns alle an Bord der Ewa willkommen und wünschte uns eine schöne Reise. Ich war mir nicht sicher, ob er das wirklich meinte, aber ich wußte auch, daß ich immer ungeheuer scharfsichtig wurde, wenn ich getrunken hatte. Nicht selten erwiesen sich meine krassen Schlußfolgerungen als nicht stichhaltig, wenn die Leber dann eine Runde gearbeitet hatte. Deshalb vergaß ich schnell die Kälte in Sigmunds Augen und widmete mich der nächsten Person, dem nächsten Namen, Lächeln und Willkommensspruch. Sie alle stammten diesmal von Georg, noch einem Seebären, einem älteren Mann: Eislotse. Ohne diesen Mann war Sigmund verloren, wenn wir uns durch einen engen Sund quetschen mußten oder von zuviel Treibeis umgeben waren, erklärte Per.

»Dann müssen wir zu zweit auf der Brücke stehen«, sagte Georg und fügte mit einem für Sigmund bestimmten Grinsen hinzu: »Und dann bestimme ich.«

Die, die kein Norwegisch sprachen, äfften das Lachen der anderen nach.

Danach traten Lena und Stian vor. Die beiden waren für das Essen verantwortlich, ein junges Paar, das wahrscheinlich einen Schnellkurs im Kochen absolviert hatte, um eine Gratistour nach Svalbard abzustauben. Sie hielten Händchen, als wollten sie signalisieren, daß sie für keine Romanze von Fahrgastseite zu haben sein würden, und sie tuschelten miteinander, wie alle Liebenden das machen, ein exkludierendes Benehmen, das auf alle anderen aufgesetzt und albern wirkt, nur nicht auf die, die sich noch genau erinnern können, daß es ganz natürlich wirkt, zu tuscheln und zu flüstern, wenn man mit beiden Beinen in der Psychose steckt, die wir Verliebtheit nennen.

Als nächstes Paar erschienen Ola und Bjørn, so jung wie Stian und Lena, aber ohne Händchenhalten. Sie standen mit hängenden

Armen da, wie das junge Männer eben machen, wenn sie nicht so recht wissen, wohin mit Armen und Beinen. Sie trugen ölverschmierte Overalls und Schirmmützen mit Olympia-Emblem, und sie lächelten nicht, sondern starrten ernst in die Messe hinein, energisch und verantwortungsbewußt. Sie tauten auf, als Per sagte: »Und hier haben wir Sonja. Das ist Sonja.«

Ola kniff sie in den Hintern und bildete sich offenbar ein, niemand habe das bemerkt.

Sonja machte einen Knicks. Sie machte tatsächlich einen Knicks!

»Sonja räumt die Kajüten auf«, sagte Per. »Sagt ihr Bescheid, wenn ihr noch Handtücher braucht oder so. In diesem Zusammenhang kann ich euch auch gleich bitten, euren Wasserverbrauch zu beschränken. Wir müssen Süßwasser bunkern, und deshalb sind unsere Vorräte begrenzt. Und noch etwas – schließt eure Türen nicht ab. Hier an Bord haben wir Vertrauen zueinander.«

Ich hatte plötzlich Angst, er könne etwas über eine einzige große Familie sagen, aber er fuhr fort: »Außerdem müssen für den Fall einer Notsituation die Türen offen sein. In diesem Zusammenhang zeigen Pia und ich euch jetzt die Rettungsanzüge.«

Pia ging auf den Flur, um sie zu holen, während Per seine Ermahnungen über saubere Handtücher und Wasserverbrauch auf Englisch wiederholte.

Die Rettungsanzüge erwiesen sich als gigantische Plastikmonstren mit eingebauten Handschuhen, Füßen und Kapuzen. Mein Durst wuchs und wuchs.

»So kommt man in die Füße«, sagte Per, und Pia führte das vor. »Like this. Und dann die Arme.«

Pia sah aus wie ein Raumfahrer. »Zieht den Reißverschluß bis zum Kinn hoch. Der sperrt sich manchmal ein bißchen«, sagte Per. Aber Pia schaffte es. Danach hockte sie sich hin, und alle hörten ein Zischen.

»Jetzt wird die Luft herausgepreßt«, erklärte Per. »The air inside. Und ganz zum Schluß setzt ihr die Kapuze auf und schließt den obersten Reißverschluß. Der Anzug schützt gegen Kälte und schwimmt.«

Wir erfuhren, daß die Anzüge in weißen sargähnlichen Kästen an Deck aufbewahrt wurden, Per versprach, uns später hinzuführen.

»What if we don't have time to put them on?« fragte hinter mir eine amerikanische Stimme. Ich drehte mich nicht um, war aber gespannt darauf, wie ehrlich Pers Antwort ausfallen würde.

»Then you will die within minutes«, sagte er. Schweigen senkte sich über die Messe. Sigmunds Blick wanderte herausfordernd von einem zum anderen. Ich überlegte, daß in diesem Moment vielleicht eine Art Auswahlprozeß stattfand. Daß die, die jetzt heulend zum Ausgang stürzten, an Land gesetzt werden würden, weil sie einer Tour mit der Ewa nicht gewachsen waren. Aber alle blieben ruhig sitzen. Ich warf einen Blick auf den Amerikaner. Große Daunenjacke, aus der ein winziges, braunes, runzliges Gesicht hervorlugte, Brille mit Stahlgestell. Er war geprägt vom Ernst des Augenblicks, schien stolz darauf zu sein, daß gerade seine Frage die Ursache zu diesem unverhohlenen Eingeständnis gegeben hatte, wie rauh die Natur um uns herum doch sei und welche Spannung darin liege. Die Erklärung dafür, warum wir fünfundzwanzigtausend Kronen für diese Reise bezahlten, zusätzlich zum Flug nach Longyearbyen.

»Alles klar«, schrie Per, um die Stimmung aufzulockern, und hielt den Moment dafür gekommen, um uns zu erklären, daß wir Bier aus dem Kühlschrank, Wein aus den Kisten auf dem Boden und Cognac, Whisky und Gin, Campari und Wodka aus den in Haltern an der Wand hängenden Flaschen entnehmen konnten. Ich reckte den Hals. Da hingen sie. Zehn Kronen für ein Bier, dreißig für eine Flasche Wein, zehn pro Dosis aus einer Wandflasche. Nur der Cognac kostete fünfzehn. Rémy Martin. Aber wir brauchten nicht mit Geld in sämtlichen Währungen der Welt um uns zu werfen. Per und Pia hatten für jeden Fahrgast eine Liste erstellt, und diese Listen wurden jetzt mit Magneten am Infobrett befestigt. Jede Liste wies einen Namen, die Namen der Alkoholvarianten und eine Rubrik »Diverses« für Filme und Bücher über Pflanzen und Tiere der Polarregion auf. Sie verkauften auch noch *sehr* fesche Pullover, wie Pia sagte. Wir sollten Striche in unsere

Listen eintragen, und am Ende der Reise würde dann alles zusammengezählt werden.

Mir kam dieses System ganz hervorragend vor, und ich erhob mich sofort und ging zur Kochnische der Messe, die einen Herd, einen Spülstein, einen Schrank, eine Geschirrspülmaschine und einen Kühlschrank aufwies. Alle starrten mich an, während ich ein Carlsberg aus dem Kühlschrank nahm und den Korken mit dem Öffner entfernte, der an einer Schnur an der Wand hing. Niemand folgte meinem Beispiel, und ich bereute alles sofort. Aber ich würde dieses Unternehmen noch oft wiederholen, und deshalb konnten sie sich auch gleich an diesen Anblick gewöhnen. Ich trank direkt aus der Flasche, dann ging ich lächelnd zu Per und Pia hinüber, griff zum Bleistift, der wie der Flaschenöffner an einer Schnur hing, und setzte einen kurzen, energischen Strich unter »Bea«, hinter »Beer.«

»Then you can find your cabins«, sagte Per. »Die Namen stehen an der Tür. Und die namenlosen Koffer stehen auf dem Gang beim Klavier. In einer Stunde wird gegessen. Dinner in an hour. Wenn wir das offene Meer erreicht haben. And today's programme will be written on the white board. This evening we will visit Barentsburg.«

Klavier? Hatten sie hier sogar ein Klavier? Ich blieb ruhig sitzen und trank, während die anderen aus der Messe wuselten. Per kam zu mir. »Durstig?« fragte er.

»Ja. Wie viele sind wir hier an Bord?«

»Verflixt. Das habe ich ganz vergessen.« Er starrte den letzten hinterher, die gerade die Messe verließen, aber sah wohl ein, daß es zuviel Mühe machen würde, alle wieder zurückzurufen.

»Elf Fahrgäste«, sagte er. »Und mit der fünfköpfigen Besatzung plus Kapitän, Eislotsen und Pia und mir sind wir insgesamt zwanzig.«

»Nur elf Fahrgäste? Kann sich das denn lohnen?«

»Frag Sigmund.« Per lächelte. »Ich bin nur ein normaler Lohnempfänger.«

»Dann darfst du sicher auch kein Bier trinken, wo du doch die ganze Zeit für alles mögliche verantwortlich bist«, sagte ich freundlich, und meine Schmeichelei fiel nicht auf steinigen Boden. Per richtete sich auf. »Ab und zu nehme ich schon ein Bier.«

»Wie schaffst du es, dir sämtliche Namen zu merken?«

»Bei elf ist das kein Problem. Ich war auch schon Reiseleiter bei Fahrten mit viel mehr Gästen … auf größeren Schiffen als diesem. Das geht schon gut. Und beim Essen könnt ihr erzählen, wie ihr heißt. Dann lernen wir uns besser kennen.«

»Wie eine einzige große Familie?«

»Genau«, er lachte. »Willst du dir nicht auch deine Kajüte ansehen?«

»Wie ist's mit dem Rauchen?« fragte ich.

»Nur an Deck. Aber auf dem Achterdeck sind zwischen Reling und Dach Plastikwände angebracht. Dort ist es windgeschützt, es steht auch ein Holzofen da, wir können also im Halbkreis um ihn herumsitzen und …«

»… es uns gemütlich machen.«

Er konnte meine Ironie einfach nicht überhören, aber er parierte mit: »Genau. Und Pfadfinderlieder singen!«

Meine Kajüte gefiel mir nicht. Sie war zu eng. Und dabei war sie doch eigentlich für zwei Personen gedacht: ein Etagenbett, zwei Schränke, ein Waschbecken und eine Kommode umgaben einen ein Meter breiten Darm von einem Flußboden, der so lang war wie das Bett. Das obere Bett war nicht bezogen; ich beschloß sofort, es als Nebenlager für Kleidungsstücke zu benutzen. Ich brachte all mein Hab und Gut an dazu geeigneten Orten unter und schob den Koffer, der nur noch den Pinguin für meinen Vater enthielt, unter das Bett, wobei meine Füße das fremde Schaukeln registrierten. Ich schaute aus dem Bullauge. Nicht eine Welle zu sehen.

Aber wo zum Henker sollte ich die beiden Ginflaschen verstauen, damit Sonja nicht entdeckte, wie rasch sich ihr Inhalt verringerte? Mein Alkoholverbrauch ging niemanden, absolut niemanden etwas an, es war meine Sache, warum ich das Flirren meiner Nervenstränge dämpfen mußte. Und diese Sonja hatte ich sofort als Schnüfflerin erster Klasse durchschaut. Allein schon ihr Knicks, wie ein demütiges Zimmermädchen. Sie war bestimmt ziemlich brutal, eine Wölfin im Schafspelz, die den Rest der Besatzung mit intimen Schilderungen des Gepäcks aller Fahrgäste unterhielt. Und es war doch klar, daß das Gepäck auf einer solchen Reise einiges über den Fahrgast verraten konnte.

Schließlich wickelte ich die Ginflaschen in die überzählige Bettdecke, Cognac und Witwe dagegen steckte ich zur Unterwäsche, die alle sehen durften, wenn sie wollten, meine Unterhosen waren sauber und neu. Ich puhlte das Klebeband von der Daunenjacke, schüttelte sie, damit sie soviel Luft wie möglich aufnahm, und legte sie mir über den Arm, als ich meine Kajüte verließ.

Beim Klavier lagen jetzt keine Koffer mehr. Es stand allein da, schwarz und glänzend, vorn waren Messingleuchter angebracht. Das Klavier war an der Wand festmontiert. Daneben stand ein Bücherregal mit spärlichem Inhalt, dessen Tür mit soliden Haken geschlossen war. Es konnte also ganz schön heftig zugehen, das war mir klar, mit Möbeln und Schränken, die von Wand zu Wand geschleudert wurden.

Die Japaner trippelten über den Teppichboden und lächelten bei meinem Anblick intensiv los.

»Did you like your cabins?« fragte ich.

»Velli nice! Velli nice!« antworteten sie wie aus einem Munde.

Die Gerüche, die Geräusche, das leichte Schaukeln des Decks. Die Ewa war wie eine Fremde, von der ich mir einbildete, sie einst gekannt zu haben, vielleicht in einem anderen Leben. Obwohl ich überhaupt nicht an Schiffe gewohnt war, fühlte ich mich auf ihr wie zu Hause. Schläfrig wanderte ich hinter den anderen her und ließ mir die weißen Särge mit den Rettungsanzügen zeigen, während die Schiffsmotoren zu grummeln anfingen.

Wir kamen an der Tür zum Maschinenraum vorbei. Die Hitze schlug uns entgegen, wie mitten im Winter die Hitzewand in norwegischen Einkaufszentren. Eiskalt – feuerheiß – eiskalt. Es roch nach Öl und nach Schnupftabak und Schweiß junger Männerleiber, bildete ich mir ein.

»Wäre es nicht besser, wenn wir alle einen Anzug in unserer Kajüte hätten?« fragte Oscar leise. Er stand neben mir.

»Ja, vielleicht«, sagte Pia, mehr sagte sie aber nicht. Oscar fuhr fort: »Wir schaffen es doch nicht mehr bis zu diesen Kästen, wenn wir schlafen, während das Boot gerade untergeht …«

»Warum nicht?« fragte ich und wurde etwas wacher.

»Weil das schnell passiert. Wenn es ein Holzschiff wäre …«

»Holzschiff?«

»Holz schwimmt. Metall nicht. Ein Schiffbruch dauert bei einem Holzboot länger … glaube ich.«

»Wir gehen nicht unter«, tröstete ich. »Die Ewa hat einen Eispanzer.«

»Aber es können auch andere Dinge passieren«, sagte er. »Es kann brennen, oder eine riesige Welle stellt uns auf den Kopf, ein Eisberg reißt die Schiffsseite auf.«

»Ach was.« Ich lachte. »Hast du wirklich Angst davor? Du bist ja vielleicht ein Pessimist!«

In diesem Moment fing ich den Blick des einen Japaners auf. Er lächelte. Ich sah wieder Oscar an, und der sagte: »Ich bin kein Pessimist, ich bin ein Realist. Deshalb bin ich so alt geworden.«

Ich wollte gerade einen blöden Spruch servieren, *er* sei doch wirklich noch nicht so alt, als Per uns bat, still zu sein und zuzuhören.

Er zeigte auf das Gummiboot. »And this is the Zodiac. We call it that. Zodiac. This will take us ashore.«

Der Zodiac hatte Sitze und in der Mitte ein Steuerrad. Es gab einen Außenbordmotor, der unter einer Ölplane lag.

»Wie viele PS hat der?« fragte Frikk.

»Neunzig«, antwortete Per.

»Himmel, so viele!« sagte Frikk.

Auch ich war beeindruckt. Noch sechzig Pferde, und er hätte mein Schulflugzeug eingeholt.

»Wie kriegen wir das zu Wasser?« wollte Frikk jetzt wissen.

»Mit der Winsch dort.« Per zeigte darauf.

Ich wanderte in die nach Essen duftende Messe. Lena und Stian tischten Schüsseln und Terrinen auf, und sie hatten den Tisch in der Ecke mit Stapeln von Tellern und Besteck bedeckt. Die rotkarierten Tischdecken waren Netzmatten gewichen, von der Art, wie man sie unter Teppiche legt, damit die nicht auf dem Parkett herumrutschen. Ich zupfte an einer. Sicher. Genau solche Matten. Clever. Schüsseln und Gläser würden praktischerweise an Ort und Stelle bleiben, wenn wir mitten im Orkan essen wollten.

»Du stehst ein bißchen im Weg«, sagte Lena mit entschuldigendem Lächeln und einer dampfenden Auflaufform mit überbackenen Kartoffeln in der Hand. »In zehn Minuten wird gegessen.«

Die Botschaft war klar und einfach: Verpiß dich, komm in zehn Minuten wieder.

Ich nutzte diese zehn Minuten zu einem kleinen Extradrink in meiner Kajüte und dankte meinem Schöpfer für meine Weitsicht. Mein totaler Alkoholverbrauch mußte zumindest nicht in Form von kleinen Bleistiftstrichen ausposaunt werden.

»Prost, Ewa«, murmelte ich. In diesem Moment änderte sich das Motorengegrummel. Die Tourenzahl erhöhte sich um einiges und überstieg die Eigenfrequenz der Kommode, während meine Haarbürste im Fach unter dem Spiegel vibrierte, wurde dann immer lauter, bis sich alles stabilisierte und das Schiff sich seitlich legte.

Aus dem Bullauge starrte ich auf Wasser, nicht mehr auf den Anleger, deshalb konnte ich unsere Abreise gar nicht voll genießen. Aber die Bewegung verriet mir, daß wir jetzt unterwegs waren. Per hatte uns streng ermahnt, niemals das Bullauge zu öffnen, aus Rücksicht auf Gischt und die Sicherheitsvorschriften, aber jetzt war kein Orkan in Sicht, und deshalb machte ich es doch und trank im Luftstrom noch einen Schluck Gin. »Prost, Ewa, gute Fahrt über die sieben Meere ... jedenfalls über dieses. Ich würde dir gern eine Flasche Champagner opfern, aber das ist die gelbe Witwe, und die muß ich für einen ganz besonderen Anlaß aufbewahren, für dann, wenn ich das gemacht habe, weshalb ich hergekommen bin. Du bekommst aber ein bißchen Gin, kleine Ewa, damit du versprichst, gut auf mich aufzupassen. Das ist Burnett's, deshalb gibt es nur einen kleinen Spritzer.«

Ich hielt die Flasche mit dem Daumen vor der Öffnung aus dem Fenster und ließ einige Tropfen die Metallwand hinunterlaufen, dann stand ich einfach nur noch da und schaute hinaus. Vögel, Bäume, in der Ferne ein brauner Strand. Ich hatte plötzlich Lust zum Malen. Aber wie sollte ich diese kristallklare Luft wiedergeben? Ich hatte mir nie die Mühe gemacht, Luftvariationen zu studieren, hatte das nie als Problem gesehen. Königsblaue Herbsttage in Trondheim waren leicht, ich zeichnete einzelne Herbstfarben einfach tiefer als sonst und gab den Himmel in tiefen Blautönen über Rot und Lila wieder. Aber hier? Das Licht verwirrte und verblüffte mich. Es war ehrlicher. Kompakter. Ich hatte keine Wasserfarben und keine Ölstifte bei mir, nur Bleistifte und Filzstifte. Ich seufzte, und mitten in einem neuen Schluck meldete sich der Gedanke wieder zu Wort: Vergiß nicht, warum du hier bist. Nicht zum Zeichnen, verdammt noch mal, oder um polare Natur zu malen, reiß dich zusammen, Bea ...

Ich hatte keinen besonders großen Hunger und ich hatte auch keine besonders große Lust, den anderen mehr über mich zu verraten als unbedingt notwendig. Als Pia mich bat anzufangen, sagte ich deshalb mit hoher, klarer Stimme: »My name is Bea, and I'm Norwegian.«

Dann stopfte ich mir den Mund mit Lammfleisch voll, das übrigens sehr lecker zubereitet war, mit Rosmarin und Knoblauch, denn niemand sollte sich einbilden, dies sei der Moment für intime Geständnisse. Aus dem Augenwinkel heraus konnte ich Turids Brillengläser blinken sehen. Ich spülte das Fleisch mit Mineralwasser hinunter, mir war plötzlich eingefallen, daß der Tag noch lang war. Wir wollten doch nach Barentsburg, den armen Russen guten Tag sagen, die fast verhungerten. Da ziemte es sich nicht, besoffen und knoblauchrülpsend anzutanzen.

Georg der Eislotse hatte sich neben mich gesetzt. Sein Profil war genau so, wie ich ein Seebärenprofil gezeichnet hätte. Scharfer Nasenrücken, viele Fältchen, Schnurrbart, kräftiges Kinn mit Kerbe. Er warf sein Essen ein, als gelte es das Leben, und dabei folgte er der Vorstellungsrunde der Fahrgäste.

Ich hatte offenbar die Leiste für die Informationsmenge ziemlich niedrig gehängt, und das ärgerte mich. Ich wollte zwar meine Lebensgeschichte nicht servieren, aber ich hätte doch gern etwas mehr über die anderen erfahren, was sie in ihrem zivilen Leben so machten etcetera. Aber jetzt ging es wie am laufenden Band.

Oscar war Norwegian. Turid erzählte, das sei sie auch. Und sie zeigte auf Frikk und sagte: »And this is my son, Frikk.«

Per zeigte auf die nächste, gebleichte Strähnchen in den Haaren, höchstens vierzig, massenhaft Wimperntusche, nagelneuer Overall, Goldringe. »My name is Dana. I'm from Iiiitaly!«

Danach kamen die Japaner an die Reihe. Sie hatten sich an einem Tisch für sich allein über einer Flasche Sojasoße zusammengerottet. Voller Abscheu hatte ich gesehen, wie sie ihr Lammfleisch in dem dünnflüssigen Zeugs ertränkt hatten. Der eine Mann erhob sich und ließ einen langen Spruch Kauderwelsch folgen. Es sollte wohl Englisch sein, klang aber japanisch. Es als gebrochenes Englisch zu bezeichnen wäre die Untertreibung des Jahres gewesen. Per räusperte sich und bat ihn, seinen Text noch einmal zu wiederholen. Die Wiederholung erfolgte im selben Tempo, und der Japaner lächelte dabei so breit, daß er bei Wörtern mit M statt der Oberlippe die Oberzähne benutzen mußte. Pia sprang ein. Sie zeigte auf seinen Brustkasten und fragte: »Name?«

Langer Spruch, wenn auch etwas kürzer als der erste. Ich kaute und trank wieder Mineralwasser. Das hier war lustig. Pia fragte, ob wir wohl eine Art Kurzversion der Namen benutzen könnten, sie gewissermaßen von Anfang an amputieren. Er nickte bereitwillig, Pia brachte in Erfahrung, wie die drei hießen, warf einen Blick auf die Versammlung, zeigte nacheinander auf die Japaner und ihre Begleiterin und sagte: »This is Sao und this is Nuno. And this is Izu.«

Izu war die Dame. Die Männer konnte ich nicht auseinanderhalten, ein Japaner ist ein Japaner. Aber die Frau Izu war ein anderes Kapitel. Sie benahm sich arg kindisch, was Gestik und Mimik betraf, wie eine norwegische Fünfjährige. Aber sie mußte eher an die fünfzig sein. Ich hatte keine Ahnung von Japan, abgesehen davon, daß es eigentlich Nippon hieß, daß die Leute wie bescheuert Computer und Autos produzierten und dabei in einem fort Selbstmord begingen. Warum verreisten diese drei gemeinsam? Waren sie Geschwister? Verheiratet? War Izu vielleicht Bigamistin? Jetzt sprachen sie miteinander, ohne zu lächeln. Und sie mußten ja auch kauen. Da ist das Lächeln nicht leicht. Die Sojasoße troff von den Gabeln, sicher war der Berufsstolz von Stian und Lena jetzt verletzt.

Ich vergaß diese barbarische Eßweise, als sich die beiden nächsten erhoben. Wirklich süße Typen. Männer in meinem Alter. Ich hatte sie schon beim Ausflug zu den weißen Särgen und zum Zodiac betrachtet, war aber zu müde gewesen, um sie so richtig zu verinnerlichen. Und dabei wäre es gar keine schlechte Idee gewesen. Sie zu verinnerlichen, meine ich. Sie waren Franzosen, deshalb sprachen sie Englisch wie Maurice Chevalier. Thank Heaven for little girls, summte ich vor mich hin, in meinem milden Ginrausch.

»Mai nim iz Filiiiipö, and ziz iz Scha!« sagte der eine Franzose.

Genau. Philippe und Jean. Was ist eigentlich los mit französischen Eltern? Warum haben sie so wenig Phantasie?

»Das sind ja vielleicht Playboytypen«, murmelte Georg in seine überbackenen Kartoffeln. Ich kicherte. Vielleicht hatte er ja recht, denn bei genauerem Hinsehen schienen ihre Kleider eher fürs Slalomlaufen als für eine Reise nach Svalbard gedacht zu sein. Stepphosen mit Hosenträgern und Pullover in munteren Farben. Mir ging auf, daß Georg mich zu seiner Vertrauten gemacht hatte, und um meine Bereitwilligkeit zu signalisieren, murmelte ich meinerseits: »Aber sie sind immer noch besser als die Japaner.«

Er grinste. »Oder als alte Leute, die auf einem Zylinder laufen und mit der Winsch in den Zodiac hinabgelassen werden müssen, weil sie sich nicht auf die Leiter trauen …«

Der Amerikaner stand auf. Er war der letzte.

»I'm Samuel. Call me Sam. I'm from Florida, where the temperature is a hell of a lot better than here.«

Dröhnendes Lachen, kariertes Hemd unter dem winzigen, braunen, runzligen Gesicht, nagelneue Jeans. Krampfhaft sportlich. Play it again, dachte ich, oder setz dich hin und halt die Klappe.

»Was soll der Quatsch«, flüsterte Georg. »Miese Temperatur! Ist doch noch Sommer … es hat ein ganzes Grad!«

»Ich muß hinaus in dieses Grad und eine rauchen«, sagte ich.

»Eine paffen? Ich komm mit. Vergiß deinen Teller nicht.«

»Was ist mit dem Nachtisch?« fragte Lena, die auch an unserem Tisch saß.

»Den nehmen wir nach dem Paffen.« Georg grinste.

Wir spülten unsere Teller ab und stellten sie in die Geschirrspülmaschine, dann nahmen wir in dem winzigen Gang vor der Messe unsere Jacken von den Haken. Die Haken mußten wirklich hart arbeiten, eine undurchschaubare Anzahl von dicken Jacken hing dort übereinander. Das gefiel mir. Wie eine Hüttentür auf blauer See.

Georg drehte sich mit dem Rücken zum Wind eine staubtrockene Rød Mix. Um uns herum lag blank und endlos das Meer. Die Sonne tunkte Berge und Fjord in buttergelbes Licht. Kein einziges anderes Schiff war weit und breit zu sehen, und der Fjord war so breit, daß ich mir einbildete, die Oberfläche beschriebe einen leichten Bogen. Die meisten Wolken waren hinter den Horizont gerutscht, wo sie sich als flache Haufen mit gelbem Rand vom hellblauen Himmel abzeichneten. Ich atmete tief durch. Es roch salzig und kalt. Wir hatten ein gutes Tempo und machten unseren eigenen Wind.

»Willst du vielleicht eine fertige Zigarette?« fragte ich.

»Nein, davon kann ich nicht schlafen.«

»Schlafen?«

»Ich leg mich nach dem Nachtisch aufs Ohr. Dann steht der Sigmund auf der Brücke ... bis ich wieder dran bin.«

»Schlafen und arbeiten, was? Keine Freizeit?«

»Ach ... ich geh ja auch mal mit an Land. Und knall auch mal, wenn's nötig ist.«

»Bären? Hast du ...?«

»Wir stoßen ab und zu auf einen. Aber wir haben dafür Bärenschuß. Dann kriegt er Angst.«

»Bärenschuß?«

»Das ist eine Art Leuchtgeschoß. Schönes Feuerwerk, für den Fall, daß der Teddy herumschnüffeln will.«

»Ist er ... der Bär ... gefährlich?«

»Aber sicher. Vor zwei Dingen hüte ich mich hier auf dieser Welt, vor Eulen und vor Eisbären.«

»Vor Eulen? Aber ...«

»Frauenzimmer. Ich nenne sie Eulen, aber das ist nicht böse gemeint.« Er lachte tabaksrauh und spuckte über die Reling.

»Du bist also nicht verheiratet?«

»O nein. War ich mal. Vor hundert Jahren, aber das ging nicht. Ich war ja nie zu Hause, war immer auf See. Sie hat behauptet, die Kinder wären durch unbefleckte Empfängnis entstanden. Seit damals bin ich den Eulen aus dem Weg gegangen. Das gibt nur Ärger.«

»Und den Eisbären.«

»Ja. Mit denen gibt's auch nur Ärger. Aber auf diesen Touren hier suchen wir ja gerade nach ihnen. Mir gefällt das nicht, aber ...«

»Habt ihr auf der letzten Reise welche gefunden?«

Ich steckte mir noch eine Zigarette an, um das Gespräch in Gang zu halten.

»Na und ob! So sieben oder acht, glaube ich.«

»Herrgott.«

»Ja, das kannst du wohl sagen. Und einmal hätte er uns fast erwischt. Er stand auf einer Eisscholle und fraß Robbenspeck, den ich ihm hingeworfen hatte, während wir per Zodiac um die Scholle rumwuselten. Die Touris haben wie wild geknipst. Ich dachte, es wäre nicht gefährlich, aber dann kam er …«

»Herrgott!«

»Bei diesen Viechern weiß man einfach nie. Der hier sprang los und flog vier oder fünf Meter durch die Luft und landete neben uns im Wasser.«

»Vier oder fünf Meter?«

»Wenn er besseren Anlauf nehmen kann, dann springt er noch viel weiter.«

»Aber das Gummiboot – der Zodiac, der ist doch voller Luft? Wenn der Bär ein Loch reinreißt, dann versinkt er doch sicher?«

»Ja, das ganze Boot geriet in Panik, das kannst du dir ja denken. Wir hatten zwei Eulen bei uns, die vor Geschrei den Verstand verloren. Und ich hatte die Verantwortung für den ganzen Quatsch.«

»Und was hast du gemacht?« fragte ich atemlos.

Er zog an seiner Zigarette, stieß den Rauch durch die Nasenlöcher aus und sagte: »Na ja … wir sind eben weggefahren.«

Das hörte sich vernünftig an. Ich nickte.

»Und jetzt will ich meinen Nachtisch. Heute gibt's Backpflaumengrütze.«

Ich trottete hinterher. Ich war bestimmt genauso müde wie Georg. In der Messe herrschte Unruhe. Alle wollten möglichst schnell mit dem Essen fertig sein, um von Deck aus alles zu sehen. Sie spachtelten ihre Grütze und starrten besorgt aus den Bullaugen. Ein Fotomotiv nach dem anderen schwamm vorbei. Zwei Berge, wie Zwillinge, tauchten auf. Sie sahen aus wie der Vesuv. Twin Peaks. Beim Anblick dieser Berge konnte niemand mehr stillsitzen. Sie stürmten zu den Kleiderhaken, ohne ihre Teller wegzuräumen. Georg sagte gute Nacht, und ich half Lena und Sonja beim Abräumen. Stian füllte die Geschirrspülmaschine. Wenn Lena Nachschub brachte, bekam sie jedesmal einen feuchten Kuß. Sonja summte vor sich hin.

Ich holte mir ein Bier, als wir fertig waren. Die Bärengeschichten hatten mich wieder durstig werden lassen. Bei diesen Viechern wußte man einfach nie. Na gut. Ich staunte darüber, wie hier die

Pronomen verteilt wurden. Der Bär war er. Das Schiff war sie. Das Wetter war er. Damit hatte ich zwei Er, bei denen man nie wußte, sowie eine Sie, auf die sich alle verließen. Abgesehen von Oscar. Das fesselte mich sehr, und ich grübelte weiter. Die Erde war sie. Die meisten mir bekannten Gottheiten waren er. Der Mond war sie. Was war mit anderen Transportmitteln? Doch, ein Flugzeug war sie. Die RAF-Flieger hatten im Krieg ihre Flugzeuge nach amerikanischen Sexbomben getauft. Was war mit Autos? Fahrrädern? Rodelbrettern?

Lena riß mich aus dieser Philosophie, als ich noch längst kein Ergebnis erzielt hatte. »Ich muß die Plastikmatten wegnehmen, hebst du mal eben dein Glas hoch?«

Das tat ich. »Wann sind wir in Barentsburg?«

»So in etwa zwei Stunden.«

»Dann lege ich mich so lange hin.«

»Sollen wir dich mahnen?«

»Mahnen?«

»Dich wecken. Wenn wir da sind.«

»Ja, bitte. Mahn mich dann bitte.«

Sie hatten nicht damit gerechnet, daß irgendwer sich gleich zu Beginn der Fahrt ins Bett legen würde; daß jemand aus anderen Gründen auf der Ewa war, als um die Kamera immer wieder auf Berge und Wasser und die Vögel zu richten, die im Kielwasser des Bootes herumwuselten. Deshalb hatten weder Per noch Pia an die Möglichkeit gedacht, daß jemand ihren wilden Streit hören würde, den sie in meiner Nachbarkajüte hinlegten. Die teilten sie, das hatte mir der Zettel an der Tür verraten, sie waren also ein Paar, wenn auch in einer sehr viel fortgeschritteneren Phase als Lena und Stian. Ich riß die Augen weit auf, stocknüchtern nach fast zwei Stunden Schlaf, preßte ein Ohr an die Wand und steckte den Finger in das andere.

»... das ist verdammt ungerecht ... und du stimmst ihm auch noch zu, Scheiße!« Das kam von Per.

»Ich hatte ja wohl keine andere Wahl!« fauchte Pia. »Oder was? Wir sind doch total abhängig von seiner Hilfe ... habe ich da eine andere WAHL? Hm?«

»Du hättest sagen können, daß du das erst mit mir besprechen müßtest, daß wir das alles zusammen machen. Verdammt ... wenn er die Hälfte haben will, dann müssen wir uns den Rest doch TEILEN. Scheiße ...«

»... verdammt ungerecht, mir solche Vorwürfe zu machen! Wenn WIR uns jetzt auch noch zerstreiten, dann sehen wir alt aus. Dann kriegt niemand was. Niemand! Hast du dir das schon überlegt?«

»Ich bereue fast, daß wir mit diesem Scheiß überhaupt angefangen haben«, sagte Per.

»Sicher, sicher, aber wir brauchen das Geld. Himmel, Per, jetzt reg dich doch wieder ab ...«

Ich kniff die Augen zusammen. Nun redet schon weiter, dachte ich. Worum geht es denn bloß? Aber es war ganz still. Ich hörte gurrende Schmusegeräusche. O verflixt, jetzt versöhnten sie sich wieder. Per sagte: »... wir tun so, als ob uns das recht wäre. Ohne uns schafft er das ja auch nicht. So ist das.«

Was schaffte wer nicht? Ich preßte mein Ohr an die Wand, aber es blieb still. Dann wurde an meine Tür gehämmert. Der plötzliche Schreck stieß meinen Finger tief in mein Ohr. Ich brüllte auf.

»Hallo? Äh ... Bea? Wir sind bald in Barentsburg. Ist bei dir alles in Ordnung?«

Lena. Wollte mich mahnen. Mein Gehörgang dröhnte vor Schmerz, mein Trommelfell bebte und kreischte in Hochfrequenz.

»Ja. Danke ... tausend Dank!«

Vorsichtig setzte ich mich auf und fischte den Renault aus dem Koffer. Ich fand einen Q-Tip und beträufelte ihn mit Cognac, dann rieb ich mir diese lindernde Flüssigkeit vorsichtig in den Gehörgang und trank einen energischen Schluck. Jesus Christus, was für eine Art, wach zu werden! Für einen Moment überkam mich wieder die Klaustrophobie, ich öffnete das Bullauge und wurde von einem Spritzer Salzwasser getroffen. Das tat gut. Ich leckte mir die Lippen und genoß den Salzgeschmack, dann zog ich mich an und ging zu den anderen nach oben.

Ich war überhaupt nicht auf diesen Anblick vorbereitet gewesen: die Häuser am Hang, die Menschen, den Dreck, die Stimmung, die bettelnden Kinder am Anleger, ihre ausgestreckten schmutzigen Hände.

Eine winzig kleine Russin trat von einem Fuß auf den anderen, sie war nach der norwegischen Mode der sechziger Jahre gekleidet. Hellblaue Daunenjacke, Terylenhose, karierter Acrylpullover mit Rollkragen, Modeschmuck, grüner Lidschatten und viel zuviel Rouge.

Stian hatte die Schüssel mit der Pflaumengrütze geholt und füllte die Pappbecher der Kinder. Zwei rannten auf die Häuser zu, ohne den Inhalt ihrer Becher anzurühren. Ich blickte hinter ihnen her, sie liefen endlose Holztreppen hoch, die hier die Straßen ersetzten. Zweihundert Meter weiter oben verschwanden sie in einem winzigen Haus, das sich an eine größere Betonmauer preßte. Die Fensterscheiben waren allesamt zerbrochen. Das Häuschen war gesprenkelt durch die abblätternde Farbe und den Rost, der von den Eisenbeschlägen an Fenstern und Türen hinabgetropft war.

Die tiefstehende gelbe Sonne versuchte, den Slumeindruck zu mildern, was ihr aber nicht sonderlich gut gelang. Die Frau streckte mit stolzem Lächeln die linke Hand aus, sie zeigte auf die Häuser, die Stadt, die herumlaufenden Kinder, und sie rief in gebrochenem Englisch: »Willkommen in Barentsburg. Ich bin Jelena, und ich werde Sie hier durch unsere kleine Siedlung auf achtundsiebzig Grad nördlicher Breite führen!«

Dieser Stolz … ich blickte ihr forschend ins Gesicht. Sollte der Stolz tiefe Beschämung verbergen? War er das Ergebnis von generationenlanger Propaganda, die keine negative Einstellung gestattete?

Per und Pia schlossen sich uns an.

»Wir gehen mit Jelena!« rief Per. »Kommt mit!«

Von der Besatzung wollte sich niemand uns anschließen. Nur Per und Pia und wir elf Fahrgäste brachen auf. Ich spielte einen Moment lang mit dem Gedanken, an Bord zu bleiben, dann siegte meine Neugier. Kaum hatte ich mich entschlossen, als schrille Musik erklang. Abba sangen über money, money, money. Alle schauten in die Richtung, aus der der Lärm erklang: eine Baracke am

Fuße des Hügels. Ich entdeckte in einem Fenster ein Megaphon, das als Lautsprecher diente. Über dem Megaphon: zwei grinsende Männergesichter. Und auf einer Plattform vor dem Haus: junge Männer, die an Tapetentischen standen, mit Zigaretten im Mund, in Daunenjacken mit zu kurzen Ärmeln.

»Ihr kaufen?« fragte Jelena eifrig in gebrochenem Englisch und trippelte in Richtung der Musik los. *Money, money, money, could be funny, in the rich man's world.* Mit großen Augen gingen wir hinter ihr her auf die Tische zu, die von Pelzmützen, Pelzhandschuhen, Münzen, Briefumschlägen mit gestempelten Marken, Militäreffekten, Holzbechern mit unbeholfenen Bildern von Eisbären und verschneiten Bergen, grün und rot bemalten Holzlöffeln und einem Samowar bedeckt waren.

»Ihr müßt feilschen«, sagte Pia. Ich dachte: Ja, da kennst du dich ja wohl aus ... mit Preisverhandlungen. Betrieben sie und Per vielleicht Rauschgiftschmuggel? Oder holten sie Schnaps aus Rußland?

»Aber sie sprechen nur Russisch«, fügte Pia hinzu. »Ihr müßt das Geld zeigen. Nur norwegisches Geld. Dafür können sie in Longyear einkaufen. Ein durchschnittlicher Wochenlohn beträgt hier fünfzig Kronen.«

Die Handschuhe kosteten genau fünfzig, die Japaner kauften jeder ein Paar. Samuel kaufte eine Pelzmütze, ich eine Anstecknadel mit Hammer und Sichel, für fünf Kronen. Die Männer strahlten mit Zahnstummeln und dunklen Augen, während Abba über unsere Köpfe hinwegdröhnten: *All the things I could do if I had a little money in the rich man's world.* Das Megaphon tilgte sämtliche Bässe, die schwedische Gruppe hörte sich an wie ein Mäusechor.

»Oben in der Stadt noch mehr einkaufen«, rief Jelena. »Jetzt zeigen, wie wir hier wohnen und leben.«

Wir gingen in geschlossenen Formationen die Holztreppe hoch. Samuel und Oscar kamen hinter mir und diskutierten über den Fjord, den wir von hier aus gut im Blick hatten. Samuel wußte nicht genau, wie in Norwegen ein Fjord definiert wird, und Oscar versuchte, seinem Gedankengang zu folgen.

»Der hier heißt Grønfjord, grüner Fjord, obwohl er in Wirklichkeit blau ist«, und auch Samuel meinte, daß hier von einem Fjord die Rede sein dürfe. Aber der Isfjord, gleich dahinten, der der Karte zufolge zwanzig Kilometer breit war? Nein, der war für Samuel nichts Geringeres als ein Meeresarm.

»Und der Storfjord ist sechzig Meilen breit«, sagte Oscar.

»Das ist kein Fjord«, erklärte Samuel. Die beiden hatten sich offenbar gefunden. Oscar durfte sogar die neue Pelzmütze aufprobieren.

Frikk führte zusammen mit Jelena unseren Zug an, dicht gefolgt von Turid und den Franzosen. Per und Pia sprachen leise miteinander, und ich hatte keine Lust, sie zu belauschen. Ich drängte mich nach vorn durch und hörte mir Jelenas Erklärungen an. Energisch lotste sie uns durch verschiedene Häuser: eine Gärtnerei mit erbsengroßen Tomaten, Frauen in großgeblümten Kittelschürzen und gehäkelten Angoramützen schleppten Wassereimer. Ein Stall mit kränklichen Kühen und einem riesigen Bullen namens Mars, der vor Hunger brüllte. Eine Katze kam angeschlichen. Eine wohlgenährte Polarkatze, die von allen gestreichelt wurde. Sie schnurrte und rieb sich an unseren Beinen und schaute verächtlich zu Mars hinüber, in der sicheren Überzeugung, daß ein kleiner Katzenmagen trotz Slum und Lebensmittelknappheit doch immer gefüllt werden würde. Die Kühe lieferten hundertzwanzig Liter Milch pro Tag, erzählte Jelena stolz, aber als Per fragte, ob das genug sei, mußte sie mit Bedauern in der Stimme zugeben, daß nur Kinder Milch trinken durften, die Erwachsenen nicht.

»Aber die Regierung hat angeordnet, daß jetzt alle Kinder aufs Festland zurückkehren müssen. Ich habe einen Sohn, und der ist vor kurzem abgereist.«

»Und was ist mit Ihnen?« fragte Dana und drehte einen Goldring hin und her.

»Ich muß hier bleiben. Ich habe einen Vertrag unterzeichnet. Ich muß noch zwei Jahre hier bleiben.«

Wir schwiegen. Jelena streichelte Mars, mit dem Ergebnis, daß eine lange Zunge aus seinem Mund schoß und versuchte, sich um ihr Handgelenk zu wickeln.

»Wie alt ist Ihr Sohn?« fragte Dana.

»Erst zwei Jahre. Meine Eltern kümmern sich um ihn. Das ist kein Problem.«

Aber ihr Blick verriet, daß das durchaus ein Problem war, auch wenn sie jetzt ihren Kummer abschüttelte und strahlend rief: »Und jetzt ich zeigen Swimmingpool und besuchen wir Hotel mit Bar.«

Mit Bar? Wir stapften hinter ihr her, über kohlschwarze Wege, wo flache Flechten am Wegesrand die einzige Vegetation darstellten. Wir kamen an einem kohlschwarzen Fußballplatz mit nur einem Tor vorbei. Einige Männer spielten mit einem verdreckten Ball und grölten und johlten. Alle Häuser waren heruntergekommen, farblos und riesengroß, sie standen akkurat nebeneinander, wie in einer Spielzeugstadt. Vor der Sporthalle, die angeblich ein Schwimmbad enthielt, standen weitere Tische, weitere Männer zeigten eifrig auf ähnliche Waren, wie wir sie schon zur Plastikmusik im Hafen gesehen hatten. Ich blieb vor der Halle stehen und rauchte, während die anderen sich den Stolz der Stadt zu Gemüte führten: Meerwasser, das in ein Becken gepumpt und erwärmt wurde. Ich schüttelte den Kopf und freute mich auf die Bar.

Die anderen kamen wieder zum Vorschein. Die Japaner lächelten und lächelten. Turid kam zu mir herüber. »Beeindruckend«, sagte sie.

»Aber ganz schön heruntergekommen«, sagte ich. »Die Farbenhandlung in der Stadt ist wohl konkurs gegangen.«

»Was? Ach so.« Sie lachte. »Aber die Instandhaltung muß doch wesentlich billiger sein als neu zu bauen?«

»Vielleicht bleiben sie nicht mehr lange hier«, sagte ich. »Die sind doch kurz vor dem Verhungern.«

Turid beugte sich plötzlich zu mir vor. »Ist das deine echte Haarfarbe? So dunkel?«

Ich trat zwei Schritte zurück und trat meine Zigarette auf dem kohlschwarzen Boden aus. »Aber sicher«, sagte ich.

In der Bar wartete Larissa in einer Seidenbluse mit Tupfenmuster und einem weißen Busen, der sich unter der Seide hob und senkte, Gold in den Zähnen und geschminkt wie ein Clown. Sie war allein in der Bar, einem grell beleuchteten Raum mit Resopalmöbeln und dem Warenangebot, an das wir uns inzwischen schon gewöhnt hatten. An einer Wand standen auch Kleiderständer. Dort hing ein Kleid neben dem anderen, karnevalskostümartige Teile aus Nylon, mit Pailletten und Puffärmeln und Spitzen.

»Die machen wir hier. Sehen Sie nur«, bat Larissa. Hier wurden also diese entsetzlichen Kleidungsstücke angefertigt, und die Leute bildeten sich ein, daß jemand aus dem Westen sie kaufen und sogar anziehen würde. Warum hatte niemand ihnen erzählt, daß dieses Design ein Schuß in den Ofen war? Daß diese Textilproduktion garantiert nicht den Weg in den Westen finden würde? Ich bat um einen Wodka und drehte den Kleiderständern den Rücken zu, leerte mein Glas auf einen Zug und bestellte noch eins. Larissa verlangte sieben Kronen pro Glas.

»Warum ist hier niemand?« fragte ich, aber sie verstand mich erst, als ich meine Frage langsam wiederholt und dabei auf das Lokal gezeigt hatte.

»Nur ein Schiff heute«, sagte sie.

Ich zeigte auf sie und fragte: »Aber wohin geht ihr? Wenn ihr einen trinken wollt?«

»Dafür wir kein Geld.«

Sie nickte zu meinem Glas herüber, und ich schlug die Augen nieder. Fünfzig Kronen Wochenlohn, sieben Kronen für ein Glas Wodka. Herrgott. Ich sah ein, daß sie das Geld brauchten, das ich hier ausgeben würde. Aber diese Kleider, ich brachte es nicht über mich, aus purer Wohltätigkeit eins zu kaufen und es im Gepäck zu haben, weil ich es nicht über mein Gewissen bringen könnte, es über Bord zu werfen. Etwas anderes, ich mußte etwas anderes kaufen. Einen Samowar? Aber was zum Henker sollte ich mit einem Samowar, ich hatte einen elektrischen Wasserkocher und Teebeutel.

»Haben Sie russischen Kaviar?« fragte ich. Larissa nickte.

»Ist sich sehr, sehr teuer.«

»Kann ich den mal sehen?«

Sie bückte sich hinter dem Tresen und holte eine kleine flache Büchse. Ich nahm sie in die Hand und starrte sie an. Roter Beluga. Siebzig Gramm. Ich hatte mir vor einigen Jahren auf dem Kopenhagener Flugplatz so eine Büchse gekauft, aus purer, lauterer Luxusgeilheit, und ich hatte dafür neunhundert Kronen bezahlt. Steuerfrei.

»Ist das roter Beluga?« fragte ich. Larissa nickte in tiefem Ernst und wiederholte: »Sehr, sehr teuer.«

»Wieviel?«

Samuel sah zu, schwieg aber. Ein Amerikaner begreift, daß die Sache ernst ist, wenn zwei Frauen über echten russischen Kaviar verhandeln.

Larissa wollte nicht sofort antworten. Sie starrte ihre Fingernägel an. Die waren knallrosa lackiert und bildeten einen schrillen Kontrast zu den mohnroten Tupfen auf ihrer Bluse.

»Wieviel?« fragte ich leise.

»Leider ...«

Sie flüsterte. Ich mußte mich vorbeugen, um sie zu verstehen. »Leider ... hundertfünfzig Kronen.«

Sie wagte nicht, mich anzusehen. Ich hatte eigentlich feilschen wollen, glaubte jedoch, daß sie sich nicht verstellt hatte. »Die nehme ich«, sagte ich.

Samuel atmete hörbar aus.

Larissa lachte glücklich, weil die bedrückte Stimmung sich nun gelockert hatte. »Ja, sehr gut!« sagte sie und wickelte die Büchse in Papier, das offenbar schon oft verwendet worden war. Ich steckte meinen Kaviar in die Tasche.

»Ich warte draußen«, sagte ich zu Samuel und ging.

Hinter dem Hotel sah ich einen kleinen Hügel, den ich dann ansteuerte. Ich wußte sofort, daß ich von dort den Hafen sehen könnte. Ich mußte die Ewa sehen, wissen, daß sie da war.

Warum hatte ich Samuel gesagt, daß ich draußen warten wollte? Die Antwort war, daß ich mich bereits als Teil dieser Gruppe von Menschen definierte. Wir erlebten das hier zusammen, würden an Bord über die Kleider lachen können, konnten zusammen schöne Natur sehen und diesen Anblick auf andere Weise verinnerlichen, als wenn wir damit allein wären. Torvald hatte dieses Thema mehrmals angesprochen, wenn er in den Wald wollte und ich keine

Lust zum Mitkommen hatte. Er fand, daß es keinen Sinn habe, allein loszuziehen, ein schönes Naturerlebnis einsam zu genießen. Er müsse es einfach mit jemandem zusammen erleben, wenn es ihm einen bleibenden Wert geben sollte.

Das Moos war weich unter meinen Füßen. Es roch gut, als ich in die Hocke ging und die Finger hineingrub. Obwohl wir August hatten, wo laut Reisebüro die meisten Pflanzen abgeblüht waren, entdeckte ich mehrere Büschel strahlendbunter Blumen. Winzigklein waren sie und drängten sich eng zusammen. Ich brach einen Stengel ab, er konnte höchstens zwei Zentimeter lang sein. Das hier war offenbar kein Ort, wo man seiner eigenen Wege ging und in schöner Einsamkeit Wurzeln schlug. Als Teil einer Gruppe konnte man zur Not überleben. Alles andere bedeutete den sicheren Tod.

Und dort lag die Ewa. Die Hafenmauer war hoch, der Wasserstand tief, die Ewa war nur von der Reling aufwärts zu sehen. Der Zodiac sah aus wie ein kleiner Spinnenmann kurz vor der Paarung, wie er sich da an sie klammerte. Oder … war auch der Zodiac eine Sie?

Die Ewa war kein besonders großes Fahrzeug, dennoch war sie schon zu meinem Zuhause geworden. Die Berge hinter ihr leuchteten kupferbraun, das Wasser kräuselte sich ganz leicht. Ich zog mir die Daunenjacke bis zum Hals hoch und atmete tief durch. Den Geschmack von Wodka spürte ich in meinem Mund und das Gewicht des roten Beluga in meiner Tasche. *All the things I could do in the rich man's world.* Es war sehr weit von diesem Verfall bis zu dem Rußland, über das ich so gern las, wo der Zar seinen Juwelier ein ganzes Jahr an einem Osterei für die Zarin arbeiten ließ. Jetzt wurden diese Eier zu zehn Millionen das Stück auf Auktionen in New York, Paris und London verkauft. Eigentlich müßte diese Wertsteigerung Larissa und Jelena und den anderen hier oben zugute kommen.

Plötzlich entdeckte ich Turid und Frikk. Sie kamen allein aus dem Hotel. Sie sahen mich nicht. Turid kniff Frikk in die Wange und sagte etwas, er riß sich los, hob die Hand an sein Gesicht und antwortete mit hoher, piepsiger Stimme. Ich war zu weit von ihnen entfernt, um etwas verstehen zu können. Turid jedoch hatte verstanden, und was sie verstanden hatte, gefiel ihr nicht. Sie schlug ihn hart auf die andere Wange. Er taumelte zwei Schritte rückwärts, drehte sich um und rannte zum Fjord hinunter. Sie rief etwas hinter ihm her, aber er blieb nicht stehen. Nun kamen auch die anderen zum Vorschein. Philippe, oder vielleicht auch Jean, trug einen funkelnden Samowar. Samuel und Oscar mit den Japanern im Schlepptau steuerten die Kramtische an. Ich beschloß, den mit Moos bewachsenen Hang hinabzuklettern und mir die langen Treppensysteme zu ersparen.

Der Dauerfrost im Boden sorgte dafür, daß sich das Schmelzwasser unter der Vegetation zu Bächen und Lachen sammelte und eine glitschige Schicht zwischen beweglichem und festem Boden bildete. Ich rutschte mehrmals aus und verdreckte mir Kleider und Bergstiefel. Auf halbem Weg schleppte ich mich zu einer Holztreppe und konnte dort den ärgsten Schmutz abklopfen. Die Japaner holten mich lächelnd ein.

»Du gehst allein?« fragte Sao oder Nuno.

»Sicher«, antwortete ich. »Ich gehe allein.«

Jemand hatte Wassereimer mit Bürsten zum Stiefelreinigen auf die Laufplanke gestellt. Die Kinder hatten sich wieder am Anleger eingefunden. Ich scheuerte drauflos und versuchte, die Stiefel ins Wasser zu pressen, um sie abzuspülen. Bergesens gutem Rat hatte ich es zu verdanken, daß sie innen trocken waren. Die Kinder standen bewegungslos da und glotzten mich an. Ich kam als erste zurück zum Schiff. Frikk war nirgendwo zu sehen. Durch die offene Tür strömte der Geruch von frischem Backwerk, und die Kinder rochen das zweifellos auch. Fast hätte ich den Eimer umgestoßen, weil ich unbedingt fertig werden und diesen Blicken entkommen wollte. Ich wollte duschen. Wollte mir den Slum abwaschen.

In der Messe standen Schüsseln mit Zimtwecken auf den Tischen, aber ich ging an der Tür vorbei und stieg die Treppe zu den Kajüten hinunter.

Dort suchte ich mir saubere Unterwäsche und Socken und entdeckte dabei die Bonbontüten. Ich zog mir Turnschuhe an, lief nach oben, warf den Kindern eine Tüte zu und sah kurz zu, wie sie sich um sie scharten. Der Eilmarsch mit der Pflaumengrütze die vielen Treppen hoch vorhin hatte mir schon klargemacht, daß es sich hier nicht um verwöhnte, gierige Rotzgören handelte, bei denen das Recht des Stärkeren galt. Sie würden geschwisterlich teilen und niemals akzeptieren, daß einer ein Goldei und ein anderer ein schnödes Hühnerei bekäme. Einige positive Spuren hatte das Sowjetregime immerhin hinterlassen.

Die Dusche war ein nackter, kalter Raum mit Betonboden und zwei Stahlbügeln an den Wänden. Der Boden war naß und vermutlich eine Brutstätte für Fußpilz. Die Tür ließ sich nicht abschließen, und es gab keinen Duschvorhang. Ob sie uns auf diese Weise dazu bringen wollten, mit dem heißen Wasser sparsam umzugehen? Weil die Angst, von wildfremden Menschen nackt gesehen zu werden, uns zur Eile antreiben würde? Das war jedenfalls die Wirkung, als ich plötzlich draußen auf dem Gang Schritte und Stimmen hörte. Ich hörte Französisch und Japanisch und Englisch, wild durcheinander wollten sich die verschiedenen Weltsprachen gegenseitig erzählen, was sie gesehen hatten, obwohl es bei allen dasselbe war. Waren mußten in Kajüten verstaut werden, Bergstiefel durch Turnschuhe, dicke Kleider durch Trainingsanzüge und andere legere Kleidung ersetzt werden. Sie mußten wirklich Geld haben, diese Leute, die aus Mitteleuropa den weiten Weg hierher gekommen waren. Es mußte sich um einen ganz besonderen Menschenschlag handeln, Sensationssucher, die es satt hatten, in Ägypten auf Kamelen zu reiten, durch Venedig zu gondeln oder in freudigem Entsetzen die Sirenen vor ihrem Hotel in Manhattan zu hören. Ihren Bekannten zu Hause erschien so eine Reise sicher als wahnsinnig exotisch und absolut ihren Preis wert.

Beim Anziehen schaute ich auf die Uhr und war überrascht. Es war elf. Die Sonne hatte mich total verwirrt. Und jetzt würden wir Zimtwecken essen und Kaffee trinken und weiterfahren? Ich war überhaupt nicht müde. Und ich fand, die Zeit sei reif, um hinauf in die Messe zu gehen und mir etwas anderes als Kaffee zu mixen, und zwar in aller Öffentlichkeit.

Ich entnahm einer Flasche an der Wand einen doppelten Gin, machte auf der Liste aber nur einen Strich. Im Regal für Mineralwasser und Soda lag ein Filzstift. Bea, schrieb ich auf die halbleere Tonicflasche und stellte sie zurück. Langsam füllte sich die Messe mit rotgesichtigen Fahrgästen. Sigmund öffnete eine Tür zum Flur, hinter ihm konnte ich eine steile Treppe erkennen. Dort oben lag also die Brücke.

»Hallo, hallo«, sagte er zu allen, die ihn hören konnten. »War's nett an Land?«

Dana lächelte ihr schönstes Kapitänslächeln und strich sich über die gebleichten Haarsträhnen, aber Sigmund hatte seine Aufmerksamkeit bereits den Schüsseln mit den Zimtwecken zukommen lassen. Er nahm in jede Faust einen und kaute los.

»Ist bald Georg an der Reihe?« fragte ich erfahren. Sigmund

starrte mich vage an, als habe er sein Gehör auf ganz andere Sprachen eingestellt.

»Nein«, sagte er schließlich. »Erst in drei Stunden.«

»Gehst du auch manchmal mit an Land?«

»Nicht hier«, sagte er. »Und nicht in Ny-Ålesund, wo wir morgen hinkommen. Ich warte, bis wir in der Wildnis sind. Wo es etwas zu sehen gibt.«

»Denen hier geht's sehr schlecht«, sagte ich und nippte an meinem Glas.

»Dreckig geht's denen. Aber das würden sie ums Verrecken nicht zugeben.«

»Die Führerin ... Jelena ... mußte ihr Kind nach Hause schicken, ohne mitkommen zu dürfen.«

»Ich hoffe, Per hat ihr ein gutes Trinkgeld gegeben. Diese kleinen Jobs bringen ihr ziemlich was ein.«

»O verflixt, auf die Idee bin ich gar nicht gekommen. Ich hätte ihr gern einen Fünfziger gegeben. Wieviel bekommt sie normalerweise von Per?«

»Hundert. Und damit gehört sie hier zur Oberklasse.«

»Und du? Verdienst wohl gut an diesen Touren?«

Er antwortete nicht sofort, sondern musterte mich sorgfältig, um festzustellen, ob hier eine Zynikerin sprach, eine Idealistin, deren Grundprinzipien durch eine Einkaufsrunde mit norwegischer Währung erschüttert worden waren und die ihren Frust nun am Besitzer und Kapitän eines armseligen Passagierdampfers auslassen wollte. Ich erwiderte seinen Blick, unschuldsblau, trank wieder und lächelte freundlich.

»Nicht schlecht«, sagte er schließlich.

»Aber du hast doch sicher auch viele Unkosten?« fragte ich und legte mein Gesicht in verständnisvolle Falten.

»Viele«, sagte er und füllte seine Tasse mit dampfendem Kaffee.

»Darf ich mal auf die Brücke kommen und zusehen?« fragte ich.

»Natürlich«, antwortete er, aber sein Mangel an Enthusiasmus verriet mir, daß Fahrgäste, die da oben herumwuselten, während er sich Mühe gab, sein Brot zu verdienen, wirklich das letzte waren, was er sich wünschte.

Ola erschien mit Zimtweckenblick und vom Öl schwarzglänzenden Händen. Ein Bausch Putzwolle lugte aus seiner Hosentasche, genau, wie sich das für einen Maschinisten gehörte. Er hatte die Mütze umgedreht aufgesetzt. Auch sein Gesicht war ölverschmiert.

»Ist Bjørn jetzt da unten?« fragte Sigmund. Ola nickte.

»Dann kannst du das Deck abspülen, den russischen Dreck wegwischen. Und vergiß nicht, Georg um halb zwei zu holen. Ich bin verdammt müde.«

Ola nickte und wagte erst, in seine Zimtwecke zu beißen, als Sigmund die Tür zur Brücke hinter sich zugezogen hatte.

»Ganz schön energisch, der Chef«, kommentierte ich.

»Das kannst du wohl sagen«, antwortete Ola mit Wecke im Mund und Öl in den Mundwinkeln.

Die Japaner hatten ihren eigenen Aufenthaltsort gefunden. Einen kleinen Salon hinter der Kombüse, mit Sofas und blanken Tischen. Der Standard war dort höher als in der Messe, mit Teppich auf dem Boden und teureren Vorhängen vor den Bullaugen. Hier lagen Bücher über Svalbard und norwegische Polexpeditionen. Als ich aufs Klo mußte, entdeckte ich, daß sie im Salon saßen und mit Stäbchen Nudeln aus Tassen aßen – statt frischer Zimtwecken. Sie wollten auch keinen Film sehen, alle drei schüttelten lächelnd den Kopf, als ich später ankündigte, daß gleich ein Clint-Eastwood-Film per Video geboten würde.

»Wir nicht viel Englisch!« piepste Izu und lachte herzlich, weil ich so dumm sein konnte. Mir fiel plötzlich eine Lucille-Ball-Show ein, wo alles japanisch synchronisiert war, und ich konnte Izu verstehen. Sie konnten die Untertitel nicht lesen, und sie hörten weder im Radio noch im Fernsehen Englisch.

»Es ist eigentlich ein Wunder, daß Ihr Computer und Autos bauen könnt«, sagte ich lächelnd auf norwegisch.

»Ja, ja!« lachte Nuno oder Sao.

»Das war gemein«, sagte hinter mir eine Stimme. Oscar.

»Aber es stimmt doch!«

»Rassistin!« sagte er. Aber sein Lächeln brach dieser Anklage den Stachel ab. Und doch hatte er recht.

»Es spielt keine Rolle, ob jemand rassistisch ist, wenn er das runtermacht, was ihm eigentlich kulturell und finanziell überlegen ist«, sagte ich.

»Meine Güte!«

»Willst du den Film sehen?« fragte ich.

»Den kenne ich schon.«

»Ich auch.«

»Und stimmst du mir zu, daß er anders wirkt als beabsichtigt?«

»Wieso denn?« fragte ich.

»Es sollte doch ein Anti-Gewaltfilm werden, nicht wahr? Clint wollte gewissermaßen Abbitte leisten für die viele Gewalt, die er zwei Generationen lang auf Zelluloid gebracht hat. Aber am Ende finden ihn alle ganz toll, wenn er losballert und in den Regen hinausreitet.«

Ich lachte. »Was bist du eigentlich von Beruf? Psychologe?«

»Fast«, antwortete er. »Aber jetzt fängt der Film an.«

Ich trank und sah halbherzig zu. Ging mehrere Male zum Rauchen nach draußen, schaute ins Wasser und überlegte mir, wie entsetzlich kalt es war, wie schnell ein Mensch, der plötzlich über die Reling gestoßen würde, sterben müßte. So schnell würde dieser Mensch Krämpfe bekommen und krepieren, daß er niemals von den Händen erzählen könnte, die geschoben, die zum Fall beigetragen hatten. Ich warf eine Kippe ins Wasser, aber das Dröhnen des Motors übertönte das Zischen der Glut. Noch nicht, noch nicht. Ich hatte Zeit genug. Jetzt waren wir alle hier. In einer großen Gruppe, auf der Ewa versammelt. Ich hatte Zeit genug. Ein Meer von Zeit. Ein Polarmeer von Zeit.

Ich ging nicht auf die Brücke. Eine Stimme sagte mir, daß ich im Umgang mit Sigmund nüchtern sein müsse. Georg war um zwei an der Reihe, ich wollte mit dem Schlafengehen so lange warten.

Frikk war aufgetaucht und nach vier Wecken wieder verschwunden. Turid hatte sich so dicht vor den Fernseher gesetzt wie nur möglich, mit einem blutroten Campari in ihren altersfleckigen Händen.

Die Motoren im Bauch der Ewa arbeiteten, und Clint lag verletzt in einer alten Scheune und fror, während die Saloondirne mit den Messernarben im Gesicht sich um ihn bemühte. Sie verkaufte ihren Schoß für Geld an die Cowboys. Aber machte es ihr zwischendurch auch mal Spaß? Ihrem Körper wenigstens, der von Hormonen und Drüsen gesteuert wurde, die die Scheide verräterisch glatt werden ließen; von der Biologie des Leibes, der naiv glaubte, jeglicher sexuelle Verkehr diene der Reproduktion im Namen der Liebe. Auch wenn der Beischlaf unter Zwang oder aus finanzieller Notwendigkeit stattfand, konnte der Körper doch mit Genuß darauf reagieren. Und das ist die allergrößte Schande: einen zitternden Orgasmus erleben, zusammen mit einem Menschen, für den du nur tiefe Abscheu empfindest. Diese Schande ist so groß, daß auch viele Jahre sie nicht dämpfen können; die Zeit, die vergeht, gibt ihr stattdessen neue Gesichter, Haß, Angst, Furcht davor, die Kontrolle nicht zu haben, die Kontrolle zu verlieren, Furcht vor dem Genuß, sogar vor dem Genuß mit Männern, die du magst, in die du verliebt bist.

Die Saloondirne hockte vor Clint und streichelte seine Wangen im frischgefallenen Schnee. Ich hatte vorher sicher noch nie einen Western mit Schnee gesehen. Sonst gab es immer gelben Sand. Es war immer sehr heiß. Hier war es so kalt, daß der Held Lungenentzündung bekam.

Turid saß mit straffem Gesicht da und starrte durch die Flaschenbodenbrille den Bildschirm an. Ihr Mund war halbgeöffnet, sie war hin und weg. Ich sah ihr Profil. Ihre Lippen waren naß von Spucke und Campari, von dem bald nichts mehr übrig sein würde.

Oscar döste. Die Berge draußen versetzten niemanden in der Messe mehr in Panik, obwohl die Sonne so energisch darauf schien. Und soviel ich wußte, hatte von den anderen niemand geschlafen. Konnten die nicht bald ins Bett gehen und mich in Frieden trinken und mit Georg reden und an Bord meines neuen schwimmenden Zuhauses zur Ruhe kommen lassen? Ich war im Grunde doch wohl sehr viel anders als Torvald. Ich erlebte lieber solo. Mit Promille im Blut.

Ich ging mit meinem Glas hinauf auf Deck. Turid drehte sich um und starrte zu mir hoch. Ihre Augen schienen hinter den Brillengläsern hervorzuquellen, ihre Lippen glänzten feuerrot und verzogen sich zu einem Lächeln, das ihre oberen Vorderzähne entblößte. Ich blickte in eine andere Richtung, rieb mir energisch die Wange und verließ die Messe, suchte mir auf dem Gang meine Daunenjacke und lief an Deck. Ich sah mich plötzlich ein spitzes Messer in einen solchen Augapfel stoßen, hörte das raschelnde Geräusch, als sich der Druck hinter der Hornhaut ausglich, und betrachtete eine glasklare gelee-ähnliche Flüssigkeit, die salzig wie Meerwasser aus der Stichwunde quoll.

Ich mußte die Kapuze aufsetzen und sie unter meinem Kinn fest zusammenhalten. Wir hatten ein gutes Tempo erlangt, quer über kleine Wellenkämme. Der Himmel war noch immer klar, der Fjord noch immer riesengroß. Die Wolken hatten sich am Horizont noch stärker zusammengeballt, waren zu einem zusammenhängenden flauschigen Band in orangen und rosa Pastelltönen geworden. Samuel hatte recht gehabt, das hier war ein Meeresarm. Hinter dem Boot, im Windschutz, hing eine Vogelschar in der Luft und folgte uns im Tempo des Schiffes. Ich leerte mein Glas und steckte es in die Tasche, dann gab ich mir Feuer. Durch ein Bullauge konnte ich die Japaner im Salon sehen, die gerade ihre Habseligkeiten einsammelten. Ich ging bis zum Bug und mußte mich dabei an der Reling festhalten. Ein Ruck durchfuhr das Schiff immer dann, wenn es einen Wellenkamm erreichte, aber es war leicht, diesen Rhythmus zu durchschauen und die eigenen Bewegungen anzupassen. Am Bug reichte die Reling mir bis zur Brust, und es war eisigkalt, als ich breitbeinig dastand und das Panorama betrachtete, auf das wir jetzt zuhielten: eine Art Meerenge, so breit wie der Isfjord, der vermutlich rechts von uns lag. Berge ohne jegliche Vegetation, herbstliche Hochgebirgsnatur bis ganz zum Strand.

Es war unmöglich, ohne Handschuhe zu rauchen. Die Finger meiner rechten Hand erstarrten zu Eis. Ich warf die Zigarette über Bord. Der Wind erfaßte sie und ließ sie hinter mir auf Deck landen. Ich mußte mich mit dem ganzen Oberkörper über die Reling lehnen, um einen Luftzug zu finden, der sie ins Wasser brachte. Dort sah ich den Bug, die Spitze des Schiffsrumpfes. Das Wasser schäumte einen Meter hoch vor der blauen, metallenen Messerspitze auf, und dort stand der Name, Ewa, in Weiß. Das W sah aus wie ein auf dem Kopf stehendes M. Ich spürte, wie mir das Blut in den Kopf strömte, während ich über der Reling hing und die gewaltigen Kräfte sah, dem Lärm der Motoren und Wassermassen lauschte, den schreienden Vögeln. Ich befand mich an Bord all dessen, was hier vorwärts donnerte.

Meer und See hatten schon immer die Menschen angezogen, sie erbarmungslos von zu Hause weggeholt. Frauen und Kinder hatten weinend Booten und Schiffen nachgewunken, ohne zu wissen, wann sie ihre Lieben wiedersehen würden, hatten in Sturmnächten wachgelegen und zu Gott gebetet. Das Meer hatte Leben genommen und Brot auf den Tisch gebracht. Einmal Seemann, immer Seemann. Das Land galt nicht, war nur eine Zwischenstation. In diesem Moment begriff ich, warum. Es ging nicht um das Meer, um die Einkünfte oder die Naturerlebnisse. Nein, es ging darum, in Bewegung zu sein, unterwegs von etwas, zu etwas, niemals in Ruhe, niemals in Ruhe. Man konnte ganz still in der Koje liegen und trotzdem dabei unterwegs sein. Eine Koje an Land hielt uns dagegen fest.

Ich richtete mich auf. Ich hatte schrecklichen Hunger. Hatte auch andere schon über Hunger klagen hören. See und Seeluft waren daran schuld. Aber wo sollte ich jetzt etwas zu essen finden? Vorher wollte ich auf jeden Fall noch eine Runde um das Boot drehen, mich damit vertraut machen.

Das Deck war frisch gespült. Sogar die weißen Särge mit den Rettungsanzügen. Hier und dort lagen ordentlich aufgewickelte Taurollen, in einem mir unbekannten System. Der Zodiac bewegte sich im Takt der Ewa, festgezurrt, unfähig, seine neunzig PS zu benutzen. Über mir lag die Brücke, mit riesigen Fenstern über die ganze Breite des Bootes. Ich konnte ein Gesicht erkennen, zwei Augen, die hinter den Sonnenreflexen funkelten. Kapitän Sigmund auf seinem Posten.

Ich schlüpfte in die enge Passage zwischen Wand und Reling, um nach achtern zu gelangen, wo man es sich im Halbkreis mit Pfadfinderliedern gemütlich machte. Ich kam an der Tür zum Maschinenraum vorbei, sie stand offen. Die Hitze schlug mir entgegen, und, durch den Lärm der Dieselmotoren: Gelächter. Hysterisches Gelächter. Ich blieb stehen. Jemand kam die Treppe hochgerannt, aber ich bewegte mich nicht. Es war Frikk. Sein lachendes Gesicht wurde wachsam, als er mich entdeckte.

»Hallo«, sagte ich. »Neue Freunde gefunden?«

»Ja«, war alles, was er sagte, ehe er sich an mir vorbeiquetschte. Aber diese kurze Antwort hatte genügend Luft aus seiner Lunge entweichen lassen, um mir klarzumachen, daß er geraucht hatte. Keine Prince, sondern einen guten Joint in guter Gesellschaft. Ich fragte mich, ob das ein Grund zur Besorgnis sei, glaubte das aber nicht. Es konnte ja wohl nichts schaden, daß sich die Maschinisten ihre Arbeit mit einem Joint versüßten. Schlimmer wäre es, wenn Sigmund schwankend hinter dem Steuerruder stünde.

Ganz weit achtern stieß ich auf die Plastikwand. Ein grober Reißverschluß aus Plastik zog sich von Dach zu Deck. Ich öffnete ihn und trat in einen Raum voll gelbem Licht, der Farbe des Materials, das Wind und Wetter aussperrte. Unklare Fenster wie in einem Zelt ließen ein wenig Licht und Aussicht herein, und ein riesiger kalter Holzofen bewachte diesen zehn Quadratmeter großen, geschlossenen Raum, den die Plastikplane geschaffen hatte. An der Innenseite der Reling waren orange Schwimmwesten befestigt, mindestens fünfzig an der Zahl, und an der Wand waren weiße Campingstühle aufeinandergestapelt. Eine Tür führte in die Messe, und auf beiden Seiten gab es Bullaugen. Ich zündete mir noch eine Zigarette an und zog die Aschenschublade aus dem Ofen, während ich zu den anderen hineinblickte. Der Film hatte die letzte Phase erreicht, ich hörte gedämpfte Schüsse. Drei Hinterköpfe waren alles, was ich sehen konnte. Dana, Oscar und Samuel. Turid war offenbar ins Bett gegangen. Zwei einsame Zimtwecken lagen noch in der Schüssel. Ich hatte gerade beschlossen, sie mir anzueignen, als Georg vom Gang her die Messe betrat. Er schaute in meine Richtung, entdeckte mich sofort, schnappte sich die beiden Wecken und kam durch die Messe zu mir aufs Achterdeck. Als er die Tür öffnete, hörte ich Clint seinen Verfolgern den Tod androhen.

»Na, paffst du schon wieder?«

»Ja. Willst du beide Wecken?«

»Ich wollte eigentlich noch ein bißchen Pflaumengrütze. Du kannst eine haben.«

Er kaute und rauchte dabei eine selbstgedrehte Zigarette, die in der Mitte so dick war wie eine Zigarre.

»Wo sind wir jetzt?« fragte ich.

»Im Forlandssund. Wir kommen bald an Sarstangen vorbei, und dann muß ich dem Sigmund helfen.«

»Sarstangen? Vor vielen Jahren habe ich mal ein Buch gelesen, das handelte von Sarstangen und einem Bulldozer ... Ich glaube, das hatte ein Schwede geschrieben.«

»Den Film hab ich in der Glotze gesehen. Aber das war kein Schwede. Ich glaube, das war ein Deutscher. Mir hat der nicht gefallen.«

»Der Deutsche?«

»Nein, der Film, du Dussel. Ich hab doch gesehen, wo sie mit dem Boot waren, hab alles wiedererkannt. Und das hat alles nicht gestimmt.«

»Aber jedenfalls waren sie bei Sarstangen.«

»Ja. Und da sind wir auch bald. Wir haben ein verdammt gutes Tempo, ich weiß ja nicht, wieso der Sigmund es so eilig hat ... wir haben doch Zeit genug ...«

»Der will in die Wildnis. Will die ganze Zivilisation hinter sich lassen. Barentsburg und Ny-Ålesund.«

Georg lachte. »Ja, der Sigmund ...«

»Ist der immer so sauer?«

»Nei-hein. Er ist einfach so.«

»Der muß doch haufenweise Geld verdienen?«

»Er hat es satt. Hat diese Tour hier schon so oft gemacht. Hat es satt. Wird auch langsam alt.«

»Und was ist mit dir?«

»Mit mir? Ich muß einfach auf See sein. Sonst krieg ich Gicht und werde unmöglich. Ich hab's ausprobiert. Glaub nicht, ich hätte das nicht ausprobiert ...«

Er hustete dröhnend.

»Auf was für Schiffen bist du denn gefahren?«

»Auf allen! Fischkuttern und Trawlern. Auch auf Tankern, aber das hat mir nicht gefallen.«

»Und was hast du gefangen?«

»Wal. Und Seehunde im Osteis.«

Georg linste durch das Plastikfenster, nachdenklich, als erinnere er sich an alle Fangtouren, wo sich die Seehundsleichen auf Deck stapelten und der Finnwal neben dem Schiff hergezogen wurde.

»Ich habe Hunger«, sagte ich.

»Dann werfen wir mal einen Blick in die Pantry.«

»Wohin?«

»Dahin, wo das Essen ist.«

Der Film war zu Ende, und Oscar machte sich am Videogerät zu schaffen. Er betrachtete die verschiedenen Knöpfe aus nächster Nähe, dann drückte er sorgfältig auf stop und rewind. Samuel kümmerte sich um die Fernbedienung. Dana war schon gegangen.

»Gute Nacht!« sagte Georg, als wir an ihnen vorbeikamen. Wir gingen in die Küche, wo alle Tische glänzten und die Schränke mit soliden Haken versehen waren. Georg öffnete ganz hinten eine Tür. Die Pantry, mit Regalen, vom Boden bis zur Decke mit Schüsseln und Tellern gefüllt, die mit Zellophan und Alufolie überzogen waren. Ich beschloß, dieses Zimmerchen Speisekammer zu taufen; langsam reichten mir diese ganzen Seeausdrücke, die die Küche zur Kombüse und das Eßzimmer zur Messe und das Gummiboot zum Zodiac und Wecken zum Mahnen und Wache zum Törn machten.

»Himmel, was habe ich für einen Hunger«, sagte ich.

»Nimm dir, was du willst.«

»Darf ich das?«

»Ihr bezahlt doch dafür.«

Korrekt. Das war mein Essen. Georg suchte sich die Schüssel mit der Pflaumengrütze und langte zu. Ich erschnupperte mir den Weg zu Brot und überbackenen Kartoffeln. Ausgezeichnet auf Brot. Danach ein kurzer Abstecher zum Kühlschrank, um dann mit einem Carlsberg einen erlesenen nächtlichen Imbiß verzehren zu können. Georg aß mit Kinn in Tellerhöhe Pflaumengrütze. Und dann stand Sigmund da.

»Sarstangen«, sagte er und machte kehrt.

»Darf ich raufkommen und zusehen?« flüsterte ich Georg zu.

»Sicher, halt erst mal den Mund ... warte, bis wir durch sind und der Sigmund in der Koje liegt.«

Auf der Brücke regierte peinliche Ordnung und Genauigkeit. Eine schwarze Seekarte bedeckte einen Tisch in der Mitte, auf dem Zirkel, Bleistift und Radiergummi bereitlagen. Gesteuert wurde mit einer Menge von Instrumenten auf der rechten Seite. Ein Radarschirm zeigte hellgrüne Felder, die ich für Land und Eis hielt. Sigmund würdigte mich keines Blickes.

Vor uns lag ein enger Sund. Und er war wirklich eng, nicht nur in svalbardischem Maßstab. Die großen Fenster vorn ließen Licht herein, die Sonne ließ alles Blankgeputzte funkeln. Georg besprach mit Sigmund Kurs und Knoten, nahm sich verschiedene Handbücher, dann betrachtete er durch ein Fernglas die Berge. Er verglich alles mit einem Bild im Buch. Ich reckte den Hals. Es ging um den Berg links.

»Hier ist es nur vier Meter tief ... wir müssen genau mitten durch«, sagte er leise.

Das dauerte seine Zeit. Sigmund befolgte Georgs Anweisungen, und das Boot schien sich kaum zu bewegen, als wir den Sund passierten. Ich entdeckte zwei Füchse, die an Land spielten.

»Oi! Schaut mal!« rief ich und zeigte darauf. Sigmund fuhr zusammen, schaute aber in die Richtung, in die mein Zeigefinger wies.

»Polarfüchse«, sagte er.

Als ob ich das nicht kapiert hätte. Idiot. Keinerlei Begeisterung zu merken, und Georg war noch immer zu sehr mit Fernglas und Karte beschäftigt, um auf mich zu achten.

Der eine Fuchs jagte verspielt hinter dem anderen her, der versuchte, sich hinter den Steinen zu verstecken, um danach überraschend hervorzuspringen. Auf das Boot achteten sie nicht. Wahrscheinlich waren sie von Parasiten übersät.

»Jetzt sind wir durch«, sagte Georg, und Sigmund nickte und ging. Georg trat an Sigmunds Platz und steigerte das Tempo.

»Jetzt sind wir bald in Ny-Ålesund«, sagte er. »Nach dem Frühstück geht ihr an Land, willst du nicht schlafen?«

»Bald. Erzähl mir vom Teddybären, dann kann ich von ihm träumen.«

Er lachte. »Erzähl mir doch nicht, daß du von Teddybären träumen willst!«

»Doch! Erzähl mir, wieso er so gefährlich ist.«

»Weil er einen Sprung in der Birne hat. Er ist lebensgefährlich, es gibt jetzt viel zu viele von seiner Sorte, hier oben vielleicht dreitausend. Deshalb hat er Hunger, das kannst du dir ja denken. Es gibt nicht genug Seehund für alle.«

»Und trotzdem gehen wir an Land und ...«

»Keine Panik. Wir sind bis an die Zähne bewaffnet.«

»Sind sie alle gleich gefährlich?«

»Neeeinn, bei manchen ist die Angst größer als der Hunger. Aber sie haben keine natürlichen Feinde, weißt du. Eine Bärin mit Jungen muß sich vor dem Bären hüten, sonst frißt er die Kleinen auf, aber sonst kann ihr nichts passieren. Und zwei Jahre alte Junge, die zum ersten Mal allein unterwegs sind ... die sind ganz klein mit Hut. Am schlimmsten und gefährlichsten sind die alten Bären, die alles mögliche erlebt haben, denen kannst du Bärenschuß zwischen die Füße knallen, und die bleiben völlig unbeeindruckt stehen.«

»Himmel, was macht man dann?«

»Man macht, daß man wegkommt.«

»Aber ...«

»Kein aber. Jetzt mußt du schlafen gehen. Ich hab sonst nie nachts Eulen auf der Brücke. Das macht mich ganz nervös.«

Er lachte unter seinem Schnurrbart, und davon wackelte sein Kinn.

»Nicht auf Eisberge auflaufen, während ich schlafe.«

»Wir kriegen erst morgen richtiges Eis. Du kannst ganz unbesorgt losschnarchen.«

Und seltsamerweise glaubte ich ihm, daß ich unbesorgt schlafen könne. Die Ewa schaukelte mich wie in einer Umarmung. Sie lullte mich ein, trug mich und legte mich in eine Wiege, von wo aus ich zu einem weißen Tüllhimmel hochblickte, Fliegen summen hörte, den Duft des Sommers spürte. Ich schlief und träumte und zeichnete Striche, es war Bergesens Gesicht, unter einer stechenden Sonne, die schwarze Schatten in dieses Gesicht malte. Ich liebte mich mit dieser Zeichnung, spürte den Geschmack von Kakao und sah, wie mein Schweiß auf dem Papier dunkelgraue Flecken hinterließ.

Ich hatte erst wenige Stunden geschlafen, als ich diesen entsetzlichen Schrei hörte. Ich hatte die Augen noch nicht aufgemacht, als ich auch schon aufgesprungen war. Mein Reisewecker zeigte vier Uhr. Die Sonne schien durch das Bullauge, und einen Moment lang glaubte ich, es sei vier Uhr nachmittags, aber dann fiel mir ein, wo ich war.

Wieder ertönte der Schrei, gefolgt von hysterischem Geplapper und jammervollem Schluchzen. Eine Frau. Auf dem Gang. Ich zog meine Jeans an und rannte aus der Kajüte. Die Ewa machte eine heftige Bewegung, und ich mußte mich mit meinem ganzen Gewicht gegen die Tür stemmen, um sie öffnen zu können.

Dana kniete vor dem Bücherschrank. Sie hatte eine Schublade herausgezogen und allerlei Papiere ausgekippt, die jetzt um sie herum verstreut waren. Alles in ihrem Gesicht war weit aufgerissen: Augen, Mund, Nasenlöcher. Tränen und Speichel liefen durcheinander, ihre Daunenjacke stand offen. Sie rappelte sich auf, ohne mich zu bemerken, hob die Schublade auf und schien genau zu wissen, was sie damit vorhatte. Sie rannte die Treppe hinauf und schrie wieder schrill und laut.

Ich rief hinter ihr her. »Was ist denn los? Was ist passiert? Ist denn etwas passiert?«

Andere Kajütentüren öffneten sich. Verdutzte Gesichter unter zerzausten Haaren. Ich hämmerte an die Tür von Per und Pia. Per hatte schon seine Hose angezogen.

»Was ist denn los, zum Teufel?« keuchte er und zog seinen Reißverschluß zu.

»Dana. Die muß ausgerastet sein. Sie ist mit einer Schublade nach oben gestürzt.«

»Mit einer Schublade ...?«

Ich lief hinter Per her, und auf der steilen Schiffsleiter wäre ich fast von seinen Absätzen im Gesicht getroffen worden. Die Tür zum Deck stand sperrangelweit auf. Per warf im Vorbeirennen einen Blick in die Messe. Sie war leer.

Wir fanden Dana beim Zodiac. Auf dem Deck lag ein Seehund, frisches Blut strömte aus einer Schußwunde in seinem Kopf. Daneben lagen griffbereit ein Wasserschlauch und ein riesiges Brett. Dana hatte die Schublade zum Schlag erhoben, entdeckte uns und brüllte: »Wo steckt er? Ich briiiiing ihn um!«

Per ging langsam auf sie zu. »Ganz ruhig«, sagte er. »Ganz ruhig, Dana. Bitte ...«

»Ich briiiiing ihn um«, schluchzte sie. Rotz und Tränen und Seehundsblut flossen. Ich trat zwei Schritte vor und schaute zu den Fenstern der Brücke hinauf. Eines öffnete sich. Georg streckte den Kopf heraus.

»Ich dachte, alles schläft, verdammter Mist!« rief er, aber beim Anblick seines Gesichts wurde Dana wieder hysterisch. Sie schloß die Augen und schrie, vom Solar plexus herauf, ein Schrei, der über die Wellen jagte und die Vögel veranlaßte, auf dem Wasser zu landen und sich nervös an den Federn zu zupfen.

»Himmel, Georg! Du lernst es einfach nie!« rief Per.

»Ich konnte doch verdammt noch mal nicht ahnen, daß wir schon wieder solche Leute an Bord haben!«

Per entriß Dana die Schublade. Sie sank neben dem Seehund zu Boden und streichelte ihn, und dabei weinte sie leise. Die anderen kamen aus der Tür hinter uns. Ich hörte Georg oben fluchen, lange, komplizierte Flüche, zu denen nur die Leute aus Nordnorwegen genug Phantasie, Training und Improvisationstalent besitzen. Per reichte mir die Schublade und hockte sich neben Dana.

»Versuch doch, das zu verstehen«, sagte er. »Damit füttern wir die Eisbären.«

»Neeein!« rief Dana. »Seehunde sind schön. Einfach wunderschön.«

Georg schlug das Fenster zu. Izu, in einer Art Samtnachthemd, trat neben mich. Sie klapperte mit den Zähnen, aber ihr Blick wich nicht von Dana und dem Seehund. Nun tauchte auch Pia auf und befahl uns mit energischer Stimme, ins Schiffsinnere zurückzukehren. Einzelne ließen sich nur widerstrebend schieben, wie Oscar zum Beispiel, der glaubte, Dana brauche erst etwas zur Beruhigung.

»Oscar ist Psychologe«, sagte ich. »Vielleicht kann er ihr helfen.« Pia ließ los, und Oscar schlug vor, Sigmund zu wecken, der offenbar den ganzen Lärm verschlafen hatte.

»Der hat sicher ein Beruhigungsmittel«, meinte Oscar.

»Das übernehme ich«, sagte Pia leise. Und laut sagte sie: »Also rein mit euch. Hier gibt es nichts zu sehen.«

Per hatte Dana zum Aufstehen gebracht. Sie trat taumelnd von einem Fuß auf den anderen, war viel zu nervös, um sich dem Rhythmus des Schiffes anzupassen. Per und ich konnten sie in die Messe lotsen, wo ich ihr ein Bier holte. Pia erschien keuchend mit einer Tablette. »Nimm das hier«, sagte sie.

Dana spülte die Tablette mit dem Bier hinunter. Per holte für sie einen Stapel weiße Servietten, und sie wischte sich damit das Gesicht ab.

»Wie entsetzlich ... wie grausam«, murmelte sie, und dann folgte noch allerlei auf italienisch, was sicher ebenfalls dieses entsetzliche Erlebnis beschrieb.

»Pia bringt dich ins Bett«, sagte Per.

Ich ging wieder auf die Brücke.

Georg stand allein da. Niemand von den anderen Fahrgästen hatte sich berufen gefühlt, das von Dana ausgesprochene Todesurteil zu vollziehen. Georg grinste, als er mich sah.

»Ja verdammt, was für ein Höllenlärm. Wollte sie mich mit der Schublade umbringen?«

»Offenbar.«

»Gut, daß ich gerade ans Steuer mußte, ehe ich mit Schälen anfangen konnte.«

»Ist sie von dem Schuß geweckt worden?«

»Ja, wahrscheinlich. Ihre Kajüte liegt gleich in der Nähe. Aber ich wollte es riskieren, er lag so passend auf einer kleinen Eisscholle. Ich brauchte ihn einfach nur zu pflücken.«

»Was für Leute hattet ihr auf der letzten Tour? Die du Per gegenüber erwähnt hast?«

»Solche Greenpeaceleute, die fast alles falsch verstanden haben. Meine Fresse, die hab ich ja vielleicht satt. Nicht mal eine Schnute kann man noch schießen, ohne daß die Welt auf dem Kopf steht ...«

Er steckte sich eine Zigarette an und öffnete das Fenster einen Spaltbreit. »Sind jetzt alle wieder im Haus? Ist die Küste da unten klar?«

»Glaub schon.«

»Und die italienische Eule ist am Bett festgebunden?«

»Sie hat eine Tablette gekriegt. Und die Schublade hat sie nicht mehr.«

»Ich wollte gerade das Messer holen, als sie hier auftauchte. Gut, daß sie das nicht mehr gesehen hat, sonst hätte sie mich bestimmt abgemurkst. Was für eine Eule! Das ist das Verrückte an dieser ganzen Bande ... denen sind Tiere wichtiger als Menschen. Und die haben doch keine Ahnung von der Natur.«

»Kann ich nicht solange hier oben aufpassen?«

Er lachte. »Du weißt doch bestimmt nicht, was du zu tun hast.«

Ich wollte mich in aller Bescheidenheit ein wenig über meine Kenntnisse in bezug auf Flugzeuglenkung verbreiten und behaupten, das hier könne auch nicht schwieriger sein, als er sagte: »Geh ruhig nach unten. Hier ist klare Sicht für die Zeit, die ich brauche, um ihn zu schälen.«

Ihm ging es um den Speck. Schälen war ein gutes Wort, denn die Haut wurde nicht vom Speck getrennt. Der Kopf und ein dünner Streifen aus rottriefendem Fleisch, der im Schwanzstummel endete, gingen über Bord. Georg hatte ein Paar dicke Gummihandschuhe angezogen und hackte den Speck in passende Stücke, die er dann zuerst in einen Müllsack und dann in ein niedriges Gerätehäuschen vor dem Zodiac steckte. Danach spülte er Blut von Deck und Brett, während ich rauchte und hellwach alles beobachtete. Es dauerte nur wenige Minuten.

»Die wird mich für den Rest der Reise hassen«, murmelte er. »Ich werd meinen Arsch hüten müssen.«

»Ja, vor zwei Dingen soll man sich auf der Welt hüten«, lachte ich.

»Ach ... *du* bist wirklich ganz in Ordnung.« Er grinste.

Ich holte auf dem Rückweg die Schublade aus der Messe und schob sie mit den Papieren wieder in den Schrank. In meiner Kajüte nahm ich meine Zeichensachen und skizzierte rasch die Szene von vorhin. Dana mit zum Schlag erhobener Schublade, Georg, der mit einem Bootshaken den Seehund von der Eisscholle fischte. Ich schlug eine neue Seite auf und zeichnete die spielenden Füchse und die Berge. Zwei Stunden lang trank ich Gin und zeichnete Berge und ging manchmal ans Bullauge, um sie mir genauer anzusehen. Licht und Luft konnte ich einfach nur vergessen, aber die Berge waren eigentümlich genug, um meinen Zeichnungen Leben zu geben.

Dann fiel mir ein, daß die Schublade verschiedene Karten enthalten hatte, und ich schlich mich hinaus, um sie zu holen. Die anderen hatten alle ihre eigenen Karten mitgebracht, nur ich war nicht umsichtig genug gewesen.

Jetzt aber hatte ich eine. Es war keine Seekarte, sondern eine von der Sorte, aus der auch ich schlau wurde. In der Kajüte verglich ich die Karte mit der runden Aussicht hinter dem Bullauge und wußte dann, daß wir jetzt den Kongsfjord erreicht hatten, an dessen Ende sich der Gletscher Kongsbreen erhob. Der Berg mitten am Horizont mußte der 802 Meter hohe Grimalditoppen sein.

Grimaldi. Das hörte sich italienisch an. Und damit prustete ich los. Ich hielt mir die Hände vor den Mund, weil Pia und Per nicht begreifen sollten, wie hellhörig alles hier war. Ich lachte Tränen beim Gedanken an eine verrückte Italienerin, die mit einer Holzschublade Jagd auf Georg machte. Ich brauchte zur Beruhigung noch einen letzten Schluck aus der Flasche und eine Zigarette, und ich blies den Rauch durch das Kuhauge, was jetzt vermutlich streng verboten war. Jetzt fehlte nur noch die plötzlich einsetzende Sprinkleranlage.

»Das wird immer lustiger«, flüsterte ich einem Vogel zu, der sich in Erwartung von Küchenabfällen genau vor dem Bullauge herumtrieb. Seine Federn glänzten im Nachtlicht mattrosa. Der Vogel zwinkerte mit den Augen, dann flog er senkrecht auf und war verschwunden. Ich fragte mich, ob Andersen mich wohl vermißte.

Beim Frühstück waren alle ziemlich angespannt. Wir warteten auf Dana. Ruhig lagen wir in Ny-Ålesund am Kai, und ein früher Morgendunst hing über dem Fjord und hüllte die Berge ein – auch den Grimaldi-Gipfel, und mir fiel plötzlich ein, daß die Fürstenfamilie von Monaco mit Nachnamen Grimaldi heißt. Himmel, was schleppt man doch für unnützes Wissen mit sich herum, und dabei löse ich nicht einmal Kreuzworträtsel. Die Fürstenfamilie von Monaco ist mir doch scheißegal. Jetsetter. Reiche Idioten mit Schränken voller Silberservice von Fabergé, die sie nicht verdient haben.

Der Frühstückstisch wies nüchterne Schiffskost auf. Zwei Sorten Marmelade, zwei Sorten Käse, Schinken, Makrele in Tomate. Und Haferbrei. Aber niemand beklagte sich. Turid schmierte sich Himbeermarmelade auf den Käse und leerte ein Glas Milch, ehe sie es noch einmal füllte und sich setzte. Zwei Glas kalkhaltige Flüssigkeit, so ist es, wenn man alt wird: Die Angst vor brüchigen Knochen entscheidet über unsere Eßgewohnheiten.

Als Dana endlich auftauchte, hatten wir in der Messe die nächtlichen Ereignisse in vier Sprachen durchgekaut. Und wir hatten uns unmerklich in zwei Lager geteilt: die, die Georg für einen blutrünstigen Norweger und Dana für eine ehrliche Idealistin hielten, und die, für die Dana eine Gans und Georg ein eingefleischter Jäger war, den man nehmen mußte, wie er war. Samuel, Turid und Frikk, die Franzosen und Izu gehörten zur ersten Kategorie, der Rest zur zweiten. Also hatten die nächtlichen Szenen auch zu einer Spaltung im norwegischen Lager und zwischen Oscar und Samuel geführt, die eigentlich gute Freunde geworden waren.

Während Dana am Büfett zulangte, führten Oscar und Samuel deshalb ein leises, aber hitziges Gespräch. Nuno und Sao stauchten abwechselnd Izu zusammen, in der Gewißheit, daß sie sonst von niemandem verstanden wurden. Izu hatte inzwischen beschämt den Kopf gesenkt und akzeptierte das, was sich für mich wie ein richtiger Abfallhaufen anhörte, von der Sorte, von der der Vogel vor meinem Fenster geträumt hatte. Weder Nuno noch Sao lächelten. Ich fand, daß sie übertrieben.

»Jetzt hört aber auf«, sagte ich. Alle drei starrten mich an.

»Sie muß doch meinen dürfen, was sie will«, fügte ich hinzu.

»Was?« fragte Sao oder Nuno. Ich wiederholte, sah aber ein, daß der Satz einen Fingerbreit über ihrer sprachlichen Kompetenz lag. Ich zeigte auf Izu und sagte: »Sie meint, was sie will.«

Das brachte sie zum Schweigen. Nuno und Sao glotzten mich haßerfüllt an. Das war eine Erleichterung nach dem vielen Lächeln, geradezu eine Traumsituation. Aber dann übernahm Samuel das Lächeln. »Finde ich auch«, flüsterte er. »Georg kann doch nicht einfach einen unschuldigen Seehund abknallen.«

»Sicher kann er das«, widersprach ich. »Willkommen in Norwegen.«

»Aber ich dachte ... wo du doch ...« Er machte eine verzweifelte Handbewegung in Richtung Japaner.

»Sie hat das Recht auf ihre eigene Meinung. Ich habe zu Hause Stiefel aus Seehundsfell.«

»Aber, aber«, murmelte Oscar.

»Du bist meiner Meinung. Also halt die Klappe«, sagte ich.

»Turid und Frikk sind auch aus Norwegen«, sagte Samuel, er ließ nicht locker. »Und die finden durchaus nicht, daß Georg ...«

»Wir sind nicht unbedingt einer Meinung, bloß weil wir alle aus Norwegen sind«, fiel ich ihm ins Wort, senkte dann die Stimme und sagte: »Turid hat ... vermutlich ihr Leben lang ihre Lebensmittel im Supermarkt gekauft und nie den großen Zusammenhang zu sehen brauchen. Und Frikk ... der ist ein junger Träumer.«

Samuel murmelte etwas darüber, daß Supermärkte nicht viel mit der Sache zu tun hätten. Ich gab keine Antwort, sondern betrachtete statt dessen Turid, die ihr drittes Glas Milch füllte. Ihre Hände sahen aus wie Adlerkrallen, ihr Kehlkopf wanderte auf und ab, wenn sie schluckte. Die Haut an ihrem Hals war alt und fleckig.

Dana setzte sich allein an einen Tisch, hatte aber nicht bedacht, daß alle, die aus der Messe hinauswollten, an ihr vorbei mußten. Das Frühstück war im Nu erledigt, wir wollten ja an Land. Geld und Kreditkarten brannten in den Touristentaschen, auch in meiner. Dana versteckte sich hinter ihren Haaren, die ihr ins Gesicht fielen, und aß mit einem Löffel ungezuckerten Haferbrei. Sie hatte offenbar nicht gewußt, daß es Haferbrei war, aber sie aß tapfer und schluckte schwer. Samuel drückte ihre Schulter, als er an ihr vorbeiging, und Izu nahm sie in den Arm. Dana blickte auf. Ihre Augen waren rotgerändert. Die Franzosen machten für sie das V-Zeichen, und nach soviel moralischer Unterstützung setzte sie sich ein wenig gerader. Georg hatte recht, für den Rest der Tour mußte er wirklich seinen Hintern hüten.

Draußen war es windstill, die Luft war feucht und im trüben Nebellicht farblos. Ich rauchte an Deck eine und holte dann Geld aus der Kajüte, während die anderen an Land gingen, begierig darauf, ihr Geld loszuwerden. Ich mußte an ein altes Hinweisschild an der E 6 denken: *Letzte Tankstelle vor dem Gebirge.* Das hätte hier auch stehen können. Letzte Einkaufsmöglichkeit vor der Wildnis, 79° Nord. Sieben oder acht Häuser und einige Masten drängten sich aneinander. Die eine oder andere ortsansässige Seele wanderte mit einem Gewehr über der Schulter umher. Jean entdeckte ein Rentier, das vor einem der Häuser äste, und rannte mit erhobener Kamera hin. Ich konnte ihn und Philippe jetzt unterscheiden, ich hatte nämlich entdeckt, daß Philippe eine echte Rolex hatte.

Per und Pia gingen an Land, und auch Sonja kam angeschlichen. Sie war fast unsicher, wie ein kleiner Geist, der über den Boden huscht. Hübsch, auf eine junge, ungewaschene Weise. Lena kam aus der Tür und rief hinter ihr her: »Es muß aber light sein.« Sonja nickte und ging weiter in Richtung der Häuser.

Ein leichter Windhauch trug einen entsetzlichen Gestank an meine Nase, einen Gestank, der aus dem Bug des Schiffes kam. Konnte das der Speck sein? Ich ging ihm nach, und vor der Ewa lag ein kleiner Fischkutter am Kai. Männer in verdreckten Hosen aus Ölzeug machten sich an Fischen zu schaffen, die zum Trocknen aufgehängt waren oder in blutroten Fischkästen lagen. Das Deck war von Fischabfall verschmiert.

Georg trat hinter mich: »Ja, das ist ein trauriger Anblick, siehst du, wie tief sie im Wasser liegt?«

Ich nickte.

»Die kommen von den Färöern und kriegen hier keinen Diesel, haben kein Geld. Aber die Behörden garantieren für sie, das habe ich eben per Funk gehört.«

»Fahren die nach Hause?«

»Nein, die fahren ins Schlupfloch. Mit dem Kahn da brauchen sie drei Tage dafür. Die gehen mit Mann und Maus unter, wenn es Sturm gibt. Gehst du an Land?«

»Ja, und du?«

»Aber klar. Ich muß nur schnell mein Geld holen. Muß ich meine Fahrkarte mitnehmen?«

»Nein, hier ist alles frei. Hier steckt niemand die Nase in irgendwas.«

»Leck mich doch. Es gibt keinen Ort auf der ganzen Welt, wo die Leute sich nicht in alles mögliche einmischen.«

Ich holte meine Brieftasche. Georg kam hinterher und holte Geld aus seiner Kajüte.

»Du brauchst nicht für mich auszulegen. Und das mit dem Lecken erledigen wir später, wenn der Sigmund wach wird. Ich sag der Sonja Bescheid, damit sie mein Bett frisch bezieht.«

»Mach, daß du auf die Brücke kommst, du Seehundsmörder! Wieviel Tabak willst du haben?«

»Fünf Packungen, und für den Rest Schokolade. Und vergiß das Zigarettenpapier nicht.«

Izu stand allein beim Rentier, die anderen waren im Laden. Das Rentier stapfte auf kurzen Beinen umher, in tiefen Gedanken versunken, das Maul im Moos vergraben.

»Danke«, sagte Izu.

»Wofür denn?«

»Sie sind nett … sie haben Angst um mich …«

»Angst?«

»Sie passen auf. Daß nichts passiert ... nichts ...«

Ich verstand sehr gut, warum Filme aus den USA zu hoch für sie waren. Izu mußte um jede englische Vokabel ringen. Das war die Strafe dafür, daß sie in einem Land lebten, in dem alle Filme synchronisiert wurden.

»Nichts Gefährliches?« schlug ich vor. Izu nickte eifrig.

»Wer sind sie?« fragte ich. »Ist einer dein Mann? Sind sie deine Brüder?«

»Aber nein!« Sie lachte. Ein ganz normales Lachen, kein krampfhaftes Lächeln.

»Sao ist mein ... Anwalt und Nao mein ... Manager.«

»Anwalt und Manager?« wiederholte ich verblüfft.

»Verstehst du, ich bin ... großer Star in Japan«, sagte Izu leise, so als reine Information.

»Filmstar?«

»Auch Filme. Und Reklame. Und Theater ... auf der Bühne.«

»Bist du sehr berühmt?« fragte ich.

»Berühmt, ja. Wenn ich ausgehe ... überall Menschen ... alle wollen mich anfassen ... wollen Autogramm.«

»Aber nicht hier!« sagte ich.

»Nein! Hier nicht berühmt. Japan weit weg.«

Ich mußte plötzlich an diverse mittelmäßige norwegische Popstars denken, die in Japan plötzlich irrsinnig beliebt geworden waren, erinnerte mich an Aufnahmen von kreischenden japanischen Teenies hinter Polizeisperren, die ich in den Fernsehnachrichten gesehen hatte, und ich betrachtete Izu, die in Turnschuhen und einem schwarzen Overall mit gelber Kapuze neben mir stand. Ungeschminkt, die Haare zum Pferdeschwanz gebunden. Eine kleine Japanerin vor zackigen Bergen.

»Verdienst du haufenweise Geld?« fragte ich, ohne zu überlegen.

»Ja, wirklich haufenweise. Wir haben in Tokio ein hohes Haus mit vielen Büros. Alle arbeiten für Izu.«

»Aber du bist nicht verheiratet?«

»Das ist jetzt zu spät«, sie lächelte. »Ich bin mit meiner Arbeit verheiratet. In Japan muß eine Frau jung sein, darf nichts anderes machen.«

»Aber Sao und Nuno passen auf dich auf.«

»Ja. Sie waren entsetzt, weil ich nach Svalbard wollte. Sie ... mögen das Boot nicht. Zu klein, zu klein.«

Izu war ihre Geldmaschine, kein Wunder, daß sie ebenso hysterisch bewacht wurde wie Michael Jackson. Aber ihr ihre Ansicht über Robbenjagd vorschreiben zu wollen ging dann doch ein wenig zu weit.

»Willst du eigentlich einkaufen?« fragte ich.

»Nein, ich habe alles, was ich brauche. Ich will das Tier, das ... das ...«

»Das Rentier. Das Polarrentier.«

Mein Englischlehrer wäre stolz auf mich gewesen.

Ehe man in den Laden durfte, mußte man die Schuhe ausziehen. Die Regale quollen über von Parfüm und Zigaretten und Schokolade, und das nur wenige Stunden Seereise von Barentsburg entfernt. Zigaretten wurden nur stangenweise verkauft. Ich kaufte Zigaretten und Tabak und Blättchen. Der Boden schwankte unter meinen Füßen. Wenn ich mich ein wenig bewegte, schwankte er nicht mehr. Ich mußte ganz breitbeinig dastehen, um Ruhe zu haben, und ich wußte, wenn ich zu lange hier stehenbliebe, dann würde ich seekrank werden. Mir war schon ein bißchen schlecht.

»Und drei von den großen Dosen mit Erdnüssen«, sagte ich. Eigentlich hatte ich Schokolade kaufen wollen, aber die Übelkeit erweckte meinen Salzhunger. Für den Rest von Georgs Geld kaufte ich eine Fünferpackung Daim, Georg sollte nicht unter den Bocksprüngen meines Magens zu leiden haben.

Oscar und Samuel hatten sich in die Bildbände über Svalbard vertieft, die gleichen, die im Salon der Ewa auslagen. Hier wurden sie verkauft, und Samuel wollte offenbar einen haben.

Turid stand vor einem Kleiderständer. Dort gab es keine russischen Paillettenkleider, sondern teure Wollpullover mit Eisbärbildern. Frikk starrte die Pullover an, während Turid einen nach dem anderen hervorzog. Frikk schüttelte übertrieben heftig mit dem Kopf, als mache es ihm große Freude, sie alle scheußlich zu finden. Schließlich stampfte Turid mit dem Fuß auf. Sie stampfte wirklich mit dem Fuß auf und fauchte Frikk leise an. Er senkte den Kopf, und er zeigte auf einen schwarzen Pullover mit weißem Eisbären und gewebten Bändern an den Bündchen. Turid marschierte mit dem Pullover zur Kassiererin und warf eine VISA-Karte auf den Tresen. Ich betrachtete verstohlen Frikks Gesicht. Sein Trotz war offenkundig, aber hinter dem Trotz versteckte sich noch etwas anderes.

»Schöner Pullover«, sagte ich. »Du hast ganz schön Schwein.«

»Pa.«

»Benimm dich anständig«, sagte Turid laut, sie bedachte Frikk mit dem Colaflaschenblick und mich mit einem reizenden Lächeln.

Ich kam als erste zurück zum Boot. Georg saß in der Messe und fraß die restliche Backpflaumengrütze direkt aus der Schüssel. Daneben stand eine Schale mit Sahne.

»Schon fertig?« fragte er.

»Die anderen wollen noch die Sehenswürdigkeiten bewundern«, sagte ich. »Den Turm und so. Wo das Luftschiff Norge vertäut war.«

»Du aber nicht.«

»Keinen Bock. Bin ein bißchen müde.«

Ich ließ mich ihm gegenüber auf den Stuhl sinken.

»Die Sonja hat mein Bett schon neu bezogen.«

»Dussel. Hier ist dein Tabak.«

»Du weißt doch wohl, daß Svalbard eine einzige große erogene Zone ist? Warte nur!«

»Worauf denn?« Ich mußte lachen, dann aber entdeckte ich in seinem Blick einen Hauch von Flirt. Himmel ... Georg? Ein über fünfzig Jahre alter Seebär?

»Auf die Lust. Wenn wir nach Norden fahren. In die Wildnis. Warte nur. Ich habe meine Tricks, das kannst du mir glauben. Ich weiß, was Eulen mögen. Du wirst einen Arm brauchen, in dem du schlafen kannst ...«

»Wir haben viele Männerarme an Bord.«

»Denkst du jetzt an den Sigmund?«

»Nein ... aber vielleicht an Jean oder Philippe?«

»Diese Schnösel! Pa, die sind doch unter deiner Würde. Und sie haben eine gemeinsame Kajüte. Gott weiß, was die da zusammen anstellen. Ich werd die Sonja fragen, ob sie beide Kojen benutzen.«

»Laß den Quatsch, Georg, du spinnst doch.«

»Ich spinne, und ich bin gut im Bett. Vergiß nicht, ich hab mich an vielen Eulen versucht ... bin seit ich dreißig bin schon Junggeselle und Spielmann. Und immer diskret!«

»Diskret! Wenn du direkt vor dem Fenster von Greenpeaceleuten Seehunde abschießt?«

»Pu ... ja, dieser Blödsinn. Himmel, was für ein Aufstand ... war sie mit an Land?«

»Aber sicher. Hat Parfüm und Postkarten gekauft. Hat sich langsam wieder ein bißchen gefangen.«

Sigmund tauchte auf. Er goß sich aus der Thermoskanne Kaffee ein, holte Brot und Marmelade aus der Speisekammer und unterhielt sich mit Georg über den elenden Fischkutter, der zum Schlupfloch wollte. Ich stürzte mich mit politischem Geschütz in die Debatte, wollte Sigmund ein bißchen provozieren, entdeckte aber zu meiner Enttäuschung, daß er meiner Meinung war.

»Nein. Norwegen hat kein Monopol auf den Fischfang in der Schutzzone, das ist klar«, sagte er.

»Hat es wohl, zum Teufel!« sagte Georg.

»Nein!« sagte ich. »Weißt du nicht, daß Island zu achtzig Prozent vom Fischfang lebt? Bei Norwegen sind das nur zehn bis zwanzig Prozent.«

»Eben deshalb«, sagte Georg. »Die sind dermaßen vom Fisch abhängig, daß sie das Meer leerfischen. Hast du ihre Trawler gesehen? Die sind so riesig und teuer, daß sie pro Tag zwanzig Tonnen Fang brauchen, um sich zu rentieren. Und das ist viel zuviel.«

»Wenn wir mit ihnen verhandelten, könnten wir uns vielleicht über Quoten einigen«, sagte Sigmund. »Statt dessen gibt es Krieg und überall hier oben werden Fische gewildert.«

»Gewildert, ja! Verdammt, die machen doch das Meer total leer! Und dann erst die Spanier! Mit einer Maschenweite wie in einem Netzhemd! Komm mir nicht mit Quoten ... die haben doch keine Ahnung, was eine Quote ist. Die haben kein Gefühl für das

Gleichgewicht im Meer. Ich weiß, wovon ich rede. Scheiß Fischerei-Yuppies!«

»Wenn sie an den Entscheidungen beteiligt würden, könnten sie vielleicht so ein Gefühl entwickeln«, sagte ich. »Sie sind wie Kinder, die im Küchenschrank Mutters Bonbondose entdecken und einfach zulangen. Wenn das Kind seine eigene Bonbondose hätte, würde es vielleicht einen Teil vom Inhalt aufbewahren, aber weil die der Mutter gehört, macht es sie sofort leer. Weil es sich nicht verantwortlich dafür fühlt.«

»Genau«, sagte Sigmund.

»Ach, haltet doch die Fresse. Ihr habt doch keine Ahnung. Bonbondose! Hier geht es nicht um Bonbondosen. Gute Nacht!«

Dana ging nach Einkaufstour und Sightseeing ins Bett. Sie hatte wohl noch Schlaf nachzuholen. Wir anderen versammelten uns in der Messe, als der Motor in Fahrt kam und wir endlich ablegen konnten, mit Kurs nach Norden. Per trat neben das Infobrett und hielt einen kleinen Vortrag über die Bewegungen des Polareises. Wenn der Wind vom Pol her wehte, dann jagte das Eis in einem Höllentempo südwärts. In einem Höllentempo nach Eismaßstäben. Bis zu zwanzig Stundenkilometer. Wenn der Wind von Süden kam, hatten wir an der Westspitze von Svalbard freie Fahrt. Das Kunststück war, diese Spitze zu umrunden, dann war normalerweise jetzt im August der Weg nach Osten eisfrei. Auf dieser Tour wollten wir das ganze Nordaustland umfahren. Und jetzt kam der Wind von Südwesten, das war gut. Pia zeigte auf die Karte, die mit Magneten an der Wand befestigt war, während Per erzählte. Meine Güte, wie die beiden einander ergänzen, dachte ich und holte mir ein Bier. Diesem Beispiel folgten noch andere, und ich freute mich, weil ich nicht mehr die einzige war, die nicht auf die Uhr schaute, wenn sie Lust auf ein Bier verspürte.

Alle waren guter Laune. Endlich waren wir unterwegs in die Wildnis. Nur die Ewa und ein weiteres, ähnliches Schiff hatten es während der letzten drei Jahre geschafft, Svalbards Westspitze zu umschiffen. Und wir würden an Land gehen, jungfräulichen Boden betreten.

»Vielleicht hat dort noch niemand einen Fuß hingesetzt. Vielleicht war dort bisher alles vom Eis bedeckt«, sagte Per.

Er nutzte die Gelegenheit für einen kleinen Vortrag über die Einwirkung, die das Abschmelzen der Polkappen auf das Klima auf der ganzen Welt ausübt, und ich brauchte noch ein Bier. Ich trank schnell, um wach zu werden. Eine haarfeine Balance ist das, mit Bier aus der Klasse 2, gerade so schwach, daß die Augenlider bleischwer werden, wenn man zu langsam trinkt. Bei Starkbier besteht dieses Risiko nicht. Dort stellt sich der muntere Rausch ein gutes Stück vor der Lethargie ein.

»Und in fünf Stunden erreichen wir den Magdalena-Fjord«, sagte Per und sprach »Fjord« auf englisch aus. Er versprach große Naturschönheit und einen Gletscher, der sich in voller Fjordbreite dahinzog.

»Wir können jede Menge Fotos machen«, strahlte Philippe. Per und Pia nickten.

»Und heute abend gehen wir an Land, in Virgohavn«, sagte Per abschließend.

»Was ist heute für ein Tag?« fragte ich plötzlich.

»Donnerstag«, antwortete Pia.

»Himmel, erst Donnerstag? Dann sind wir gestern an Bord gekommen?«

»Genau«, sagte Pia.

Es war nicht zu fassen. Gestern morgen noch stand ich vor dem Haus und rauchte und wartete auf das Taxi. Aber ich hatte nicht schnell genug getrunken. Die Müdigkeit überwältigte mich restlos. Ich hätte lieber auf puren Gin setzen sollen.

Ich schlenderte zu meiner Kajüte, ließ mich in die Koje fallen und genoß die wogende Umarmung der Ewa und den gleichmäßigen, einschläfernden Motorenlärm. Ich staunte darüber, wie schnell ich mich daran gewöhnt hatte, auf einem Schiff zu wohnen. Im Laden hatte unter mir der Boden geschwankt, aber sowie ich wieder an Bord war, hatte sich die Seekrankheit gelegt, und auf den Boden unter meinen Füßen war wieder Verlaß gewesen.

Sigmund ist auf der Brücke, dachte ich träge, und Georg schläft in sauberer Bettwäsche. Er hatte mich nicht in seine Kajüte gebeten, also hatte ich ein Gegenmittel gegen sexuelle Anmache gefunden: einen Streit über isländische Fischerei in der Schutzzone vom Zaun zu brechen.

Ich erwachte mit einem Bein im Bettbezug, ansonsten hatte ich es mir um den Leib gewickelt, und ich roch meinen eigenen klammen Schweiß. Ich hatte vier Stunden geschlafen. Ich wickelte mich in ein Handtuch, rannte zur Dusche und fand es restlos uninteressant, ob jemand kam. Ich verbrauchte soviel Wasser, daß die Ewa wahrscheinlich zehn Zentimeter höher lag, als ich fertig war. Ich machte genau, was ich wollte. Und wann ich wollte. Ich war frei. Und nüchtern. Letzteres konnte ich beim Anziehen jedoch korrigieren. Lauwarmer Gin und eine Handvoll trockener Erdnüsse. Danach machte ich zehn Liegestützen, aus purer Freude darüber, die Beine richtig ausstrecken zu können.

»Stellt euch vor, daß manche Menschen ihr Leben lang glauben, Weiß sei einfach Weiß«, sagte Oscar. Wir standen an der Reling, als das Boot leise in den Magdalena-Fjord glitt. Der Fjord war für svalbardische Verhältnisse sehr eng. Es gab viel Eis im Meer, unförmige Klumpen und schneebedeckte Eisschollen. Das Eis wies alle Farbtöne zwischen Schmutzigweiß und tiefem Türkis auf. Per hielt am Bug Hof, und der Motor lief mit geringer Tourenzahl, deshalb war Per gut zu verstehen. Das türkise Eis war das älteste, es war vielleicht Jahrtausende alt. Es hatte sich ganz unten von der Gletscherfront gelöst und war deshalb zusammengepreßt. Wir würden versuchen, für unsere abendlichen Drinks ein Stück davon zu erwischen, versprach er.

»Weißt du, was das für Vögel sind?« fragte ich Oscar und zeigte auf die Viecher. Ich nahm an, daß uns die ganze Zeit dieselben Individuen folgten. Sie waren riesengroß und sahen aus wie Sturmmöwen. »Sind das Sturmmöwen?«

»Sturm ja, Möwe nein«, antwortete Oscar. »Das sind Eissturmvögel, die Freunde des Seemannes. Das habe ich aus einem der Bücher im Salon. Hast du dich eigentlich mit Turid gestritten, oder was?«

»Was? Wie kommst du denn auf die Idee?«

»Ich dachte ... vielleicht hat sie gehört, was du über sie gesagt hast, über Seehundsmord und Supermärkte, ich weiß nicht ...«

»Aber wieso hast du dir das überhaupt überlegt?«

»Sie sieht dich manchmal so seltsam an ... wenn du ihr den Rücken zudrehst ... wenn du aus der Messe gehst ... oder aus dem Laden ... in Ny-Ålesund.«

»Sie sieht mich seltsam an? Wie denn?«

Ich versuchte zu lachen. Auch Oscar lächelte, er antwortete: »Weiß nicht so recht ... nicht gerade haßerfüllt, aber ... auch nicht besonders freundlich.«

»Komisch«, sagte ich.

Per rief uns. »Wollt ihr nicht zuhören?«

»Wir hören gut hier!« antwortete Oscar und leise zu mir: »Das ist ja, als ob wir wieder in der Schule wären.«

Ich ließ meinen Blick auf einer tieftürkisen Eisscholle ruhen und dachte: Ganz ruhig bleiben, das geht alles sehr gut. Ganz ausgezeichnet sogar.

Ich steckte mir eine Zigarette an und sagte: »Ja, genau wie in der Schule. Wir sollen in Reih und Glied erleben. Aber eigentlich ist es mir scheißegal, wie sich das Abschmelzen des Poleises aufs Klima auswirkt.«

»Ist es nicht!« Er grinste.

»Doch, echt. Scheißegal. Ich habe keine Kinder, keine Nachkommen, keine Familie, die länger leben wird als ich. Und bis New York unter Wasser liegt und der Treibhauseffekt uns alle durchlöchert hat, bin ich längst tot. Ich scheiße auch auf die Regenwälder. Die sind zu weit weg. Um die sollen andere sich kümmern.«

»Aber du bist hergekommen? Um Svalbard zu sehen?«

»Reiner Urlaub. Und ich schwitze nicht gern im Süden, wo ich Speisekarten auf Spanisch und Schwedisch lesen muß. Ich mag Schweden nicht, und in Spanien wimmelt es nur so von denen. Von Schweden und Deutschen ... Horror ...«

»Rassistin!«

»Wiederhol dich nicht dauernd. Erzähl mir lieber über deinen Job.«

Aber das schaffte er nicht mehr, denn Per hatte unsere Solotouren satt, als wir nun auf die Gletscherfront zuglitten.

»Kommt jetzt beide her!« befahl er. Und wir gehorchten.

Ich stellte mich neben Turid an die Reling und hoffte, daß Oscar das registrierte.

»Die Gletscherfront ist sechzig Meter hoch! Hundertzwanzig Fuß!« schrie Per.

Es gab nichts, woran wir diese Größe hätten messen können, ich hatte geglaubt, wir würden näher ans Eis herankommen, als das in Wirklichkeit der Fall war. Die Gletscherfront türmte sich himmelhoch vor uns auf, war schichtweise in abgestuften Türkistönen gefärbt, nach oben hin wurde das Eis immer höher. Das Gletschertor lag als tiefblaues Maul in der Mitte, helles Wasser schäumte heraus und vermischte sich mit dem Salzwasser. Wie alle meine Landsleute war ich schon einmal in der norwegischen Gebirgswelt unterwegs gewesen und hatte Gletschertore aus nächster Nähe gesehen. Aber das war an Land gewesen, im Hochgebirge. Bei Buarbreen zum Beispiel, einem Arm des Folgefonna; ich hatte beeindruckt aufgekeucht, als ich vor einigen Jahren dort hochgekraxelt war. Aber dieses Tor würde im Vergleich zu dem monumentalen Rachen, dem wir uns nun langsam näherten, wie das reine Mauseloch aussehen. Ich entdeckte drinnen Vögel, Eissturmvögel, die gefährlich lebten, aber gleichzeitig konnten wir nun endlich die Dimensionen vergleichen. Die Öffnung mußte an die dreißig Meter hoch sein. An den Kanten entdeckte ich Risse.

»Vielleicht bricht das ganze Dings auseinander«, sagte ich.

»Wenn, dann nur kleine Klumpen«, antwortete Per, gab Sigmund auf der Brücke jedoch ein Zeichen, zurückzusetzen. Das Motordröhnen änderte sich, aber weil das Boot langsam reagierte, hielten wir weiter auf das Gletschertor zu.

Nun hörten wir ein tiefes Grollen. Zwei Klumpen lösten sich und trafen als kreideweißes Platschen auf die Wasseroberfläche auf. Philippe und Jean hingen über der Reling und fotografierten eifrig. Izu posierte vor dem Gletscher für Nuno oder Sao. Die Ewa lag still da. Zu nahe. Viel zu nahe, dachte ich, während ich, wie in Zeitlupe, sehen konnte, wie der ganze Bogen über dem Gletschertor abbrach und fiel. Er fiel und fiel, in einer gewaltigen, langsamen Bewegung. Eine grüne Wasserwand türmte sich auf, kam auf uns zu, und Per schrie: »Aufpassen!«

Ich ließ meine Zigarette fallen und klammerte mich an der Reling an. Die Ewa lag in einem Winkel von neunzig Grad vor der Wasserwand. Sie richtete senkrecht den Bug auf, als die Wand sie traf, dann kippte sie wieder vornüber. Ich bildete mir ein, in diesem kurzen Moment vor dem Gletscher den Meeresboden sehen zu können; ich glaubte Maria Magdalenas Lächeln zu sehen. In diesem Moment packte Turid mich an der Seite, wie ein Greifer, der mich in die Wassermassen hinausheben wollte. Ich ließ mich rückwärts fallen und traf mit dem Hintern aufs Deck auf. Alles heulte auf. Am lautesten waren Dana und Izu. Turid hielt sich jetzt mit beiden Händen an der Reling fest, mit dem Rücken zu mir. Ich konnte ihr Gesicht nicht sehen. Per fuchtelte mit den Armen, um sich mit Sigmund zu verständigen. Frikk brüllte: »Verdammt, meine Kamera!« Die Wellen warfen das Boot hin und her, und unter uns dröhnten die Motoren. Die Ewa hatte arge Schlagseite, als Sigmund sie, statt zurückzusetzen, volle Kanne in einem Bogen vorwärts und zurück in die Richtung jagte, aus der wir gekommen waren.

»Meine Kamera!« heulte Frikk. Turid zog ihn am Ärmel. »Ich kaufe dir eine neue«, sagte sie.

»Aber die Bilder ...!«

Izu weinte, und Dana natürlich auch.

»Das war wirklich nahe dran!« sagte Samuel und fuhr sich dramatisch über die Stirn.

»Ich fand das spannend«, sagte Oscar. »So richtig Action. Sam, deshalb bist du doch hergekommen, oder was?«

»Ich hätte gerade darauf nun wirklich verzichten können«, sagte Per.

»Himmel, ich wäre fast über Bord gegangen«, sagte Turid, ohne mich anzusehen. »Wenn ich mich nicht an Bea hätte festhalten können, dann weiß ich wirklich nicht, was passiert wäre.«

»Per, um Himmels willen, vergiß nicht das Eis für die Drinks heute abend«, sagte ich.

»Hattest du Angst, wir könnten kentern?« fragte er.
»Nein, ich hatte keine Angst, wir könnten kentern.«

In der Katastrophenpsychiatrie geht es vor allem darum, über die schrecklichen und beängstigenden Ereignisse zu reden. Immer wieder. Bis alles entschärft und mental verarbeitet ist.

In der Messe, bei Kaffee, frischgebackenem Bananenkuchen und fertig geschmierten Broten, beschrieben wir deshalb der Reihe nach, wie wir das Kalben erlebt hatten, so, als hätten wir uns dabei an unterschiedlichen Orten aufgehalten. Izu und Dana hatten vor Aufregung rote Flecken im Gesicht, weil sie nun wußten, daß sie gewissermaßen vor dem Tor des Todes überlebt hatten. Ich holte mir Kaffee und Cognac. Georg war aufgewacht und setzte sich zu uns, er beneidete uns heftig, weil er den Spaß verpaßt hatte. Dana würdigte ihn keines Blickes. Lena und Stian hielten energisch Händchen.

»Ich finde, es sollte bei jeder Tour so einen direkten Kontakt mit den Naturkräften geben«, sagte ich auf norwegisch. »Setzt das in die Broschüren, und die Ewa wird jedesmal voll belegt sein.«

»Du hattest wohl nicht die Spur von Schiß, was«, sagte Georg mit Kuchen im Mund.

»Sie ist gestürzt«, sagte Oscar.

»Ich bin gestürzt, aber Schiß hatte ich nicht«, sagte ich.

»Und hat irgendwer die Kamera verloren?« fragte Georg.

»Frikk«, antwortete ich. »Und ich meine Zigarette. So ein Mist!«

Per stand an der üblichen Stelle und versuchte, das Ganze herunterzuspielen, wurde aber immer wieder von Nuno und Sao unterbrochen, die wild durcheinander ihre Englischkenntnisse bemühten und bis zum Zerreißpunkt ausdehnten und ausmalten, wieviel der Schiffsbesitzer und Kapitän und nicht zuletzt das Reisebüro hätten zahlen müssen, wenn die Wassermassen ihre liebe Izu verschlungen hätten. Zu diesem Zeitpunkt wußten Per und Pia und noch andere, welcher Star unter uns weilte. Izu wollte die Lage entschärfen und lachte und kicherte zusammen mit Dana wie ein Schulmädchen. Mir aber fiel auf, daß sie jeglichen Blickkontakt mit Anwalt und Manager vermied.

»Und heute abend gehen wir an Land«, sagte ich. »Da begegnet uns sicher eine Eisbärherde und reißt uns in Fetzen.«

Per bedachte mich mit einem mürrischen Blick, und als Antwort sagte ich: »Ich habe doch Norwegisch gesprochen. Die Feiglinge kapieren ja kein Wort.«

»Laß den Scheiß«, sagte er, zu jung und mit zu geringer Lebenserfahrung, um zu wissen, daß er zu einer Zynikerin mit Promille im Blut nichts Blöderes hätte sagen können. Deshalb machte ich frischen Mutes weiter: »Wenn jemand von uns stirbt, müssen wir dann kehrtmachen?«

»Ja«, sagte Georg. »Das müssen wir. Und bis zum Gehtnichtmehr der Regierungsbevollmächtigten den ganzen Scheiß erklären.«

»Ich finde, darüber müßten wir reden«, sagte ich. »Schließlich sind für uns alle die Ferien verdorben, wenn irgendwer hier blöd genug ist und einfach stirbt.«

»Nein, darüber müssen wir nicht reden«, sagte Per leise. Aber ich sprang auf, brachte den ganzen Spruch noch einmal auf englisch und sagte zum Schluß: »Wir sollten eine Abmachung treffen ... eine Art Vertrag abschließen, sagen, daß die anderen weiterfahren wollen, wenn unterwegs jemand stirbt.«

Samuel nickte. »Das klingt vernünftig.«

»Ich scheiß doch drauf, was ihr macht, wenn ich abkratze«, sagte Frikk.

»Obwohl er sich ein wenig ... jugendlich ausdrückt, bin ich seiner Ansicht«, sagte Turid.

»Was ist mit euch?« fragte ich die Japaner. Izu nickte: »Okay.« Aber Sao und Nuno schüttelten heftig den Kopf. »Nicht okay«, sagten sie wie aus einem Munde. »Das entscheide ich«, sagte Izu. Schweigen senkte sich über die Messe. Der Augenblick der Konfrontation. Aber die kam nicht. Ein japanischer Wortschwall von Sao oder Nuno ließ Izu den Kopf senken.

»Alles klar«, sagte ich auf norwegisch. »Die Japaner müssen am Leben bleiben, sonst ist die Tour ums ... Nordaustland gegessen. Was ist mir dir, Philippe?«

»Mir ist das recht so«, sagte er. Auch Jean nickte.

»Oscar?«

Oscar lachte. »Das ist doch Blödsinn«, sagte er. »Eine solche Abmachung können wir gar nicht treffen.«

»Genau!« sagte Per.

»Das haben wir aber gerade gemacht«, sagte ich. »Oscar?«

»Na gut.«

»Ich glaube nicht, daß wir die Zustimmung von Reiseleitung oder Besatzung brauchen, schließlich bezahlen wir diese Reise«, sagte ich laut.

Es hatte als Witz angefangen, endete aber als klares Abkommen. Allerdings war es eine teuer erkaufte Abmachung; Pers Blicke erzählten mir nämlich im Klartext, wem er in diesem Moment den Tod wünschte.

»Ich weiß wirklich nicht, warum du das so doof findest«, sagte ich mit unschuldigem Lächeln.

»Weil du ihnen angst machst«, sagte er. »Und das ist ...«

»Doof«, sagte ich.

»Ich werde mit Sigmund darüber sprechen«, sagte er.

»Das brauchst du nicht, ich gehe jetzt sofort auf die Brücke.«

Wer A sagt, muß schließlich auch B sagen.

Sigmund stutzte bei meinem Anblick. »Ich dachte, das wäre Georg«, sagte er.

»Wir haben eine Vereinbarung getroffen. Alle Fahrgäste, mit Ausnahme von Sao und Nuno. Und vielleicht von Izu.«

»Eine Vereinbarung? Worüber denn?«

»Wenn jemand stirbt, dann wollen wir nicht umkehren, sondern die Tour weiterfahren.«

»Was?«

»Ja, es kam uns irgendwie natürlich vor, über den Tod zu sprechen, wo wir doch das Gletschertor in die Fresse bekommen hatten, und dann ging mir auf, daß es doch saublöd wäre, wenn hier jemand sterben würde und die ganze Tour verdorben wäre.«

»Saublöd?« wiederholte Sigmund.

»Ja. Aber die Sache ist jetzt geklärt. Und da wir bezahlen ... das wollte ich nur sagen. Bis später.«

Als ich mich zum Gehen umdrehte, entdeckte ich, daß die Tür des Schrankfaches unter dem Kartentisch einen Spalt breit geöffnet war. Ein kleiner oranger Gummizipfel lugte daraus hervor. Aha, Sigmund hatte seinen privaten Rettungsanzug in Reichweite. Und er hatte vor kurzem das Gefühl gehabt, den Anzug zu benötigen. Wir waren in größerer Gefahr gewesen, als ich hatte begreifen können.

»Aber im Grunde hast ja du zu bestimmen«, sagte ich großzügig und lief die Treppe hinunter.

Seehunde, Seehunde!« rief Frikk, als er in die Messe gestürmt kam.

Ich saß vor meinem zweiten Cognac und freute mich auf den Landausflug. Rennfahrt mit dem Zodiac. Teddys. Und ein wenig alte Geschichte. Pia hatte uns überraschend malerisch vom Walfang erzählt, der hier jahrhundertelang betrieben worden war. Tausende von Seeleuten aus zahllosen Ländern fingen hier mit ihren primitiven Harpunen Wale, sie trieben den Wal zur Erschöpfung, indem sie ihn mit Ruderbooten umzingelten und zu Gott und Satan beteten, der Wal möge ja nicht in die Tiefe abtauchen. Denn dann riß er die Boote mit sich. Pro Fangsaison kamen zwanzig Prozent der Mannschaften jedes Walfangschiffes ums Leben.

Der Wal wurde an Land gekocht. Wichtig war das Öl, und der Gestank muß ganz entsetzlich gewesen sein. Wir würden solche Trankochereien sehen, versprach Pia. In Virgohavn. Wo der Schwede Andrée zu seinem Flug zum Nordpol aufgebrochen war. Sie wollte gerade erzählen, welch entsetzliches Fiasko dieses schwedische Unternehmen gewesen war, als Frikk angestürzt kam.

Seehunde? Na und? Hatten wir nicht schon genug Seehunde gesehen? Oder sollte vielleicht die niedliche lebendige Ausgabe auf den Film gebannt werden?

»Stampede!« rief ich munter, als die Horde im Flur die Jacken an sich riß. Samuel war der einzige, der meinen eleganten Umgang mit diesem amerikanischen Viehtreiberausdruck registrierte, er schenkte mir ein breites Grinsen. »Ein Seehund! Super!«

Wir waren auf dem Weg nach Virgohavn, und dieser Weg führte durch einen engen Sund nach dem anderen. Georg hatte uns aber versichert, daß das Wasser tief sei.

Ich ging zu den anderen, um eine Zigarette zu rauchen, und ich pries mich glücklich, weil ich keine Kamera besaß. Frikk betrachtete staunend den Seehund auf der Eisscholle, konnte diesen Anblick aber fast nicht genießen, weil er ihn nicht verewigen konnte.

Der fette Seehund zwinkerte mit den Augen, als er zur Sonne hochblickte, und drehte sich auf die Seite. Sigmund hatte die Ewa dicht herangefahren und ließ die Motoren jetzt im Leerlauf gehen. Das Kameraklicken hörte sich an wie ein zusammenhängendes Rauschen. Der Seehund schien sich nicht um die ganze Aufmerksamkeit zu kümmern. Entweder war er strohdoof oder sehr mutig. Ich tippte auf ersteres. Schon mancher Mensch ist mit dem Etikett mutig versehen worden, ohne das zu sein, einfach nur, weil sein Intellekt nicht ausreichte.

»Das ist eine Klappmütze!« rief Georg aus dem Brückenfenster. Er und Sigmund standen zusammen dort oben. Ich fragte mich, ob sie in ihrem Schrankfach wohl zwei Rettungsanzüge hatten.

Das hier war also ein Exemplar der Art Klappmütze. Ich hatte seit Jahren geglaubt, Klappmützen seien Nagetiere aus der Mäusefamilie. Dana blickte haßerfüllt zu Georg hoch, und der winkte und rief: »Den knall ich nicht ab. Keine Panik!«

Aber Dana brauchte mehr als Galgenhumor und frisches Bettzeug, um sich besänftigen zu lassen. Sie bewegte nicht einmal einen Mundwinkel, sondern tauschte mit Izu einen Blick und verdrehte die Augen. Die Klappmütze glitt von ihrer Eisscholle, verschwand und tauchte ein Stück entfernt wieder auf. Sie war wirklich niedlich, als sie so haarscharf aus dem Wasser hervorlugte, sogar ich mußte das zugeben.

»Sind das die Seehunde, die Weißlinge als Junge haben?« fragte ich Per. Ohne mich anzusehen antwortete er: »Nein, Klappmützen kriegen ›Bluebacks‹. Weißlinge haben die Grönlandseehunde. Vielleicht könntest du beim Essen eine kleine Debatte über norwegische Weißlingsjagd lostreten? Dafür interessieren sich die Leute in Italien, Frankreich und den USA doch sehr.«

»Reg dich ab, du verwechselst mich mit Brigitte Bardot«, antwortete ich. »Kann das daran liegen, daß ich so wunderschön bin?«

Vor dem Landgang mußten wir erst noch spachteln, sonst hätten Lena und Stian nicht mitkommen können. Nur Ola blieb an Bord und paßte auf die Ewa auf. Bei Gulasch und Reis erzählte Pia von Andrées Flug zum Nordpol. Ich mußte dermaßen lachen, daß ich Reis in die Nase bekam. Typisch Schwede. Er hatte eigentlich ziemliche Erfahrung mit polaren Verhältnissen, hatte schon auf Svalbard überwintert, ehe er 1897 auf diese Ballongeschichte verfiel. Der Ballon wurde in Virgohavn gebaut, also gleich um die Ecke, und Virgohavn war auch die Basis des ganzen Unternehmens. Andrée und zwei weitere Heinis flogen optimistisch mit ihrem Ballon los, büßten aber gleich beim Start schon diverse Schleppleinen ein. Und damit saßen sie gewissermaßen in einem herrenlosen Luftschiff – was durchaus von ihren Plänen abwich: zwei Tage Flug zum Nordpol, danach weiter nach Rußland. Sie hatten nicht genug Kleider bei sich, sie hatten sich vor allem auf elegante Jacken mit Hermelinbesatz verlegt, die wollten sie anlegen, wenn sie den russischen Zaren besuchten und ihm mit Wodka zuprosteten. Eine kleine Spritzfahrt mit dem Luftballon, hatten sie gedacht. Aber es wurde ein Totalabsturz bei 82°Nord, und die armen Schweden mußten in ihren Hermelinjacken zu Fuß weiterziehen. Sie brauchten zweieinhalb Monate und kamen bis Kvitøya, wo ihre Reste dreiunddreißig Jahre später von einem norwegischen Schiff gefunden wurden. Was für ein Patzer!

Ich registrierte durch mein heulendes Gelächter hindurch, daß Oscar mich streng anstarrte. Er wußte, daß mir schon ein rassistischer Spruch auf der Zungenspitze lag. Niemand von den anderen lachte so wüst wie ich. Ich schnaubte Reiskörner aus meinen Nebenhöhlen, ertränkte sie in Rotwein und besann mich. Spürte auch Pers Blick im Nacken. Wenn der gewußt hätte, welchen Spaß es mir machte, mich mit ihm zu streiten. Daß jemand mich nicht mag, hat mir immer schon ein Gefühl der Befreiung eingegeben. Dann braucht man sich auch nicht mehr anständig zu benehmen. Das Terrain ist sondiert. Und man kann höflichen, wenn auch antagonistischen Meinungsaustausch pflegen, der als pure Vitaminspritze fungiert. Vielleicht bin ich deshalb Karikaturistin geworden, überlegte ich mir, weil ich mich traue, die Machtmenschen herauszufordern, die auf ihrem Piedestal dösen.

Aber ich hatte immerhin Respekt vor Per. Und auch vor Pia. Sie hatten hier schon oft Führungen veranstaltet. Sie hatten Waffen. Sollten auf uns aufpassen. Wenn Per allzu sauer auf mich war, konnte ich bei der nächsten Gelegenheit als Bärenfraß enden. Und die anderen würden die Tour nicht einmal abbrechen müssen.

Als ich mich in meiner Kajüte anzog, war ich heiß vom Rotwein und der Erwartung. Summte »My way«, schmierte mir ganz viel Wimperntusche ins Gesicht und dachte an Georg. »Erogene Zone, Mensch«, lachte ich, dann verstummte ich und horchte. Wieder Krach in der Nachbarkajüte. Ich ließ mich auf die Koje fallen und preßte mein Ohr an die Wand. Aus Schaden klug geworden, hielt ich mir diesmal das andere Ohr mit der ganzen Hand zu, statt es mit einem lebensgefährlichen Finger abzudichten.

Aber sie wußten, daß gerade alle zum Umziehen in ihren Kajüten waren, deshalb waren sie sehr leise. Ich hielt den Atem an, trotzdem war es unmöglich, mehr als nur Bruchstücke aufzuschnappen. Etwas über eine Winsch. Und etwas über Bea. Großer Gott, sie wollten mich doch wohl nicht per Winsch ins Wasser befördern? Konnten sie denn keinen Spaß vertragen? Ich hustete laut, um sie beim eventuellen Planen von Einzelheiten zu stören, und sie verstummten.

Auf dem Gang wimmelte es nur so von Menschen, die dermaßen für polare Verhältnisse angezogen waren, daß sie kaum voneinander unterschieden werden konnten. Wir sahen aus wie Weihnachtsschinken in Brotteig und stapften mit stocksteifen Armen die Treppe hoch.

Es war zwei Grad über Null, aber im Zodiac würde es kalt sein, und wenn Pia sagte, »zieht euch warm an«, dann gehorchten wir. Das Gummiboot war schon zu Wasser gelassen, Bjørn saß hinter dem Lenkrad in der Mitte, und Georg stand an der Winsch. Per und Pia kamen mit ihren Gewehren über der Schulter angetrampelt. Sigmund hatte ebenfalls ein Gewehr. Georg trug einen Revolvergürtel. Ein langer Lauf lugte heraus und hing an seinem Oberschenkel hinab.

»Ganz schön groß!« sagte ich.

»Magnum«, antwortete Georg stolz. »Den Teddy möchte ich sehen, der jetzt frech wird.«

Lena, Bjørn und Sonja schleppten die Schwimmwesten an, und Georg zeigte uns, wie sie mit einer Schnur unter dem Schritt gebunden wurden. Vorher waren wir in unseren vielen Kleidern schon steif gewesen, aber jetzt wurde es noch schlimmer. Unsere Bewegungsfreiheit war auf ein Minimum reduziert. Samuel hatte sich seine Russenmütze unter dem Kinn zugebunden.

»Wie sollen wir denn in den ganzen Klamotten die Leiter runterklettern?« jammerte ich.

»Heute nehmen wir die Metalleiter«, sagte Sigmund. »Im Wasser ist wenig Eis. Das geht schon. Wir bringen euch in zwei Touren an Land. Per! Kannst du die erste übernehmen?«

»Ich will auch mit der ersten fahren«, sagte ich, enthakte die beiden Metallringe auf der Innenseite der Reling, drehte mich um und stieg an der Außenseite langsam nach unten. Meine Handschuhe rutschten am Geländer ab, ich zog sie aus und steckte sie in den Mund. Die Schiffsseite erhob sich senkrecht vor mir, und unter mir wartete das Meer. Ich schaute mich nach dem Zodiac um, aber dabei fiel mein Blick nur auf meine eigene Schwimmweste.

»Verdammt«, murmelte ich, und dann packte eine Hand meinen Knöchel. Bjørn bugsierte meinen Fuß nach unten, aber ich wagte erst, die Leiter loszulassen, als ich mit beiden Füßen sicher im Boot stand, innerhalb der schwarzen Gummiwurst, die das Fahrzeug umgab.

Hinter mir kam einer nach dem anderen nach unten. Bjørn erklärte uns, daß wir uns nebeneinander an den Rand des Bootes setzen und uns an einem am Gummi angebrachten Tau gut festhalten sollten. Über uns schrien die Vögel. Die Eissturmvögel. Die Freunde des Seemannes. *Meine* Freunde. Ich erkannte einen von ihnen, er war dunkler als die anderen. Riesig. Hungrig. Ich wollte ihm später ein bißchen Brot hinwerfen.

Die Sonne hatte sich hinter einem Berg versteckt. Die Schatten wurden dunkel und naß. Es war kalt. Mit vollem Zodiac startete Bjørn und lieferte uns eine wilde Fahrt an Land, bei der er mindestens neunundachtzigeinhalb von den insgesamt neunzig Pferdestärken benutzte. Er grinste. Die Franzosen saßen neben mir und waren ebenso begeistert wie unser Steuermann. Sie hatten ihre Slalomhosen mit passenden Jacken ergänzt und mochten das Tempo offenbar. Zu Hause hatten sie bestimmt Sportwagen, die noch schneller fahren konnten. Der Bug des Gummibootes traf die Wellenkämme mit lautem Klatschen, wir sprangen wie ein wütendes Kaninchen über die Wasseroberfläche. Was ist, wenn wir auf Eis treffen, das dicht unter der Wasseroberfläche schwimmt, überlegte ich. Wegen »higher« Maschinisten hatte ich mir keine Sorgen gemacht, aber das hier war etwas anderes. Wer zugekifft ist, sollte keine neunzig Pferde in die Finger bekommen. Ich blickte in Bjørns Augen, aber die sahen klar und wach aus. Er brachte uns an einen braunen Strand unter schwarzen Bergen. Per sprang aus dem Zodiac und zog ihn an Land, damit wir trockenen Fußes aussteigen konnten.

»Wir können die Schwimmwesten hier liegen lassen«, sagte Per und zog seine aus.

Der Strand war steinig und glatt. Wir liefen über trockenen Boden. Überall lagen riesige Baumstämme herum, Treibholz aus Sibirien. Sie sahen aus wie Salzstangen, mit denen Neptun um sich geworfen hatte. Bjørn fuhr mit Vollgas zur Ewa zurück. Die war ja vielleicht klein! Ein winziges kleines Spielzeugschiff in öder Natur. Bei diesem Anblick fühlte ich mich ziemlich verlassen.

»Jetzt bleiben wir zusammen und warten auf die anderen«, befahl Per.

Sein Blick war immer auf Wanderschaft, über die Berge, durch ein Tal, das im Osten die Landschaft zerschnitt, in beiden Richtungen über den Strand.

Draußen auf der Ewa kletterten die anderen wie kleine Ameisen die Leiter hinab. Eine von ihnen war Turid. Wenn sie jetzt fiel, wären genug Leute in der Nähe, um ihr wieder hochzuhelfen. Sie würde nicht lange genug im Wasser bleiben, um sich den Tod zu holen.

Die Stille lastete auf uns, die Vögel waren uns nicht zum Strand gefolgt. Die Natur sah aus wie tot. Keine Muscheln am Wasser, kein Tang. Nur leeres Salzwasser, das gegen die Steine schlug. Man mußte David Attenborough heißen, um hier Leben zu finden. Oder auf einen Bären warten.

Ladung Nr. 2 war jetzt unterwegs. Das Geräusch des Zodiacs beruhigte mich. Motoren, die funktionierten, Treibstoff, der sie zum Leben erweckte, das alles sorgte dafür, daß wir uns nicht in einer Notsituation befanden. Ziemlich wenig, aber genug.

Im Boot war es allerdings zu Tumulten gekommen. Wir konnten wildes Gestikulieren sehen. Als sie näher kamen, beobachteten wir, wie Dana mit den Fäusten gegen Georgs Brustkasten hämmerte, während Oscar und Pia versuchten, sie wegzureißen. Georg lachte mit offenem Mund.

»Herr, gib mir Kraft«, stöhnte Per.

»Er will den Eisbären abschießen!« heulte Dana. Ich steckte mir eine Zigarette an.

»Samuel! Behalte den Berghang im Auge!« sagte Per. »Und du …«

Er zeigte auf mich. »Du nimmst das Tal.«

Oscar und Per bugsierten Dana aus dem Boot. Ihre Tränen strömten nur so. Sigmund war wütend und packte ihre Schultern, als sie endlich den Strand erreicht hatte.

»Jetzt hör mir mal zu«, sagte er. Dana schluchzte.

»Wir dürfen keine Bären abschießen. Aber im Notfall müssen wir uns verteidigen. Deshalb sind wir bewaffnet. Kapierst du das? Um uns zu BESCHÜTZEN. Um Bären zu verjagen.«

»Aber, aber …«

»Du kannst nicht mit an Land kommen, wenn du dich so anstellst. Dann wirst du zum Risikofaktor. Kapierst du das?«

Dana nickte gequält mit geschlossenen Augen und flüsterte: »Er darf ihn nicht erschießen …«

»Und wenn der Eisbär versucht, dich umzubringen? Dich aufzufressen?«

Dana schüttelte den Kopf. Dieses Problem war zu hypothetisch, es war unvorstellbar. Sie wollte gern einen Eisbären sehen, aber der durfte nicht gefährlich sein. Nichts durfte gefährlich sein, alles sollte schön und exotisch und ökologisch ausgewogen sein.

»Alles klar?« fragte Sigmund und ließ sie los.

»Wo sind die Japaner?« fragte ich.

»Du sollst nicht die Fahrgäste zählen«, sagte Per. »Ich habe dich gebeten, das Tal im Auge zu behalten. Das hier ist ernst.«

»Ich habe das Tal im Auge behalten«, widersprach ich.

»Die Japaner wollten nicht mitkommen«, sagte Sigmund. »Nuno hat einen Blick auf die Leiter und den Zodiac geworfen, und plötzlich war Izu in ihrer Kajüte verschwunden.«

Georg stapelte die Schwimmwesten aufeinander, grinste und schüttelte resigniert den Kopf. Ich ging zu ihm. »Sag ihr, daß dein Bett frisch bezogen ist«, sagte ich.

Er schlug sich auf die Oberschenkel und lachte grob. »Der könnte ich was anderes erzählen. Könnte sie vor Angst um den Verstand bringen!«

»Was denn?«

»Wenn ein Eisbär kommt, dann frißt der zuerst ihre Birne und ihre Titten. Ehe sie Napoli sagen kann.«

Die Spuren von Salomon August Andrée, ein wilder Scherbenhaufen von den Gefäßen, in denen er Salzsäure aufbewahrt hatte, aus der die Luft für den Ballon produziert werden sollte, lagen ziemlich breit verteilt herum. Hier lagen sie seit dem 11. Juli 1897. Es war kein schöner Anblick.

»Hier sollte jemand aufräumen«, sagte Turid und band sich ihre Kapuze fester zu.

»Das Zeug steht unter Denkmalschutz«, sagte Pia. »Es darf nicht berührt werden. Kulturelle Denkmäler. Und da hinten seht ihr den Boden des Ballonhangars.«

Es handelte sich um eine erhöhte Stelle aus festgetrampelter Erde. Es war nicht zu fassen, daß ein Schwede hergekommen war, um per Ballon zum Nordpol zu reisen. Andererseits, überlegte ich mir, waren ja auch gewisse Norweger vom Ballonfieber gepackt worden.

Die Trankochstellen waren runde Erdhaufen, das war alles. Ich hockte mich hin und schnupperte, konnte aber keinen Trangeruch feststellen.

»Nicht darauf treten«, mahnte Per. »Das sind auch Kulturdenkmäler.« Per erzählte, während Georg, Sigmund und Pia sich um uns verteilt hatten. Sie hatten uns den Rücken zugekehrt und hielten Ausschau.

»Ist das nicht eine Insel?« fragte ich Per. Er nickte. »Dann gibt es hier doch sicher keine Bären?« fügte ich hinzu.

»Überall gibt's Bären«, sagte er. »Die können tagelang schwimmen. Meer ist kein Hindernis.«

»Sei nicht so sauer auf mich«, sagte ich freundlich.

»Bin ich nicht«, antwortete er. »Und du bist immerhin besser als Dana.«

»Meine Güte, was für ein Kompliment!«

Es mußte doch allen klar sein, daß eine hysterische italienische Eule für einen Reiseleiter ein größeres Problem darstellte als eine nette, sympathische Querulantin aus Trondheim, die die Fahrgäste zu einem Todespakt überredete. Wenn Per nur gewußt hätte, wie sehr er sich über unsere Abmachung noch freuen würde. Wenn die Ewa kehrtmachen und in aller Eile zurückfahren müßte, würde ihm einiges an Trinkgeldern entgehen.

Ich ließ Zigarette Nr. 2 auf den Boden fallen und trat sie aus.

»Aufheben«, sagte Per. »Wir dürfen hier keinen Müll hinterlassen. Die Natur hier ist sehr empfindlich, Abfälle werden nur langsam abgebaut.«

Ich hob die Zigarette auf und steckte sie in die Zigarettenschachtel, dann hielt ich verstohlen nach der ersten Ausschau, die ich ebenfalls auf dem Boden ausgetreten hatte. Dort lag sie. Direkt vor Frikks Füßen. Ich hob sie rasch auf. Frikk und Sonja unterhielten sich über Andrées Luftfahrt. Turid stand ein Stück entfernt ganz allein auf einem Felsen und betrachtete ihre Hände. Sie wirkte verloren in ihrer weiten Daunenjacke.

Sie sah alt aus. Schmächtig. Mit eingetrockneter Haut, wie eine Porreestange, die zu lange im Kühlschrank gelegen hat. Sie hatte die Kapuze abgestreift, und ich konnte durch ihre grauen Haare ihre Kopfhaut sehen. Die Kopfhaut glänzte. Wie schön Turid einst gewesen war. Klein und rein und weich, die Sorte Frau, die Männer hochheben und an sich drücken, an der sie schnuppern möchten, die sie ins nächstgelegene Schlafzimmer tragen und ausziehen und von der sie wissen möchten, ob sie bis ins Innerste ebenso weich und rein ist; ein kleines Schmusekaninchen mit gemalten Lippen und dunklem Rehblick. Jetzt sah sie aus wie ein verschlissener Teddybär, den irgendwer von einem Dachboden rangeschleppt hatte.

Sie hob den Blick, aber ihre Brillengläser richteten sich nicht auf mich. Sie richteten sich auf Sonja und Frikk. Die beiden standen dicht nebeneinander. Frikk lachte über eine Bemerkung von Sonja, und Turid schien noch mehr in sich zusammenzusinken. Plötzlich brannten mir Tränen in den Augen, aber ich verdrängte sie, konzentrierte mich auf das, was Per mit lauter Reiseleiterstimme erzählte, und dachte: Das einzige Gefühl, das stärker ist als Trauer, ist Angst.

Viele waren enttäuscht, als wir zur Ewa zurückfuhren, ohne einem einzigen wütenden Bären begegnet zu sein, der uns auffressen wollte. Aber die Enttäuschung beschränkte sich auf die Fahrgäste.

»Du konntest deine Donnerbüchse ja gar nicht benutzen«, sagte ich zu Georg. Wir gehörten zum letzten Trupp, der zur Ewa zurückkehrte.

»Nein, Gott sei Dank«, antwortete Georg.

»Himmel, es ist so schön hier«, sagte Samuel. »Aber auch beängstigend. Isoliert ... öde.«

»Wie bist du auf die Idee gekommen, hierher zu fahren?« fragte ich.

Samuel ließ seinen Blick über den Sund zwischen uns und der braunen Steininsel schweifen. »Meine Frau ist gestorben«, sagte er leise. »Und ich bin ins Reisebüro gegangen und habe gesagt, ich wolle weit weg. Soll es dort warm oder kalt sein, fragte die Frau im Reisebüro. Kalt, sagte ich, so fühlte ich mich nämlich gerade.«

Ich sagte nicht sofort etwas. Ich hatte ihn als blasierten Amerikaner auf der Jagd nach einem Erlebniskick eingestuft. In diesem Moment sah er aus wie ein Junge. Die Pelzmütze verbarg Teile seines Gesichtes. Seine Hände steckten in viel zu großen Handschuhen, die aus den Jackenärmeln quollen. Er sah aus wie ein Sohn, der genau die Kleider angezogen hatte, die seine Mutter ihm hingelegt hatte.

»Fühlst du dich jetzt wärmer?« fragte ich vorsichtig.

»Ja, wirklich. Ich mag die Menschen an Bord, die Stimmung.«

Georg hob die Hand und rieb die Finger aneinander. »Wir kriegen Sturm. Er ist jetzt noch zahm.«

»Ist er das?« lachte ich. »Zahm?«

»Ja, verdammt zahm. Und da sind schon die Wolken.«

»Was sagt der Wetterbericht?«

»Der Wetterbericht!« Georg wieherte. »Für diese Gegend gibt

es keinen Wetterbericht. Hier wird nicht gefischt, und Fähren gibt's hier auch nicht.«

»Du kannst also nur in der Luft mit den Fingern wedeln, um festzustellen, ob er zahm ist?«

»Das ist eine gute Methode.«

»Er ist zahm«, übersetzte ich für Samuel ins Englische.

»Wer ist zahm?«

»Der Sturm«, lachte ich.

»Du magst keine Seehunde?« fragte er mich unerwartet.

»Mögen ist so eine Sache«, antwortete ich. Er starrte mich verständnislos an.

»Warst du nie auf Jagd?« fragte ich.

»Nein.«

»Aber du ißt Fleisch.«

»Ja, das schon. Aber das ist ein billiges Argument.«

»Ist es nicht. Das ist das einzige Argument. Mehr gibt's da nicht zu diskutieren«, sagte ich und zündete mir noch eine Zigarette an.

»Die kannst du gleich wieder ausmachen«, sagte Georg. »Ich will keine Löcher im Boot haben. Und zieh die Schwimmweste an.«

Draußen auf der Ewa half ich Pia, die Schwimmwesten in den Plastikraum achtern zu bringen, während Bjørn und Sigmund den Zodiac mit der Winsch an Bord holten.

Unsere Finger waren taub, unsere Gesichter brannten nach der wilden Fahrt im Gummiboot.

»Bist du eine gute Schützin?« fragte ich sie.

»Es geht.«

»Hast du schon mal einen Bären geschossen?«

Ihr fiel eine Weste auf den Boden. Das gelbe Licht, das durch die Planen fiel, gab ihrer Jacke eine neue Farbe.

»Nur Schneehühner«, sagte sie. »Und Hasen. Zusammen mit meinem Vater. Er hatte sich einen Sohn gewünscht. Zu meinem siebten Geburtstag bekam ich mein erstes Luftgewehr.«

»Wie alt bist du jetzt?«

»Dreiundzwanzig.«

»Und was machst du im restlichen Jahr? Wenn du nicht hier bist, meine ich.«

»Himmel, soll das ein Verhör sein, oder was?«

»Nicht doch«, ich lachte. »Ich bin nur ein bißchen neugierig. Ich bin immer neugierig.«

»Ich studiere Tiermedizin.«

»Das ist sicher teuer«, sagte ich. »Studiendarlehen und ...«

»Investition für die Zukunft.«

Die Westen waren jetzt an ihren Haken festgebunden. »Das wäre das«, sagte Pia. »Und du?«

»Was ich für den Rest des Jahres mache?«

»Ja.«

»Ich zeichne. Zeichne und zeichne.«

»Bist du Künstlerin?«

»Vielleicht ... irgendwie schon.«

»Hier oben kriegst du sicher massenhaft Inspirationen.«

»Massenhaft. Aber jetzt brauche ich ein Bier oder vier. Oder einen Schnaps. Was ist mit dem Eis, das Per besorgen wollte?«

»Ach, wir hatten wohl andere Sorgen.«

»Da hast du wahrscheinlich recht«, sagte ich. »Könnten allesamt zu Eisstatuen geworden sein. Hätte uns dann jemand gefunden?«

»Supermann.«

»Was sagst du? Supermann?«

»So nennen den alle. Der Superpuma der Regierungsbevollmächtigten.«

»Und Supermann hätte uns gefunden.«

»Sicher. Wir haben doch einen Notsender an Bord.«

»Aber ... hätten wir uns schnell genug die Anzüge anziehen können?«

»Ich glaube nicht.«

»Dann hätte Supermann das Wrack der Ewa gefunden. Und unsere Leichen.«

»Ja«, sagte Pia und ging. Und ich dachte: Meine große Klappe sorgt immerhin dafür, daß Per und Pia mir nicht mehr die Wahrheit verschweigen. Und das finde ich gut.

In der Messe beklagte man sich gutmütig in mehreren Sprachen über die nicht vorhandene Nacht. Ein Ereignis nach dem anderen konnte doch vorüberschwimmen, während die Sonne schien und wir schliefen. Das Bier war eiskalt und paßte genau in meine Hand.

»Kommen wir um diese Ecke?« fragte ich, mit dem Finger auf der Karte.

»Sicher«, antwortete Georg. »Die Eiskante liegt bei achtzig Grad und ist unterwegs nach Norden. Und das ist gut so, wir wollen doch bis Sjuøyane. So, jetzt muß ich wohl den Sigmund ablösen.«

»Wir gehen auf Phippsøya an Land, das ist eine von den sieben«, sagte Per.

»Phippsøya? Nach wem ist die denn benannt?« fragte Oscar.

»Sicher nach Phipps dem Affen«, antwortete ich. Sogar Per lachte. Ich ließ das Bier durch meine Kehle fließen und wollte mir ein neues holen, als Samuel fragte, ob ich auf dieser Reise schon gezeichnet hätte. Dana und die Franzosen grinsten erwartungsvoll. Pia hatte geklatscht.

»Ein bißchen«, antwortete ich. Samuel wollte das sehen. Ich lief in meine Kajüte, zog den Gin unter der Bettdecke hervor und aß ein paar Erdnüsse, dann riß ich die Szene mit Dana und dem Seehund aus meinem Zeichenblock. Die Füchse und die Berge waren in Ordnung, die konnte ich ihnen zeigen.

Ich nahm an, daß sie gezeichnet werden wollten. Alle werden gern als Karikatur gezeichnet. Die Götter mögen wissen, wieviel Restaurantservietten ich schon mit munteren Porträts bekritzelt habe. Aber ich ließ mich immer bezahlen. Ein Cognac pro Schnauze war hier sicher angebracht. Auf dem Festland begnügte ich mich mit einer Halben, aber hier sorgten die zollfreien Preise für einen unerwarteten Vorteil. Ich würde reichlich blau sein, ehe ich alle neunzehn verewigt hätte. Möglicherweise könnte ich eine Art Sparkonto mit Strichen auf meiner Liste eröffnen?

Aber sie wollten Berge. Allesamt wollten sie Berge. Sogar die Japaner kamen aus dem Salon und sahen zu. Ich blickte zu Izu hinüber, aber die schien gut gelaunt zu sein, durchaus nicht von einer eisernen Ferse in den Dreck getreten, wenn ihre Miene auch nicht leicht zu deuten war. Sie lächelte wie üblich, und ich zeichnete sie rasch, das mußte ich einfach. Es war das breiteste Lächeln der Welt, mit tanzenden Augen. Und um das Gesicht ein Fellkapuzenrand, der außen zur Sonne wurde. Darunter lagen die Berge. Izu sprang herum und klatschte in die Hände und rief: »Gefällt! Gefällt!«

Ich riß die Zeichnung vom Block und gab sie ihr. Sie verneigte sich tief und zeigte auf die Ecke des Blattes. »Dein Name. Dein Name, bitte!«

»*Du* willst *mein* Autogramm?« Ich lächelte.

Sie nickte und lachte so herzlich, daß ich eigentlich noch fünf Zentimeter Lächeln in allen Richtungen hätte dazusetzen müssen. Ich schrieb B. A. in die Ecke.

»Willst du nicht erzählen, wofür das B steht?« fragte Turid.

»Das steht für nichts«, antwortete ich. »B Punkt. A Punkt. Bea. Möchte noch jemand eine Zeichnung? Stellt euch an!«

Ich riß die A3-Blätter in zwei Teile und zeichnete Berge, bis mein Bleistift glühte. Ich erklärte das Honorarsystem; sie sollten auf ihre und auf meine Liste je einen Strich machen, auf meiner Liste wurde dafür die Rubrik »Guthaben« eröffnet. Alle akzeptierten das als geniale Lösung. Bier und Cognac strömten nur so, während ich zeichnete, und Lena holte Salzstangen und Erdnüsse. Samuel bat um die Füchse.

»Zwei Cognacstriche«, antwortete ich.

»In Ordnung.«

Sigmund betrachtete mich lächelnd. Das erste Lächeln, das ich bei ihm gesehen hatte.

»Was ist mit dir, Sigmund?« fragte ich. »Kann ich diese Reise gratis haben, wenn ich achthundert Berge, hundert Füchse und fünf Karikaturen zeichne, auf denen du gewaltige Ähnlichkeit mit Kevin Costner hast?«

Er lachte. War wie ausgewechselt. »Du kannst die Ewa zeichnen«, sagte er. »Zeichne sie als fesche Yacht.«

»Aye aye, Captain.«

Und die Ewa wurde wirklich fesch. Schwellende Formen, Kurven an den richtigen Stellen. Es war mäuschenstill in der Messe, als ich sie zeichnete. Der Alkohol gab mir Mut. Ich ließ sie mit gespreizten Knien und auf dem Rücken im Wasser liegen. Ich wollte den Zodiac auf ihr haben, aber die Spinnenassoziation war zu ekelhaft. Ich starrte sie an. Ihre Mähne, die vor dem Bug im Wasser trieb, ihren Nacken. Den in den Nacken geworfenen Kopf. Ihre ganze Haltung war schamlos, im wahrsten Sinne des Wortes: ohne Scham.

Aber was war mit dem Gummiboot?

Da kam mir eine Idee. Ich zeichnete den Zodiac als schwarze Bibel, die sie hingerissen an ihre nackten Brüste preßte.

»Holy shit«, murmelte Samuel.

Ich hatte mich selber übertroffen. Seltsamerweise wirkte meine Zeichnung kein bißchen obszön.

»Die werde ich einrahmen«, sagte Sigmund. Er ging zu meiner Liste. Ich zählte mit, als er Striche in den Guthabenkreis malte. Fünf Striche.

Ich stand allein an der Reling und rauchte, als alle schon im Bett waren. Sigmund war nach dem Kaffee auf die Brücke gegangen, hatte behauptet, er sei hellwach, und deshalb schlief Georg jetzt. Meine vier Stunden Schlaf hatten mir einen Vorsprung gegeben, ich war auch nicht müde.

Die See war glatt. Ich hatte nicht gewußt, daß offenes Meer so flach sein konnte, ohne irgendeinen Kräusel. Die Wolken näherten sich, langsam, von vorn, wo die Sonne tief und orange am Himmel hing. Wir waren weit weg vom Land, in allen Richtungen hatten wir offenes Meer vor uns. Meer und Himmel begegneten sich. Es gab sehr viel Treibeis im Meer, große und kleine Schollen, die sich spiegelten und den Horizont zackig aussehen ließen. Weit weg von mir spielten auf einer Eisscholle einige Seehunde. Ich genoß es, hier ganz allein zu stehen. Ein Poltern war zu hören, wenn der Schiffsrumpf gegen eine Eisscholle stieß, sie ließen sich einfach nicht umfahren, aber sie waren so dünn, daß sie wie Zuckerguß zerbrachen, wenn der Bug sie traf. Ich hatte mich schon an dieses Geräusch gewöhnt.

In der Speisekammer fand ich Brot. Die Vögel sollten auch etwas Gutes bekommen, nicht nur Abfälle vom Tisch der Reichen. Ich nahm mir noch einen Cognac mit und stellte das Glas zu meinen Füßen auf das Deck. Ich warf Brotstücke in die Luft und hatte erwartet, daß die Eissturmvögel sie aufschnappen würden, aber das schafften sie nicht; sie erwischten das Brot erst, wenn es im Wasser gelandet war und zu versinken drohte. Ihre Flügel peitschten kleine Wellen hoch, wenn sie die Wasseroberfläche erreichten und das Brot mit ihren krummen Schnäbeln auffingen.

Als ich kein Brot mehr hatte, wischte ich mir die Krümel von den Händen und ging auf die Brücke. Mein Erfolg mit der Zeichnung hatte mir Mut gegeben.

»Diese Eissturmvögel sind ja nicht besonders schnell«, sagte ich; mir erschien das als gute Eröffnung für ein Gespräch.

»Nein«, antwortete Sigmund. »Bei rauher See kommen sie fast nicht hoch, sie brauchen einen langen Anlauf. Manchmal landen welche an Deck. Dann müssen wir sie über Bord werfen, das Schiff ist nicht lang genug für sie, allein kommen sie nicht in die Luft.«

»Uns folgen immer dieselben, nicht wahr?«

»Ja. Sie verbringen ihr ganzes Leben auf dem Meer. Nur zum Brüten gehen sie an Land. Sie haben eine Art Filter, der das Salz aus dem Wasser nimmt, deshalb können sie es trinken.«

»Du weißt viel über Vögel?«

»Das tun alle Seeleute. Aber der Eissturmvogel ist etwas Besonderes, nicht schön, aber treu.«

Ich lachte. »Wie sieht es übrigens mit dem Eis aus?«

»Nimm dir das Fernglas. Man kann die Eiskante sehen.«

Die Eiskante war ein zitternder Doppelstrich vor dem nördlichen Horizont, austernfarben, schimmernd wie Fabergés Perlmuttemaille.

»Wie hoch ist sie?«

»Nicht sehr hoch. Alles Eis im Meer hier kommt von der zersplitternden Kante. Ein paar Meter.«

»Es gibt also keine Eisberge? Solche großen?«

»Hier nicht.«

»Eigentlich hast du uns überhaupt nicht gern am Hals, oder was?«

Er sah mir in die Augen. »Das ist es nicht«, sagte er. »Aber ich muß auf so vieles achten, trage so große Verantwortung.«

Ich nickte verständnisvoll und hielt mir wieder das Fernglas vor die Augen, um mir die Seehunde anzusehen. In diesem gigantischen Panorama konnte ich sie aber nicht finden, in diesem Meeresarm, der so isoliert lag, daß er nicht einmal im Wetterbericht erwähnt wurde. Aber ich entdeckte etwas anderes. Etwas Schmutziggelbes mitten im Weiß, auf einer großen Eisscholle. Weit, weit vor uns.

»Ich glaube, ich sehe einen Bären«, sagte ich.

Sigmund war in zwei Sprüngen neben mir und übernahm das Fernglas. Ich zeigte auf die Scholle.

»Ich sehe ihn«, sagte er. »Dann müssen wir die ganze Bande mahnen, das habe ich Per und Pia versprochen.«

»Was? Alle wecken?«

»Ja. Das ist so abgemacht, dafür bezahlt ihr ja. Kannst du das übernehmen? Aber laß Georg schlafen. Der hat schon öfter Bären gesehen.«

Ich rannte von der Brücke und weiter unter Deck. Mit Per und Pia fing ich an, machte dann den ganzen Weg durch den dunklen Flur weiter, klopfte und rief. Bei Turid und Frikk hörte ich leises Gemurmel, noch ehe ich gegen die Tür hämmern konnte. Ich hätte gern in die Kajüte geschaut, riß mich aber zusammen.

»Aufwachen! Eisbär! Polarbär! Teddy! Le Teddyeur!«

Dann rannte ich wieder an Deck. Aber wir waren noch immer zu weit weg, um von dort etwas sehen zu können, deshalb ging ich wieder auf die Brücke.

»Verdammt«, sagte Sigmund, als ich oben ankam. »Wir haben zu früh gemahnt, mit dem stimmt etwas nicht. Das hätten wir in Ruhe und Frieden in Ordnung bringen können. Aber jetzt ... wo alle zusehen ... da können wir nicht ...«

»Was stimmt denn nicht?«

»Der ist krank. Schleppt sich rum.«

Wir näherten uns jetzt. Sigmund ließ das Fernglas nicht sinken. Ich mußte wieder nach unten gehen, zum Bug. Hinter mir kamen Jean und Philippe angerannt, gefolgt von Samuel und Oscar.

»Mit dem stimmt was nicht«, sagte ich. »Sigmund meint, er sei krank.«

»Ich sehe ihn nicht«, jammerte Philippe. Er hatte die Kamera schon gezückt.

Mitten auf der Eisscholle befand sich ein Schneehaufen. Die Ewa umrundete die Eisscholle, und dann sahen wir ihn aus nächster Nähe.

Wie oft hatte ich, wo ich doch im Norden lebte, schon Bilder von Eisbären gesehen! Im Film, im Fernsehen, auf Postkarten, in Büchern, auf Pullovern und auf T-Shirts! Mehrere tausend Mal? Ich hätte die Augen schließen und einen perfekten Teddius polaris zeichnen können. Den langen schmalen, fast ein wenig schlangenhaften Kopf. Den im Vergleich dazu großen Rumpf. Den Schwanzansatz. Den Hinterleib, der höher war als der Vorderleib. Die breiten Pfoten mit schwarzen Klauen und Fellbüscheln, die zwischen den Klauen hervorlugen.

Aber der Anblick des echten Teddys bewies, daß Fotos und Zeichnungen niemals die Wirklichkeit sind und auch nie sein können. Niemals.

Ich starrte einen lebendigen Eisbären an, als hätte ich noch niemals einen gesehen, als sei das hier ein neuentdecktes Tier, von dessen Existenz die Menschen nichts gewußt hätten. Er war nur zehn oder zwölf Meter von mir entfernt. Ich betrachtete seine feuchte Nase, den Blick, die Zunge, die Fangzähne.

Und er war einwandfrei krank. Sein Hinterleib lag seitlich verzerrt im Schnee, lahm und unbeweglich, während sein Vorderleib sich auf die Pfoten stützte. Und jetzt erst hörte ich sein Gebrüll, obwohl er sicher schon eine gute Weile gebrüllt hatte. Ein Schmerzensgebrüll jenseits von Zeit und Raum, vermischt mit Angst, weil wir so nahe gekommen waren. Weil er sich nicht verteidigen konnte, brauchte er Entfernung, größere Entfernung als sonst. Nicht er war jetzt das Raubtier. Das Raubtier waren wir.

Inzwischen hatte sich auch der Rest eingefunden. Die Ewa setzte zurück. Sigmund ließ die Motoren fast absterben. Wir standen still da, in Reih und Glied, ohne den Blick vom Bären abwenden zu können. Sein Gebrüll ging in tiefes, heiseres Stöhnen über. Wir konnten das Wasser gegen die Eisscholle schlagen hören.

»O verdammte miese Pest«, flüsterte ich und heulte los. Georg. Ich mußte Georg holen.

»Der hat das Rückgrat gebrochen. Holt Georg!« rief Sigmund aus dem Brückenfenster. Ich rannte die Treppe hinunter, stolperte, mußte mich am Geländer anklammern, um nicht bis nach unten zu fallen.

»Georg. GEORG!« Ich riß die Tür auf und schüttelte ihn.

»Hä? Was ist los? Gehen wir unter?«

»Ein Bär! Und der ist krank. Du mußt ... ich glaube, du mußt ...«

»Immer mit der Ruhe, Frauenzimmer ... du bist ja schlimmer als eine Italienerin. Was ist passiert? Ich dachte, du wolltest ... siehst du nicht, wie sauber mein Bettzeug ist?«

»GEORG! LASS DEN SCHEISS! Steig in deine Hose und komm.«

Statt an meinen Aussichtsplatz am Bug zurückzukehren, lief ich auf die Brücke. Ich wollte nicht weinen. Ich mußte die Sache so gut wie möglich hinter mich bringen. Sigmund stand am Funkgerät.

»Dann weckt ihr sie eben«, sagte er. »Over und aus.«

»Mit wem redest du?«

»Ich muß mit der Regierungsbevollmächtigten reden. Muß die Erlaubnis einholen, den Bären zu erschießen.«

»ERLAUBNIS? Aber ... der hat doch das Rückgrat gebrochen. Hast du nicht gesagt, er hätte das Rückgrat gebrochen?«

»Doch.«

»Dann brauchst du doch wohl keine Erlaubnis!«

»Doch. Die Antwort kommt sicher bald.«

»Aber Himmel, selbst wenn der unter Naturschutz steht ...«

»Wir brauchen trotzdem die Erlaubnis. Sonst gibt es nur Ärger. Nur Ärger. Wenn wir die anderen nicht geweckt hätten, dann hätten wir vielleicht ... Nein, irgendwer hätte den Schuß gehört, und dann wäre das ganze Theater wieder losgegangen.«

Der Bär hatte sich auf die andere Seite der Eisscholle geschleppt. Wackelte mit dem Kopf. Brüllte wieder, zeigte einen rosa Schlund. Seine Vorderpfoten wanderten immer wieder seitwärts, sein Hinterleib aber lag unbeweglich da. Der Bär bewegte sich im Kreis, der Schwanzansatz bildete das Zentrum. Ich kehrte ihm den Rücken zu. Wartete auf Georg.

»Der ist sicher zwischen zwei Eisschollen geraten«, sagte Sigmund. »Vielleicht bei der Seehundsjagd.«

Georg kam auf die Brücke und griff zum Fernglas.

»O verdammt«, sagte er leise. »Hast du schon mit Longyear gesprochen?«

»Ja«, antwortete Sigmund. »Die Antwort kann jeden Moment eintreffen.«

Die kleine Menschengruppe am Bug stand ganz still da. Niemand fotografierte. Jean hatte den Arm um Dana gelegt. Sie weinte und zitterte.

Das ist Natur, dachte ich, sieh dir die Natur gut an, Dana. Sieh doch nur, wie schön hier alles ist. Mitternachtssonne und ganz stilles Polarmeer. Eis in schönen Farbschattierungen.

In dem Moment knisterte das Funkgerät.

Die Erlaubnis wurde nicht erteilt. Die Naturschutzgesetze ließen sich angeblich nicht umgehen. Die Natur sollte ihren Gang gehen. Ich folgte Georg. Er fluchte auf dem ganzen Weg zum Schuppen, in dem der Sack mit dem Seehundsspeck lag, bei jedem Schritt kam ein neuer Fluch. Siebzehn Menschen standen fröstelnd am Bug, während Georg und ich den Sack aus dem Schuppen zerrten. Georg zog, weiterhin fluchend, seine Handschuhe an.

»Verdammte plattfüßige Bürokraten, bohren sich hinter ihren Schreibtischen in der Nase, die sollten wir in Stücke hacken und ihm hinschmeißen. Oder denen das Rückgrat brechen, sie auf eine Eisscholle legen und tschüß. Verdammte Scheiße ...«

Er richtete sich gerade auf und rief Sigmund leise zu: »Leg sie langsam seitwärts ... nicht voll auf ihn zu. Ich will nicht, daß er vor Angst von der Scholle rutscht!«

Ich öffnete den Sack. Schwerer Fettgestank schlug mir entgegen. Wir schleppten den Sack an die Reling. Ich hockte mich hin und öffnete den Sack so weit, daß der Inhalt offen dalag und leicht zu fassen war. Das Seehundsfell war grau mit schwarzen Flecken, die

Haare glänzten feucht, ich mußte an meine Stiefel denken. Der Speck war gelbweiß mit dünnen Blutstreifen.

Georg stand bereit. In kräftigen, blitzschnellen Würfen beförderte er den Inhalt des Sacks über die Reling, als wir an der Eisscholle vorbeifuhren. Ich blieb weiter in der Hocke. Horchte auf das Gebrüll. Glotzte das blutige Wasser an, das unten im leeren schwarzen Plastiksack herumschwappte.

»Hast du getroffen?« fragte ich.

»Ja, zum Henker!« Dann rief er zu Sigmund hoch: »Jetzt machen wir, daß wir hier wegkommen, verdammte Axt!«

Und der stummen Menschenschar am Bug rief er zu: »Seht ihr jetzt, wozu ein toter Seehund gut ist?«

In der nächsten Stunde steigerte sich der Alkoholkonsum um einiges. Dem Kalben im Magdalena-Fjord war spontane Katastrophenpsychologie gefolgt, jetzt aber schwiegen alle. Jetzt, wo wir wirklich das Bedürfnis gehabt hätten, über alles zu reden. Statt dessen tranken wir. Alle, außer Per und Pia, die sich ein Mineralwasser teilten. Lena schmierte Brote, die niemand essen mochte.

»Oscar«, sagte ich. »Du als Psychologe. Sag was Kluges!«

»Keine Ahnung, was das sein könnte«, antwortete er.

»Was ist mit dir, Per? Pia?«

»Wir sollten wohl bald ins Bett gehen, uns an Georgs Beispiel halten.«

»Alles klar«, sagte ich. »Dann sage ich etwas.«

Ich sprang auf und rief durch die Messe. »Die Regierungsbevollmächtigte ist ein Arsch! Seid ihr da nicht meiner Meinung?«

Alle nickten, nur Samuel nicht, er sagte: »Die müssen sich doch an ihre Regeln und Gesetze halten. Ein Tier, das unter Naturschutz steht ... uns steht es nicht zu, Leute anzuklagen, weil sie sich an ein Gesetz halten, das ...«

»Aber sicher steht uns das zu«, widersprach ich. »Aber ja! Die Regierungsbevollmächtigte ist ein Arsch! Die Regierungsbevollmächtigte ist ein Arsch! Wir können ein Lied daraus machen!«

Ich improvisierte mit lauter falschen Tönen: »Ein Arsch! Ein Arsch, tralalalala!«

Oscar lächelte schwach, und das taten auch Nuno und Sao.

»Immerhin hat er was zu essen bekommen«, sagte Jean. Frikk starrte mit nassen Augen seinen neuen Eisbärenpullover an. Turid saß vor dem dritten Cognac, ich hatte gezählt. Izu ließ ihren Tränen freien Lauf und wischte sie auch nicht ab.

»Dieser arme, arme Eisbär«, stöhnte Dana. »Und er war so wunderschön ...«

»Ja, los, raus damit«, sagte ich und hob das Glas mit viel Gin und wenig Tonic. »Auf den Teddy! Unser erster Eisbär! Cheers! A votre santé!«

»Du bist betrunken«, sagte Oscar.

»Ja, Gott sei Dank«, erwiderte ich. »Und jetzt will ich eine Tomate, dann gehe ich ins Bett.«

Er schlief schon. Ich legte meine Kleider in die obere Koje und stieg zu ihm ins Bett, und dabei schnupperte ich an seinem Brustkasten.

Der kleine Vorhang vor dem Bullauge war vorgezogen, aber es gab doch so viel Licht, daß ich auf seiner Brust graue Haare sehen konnte. Ich fuhr mit den Händen über seinen Körper, er schmatzte im Schlaf. Es war ein starker, fester Körper, auch am Bauch. Er war blaß, aber im Halbdunkel erkannte ich unten an seinem Hals den scharfen Übergang von weißer zu wettergegerbter Haut.

»Georg«, flüsterte ich. »Georg!«

Er wurde etwas wacher. »Ach was, da bist du ja ...«

Er streichelte mein Gesicht. »Du hast geweint.«

Ich nickte und begrub mein Gesicht an seinem Oberarm.

Er nahm mich in den Arm und drückte mich an sich. »Jetzt schlafen wir, du und ich«, flüsterte er. »Eins nach dem anderen.«

Per ging gerade durch den Flur, als ich aus der Kajüte kam.

»Himmel«, sagte er.

»Selber Himmel«, erwiderte ich und trottete barfuß zu meiner eigenen Kajüte. Ich mußte mich an den Wänden abstützen. Das Boot schlingerte heftig. Alles dröhnte. Die Bücher tanzten hinter dem Glas durch den Bücherschrank. Das Klavier zitterte.

»Er wird langsam sauer«, hatte Georg gesagt.

Langsam sauer? Das Wetter schien ausgesprochen wütend zu sein. Schlimmer konnte es unmöglich werden.

Eis donnerte gegen den Bug, wenn er sich in ein Wellental stürzte. Alles, was auf meiner Kommode gestanden hatte, hatte sich jetzt gleichmäßig auf dem Boden verteilt. Zahnbürste und Zahnpasta waren ins Waschbecken gefallen. Der Koffer war unter dem Bett hervorgerutscht, ich stellte ihn hochkant in den Schrank. Das Bullauge zeigte ein weißes Chaos aus brechenden Eisschollen und brausender Gischt. Ein brennender Schmerz machte sich in meinem Zwerchfell breit.

Mir war aufgefallen, daß Ola und Bjørn und auch noch andere hinter dem Ohr ein kleines Pflaster sitzen hatten, sicher ein Mittel gegen Seekrankheit. Ich durchwühlte meine Sachen, bis ich die Magentabletten gefunden hatte, dann spülte ich zwei mit einem Schluck Cognac hinunter. Den Kleinkram stopfte ich in die Kommode und sicherte die Schublade mit den Haken.

Der Frühstückstisch war gedeckt, aber der Käse lag auf dem Boden, obwohl die Teller von der Gummimatte an Ort und Stelle festgehalten wurden. Die Thermoskannen waren mit Schnur an der Wand befestigt. Die Messe war fast leer. Jean und Philippe saßen mit bleichem Schnabel da und tranken Tee. Per knabberte an einem Apfel und schaute aus dem Bullauge. Georg stand breitbeinig mitten im Raum und aß Haferbrei mit Milch und Marmelade. Er grinste mich mit breiverschmiertem Schnurrbart an.

»Ich hab so ein komisches Gefühl im Bauch«, sagte ich. »Es brennt ...«

»Dann mußt du was essen, Mädel. Schade, daß wir keine Ananas haben.«

»Ananas?«

»Verdammt gut, wenn du seekrank wirst. Ananas schmeckt nämlich genauso, wenn sie wieder rauskommt.«

Ich schluckte und bückte mich nach dem Käse. Das war nicht leicht. Die Bewegungen mußten genau dem Schlingern des Bootes angepaßt werden. Ich erwischte den Käse beim dritten Versuch, aber als ich mich aufrichtete, drehte sich die Messe um mich.

»Oooo …«

»Friß!« sagte Georg. »Mindestens drei Brote, auch, wenn du gar keinen Hunger hast. Und ein Glas Milch. Und dann kriegst du von mir auf der Brücke eine Selbstgedrehte. Danach bist du dann frisch wie ein Gummifisch.«

Beim Verlassen der Messe rief er munter: »Alle Mann an die Pumpen!«

Milch? Nein, ich wollte zuerst ein Bier, deshalb steuerte ich geradewegs den Kühlschrank an, endete dann aber im Zickzackgang.

»Ei der Daus«, sagte Per.

»Selber ei der Daus.«

»Und ausgerechnet Georg …«

»Klappe halten. Ich mache, was ich will. Ich mache immer genau, was ich will. Geh ein bißchen Tran trinken, du.«

Ich hatte ihm eigentlich vor Angst die Seekrankheit gewünscht, aber das Resultat war, daß mir selber die Magensäure hochkam. Wie eine Verdurstende in der Wüste packte ich das Bier, hob es zum Mund, lief im Zickzack zurück zum Essen und aß drei Brote, genau, wie mir aufgetragen worden war, mit Salami und Tomaten. Ich schloß beim Kauen die Augen, damit ich das Essen nicht auch noch sehen mußte. Die Milch schenkte ich mir.

»Sind schon welche seekrank?« fragte ich.

»Ja«, antwortete Per. »Die kotzen gerade ihre Kajüten voll. Pia hat Eimer ausgeteilt. Einen hat sie selber gefüllt.«

»Wer hat das Essen gemacht?«

»Stian. Lena ist krank.«

Ich fuhr mit der Hand über den Bauch und trank den letzten Rest Bier.

»Aber ich fühle mich jetzt viel besser«, sagte ich. »Richtig gesund sogar.«

Sigmund kam von der Brücke. Er rieb sich die Augen und hob den Käse hoch, der wieder auf den Boden gefallen war.

»Scheißwetter.«

»Der Bär …« fing ich an.

»Ist jetzt im Wasser«, vollendete Sigmund. »Immerhin ist er mit vollem Bauch gestorben.«

Das Meer. Grau und weiß. Auch der Himmel war weiß. Horizont und Farben waren verschwunden. Schneematsch und Regen prasselten gegen die Fensterscheiben und lagerten sich unten als grauer Schleim ab. Der einzige ruhende Punkt, an dem mein Blick haften konnte, war Georg, aber ich lehnte seine Selbstgedrehte ab. Ich nahm lieber eine von meinen eigenen Zigaretten. Georg öffnete das Fenster einen Spaltbreit, damit ich meinen Rauch hinausblasen konnte. Immer wieder lief er zur Karte und steckte unsere Position ab. Das Boot hob und senkte sich immer wieder.

»Das ist schwierig so nah beim Pol«, sagte Georg. »Dem Gyro gefällt das nicht.«

»Ist das gefährlich?«

»Gefährlich …?«

»Bei solchem Wetter auf See sein?«

»Nein, spinnst du? Das hier ist doch nichts. Ein paar Windstöße, eine kleine Brise.«

»Wieviel Beaufort haben wir wohl?«

»Zweiundzwanzig vielleicht«, antwortete er mechanisch, dann richtete er sich auf und sah mich an: »Was zum Teufel weißt du über Beaufort?«

»Ich fliege ein bißchen. Aber ich glaube, bei diesem Wetter würde ich unten bleiben.«

»Du fliegst? Mit deinem eigenen Flugzeug?«

»Ich fange gerade erst an … gerade erst. Mit einem winzigen Flugzeug, das nach einem Katzenvieh heißt … einer Cheeta. Und Katzen haben Angst vor dem Wasser.«

»Ich hab nur Angst vor dem Fliegen. Aber kostet das nicht einen Haufen Geld?«

»Jede Menge. Aber wenn ich das Geld nicht für die Flugstunden brauche, dann verschwindet es trotzdem auf irgendeine Weise. Ich bin eine Verschwenderin.«

»Ach – eine Verschwenderin? Eine fliegende Verschwenderin? Daß du dich traust!«

»Beim Fliegen fürchte ich mich nie. Aber jetzt … bist du ganz sicher, daß das nicht gefährlich ist? Du hast gesagt, er sei sauer. Er … der Sturm …«

»Pa, er hat sich ein bißchen beruhigt, seit wir wach geworden sind. Sieh mal, da hinten!«

Er legte den Arm um mich und zeigte auf einen schmalen Strich am Horizont, ein taubenblaues Band. »Dahin wollen wir.«

»Welche Richtung ist das?«

»Geradewegs nach Osten.«

Er zeigte es mir auf der Seekarte. Und er erzählte, Sigmund habe ihm streng befohlen, den einundachtzigsten Breitengrad erst zu überqueren, wenn das Wetter gut und alle wieder gesund wären.

»Der einundachtzigste ist etwas ganz Besonderes. Da stoßen wir an, und ihr kriegt ein Diplom.«

Himmel, ein Diplom? Bloß, weil wir bis hierher auf der Ewa herumgelungert haben? Ich fand das ziemlich bescheuert, und Georg war eigentlich meiner Ansicht.

»Aber rahm es trotzdem ein. Eines Tages findest du es vielleicht lustig, daß es bei dir zu Hause an der Wand hängt. Dann kannst du es anglotzen und an den alten Georg denken, der dich sicher durch polare Gegenden geführt hat.«

Ich sagte nichts dazu.

»In dir gibt es nämlich auch polare Gegenden«, sagte er dann. »Ich glaube, du bist an Eis vorm Bug gewöhnt.«

»Ich mache das Eis selbst. Und knalle es anderen vor den Bug.«

»Schaffst du das denn?«

»Und wie. Nimm dich also in acht, Georg. Im Grunde bin ich ein Arsch.«

»Kein Arsch, aber ... irgendwas in dir krieg ich nicht zu fassen ... und ich glaube, dir geht das genauso.«

»Ich kriege Klaustrophobie«, sagte ich. »Wenn es zu eng wird. Zu klamm. Meine längste Beziehung hat fünf Monate gehalten. Er hieß Leif. Und es hat so lange gehalten, weil ich ihm egal war. Deshalb konnte ich atmen. Ich lag mit Grippe im Schlafzimmer, und er hat vergessen, daß ich dort war. Aber ich konnte atmen ...«

»Du bist eine komische Eule. Aber ich kann dich verstehen. Ich bin ja auch ein bißchen so. Deshalb bin ich ja auch allein.«

Ich lachte und sagte: »Ich gerate in Panik, wenn ein Mann sagt, daß er mich liebt.«

»Das werde ich dann lieber nicht tun ...«

»Oi! Schau mal, Georg! Ein Papageientaucher!«

Der Vogel flog schräg durch die Luft, dann landete er im breiten Wellental zwischen zwei Brechern und war verschwunden.

»Der Arme ... bei diesem Scheißwetter ist er total verwirrt«, sagte Georg.

»Ich wußte gar nicht, daß es hier oben so viele Vögel gibt. Ich mag die Eissturmvögel. Die sind toll. Und gestern habe ich einen kleinen flinken gesehen ... mit rotem Schnabel, glaube ich.«

»Eine Küstenseeschwalbe. Die folgen den Booten nur selten.«

»Und einen schwarzweißen, der aussah wie ein winziger Pinguin.«

»Ein Alk. Die sind gut.«

»Wieso gut?«

»Schmecken gut.«

Ich verschluckte mich vor Lachen. »Herrgott, du bist unmöglich!«

»Hier im Norden essen die Leute ihn nicht gern. Sie behaupten, daß er nach Tran schmeckt. Aber man braucht ihn nur über Nacht in Essig einzulegen.«

»Sag mal, gibt es irgendwas, was du noch nicht gegessen hast?«

Er zupfte sich am Schnurrbart. »Tja, wenn, dann höchstens dich. Wir hatten es vorhin ein bißchen zu eilig ... aber das holen wir noch nach ...«

Ich trat dicht an ihn heran und schnupperte. Es tat gut, an ihm zu schnuppern und seine braunen Lachfältchen aus nächster Nähe zu sehen. Auch er schnupperte, wir kamen aus dem Gleichgewicht und knallten gegen die Wand, wo wir einen Kalender mit einem Bild des Nordkaps herunterwarfen.

»Da siehst du's! Eulen auf der Brücke werfen mich einfach um. Ich muß mich um die Ewa kümmern, sie ein bißchen befühlen. Also scher dich jetzt runter.«

Ich zauste seinen Schnurrbart und ging. Und ich dachte dabei: Nimm dich in acht, Bea, nimm dich verdammt noch mal in acht. Keine Lebensgeschichten servieren, bloß, weil du zuviel trinkst und in seinem Arm so gut schlafen kannst.

Die Japaner saßen im Salon, aßen aus Kaffeetassen Nudeln und blätterten in Büchern über Svalbard. Das Wetter schien ihnen nichts auszumachen. Die Messe war leer, der Frühstückstisch abgeräumt. Stian räumte die Kombüse auf.

»Heißa und hussa«, sagte ich. »Brauchst du Hilfe?«

»Mhm. Beim Kartoffelschälen vielleicht.«

»Damit verdient ihr euch wohl die Reise, du und Lena?«

»Nicht nur mit Kartoffelschälen. Schließlich gehen wir beide auf die Koch- und Stewardschule.«

»Und macht verdammt gutes Essen. Kann ich dieses Messer nehmen?«

Wir schälten Seite an Seite, und Stian erzählte mir, wie ihn nach einer Fernsehsendung der Polarbazillus erwischt und wie er dann ganz einfach beschlossen hatte, hierher zu fahren. Er erzählte von Lenas Angst vor dem Wasser und daß sie im Moment so krank war, daß sie sofort nach Hause wollte. In diesem Sommer hatten sie dreimal Svalbard umrundet, das hier war die vierte und letzte Reise vor dem Winter, der die Welt hier oben mit Eis überhäufen würde. Aber so rauhe See wie heute hatten sie noch nicht gehabt. Ich steuerte Georgs Ananastip bei, und Stian grinste. Aber wir waren uns darüber einig, daß dieser Sturm, den Georg als Brise bezeichnete, zu einem passenden Zeitpunkt gekommen war. Der Bär rutschte auf diese Weise in den Hintergrund, alle hatten jetzt andere Sorgen.

»Ich habe geheult«, sagte Stian. »Und das ist mir lange nicht mehr passiert.«

Er war reizend. Bisher hatte ich es noch nicht geschafft, mit ihm in Kontakt zu kommen. So ist das eben bei frischverliebten Paaren.

»Findest du es witzig, verliebt zu sein?«

»Was für eine komische Frage!« sagte Stian.

»Nun antworte schon.«

»Ich habe Lena verdammt lieb.«

»Aber findest du das gut?«

»Weiß nicht so recht. Wenn du so fragst. Was ist mit dir?«

»Nein, ich … das hat damit nichts zu tun.«

»Alle wissen über dich und Georg Bescheid.«

»Was?«

»Meinst du, sowas läßt sich auf einem Schiff geheimhalten?«

»Aber Jesus Maria, wir sind doch erst vor einer Stunde aufgestanden!«

»Zeit genug. Mehr als Zeit genug. Es geht Kranken gleich besser, wenn ihnen über den Klorand spannender Klatsch serviert wird.«

»Reißt er auf jeder Tour eine Frau auf?«

Es war zu spät, diese Frage zurückzuziehen.

»Nein«, antwortete Stian.

Ich nutzte die Gelegenheit, um die Zitrone noch ein bißchen weiter auszuquetschen. »Sicher?«

»Ja. Ich glaube, er ist ziemlich wählerisch. Er haßt quengelige Frauenzimmer.«

Lena hatte zum Nachmittagskaffee einen Kellerkuchen backen wollen. Bis dahin würden wir ruhige See erreicht haben, hatte Sigmund gesagt. Aber Lena war im Moment vor allem mit ihrem eigenen Mageninhalt beschäftigt.

»Ich backe einen Schokoladenkuchen«, sagte ich. Stian war beeindruckt. Das war ich im Grunde auch, als ich zwischen den Wänden der kleinen Kombüse hin und her geworfen wurde, während ich eine Plastikschüssel an meine Brust drückte und die verschiedenen Zutaten hineingab. Ich entschied mich für die Schnellfassung. Eier, Sojaöl und Zucker werden verrührt, dann folgen Weizenmehl, Kakao und Backpulver. Wir fanden grüngesprenkelte Muffinsformen, und es machte großen Spaß, jede einzelne innerhalb der zwei Sekunden zu füllen, in denen die Ewa den Bug steil nach unten senkte. Ein bißchen kleckerten wir auch.

»Wisch du das auf«, sagte ich. »Ich bin schließlich bezahlender Fahrgast.«

Wir stellten die Formen in den Backofen und holten Puderzucker aus dem Küchenschrank. Etwas anderes gab es nicht zum Verzieren.

»Aber das muß sein«, murmelte ich vor mich hin. »Nur weißer Puderzucker allein reicht nicht aus. Das ist zu langweilig. Kleingehackter Seehundsspeck wäre gut. Wir könnten den als Zitronat ausgeben …«

»Du spinnst doch!« Stian grinste.
»Wir nehmen Erdnüsse!« sagte ich.

Ich sah keinen Grund, das miese Wetter zu verschlafen. Ich war strahlender Laune, schließlich hatten wir an diesem Morgen trotz allem schon einiges geleistet. Aber ich redete mir ein, daß ich nicht verliebt sei. Absolut nicht. In keinster Weise. Ein wenig interessiert vielleicht, weil er eine große Klappe hatte und sich vor Sturm und Unwetter nicht fürchtete. Außerdem gefiel mir sein Schnurrbart. Hatte noch nie jemanden mit Schnurrbart geküßt. Der Schnurrbart piekste. Kitzelte. Das gefiel mir. Aber es war nur eine Abwechslung, eine kleine Abweichung von meinen wirklichen Plänen. Ich überlegte mir, daß das Wetter im Moment dafür perfekt sei.

Als die Muffins verziert waren und unter Zellophan in Schüsseln in der Pantry warteten und als ich Stian mitgeteilt hatte, daß sich dieser Raum auch als Speisekammer bezeichnen ließ, sah ich mich nach neuen Aufgaben um. Ich räumte ein wenig in der leeren Messe auf, schüttelte die Tischdecken aus, blickte hinaus auf die graue, aufgewühlte See und die Eissturmvögel, die sich nicht abschütteln ließen. Bei den schlimmsten Wellen drehten sich die Fenster waagerecht. Das Treibeis hämmerte gegen den Bug, und in den Schränken klirrten aufgeregt die Schüsseln und die Kaffeetassen. Ich sah nach, ob alle Schranktüren sicher abgeriegelt waren, und fand einen riesigen roten Sektkühler mit Coca-Cola-Reklame. Die Eiszange hing am Rand.

Und Eis für die Drinks war für mich die Motivation, mich bei diesem Scheißwetter an Deck zu wagen. Ich brauchte einen Eimer mit einer Schnur, das war alles. Ich wollte den Eimer über die Reling werfen und eine Runde Eis fangen. Aber zuerst mußte ich mich umziehen.

Unten im Gang roch es nach Kotze. Der Bücherschrank war aufgesprungen, und die Bücher lagen auf dem Boden. Nansen, Amundsen und Jerry Cotton in trauter Einigkeit. Ich lag auf den Knien und las die Bücher auf, als sich Sonjas Kajütentür öffnete. Frikk kam herausgewankt und machte sie leise hinter sich zu.

»Ei der Daus«, sagte ich. Wußte jetzt, daß man das sagt, wenn der falsche Mensch aus der falschen Tür kommt. Aber er war zu krank, um mit einem »selber ei der Daus« zu parieren, er glotzte nur leer vor sich hin. Brauchte mehrere Sekunden, um zu begreifen, warum ich mitten zwischen den Büchern auf dem Boden kniete.

»Was sagt Turid denn dazu?« fragte ich leise.

»Woher weißt du, daß sie überhaupt etwas sagen wird, zum Teufel?« rülpste er.

»Woher kommst du? Aus Oslo?«

»Turid wohnt in Oslo. Sie ist meine Mutter, klar? Und jetzt muß ich …«

Er stürzte in Richtung Klo davon.

»Kotzen«, fügte ich hilfsbereit hinzu. Ich erhob mich und klopfte an Sonjas Tür. Ging hinein. Sie schlief. Lag jedenfalls mit geschlossenen Augen da. Es stank ganz umwerfend. Ich atmete mit offenem Mund und schüttelte sie. Ein kleiner Spalt zwischen ihren Augenlidern zeigte blanke Hornhaut.

»Sonja«, flüsterte ich. »Du darfst dich nicht mit Frikk einlassen. Das gibt nur Ärger. Nimm dich in acht!«

»Hä?«

»Laß die Finger weg von Frikk. Es gibt da einiges, was du nicht weißt …«

»Aber er hat doch …«

»Das wollte ich nur schnell sagen.«

Aber Sonja schloß wieder die Augen und stöhnte. »Versuch's mal mit Ananas«, sagte ich. »Und wenn du was zu trinken willst, dann kann ich das Eis besorgen.«

Die Tür zum Deck hatte innen eine Klinke, die aussah wie ein riesiger Hebel. Bisher hatten wir nur kurz daraufgedrückt, aber jetzt saß sie unten fest, und ich riß dermaßen heftig daran, daß mir die Ohren sausten. Mein linkes Ohr tat weh, und ich fragte mich einen Moment lang, wo Pia und Per wohl steckten. Beide hatten Seekrankheitspflaster und keinerlei Sorgen. Sie machen sicher etwas Vernünftiges, sagte ich mir zum Trost, inspiriert von Georg und der Querulantin aus Trondheim. Wenn ich Zeit gehabt hätte, hätte ich an der Wand gehorcht.

In einem Kabuff auf dem Gang hatte ich einen Zinkeimer und eine dicke Rolle Nylonseil gefunden. Den Knoten hatte ich mit dem Feuerzeug zu einem soliden Klumpen schmelzen lassen, ich wollte keinen herrenlosen Schiffseimer auf dem Gewissen haben. Ich trug jetzt meine Weihnachtsschinkentracht, und ich dachte gerade an die Bergsteigerregel: »Sag Bescheid, wo du hingehst«, als ich wieder an der Tür riß, die sich mit einem Brüllen öffnete. Auch alle Schleusen öffneten sich, und kein Herz freute sich. Es war, wie von der Seite in ein Schwimmbecken zu steigen. Aber ich zögerte nicht. Ich sah mich später an diesem Tag lässig in Richtung Eiskübel nicken und sagen: »Ich habe ein bißchen Eis besorgt. Greift nur zu!« Und alle würden bewundernd aufkeuchen und mich für eine reinkarnierte Polfahrerin halten – allerdings keine schwedische.

Aller Wahrscheinlichkeit zum Trotz gelang es mir, hinter mir die Tür zuzumachen. Die Außenklinke ließ ich erst los, als ich mich an einem anderen festmontierten Teil anklammern konnte: an der Reling, die sich in ganz anderem Rhythmus als dem der Sprünge des Schiffes in Längsrichtung heftig hob und senkte. Sie reichte mir bis zu den Schultern, im nächsten Moment bis zu den Knien. Genau vor mir hing ein Eissturmvogel.

Ich war schon triefnaß, sogar unter der Kapuze. Ich wickelte die Nylonschnur ab und befestigte sie an der Türklinke, wickelte sie mir zweimal um die Taille, die keine Taille mehr war, sondern eine tonnenförmige Textilienmasse, und warf den Eimer über die Reling. Jetzt hatte ich Sicherheitsvorkehrungen ergriffen, die mir den Mut gaben, über die Reling zu schauen und auf schwimmende Eisschollen zu warten.

Und die kamen in einem Höllentempo. Sie hüpften mit den Wellen auf und ab. Der Eimer war einige Meter hinter mir gelandet und sperrte dort den Schnabel auf, wild entschlossen, alles zu verschlingen, was sich gerade anbot. Ich mußte versuchen, ihn im richtigen Moment aus dem Wasser zu ziehen, Gin mit Salzgeschmack wäre nun wirklich nicht das Richtige.

Es dauerte. Ich mußte lange auf eine passende Eisscholle warten. Sie war in der Mitte auseinandergebrochen, hing aber noch zusammen. Und an den Bruchstellen sah ich türkise Eisklumpen. Ich ließ den Eimer aufs Eis knallen, als mir die Reling gerade an die Knie reichte, und ohne die an der Türklinke vertäute Schnur wäre ich wohl als Leckerbissen für die Krebse auf dem Meeresboden gelandet, und *ich* war ja wohl nicht die Richtige für ein solches Ende. Ich zog den Eimer hoch. Ausgesprochen zufrieden mit meiner Leistung, wickelte ich mich aus der Schnur und konnte die Tür auf- und auch wieder zumachen. Der Übergang zu Zimmertemperatur und relativer Stille war umwerfend. Ola kam mit einer Banane in der Hand und Öl auf beiden Wangen aus der Messe. Er blieb stehen und glotzte mich an: »Hast du …«

»Wollte gern ein bißchen Eis für meinen Gin.«

»Du hättest über Bord gehen können!«

»Ja. Deshalb kannst du verdammt froh sein, daß wir verabredet haben, dann nicht kehrtzumachen. Das wäre doch für euch traurig gewesen.«

»Du warst doch wohl nicht draußen?« Georg zauste meine nassen Haare.

»Doch. Hab Eis für die Drinks besorgt.«

»Bruchs?«

»Was?«

»Bruchs. So nennen wir das. Nicht Brucheis, sondern Bruchs.«

Das Band am Horizont war näher gekommen, wärmer geworden; es schickte das Licht als goldschimmernde Strahlenbündel ins Graue.

»Und außerdem habe ich Muffins gebacken«, protzte ich.

»Du solltest nicht soviel trinken«, sagte er und beugte sich über die Karte. Ein Bleistift kullerte über den Boden.

»Was zum Henker hat das mit den Muffins zu tun?«

»Nichts. Aber das solltest du nicht.«

»Ich trinke nicht viel. Nur ab und zu ein Bier. Und es paßt mir nicht, wenn …«

»Und Cognac. Und Gin. Und …«

»Hat Sonja das gesagt?«

»Sonja? Nein … ich hab schließlich selber Augen in der Birne.«

»Verdammt, Georg, nichts ist so schlimm, als wenn mir jemand sagt, was ich zu tun und zu lassen habe. Dann werde ich total ...«

»Klaustrophobisch?«

Er lachte. Ich lachte nicht. Starrte ihm ins Gesicht, auf einen Punkt über dem Schnurrbart.

»Ja. Genau!«

»Was für blödes Eulengewäsch! Hier mitten auf dem Polarmeer wirst du ja wohl nicht klaustrophobisch! Mehr Platz als hier gibt es doch gar nicht.«

Er haute mir respektlos auf den Hintern. Ich haute zurück, aber er erwischte mich am Handgelenk und zog mich an sich.

»Du bist mir ein komischer Fall«, flüsterte er. »Aber du wirst schon sehen, das kriegen wir in Ordnung, ehe diese Tour zu Ende geht.«

»Versuch's«, sagte ich. »Versuch's doch einfach!«

Ich kam mir vor wie ein kleines Kind, das in einer Decke auf dem Boden gefangen war und das nun den Ausgang entdeckt und verdutzt hinauskriecht. Hinaus zu Licht und Farben und Leben. Langsam ließ die Ewa das Scheißwetter hinter sich zurück, Meter für Meter. Über uns verzogen sich die Wolken, legten seidenglatten Himmel über seidenglattem Meer frei, das im Sonnenlicht brannte und von Treibeis weißgetupft war.

Wir kamen nicht weiter, wenn wir nicht den einundachtzigsten Längengrad überquerten, obwohl wir so langsam gefahren waren. Die Halbinsel Mossel versperrte uns den Weg nach Osten, im Süden lag der Wijdefjord. Wir konnten Gråhuken und Velkomstpynten sehen. Georg ließ den Treibanker auswerfen.

Überall waren Seehunde: auf Eisschollen, im Wasser. Georg verstreute Tabak, als er auf sie zeigte. Er konnte Grönlandsrobben, Klappmützen und Ringelrobben unterscheiden, die er Schnuten nannte.

»Und siehst du die Riesenrobbe dahinten! Nein, weiter rechts. Ja, da!«

Er lenkte mein Kinn mit fester Hand. Ein Fenster stand weit offen. Kein Windhauch. Es roch nach salzigem Meer und Schmieröl. Und sein Hemd roch nach Tabak. Die Vögel schrien und schlugen mit den Flügeln. Vogelgeschrei und schwappendes Wasser an den Schiffsseiten waren die einzigen Geräusche.

»Wie ist es möglich«, flüsterte ich. »Erst dieses Scheißwetter, und dann wupp, die pure Idylle. Mein Gott, wie schön ...«

»Ich glaube nicht, daß der Herr hier einen Finger im Spiel hat. Du vielleicht?«

»Nein. Aber trotzdem ... wenn es richtigen Sturm gegeben hätte, hättest du ihn dann nicht angerufen?«

»Das habe ich schon oft getan. Oder eigentlich ... ich schreie *ihm*. Und niemand weiß, ob ich damit den Sturm oder den Herrn meine.«

Er kicherte, und sein Gekicher ging in Husten über.

»Du solltest nicht soviel rauchen«, sagte ich.

»Ach, halt die Fresse, mach mich nicht klaustrophobisch, du Eulenhaut!«

Er hielt sich das Fernglas vor die Augen und suchte die Umgebung nach Bären ab. »Wo Seehunde sind, müssen auch Bären sein«, sagte er. »Das hier ist die Pantry von Meister Petz.«

Nach weiteren Ausschaurunden sagte er: »Aber bei dem Burschen weiß man nie ... Plötzlich ist er nicht da, wo du ihn erwartest, und plötzlich taucht er da auf, wo du ihn am wenigsten vermutet hättest.«

Pia wollte in die Tonne hochsteigen und nach den Teddys Ausschau halten. Ich ärgerte mich, weil ich nicht selber auf diese Idee gekommen war. Ich hätte wie ein kleines Eichhörnchen mitten im Scheißwetter nach oben klettern können, vor Georgs Augen, um ihm zu zeigen, daß ich wirklich vor nichts Angst hatte.

Pia befestigte die Rettungsleine und hängte sich das Fernglas um den Hals. Und dann kletterte sie blitzschnell nach oben. Unter der Tonne öffnete sie die Bodenluke, zog sich hoch und schloß die Luke wieder. Von Deck aus konnten wir oben nur zwei funkelnde Fernglaslinsen sehen.

»Das ist höher, als es aussieht«, sagte Oscar. Er, Samuel und ich saßen auf Taurollen im Bug, tranken Bier und genossen eine Stille und ein Gefühl der Weite, die allein schon die Kosten der Reise wert waren. In der Sonne waren es mindestens sieben oder acht Grad über Null. Wir konnten unsere Daunenjacken öffnen, und ich rauchte ohne Handschuhe. Was für ein Luxus! Das Boot wiegte sich sachte, und am westlichen Horizont lag das blauschwarze Unwetter, dem wir vorhin den Rücken gekehrt hatten. Oscar und Samuel waren beide seekrank gewesen, aber auf meinen Befehl hin hatten sie ein Bier und ein Brot zu sich genommen, und nun hatten sie wieder Farbe im Gesicht.

»Viel gekotzt?« fragte ich im Konversationston.

»Ja, sicher. Aber du mußt ja wirklich seetüchtig sein«, sagte Oscar.

»Ich glaube schon. Ich habe offenbar verborgene Eigenschaften. Und Magentabletten. Und Cognac.«

»Früher schon mal mit dem Schiff gefahren?«

»Nein, nur mit Fähren und so.«

Er lachte plötzlich. »Ich habe sogar zweimal das Kotzen vergessen.«

»Sehr komisch. Was ist mit dir, Sam? Bist du jetzt wieder gesund? Gesund genug to do it again?«

»Ha ha ...«

»Ich nehme an, den Witz hast du schon öfter gehört.«

»Das kannst du wohl sagen.«

»Viel gekotzt? Ich habe Oscar gerade dasselbe gefragt.«

»Jetzt fühle ich mich besser. Und das hier ...« Er zeigte mit großer Geste auf das Polarmeer. »Das ist ... das ist ... so unbeschreiblich, daß es einem armen Menschen glatt den Atem verschlägt.«

»Ja, ich wußte das schon vorher. Es steht doch in der Broschüre.«

Ich trank Georg auf der Brücke zu. Er spuckte als Antwort ins Wasser. Und traf. Ola und Bjørn kamen angetrottet. Bjørn gähnte.

»Das Gummiboot muß aufgepumpt werden!« rief Georg.

»Reg dich ab!« antwortete ich. »Die Kinder müssen sich erst mal ausruhen.«

»Hier wird sich erst auf den Hintern gesetzt, wenn alles erledigt ist.«

»Wir sitzen schon.« Ich lächelte Oscar an. »Das ist das Leben. C'est la vie. Cheers!«

Die Kranken kamen der Reihe nach aus ihren Kajüten getrottet. Ich schaute über die Reling und entdeckte überall offene Bullaugen. Ein schwacher Kotzgeruch stieg zu mir hoch. Die anderen kniffen im hellen Licht die Augen zu und erkannten erst nach einigen Sekunden, daß sie nicht träumten. Die Berge in der Ferne, der Wijdefjord, der sich wie zwei gespreizte Frauenschenkel öffnete, der Tanz der Vögel in der Luft, überall auf dem Eis Seehunde. Wir tranken den Genesenden zu, als sie auftauchten und sich mit Liegestühlen aus dem Plastikraum auf dem Achterdeck verteilten. Ich ging drei neue Bier holen und machte drei ordentliche Striche. Ich hatte noch jede Menge Cognacstriche in meinem Guthabenkreis und wollte gerade einen durchstreichen, als Georg hinter mir stand. Wir waren allein in der Messe. Er küßte meinen Nacken, das kitzelte, und legte von hinten, unter der Daunenjacke, die Arme um mich.

»Alle reden über uns«, flüsterte ich und lehnte den Kopf an seine Schulter. Er küßte mich aufs Ohr, knabberte ein bißchen an meinem Ohrläppchen. Ich hatte sofort Lust, mir noch einmal sein Bettzeug anzusehen.

»Du hast recht gehabt«, flüsterte ich.

»Womit denn?« Seine Stimme klang heiser, er atmete schwer.

»Mit der erogenen Zone. Wenn ich dich in Trondheim kennengelernt hätte, in der Pianobar zum Beispiel ...«

»Dann hätte ich keine Chance gehabt.«

»Nein, keine Chance im Polarmeer.«

In diesem Moment hörten wir vom Deck her laute Rufe. Georg ließ mich sofort los und rannte los. »Die haben sicher Bären gesehen!« rief er. »Komm schon!«

Es waren aber keine Bären, sondern zwei Walrösser. Sie kamen auf uns zu. Ich gab Oscar und Samuel ihr Bier. Die einzigen, die jetzt noch fehlten, waren Jean und Turid. Und Sigmund, der schlief. Philippe hatte die Kamera bereit und wartete darauf, daß das Walroß in Schußweite käme. Oscar und Samuel redeten leise miteinander. Sie starrten nicht wie wir anderen ununterbrochen die Walrösser an, und deshalb hatte ich plötzlich das Gefühl, daß sie Dinge besprachen, die uns anderen nicht zu Ohren kommen sollten. Sie waren gute Freunde geworden. Aber das hier war etwas anderes. Etwas Wichtiges und Geheimes. Statt mich an sie heranzuschleichen und sie zu belauschen, stellte ich mich neben Georg und konzentrierte mich auf das Leben im Meer. Georg stützte die Ellbogen auf die Reling und drehte sich eine Zigarette.

»Walrösser! Das sind vielleicht witzige Viecher!« Er lachte.

Sie wurden immer größer und legten unter Wasser offenbar ein ziemliches Tempo vor. Ich dachte zuerst, es müsse sich um viele

Tiere handeln, konnte nicht so recht glauben, daß immer wieder dieselben zwei Tiere nach wenigen Sekunden, aber mindestens fünfzig Meter weiter, wieder aus dem Wasser lugten. Frikk grämte sich wieder, weil er seine Kamera eingebüßt hatte.

Schließlich sahen die Walrösser riesengroß aus, obwohl ihr Körper größtenteils im Wasser lag. Lange, gelbweiße Zähne. Winzige Schweinsaugen auf jeder Seite eines schrumpeligen Kopfes. Ihre Barthaare wurden starr und triefnaß. Wenn sie die Wasseroberfläche durchstießen, prusteten sie los, und das Wasser stob nur so hoch.

»Das ist ein Pärchen«, sagte Georg. »Das siehst du an den Zähnen. Sie hat kürzere und dünnere Zähne.«

Per erzählte auf englisch alles, was er über Walrösser wußte, und hielt dabei ein Bier in der Hand. Die Stimmung hob sich langsam, es war eine Stimmung, die zu einer unwirklichen Wirklichkeit, einer Wandertour auf See, zu Ostern im Gebirge paßte. Die Walrösser weiteten ihre Nasenlöcher, machten es sich zwanzig Meter vom Boot entfernt gemütlich und konnten sich an uns nicht satt sehen.

Sie fraßen Fisch, bis sie nicht mehr konnten, erzählte Per. Fraßen und fraßen. Danach schliefen sie zwei Tage am Strand. Ein ausgewachsenes männliches Walroß wog anderthalb Tonnen, das Vielfache von einem Eisbären.

»Können wir nicht mit dem Zodiac hinfahren?« fragte Oscar eifrig. »Sie uns ein bißchen genauer ansehen?«

»Du bist wohl total verrückt, Mann«, sagte Georg. »Diese Zähne ... mit denen haben sie das Boot zerfetzt, ehe du duzi duzi sagen könntest.«

»Ach so. Ja, natürlich. Aber daß sie so groß sind? Doppelt so groß wie Eisbären? Unglaublich.«

»Incroyable«, murmelte Philippe, ohne zu wissen, daß er direkt übersetzt hatte. Er preßte sich die Kamera ans Auge und knipste ununterbrochen. Die Japaner verewigten sich gegenseitig mit derselben Kamera in der bekannten Positur: vor der Reling, mit dem Meer als Hintergrund. Dana stand ein Stück entfernt, versteckt hinter einer teuren Sonnenbrille. Ich hatte eine gewisse Kälte von ihrer Seite registriert, und ich wußte, warum. Wer sich mit einem

Seehundsmörder einläßt, ist sicher von derselben Sorte. Und das war gar kein dummer Gedanke, fand ich.

»Ist deine Mutter krank?« fragte ich Frikk. Der gab keine Antwort.

»Ist Turid immer noch krank?« fragte Oscar.

»Ja«, sagte Frikk und starrte die Walrösser an. Sonja saß auf der Taurolle, die ich gerade verlassen hatte, ihr Gesicht war gelbgrün, sie konnte sich nicht auf den Beinen halten oder in fremden Kajüten herumschnüffeln. Lena saß neben ihr.

»Ich habe Muffins gebacken«, sagte ich zu den beiden. Sonja schloß die Augen und schluckte, Lena lächelte. »Spitze«, sagte sie. »Wir müssen Sigmund in einer Stunde mahnen, dann geht's nach Norden, hat Per gesagt. Den Kaffee gibt's nach der Feier.«

Endlich machte Sonja den Mund auf. »Du, Bea ... warst du bei mir? Und hast etwas gesagt, über ... über ...«

»Darüber können wir später noch sprechen. Nicht hier. Nicht jetzt.«

Alte Seebären werden alte Seebären, weil sie Argusaugen und gespitzte Ohren haben und scheinbar unwichtige Informationen schneller aufschnappen als eine eifersüchtige Frau. Georg flüsterte: »Was hast du ...«

»Nicht jetzt«, antwortete ich leise. Dann hob ich die rechte Hand und rieb die Finger aneinander.

»Er ist jetzt trocken! Trocken wie Zunder!« sagte ich laut und äffte seinen Akzent nach.

»Ja«, lachte Georg. »Er hat endlich alles ausgepißt.«

Der Radarschirm zeigte, daß sich die Eiskante weit nach Norden verschoben hatte, bis zum 81. Grad Nord. Die Sjuøyane waren zugänglich. Ich hielt noch immer nach Teddys Ausschau, als Sigmund und Jean auftauchten. Sigmund hatte sechs Stunden Schlaf hinter sich und war bereit dazu, in ein paar Stunden seinen Törn anzutreten.

Jean knabberte an einer trockenen Scheibe Brot.

»So gehört sich das«, sagte ich munter. »Mach, daß du was in den Magen bekommst, der ist doch sicher leer.«

»Ganz leer ... und meine Füße auch«, seufzte er. Ein lieber, niedlicher Junge. Schwul waren sie wohl nicht, aber trotzdem restlos uninteressant für mich. Zu jung. Zu jung und zu langweilig. Wenn ich sie jedoch in der Pianobar kennengelernt hätte, dann wäre das etwas anderes gewesen! Die Welt ist seltsam, dachte ich. Hatte bisher noch nicht erlebt, daß mein geographischer Aufenthaltsort entschied, auf welches Mannsbild ich Lust bekam.

»Vielleicht sollte mal jemand nach Turid sehen?« fragte Oscar. Lena stand auf.

»Das mache ich«, sagte sie.

Einige Minuten darauf war sie wieder da. »Sie erbricht sich nicht mehr, sagt aber, sie sei krank und wolle ihre Ruhe.«

»In Ordnung«, sagte Sigmund. »Dann fahren wir jetzt nach Norden. Ola, ans Werk.«

»Ich gehe auf die Brücke«, sagte Georg. »Dann kannst du dich um die Fahrgäste kümmern.«

Pia kam aus der Tonne. Ich schaute hinauf. Ich mußte auch einen Ausflug nach dort oben machen. Ich brauchte doch bloß mit der Rettungsleine um den Bauch hochzuklettern. Kinderspiel, die Ewa würde schon auf mich aufpassen.

Als die Motoren wieder loslegten, sehnten wir uns nach der Stille. Die Eissturmvögel mußten lauter schreien, um ihre Meinung kundzutun. Die Welt wurde eine andere, wir waren wieder in Bewegung. Ich mußte plötzlich an Camilla Collett denken, die geschrieben hat, daß es nicht darum gehe, uns *von* etwas zu befreien. Wir befreien uns *für* etwas. Wieso war mir das gerade jetzt eingefallen?

Lena und Stian brachten jetzt Tabletts mit Weingläsern. Kein Plastikscheiß, sondern echte Gläser. Das nahm jetzt wirklich Form an. Bjørn brachte Erdnüsse und Salzstangen, Per einen großen dicken Briefumschlag, dessen Inhalt ich schon kannte. Ganz zum Schluß brachte Sigmund zwei Magnumflaschen Opéra. Ich schluckte. Igitt, Opéra. Billigplörre. Aber ich schwieg. Ich hätte sarkastische Witze über den Preis der Reise und den Preis von Opéra reißen können, vielleicht etwas Geistvolles über umgekehrte Proportionen. Oscar hätte gelacht, Sigmund die Stirn gerunzelt. Ich rief aber treuherzig: »Aaaa! Champagner!«

»Hol deinen Kaviar!« sagte Samuel.

»Kommt nicht in die Tüte.«

Die Ewa dröhnte mit voller Kraft gen Norden. Sigmund stellte die Flaschen aufs Deck und ging mit Georg auf die Brücke. Plötzlich hörten wir dreimal das Nebelhorn. Wir fuhren zusammen und heulten auf, die zumindest, die das noch nie erlebt hatten. Sigmund ließ den ersten Sektkorken knallen und achtete darauf, daß er nicht über die Reling ging. Ich fand diese Angst vor Umweltverschmutzung ein bißchen hysterisch, sah aber vor meinem inneren Auge plötzlich einen verzweifelt mit den Flügeln schlagenden Eissturmvogel, dessen Schnabel sich im Draht des Korkens verheddert hat.

Wir tranken und prosteten uns munter zu. Wer vor kurzer Zeit noch mit dem Kinn über der Kloschüssel oder einem Plastikeimer gehangen hatte, nippte ein wenig vorsichtiger, unsicher, ob der Magen das schon wieder mitmachen würde. Aber ich langte zu. Der Sekt war gar nicht so schlecht. Und polarkalt.

»Georg braucht auch was«, sagte Sigmund.

»Ich bring ihm ein Glas, und ihr könnt dann solange darüber klatschen«, sagte ich.

Und als ich auf der Brücke angekommen war und auf die anderen hinabblickte, die mit erhobenen Gläsern am Bug standen, entnahm ich den neugierigen Blicken der Japaner, daß sie erst jetzt von der Sache erfahren hatten. Izu lachte, winkte mir zu und machte das V-Zeichen. Ich lächelte angestrengt zurück.

»Das hier ist ja schlimmer als eine norwegische Kleinstadt«, sagte ich. »Prost!«

»Prost, Eulchen. Gut, daß du diese Zeichnung für den Sigmund gemacht hast. Er ist ein bißchen aufgetaut. Wenn er nur nicht zu sehr aufgetaut ist und gedacht hat, du wolltest mit ihm flirten ...«

»Dich werde ich in natura zeichnen«, drohte ich. »Wenn du nicht deine Zunge hütest. Und dann hänge ich das Bild ans Infobrett, während du schläfst!«

»Wie nennst du dieses Tier?«

»Infobrett.«

»Ich sage Tafel.«

»Da hast du's mit einem Wort, lieber Georg, wie verschieden wir sind. Daß wir unter derselben Bettdecke gelandet sind, ist absolut verrückt! Irrwitzig!«

»Völlig durch den Wind. Aber ziemlich nett. Mir grummelt's tief unten im Laderaum, wenn ich nur daran denke.«

Ich beugte mich mit dem Glas in der Hand aus dem Fenster und rief: »Mehr! Ich will mehr!«

»Dann komm runter und hör auf zu knutschen!« rief Bjørn, dieser Grünschnabel, der hatte sicher lauter Nummern von Penthouse unter seine Matratze gestopft. In diesem Moment fiel mir die Tonne ein, ich wollte doch nach oben.

»Du, Georg, alte Eulen sind gern hoch oben. Ich will in die Tonne.«

»Nein, was willst du denn da oben? Das macht dir nur angst.«

»Angst? Wo ich doch fliege? Jetzt hör aber auf.«

»Ja ja. Aber ich glaube trotzdem, das hier ist etwas anderes. Es ist höher, als du denkst. Vergiß die Tonne.«

Das hätte er niemals sagen dürfen. Noch ehe er duziduzi sagen konnte, war ich von der Brücke hinunter aufs Deck gerannt.

Sigmund schnallte mir die Rettungsleine um. Über die Schultern, um den Leib, durch den Schritt.

»Muß das denn sein?« quengelte ich.

»Es muß sein«, sagte Sigmund.

»Kann ich ein bißchen Sekt mit raufnehmen?«

»Nein. Konzentrier dich auf die Sprossen. Davon gibt's viele. So. Viel Glück!«

Ich kletterte ohne Handschuhe. Das Metall war schneidend kalt. Ich hörte, daß die Tourenzahl ein wenig sank, also war Georg auf meiner Seite und wollte mir Ruhe zum Klettern geben. Ich trug Turnschuhe, und darüber war ich froh. Die Bergstiefel wären für diese Sprossen zu klobig gewesen.

»Erst runterschauen, wenn du oben bist«, hatte Sigmund gesagt, und ausnahmsweise wollte ich einen gutgemeinten Rat befolgen.

Ich schluckte. Mein Nacken war steif, mein Körper auch.

Fast oben. Finger und Fingerknöchel taten weh. Alles schwankte. Schwankte sehr. Schwankte seitwärts und aufwärts und ... War denn Wind aufgekommen? War der Sturm wieder da? Das Metall war gelb angestrichen. Osterkükengelb. Ich zwang mich dazu, an ein Osterküken zu denken, das ich zu Hause im Schrank hatte und von dem Andersen so begeistert war. Er hatte auf diesem Küken unaussprechliche Bewegungen durchgeführt und danach wochenlang auf Nachwuchs gewartet.

Der Boden. Der Tonnenboden. Ich war oben. Ich stemmte die Luke hoch und kletterte weiter. Ich stellte die Füße auf zwei Bretter am Rand, die abgeblätterte Farbe wies darauf hin, daß sie zu diesem Zweck hier angebracht waren. Ich klappte die Luke zu und schaute über die Kante.

Eine Sekunde später saß ich auf dem Hintern auf dem Boden und hatte die Hände vors Gesicht geschlagen.

»Ogottogottogott ...«

Und damit war *nicht* das Wetter gemeint.

»HOI!« rief unten jemand.

Hatte Sigmund die Masthöhe gesteigert? Hatte er den Mast wie ein Periskop in die Höhe geschraubt? Es waren hundert Meter bis zum Deck. Mindestens. Und die Tonne bewegte sich hin und her, mit zehn Meter Ausschlag in jede Richtung, und ich konnte mich nirgendwo festhalten, konnte nicht steuern, hatte keine Kontrolle. Aber ich mußte ...

»O großer Gott!«

Ich zog mich an der Innenseite der Tonne hoch. Der ganze Scheiß würde umkippen. Das hier war doch ein Verstoß gegen sämtliche Naturgesetze. Das ganze Schiff würde kentern, wir würden voll ins Reich der Walrösser rutschen.

»Hallo, da unten!« piepste ich über die Kante. Sie hörten nichts.

»HALLO!« wiederholte ich. Sie waren zu mikroskopisch kleinen Ameisen geworden. Zu Köpfen mit Füßen. Ich war so hoch, daß ich nicht einmal ihre Gläser sehen konnte. Der Zodiac sah aus wie eine Seifenschale.

»Weht jetzt ein schlimmer Wind?« rief ich, und das Lachen unten war nicht mißzuverstehen. Ich hatte über kesse junge Burschen gelesen, die auf Telegraphenmasten kletterten und dann weinend von Feuerwehrleuten gerettet werden mußten. Ich hatte mich über solche Geschichten immer amüsiert. Ich fummelte an der Rettungsleine herum. Die saß fest.

»Ich will noch ein bißchen hier oben bleiben!« rief ich und hoffte aus ganzem Herzen, daß ich mich überzeugend anhörte.

Aber wer schreckliche Angst hat, hört sich niemals überzeugend an. Schon bald wurde an die Luke geklopft. Ich heulte auf.

»Ich bin's, Bjørn!« erscholl eine Stimme. »Mach auf!«

»Ich trau mich nicht ...«

»Stell die Füße an die Seite!«

Ich tat, wie mir geheißen, dann schloß ich die Augen, schluckte. Der Boden öffnete sich.

»Wir kentern«, stöhnte ich. »Merkst du das nicht? Wir werden von den Walrössern aufgespießt.«

»Quatsch. Alles ist in Ordnung«, sagte Bjørn. In Ordnung, dachte ich, er ist ein kleiner Grünschnabel, aber er ist alles, was ich habe.

Er packte einen meiner Füße. Ich brüllte auf, zog den Fuß zurück und verlor für einen Moment die Balance. Ich brüllte noch einmal.

»Die lachen«, sagte er, und sofort verstummte ich.

»Eine Sprosse nach der anderen. Nicht nach unten blicken. Ich führe deinen Fuß von Sprosse zu Sprosse. Verlaß dich auf mich. Wir machen das in aller Ruhe.«

Ich machte die Augen erst wieder auf, als wir unten angekommen waren. Alle jubelten und klopften mir auf die Schulter und erzählten mir, was ich doch für ein mutiges Geschöpf sei. Bjørn hatte nicht einmal eine Rettungsleine. Ich wagte nicht, Pia anzusehen, die vorhin erst ohne Probleme nach oben und wieder heruntergeklettert war.

»Wie war die Aussicht?« fragte Samuel.

»Ich habe keine Aussicht gesehen«, antwortete ich. Und erst jetzt bemerkte ich das Lachen. Wie ein gleichmäßiger Vorhang im Hintergrund. Es war Georg. Er stand auf der Brücke und lachte beim Ein- und auch beim Ausatmen.

»Halt die Klappe!« brüllte ich. »Du plattfüßiger Nördling!«

Sigmund füllte mein Glas, und ich leerte es auf einen Zug.

»Und jetzt kriegt ihr die Diplome!« sagte Per und teilte aus. Ich nahm meins mit zitternden Fingern entgegen.

Certificate 80° North stand darauf. *Britta Abner has in the best Polar tradition participated in an Expedition in Arctic waters and crossed 80° North.* Unterzeichnet von Per und Sigmund. In die Mitte war eine abenteuerliche alte Seekarte kopiert. Ich hatte das Gefühl, ein Diplom verdient zu haben.

»Ach, so heißt du also«, sagte Oscar und blickte mir über die Schulter.

»Nein«, widersprach ich. »Ich heiße Bea. Vergiß den anderen Namen. Der gilt nur fürs Finanzamt und für Polarexpeditionsdiplome.«

Stian und Lena brieten Koteletts mit Zwiebeln und Erbsen. Es duftete aus der Kombüse. Die Mitternachtssonne schien durch die Bullaugen, und alle Decktüren standen offen. Wir liefen hin und her und auf und ab, mit Karten, Fotoapparaten, Vogelbüchern, Flaschen und Gläsern. Es war still nach dem Sturm, und bald würde auf allen Tellern gutes Essen liegen.

Sigmund wurde wieder von der Brücke geschickt, als er sich zu seinem Törn dort einfand, und ich durchschaute Georgs Plan. Er wollte viele Stunden abreißen, um Freizeit anzuhäufen. In dieser Hinsicht spielte die Uhr eben doch eine Rolle.

Statt ihn durchzuwalken, hatte ich mich ganz einfach nicht bei ihm sehen lassen. Er war oben gefangen, es war soviel Treibeis auf der See, und der Kahn mußte sicher hindurchgelenkt werden. Georg mußte eben später versuchen, mich zu besänftigen. Dussel, dachte ich, so zu gackern, wo doch alle über uns Bescheid wissen!

Die Muffins waren sehr begehrt. Lena brachte Georg drei Stück davon und Kaffee. Ich stellte mir vor, wie er sie unter seinem Schnurrbart hindurch in sich hineinstopfte und dabei wußte, daß ich sie gebacken hatte.

»Ist das echtes Eis?« fragte Samuel plötzlich und bückte sich über den Cola-Kühler. Jetzt war der Moment gekommen. Sehr passend, fand ich, nach der Tonnenszene.

»Aber sicher«, sagte ich. »Als ihr kotzenderweise unter Deck gelegen habt, habe ich ein bißchen Eis aus dem Meer gefischt.«

»Stimmt das? Warst du an Deck? Bei dem Sturm? War das nicht ziemlich riskant?« fragte Samuel mit großen Augen.

»Aber nicht doch«, antwortete ich. »Ich hatte mich an der Türklinke vertäut.«

Samuel nickte beeindruckt und langte zu. Die Japaner und auch Dana, Sigmund und Oscar hatten zugehört. Sie begriffen sicher, daß die Naturgewalten des Meeres gefährlicher waren als eine blöde Aussichtstonne nur wenige Fuß über Deck.

Die Eisstücke klirrten in Samuels Campari. Alle starrten das Glas an und schienen eine Explosion zu erwarten. Aber statt dessen wurde der Drink zu einer Eissoße. Samuel nahm einen Schluck und nickte anerkennend. »*Echtes* Eis«, sagte er und schnalzte mit der Zunge.

Es gab also echtes und unechtes Eis. Mein Kühlschrank zu Hause enthielt demnach unechtes Eis – bloß hatte ich es nie zuvor als unecht betrachtet. Die Welt weitet sich aus, wenn neue Begriffe auftauchen. Ich sah mich schon auf der Terrasse Getränke servieren und sagen: »Tut mir leid, ich habe nur falsches Eis, echtes ist schwer aufzutreiben, hier in Trondheim ...«

Plötzlich wurde an Deck gerufen. Teddy in Sicht! Wir hörten, wie sich die Umdrehungszahl der Motoren verringerte, und wir brauchten unnötig viele Sekunden, um die Messe zu verlassen, weil wir alle gleichzeitig durch die Tür wollten. »Ich sage Turid Bescheid«, bot Per an.

Es war eine Bärin mit zwei einjährigen Jungen. Sie stand auf einer geräumigen Eisscholle und fraß einen selbstgerissenen Seehund. Die Jungen lagen neben ihr und waren schon satt. Vom Seehund bis zum Rand der Eisscholle, wo er aus dem Wasser gezogen worden war, zog sich eine rote Spur. Die Bärin fraß und beobachtete uns dabei aus dem Augenwinkel. Wir waren fünfzig Meter von ihr entfernt. Langsam näherten wir uns, aber die Bärin schien überhaupt keine Angst zu haben. Und weil sie sich nicht fürchtete, taten die Jungen das auch nicht.

Alles stimmte: So hatten Eisbären zu sein, so hatten sie zu stehen, gesund und unversehrt, beim Picknick auf einer Eisscholle, während die Sonne über dem Polarmeer schien und die Eissturmvögel zum Sturzflug ansetzten, in der Hoffnung auf eine Fleischfaser. Es war mir bewußt, daß ich lächelte, und ich mußte einfach zu Georg blicken. Ich stand unter der Brücke an der Reling – das Fenster war offen – und konnte seinen Blick sofort einfangen. Er sagte kein Wort, grinste nur so breit, daß seine vielen Fältchen zusammengeschoben wurden, als seien diese Bären sein Geschenk für mich.

»Himmel, sind die prachtvoll!« stöhnte Dana. Der Seehund, den sie gerade verspeisten, schien für sie keine Rolle zu spielen. Vielleicht, weil er kein Fell mehr hatte. Er war fertig geschält, und er sah nicht mehr aus wie ein Seehund, sondern wie ein Stück Fleisch, ähnlich denen, die in Zellophan eingewickelt in Supermärkten verkauft werden.

»Und seht euch doch die kleinen Bärenbabys an!« sagte Jean.

Die Babys hatten zuerst zu essen bekommen. Mama hatte den Seehund gefangen und die Arme ausgebreitet und ihren Kindern großzügig gestattet, zuerst ihre kleinen Mägen zu füllen. Sie selber gab sich mit rotem Fleisch zufrieden und vielleicht mit etwas Gehirnmasse. Im Schädel konnte eine Teddymutter allerlei Leckerbissen aus Fett finden. Die Jungen hatten Blutflecken an den Schnauzen, auf der Brust und den Vordertatzen. Sie zwinkerten uns aus kohlschwarzen Augen zu und sahen mit ihren kleinen Schnauzen aus wie Teddybären der falschen Farbe. Plötzlich hätte ich sie gern gestreichelt, mich davon überzeugt, daß es sie wirklich gab, daß das hier keine Filmleinwand war, die einen alten BBC-Film in Cinemascope zeigte.

»Wollte Turid das nicht sehen?« fragte ich Per.

»Der geht es nicht so gut«, antwortete er.

Wir mußten über die Eissturmvögel lachen, die hungrig auf der Eisscholle herumstolzierten. Die Bärin schlug nach ihnen, sie flatterten kreischend außer Reichweite, dann nahmen sie ihre Patrouillengänge wieder auf. Das Schiff war jetzt nur noch vier oder fünf Meter von ihnen entfernt, es trieb seitwärts an ihnen vorbei, um die Scholle nicht anzustoßen. Wir standen stumm an der Reling, flüsterten höchstens und hörten die Bärin schmatzen und die Jungen zufrieden grunzen. Nicht viele Bärinnen konnten ihre Jungen noch großziehen, erzählte Pia, es gab einfach zu viele Bären. Aber diese Familie hier wirkte fett und gesund. Die Mutter mußte eine gute Jägerin sein.

»So, wie Georg ein guter Jäger ist«, sagte ich, und das war für Dana bestimmt, die mich aber keines Blickes würdigte. Die Bärin ließ das Seehundfleisch fallen und kam auf uns zu getrottet. Die Eissturmvögel schrien hysterisch über dem Kadaver hinter dem

Rücken der Bärin. Die Ewa warf einen Schatten über die Eisscholle, ließ die Farben blauer, kälter werden. Die Bärin kam bis zur Schiffswand, die jetzt das Eis berührte, auf dem sie stand. Sie reckte den Hals und beschnupperte das Metall. Nicht einmal jetzt, wo sie zwei Junge beschützen mußte, hatte sie Angst. Mir fiel ein, was Georg gesagt hatte. Das einzige, wovor sie sich hüten mußte, waren die männlichen Eisbären. Und das Schiff war kein Eisbär, kein natürlicher Feind für sie. Sie hob den Kopf und sah uns an. Ihre Ohren waren ganz rund und saßen tief im Fell. Ich konnte den süßlichen Geruch frischen Blutes ahnen. Langsam legte sie eine Pfote aufs Metall und richtete ihren Oberkörper auf, bis sie auf den Hinterbeinen stand.

»Weg von der Reling«, sagte Georg über uns. Aber sie würde uns doch nicht erreichen können? Trotzdem übersetzte Per blitzschnell. Wir wichen zurück und zur Seite. Die Kamera der Japaner fing an, sich mit einem Summgeräusch zurückzuspulen. Nuno oder Sao brachte voller Haß einen langen japanischen Spruch, den alle verstanden. Eisbär auf anderthalb Meter Entfernung, und sein Film war zu Ende. Im Londoner Zoo hätte er in aller Ruhe einen neuen Film einlegen, vielleicht erst noch ein Kebab essen können. Aber hier hatte er es nicht mit einem in einer Betongrube mit Elektrozaun eingesperrten Ausstellungsobjekt zu tun. Das hier war The Real Thing.

Die Bärin zog durch die Nasenlöcher Luft ein, in dem Versuch, uns in ihr System einzuordnen.

»Schöner, schöner Teddy, braves Mädchen«, sagte ich. »So, ja … jetzt kannst du wieder zu deinen Jungen gehen.«

Ihr Kopf war breiter, als ich mir vorgestellt hatte. Ihre Tatzen auch. Wir standen einem der größten Raubtiere der Welt von Angesicht zu Angesicht gegenüber. Obwohl sie bedächtig und zutraulich wirkte, hatte ich durchaus nicht mehr das Bedürfnis, sie zu *berühren*.

»Ich glaube«, flüsterte ich, »du hast mich davon überzeugt, daß es dich wirklich gibt.«

Sie reckte den Hals und versuchte, über die Reling zu schauen. Auch von den anderen machte niemand den Versuch, sie hinterm

Ohr zu kraulen – obwohl sie sich ungeschickt und langsam zu bewegen schien, fast schon ein wenig unbeholfen. Sie wirkte ungefährlich.

»Sie riecht das Essen in der Kombüse«, sagte Per leise.

»Aber sie kann doch nicht ... kann nicht ...«, stotterte ich.

»Das nicht«, sagte Per.

»Wollen wir sie füttern?« fragte Samuel.

»Wir haben kein Seehundsfleisch mehr«, sagte ich. »Wie schade.«

Dana ignorierte mich noch immer. Ich wollte gerade vorschlagen, noch einen Seehund abzuschießen, um beim nächsten Bären Speck zu haben, als mir einfiel, daß Georg das sicher ohnehin vorhatte. Es hatte keinen Sinn, die Gemüter zu erregen, italienisches Blut in Wallung geraten zu lassen.

Die Bärin ließ sich auf alle viere fallen, die Eisscholle knackte und das Wasser schwappte über die Kanten. Plötzlich fiel ihr der Seehund ein, die unterbrochene Mahlzeit. Die Eissturmvögel zerrten wie besessen an verschiedenen Fleischfasern, als die Bärin sich sammelte. Statt mit der Tatze nach ihnen zu schlagen, stieß sie ein kurzes Brüllen aus. Der Luftdruck schien die Vögel über den Schnee zu schleudern. Wir kicherten nervös, als wir das Gebrüll hörten. Das eine Junge erhob sich und kam zum Eisschollenrand, wo es sich ausgesprochen unelegant bäuchlings ins Wasser fallen ließ. Das andere folgte diesem Beispiel.

»Denen war es in der Sonne zu warm«, sagte Pia.

Die Ewa hatte die Scholle schon hinter sich gelassen, obwohl sie sich kaum bewegt hatte. Auch die Eisscholle war in Bewegung. Mit einem letzten Blick auf den Seehund folgte die Bärin ihren Jungen ins Meer. Zusammen schwammen sie in Richtung Land, in Richtung Berge, ostwärts, auf Gustav den Femtes-Land zu. Ein riesiger prustender Kopf, dahinter zwei kleinere, in gemächlichem Tempo schwammen sie landwärts.

»Gute Reise!« rief Sonja und winkte.

Die angespannte Stimmung löste sich zu übertriebenem Lachen und einer Kakophonie von Gerede darüber, wie phantastisch das doch gewesen sei. Die Motoren dröhnten unten im Schiffsrumpf.

Sigmund schien sehr zufrieden zu sein und nickte Per zu, wie um zu sagen, daß die Fahrgäste gute Ware für ihr Geld bekommen hätten. Die Broschüre hatte uns schließlich Eisbären versprochen. Es wäre ganz schön peinlich gewesen, wenn wir nur den Teddy mit dem gebrochenen Rückgrat gesehen hätten.

»Wal? Was ist mit Walen? Meinst du, wir sehen auch noch Wale, Sigmund?« fragte ich.

»Himmel«, erklang über mir Georgs Stimme. »Was für ein anspruchsvolles Frauenzimmer!«

»Anspruchsvoll? Sieh lieber mal in den Spiegel«, antwortete ich, ohne ihn anzusehen.

»Jetzt müssen wir miteinander reden, du und ich ...«

Er packte mich am Handgelenk, als ich die übriggebliebenen Kartoffeln in die Kombüse brachte. Inzwischen halfen alle mit. Deckten den Tisch, räumten ab, holten füreinander Bier und Wein, übersetzten, wenn jemand einen Witz gemacht hatte.

Sigmund hatte als erster gegessen, dann war er mit dem Dessertteller in der Hand nach oben gegangen, um Georg abzulösen. Zitronenschaumcreme. Gelber als die Leiter zur Ausguckstonne. Georg hatte sich zu den Japanern gesetzt. Ich saß schon zwischen Samuel und Oscar. Wir drei teilten eine Flasche Rotwein, hatten aber schon eingesehen, daß eine Flasche zuwenig war. Schließlich hatten wir drei getrunken und uns über das Chaos auf den Wandlisten scheckig gelacht, wo es inzwischen von Drittelstrichen nur so wimmelte. Ich hatte an diesem Tag noch nicht besonders viel getrunken, und der Rotwein stieg mir sofort in die Wangen.

Ich hörte zu, wie Georg durch ein Gespräch mit den Japanern stolperte. Izu erzählte von ihrem großen Hobby: Bonsais, aber sie brauchte die Hilfe von Nuno und Sao, um die richtigen Wörter zu finden. Ich drehte mich nicht um, hörte mir aber alles an.

»Winzigklein?« fragte Georg zum Schluß. »Wo sie eigentlich groß sein sollten?«

»Ja! Ja! Winzigklein! Winz!« schrie Izu glücklich.

»Reden? Worüber denn?«

»Stell jetzt die Kartoffeln weg und komm.«

»Willst du keinen Nachtisch?«

»Doch. Komm.«

Er schob mich die Treppe hinunter, durch den Flur und in seine Kajüte. Der Vorhang war noch immer zugezogen.

»Das ist ungerecht«, sagte ich. »Du hast mindestens vier Zentimeter breiteren Boden als ich.«

Er lachte, nahm mein Gesicht in die Hände und starrte mir in die Augen. »Mein Eulchen, laß dich ansehen ... deine Wangen sind so heiß! Die verbrennen mir die Hände! Mein Eulchen mit Tonnenangst ...«

Ich gab keine Antwort, nahm stattdessen seine Hände und drückte sie langsam herunter.

»Zeig mal deinen Bonsai«, flüsterte ich.

»Später«, antwortete er. »Erst der Nachtisch.«

Später, *viel* später, zog ich mich an, verließ Georg, ging in die Messe und holte zwei Becher Kaffee mit Sahne. Dann lief ich in meine eigene Kajüte, klemmte mir Cognacflasche und Zeichenblock unter den Arm und ging wieder zu Georg.

Das Bett wurde zur Höhle. Schummriges Licht, Kaffee mit Cognac. Die obere Koje diente als Höhlendach. Seltsam, bei unverschlossener Tür dazusitzen und draußen die anderen vorbeigehen zu hören.

»Ich darf eigentlich nichts trinken. Wenn der Wind dreht und wir die Eiskante in die Fresse kriegen, muß ich auf die Brücke.«

»Pa. Es ist doch ganz windstill.«

Er wollte schon etwas sagen, aber mein mürrischer Blick ließ ihn verstummen. Wir saßen nebeneinander mit dem Rücken zur Wand, hatten die Decke quergelegt und mußten die Köpfe einziehen, um nicht gegen die obere Koje zu stoßen. Der Zeichenblock fungierte als Unterlage für den Kaffee mit Schuß.

»Wollen wir nicht noch einen Seehund schießen?« fragte ich.

»Doch. Wenn sich die Gelegenheit ergibt. Sowie Greenpeace in die Falle gegangen ist. Aber ich hab keinen Schalldämpfer, verdammt, ich muß die Richtung genau planen.«

»Ich will mitkommen.«

»Du bist weicher geworden«, sagte er plötzlich.

»Weicher?« Ich lachte. »Weil ich mit auf Seehundsjagd will?«

»Nicht deshalb. Oder vielleicht auch deshalb. Aber du scheinst irgendwie mehr aus dir herauszukommen. Als du an Bord gekommen bist, war das anders.«

Seine Rede machte mir angst. Ich blies auf meinen Kaffee und dachte nach. Was hatte ich nachts geträumt? Nichts. Hatte ich noch mehr mit Sonja gesprochen? Nein. Hatte es mir etwas ausgemacht, daß Turid nicht an Deck kommen wollte, obwohl wir Bären dicht neben dem Schiff hatten? Nein. Hatte ich an sie gedacht, unten in der Kajüte, ganz allein, während alle anderen an Deck waren und sie da alt und klein und sehr, sehr verletzlich lag? Hatte ich mit anderen Worten die Gelegenheit genutzt, um mit ihr zu reden? Ihr ein bißchen angst zu machen? Nein, ich hatte mir die Bärin angesehen, die Jungen, hatte Georg angelächelt, hatte Witze über Seehunde und Wale gerissen und den Anblick der kleinen schwimmenden Bärenfamilie unterwegs zum Gustav den Femtes-Land genossen.

»Was war das denn mit der Sonja ...«

»Nichts. Nichts von Bedeutung.«

»Jetzt sag schon.«

»Nein, ich wollte nur ... noch Cognac?«

»Ja. Also, was war los?«

»Ich glaube, Turid ist eine überbehütende Mutter. Deshalb habe ich Sonja geraten, sich ein wenig in acht zu nehmen. Sie und Frikk haben nämlich etwas am Laufen. Und manche Mütter wollen nicht, daß ...«

»Das geht dich doch nichts an, zum Henker!«

»Das nicht. Ich habe es Sonja ja auch nur so nebenbei gesagt.«

»Jetzt hör aber auf. Vergiß die Kiste. Laß die beiden ihre eigene Suppe auslöffeln.«

»Genau. Das habe ich auch vor. So, jetzt sprechen wir nicht mehr darüber. Soll ich dir auch ganz bestimmt keine Zitronencreme holen?«

»Ganz bestimmt. Zeig mal deine Zeichnungen.«

Ich zeigte ihm Berge und Füchse. Dana mit der Schublade und ihn mit dem Bootshaken. Danach zeichnete ich ihn noch einmal, während er zusah.

Er kniete nackt vor dem offenen Meer in einem Bett und war der Skipper vor dem Steuerruder, mit einer Kippe in der Fresse, einem Eissturmvogel auf der Schulter und einem hocherhobenen Cognacglas. Eisberge donnerten gegen die Bettpfosten. Eine Robbe, die verdächtig viel Ähnlichkeit mit Bea hatte, kletterte gerade unbemerkt ins Fußende des Bettes, und dabei hielt sie in der rechten Flosse eine Robbenhacke. Und der Eissturmvogel hatte verdächtig viel Ähnlichkeit mit Andersen, aber das fiel Georg natürlich nicht auf.

»Meine Fresse, du bist ja vielleicht tüchtig! *Lebst* du denn auch davon?«

»Ja.«

»Gut?«

»Ich glaube schon. Hab nicht ganz den Überblick.«

»Aber mal mir ja keinen Bonsai, dann kann ich die Zeichnung nicht an die Wand hängen.«

»Kannst du wohl. Das ist doch bloß eine Zeichnung!«

»Ich will meinen Rüssel nicht in Glas und Rahmen haben, das mußt du doch kapieren!«

Und damit ließ ich meine Integrität fahren und beugte mich den Forderungen des Auftraggebers; der Skipper schob sein eines Knie etwas weiter vor.

»So, ja. Anstandshalber«, Georg lachte wiehernd.

Ich übertrieb bei der Größe seines Schnurrbartes, und das gefiel ihm gut. Sein Kinn bekam in der Mitte eine tiefe Kerbe.

»Was hast du denn mit der Robbenhacke vor?«

»Ich hab doch gesagt, du sollst dich vorsehen.«

»Hast du viele Liebhaber?«

»Nein. Nicht sehr viele. Zeitweise vielleicht.«

Ich hätte hinzufügen können: zeitweise, wenn ich es schaffe, nicht soviel zu denken, im Augenblick zu leben und mir wirklich viel Mühe zu geben.

»Ich will nach dieser Tour hier abmustern ...«

Abrupt verlor ich den Bleistift aus dem Griff, wußte nicht mehr, wo der enden sollte. Georg flüsterte: »Du brauchst nicht ... ich sage das nicht, weil ...«

»Das weiß ich. Mir wurde nur so ... so ...«

»Klaustrophobisch?« Jetzt lachte er nicht.

»Nicht klaustrophobisch, sondern ... vielleicht hatte ich Angst ...«

»Angst? Aber liebes kleines Eulchen. Warum denn das?«

»Es ist irgendwie so, als wollte ich nicht, daß es mir gutgeht«, antwortete ich langsam. Die Wörter klebten dabei einfach aneinander. Sie ergaben keinen Sinn. Aber Georg nahm mir vorsichtig den Bleistift aus den Fingern und ließ den Block auf den Boden fallen. Legte die Arme um mich. Die Ewa wiegte sich, Treibeis kratzte am Bug.

»Du hast etwas Schlimmes erlebt«, flüsterte er. »Davon kommt das. Erzähl's dem Georg.«

»Nein!« antwortete ich und befreite mich aus seinem Arm.

»Aber ... du weinst ja ...«

»Aber nein. Und jetzt stehen wir auf.«

Samuel zeigte in der Messe Bilder seiner verstorbenen Frau, seiner Kinder und seiner Enkel. Ich sah, daß er sich große Mühe gab, seine Gesichtsmuskulatur unter Kontrolle zu bringen, und begriff, daß ihm noch ein wenig wärmer geworden war, sonst hätte er es nicht geschafft, diese Bilder zu zeigen. Per und Pia tuschelten miteinander. Ich hätte gern gewußt, worüber. Dunkle Pläne über Gemauschel, mit dem sich Geld verdienen ließ? Oder bildete ich mir das nur ein, mit Hilfe der mir angeborenen Phantasie, von der ich schließlich lebte? Vielleicht hatten sie sich ganz einfach um ihr Gehalt gestritten? Im Moment konnte ich mich nicht einmal mehr daran erinnern, was sie gesagt hatten, andere Realitäten waren mir jetzt wichtiger.

Georg ging auf die Brücke, obwohl das noch gar nicht nötig war.

»Wann erreichen wir Sjuøyane?« fragte ich Pia.

»Heute nacht, gegen vier«, antwortete sie. »Wir gehen nach dem Frühstück an Land.«

Es war halb zwölf, die meisten waren ins Bett gegangen. Ich ging nicht auf die Brücke, sondern kroch allein in meine eigene Koje und stellte den Wecker auf halb vier. Die Tür war nicht abgeschlossen. Wenn er wollte, konnte er hereinkommen, ich dachte an unser Gespräch und war endlos erleichtert darüber, daß ich nicht nüchtern war. Ich stand sogar auf und trank noch einen besonders großen Gin als Puffer gegen die Träume, die mir zweifellos bevorstanden.

Er war Eislotse. Führte die Ewa sicher durch die Schollen. Und nun wollte er unbedingt mich lotsen.

Der Rausch verteilte sich gleichmäßig in meinem Körper wie ein Sammelsurium aus zitternden Fäden von den Fingerspitzen bis in den kleinen Zeh. In einer knappen Woche würde ich ihn nicht mehr kennen. Dann würde er verschwunden sein. Er und seinesgleichen würden wieder zu exotischen Einschlägen in der Pianobar werden, im Keller unter dem Hotel Britannia. Seebären auf Stadtausflug mit zu langen Hemdkragen, ausgebeulten Brieftaschen, großer Klappe und einem Lachen, das daran gewöhnt war, Motorenlärm und Orkan zu übertönen. Ich stellte mir plötzlich vor, wie Georg Bergesen die Hand reichte. »Eislotse Georg Korneliussen, angenehm.«

Ein absurdes Bild. Das Infobrett. Himmel, der Mann wußte ja nicht einmal, was ein Infobrett ist. Wo wohnte er überhaupt? Wo lebte er? Wenn er nicht bei 81° Nord Schiffe um das Nordaustland herumlotste? Was wußte ich von ihm? Zwei Kinder. Er hatte zwei Kinder, die seine Frau einer unbefleckten Empfängnis verdankte. Damals, als er jung war und noch keine Ahnung von Eulen hatte.

Ich erwachte davon, daß er da war, da lag, Haut an Haut. Er roch nach Seife, war frisch geduscht und hatte nasse Haare, hatte sich ein Handtuch unter den Kopf gelegt. Ich lag zwei Sekunden da und erforschte meinen Rausch, wie alt der jetzt war, um festzustellen, wie lange ich geschlafen hatte. Mindestens drei Stunden.

»Ich kann an deinem Atem hören, daß du wach bist«, flüsterte er.

»Ich will eigentlich schlafen.«

»Weglaufen, meinst du … ins Traumland.«

»Ja. Weglaufen. Das habe ich ja auch gemacht, als ich hergekommen bin, nicht wahr? Und jetzt …«

»Jetzt geht es nicht mehr weiter.«

Er lag außen. Über mir hing bedrückend eine weitere Koje. Und doch stellte sich die Klaustrophobie nicht ein. Das war ungewohnt. Ich brach in Tränen aus.

»Aber meine Kleine … aber, aber … nicht traurig sein … ich werd dich auch nicht bedrängen«, flüsterte er in meine Haare. »Vor dem Georg brauchst du doch keine Angst zu haben, das mußt du doch begreifen.«

Ich weinte und weinte, konnte nicht aufhören. Wenn ich etwas haßte, dann war das, in nüchternem Zustand zu weinen. »Verdammt«, stöhnte ich zwischen den Schluchzern und schmiegte mein Gesicht an seinen Brustkasten, um nicht so laut zu sein. »O zum Teufel, ich will nicht …«

»Aber, aber, nicht fluchen. Fluchen paßt nicht zu Eulen. Ruf unseren Herrn an, das ist schon in Ordnung, aber nicht den anderen Heini. Diesen Burschen überlaß lieber uns Mannsbildern.«

»Weißt du …«, schniefte ich.

»Nein, das weiß ich nicht, aber ich habe den starken Verdacht, daß du es mir erzählen wirst.«

»Weißt du … so ein Mantra …«

»Mantra. Davon habe ich gehört. Mönche, die vor sich hinjammern, und dann haben sie ein Wort, das sie immer wieder sagen … irgendwie in Gedanken …«

»Genau. Weißt du, was ich in Gedanken immer wieder sage, wenn ich nicht schlafen kann und die schlimmen Gedanken sich nicht verjagen lassen?«

»Was denn? Simsalabim?«

»Nein. Ich sage scheiß drauf, scheiß drauf, scheiß drauf … tausendmal. Scheißdrauf, scheißdrauf, scheißdrauf … so.«

Er wurde ganz still , ich lachte ganz schnell ein bißchen, aber er stimmte nicht ein. Schließlich flüsterte er mit seltsam brüchiger Stimme: »So etwas Trauriges habe ich in meinem Leben noch nicht gehört …«

Er hatte mich eigentlich wecken wollen. Aber ich konnte uns erst in andere Stimmung bringen, als ich mich rittlings über ihn setzte, statt aus dem Bett zu steigen und die Ginflasche zu holen, was ich eigentlich vorgehabt hatte.

»Ich krieg keine Luft. Daß eine kleine Eule soviel wiegen kann wie ein Walroß, wußte ich noch gar nicht.«

Endlich lachte er. Ich sprang auf den Boden und schaute fröstelnd aus dem Bullauge. Silbrigschimmernde See und Treibeis. Nebelschwaden, durch die von der Seite her die Sonnenstrahlen strömten.

»Sind wir jetzt bei Sjuøyane?«

»Pst, jetzt halt doch mal den Mund«, zischte er. »Du bist ja schlimmer als ein Nebelhorn, Frau.«

»Warum soll ich still sein?«

»Weil ich große Pläne habe. Wir treffen uns um vier Uhr an Deck mit dem Ola.«

»Und was machen wir da?«

»Das siehst du um vier Uhr.«

»Das ist ja noch eine ganze Stunde …«

»Ja, eine ganze Stunde.« Er grinste: »Und ich bin frisch geduscht. Der Bonsai mußte begossen werden. Der will wachsen.«

Wir wollten auf Seehundsjagd. Mitten in der Nacht, mit Ola und dem Zodiac. Bei Phippsøya.

»Zieh dich ganz warm an«, sagte Georg eine Stunde später und ging in seine Kajüte, um dasselbe zu tun. »Und schleiche! Heute nacht soll hier keiner mit einer Schublade erschlagen werden!«

Die Ewa lag jetzt still da. Der Anker war ausgeworfen. Wenn von diesem Krach niemand wach geworden war, dann würde ich sie auch nicht wecken. Ich schaute kurz aus dem Bullauge, dann blieb ich bewegungslos stehen und starrte: Die Sonne verbarg sich hinter einem senfgelben Nachtnebel, der einige Bootshöhen über der Wasseroberfläche hing. Kein Kräusel auf dem Wasser. Wir befanden uns in einer goldenen klaren Nische zwischen Wasser und Nebel. Und überall schwammen schlafende Eissturmvögel, der nächste nur wenige Meter von mir entfernt. Sie hatten die Köpfe unter die Flügel gesteckt und wiegten sich sanft mit den Wellen wie kleine Federbüschel. Wir lagen vor Anker, würden ihnen nicht davonfahren, sie konnten sich ausruhen. Ich konnte ja so gut verstehen, daß sie »Freunde des Seemanns« genannt wurden. »Wie schade, daß du sie nie kennenlernen wirst, Andersen«, flüsterte ich.

Der Gang lag im Halbdunkel da. Ich hörte ein Husten, und plötzlich konnte ich mich nicht beherrschen. Langsam öffnete ich Sonjas Tür, und richtig, da lagen sie beide. Schlafend. Jung. Mit roten Wangen, die Arme umeinander gelegt. Lautlos schloß ich die Tür wieder. So würden auch Lena und Stian daliegen, wenn ich nachsah. Und Per und Pia. Das hier war ja das pure Traumschiff. Erogene Schutzzone mit Schlupflöchern an jeder Ecke. Kichernd schlich ich mich an Deck. Georg stand an der Winsch, in Thermoanzug und Mütze mit Ohrenklappen. Er trug seinen Revolvergürtel. »Willst du mit dem Revolver Robben schießen?« flüsterte ich.

»Ich leih mir nicht gern Waffen aus, aber dafür muß ich es wohl. Oder soll ich vielleicht die Robbenhacke nehmen?«

»Nein! Spinnst du?«

»Pst!« zischte er. »Ola, bist du das?«

Langsam ging der Zodiac über die Reling, während Georg die Winsch manövrierte. Ich beobachtete die Eissturmvögel. Drei von ihnen, die merkten, daß sie dem Boot im Weg sein würden, zogen die Köpfe unter den Flügeln hervor und paddelten in aller Ruhe davon. Dann steckten sie wieder die Köpfe unter die Flügel, schauten mit einem Auge aber noch hervor.

Ich schwitzte. Es war windstill, zwei Grad plus, der Nebel hob sich. Georg holte einen Sack mit allerlei Ausrüstungsgegenständen. Ola kletterte ins Gummiboot, und ich entdeckte die Leiter. Es war nicht die aus Metall, die über der Kante gehangen hatte, die mit gutem Geländer und breiten Tritten. Nein, das hier war eine kleine Strickleiter, die lose in der Luft baumelte, da die Schiffsseite nach innen schräg abfiel.

Georg warf den Sack ins Boot und kletterte mit Leichtigkeit nach unten. Ich schaute über die Reling, um seine Technik zu begreifen, konnte aber keine entdecken.

»Na los!« Georg war schon unten. Ich zögerte. Dann begegnete ich dem Blick eines Sturmvogelauges. Kugelrund, kohlschwarz und neugierig. Als erwarte der Vogel ein wenig Zusatzunterhaltung.

»Ach was«, murmelte ich. »Das ist doch alles kein Problem.«

Am schwierigsten fand ich es, überhaupt nach außen zu klettern. Ich hing wie ein Spanferkel über der Reling und tastete mit der Stiefelspitze, und dabei mußte ich mir das Gelächter von unten anhören. Mein Ärger sorgte für Adrenalin und Mut. Ich kletterte wie ein Affe, als ich erst einmal die erste Leitersprosse gefunden hatte und das Tau in Händen hielt. Es war gut, daß wir die Schwimmwesten weggelassen hatten. Georg fing mich auf.

»Das hast du wirklich gut gemacht, Eulchen ...«

»Hört auf mit dem Flirten, wenn ich mitkommen soll«, flüsterte Ola, packte ein Paddel und fing an, uns von der Ewa wegzuschieben.

»Warum benutzen wir nicht die Metalleiter?« fragte ich.

»Zuviel Eis in der See. Und es macht zuviel Krach.«

Wir kamen nur ganz langsam von der Stelle. Und wir mußten weit weg vom Schiff sein, um den Motor anlassen zu können.

Die Eissturmvögel wichen langsam zurück, als wir vorbeikamen.

Das seltsame graugelbe Licht des Nebels, die überwältigende Stille, die schlafenden Vögel auf dem blanken, stillen Wasser, ich hatte noch nie so etwas gesehen, niemals solches Licht, ganz ohne Schatten. Und dann entdeckte ich Land, weit vor uns. Einen schwarzen Strand und einen schwarzen Berg, der oben im Nebel verschwand.

»Wir fahren um die Insel herum, auf die Rückseite, dann können wir in Ruhe knallen«, sagte Georg leise. »Wenn die Ewa still liegt, ist alles so verdammt gut zu hören. Mit etwas Glück hat der Wind die Bucht vom Eis befreit, dann kann auch Ola eine Runde spielen.«

»Jetzt fahren wir los«, sagte Ola.

Der Motor dröhnte auf und füllte die Welt mit Geräuschen, aber sie waren gleichmäßig und anonym und würden als normaler Motorenlärm der Ewa durchgehen, falls Dana aufwachte und horchte.

Im Nu hatten wir uns ein gutes Stück von der Ewa entfernt.

Georg kniete ganz vorn, um dem Boot Gewicht zu geben, sonst hätte sich der Bug aufgerichtet.

»Genau wie auf der Zeichnung«, rief ich.

»Nur fehlt dir die Robbenhacke!« antwortete Georg.

»Aber wir haben andere Geräte an Bord«, sagte Ola und lachte roh, so, wie nur pickelige Knaben lachen können, wenn sie mit ihren Zoten die Frauen beeindrucken wollen.

»Sicher!« antwortete ich. »Ein kleines und ein großes.«

»Was weißt du denn davon, verdammt noch mal?« fragte Ola und steuerte das Boot seitlich an einer Eisscholle vorbei.

»Ich habe gestern durchs Schlüsselloch geschaut, als du geduscht hast.«

»Hä? Aber ich habe doch überhaupt nicht ... o verdammt, da hast du dir ja eine angelacht, Georg!«

Aber Georg grinste nur. Er sah einfach toll aus. Mit dem Nebel über sich, dem Revolver an der Hüfte, den im Gegenwind flatternden Mützenklappen. Der Typ Mann, bei dem junge Emanzen die Straßenseite wechseln.

Wir bogen um eine Landzunge und konnten eine eisfreie Bucht sehen.

»Jippie!« heulte Ola.

»Alles klar«, rief Georg. »Du zuerst. Dann die Schnute!«

Und damit rief Ola alle Pferdekräfte herbei, preßte die Oberschenkel um seinen Sitz und legte los.

»Haltet euch fest!«

Georg krümmte sich am Bug zusammen, und ich rutschte von der Gummikante und landete auf dem Boden.

Wir bretterten mit Slalomkurven in die Bucht, das Wasser brach nur so über uns herein. Ich heulte und rechnete jeden Augenblick damit, daß wir umkippen würden, daß dieser blöde Kahn sich aufbäumen und uns im Salto fortschleudern würde. Ein einziges breites Grinsen füllte Olas Gesicht, und er war erst zufrieden, als unsere Kleider triefnaß waren und ich nur noch heisere Laute hervorbrachte.

»Jetzt haben wir jeden einzelnen Seehund aus der ganzen Gegend verjagt!« sagte ich.

»Die lassen sich nicht verjagen, die sind zu blöd. Okay, Ola ... machen wir mal was Vernünftiges. Zieh sie aufs Eis.«

Sie! Der Zodiac war auch eine Frau. Interessant. Ob wohl schon mal eine Emanze darüber eine Dissertation verfaßt hat? Statt einfach die Straßenseite zu wechseln?

Wir fanden sofort Seehunde. Zwei Ringelrobben auf einer Eisscholle. Ola verlangsamte das Tempo. Georg zog den Revolver und schoß zweimal kurz hintereinander. Die Seehundsköpfe fielen aufs Eis, erst der eine, dann der andere. Das Eis um sie herum war blutgesprenkelt. Ich sagte kein Wort, hatte mich wieder aufgesetzt, um mir den Überblick zu verschaffen. Ola zog das Boot an die Eisscholle heran. Die Seehunde lächelten und starrten aus gebrochenen Augen ins Nichts. Ihre Barthaare sträubten sich, jedes einzelne Haar war dick wie ein Schnürsenkel. Ein Eissturmvogel war auf der Eisscholle gelandet und schüttelte die Flügel, um zu erwachen. Andere sahen zu. Sie hatten wirklich vollen Einblick in alle Ereignisse.

»Hol sie ganz dicht an die Eisscholle heran, ich will verdammt noch mal nicht draufsteigen müssen.«

Ich räusperte mich. »Die sind aber schön.«

Es war zu spät, ich hatte es gesagt. Er würde glauben, ich sei nicht damit einverstanden, daß er sie schoß, ich sei eine Städterin und eigentlich eine schrecklich sentimentale Person, die Katzenbabys und Welpen beweinte und an der Wand einen Tierkalender hängen hatte, Weißlinge mit Babyblick. Aber seine Antwort überraschte mich: »Ja, das sind tolle Tiere.«

»Findest du sie auch toll?«

»Aber sicher. Alle Tiere sind toll. Aber das heißt nicht, daß wir nicht ein bißchen zulangen können.«

»Hast du schon viele Seehunde umgebracht? Weißlinge?«

»Massenhaft.«

»War das nicht scheußlich?«

Er hatte den einen Seehund erwischt und zog ihn an Bord.

»Scheußlich? Nein, wenn du im Eis bist und deine Arbeit tust, dann überlegst du nicht, ob das scheußlich ist.«

»Aber wenn die Mutter dahinter angekrochen kommt und … und …«

»Das vergißt sie schnell. Aber das mit der Mutter war wirklich nicht immer angenehm. Ola, jetzt mußt du den Arsch hochkriegen und mir helfen.«

Gemeinsam konnten sie beide Seehunde ins Boot bugsieren.

»Wir gehen zum Schälen an den Strand.«

Sieben bis acht Eissturmvögel flogen geduldig hinter uns her. Jetzt würde es bald etwas zu fressen geben. Ein Nachtgericht.

»Stimmt es, daß viele Seehunde noch leben, wenn ihnen die Haut abgezogen wird?«

Georg warf mir einen raschen Blick zu. »Nein«, sagte er.

»Aber wenn die noch zappeln …«

»Ich will dir eins sagen. Ein Seehund kann auch ohne Kopf noch zappeln.«

»Das ist doch nicht möglich.«

»O doch. Ich habe es selber gesehen. Der Körper scheint noch eine Weile zu leben. Wie bei Hühnern.«

»Ich habe von Hühnern gehört, die ohne Kopf noch weitergerannt sind«, gab ich zu.

»Das ist genau dasselbe. Kapiert habe ich das nie, aber so ist es.«

»Die Leute sehen das eben nicht gern in den Fernsehnachrichten.«

»Die Leute möchten überhaupt nichts Trauriges sehen, solange es nicht erdichtet ist. Aber wenn ich an all das denke, was die Natur selber den Tieren antut … pfui Teufel, ist das soviel schöner als das, was die Menschen sich so ausdenken? Wenn die Natur selber zulangt, kommt oft eine lange Quälerei dabei heraus. Aber wenn der Georg zu Magnum oder Robbenhacke greift, dann ist die Sache im Nu gegessen.«

»Erzähl das mal Dana. Vielleicht begreift sie es.«

»Keinen Bock. Bei Gott, das ist wirklich wahr, ich hab ganz einfach keinen Bock!«

»Aber viele Menschen sind gemein zu Tieren.«

»Nichts ist schlimmer, als sie in Zoos einzusperren. Das ist zum Kotzen.«

»Ich habe zu Hause einen Vogel. Einen Wellensittich. Der ist eingesperrt.«

»Laß ihn frei.«

»Er kommt ohne mich nicht zurecht, so ganz allein.«

Wir zogen den Zodiac ein Stück weit auf den Strand. Karge Landschaft lag vor uns, so weit wir vor der Nebelwand sehen konnten. Ein steiniger Strand, unten mit hellerem Sand und dem gleichen Treibholz wie in Virgohavn. Alle Geräusche klangen hohl, fast ganz ohne Echo. Ich setzte mich auf einen von Salzwasser und Eis weißgespülten Baumstamm. Georg holte die Ausrüstungsgegenstände, Handschuhe und Messer, Holzbretter, zusätzliche Säcke.

Er schlitzte dem Seehund den Bauch auf. Speck quoll heraus. Dann machte er einen Schnitt zwischen Fleisch und Speck und hatte am Ende ein großes dickes Viereck aus Speck herausgeschnitten, das er in Stücke hackte. Die Eissturmvögel schrien, sie wußten nicht, ob wir sie vielleicht vergessen hatten. Georg schnitt ein Stück schieres Fleisch ab und warf es ihnen hin.

Ich entdeckte Sonnenstrahlen auf dem Weg durch die Nebelschwaden. Wie Scheinwerfer trafen die Strahlen auf das Wasser, und das Licht verbreitete sich. In diesem Moment wehte eine schwache Brise über den Strand.

Im Laufe einer kurzen Minute verwandelte sich die geschlossene graue Nebeldecke in einzelne kleine Schwaden. Zwischen den Schwaden sah ich tiefblauen Himmel, und plötzlich wurde die Welt erschaffen. Die Sonne strömte uns entgegen. Der Himmel spannte sich im Halbkreis. Der Horizont war wieder zu sehen, und ich saß nicht mehr auf einem Strand, sondern am Fuße eines Berges – eines hohen kupferroten Berges, der sich hinter uns auftürmte.

»Hast du es gesehen«, flüsterte Georg. »Hast du das gesehen … aber was ist denn los mit dir, mein Eulchen?«

Er kam zu mir herüber, stand da mit blutigen Fellhandschuhen, bückte sich, starrte mir ins Gesicht. Ich blickte verständnislos zu ihm hoch. Erst jetzt spürte ich, daß mir die Tränen übers Gesicht liefen.

»Was ist los …«

»Es ist einfach so schön«, schniefte ich. »Ich glaube, ich habe noch nie in meinem Leben etwas so Schönes gesehen wie eben, als sich der Nebel gelichtet hat. Als ob … als ob …«

»Als ob alles neu anfinge«, sagte Georg leise.

Ich nickte. »Ja, genau so.«

Und in diesem Moment wußte ich, daß ich fertig damit war, es war vorbei, hatte losgelassen, ich war heil und ganz. Im Alter von fünfunddreißig Jahren konnte ich endlich in Freiheit meine Entscheidung treffen.

Und ich dachte: Vielleicht ist das Gott. Vielleicht sind diese Berge, dieses Meer und diese Sonne Gott.

Wir hatten gerade die Specksäcke in den Zodiac geladen und schoben ihn aufs Wasser, als Ola ihn entdeckte. Einen Bären am Hang. Der Bär bewegte sich nicht. Er war mindestens hundert Meter von uns entfernt, da oben am Berghang.

»Der ist tot«, sagte Georg. »Seht ihr nicht, daß er die Beine hängen läßt?«

Ich kniff die Augen zusammen und starrte nach oben, konnte aber nur einen gelblichen Haufen erkennen.

Georg packte den Sack mit Handschuhen und Messern und machte sich auf den Weg. »Kommst du mit?« fragte er. Ich nickte und stapfte hinterher. Die Steine lösten sich unter meinen Füßen, sie wurden nicht von Erde zusammengehalten. Georg legte den Arm um mich. Der Bär konnte schlafen, konnte jeden Moment aufspringen, wenn er uns hörte, konnte sich auf uns stürzen, aber das spielte keine Rolle. Nie im Leben würde ich gerade heute sterben.

»Alles klar?« fragte Georg.

Ich nickte. »Aber sicher. Ganz klar. Total superklar sogar.«

»Mal sehen, wie du schmeckst.«

Auch er schmeckte gut. Der Bär hätte die Gelegenheit nutzen und zwei Fliegen mit einer Klappe schlagen können. Zwei winzige blöde Fliegen unten am Berg, außen hart und innen weich, wie Karamelschokolade.

Aber er war wirklich tot.

»Ein Männchen. Genau wie dein Vogel zu Hause.«

»Er heißt Andersen. Und er wäre sicher stolz, mit einem Eisbären verglichen zu werden.«

Der Pelz war gelb. Um die Schnauze hatte er kleine Narben.

»Er ist verhungert«, sagte Georg. »Vor ganz kurzer Zeit. Alt und erschöpft. Hat zum Sterben ein paar Tage gebraucht. War zu schwach, um auf Schnutenjagd zu gehen.«

Er zog sein Messer.

»Was hast du vor?«

»Ich will den Kopf haben.«

»Den Kopf?«

»Eigentlich nur die Zähne, aber die kriege ich nur mit einer Axt los. Und die Axt liegt auf der Ewa.«

»Aber Georg!« rief ich und mußte bei seinem Anblick lachen, er hockte da mit dem Messer in der Hand und sägte an dem Bärennacken herum. »Was um Himmels willen willst du denn mit den Zähnen?«

»Die verkaufe ich einer Eule in Oslo.«

»Wie bitte?«

»Ich verkaufe die Zähne einzeln. Wenn ich Schwein habe, kriege ich pro Stück fünfhundert Kronen.«

»Wieso denn?« Mehr brachte ich nicht heraus.

»Ich kenne eben Eulen, die machen alles mögliche mit Healing und Sternbildern und was weiß ich, was sie sonst noch alles anstellen. Manche nehmen Steine, und die legen sie den Leuten auf den Leib und behaupten, die Steine könnten sie gesund machen. Und sie sind total verrückt nach Eisbärzähnen.«

Ich mußte einfach immer weiterlachen. Ich hatte seit Jahren nicht mehr so herzlich gelacht, ich glaube, in meinem ganzen Leben noch nicht. Es war restlos wahnwitzig absurd, daß der Eislotse Georg Korneliussen an Healerinnen in Oslo Eisbärzähne zu fünfhundert Kronen das Stück verscheuerte! Ich sah sie vor mir, in tiefem Ernst, in der Hand einen Zahn von einem Eisbärkopf, der hier und jetzt vom Körper eines verhungerten Teddys abgehackt wurde.

»Ich hoffe, du gackerst nicht über mich«, konnte Georg einschieben, als ich Atem holen mußte. Ich konnte nicht sofort antworten, fischte eine Zigarette aus der Tasche und gab mir keuchend Feuer.

»Oder doch?« Er ließ nicht locker. Er hatte jetzt den Kopf vom Rumpf gelöst, packte ihn mit beiden Händen und stand auf.

»Nein«, stöhnte ich. »Ich stelle mir die Eule in Oslo vor.«

Georg legte den Teddykopf in den Ausrüstungssack, schließlich konnte doch Dana bei unserer Rückkehr frischerwacht über der

Reling hängen. Wir umrundeten die Landspitze, und dort wiegte sich die Ewa leise in der Morgensonne.

Georg kletterte vor mir die Leiter hinauf. Raufwärts ging es leichter, Georg wartete auf mich und half mir über die Reling. Dann lief er zum Schuppen, holte etwas, das aussah wie eine dicke Hanfseilrolle, und warf sie Ola zu. Die Rolle wurde zu einem großen Netz, in dem Ola die Plastiksäcke verstaute, während Georg die Winsch an die Reling bugsierte. Dann wurde das Netz am Haken befestigt und hochgehievt. Alles wurde im Schuppen verstaut, gut versteckt vor neugierigen Italienerinnen und desgleichen.

»Wir lassen den Zodiac liegen. Die anderen wollen ja nachher noch an Land und sich auf dem Berg Eismöwen ansehen.«

»Eismöwen? Sind die selten?«

»Die stehen unter Naturschutz. Und sie brüten hier, oben auf dem Gipfel.«

Es war sechs Uhr. Trotzdem saßen schon Leute in der Messe. Oscar, Samuel und Philippe spielten Karten. Sie hatten nicht mehr schlafen können. Auf dem Tisch standen eine Kanne Tee und ein Teller Kräcker mit Ziegenkäse.

»Auf Seehundsjagd gewesen?« fragte Oscar.

»Ja. Aber das brauchst du nicht zu übersetzen«, antwortete ich. »Und außerdem haben wir …«

Georg versetzte mir einen Rippenstoß.

»Zwei feine Schnuten«, er grinste und wollte nicht über den Eisbärkopf reden. »Und jetzt will ich ein Spiegelei. Was ist mit dir, Eulchen? Ich mach sie.«

»Zwei Eier. Mit ganzem Dotter.«

»Und für mich auch zwei«, sagte Ola.

Ich stand in T-Shirt und Unterhose da, als ich den Schrei hörte. Zwei Sekunden lang glaubte ich, er stamme von Dana, sie habe uns doch zurückkommen sehen und sei nun mit erhobener Schublade unterwegs. Ich lief barfuß auf den Gang.

Aber es war Turid. Sonjas Kajütentür stand halb offen. Und plötzlich war alles in Bewegung: Arme, Gesichter, das Muster eines Bettbezuges, etwas Weißes flog wie Schneeflocken durch die Luft, Menschen um mich herum, andere, die schrien. Ich registrierte ein Glitzern, wie von einer Messerklinge, konnte hinter der halboffenen Tür gerade noch Turids Gesicht erkennen, ihr Profil, den aufgerissenen Mund, Speichel, der von der Unterlippe troff. Sie trug jetzt keine Brille. Die wenigen Schritte bis zu ihr kamen mir so lange vor wie ein fallendes Gletschertor. Und die Wasserwand, die sich dann erhob, war die Kajütentür. Ich stieß sie auf, traf damit Turid. Sie taumelte rückwärts, schlug mit dem Nacken gegen die Kante des Bullauges. Es hörte sich an, wie wenn ein gekochtes Ei gegen den Küchentisch geschlagen wird, damit die Schale zerbricht. Turid glitt an der Wand nach unten und hinterließ einen dünnen roten Strich. Sie hatte kein Messer in der Hand, sondern eine Rasierklinge. In einem Stück Papier, an der einen Seite, trotzdem hatte sie sich geschnitten, von ihrer Fingerspitze tropfte Blut. In der Luft vor ihr schwebten federleichte Daunen. Eine landete auf ihrem Kinn und klebte in der Spucke fest.

»Ich habe sie umgebracht«, sagte ich. Und dachte: Und ich hatte es mir doch anders überlegt.

Es war einmal ein Mädchen, das in die Hauptstadt ging, um ein Jahr lang das Gymnasium zu besuchen. Ihre Noten waren bisher nicht sehr gut, und deshalb wollte keine Schule in Trondheim sie nehmen.

Das Schuljahr war ihr wie warmer Sand durch die Finger gerieselt. Sie war sechzehn und lebte in einem Strom von Verliebtheiten, Liebeskummer. Hormonen, die alles bei ihr auf den Kopf stellten. Erst war sie ein Mädchen mit zwei auf die Brustknochen geklebten Himbeerdrops und einem Welpenbauch gewesen, der über den Hosenbund hing. Im Laufe dieses Jahres wurde sie zu einer kleinen Frau – ganz plötzlich, als habe jemand sie überraschen wollen und sie gebeten, ganz kurz die Augen zuzumachen. Und als sie sie wieder öffnen durfte, blickte sie an sich herab und entdeckte ihren Körper. Anders als viele ihrer Freundinnen, die ihre Brüste versteckten und sich immer wegen der Binden in ihren Schultaschen schämten, liebte sie ihren Körper. Sie hatte sich von Kopf bis Fuß im Spiegel betrachtet, kannte jede Stelle, jede neue Kurve, jede heimlich schwitzende Falte.

Und sie bereute das verlorene Schuljahr auch nie, denn innerlich hörte sie ein Lied, einen Ton, der nie brach und der sie davon überzeugte, daß das Leben gelebt werden mußte und daß sie das schaffen könnte, wenn sie wollte. Ihre Noten waren ein Problem, das war ihr klar. Aber sie wußte, daß sie intelligent war. Tüchtig. Daß sie die Faulheit abschütteln und loslegen konnte, wenn sie sich erst dazu entschlossen hatte.

Die Anzeige stand in der Zeitung. Ihr Vater, der sie in den letzten zehn Jahren seit dem Tod ihrer Mutter allein großgezogen hatte und der voller Angst zugesehen hatte, wie das häßliche Entlein zum Schwan wurde, ließ sich auf einen Küchenstuhl sinken, als seine Tochter auf die Anzeige zeigte und sagte: »Ich will ein Jahr in Oslo aufs Gymnasium gehen. Ich bezahle selber. Denen ist es egal, was ich bisher für Noten hatte.«

»Aber Britta! Ich kann mir das nicht leisten …«

»Das weiß ich. Ich kann ein Studiendarlehen bekommen. Ich werde arbeiten. Ich schaffe das. Und dann haben wir die Sache hinter uns, Papa!«

Sie ging nach Oslo, konnte bei einer Kusine des Vaters wohnen, die er seit vielen Jahren nicht mehr gesehen hatte, die ihr aber trotzdem gegen ein wenig Hilfe im Haushalt und im Garten ein Zimmer überließ. Alles ließ sich gut an. Sie war wild entschlossen, dieses eine Jahr auf dem Gymnasium zu schaffen.

Und dieses Jahr hätte wie alle anderen Jahre werden können. Etwas, an das man viel später zurückdenkt, man weiß die genaue Jahreszahl nicht mehr sicher, hat vielleicht den Namen der Kusine vergessen und kann sich an das Muster der Vorhänge im Zimmer nicht mehr erinnern.

Aber es war sehr schwer. Das Bummeljahr hatte größere Lücken gerissen, als ihr klar gewesen war. Alle Fächer mußte sie in den Griff bekommen, alle Prüfungen im folgenden Jahr innerhalb von vierzehn Tagen bestehen.

Die Schule hatte eine Rektorin: Turid Haraldsen, kinderlos, sehr hübsch, wenn auch nicht mehr ganz jung, eine Schönheit im Stil von Elizabeth Taylor, mit gertenschlanker Taille, um die sie schmale Lackgürtel trug, unter großen, hohen Brüsten, runden Hüften und schlanken Fesseln. Sie trug immer kräftigen roten Lippenstift in der Farbe ihres Nagellacks, ihre Brille war am Rand mit kleinen Edelsteinen besetzt und hatte ein Flügelchen an jeder Schläfe.

Wenn das Mädchen auf dem Flur an ihr vorbeikam, hielt sie ganz kurz den Atem an, ehe sie die Düfte einsog, die Turid Haraldsen hinterließ: von den Lippen, vom Puder auf ihren Wangen, der schwache Shampoo-Duft ihrer Haare, der Duft von Körper und Kleidern. Sie trug Weiß, Cremefarben und Rosa, und immer hatte sie Perlen in den Ohren.

Turid Haraldsen unterrichtete Englisch in der Klasse des Mädchens. Sie leckte sich die Kreide von den Fingerspitzen und schürzte dabei die Lippen, um den Lippenstift nicht zu verwischen. Sie machte einen runden Schmollmund und leckte einen Finger nach dem anderen, mit einem leisen Knall wie von einem Sektkorken. Das Mädchen kaufte sich Schminke und übte vor dem Spiegel auf ihrem Zimmer, aber die Schminke blieb aufgesetzt, wurde niemals zu einem Teil ihrer selbst. Jede Handbewegung geschah in dem Bewußtsein, daß die Nägel lackiert waren, jedes Wort war von den fettigen roten Lippen geprägt.

Die Rektorin hatte einen Mann, den sie ab und zu sahen, er wartete vor dem schmiedeeisernen Tor in einem schwarzen Wagen auf sie und ließ Zigarettenasche aus dem Fenster rieseln.

Und die Rektorin Turid Haraldsen sah, daß das Mädchen sich mit der Schularbeit abmühte. Sie sah, daß das bei vielen der Fall war. Und das Mädchen konnte nie wirklich feststellen, ob sie die einzige Auserwählte gewesen war. Turid Haraldsen lud das Mädchen an jenem Freitagnachmittag im Oktober zu sich nach Hause ein, als totes Laub die regennassen Straßen bedeckte und auf der Kongeterrasse die Stühle aufeinander gestapelt wurden.

Der Sicherheitsgurt im Auto roch leicht nach Parfüm, und das Mädchen erwähnte vorsichtig, wie schwer ihr alles fiel, aber daß sie so gern alle Prüfungen bestehen wollte. Turid Haraldsen saß auf dem Rücksitz und ließ ihren Mann fahren. Sie wolle ihr gern helfen, sagte sie. Das Mädchen stellte sich Abende über aufgeschlagenen Schulbüchern mit Kakao auf dem Tisch vor. Sie stellte sich vor, wie Turid Haraldsen mit lackiertem Nagel auf einen Satz im Buch zeigte, um sich danach mit leisem Knall den Finger abzulecken.

Der Mann hinter dem Lenkrad wirkte freundlich und still. Das Mädchen fragte sich kurz, warum sie wohl keine Kinder hatten, sie selber hatte doch gerade ein Jahr hinter sich, in dem es von zentraler Bedeutung gewesen war, nicht schwanger zu werden. Diese Angst hatte sie davon abgehalten, mit einem Jungen den entscheidenden Schritt zu tun.

Die Rektorin drückte sie im Wohnzimmer kurz an sich und benahm sich überhaupt nicht mehr wie eine Rektorin, sondern wie eine Frau in ihrem eigenen Haus. Dem Mädchen war noch lange schwindlig, nachdem Turid Haraldsen sie umarmt hatte; die Düfte von ihrem Hals, ihrer Haut, die sie von einem heißen Schaumbad träumen ließen. Sich in weißen Schaum auf heißem Wasser versenken und das Prickeln spüren.

Turid Haraldsen zeigte ihr schöne Dinge. Porzellan und Bilder, Kunstbücher, die die kostbarsten Schätze der Welt darstellten, aus Ägypten, der Mayakultur, China, aus Fabergés Werkstatt in St. Petersburg. Sie erzählte, man brauche eine gute Ausbildung, um eine Stelle mit gutem Verdienst zu finden; um durch die Welt zu reisen und sich das anzusehen, was man nicht selber besitzen könne. Das Mädchen war erst sechzehn Jahre alt. Sie starrte alles an, was ihr gezeigt wurde, die braunen, schmalen Hände, die die Bücher hielten, die Lippen, die erzählten, ein Fältchen an Turid Haraldsens Hals, das feucht glänzte, wenn sie den Kopf bewegte. Ihre Ohrläppchen waren von glänzenden weißen Daunen bedeckt, das war dem Mädchen schon früher aufgefallen.

Sie starrte die deutschen und dänischen Porzellanschätze der Rektorin an, wagte nicht, sie zu berühren, und dachte an die Wohnung, die sie und ihr Vater bewohnten: zwei Zimmer, der Vater schlief im Wohnzimmer – abgesehen von diesem einen Jahr, in dem sie in Oslo das Gymnasium besuchte.

Und dann sagte Turid Haraldsen das, was das Leben des Mädchens verändern sollte. Statt zu wiederholen, was sie schon im Auto gesagt hatte, nämlich, daß sie ihr helfen wolle, sagte sie jetzt: »Ich kann dir mit den *Noten* helfen, Britta.«

Ihr Mann brachte Sekt. Das Mädchen leerte das Glas und dachte an die Noten, fragte sich, was das bedeuten sollte. Sie sah, daß Turid Haraldsens Hände ein wenig zitterten, daß sich ihre Brüste über dem Lackgürtel heftiger hoben und senkten als sonst, als sie sagte: »Ich kann dir in allen Fächern die besten Noten geben.«

Der Mann lächelte und trank. Und das Mädchen auch. Ihr wurde heiß, schwindlig, sie war fast glücklich. Der Mann, der Fritjof hieß, füllte ihr Glas immer wieder, und plötzlich lag sie auf einem roten Ledersofa. Der Mann zog sie aus, Turid Haraldsen sah zu. Beide beteuerten flüsternd, heiser, daß sie nur schöne

Dinge machen würden, sie solle ganz entspannt sein und genießen, und seltsamerweise glaubte das Mädchen ihnen jedes Wort. Leise Musik strömte durch das Zimmer und lullte sie ein, und der Mann zeigte ihr seinen Schwanz. Zuerst kicherte sie, aber sie verstummte, als er sich daran zu schaffen machte und schließlich ein Kondom darüberstreifte. Turid Haraldsen half ihm dabei. Sie half Fritjof dabei, in das Mädchen einzudringen. Es tat schrecklich weh. Aber die Rektorin, die jetzt die Brille abgenommen hatte und deren Stirn schweißnaß war, schmierte das Mädchen unten mit Vaseline ein, ihre Finger waren warm, und die langen Nägel kratzten oder rissen nicht, sie wußte, was sie tat. Das Mädchen bekam noch mehr zu trinken. Sie beteuerten immer wieder, daß wirklich niemand daran zweifelte, daß sie dieses eine Jahr in Oslo mit Glanz bestehen würde. Der Mann stöhnte. Das Zimmer schwankte und schaukelte hin und her. Der Mann brüllte. Turid Haraldsen atmete mit geschlossenen Augen, beugte sich über beide und hatte ihre Hand in ihrer Unterhose vergraben. Sie leckte mit spitzer nasser Zunge Wange und Mundwinkel des Mädchens, immer wieder.

Danach wischte sich Fritjof seinen Schwanz mit einem gelben Waschlappen ab, und Turid Haraldsen half ihr beim Anziehen.

»Du hast Lippenstift auf der Wange«, sagte die Rektorin und wischte ihn vorsichtig ab. »Nächstes Mal lassen wir uns mehr Zeit, Liebes.«

Sie fuhren sie nach Hause. Bis vor die Haustür. Ihr Vater hatte angerufen, aber das Mädchen rief nicht zurück. Am nächsten Tag lag sie im Bett. Am übernächsten auch. Die Kusine stellte keine Fragen. Das Mädchen dachte: »Es wird kein nächstes Mal geben.«

Aber das gab es. Denn das Mädchen hatte größere Probleme denn je damit, sich an alle Wörter in den Büchern zu erinnern. Sie traf jeden Tag die Rektorin. Auf dem Flur, in den Englischstunden, auf dem Schulhof. Die Rektorin duftete wie immer, ihre Lippen waren röter denn je. Beide lächelten, als ob nichts passiert sei, aber beide wußten, daß die Rektorin wußte, daß das Mädchen immer weniger im Unterricht mitkam.

Und deshalb wurde es ein Jahr, das niemals vergessen oder mit anderen Jahren verwechselt werden konnte. Sicher lief es ihr durch die Finger, wie Sand. Und sicher war der Sand heiß. Aber es war eine Fieberhitze, in der Kälteschauer steckten. Und Fritjof schätzte seltsame Dinge. Das Mädchen mußte lernen, daß es manchen Männern gefällt, wenn junge Mädchen pissen. Das Mädchen mußte lernen, daß Frauen miteinander schlafen können, obwohl keine einen Penis hat. Das Mädchen mußte lernen, daß der Körper viele Hohlräume hat, daß nackte Haut riecht und schmeckt, wenn man nur lange genug daran leckt. Das Mädchen mußte lernen, daß manche Erwachsene Schmerz und Genuß gern verbinden, auch wenn sie nie selber die Peitsche zu fühlen bekam, sondern sie nur halten mußte. Das Mädchen mußte Dinge über sich selber lernen, über ihren Körper, ihre Macht über den Genuß der anderen. Das Mädchen entdeckte den Rausch der Hingabe, entdeckte, wie sinnlos es ist, nein zu sagen; sie mußte erleben, daß das Zimmer auch ohne Sekt schwankte, daß es gut tat, daß es niemals aufhören durfte. Und Turid und Fritjof Haraldsen triumphierten über die Muskelkontraktionen des Mädchens wie über ihre eigenen. Es half nicht einmal, nein zu denken. Ihr Körper war jung und neu und wußte genau, was er wollte, wie er alle Nervenstränge in einem einzigen weißglühenden jubelnden Punkt irgendwo unter dem Nabel sammeln konnte. Und in den Weihnachtsferien zu Hause fuhr sie dem Vater über den Mund, als er darüber klagte, wie dünn sie geworden sei, und wenn er wegen der Schule nervte, wie es liefe, was für Freundinnen sie habe. Sie erfand Freundinnen, gab ihnen Namen.

»Ein Jahr, dann ist es überstanden«, sagte sie und lächelte.

Der Sand im Stundenglas ging zur Neige. Sie erhielt ihr Zeugnis. Sie hätte es in den Fluß schmeißen und alles verraten können, aber das tat sie nicht. Sie war jetzt siebzehn, und zu Hause hatte sie einen Vater, der behauptete, nur für sie zu leben. Deshalb verriet sie nichts und warf ihr Zeugnis auch nicht in den Fluß.

Sie fuhr nach Hause und vermißte niemanden; sie redete sich ein, daß sie niemanden vermißte, als sie sich plötzlich ein wenig langweilte, da sie nur noch mit Gleichaltrigen zusammen war. Sie wurde an die Kunstgewerbeschule aufgenommen. Sie lernte Männer kennen, die verblüfft und glücklich waren, weil sie ganz offen sein konnten, wenn sie einfach nur mit ihr schlafen wollten.

Aber das Mädchen vergaß Turid Haraldsen nie. Fritjof vergaß sie, aber nicht Turid Haraldsen. Ihre Träume erhielten Bilder, Gerüche, Geschmack, Tonfall, Bewegungen am Leben. Und im Laufe der Jahre beschäftigte sie sich immer mehr mit ihr, wollte wissen, wo Turid Haraldsen sich befand. Das Mädchen war jetzt erwachsen, sie informierte sich mit Hilfe der Telefonbücher. Ihr ging auf, daß Turid und Fritjof geschieden waren, denn er war nicht mehr da. Und wenn sie in Oslo war, dann ging sie ab und zu an Turids Haus vorbei. Im Schutze der Bäume konnte sie im Park schräg gegenüber stehen und zu den Fenstern, dem gepflegten Garten hinüberschauen. Ein seltenes Mal sah sie dabei auch Turid Haraldsen, einmal mit einem Kopftuch, als sie einige Sträucher beschnitt. Sie bückte sich, reckte den Hintern an die Luft. Der war im Laufe der Jahre breiter geworden. Das Mädchen stellte fest, daß Turid Haraldsen langsam alt wurde.

Das Mädchen rief sie in regelmäßigen Abständen an. Vor allem dann, wenn wieder eine Beziehung zu Bruch gegangen war. Sie gab sich immer wieder als eine andere aus: als Mutter, die ihr Kind aufs Gymnasium schicken wollte. Oder sie fragte, ob das Haus zu verkaufen sei, und erklärte dann, der Makler habe ihr sicher die falsche Adresse genannt.

Es war leicht, Turid bei solchen Anlässen zum Reden zu bringen. Und als sie eines Tages im August angerufen und mit Bergenser Akzent nach dem Schulgeld für das nächste Jahr gefragt hatte, gab Rektorin Haraldsen zunächst eine falsche Antwort. Lachend entschuldigte sie sich damit, daß sie soviel im Kopf habe. Sie werde nach Svalbard fahren, stellen Sie sich das vor, und das Mädchen lachte auch und wollte sehr gern wissen, wie eine solche Reise arrangiert wurde.

Turid Haraldsen erklärte voller Eifer, wann sie fahren würde und wie das Schiff hieß. Es sei im Grunde nicht ihre Idee gewesen, sagte sie, ihr Reisebegleiter habe sie überredet. Das Mädchen wünschte eine gute Reise, noch immer mit Bergenser Akzent, und die Rektorin versprach ihr, den Prospekt der Schule zu schicken, in dem alles über das Schulgeld stand.

Das Mädchen radelte in die Innenstadt, zu einem Reisebüro, wo sie dieselbe Reise buchte, voller Angst, sie könne schon ausgebucht sein. Das war sie nicht.

An diesem Abend informierte sie sich darüber, wie der Körper auf extreme Kälte reagiert. Wie sinkende Körpertemperatur das Herz langsamer schlagen läßt und die Sauerstoffzufuhr zum Gehirn behindert. Schließlich tritt dann der Tod ein. Im Wasser geht das am schnellsten. Bei Svalbard mißt es oft nur null Grad. Salzwasser gefriert erst bei minus zwei. Das Leben ist nach wenigen Minuten zu Ende. Akuter Herzkrampf. Turid Haraldsen sollte ins Wasser gestoßen werden, am besten, wenn das Boot volles Tempo vorlegte, denn dann konnte es nicht mehr rechtzeitig kehrtmachen. Turid würde tot sein. Ganz tot. Vielleicht auch schon untergegangen. Es würde nicht lange dauern. Vielleicht konnte sie sie erst damit konfrontieren, was sie getan hatte, warum sie sterben mußte. Wenn die Rektorin ihre junge Schülerin erkannte, würde sie klug genug sein, um das nicht herauszuposaunen. Und wenn sie das Mädchen sofort erkannte, dann sollte die Rektorin sich eben fürchten.

Aber diese Pläne waren verhältnismäßig vage. Wichtig war, daß es wie ein Unfall aussah, wie ein grauenhafter und schrecklicher Unfall. Das Mädchen hatte durchaus nicht vor, noch mehr für ihre guten Noten zu büßen, als es ohnehin schon der Fall gewesen war. Das kalte Meer war eine phantastische Mordwaffe, die sie ganz und gar umgeben würde, rund um die Uhr. Es war eine viel zu perfekte Gelegenheit, um sie sich entgehen zu lassen.

Womit das Mädchen nicht gerechnet hatte, war, daß Natur, Licht, Eis und die Kälte, die Turid Haraldsen umbringen sollten, statt dessen das Todesurteil aufhoben.

Denn als diese an der Wand hinunterglitt, einen dünnen roten Strich hinterließ und sich die Fingerspitzen an einer Rasierklinge zerschnitten hatte, hatte das Mädchen sich alles anders überlegt. Ein alter Eislotse und ein Nebelgürtel um Phippsøya, der sich in den Sonnenstrahlen auflöste, hatten sie dazu gebracht, ganz plötzlich ihre Absicht aufzugeben.

Ich habe sie umgebracht«, wiederholte ich.

Jemand packte mich von hinten an den Schultern. Hart. Es war Oscar.

»Nein«, sagte er. »Ich habe alles gesehen. Du hast sie nicht umgebracht. Du hast sie daran gehindert, die zwei im Bett aufzuschlitzen. Hörst du?«

Ich nickte. Wunderte mich über seine Ruhe. Seine Vernunft. Er hatte recht. Ich hatte es mir ja anders überlegt. Sonja schluchzte. Frikk zog sie aus dem Bett und auf den Flur, weg vom Blut. Ich drängte mich in die Kajüte und fiel neben Turid auf die Knie, betastete ihren Hals, mußte eine Weile nach der Schlagader suchen. Dünne Hautfalten rutschten unter meinen Fingerspitzen weg. Oscar zog von hinten an mir, wollte mich auf die Füße bringen. Ich spürte in der Schlagader einen schwachen Strom von Blut. Noch einmal. Und noch einmal.

»Sie lebt noch«, sagte ich, und Oscar zog nicht mehr. Vorsichtig legte ich sie auf den Boden, zog das Kopfkissen aus dem Bezug und legte ihn ihr unter den Kopf.

»Turid«, flüsterte ich. »Nicht sterben. Bitte, nicht sterben.«

Ich streichelte ihre Wangen. Ihre Augenlider bewegten sich überhaupt nicht. Oscar hatte sich neben mir in die enge Kajüte gequetscht. Im Flur hinter uns hallten die Stimmen wider. Eine Hand reichte mir einen weißen Druckverband und einen orangen Halter mit Leukoplast. Oscar hob ihren Kopf vom Kissenbezug, während ich den Verband anbrachte. Das Pflaster haftete nicht an den vom Blut nassen Haaren, das Gewicht ihres Kopfes sorgte aber dafür, daß es nicht verrutschte. Meine Hände waren rot. Oscar schnitt mehr Pflaster ab und wickelte es um ihre Fingerspitzen.

»Bitte, geh«, sagte ich zu Oscar. »Geh … ich will mit ihr allein sein.«

»Nein«, hörte ich hinter mir Pias Stimme. »Es ist viel besser, wenn ich mich um sie kümmere.«

»Sie hat ein Loch im Kopf ... und das scheint sehr tief zu sein«, sagte Oscar und erhob sich. Ich drehte mich nicht um, konzentrierte mich voll und ganz auf Turid Haraldsens Gesicht, Augenlider und Puls.

Ich hörte Sigmund sagen: »Wir bekommen keinen Funkkontakt, versuchen es aber weiter.«

Plötzlich sah ich eine Bewegung an einem ihrer Augenlider. Die Wimpern zitterten leise.

»Raus!« rief ich, ohne mich umzusehen. »RAUS! MACHT DIE TÜR ZU!«

Ich ging in die Hocke, um in der engen Kajüte mehr Platz zu haben, trat nach hinten aus, konnte die Tür schließen, dann kniete ich mich wieder neben sie.

»Turid!« flüsterte ich. Jemand drückte hinter mir auf die Türklinke, ich trat, traf wieder die Tür. Draußen wurde es still.

»Turid!« wiederholte ich. Ihre Augen öffneten sich ein wenig, zwei kleine Spalten zeigten feuchte Hornhaut. Erst nach einigen Sekunden konnten sie klar fixieren. Die Lippen bewegten sich. »Meine Brille ...«

»Nicht sterben«, flüsterte ich. »Ich wollte doch nicht ... nicht ...«

Sie schluckte trocken. Ihr Kehlkopf erinnerte mich an eine Schlange, die eine ganze Maus verschluckt hat, so daß die Konturen sichtbar werden, der spitze Kopf einer erstickenden Maus.

»Ich habe dich erkannt ... Britta ...«

Ich gab keine Antwort.

Sie schloß die Augen, flüsterte: »Hast du Angst vor mir?«

»Ich bin auf dieses Schiff gekommen, um dich umzubringen«, sagte ich.

Sie verstummte. Ihr Gesicht war so klein. Runzlig. Fremd. Sie trug ein Nachthemd, das am Halsausschnitt mit Schmetterlingen bestickt war. Sie hatte immer schöne Gegenstände besessen, diese Turid Haraldsen. Und schöne Menschen.

»Hast du gehört? Ich wollte dich umbringen ...«

»Blute ich stark? Am Kopf?«

Ich schaute auf das Kissen. Weiße Daunen klebten im Blut.

»Nur ein wenig. Es geht schon.«

»Warum ... bringst du mich ... jetzt nicht um?«

»Weil das alles kaputtmachen würde. Für mich selber.«

»Du kannst mich jetzt umbringen.«

Ihre farblosen Lippen bewegten sich über Zähnen, die gelber waren als die Füllungen dazwischen.

»Ich wußte nicht, daß ... daß du das nicht selber wolltest, Britta ...«

»Ich wollte die Prüfungen bestehen, das war alles. Himmel, du und Fritjof, ihr mußtet doch begreifen, daß ...«

»Daß es dir gefiel ...«

Meine Tränen tropften auf ihr Kinn. Das Blut auf dem Kissenbezug schien einen dunkelroten Heiligenschein zu bilden.

»Ich hasse dich noch immer«, sagte ich. »Aber du sollst nicht sterben. Und ich wollte nicht ...«

»Arme Britta ... du Arme ... ich habe dich nie vergessen, verstehst du ... und sag Frikk, daß ich ... daß er ...«

Plötzlich stand Georg da, zog mich hoch zu sich und aus der Kajüte. Er hielt einen Bratenwender in der Hand, von dem Fett auf den Boden tropfte.

»Nein!« sagte ich. »Ich will ... ich muß ...«

»Genug ist genug«, sagte Georg, »Pia muß jetzt nach ihr sehen.«

Pia quetschte sich an uns vorbei, kniete sich vor Turid hin.

»Sie will Tierärztin werden«, sagte ich. »Das ist nicht dasselbe. Ich hoffe, sie muß nicht sterben. O Himmel, Georg, sie darf nicht ...«

»Aber was hattest du so Geheimnisvolles mir ihr zu besprechen?«

Georg versuchte, mich zur Treppe zu führen, aber ich wollte nicht an Deck. Ich wollte in der Nähe der Kajüte bleiben, um ganz schnell wieder bei ihr sein zu können. Sie lebte. Ich dachte: Ich werde ihr schon begreiflich machen, daß ...

Georg sagte: »Setz dich hierher.«

Ich spürte den Klavierdeckel unter dem Hintern. Glatt und kalt. Ich setzte mich vorsichtig und hielt mich auf beiden Seiten der Oberschenkel mit den Händen fest. Fingerspitzen auf poliertem

Holz. Das Klavier war an der Wand befestigt. Es hing fest. Und ich auch. Nichts würde fallen, umkippen. Alles würde gut werden.

Georg streichelte meine Haare und meine Wange.

Pia kam aus der Kajüte. Sie hatte keine Eile, sie blieb mit der Hand auf der Klinke stehen. Sie trug weiße Turnschuhe. Ein Schnürsenkel hatte sich geöffnet.

Ich ließ das Klavier nicht los. Nicht sofort. Erst, als ich den Kopf hob und Pias Blick begegnete. Langsam ließ ich meinen Blick zu Georgs Gesicht wandern, über seinen Pullover, seine Hose, zu der Hand, die einen vor Butter glänzenden Bratenwender hielt.

»Ich muß kotzen«, sagte ich. Er bugsierte mich durch den Flur zum Klo, vorbei an vielen Menschen, und stand in der Tür, während ich mich erbrach. Oscar kam zu uns.

»Sie ist tot«, sagte ich zu Oscar und kotzte noch einmal. Sie redeten und redeten auf mich ein, aber ich konnte kein Wort mehr verstehen. Und hinter ihnen brodelten andere Stimmen, andere Sprachen. Georg holte ein Handtuch, machte einen Zipfel mit kaltem Wasser naß. Er kniete neben dem Klo und wusch mir das Gesicht.

»Jetzt sei mal ganz ruhig. Denk an gar nichts. Eins nach dem anderen. Einfach nur ruhig atmen. So, ja.«

»Georg, ich ...«

»Ruhig atmen. Ich bin hier. Ich bin hier bei dir. Ich gehe nicht weg. Eins nach dem anderen.«

Jetzt verstand ich alles, was er sagte.

»Nimm mich in den Arm.«

Das tat er. Ich weinte, bis mir der Gestank auffiel, in dem wir beide saßen. »Ich muß hier raus.«

»Du klapperst mit den Zähnen, arme Kleine.«

Georg zog mich mit sich. Er hielt meine Hand ganz fest und ließ sie nicht los. Der Bratenwender blieb auf dem Kloboden liegen.

Pia hockte wieder neben Turid, machte sich an ihr zu schaffen, an ihrem Hals, horchte an ihrem Herzen. Per klebte neue Pflaster auf ihre Fingerspitzen. Es kam mir seltsam vor, jetzt, wo das Herz kein Blut mehr durch ihren Körper pumpte. Ich sah, daß die Bettdecke an mehreren Stellen zerschnitten war, lange scharfe Schnitte, aus denen die Daunen quollen. Blutspuren. Auch am Bullauge sah ich Blutspuren. Georg zog mich weiter, die Treppe hoch, in die Kombüse, auf einen Hocker in der Ecke. »Setz dich. Ganz ruhig.«

Er rannte in die Messe, aus der ich Stimmengewirr hörte. Kam zurück. Entdeckte meine blutigen Hände, zog mich vom Hocker, spülte sie unter dem Wasserhahn ab, trocknete sie mit Papier. Dann drückte er mir ein Bier in die linke und einen Cognac in die rechte Hand. Zog hinter sich die Kombüsentür zu und sagte: »Trink!«

Ich leerte den Cognac in einem langen, brennenden Schluck, das Bier kühlte dann alles ab, ich weinte nicht mehr. Georg hatte selber auch ein Bier in der Hand.

»Wir gehen zu den anderen«, sagte ich.

»Bist du sicher? Daß du nicht zusammenbrichst oder so? Ich mach mir solche Sorgen um dich. Als ich den Lärm gehört und gesehen habe, was passiert war, da mußte ich an dich denken, und nicht an Turid ...«

Und ich sah plötzlich ein, daß es müde machen kann, stark und fest zu sein. Ich erhob mich und nahm ihn in den Arm. »Das geht schon gut, ich bin hier. Ich bin auch hier, Georg. Ganz quicklebendig ... glaube ich.«

In der Messe wurde alles genau durchgesprochen. Simultanübersetzung zog alle mit hinein. Die Kühlschranktür wurde immer wieder geöffnet, der Flaschenöffner hatte an seiner Schnur kaum eine ruhige Sekunde. Georg holte meine Kleider. In dramatischen Situationen wird vieles unwichtig. Niemand reagierte darauf, daß ich in Unterhose und T-Shirt vor ihnen stand. Einige andere waren ebenso leicht bekleidet wie ich, sie hatten geschlafen. Per zog einen Stapel grauer Schiffsdecken aus einer Sitzbank und verteilte sie. Auf einem Tisch lagen viele weiße Servietten, um die Tränen aufzufangen. Sigmund ging zu Frikk und wollte ihn trösten.

»Keine Panik, sie war gar nicht meine Mutter«, sagte Frikk. Diese Aussage wurde ins Japanische, Französische und Englische übersetzt, während Sonja seine Wange streichelte, nicht überrascht, schon informiert über die Lügenwelt ihres Liebsten. Frikk fing meinen Blick auf, ich erwiderte ihn ruhig, gespannt darauf, was er noch sagen würde.

»Sie war nicht deine Mutter?« Sigmund staunte.

»Ich war ihr Liebhaber, gegen Bezahlung. Die Bezahlung war diese Reise.«

Wieder wurde übersetzt.

»O verdammt«, sagte Georg. Das wurde nicht übersetzt.

»Wie alt bist du?« fragte Sigmund.

»Achtzehn.«

Sigmund blickte Oscar fragend an, aber da alle anderen Frikk und Sonja anstarrten, fiel nur mir auf, daß Oscar unmerklich den Kopf schüttelte. Oscar und Sigmund. Irgendwas lief zwischen denen ab.

Sigmund konzentrierte sich nun wieder auf Frikk, setzte sich zu ihm: »Meinst du, du brauchst irgendwelche Hilfe?«

»Ich will nicht umkehren«, sagte Frikk. »Das haben wir doch abgemacht, nicht wahr? Turid war auch einverstanden.«

Sigmund blickte wieder Oscar an und sagte: »Nein, wir sind in jeder Richtung von Longyearbyen gleich weit entfernt. Ich habe den Notsender auch nicht benutzt, wollte es erst per Funk versuchen. Und jetzt, wo sie tot ist, kann ich den Notsender nicht aktivieren. Es ist kein ausreichender Notfall mehr … kann man sagen …«

»Ich wollte ihren Tod doch nicht«, sagte Frikk. »Aber die Frau war krank. Und ich brauche euch nicht leidzutun. Macht euch da keine Sorgen. Für Bea ist es schlimmer.«

Aller Blicke wandten sich in meine Richtung. Georg drückte meine Hand. Sigmund sagte: »Viele haben gesehen, was passiert ist. Bea muß der Regierungsbevollmächtigten einen Bericht ablegen. Aber ansonsten … was ist mit dir, Sonja? Wie fühlst du dich?«

»Wie schrecklich, sich Liebe kaufen zu müssen«, sagte Sonja.

»Liebe? Wer redet denn von Liebe, verdammt? Sie war eine Hexe«, sagte Frikk.

Das Wort Hexe wurde übersetzt, und gemischte Reaktionen

waren in der Messe zu beobachten, als ein Mensch, der immerhin tot unter Deck lag, so beschrieben wurde.

»Aber du bist doch zusammen mit ihr hergekommen? Freiwillig? Vielleicht solltest du doch mit jemandem sprechen«, sagte Sigmund. »Du scheinst die Lage doch nicht so ganz im Griff zu haben. Die Reaktion kann sich noch einstellen. Auch bei Bea.«

»Dann kann ich doch mit Bea reden«, sagte Frikk.

Ich nahm mir noch einen Cognac, kippte ihn in aller Eile und ging mit Frikk in die Kombüse.

Wir setzten uns nebeneinander auf die Anrichte. Ich hatte ein neues Bier und ließ die eiskalte Flasche in meinen Händen rollen. Der plötzliche Rausch erschwerte das Sprechen, aber ich war mit meiner Stimme zufrieden, sie hörte sich ganz normal an.

Frikks Geschichte war anders als meine. Er war Mann, und Turid war Frau. Es hatte keine Perversitäten gegeben, seit Fritjof nicht mehr mit im Spiel war. Während der letzten dreizehn Jahre hatte sie sich Jungen als Geliebte genommen. Frikk glaubte, im letzten Schuljahr der einzige gewesen zu sein. Und seine Psyche war davon so wenig zerstört worden, daß er sich diese Svalbard-Reise gern »erkauft« hatte, obwohl er sein Zeugnis schon hatte. Ich ging nicht weiter auf meine eigene Geschichte ein, sagte ihm nur, daß ich auf Wunsch Turids eine kurze Beziehung zu Fritjof gehabt hatte. Aber das begriff er nicht.

»Sie wollte zuschauen«, sagte ich.

»Ach so.«

»Ja, so.«

»Aber daß du auch ... aber ich habe gemerkt, daß du es wußtest. Du hast Dinge gesagt ...«

»Ja«, sagte ich. »Aber es geht nicht, davon zu erzählen. Denk an all die anderen, die dasselbe durchgemacht haben. Zeugnisse, die nichts wert sind ...«

»Hast du ... es vergessen können?«

»Ja, kein Problem. Und du hast Sonja.«

»Ich weiß nicht, ob Sonja ... es hat sich einfach so ergeben. Wenn sie mir in Oslo begegnet wäre, hätte ich nicht zweimal hingeschaut.

Sie ist nicht mein Typ. Aber dann hatte ich plötzlich so schreckliche Lust, der alten Kuh eins auszuwischen. Verdammt ...«

»Sei lieb zu Sonja. Laß sie nicht merken, daß du sie nur benutzt hast. Sonst bist du auch nicht besser als Turid. Sei lieb zu ihr.«

»Sonja ist toll. Wir sind gern zusammen. Hier zu sein ... diese Reise ... die hat alles für mich verändert. Jetzt bin ich ganz sicher, daß ich hier arbeiten will ... mit der Natur, Tieren, Vögeln, allem ... ich hab so verdammte Angst, daß alles zerstört wird. Vermarktet. Daß es verschwindet.«

»Du kriegst die Sache gut in den Griff, Frikk. Das kann ich hören.«

Er lächelte mich an.

»Du bist verdammt in Ordnung, Bea. Aber ... was hast du gedacht, als du uns gesehen hast? Als dir aufgegangen ist, daß wir dieselbe Reise machen würden?«

»Es war fast ein Schock. Die Welt ist klein, dachte ich. Aber sie hat mich nicht erkannt. Es ist viele ... viele Jahre her, weißt du.«

»Verdammt, ich kann mir vorstellen, daß das ein Schock war. Du hattest keine Lust, sie ins Meer zu schubsen?«

Er lachte kurz.

»Nein«, ich lächelte. »Das ist nicht mein Stil. Und alles ist doch schon so lange her.«

»Aber jetzt ist sie tot«, sagte Frikk. »Komisch.«

»Ja, seltsam. Sehr seltsam.«

»Es war nicht deine Schuld. Du hast mich und Sonja gerettet, so mußt du das sehen. Die Frau war verrückt ... die aufgerissenen Augen und die Brillengläser, die genau die Form der Augen hatten ... du hättest ihr Gesicht sehen sollen!«

»Ich habe Hunger«, sagte ich. »Laß uns mit den anderen nicht darüber reden.«

Alle zogen sich an, aber ich ging nicht unter Deck. Ich aß ein Marmeladenbrot und sagte kein Wort. Izu kam und nahm mich in den Arm. »Nicht deine Schuld«, sagte sie. »Das wissen alle.«

Dana lächelte mich tröstend an. Sie hätte nur wissen sollen, was Georg und ich angestellt hatten, während sie schlief. Daß sich nicht nur ein toter Mensch an Bord befand, sondern auch zwei tote Seehunde.

Nach dem Essen ging ich an Deck und rauchte eine Zigarette. Ola räumte gerade die Rettungsanzüge aus einem der weißen Kästen, die ganz vorn am Bug standen. Die Anzüge lagen wie kopflose Leichen in grellen Farben aufeinander.

»Soll sie in der Kiste liegen?« fragte ich.

»Sigmund hält das für das Beste. Da ist es kalt genug.«

Ich nickte, inhalierte Nikotin. Nicht denken, hatte Georg gesagt. Eins nach dem anderen. Die Eissturmvögel waren aufgewacht. Wuschen sich die Federn und schrien sich im Wasser und auf den Eisschollen an. Der Berg lag wartend da, das Licht hatte sich geändert und verpaßte ihm ein dunkleres Braun. Der Zodiac hätte an Bord geholt werden müssen, obwohl er bald wieder benutzt werden sollte. Eine Eisscholle kratzte am Gummi. Ich wollte nicht mit auf den Berg. Die Möwen sollten beim Brüten Ruhe vor mir haben. Samuel hatte sie im Vogelbuch nachgeschlagen und nannte sie »ivory gull«, Elfenbeinmöwe. Das Bild zeigte einen glänzenden weißen Vogel. Klein und unschuldsrein. Aber ich wollte schlafen. Auf der Ewa schlafen, wenn alle an Land waren. Wollte vorerst nicht mehr trinken. Ich wollte träumen und erkunden, wie es dort aussah, wo die Träume erschaffen wurden. Ich fand es schön, daß sie hier draußen liegen sollte. An der frischen Luft. Es wäre schlimmer gewesen, wenn ihre Kajüte einfach abgeschlossen worden wäre.

Jean und Philippe trugen jetzt die Schwimmwesten nach achtern in den Plastikraum. Die anderen wollten an Land. Wir könnten später am Tag Feuer im Ofen machen. Ein oder zwei Pfadfinderlieder singen. Philippe sagte, mit vielen ungefügen orangen Westen im Arm: »Du bist ein guter Mensch, Bea. Vergiß das nicht. Auch, wenn du eine scharfe Zunge hast.«

»Eine scharfe Zunge? Vielleicht ist die zu scharf.«

»Nein. Du bist du. So einfach ist das.«

Daraufhin ging ich unter Deck.

Sigmund und Oscar wickelten sie gerade in einen Bettbezug, bemerkten mich nicht, knieten vor ihr und kehrten mir den Rücken zu. Sigmund hob ihre Füße, Oscar hielt den Bettbezug. Ihre Knie hatten trockene, querlaufende Falten.

»Der Bettbezug ist nicht lang genug«, murmelte Oscar. »Wir brauchen noch einen.«

»Insgesamt vier«, sagte Sigmund.

Ihr Gesicht war jetzt glatter. Das Pflaster an ihren Fingern war vom Blut durchtränkt. Die Schwerkraft schickt die Kräfte zum Erdinneren hin, wenn das Herz zu schlagen aufhört.

»Vergeßt ihre Brille nicht«, sagte ich.

»Was?« Oscar fuhr herum und glotzte aus Hundehöhe zu mir hoch. »Du bist hier?«

»Vergeßt ihre Brille nicht.«

Dann ging ich wieder nach oben.

Schon nach einer halben Zigarette brachten sie sie. Georg hatte den Arm um mich gelegt.

»Ist es wirklich so schlau, daß du ...«

»Mir geht's gut.«

Sie war eine weiße, mit Schnüren umwickelte Stoffwurst, die sehr gut in die Kiste paßte. Sigmund klappte den Deckel zu, zog zwei Hängeschlösser aus der Tasche und befestigte sie an Haken, die bei den Kisten, die Rettungsanzüge enthielten, nicht benutzt wurden. Dann zogen sie die Kiste über das Deck und ließen sie vor der Tür zum Maschinenraum stehen. Dort war sie außer Sichtweite, und nur Ola und Bjørn kamen in ihre Nähe. Turid sollte in einer Kiste liegen, die vorher einen Schutz gegen das Wasser enthalten hatte, in dem sie eigentlich sterben sollte. Frikk hielt Sonjas Hand, beide trugen rote Handschuhe. Sigmund und Oscar kamen zu uns zurück. »Da liegt sie nun«, sagte Sigmund. »Mehr können wir nicht tun. Wir schaffen das schon. Es war ein Unfall. Wir fahren weiter. Es hat doch keinen Sinn, daß wir ... ich meine ... niemand von uns hat besonders an ihr gehangen. Und wo nicht einmal Frikk ...«

Oscar schaltete sich ein. Er und Sigmund handelten plötzlich gemeinsam. Ich erinnerte mich an ihren Blickwechsel.

»Obwohl sich das ein bißchen eiskalt anhört, ist die Sache für uns jetzt beendet«, sagte Oscar. »Wir nehmen sie wieder auf, wenn wir in Longyear sind und mit dem Büro der Regierungsbevollmächtigten sprechen müssen.«

»Als ob nichts passiert sei?« fragte ich. Georg drückte meine Schulter härter. Oscar blickte mir ernst ins Gesicht und antwortete: »Ja, Bea. Als ob nichts passiert sei. Schaffst du das?«

»Sicher.«

»Ich muß mir jetzt mal diesen Vogel ansehen«, sagte Samuel leise. »Die Elfenbeinmöwe. Nach allem, was passiert ist, kann nur noch die Elfenbeinmöwe meine Gedanken auf die richtige Spur lenken.«

»Gute Fahrt«, sagte ich.

»Kommst du nicht mit?«

»Ich muß schlafen.«

Er nahm meine Hände und blickte mir freundlich ins Gesicht: »Du fühlst dich doch jetzt hoffentlich nicht schuldig?«

»Mir geht's gut«, antwortete ich, und ich hatte es plötzlich satt, dermaßen heftig getröstet zu werden, weil ich einer Frau ein Loch in den Kopf verpaßt hatte, die ich ursprünglich mit kaltem Blut und kaltem Wasser hatte umbringen wollen. »Grüß die Möwen von mir.«

»Ich muß auch schlafen«, sagte Georg zu Per. »Ich komme nicht mit. Mit Sigmund seid ihr zu dritt gegen den Teddy, und das reicht ja wohl. Hast du Bärenschuß? Ich kann dir welchen geben, wenn du nicht ...«

»Ich habe genug.«

Nuno und Sao saßen im Salon und glotzten ratlos aus dem Bullauge zum Strand hinüber. Izu war mit den anderen an Land gegangen, was den Wünschen von Anwalt und Manager nun überhaupt nicht entsprochen hatte.

»Warum kommt ihr nicht mit?« fragte ich.

»Wir mögen keine Eisbären.«

»Aber die mögen euch!« antwortete ich aufmunternd und überließ sie ihrer Glotzerei. Der Strand war zu weit entfernt, und deshalb konnten sie nicht sehen, ob gerade in dieser Sekunde ein Teddy einer kleinen Japanerin die Textilien vom Leib schälte.

»Keine Panik«, sagte ich.

Sie nickten zögernd und musterten mich forschend.

»Alles in Ordnung mit dir?« fragte der eine.

»Aber sicher«, antwortete ich. »Es war ein Unfall. Das sagen alle.«

Georg kam und schloß hinter sich die Tür zum Deck.

»Wolltest du nicht ins Bett?«

»Doch. Aber ich muß schlafen, Georg. Allein.«

»Ich auch. Das ist ein bißchen eng.«

»Ich komme zu dir, wenn ich es nicht schaffe, aber ich muß es versuchen.«

Das Wasser war nicht tief und der Sund nicht breit genug. Der Bug lag zu tief. Es gab zuviel Eis im Wasser, und deshalb konnte ich nicht allein manövrieren. Das Boot war zu schwer durch die Leiche im Kasten.

Ich zog mich an und ging zu Georgs Kajüte. Er schlief schon, hatte einen Arm übers Gesicht gelegt. Sein Schnurrbart lugte unter möwenweißer Unterarmhaut hervor. Ich wäre so froh gewesen, wenn ich ihm nichts erzählen müßte, wenn ich allein hätte schlafen können. Ich setzte mich auf die Bettkante und streichelte seinen Arm, küßte ihn ein bißchen. Sein Schnurrbart wurde breiter, mußte sich der Oberlippe anpassen, die sich zu einem schläfrigen Lächeln verzog.

»Ich stehe auf«, flüsterte ich. »Schlaf du nur. Ich halte derweil Ausschau nach Eisbergen.«

Was, wenn ich nun zu Georg sagte, daß ich vor einigen Tagen gesehen hätte, wie Turid Frikk küßte, und daß in diesem Kuß alles andere als normale Mutterliebe gelegen hatte? Ich hätte Argwohn geschöpft. Aus dem eisigen Wasser Argwohn geschöpft, gewissermaßen, und deshalb hätte ich Sonja gewarnt. Frikk dagegen sei dann aufgegangen, daß ich diesen Kuß beobachtet hatte. Deshalb habe er in der Kombüse mit mir reden wollen. Und als ich mich in Turids Kajüte eingeschlossen hatte, hätte ich eine Art Verzeihung erringen wollen, weil ich sie gegen das Bullauge geschleudert hatte.

Ich befühlte diese Geschichte und drehte sie in Gedanken hin und her.

Ich hatte Georg schlafen lassen, ich wußte ja, wie müde er war. Wenn wir wieder ablegten, würde er auf die Brücke müssen. Die Japaner hatten sich angezogen, standen an Deck und warteten, als ich zum Rauchen nach oben kam. Jeder hielt ein Fernglas in der Hand und spähte zum Land hinüber, wie winzige Menschen hin und her eilten, Farbtupfer vor nacktem Fels und Treibholz. Die Farben verrieten, daß sie ihre Schwimmwesten trugen und bald zurückkehren würden. Ich versuchte, für Nuno und Sao einen Witz über die vielen bunten Eier zu reißen, aber sie kapierten nichts davon.

»Ihr seid schlimmer als die Finnen«, sagte ich auf norwegisch. »Finnen können wenigstens ein wenig Schwedisch. Zwei Prozent von denen können das auf jeden Fall.«

Ich warf die Zigarette ins Wasser. In der Kombüse fand ich ein Plastiktablett, das ich mit einer weißen Serviette und Cognacgläsern deckte. Wie viele brauchte ich? Ich rechnete schnell. Zwanzig minus Turid, machte neunzehn. Minus Georg, mir und den Japanern. Fünfzehn würden gleich an Bord kommen. Fünfzehn Gläser auf das Tablett. Ich füllte sie mit Cognac, tilgte alle Guthabenstriche und mußte dazu noch einige neue Striche in mein Schuldenkonto eintragen.

»Willkommen an Bord!«

»Du meine Güte!« Samuel grinste und nahm sich ein Glas. Ich fror an allen Fingern. Es war unmöglich, das Tablett mit Handschuhen zu halten.

»Wie nett!« rief Dana und riß sich die Schwimmweste vom Leib, ehe sie sich ein Glas schnappte. Einer nach dem anderen kam die Leiter heraufgeklettert und entdeckte den Willkommenscognac. Izu wurde von Nuno und Sao über die Reling gezerrt. Sie zogen ihre Weste aus und redeten wild durcheinander auf japanisch auf sie ein. Izu nickte und schüttelte dann wieder den Kopf, sie hatte knallrote Wangen und gluckste vor Lachen.

»Ein Cognac gefällig?« bot ich ihr an.

»Oh, herrlich. Tausend Dank.«

Per nickte anerkennend. »Gute Idee.«

»Können wir im Plastikraum Feuer im Ofen machen?« fragte ich. »Und ein paar Pfadfinderlieder singen?«

»Ich weiß keine, du vielleicht?«

»War nie bei den Pfadfindern, war überhaupt nie irgendwo Mitglied, abgesehen vom Norwegischen Graphikerverband. Und da wird nur wenig gesungen. Ein Kirchenlied vielleicht? Macht hoch die Tür, die Tor macht weit?«

»Mach du nur Feuer, dann fällt dir schon was ein. Gut zu sehen, daß du auf den Beinen bist und Cognac in der Hand hast, so ganz ohne Zusammenbruch oder so.«

»Zusammenbruch? Ich? Dazu bin ich nicht der Typ.«

»Wir haben Elfenbeinmöwen gesehen«, sagte Jean und griff zu. »Ich habe viele Fotos gemacht.«

»Prost!« sagte ich.

»Das war wirklich unglaublich. Was für eine Aussicht!« seufzte Samuel. »Weißt du ... ich bin ja viel in der Welt herumgekommen, aber das hier übertrifft wirklich alles.«

»Und ihr habt keine Bären gesehen?« fragte ich Oscar.

Er schüttelte den Kopf.

»Nur einen toten. Sam und ich haben den vom Berggipfel her gesehen, fast unten am Strand auf der anderen Seite. Ein anderer Bär schien ihn gefressen zu haben – zumindest den Kopf.«

»Echt?« fragte ich. »Meine Güte, die Natur kann wirklich brutal sein.«

Pia band die Westen an den Haken fest, während ich Feuer machte. Mein Kamin zu Hause lief den ganzen Winter über auf Hochtouren, mit Feuermachen kannte ich mich also aus. Rinde und Papier, guter Luftzug. Tür angelehnt lassen, die Flammen hüten, bis sie reif für ein richtiges Stück Holz waren. Ich hatte mir einen Cognac geholt, stellte den auf den Boden und zog einen Gartenstuhl an den Ofen.

»Das geht schon«, sagte Pia. »Wir denken nicht mehr daran. Wie ist es mit dir?«

»Himmel, ja. Zieh bitte den Reißverschluß in der Plane wieder hoch, damit die Wärme nicht verfliegt.«

Eine Weile durfte ich noch allein dort sitzen, während sich die anderen unter Deck umzogen. Ich grübelte über meine halbe Wahrheit nach und dachte an den Champagner, den ich im Glaspalast von Longyear gekauft hatte. Den hatte ich nach Turids Tod genießen wollen. Meine gelbe Witwe. Meine giftgelbe Witwe.

Der Bauch der Ewa fing hungrig an zu grummeln, Treibstoff zu schlucken. Ich hörte, wie vorn am Bug der Anker hochging. Die Vibrationen waren hier, achtern an Deck, noch zu spüren, vierzig Meter weit davon entfernt. Wir waren in Bewegung, auf dem Weg nach Südosten, mit Storøya als Ziel. Es war Samstag.

Als der Ofen allein fertig wurde, ging ich zu Georg auf die Brücke. Er trug einen weißen Seemannspullover und stand rauchend am Fenster, während er auf dem Radarschirm die Eisverhältnisse überprüfte.

»Was hast du gemacht?«

»Cognac serviert. Im Ofen auf dem Achterdeck Feuer gemacht, im Plastikraum.«

»Plastikraum?«

»So nenne ich den. Schade, daß du hier stehen mußt.«

Er hustete. Hart.

»Himmel, Georg, du darfst dieses Zeug nicht mehr rauchen. Das ist Dynamit! Du kriegst Lungenkrebs!«

»Dann krieg ich eben Lungenkrebs. Ist doch kein Grund, so rumzunerven. Wie geht es dir denn?«

»Sehr gut. Und jetzt geh ich einen Rémy Martin trinken.«

Mit Ausnahme von Bjørn und Ola saßen alle achtern. Bjørn war im Maschinenraum, und Ola mußte Schlaf bunkern, ehe er den nächsten Törn übernahm.

Oscar fütterte den Ofen und schenkte neuen Cognac ein, er hatte die Flasche von der Wand abmontiert. Auf dem Boden standen Kaffeetassen und eine Schüssel mit den Resten des Ausflugsproviantes. Plattgedrückte Zimtwecken. Es gab nicht genug Stühle, viele standen seit der Sonnenbaderei nach dem Sturm noch immer an Deck. Ich band zwei Schwimmwesten los und setzte mich darauf.

»Laßt uns doch was singen«, sagte ich. Oscar meinte, etliche Lieder seien fast schon universell. Lili Marleen, zum Beispiel. Oder Frère Jacques.

Philippe stimmte an: »Frère Jacques, Frère Jacques, dormez-vous, dormez-vous ...«

Wir anderen stimmten ein, auf norwegisch, französisch und englisch. Wir sangen lange. Die Japaner kannten dieses Lied nicht, aber Izu sang dann ein Solo, das, wie sie erklärte, von einer Lotosblüte handelte. Beim Singen benutzte sie Hände und Oberkörper, um zu beschreiben, wie klein die Blume war und daß sie selbst dann noch zu blühen wagte, wenn der Sturm drohte. Nuno und Sao starrten sie dabei an, stolz und ernst. Wir applaudierten, als sie fertig war, und sie erhob sich und verbeugte sich tief, ehe sie uns zuprostete. Der Ofen glühte. Dana befühlte ihre Oberschenkelmuskulatur und erzählte uns, wie erschöpft sie doch sei.

»Ich bin nicht gerade ans Bergsteigen gewöhnt.«

»Was machst du eigentlich ... so im normalen Leben?« fragte Samuel.

Dana besaß in Rom eine Modellagentur, hatte aber keine große Lust, darüber zu reden. Niemand bedrängte sie. Was wir sonst so machten, welche Berufe uns zu Hause erwarteten, war nicht mehr besonders interessant. Wir befanden uns in einem zeitlichen Vakuum und ließen Georg und die Ewa für uns das Polarmeer durchpflügen. Sogar Sigmund ließ sich sein Glas gern wieder füllen.

»Sam«, sagte Oscar plötzlich. »So kannst du nicht heißen, ohne das Lied aus Casablanca zu können.«

Samuel lachte leise. »Nicht doch«, sagte er und fing an, die Melodie zu summen.

»*Sing* it, Sam«, sagte ich.

Er kannte den ganzen Text. Und hatte eine gute Singstimme. Es wurde ganz still, nur der Ofen leckte schmatzend an den Holzscheiten, und die Ewa arbeitete.

»You must remember this ... a kiss is just a kiss ... a sigh is just a sigh ... the fundamental things apply ... as time goes by ...«

Ich lehnte mich an die Reling und schloß die Augen.

»... *the world will always welcome lovers ... as time goes by*«, schloß Sam.

Ich würde Georg wohl alles erzählen müssen.

»Ihr habt sicher gehört«, sagte Oscar, »daß man niemals den Menschen heiraten soll, mit dem man zum ersten Mal Casablanca gesehen hat?«

»Ich habe das allein gesehen«, sagte ich. »Zu Hause. Im Fernsehen.«

Er konnte die große schwere Ewa durch einen nur vier Meter tiefen Sund lotsen.

Und jetzt heulte sie auf. Drei kurze Stöße.

Sigmund sprang auf und warf in der Eile eine Kaffeetasse um.

Finnwale. Fünf Finnwale folgten dem Boot. Dana war so aufgeregt, daß sie fast über die Reling gefallen wäre. Sie hatte sicher ihre Modellagentur mit Bildern von aus dem Wasser aufragenden Schwanzflossen dekoriert.

»Verdammt, die sind ja vielleicht riesig«, rief Oscar.

»Für Wale sind die winzig«, sagte Stian erfahren, er hatte schon öfter welche gesehen.

Sie schwammen backbord in Formation. Ihre Rücken wuchsen aus dem Polarmeer, komisch weit hinten hatten sie eine haiartige Flosse. Sie bliesen mit einem Zischgeräusch das Wasser hoch, dann erweiterten sich die nassen Luftlöcher, tankten neue Luft, und der Walrücken verschwand wieder in der Tiefe. Georg hing auf der Brücke aus dem Fenster und war der Experte. Hatte zwei von dieser Sorte harpuniert. Ich war froh, daß er Norwegisch sprach.

»Walsteak in Sahnesoße ... was sagst du, Per ... sollen wir versuchen, einen davon an Bord zu hieven? Wir könnten die Italienerin als Köder nehmen!« johlte er und fuchtelte mit der Kippe.

»Wie lang sind die?« rief ich nach oben.

»Höchstens zehn Meter. Nicht besonders groß ... aber die Jungs haben Muskeln!«

Wir konnten bei einem den weißen, geriffelten Bauch sehen. Da schwammen sie nun von Meer zu Meer, fraßen winzige Teilchen, säugten ihre Jungen wie die Menschen und sangen sich in Hochfrequenztönen etwas vor. Wie sie wohl die Welt sahen? Die, die es hier oben gab, in der Luft, die sie brauchten, in der sie aber nicht auf Dauer leben konnten? Ihre Welt war größer als meine, denn auf der Erde gibt es mehr Wasser als Land. Philippe und die Japaner fotografierten ununterbrochen.

Aber plötzlich war die Wasseroberfläche wieder schwarz und still und voller Treibeis. Ein leichter Wind wehte. Ich warf meine Zigarette den Walen hinterher und ging auf die Brücke.

Georg schloß gerade das Fenster.

»Wer hat deinen Pullover gestrickt?« fragte ich.

»Eine Eule in einer Fabrik.« Er lachte.

»Du hast ihn also gekauft?«

»Für den Georg darf keine einen Pullover stricken. Das gibt bloß Ärger. Ich hab's ausprobiert. Dann muß ich in alle Ewigkeit dankbar sein, und schon hänge ich fest. Bloß Ärger ...«

»Du bist schlimmer als ich, Mann.«

»So wird's wohl sein. Ich bleib nicht gern an Eulen hängen. Aber jetzt sieh mich doch an ...«

Er fixierte mich mit seinem Blick. »Jetzt sitze ich fest wie eine Schnute in einem Schleppnetz ...«

Ich trat dicht an den Pullover heran und summte leise. *»You must remember this ... a kiss is just a kiss ... a sigh is just a sigh ... the fundamental things apply ... as time goes by ...«*

»Casablanca. An den kann ich mich gut erinnern.«

»Mit wem hast du ihn zusammen gesehen?« fragte ich.

»Mit meiner Alten.«

»Der mit der unbefleckten Empfängnis?«

Oscar hatte recht.

»Ja. Sie hat geheult wie bescheuert. Ich wußte einfach nicht, was ich machen sollte.«

Ich prustete los.

»Wie gut, daß du wieder gackern kannst.«

»Ach, Georg!«

»Vorsichtig, Frau! Sonst geht das Nordkap wieder zu Boden!«

Lena und Stian hatten Bacalao gekocht. Die Japaner kippten

sich Sojasoße über ihre Teller. Sigmund schlief. Lena brachte Georg etwas zu essen.

Die anderen hatten nicht das Bedürfnis, über Turid zu sprechen. Möwen, Bergtour, Finnwale und Casablanca hatten die Luft gereinigt, und die weiße Kiste ließ sich leicht übersehen, es gab schließlich mehrere von der Sorte, sie waren seit Beginn der Reise an Bord. Ich griff nach meiner Daunenjacke und ging nach draußen, um vor dem Nachtisch eine zu rauchen. Der Wind war etwas stärker geworden. Ich rieb die Finger in der Luft aneinander und fand, er sei ziemlich »trocken.« Der Wind erklärte, warum nirgendwo ein Seehund zu sehen war. Sie blieben im Wasser, mochten keinen Wind. Ich hatte allerlei über die polare Natur gelernt ... Von nun an würde ich als Expertin gelten, wenn es darum ging, die Problematik der Seehundsjagd, die Fischwilderei in der Schutzzone und die Auseinandersetzungen im Schlupfloch zu illustrieren. Ich wußte, welche Geräusche die Finnwale machten. Und das Seltsame ist, dachte ich, daß ich mir schon vorher eingebildet hatte, das alles zu wissen. Daß ich gedacht hatte, meine kleinen Wissenslücken ließen sich rasch mit einem gefaxten Foto, einem Filmausschnitt, einem Abschnitt in einem Lexikon oder einem Abstecher ins Internet füllen.

Wir hatten steuerbord Land, backbord offenes Meer. Tiefstehende Sonne tauchte das Treibeis in rosa und türkise Pastelltöne, das Licht verschleierte sich, je näher es der Wasseroberfläche kam. Ein kleiner Flug wäre jetzt witzig gewesen, ich hätte die Welt von oben gesehen, hätte gewußt, wie es ist, unter arktischen Bedingungen zu fliegen. Ich ahnte schon, daß es Probleme mit den Vergasern geben würde und daß der Gyro abweichen würde, wie Georg es erwähnt hatte. Ganz zu schweigen von der Nebelbildung, wenn das Wasser eiskalt war und die Sonne das Land erwärmte und diese Luft sich nachts mischte. Und es war wirklich ein Unfall gewesen. Ich hatte sie nicht umbringen wollen.

Ich warf meine Kippe ins Wasser und zog die Kapuze an, dann ging ich breitbeinig zum Bug. Schöne Aussicht, dachte ich, das sind zwei leere Worte. Ich hatte die Fähigkeit eingebüßt, Schönheit zu messen. Um mich herum sah ich ein Panorama, das mit keinem Instrument zu fassen war, nicht einmal auf einer Skala zwischen Sonnenuntergang über der Wüste Gobi und Regenbogen über den Niagarafällen. Das hier gab es nur hier und sonst nirgends. Und es gab es in mir, denn ich stand hier und war ein Teil davon, ein Teil dieses Lichts, das ich so gern in Ölfarben gemalt hätte und nicht mit schwarzem Filzstift.

Ich drehte mich um. Winsch und Zodiac versperrten mir den Blick in die Brückenfenster, in denen sich überdies das Treibeis spiegelte. Und doch konnte ich Georg sehen. Sein Pullover leuchtete weiß. Er stand still da, hatte die Hände in die Taschen gesteckt und blickte in meine Richtung, fünfzehn Meter von mir entfernt. Ich konnte sehen, daß er nicht lächelte und daß er auch keinen bissigen Kommentar auf Lager hatte. Er sah mich an. Dachte an mich. An uns. An die Zeit. An eine Schiffsreise, die in einigen Tagen in Longyear enden würde. Lupus hatte mich als Arsch bezeichnet und recht gehabt. Aber Ärsche werden in Ruhe gelassen. Niemand bohrt und will wissen, wie sie zum Arsch geworden sind. Es ist friedlich und angenehm, ein Arsch zu sein. Niemand interessiert es, ob sie ruhig schlafen können.

Ich erwiderte Georgs Blick, hielt ihn fest und wußte mit hundertprozentiger Sicherheit, daß ich kein Arsch war, als ich hier breitbeinig, mit dem Rücken zur Fahrtrichtung, am Bug der Ewa stand.

In der Messe war Film angesagt. Nach dem Dessert gab es Kaffee. Sie hatten über die vorhandenen Filme abgestimmt und sich für »Jenseits von Afrika« entschieden. Cliffhanger mit Stallone war auch im Angebot. Aber es hatte wirklich keinen Sinn, ins Polarmeer zu reisen und sich anzusehen, wie Sylvester sich die Eier abfriert, über Kälte wußten wir nun wirklich Bescheid. Nein. Savanne sollte es sein. Elefanten, Löwen und Meryl Streeps Mund, wenn sie ihn auf Streepart spitzt und man weiß, daß sie einen Oscar bekommen wird. Und Robert Redford ... mit einem Gesicht wie dem eines Jungen, alte Haut auf jungem Gesicht. Als Zeichnerin fasziniert es mich, wie Gesichter altern. Manche verändern sich ganz und gar und haben keinerlei Ähnlichkeit mehr mit ihren Jugendbildern. Andere behalten die Form, während die Haut aufgibt, wir können sie wieder jung sehen, wenn wir die Augen zusammenkneifen und sie wie durch einen vagen Schleier betrachten.

Die Japaner erhoben sich, um in den Salon zu gehen, und versicherten allen, daß sie durchaus nicht das Gefühl hatten, unsozial behandelt zu werden. In diesem Moment bemerkte ich am linken Nasenloch von Sao oder Nuno ein Muttermal. Ich stupste Oscar an: »Der, der jetzt rechts steht, welcher ist das?«

»Nuno«, flüsterte Oscar.

Endlich hatte ich alle plaziert. »Kannst du sie wirklich voneinander unterscheiden?« fragte ich.

»Ja«, flüsterte Oscar. »Nuno hat ein Muttermal an der Nase.«

Ich ging meinen Zeichenblock holen. Aus alter Gewohnheit langte ich in die obere Koje, um die Ginflasche herauszuholen, ließ sie aber liegen. Sigmund mußte um zwölf auf die Brücke, und danach hatte Georg frei.

Ehe ich die Kajüte verließ, teilte ich mit Strichen drei A3-Bögen ein. Sechs Felder auf jedem Bogen, insgesamt achtzehn.

Und während Meryl Streep im Flugzeug saß und hingerissen

und oscarwürdig aufkeuchte, als unter ihnen Tausende von Flamingos mit brausenden rosa Flügeln abhoben, zeichnete ich für alle in der Messe Tischkarten. Ich brauchte sie nicht anzusehen, ich hatte ihre Gesichter auswendig gelernt. Und nun hatte ich auch noch das Muttermal. Ich ließ Sao ernst blicken, während Nuno sich schimmelig lachte, das war, abgesehen vom Muttermal, die einzige Variation, die mir gelang. Ich könnte niemals in Japan einen Job als Karikaturistin bekommen, das stand fest.

Bei Samuel gab ich mir Mühe. Er saß hinter einem Klavier. Über dem Klavier hing natürlich Humphrey Bogart, mit einem Whiskyglas und einer Zigarette und einer deprimierten Sehnsuchtsmiene. Er träumte von Ilsa Lund, der Arme. *The fundamental things apply ... as time goes by ...*

Per und Pia tuschelten und achteten nicht auf den Film. Ich hätte gern eine Max-und-Moritz-Version von ihnen gezeichnet, riß mich aber zusammen. Die Grenze zur Bosheit durfte nicht überschritten werden. Jean war eingeschlafen. Dana fielen die Augen zu. Die Nacht drängte sich auf, obwohl die Mitternachtssonne schien. Die Karte verriet, daß der Berg auf Phippsøya 465 Meter hoch war. Keine schlechte Gipfelbesteigung für Leute aus der EU, die an Sessellifte an den Slalomhängen und an Rollbänder auf den Flugplätzen gewöhnt sind.

Auf einen Impuls hin schlug ich weiter vorn im Block einen Bogen ohne Felder auf und schrieb: Britta.

Diesen Bogen betrachtete ich dann lange. Bis ich Lust auf ein Bier bekam. Dann zeichnete ich ein kleines Herz um diesen Namen, klappte den Block zu und ging zum Kühlschrank, wo ich die Tür so heftig aufriß, daß die Flaschen klirrten und Jean erwachte.

»Ich glaube nicht, daß wir auf Storøya an Land gehen können. Da gibt es nur eine Bucht, in der wir ankern können, und bei Nordwind füllt die sich mit Eis.«

»Hat der Wind gedreht?« fragte ich.

»Ja, jetzt haben wir die Eiskante im Rücken.«

»Was wollten wir eigentlich auf Storøya?«

»Walrösser sehen. Die schlafen da. Oft sind da ganz viele, eine richtige Kolonie. Aber was meinst du, Sigmund ...«

Sigmund beugte sich über die Karte, kratzte sich am Kopf und gähnte.

»Ich bin ganz deiner Meinung, Georg. Wir dampfen an Storøya vorbei und fahren direkt nach Isispynten. Und dann übernehme ich.«

Oscar war als einziger noch wach in der Messe, als wir nach unten kamen. Er hatte sich in ein Buch über Svalbard vertieft und schmunzelte.

»Hört euch das an«, sagte er. »Ein Auszug aus einem alten niederländischen Jagdbericht ... dort steht, daß Svalbard unbewohnbar sei, weil es in der kalten Zone der Welt liegt, der Zona Frigida, wo das Klima so streng ist, daß selbst die Tiere ganz weiß werden.«

»Ha!« sagte Georg. »Hast du das gehört, Eulchen? Wenn du noch eine Weile hier bist, dann endest du als Blondine!«

»Ich bin eigentlich ganz blond. Färbe mir die Haare.«

»O Himmelarsch, hast du vielleicht auch ein künstliches Gebiß?«

Zona Frigida. Eine Art Schutzzone, dachte ich und ging mir einen Pullover holen, während Georg den Ofen anwarf. Er wollte auch etwas Wärme abhaben, jetzt, wo alle anderen im Bett waren. Oscar folgte mir mit dem Buch unter dem Arm.

»Ferienromanze?« fragte er.

»Georg, meinst du?«

»Ja.«

Ich lachte abwehrend. »Romanze ist das richtige Wort.«

»Sei ein bißchen vorsichtig«, sagte er.

»Warum?«

»Georg ist gerissen.«

»Das weiß ich. Gute Nacht.«

In der Dusche waren Leute, ich hörte Stimmen, und die Kajütentür von Per und Pia war angelehnt. Ach, die beiden seiften sich gegenseitig im Licht der Mitternachtssonne ein. Ich sah nach, ob Oscar seine Tür zugemacht hatte, dann schlich ich mich zur Kajütentür von Per und Pia und linste hinein. Ich hatte immer schon Respekt vor dem Privatleben anderer Leute, aber ich hatte nie Angst davor, darin herumzuschnüffeln. Die Kajüte war spiegelverkehrt zu meiner und Georgs, aber genauso klein. Reiseleiter erhielten wohl weder Sonderverpflegung noch Luxussuite. Das Zimmer war übersät mit Kleidern und Cremes und leeren Limoflaschen.

Sie benutzten beide Kojen. Also waren sie schon so lange zusammen, daß sie es ertragen konnten, nicht im selben Bett zu schlafen. Eine Karte lag in der unteren Koje auf dem Kopfkissen. Ich riß sie an mich. Sie war viel schöner als meine, viel detaillierter. Ich habe immer schon eine Schwäche für Karten gehabt, für ihre Möglichkeit, Größen wiederzugeben. Wie sie zwischen verschiedenen Farben und Schrifttypen wechseln. Die Seekarte auf der Brücke mit den Zahlen, die die Meerestiefe angeben, meine Karten beim Fliegen, in denen die Flugschneisen für Passagierflugzeuge eingezeichnet waren, und diese hier, mit Zahlen für jede Anhöhe in der Landschaft. Per und Pia hatten überall mit dünnem Bleistift Notizen gemacht. Daten und Uhrzeiten. *Bär!* stand an einer Stelle und *Bär!!!* an einer anderen. Die Anzahl von Ausrufezeichen sollte wohl kennzeichnen, wie nah sie gewesen waren. Vielleicht sollte ich mir auch solche Notizen in der Karte machen, die ich mir aus dem Schrank geholt hatte?

Und dann sah ich es. Ein winziges Dollarzeichen. Auf der Westseite von Nordaustlandet. Im Inneren eines Fjords namens Murchisonfjord.

»Sag mal, was machst du hier eigentlich?«

Ich fuhr herum. Per hatte sich ein Handtuch um die Hüften gewickelt, Pia stand hinter ihm, ihr Handtuch saß etwas höher oben. Beide hatten nasse Haare. Das alles konnte ich registrieren, während ich voller Panik versuchte, mir eine glaubwürdige Erklärung aus den Fingern zu saugen. Das gelang mir jedoch nicht, und ich stand nur da und glotzte. Pers Blick fiel auf die Karte in meiner Hand.

»Hat Georg ...«, fing er an, ein kräftiger Rippenstoß von Pia brachte ihn jedoch zum Verstummen. Er ging an mir vorbei in die

Kajüte. Das Handtuch war hinten nicht ganz geschlossen. Hübscher fester Hintern.

»Schö - ne Karte«, sagte ich und reichte sie Pia. Sie nahm sie an und machte die Tür vor meiner Nase zu.

Hat Georg was, fragte ich mich und ging nun endlich meinen Pullover holen.

»Hast du?« fragte ich.

»Hab ich was?«

»Keine Ahnung. Per und Pia haben vor kurzem gestritten, aber ich weiß nicht mehr so genau, was sie gesagt haben. Es kommt mir vor, als sei es viele Jahre her …«

»Setz dich hierher.«

Er schob einen Stuhl vor den Ofen.

»Außerdem«, fügte ich hinzu, unterbrach mich dann aber. Es war vielleicht nicht so klug, laut über das Dollarzeichen zu reden. Schlechter Charakterzug. In anderer Leute Kajüten herumzuschnüffeln.

»Außerdem sollte es dunkel sein«, sagte ich langsam. »Komisch, bei Sonnenschein vor dem Ofen zu sitzen.«

Er rauchte und blickte die Ofentür an.

»Du quasselst ja vielleicht«, sagte er. Er fing an, mit den Zähnen zu klappern, und preßte die Kiefer aufeinander, um damit aufhören zu können.

»Georg, wie alt bist du?«

»Fünfundfünfzig.«

»Himmel.«

Dann schwiegen wir eine Weile. Ich nahm mir eine Zigarette. Mein Körper schrie nach einem Cognac, schrie danach, aufzustehen und eine Runde zu gehen. Georgs Arm hing neben meinem. Drückte. Die Plane zwischen Deck und Reling blähte sich. Sie war ganz festgezurrt, das konnte ich sehen. Ob sie überhaupt Luft durchließ?

»Also, jetzt fahren wir zum Kap Isispynten«, sagte ich. »Seltsamer Name. Weißt du, warum das so heißt?«

»Ja.«

Lange Pause.

»Hast du vor, es mir zu erzählen?«

»Später.«

»Verdammt, Georg, ich …«

»Nicht fluchen. Sonst kommt er dich holen.«

»Herrgott!«

»Das war schon besser.«

»Ich gebe auf.«

»Nein, lieber nicht.«

»Du bist schlimmer als der Grindkopf, der die Prinzessin zum Schweigen bringen sollte!«

»Nicht schlimmer. Besser.«

»Jetzt laß den Quatsch!«

Ich lachte und schüttelte ihn, wollte ihn vom Stuhl kippen. Endlich blickte er mich an. Aber als ich seine Augen sah, mit den vielen Fältchen, blieb mir das Lachen im Hals stecken und wurde zum Schluchzen. Ich fing an zu weinen, ohne mit der Wimper zu zucken, ohne seinen Blick loszulassen.

»Du siehst so traurig aus, Georg«, flüsterte ich.

»Ich bin traurig. Ich komm einfach nicht an dich ran …«

»Du kannst mich nicht schälen wie einen Seehund – das geht einfach nicht!«

»Das weiß ich. Du mußt es selber wollen.«

»Aber ich will es doch. Ich will damit fertig werden. Allein. Ich will schlafen, ohne zu träumen. Wenn du wüßtest, wie lange ich schon nicht mehr …«

»Willst du denn allein sein?«

»Keine Ahnung. Ich bin daran gewöhnt. Bei mir haben schon Männer gewohnt, in die ich verliebt war, und ich war trotzdem allein.«

»Wie lange bist du denn schon allein … dein ganzes Leben lang?«

»Nein. Nicht das ganze.«

»Erst, seit die Sache mit dieser Turid passiert ist.«

Ich mußte aufstehen. Den verdammten Reißverschluß in der Plane öffnen. Den Wind im Gesicht spüren. Einen Eissturmvogel sehen. Oder auch drei. Aber er hielt mich fest.

»Laß mich los!«

Er ließ mich los. Ich blieb auf meinem Stuhl sitzen und erzählte, was passiert war. Ohne Cognac. Ohne von ihm festgehalten zu werden. Ich wollte ihn überhaupt nicht anrühren, solange ich redete. Ich ließ mich zurücksinken und hätte danach das Muster im Metall der Ofentür genau zeichnen können. Ein Elch geht durch einen Wald. Niedrige Büsche. Eine Sonne am Horizont, mit breiten, kräftigen Strahlen, so, wie Kinder Sonnen malen. Kinder. Die sich immer darauf verlassen, daß die Erwachsenen ihnen nichts Böses tun.

Er weinte, als ich fertig war. Die Tränen füllten erst seine Fältchen, dann lösten sie sich und rollten zu seinem Schnurrbart.

»Gut, daß sie schon tot ist. Sonst hätte ich sie umgebracht. Mit der Robbenhacke und einer Hand auf dem Rücken.«

»Es war nicht nur schrecklich.«

»Nein … das habe ich begriffen. Aber es war falsch. Ganz falsch, Bea. Ein kleines Mädchen, und dann das! Selbst, wenn es dir manchmal gefallen hat, war es falsch – und nicht deine Schuld.«

Ich merkte, wie mich schreckliche Müdigkeit überkam. Georg sah das. Er stand auf, zog mich vom Stuhl hoch, führte mich wortlos in die Kajüte, zog mir T-Shirt und Unterhose aus, legte mich aufs Bett, deckte mich zu, hockte sich vor mich und streichelte meine Stirn.

»Isispynten«, flüsterte er. »Das waren Studenten aus Oxford, neunzehnhundertvierundzwanzig, glaube ich. Die wußten, was *Eis* auf norwegisch heißt, und durch Oxford fließt ein Fluß namens Isis. Dieser Fluß hieß also gewissermaßen Eis-Eis. Und deshalb haben sie das Kap Eis-Eis getauft. Verstehst du?«

Ich nickte.

»Jetzt träumst du nichts Böses. Georg paßt auf dich auf. Ich bin hier. Ich lege mich in die obere Koje. Ich gehe nicht weg.«

Ich erwachte viele Stunden später. Ich hatte wieder von ihr geträumt. Sie war jung, ihre Hände waren so heiß, daß die Vaseline zum flüssigen Öl wurde, als sie mich einrieb. Ich zitterte. Lauschte lange Georgs Atem, dann stand ich auf und schloß vorsichtig hinter mir die Tür.

In meiner eigenen Kajüte öffnete ich das Bullauge und steckte mir eine Zigarette an. Legte sie auf den Waschbeckenrand, während ich den Champagner entkorkte, ohne dabei einen Tropfen zu verschütten.

»Prost, Bea!«

Ich trank direkt aus der Flasche. Sie war schwer, besonders ganz unten, es war nicht einfach, sie an den Mund zu halten. Champagner lief mir übers Kinn. Die See war unruhig, aber nicht wild genug, um mein Bullauge mit drohenden Wassermassen zu füllen.

Nach drei Zigaretten und einer halben Flasche Champagner zitterte ich nicht mehr. Statt dessen heulte ich los.

Sie lag oben an Deck. Mit offenem Schädel über der Gehirnmasse. Jemand hatte mir einmal erzählt, daß die Oberfläche so groß werden würde wie ein Kissenbezug, wenn man alle Gehirnwindungen geradezöge. Ob sie ihr wohl ein Kissen unter den Kopf gelegt hatten?

»SCHEISSE!« schrie ich.

Es klopfte an die Wand.

»Alles in Ordnung?« Pers Stimme.

»Ja, ich habe bloß ... mir ist etwas auf den Boden gefallen.«

Meine Hose lag in Georgs Kajüte, ich hatte aber noch eine Trainingshose. Ich schloß das Bullauge, schlich mich aus dem Zimmer und die Treppe hinauf, nahm meine Daunenjacke vom Haken und riß dabei zwei weitere Jacken und einen Schal herunter. Ich ließ alles auf dem Boden liegen und ging an Deck.

Sigmund stand auf der Brücke. Er würde mich sehen, wenn ich vorn über den Bug ginge, und deshalb quetschte ich mich an der Metallwand entlang, bis ich an Backbord war, wo die Kiste stand.

Sie war verschlossen. Das hatte ich vergessen.

Wieder klapperte ich mit den Zähnen. Ich zog die Kapuze hoch, nahm einen Schluck Champagner, ohne die Kiste aus den Augen zu lassen. Kleckerte. Eine hohe Welle brachte mich für einen Moment aus dem Gleichgewicht.

Zwei solide Hängeschlösser, weiter war sie nicht weg.

Ich setzte mich auf die Kiste und kippte einen Spritzer Champagner auf das Schloß. Der floß in meine Richtung und machte meinen Hintern triefnaß. Ich trank, klopfte auf das Schloß, beugte mich über die weiße Fläche und flüsterte: »Es fehlt mir, dich zu hassen, Turid … es fehlt mir, mich auf die Rache freuen zu können. Arme Britta, meine Güte …«

Ich setzte mich gerade, schaute aufs Meer, schluchzte laut. »Ich brauche dir verdammt noch mal nicht leidzutun … ich bin keine ARME BRITTA!«

»Sei doch ein bißchen leiser … willst du denn alle aufwecken?«

»Georg! Ich dachte, du schläfst.«

»Jetzt nicht mehr. Ich hab gemerkt, daß du weg warst. Was machst du eigentlich hier?«

Er setzte sich neben mich.

»Wir werfen sie über Bord«, sagte ich.

»Du spinnst wohl. Du hast getrunken.«

»Ja. Ich feiere.«

Er legte den Arm um mich und zog mich mit starken Armen an sich, die nach Wollpullover und Gegenwind rochen.

»Es ist jetzt vorbei, Britta. Es ist vorbei.«

»Ich weiß nicht … ich weiß nicht, ob … sie war einmal einfach toll, Georg … und ich … ich hatte immer noch das Gefühl … obwohl sie doch alt geworden war … ich konnte irgendwie durch ihre Runzeln schauen und sehen, daß sie dahinter war. Ich war fast ein bißchen eifersüchtig auf Frikk, kannst du dir das vorstellen? Diese Eifersucht war schrecklich … und ich habe Turid gehaßt …«

»Das ist jetzt vorbei.«

»Das ist so seltsam. Niemand betrauert sie. Alle scheinen Frikk zu glauben, wenn er sie als Hexe bezeichnet. O verdammt …«

»Was hat sie vor ihrem Tod zu dir gesagt?«

»Arme Britta. Aber ich bin KEINE …«

»Pst! Willst du die ganze Bande wieder wecken?«

»Das ist alles so schrecklich, Georg!«

Er streichelte meine Haare.

»Es macht so müde, allein zu sein … so schrecklich allein …«

»Jetzt hast du mich. Ich bin doch bei dir.«

Ich rieb mir die Augen und hob mein Gesicht zu ihm. Die Mitternachtssonne färbte seine Wangen, wie flackernde Kerzen an einem Winterabend. Die Vögel schrien, die Wellen schlugen in gleichmäßigem Rhythmus an die Schiffsseiten. Ich flüsterte: »Wenn du hier bist, Georg ... wenn du wirklich hier bist ...«

»Ich bin hier.«

»Wenn ich es wage, daran zu glauben, dann ... dann ist es vorbei. Dann ist es wirklich vorbei ... denn dann habe ich es auch geschafft ... hier zu sein, richtig, zusammen mit dir ...«

Seine Augen wurden naß, spiegelten den Horizont als zwei verschwommene glühende Striche wider.

»Ich bin hier. Gott Vater im Himmel möge mir glauben, wenn ich sage, daß ich hier bin, für dich.«

»Georg«, flüsterte ich an seinem Ohrläppchen. »Was ist der Sinn des Lebens, was glaubst du?«

»Der Sinn?«

»Ja, das, was uns dazu bringt, gern zu leben. Glücklich zu sein.«

»Wenn du kapierst ... wirklich *begreifst*, daß ...«

»Daß ...«

»Daß du eines Tages tot sein wirst.«

Philippe stand in der Kombüse und buk Brote, als ich aufstand. Es war sechs Uhr. Seine Rolex hing zusammen mit einem Fischheber an einem Haken an der Wand. Vier eingefettete Brotformen standen schon auf dem Tisch vor dem Backofen. Das Bullauge stand offen. Die Sonne beschien Vögel und Wellen. Die Ewa fuhr ganz still dahin, es war kein Treibeis auf dem Wasser.

»Guten Morgen!« sagte Philippe.

»Guten Morgen ...«

»Ich konnte nicht schlafen«, sagte Philippe. »Und ich bin ein guter Brotbäcker. Ich dachte, ich backe fürs Frühstück.«

»Ach ...«

»Aber wo hast du denn deine scharfe Zunge gelassen?«

Ich räusperte mich. »Die ist hier, aber ich muß erst Kaffee trinken.«

»Kaffee habe ich auch gekocht.«

»Vergiß deine Rolex nicht«, sagte ich. »Dafür könntest du dir das ganze Schiff kaufen.«

»Ha! Nicht das ganze Schiff ... aber vielleicht den Zodiac.«

Sein ganzer Oberkörper bebte, als er lachte. »Das war doch gerade deine scharfe Zunge!«

Ja, das war sie. Und der Kaffee machte sie noch schärfer. Ich hatte Georg in der Koje verlassen, er schlief. Mir war plötzlich sein Kommentar eingefallen, den er kurz nach meinem Eintreffen an Bord abgegeben hatte: *Alte Leute, die auf einem Zylinder fahren* ... Sich selber ordnete er offenbar nicht in diese Kategorie ein.

Ich entdeckte draußen an Deck Samuel und ging mit Kaffee und Daunenjacke hinaus. Die Luft war so kalt, daß meine Nebenhöhlen brannten, als ich tief durchatmete. Samuel trug seine Russenmütze.

»Schau mal!« sagte er mit ausgestrecktem Zeigefinger.

Wir passierten steuerbord eine Eiskante. Eine Kante aus Eis, nirgendwo war Land zu sehen. Ich blickte zurück. Nur Eis. Nach vorn. Nur Eis. Aber es war unmöglich zu sagen, wie hoch die Wand war. Die Vögel folgten dem Boot, waren aber keine Hilfe. Ich versuchte, meinen Blick über die Wellen wandern zu lassen, das Eis an den sich überschlagenden Schaumkronen zu messen, aber auch das ging nicht.

»Wir müssen die anderen wecken«, sagte er. »Das müssen alle sehen ... o Herrgott!«

»Wie hoch ist die Kante?«

»Dreißig Fuß, ich habe Sigmund gefragt.«

Zehn Meter hoch. Dann war sie nicht weit entfernt. Svalbard bedeutet »Land der kalten Küsten«. Aber daß die Küste dermaßen kalt war und nicht auch nur eine Spur von Steinen oder Bergen aufwies, hätte ich nie erwartet. Sigmund hatte auch gesagt, daß diese Wand nur einen Teil der totalen Höhe ausmachte. Das Eis ging unter Wasser noch weiter, ganz tief. Und ganz unten lag Land. Das Eis lag schwer auf Steinen und Felskuppen. Das hier war einwandfrei kein Ferienort für Leute, die Straßencafés und Papierschirmchen in ihren Getränken liebten.

»Samuel ...«

»Sam.«

»Sam, kannst du Klavier spielen?«

»Bloß nicht«, er lächelte. »Nicht schon wieder Casablanca.«

»Aber kannst du es? Klavier spielen?«

Das konnte er. Wir gingen unter Deck. Und nach einer geflüsterten Beratung klappte er den Deckel hoch, drehte den Stuhl auf die richtige Höhe und spielte Morning has broken, so daß die Glasscheiben im Bücherschrank nur so mitsangen. Ich lief schnell zu Georg.

»Was ist denn jetzt schon wieder los?« murmelte er.

»Keine Panik.«

Ich zog an der Kommode. »Das ist nicht die Kapelle auf der Titanic oder so. Wir gehen nicht unter. Scheiß Dreckskommode!«

»Nicht fluchen. Was willst du überhaupt mit ihm?«

»Ist die Kommode auch ein Er? Ich will die Tür versperren, zum Kranich.«

»Warum nimmst du nicht den Schlüssel?«

»Den Schlüssel?«

Den hatte ich noch gar nicht bemerkt.

»Ich hab mir beim Sigmund auf dem Schwarzmarkt einen Schlüssel besorgt.«

Ich drehte den Schlüssel um, zog den Vorhang vom Bullauge und ließ die Sonne herein. Dann kletterte ich in die obere Koje und flüsterte: »Ich will nur kurz die Zylinder überprüfen ...«

»Eule im Bett ... Sonne und Klaviermusik ... Herr mein Gott, was für ein Glück ...«

»Es wird noch besser ...« flüsterte ich.

Isispynten bestand aus einem Vorgebirge und einer Bucht, die so groß war wie vier oder fünf Fußballplätze, mitten in einer ansonsten ununterbrochenen, zweihundert Kilometer langen Eisfront. Ein kleiner Flecken braunen Landes, der aus unerfindlichen Gründen offen dalag. Sigmund warf Anker, mußte ihn aber wieder einholen. Es war zu tief. Stattdessen nahm er den Treibanker, und der Zodiac wurde ins Wasser hinabgelassen. Georg und ich aßen in der Kombüse frisches Brot, mit beiden Händen, die anderen hatten schon gegessen und waren angezogen. Ich summte Morning has broken und fühlte mich flaumleicht.

»Hat das wirklich Philippe gebacken?«

»Mm. Es wird sicher witzig an Land.«

»Ach ... ich war schon mal auf Isispynten. Ich hab ihn sogar bepißt. Aber heute abend kommen wir in die Vibebucht. Da ist es toll. Da gibt es auch Fossilien. Ich hab da mal Euleneier gefunden.«

»Euleneier?«

»Sie sehen aus wie Euleneier. Aber damals war ein Geologe dabei. Er hat erklärt, daß in der Mitte eine Art Korn sitzt, an dem sich alles ablagert. So wie bei der Perle in der Auster. Aber ich bleibe bei meiner Meinung.«

»Das ist richtig so, Georg. Diese Geologen haben keine Ahnung. Das war bestimmt ein Eulenei. Ein Polareulenei.«

»Mach dich nicht lustig über mich, Frau. Was sagst du übrigens zu meinen Zylindern?«

»Ich glaube, du hast mindestens sechs.«

Izu hatte Anwalt und Manager ausgetrickst. Sie schwang sich über die Reling und tanzte die Leiter hinunter. Nuno und Sao hätten wissen sollen, wie tief hier das Wasser war. Zehn von uns wollten an Land. Das konnte der Zodiac mit einer Tour schaffen.

»Hier gibt es sehr viel zu sehen«, sagte Per. »Es kommt vor allem darauf an, hier gewesen zu sein.«

Aber alles kommt auf das Auge an, das sieht. Georg und Per stellten sich jeder auf ihre Flanke nackten Landes und hielten mit Magnum und Gewehr Ausschau nach Teddys, während wir anderen als Menschenkette weitergingen, wie unbeholfene Astronauten.

Wir entdeckten einen riesigen Steinhügel, der auf seltsame Weise nach oben ragte, und Philippe fing an, daran herumzuwackeln. Der Steinhaufen öffnete sich mit einem Knall, wie eine Melone. Drinnen standen dicht an dicht perfekte Kristallstäbe, die ins Zentrum zeigten. Die Kristalle glitzerten milchweiß in der Sonne.

»Großer Gott!« stöhnte Jean und fiel auf die Knie. Wir hämmerten wie die Irren los und konnten immer größere Stücke Steinhaufen abbrechen. Am Ende hatten wir alle eins abbekommen. Izu drückte das ihr zugewiesene Stück an sich und hüpfte hin und her und lachte. »Und wir haben es selber gefunden! Haben es nicht im Laden gekauft! Haben es selber gefunden!«

»Stellt euch vor«, sagte Oscar, »daß das vor uns noch niemand gesehen hatte.«

»Es ist sicher aus der Erde herausgefroren und in der Kälte geborsten oder so. Hier verändert sich von einem Sommer zum anderen alles mögliche«, sagte Frikk.

»Vielleicht finden wir noch mehr?«

Ein Vogel landete vor uns. Er verschwamm fast mit dem Hintergrund, abgesehen von den roten Füßen und dem roten Schnabel.

»Küstenseeschwalbe«, sagte Frikk.

Der Vogel wippte lustig mit dem Schwanz und bewegte ganz schnell den Kopf.

»Da liegt ein toter!« rief Dana plötzlich und bückte sich über einen Vogel auf dem Boden. Er lag auf dem Rücken, hatte die Flügel an sich gepreßt und die Beine in die Luft gestreckt. Er war in die ewigen Jagdgründe geholt worden, weiß, mit schwarzen Flügeln. Sah aus wie eine Art Spatz.

»Das ist eine Art Spatz«, sagte Frikk.

Die Augen waren eingetrocknet. »Den nehmen wir mit zurück«, sagte Samuel.

Wir suchten den Boden nach Diamanten, Opalen und Goldklumpen ab. Es war gut, daß wir keinen Fachmann bei uns hatten, von der Sorte, die Euleneier zu wachsenden Staubkörnern umdeutet. Frikk konnte noch am ehesten als Experte durchgehen. Aber ein echter Experte hätte uns genau erzählt, was wir hier zu finden erwarten konnten, daß wir Gold vergessen könnten, daß es Opale nur in Australien gibt, aber nicht auf Isispynten, und daß ein ungeübter Blick schwerlich Diamanten ausfindig macht. Von all dem hatten wir glücklicherweise keine Ahnung, und deshalb blieb unser Glaube ungetrübt, bis wir mit Steinen und einem toten Vogel zum Zodiac zurückkehrten. Georg und Per zogen sich von den Flanken zurück. Dana trug den Vogel und hielt ihn Per hin.

»Was ist das für ein Vogel?«

Per musterte ihn ein wenig unsicher.

»Schneeammer«, sagte Georg. »Gefriergetrocknet.«

»Wars nett?« fragte Sigmund.

»Wir haben eine gefriergetrocknete Schneeammer gefunden«, sagte Oscar. »Und tolle Steine. Wo ist das Steinebuch? Wir müssen unsere Fundstücke klassifizieren.«

Wir erledigten das restliche Brot und drängten über den Farbbildern der vielen geheimnisvollen Bestandteile des Erdbodens die Köpfe zusammen. Wir endeten bei Quarz, fanden aber keine Bilder der weißen Ausgabe, deshalb beschlossen wir, daß es sich um eine geologische Sensation handeln müsse, die alle früheren Theorien über die Entstehung der Erde über den Haufen werfen würde. Wir konnten uns darüber in drei Sprachen einig werden, und ich fragte mich, warum es auf der Welt überhaupt Kriege gibt. Die Staatsoberhäupter müßten alle per Schiff Nordaustlandet umfahren, mit einem Brot backenden Franzosen und einem Eislotsen aus Finnmark, dann würde die Welt sich auf ewigen Frieden freuen können. Aber, dachte ich, wir brauchen ja bloß zwei Breitengrade weiter nach Süden zu gehen, und schon fetzen sie sich wie besessen über den Kabeljau. Und das tun Leute, die vermutlich sonst rund um die Uhr schöne Polarnatur sehen.

Ich seufzte und holte mir ein Bier, dann ging ich an Deck und zog mir die Kapuze über. Wir waren wieder unterwegs. Der Zodiac war wie eine Bibel am Bauch der Ewa festgezurrt, Oscar folgte meinem Beispiel und trat mit seinem Bier neben mich.

»Wir können das Kap nicht mehr sehen«, sagte er. »Es ist schon verschwunden – eine bloße Mär.«

Nach einer Weile lächelte er. »Geht es dir jetzt gut?«

»Sehr gut. Und du darfst Georg nicht als gerissen bezeichnen. Ohne Georg weiß ich nicht, was ich …«

»Das ist klar«, sagte er rasch. »Natürlich empfindest du so. Aber ich glaube, du bist der Typ, der auch allein damit zurechtgekommen wäre, es war doch ein Unfall.«

»Ja. Es war ein Unfall.«

Georg stand auf der Brücke, als wir weiter an der Eiskante entlangfuhren. Wir wollten Kap Mohn umrunden und danach nach Nordwesten abdrehen, in die Hinlopenstredet, mit der Vibebucht und den Walrössern als erstem Halt. Sigmund half dabei, an Bord Liegestühle mit Decken aufzustellen. Niemand brauchte etwas zu sagen, wie auf Verabredung brachten wir die Stühle nach Steuerbord, so daß niemand die Kiste sah.

»Wenn wir bei der Bucht um die Eiskante herumfahren, dann bekommt ihr etwas Tolles zu sehen«, versprach er, wollte aber nicht sagen, was.

»Teddys?« fragte ich. »Einen gutdressierten Teddy, dem wir Seehundsspeck geben können?«

»Teddy-eur!« äffte Jean mich nach.

»Oui«, antwortete ich. »Le Teddyeur!«

»Le Teddyeur!« Jean strahlte. Philippe bat Sigmund, ein wenig über Eisbären zu erzählen. Sigmund war leicht zu überreden, er beschrieb, wie er einmal zugesehen hatte, als ein Bär einen Seehund riß. Der Bär schwamm langsam auf eine Eisscholle zu, auf der eine Ringelrobbe nach Robbenart mit den Augen klimperte. Dreißig Meter von ihr entfernt ließ sich der Bär im Wasser versinken, nur seine Nasenspitze befand sich in freier Luft. Er hörte fast auf, die Füße zu bewegen, paddelte mit zwei Krallen, und bewegte sich wie ein Unterwasser-Eisklumpen unendlich langsam auf die Eisscholle zu. Der Seehund schielte in Richtung Bär hinüber, entdeckte aber nichts Verdächtiges. Ein wenig Eis unter Wasser, das war alles. Aber als der Bär noch zwei Meter von der Eisscholle entfernt war, erhob er sich so heftig in die Höhe, daß die Meeresoberfläche sich überschlug, stieß sich mit beiden Hinterbeinen ab und machte sich über den Seehund her. Die Eisscholle zerbrach, das Wasser spritzte meterhoch, vier Bärentatzen packten ihre Beute und die Kiefer zerbrachen den Seehundschädel.

»Eine Sekunde«, sagte Sigmund. »Er hat nur eine kleine Sekunde gebraucht, um aus dem Wasser zu kommen und sein Essen in der Fresse zu haben.«

»Großer Gott!« murmelte Samuel. Sigmund erzählte weiter von Schnutenhöhlen unter dem Eis, wo die Seehunde sich ausruhen. Der Teddy, mit seinem untrüglichen Geruchssinn, kann auf seinen Streifzügen diese Höhlen ausfindig machen. Er bringt diese Höhlen von oben her zum Einsturz, indem er hochspringt und mit seinem ganzen Körpergewicht auf der Höhle landet. Der Schock läßt den Seehund die eine Sekunde zögern, die der Bär braucht, um die Kiefer um seinen Kopf zu schließen.

»Sie sehen so ... langsam aus«, sagte Sigmund, »wenn sie so durch die Gegend trotten. Aber in Wirklichkeit sind sie lebensgefährlich schnell.«

»Aber Menschen nicht«, sagte Dana. »Menschen fressen sie nicht.«

»Bisher haben wir Glück gehabt«, sagte Sigmund.

Per und Pia hatten sich alles angehört, sie saßen in Decken gewickelt und mit geschlossenen Augen in der Sonne. Die Reling beschützte uns vor dem beißenden Gegenwind.

»Ich freue mich auf den Murchisonfjord«, sagte ich.

Per zuckte zusammen und starrte mich dann an. »Warum denn ausgerechnet auf den?«

»Ach, ich ...«

»Das ist doch klar«, fiel Samuel mir ins Wort. »Das ist der schönste Fjord von Svalbard, das wissen doch alle.«

»Genau«, sagte ich. »Hast du das etwa nicht gewußt, Per? Gerade du, als Reiseleiter?«

Wenn ich mir ganz reines Wasser vorstellte, hatte ich immer einen kleinen Gebirgsbach vor mir gesehen. Einen kleinen Bach, der leise über saubere Steine und Kiesel gluckste, neben dem ich in die Hocke gehen, meine Hände füllen und die Reinheit wirklich *schmecken* könnte.

Mein inneres Bild von fließender Frische wurde nun heftig korrigiert, als wir an der Eiskante nach Nordwesten abbogen und das sahen, was Sigmund uns versprochen hatte. Dicht an dicht durchschlugen Wasserfälle das Eis und schäumten ins Meer. Und dort, wo das Wasser auf die Meeresoberfläche auftraf, wimmelte es nur so von Vögeln.

Izu schrie nach ihrem Anwalt mit seiner Kamera und ging vor der Reling in Positur. Georg führte die Ewa dicht an den ersten Wasserfall heran, ihr Metall kratzte am Eis. Wir hingen am Bug, kletterten auf Kästen und Taurollen, um nahe genug heranzukommen, und streckten die Hände nach dem Wasser aus. Es strömte schnell und gleichmäßig durch einen einige Meter tiefen, leuchtend türkisen Kanal mit glitzernden Wänden, den die Strömung ins Eis gegraben hatte. Der Fluß selber war nur zwei Meter breit. Meine Fingerspitzen spürten Kälte und Bewegung, ich leckte sie ab und streckte den Arm noch weiter aus, hielt die ganze Hand unter den Schleier aus sprudelndem Wasser. Unter mir sah ich den Bug des Schiffes, auf den der Wasserfall voll auftraf. Vögel wurden durch den unerwarteten Besuch aufgeschreckt.

Georg hielt die Ewa dicht vor der Wand, bis alle das Wasser hatten berühren können. Sogar Nuno hing ungeschickt über der Reling, während Sao ihn krampfhaft an der Jacke festhielt. Izu fotografierte heulend vor Lachen. Ich glaube, ich heulte selber auch. Alles kam so unerwartet, ich hatte nicht gewußt, daß es solche Wasserfälle überhaupt gab, daß Wasser so türkis und so rein sein konnte, ohne in einem Schwimmbecken künstlich gefärbt worden zu sein. Lena holte eine Plastiktasse und hielt sie in den Wasserfall. Alle durften daran probieren. Ich nippte vorsichtig. Ein Grad kälter, und das Wasser wäre solides Eis gewesen. Meine Zunge war wie betäubt, meine Lippen steif. Die Hand, die ich in den Wassermassen begraben hatte, tat bis zum Ellbogen hoch weh, ich zog wieder die Handschuhe an.

Nach diesem direkten Kontakt mit dem einen Wasserfall setzte die Ewa ihre Fahrt an den anderen entlang fort, einige Meter von ihnen entfernt im offenen Meer. Wir froren im kalten Wind, der durch das Schmelzwasser entstand, verließen die Reling aber erst, als die Ewa in die Bucht steuerte, wir einen langen braunen Strandstreifen erkennen konnten und Georg aus dem Brückenfenster brüllte: »Ich hab Walrösser im Fernglas, Per! Eine ganze Menge! Mindestens vierzig!«

Stian hatte in der Messe zum Mittagessen gedeckt, und während Georg den Treibanker auswarf und zusammen mit Bjørn die Leiter anbrachte und den Zodiac zu Wasser ließ, sammelten wir unter Deck Wärme und füllten unsere Mägen mit Brot und frischgekochter Gemüsesuppe.

»Wir nehmen das Steinebuch mit an Land«, sagte Oscar. »Dann

können wir an Ort und Stelle sehen, welche sensationellen Funde wir machen.«

Pia ließ die Walrösser nicht aus den Augen, als wir langsam und vorsichtig an Land tuckerten. Kein einziges Tier durfte aus der Herde ausscheren, sagte sie, denn sonst hätten wir Ärger. Ich wußte, was sie meinte. Walrösser sind an Land unbeholfen und ungefährlich, im Wasser aber hätten wir keine Chance gehabt, wenn der Besitzer von zwei langen Stoßzähnen uns zum Hauptfeind ernannt hätte.

Wir gingen weit von der Herde entfernt an Land, und Bjørn fuhr zur Ewa zurück, um die anderen zu holen. Alle wollten die Fettberge sehen. Frikk blickte zu Boden und heulte auf. Per sagte pst.

»Aber seht doch nur! Fossilien! Überall!«

Die Steine, die anfangs braun und unscheinbar gewirkt hatten, waren eigentlich Muscheln. Steinerne Muscheln. Frikk füllte sofort seine Taschen damit. Die Topfscherben in Virgohavn standen unter Denkmalschutz und durften nicht berührt werden, aber da Svalbard der Traum aller Geologen ist, kann sich hier jeder bei Felsen, Steinen und Fossilien munter bedienen.

Als alle an Land waren, erklärten Per und Pia, wie wir uns den Walrössern nähern sollten. Georg war zur Teddywache auf eine Anhöhe gestiegen. Sigmund ging in der Gegenrichtung über den Strand, mit dem Gewehr über der Schulter.

Wir taten genau, wie uns geheißen, und gingen dichtgedrängt auf die Tiere zu. Wenn Unruhe in der Herde aufkam, hielten wir sofort an und standen stumm und bewegungslos da, bis sie sich wieder an unseren Anblick gewöhnt hatten. Wir brauchten eine Viertelstunde, um die Grenze der Sicherheitszone zu erreichen, die die Tiere offenbar für sich gezogen hatten und die doch nur zwanzig Meter von ihnen entfernt war. Wir mußten uns die Handschuhe vor den Mund pressen, um nicht laut loszugackern.

Denn da lagen sie, über- und untereinander, fett und unförmig. Sie schnarchten und stöhnten im Schlaf, kratzten sich mit den

Flossen, bohrten sich damit in der Nase, begrabbelten sich an den unaussprechlichsten Stellen. Schmatzen, Schnarchen und leises gereiztes Stöhnen füllte die Luft, und wir setzten uns auf die Felsen, um die Kolosse zu betrachten, von denen jeder das Vielfache eines Eisbären wiegen konnte. Sie achteten überhaupt nicht mehr auf uns. Ein riesiges Männchen lag ganz außen. Wir konnten zusehen, wie er plötzlich amourös wurde und versuchte, sich dem Weibchen neben ihm zu nähern, einem tonnenförmigen Geschöpf mit kleinen, höchstens dreißig Zentimeter langen Milchzähnen. Sie grunzte irritiert, zwinkerte mit den Augen und schüttelte sich, um ihn loszuwerden. Er aber ließ nicht locker, bedrängte sie, machte sich mit den Flossen an ihr zu schaffen und stieß ein kehliges Stöhnen aus. Worauf die Dame ein Gebrüll ausstieß, bei dem uns die Haare zu Berge standen. Endlich begriff der Kavalier, daß sie ihren Schönheitsschlaf brauchte. Frustriert in seinem Liebesstreben rieb er sich am Felsboden.

»Kratzt der sich?« flüsterte Sonja.

»Irgendwie schon«, stöhnte ich halberstickt hinter meinen Handschuhen.

»Aber aus diesem Kratzen können leicht Kinder werden.«

Ein anderes Walroß wollte mitten in der Herde liegen, es hatte sicher kalte Flossen. Bescheidenheit ist eine Zier, aber das war diesem Typen egal. Er wälzte sich über alle anderen hinweg nach innen. Und sein Gebrüll erscholl über die Hinlopenstredet, während er seine Tonne Fett ungraziös über die schlafenden Verwandten hinwegbugsierte. Ich ließ mich rückwärts fallen und wäre fast erstickt. Per sagte hektisch immer wieder pst. Und dann ging ein Walroß ins Wasser.

»Rückzug«, sagte er. »Ich will nicht, daß sie ins Wasser gehen, denn dann haben wir ein verdammtes Problem.«

Vorsichtig standen wir auf. Unter unseren Füßen rutschten Steine und Fossilien herum.

»Du hast das Buch bei dir?« flüsterte ich Oscar zu und wischte mir die Tränen ab.

»Was?«

Der Strand war vom Wasser verschieden hoch abgeschliffen,

und ich konnte deutlich markierte Schichten aus dunkleren Steinen sehen. Weiter oben türmte der Stein sich zu Hügeln und Kuppen. Pia ging neben mir, Oscar und den Franzosen her und sah sich nach allen Richtungen um.

»Alles klar«, sagte ich, als wir sichere Entfernung von den Walrössern erreicht hatten. »Jetzt also auf zur heutigen Schatzsuche.«

Ich stopfte mir die Taschen voll. Oscar blätterte in seinem Buch und las vor und verglich unsere Funde mit dem gedruckten Text und den Zeichnungen von fossilen Mustern.

»Silurzeit«, sagte er. »Das ist ein … mal sehen … ein Seelilienstengel.«

»Und das hier?« Ich hielt den letzten bahnbrechenden Fund hoch, ein symmetrisches Muster, das wie das Innere eines Bienenstocks aussah. Das hatten auch die Experten erkannt. Es war eine Wabenkoralle. Und Jean fand Kettenkorallen, und Philippe eine *Hormotoma*, eine Schnecke in ihrem Haus.

»Und damit haben wir das Ordovizium erreicht«, sagte Oscar.

»Wie lange ist das her?« fragte Philippe, stolz auf seinen Schneckenfund. Er bespuckte ihn, um das Muster klarer sehen zu können.

Oscar blätterte. »Zwischen vier- und fünfhundert Jahrmillionen.«

»Wow«, sagte ich. »Damals hat es noch nicht einmal Sozialdemokraten gegeben! Wie sieht's mit Mammuts aus, Oscar? Ich möchte ein Mammut finden!«

Alle starrten im Weitergehen den Boden an, wir sahen aus, als ob wir nach verlorenen Kontaktlinsen suchten. Unsere Taschen beulten sich aus. Weiter hinten am Strand sah ich den mützenlosen Samuel. Seine Russenmütze war zur Einkaufstüte für fünfhundert Jahrmillionen alte Warenmuster geworden.

»Vielleicht finden wir einen kleinen Fisch«, sagte Pia. »Das ist mir schon mal passiert. Der war niedlich. Winzigklein. Wie ein Sardinenbaby.«

»Keine Mammuts?« fragte ich enttäuscht.

»Nein. Nie im Leben!«

»Pa. Das hier ist sicher ein Mammutfuß und kein runder Stein.«

Ich rannte hin. Es sah aus wie der seltsame Stein von Isispynten, von außen zumindest, und ich hielt Ausschau nach einem größeren Stein, um ihn aufzuschlagen. Vielleicht saßen drinnen ja Amethysten. Lila Edelsteine.

Und da stand er. Und starrte mir voll in die Augen.

Hinter dem Hügel links. Unbeweglich. Fünf ... oder vielleicht sieben Meter von mir entfernt. Pia, Oscar und die Franzosen waren ein Stück hinter mir, sie hatten ihn noch nicht gesehen.

Ich hätte gern den Mund aufgemacht. Gesprochen. Das hatte ich als Kind gelernt. Ich hätte gern zu Pia gesagt: Bär. Ein kurzes, bündiges kleines Wort, das doch eigentlich leicht auszusprechen sein sollte. Aber nichts passierte. Die Zunge lag wie ein Fossil in meinem Mund. Und meine Füße waren mit Superleim am Boden festgeklebt. Mein Kopf brummte. Meine Augen waren das einzige, was noch funktionierte, mein Sehnerv pulsierte. Eine seiner Tatzen war total verdreckt, und er hatte eine kleine Wunde neben der Nase. Er weitete seine Nasenlöcher, innen rosa, außen schwarz, hob langsam den Kopf um einige Zentimeter und ließ mich nicht aus den Augen. Seine Augen waren leer, schmal, schwarz. *Bär.* Ein lächerliches kleines, einsilbiges Wort. Ich konnte es nicht aussprechen. Und so vergingen zehn Jahre. Mindestens zehn Jahre. Zehn lange Jahre mit Parlamentswahlen und Frühling und Herbst und Sommer und Steuererklärungen, und noch immer stand ich hier. Sein Kopf war so breit wie ein Spülbecken, seine Pfoten wie Sofakissen. Zwei Meter vor der Eisscholle hatte er sich aus dem Wasser erhoben und innerhalb einer Sekunde den Seehund gerissen.

Dann kam ein lauter Knall. Eine kleine Bombe explodierte vor den Füßen des Teddys. Er warf seinen Oberkörper herum und stieß sich ab; er zeigte kohlschwarze Tretkissen. Kleine Steine trafen mich im Gesicht. Er war verschwunden. Ich ließ mich einfach zu Boden sinken und schloß die Augen. Sie brannten. Ich hatte seit zehn Jahren nicht mehr gezwinkert. Meine Ohren dröhnten vom Knall.

»Georg«, stöhnte ich.

Die anderen blickten hinter dem Bären her und kümmerten sich nicht mehr um mich. Er lief im Paßgang über den Strand, vorbei an der Walroßherde, wo vierzig Köpfe und achtzig Stoßzähne in die Luft ragten, dann weiter am Strand. Weg. Verschwunden. Ich lag noch immer kraftlos auf dem Boden. Das Adrenalin strömte mir aus den Ohren, ich spürte einen metallischen Geschmack im Mund. Zum ersten Mal in meinem Leben hatte ich das Gefühl gehabt, vor Angst gelähmt zu sein. Bisher hatte ich das für leeres Gerede gehalten und geglaubt, mit »Lähmung« solle auf irgendeine Weise die Todesangst beschrieben werden. Aber es war eine ganz konkrete Lähmung. Man wird nicht vom Nacken abwärts gelähmt, sondern vom Gehirn abwärts. Vermutlich, damit es nicht so weh tut, wenn man gefressen wird.

»Gut gemacht!« hörte ich Per rufen. Ich blickte auf. Pia hatte noch immer den kleinen Kugelschreiber in der Hand, der dem Bären einen Bärenschuß vor den Latz geballert hatte.

»Mindestens zehn Ausrufezeichen auf deiner Karte«, murmelte ich, aber das hörte sie nicht. Alle anderen aber hatten den Knall gehört und gesehen, wie der Teddy die Beine in die Hand genommen hatte, und sie kamen mit ihren Taschen und Mützen voller Fossilien angerannt, um alle Einzelheiten zu erfahren, munter und aufgeregt. Niemand schien zu begreifen, wie ernst die Lage für mich gewesen war. Ich rappelte mich auf, kam aber zuerst nur auf alle viere. Die Fossilien fielen mir aus der Tasche. Silur und Ordovizium in schöner Vereinigung. Oscar lachte hysterisch.

»Das ist überhaupt nicht witzig«, sagte ich. »Wisch dir das Grinsen aus der Visage.«

»Du wolltest ein Mammut«, lachte Oscar. »Und dann hast du einen Teddy gefunden!«

»Le Teddyeur! Le Teddyeur!« jodelte Philippe. Und endlich kam Georg mit erhobener Magnum angekeucht.

»Georg, ich wäre fast vom Teddy gefressen worden«, sagte ich. »Der stand hier. Genau hier!«

Die Spuren verrieten allen, wie nahe der Bär an mich herangekommen war.

»O verdammt, da?«

»Ja …«

»Was hast du zu ihm gesagt?«

»Daß ich außen hart und innen weich bin. HERRGOTT, GEORG, ICH KONNTE MICH JA NICHT BEWEGEN! DER HÄTTE MICH UMBRINGEN KÖNNEN, DU IDIOT!«

Georg grinste und schlug sich auf die Oberschenkel.

»Komm, wir gehen ans Wasser und paffen erst mal.«

»Georg, weißt du noch, daß ich dich nach dem Sinn des Lebens gefragt habe? Wie man glücklich leben kann?«

»Ja. Das weiß ich noch.«

»Jetzt weiß ich, daß ich eines Tages sterben muß. Und ich bin unheimlich froh darüber, daß ich jetzt gerade lebe.«

»So ist das. Gib mir mal dein Feuerzeug.«

Wir saßen beim Zodiac und schauten zur Ewa hinüber. Ich wollte nach Hause zu ihr. Mir das Adrenalin wegduschen.

»Meinst du, wenn Turid«, fing ich an, »wenn sie nicht halbblind gewesen wäre, und wenn sie wirklich hätte sehen können, wie es hier aussieht ... wenn die Natur irgendwie auf sie eingewirkt hätte ... meinst du, dann ...«

»Bea, vergiß diese Frau endlich.«

»Aber meinst du nicht, daß auch sie ... genau wie ich ... vielleicht ein bißchen kapiert hätte?«

»Was denn kapiert?«

»Na ja, daß ... daß ... kapiert, was sie da machte? Daß sie überhaupt nicht machte, was sie wollte, sondern daß sie sich einfach treiben ließ, wie ein Korken ...«

»Ich weiß nicht. Vielleicht.«

Wir rauchten eine Weile schweigend weiter. Ich wollte zur Ewa und duschen. »Der hätte mich umbringen können, Georg, ich habe ihm voll in die Augen gestarrt. Lange. Der war toll. Groß und weiß. Himmel ...«

»Ja, das sind tolle Tiere«, sagte Georg. »Das sind tolle Tiere.«

Georg fuhr mich allein zur Ewa. Das feste Land war nicht mehr sicher. Ein Boot auf tiefem Wasser war da viel besser. Den anderen hatte der Teddy keinen Schrecken eingejagt, die ließen sich Zeit. Per hatte ihnen versichert, daß der Bär nicht zurückkommen würde. Es war ein fetter Bärenmann gewesen, ein guter Jäger, und nicht vor Hunger verrückt genug, um dem Tod zu trotzen und sich über Touristen herzumachen.

Die anderen scharten sich um das Steinbuch und verglichen die Fossilien, als Georg und ich uns vom Land entfernten.

»Gasgeben!« rief ich. Georg kannte sich mit dem Zodiac ebenso gut aus wie Ola und Bjørn, er saß rittlings auf dem Sitz, hatte das Rad zwischen den Fäusten und eine tote Kippe in der Fresse.

»Hast du Gas gesagt, Frau?«

»Ja!« johlte ich.

»Dann mußt du dich in den Bug setzen und dich so schwer wie möglich machen!«

In der Bucht gab es nur wenig Eis, und Georg legte los, vorbei an der Ewa, die rasch hinter uns zurückblieb und verschwand. Wir folgten der Landlinie. Der Zodiac hob und senkte sich unter mir und schlug immer wieder hart auf die Wasseroberfläche auf.

»Nicht so schnell, Georg. Der hebt gleich ab!«

Ich kniete im Boot und klammerte mich am Tau an. Bei jedem Schlag auf das Wasser traf mich eiskalte Gischt im Gesicht, und mein Körper wurde wieder zu weicher Muskulatur. Katharsis. Mit Hilfe von neunzig Pferdekräften.

Plötzlich waren wir allein auf der Welt. In fremdem Land. Schiff und Mitreisende waren verschwunden. Georg verlangsamte das Tempo, und der Bug versank tiefer im Wasser.

»Du bist ja total durchnäßt, Frau. Frierst du?«

»Ein bißchen.«

Er steuerte den Strand an. Wir befanden uns ungefähr in der Gegend, die vorhin der Bär angesteuert hatte.

»Ich will nicht an Land, Georg. Komm mir ja nicht damit.«

»Dann müssen wir eben sehen, wie wir zurechtkommen.«

Er drehte den Motor aus und kam zu mir zum Bug. Die hohe Gummikante sorgte dafür, daß es im Boot windgeschützt und still war.

»Du schmeckst nach Salz ... gut ...«, flüsterte er.

»Können wir nicht hier hinziehen ... du und ich ... in einer Hütte überwintern?«

»Aber sicher.«

»Aber ist das möglich? Echt? Hier zu überwintern? Weit von allen anderen Menschen?«

»Alles ist möglich.«

»Dann tun wir das. Ich zeichne zuerst ganz viel und verdiene haufenweise Geld und dann ...«

»Pst ...«

Der Zodiac trieb in Wind und Wetter, und der Eislotse hatte sich an Eulen geübt, seit Jahrzehnten, in einer steil aufsteigenden Kompetenzkurve. Auf der anderen Seite der Hinlopenstredet lagen gigantische Berge, deren Gipfel mit Schnee bedeckt waren, ich konnte sie über der Gummikante gerade noch erkennen. Ein vager Prismenkranz umgab die Sonne und verteilte in allen Richtungen weißes Licht.

»Wir ziehen um«, flüsterte ich. »Wir ziehen um. Ich stricke für Andersen eine Angorajacke.«

»Du quasselst soviel, Frau. Du quasselst ...«

Er setzte mich auf der Leiter wie ein Paket ab und legte wieder ab, als ich gerade erst zwei Tritte hochgestiegen war. Ich heulte. Unter mir wartete schwarze See. Und die Schwimmweste hatte er schon über die Reling geworfen. Ich klammerte mich am Geländer fest.

»Der Teufel soll dich holen«, rief ich und wagte nicht, mich umzusehen, hörte nur aus das rohe Lachen, während ich meine Stiefelsohlen auf die Sprossen preßte, um ganz sicher zu sein, daß ich nicht in die Luft trat. Oben angekommen, drehte ich mich so weit um, daß ich diesen Idioten sehen konnte. Er lachte und kaute auf seiner Kippe herum. Die anderen an Land winkten.

»Warte nur!« rief ich. »Warte nur!«

Ich duschte und zog saubere, trockene Kleider an. Dann bewilligte ich mir einen Cognac, klemmte mir den Zeichenblock unter den Arm und ging nach oben. Ich schnitt die Tischkarten mit einem Messer auseinander, suchte mir Teller und deckte den Tisch mit Gläsern und Besteck. Lena und Stian hatten das Essen schon fertig gemacht und in Handtücher und Zeitungen gewickelt, dann waren sie an Land gegangen. In der Kombüse warteten Frikadellen, Weißkohl und Kartoffeln. Und zum Nachtisch Reiscreme. Ich kostete und gab ein paar Tropfen Mandelessenz hinein.

Ich hängte meine Zeichnung von Georg ans Infobrett, radierte noch ein wenig daran herum und fügte neue Striche hinzu, um den Bonsai zu seinem Recht kommen zu lassen. Und da ich eigentlich eine sanfte und gutherzige Person bin, machte ich ihn etwas größer als in Wirklichkeit.

Der Erfolg ließ nicht auf sich warten. Jean und Philippe verschluckten sich am Bier, als sie sich kurz darauf vom Kühlschrank abwandten und sich die Flaschen an den Mund setzten, und im selben Moment den Nordnorweger mit dem Eissturmvogel auf der Schulter und dem freischwebenden Bonsai entdeckten. Ich hatte mich mit einem neuen Cognac seelisch gestärkt. Einer nach dem anderen kam in die Messe getrampelt und steuerte Getränke und Kaffeekannen an, und das Gelächter verbreitete sich wie ein Lauffeuer.

Georg kam erst, als der Zodiac wieder an Bord gehievt worden war. Er konnte von der Tür aus das Infobrett nicht sehen. Er sah nur Menschen, die sich ausschütten wollten vor Lachen. Dana war besonders beeindruckt von mir mit der Robbenhacke. Die fand sie spitze, und sie machte in der Luft Hackbewegungen, die keinen Zweifel daran ließen, daß sie sich mit dem Eissturmvogel auf dem Bild identifizierte. Ich hätte gern die Zeichnung geholt, die ich in meiner Kajüte versteckte, die Italienerin mit der Schublade und den hysterisch flackernden Augen.

Georg kam langsam herein, sah sich mißtrauisch um und entdeckte sich selber an der Wand.

»O verdammt«, sagte er. »Haben wir Krieg?«

»Rache«, sagte ich und kippte den restlichen Cognac. »Wunderbar süße Rache.«

»Gar nicht schlecht, Georg«, sagte Oscar und nickte zum Bonsai hinüber.

»Nein, das kannst du wohl sagen.« Georg grinste und betrachtete den Bonsai stolz aus zusammengekniffenen Augen. »Verdammt noch mal, nicht schlecht. Frag nur die Bea.«

Ich verteilte die Tischkarten. Samuel traten die Tränen in die Augen, als er sich selber vor dem Piano sah, über das Bogart sich in deprimierter Haltung beugte.

»Das bin ich ja«, wiederholte er mehrmals. »Das hast du gut gemacht. Wirklich witzig. Tausend Dank. Tausend Dank.«

Auch Dana war zufrieden. Ich hatte sie als Mannequin bei der Vorführung gezeichnet. Aber ich ließ sie nicht über den Laufsteg gehen, sondern über die Planke, mit verbundenen Augen und auf dem Rücken gefesselten Händen. Scharf an der Grenze, aber es ging durch.

Philippe hing auf meiner Zeichnung von der Ausgucktonne, wo

er versuchte, einen Eissturmvogel zu fangen, der seine Rolex geklaut hatte.

»Du hast auch eine scharfe Hand«, sagte er. »Nicht nur eine scharfe Zunge.«

»Das ist dasselbe«, sagte ich und drehte mich um. Georg verließ gerade mit der Zeichnung unter dem Arm die Messe.

»Ich radiere nachher den Bonsai wieder aus«, rief ich. »Dann kannst du das Bild an die Wand hängen.«

»Ist nicht nötig«, sagte er. »Der gefällt mir. Und jetzt gehe ich auf die Brücke.«

Kap Fanshawe war eine Vogelkolonie auf einem Basaltfelsen, dort brüteten die Alke. Frikk blätterte in seinem Vogelbuch und widersprach Per, der behauptete, es handle sich um Alke und nicht um Krabbentaucher. Aber als wir näher kamen, verstummten die Proteste. Die Zeichnung des Gefieders sagte genug.

Sechzig Meter hohe Felswände ragten in den Himmel, bedeckt von Vorsprüngen und kleinen Simsen, auf denen, dicht an dicht, mindestens tausend Alke saßen. Es stank nach Dung, und der Vogeldreck hatte an den Steinen weiße Striche hinterlassen. Überall saßen die Vögel, flatternd und zwitschernd. Die Vogeleltern preßten ihre Jungen an die Wand. Wenn sie ins Wasser fielen, dann war Schluß. Es war halb ein Uhr nachts, und die Mitternachtssonne warf längslaufende Schatten über die Wellen, die gegen die senkrechten Felswände schlugen und neue Vorsprünge und Simse modellierten. Das Wasser war sehr tief, wir konnten mit der Ewa dicht an die Felswände heranfahren, blieben aber so weit auf Abstand, daß die Vögel nicht erschraken und ihre Jungen ins Wasser fallen ließen.

»Die sind gut«, sagte ich zu Oscar.

»Wieso gut?«

»Zum Essen. Aber hier oben im Norden werden sie nicht gern gegessen; die Leute behaupten, sie schmecken nach Tran. Daher brauchte man sie nur über Nacht in Essig einzulegen.«

»Ach? Und wie schmecken sie?«

»Tja ... na ja ... ein bißchen wie Schneehuhn. Es ist schwer, das genau zu beschreiben, aber Schneehuhn kommt sicher am nächsten.«

»Wirklich?«

Oscar starrte sie hungrig an. Frikk blätterte in seinem Buch hin und her und quengelte: »Hier steht nichts davon, daß auf Svalbard Alke brüten. Hier sind nur Krabbentaucher erwähnt. Pfui Spinne ...«

»Du darfst nicht alles glauben, was in Büchern steht«, sagte ich. »Sieh sie dir doch lieber an und scheiß auf das Buch!«

»Was für ein Mist, daß ich meine Kamera eingebüßt habe«, seufzte er.

Sonja schob ihren Arm unter seine Jacke und lächelte verliebt.

»Wo wohnst du?« fragte ich sie.

»In Oslo. Oben in Veitvet.«

Ach. Dann hatten die Turteltauben vielleicht eine Chance. Sie stammten aus derselben Kultur. Und gleich alt waren sie auch.

»Jetzt fahren wir nach Norden«, sagte Per, »und ankern im Murchisonfjord. Nach dem Frühstück gehen wir dann an Land.«

»Vielleicht finden wir da Gold?« fragte ich. »Vielleicht werden wir reich?«

»Wie meinst du das?« fragte Per.

»Ach, einfach so«, sagte ich und ging zu Georg auf die Brücke. Auf dem Kartentisch stand eine halbleere Schale Reiscreme mit Himbeersoße.

»Wenn man jemanden vor dem Ertrinken rettet«, sagte ich, »ist man sein Leben lang für ihn verantwortlich. Chinesisches Sprichwort.«

»Wieso sagst du mir das?«

»Keine Ahnung.« Ich lachte. Dann sagte ich: »Doof, daß du hier oben sein mußt. Komm zu mir nach unten, wenn du geankert hast. Wann wird das so ungefähr sein?«

»So um drei oder vier. Aber dann habe ich noch einiges zu erledigen. Papierkram und so. Wir waren auf der ganzen Fahrt ziemlich nachlässig damit. Eigentlich müssen wir alles notieren.«

»Dann komm, wenn du fertig bist.«

»Gute Nacht, Eulchen. Die anderen schlafen schon alle.«

»Vergiß nicht«, sagte ich, »daß Eulen nachts am besten sehen können. Nachtblick, weißt du.«

Er musterte mich forschend, dann lächelte er unter seinem Schnurrbart und sagte: »Bei Mitternachtssonne stimmt das nicht.«

Abergläubische Menschen fürchten sich oft, wenn es ihnen gut geht, sie denken: Das wird nicht von Dauer sein, bald muß etwas Schreckliches passieren. So war ich nie, nie habe ich so gedacht. Wenn es mir gut ging, habe ich soviel wie möglich aus der Situation herausgeholt. Wenn es mir schlecht ging, habe ich getrunken. Und deshalb nagte keine Angst an mir, als ich die Kajüte aufräumte, einige Pullover zusammenfaltete, mir die Zähne putzte und unter die Decke schlüpfte. Die Spitze der leeren Champagnerflasche ragte aus einer Kommodenschublade. Das Fest war vorbei. Aber ohne eigenen Eislotsen würde ich jetzt bis zum Bauch im Packeis stecken und mich nicht selber retten können. Ohne Georg würde ich auf die Fresse fallen. Und ich dachte: Ich muß ganz schnell schlafen, dann ist er hier, wenn ich aufwache.

Ich wurde nicht von Georg geweckt. Ich wurde davon geweckt, daß der Treibanker ausgeworfen wurde, und die Umdrehungszahl der Motoren sank. Seltsam, dachte ich schlaftrunken, daß die Motoren nicht verstummen.

Ich fing an zu warten, krümmte unter der Decke die Zehen und freute mich. Ein bißchen Gekritzel im Logbuch und anderen Papieren, die sie sicher an Bord hatten, dann würde er kommen. Ich versuchte, wieder zu schlafen, aber das gelang mir nicht. Es war kurz nach drei. Ich wartete noch immer. Er kam nicht. Und durch das Dröhnen der Motoren konnte ich noch andere Geräusche hören. Ich blickte wieder auf die Uhr. Halb vier. Verdammt, wollte er ohne mich auf Robbenjagd? Wo wir doch Säcke voll Robbenspeck hatten, für den wir noch keine Verwendung gefunden hatten. Ich stand auf und zog mich an. Mäuschenstill, für den Fall, daß wirklich Jagd angesagt war, schlich ich mich die Treppe hoch. Die Deckstür ließ sich wie immer nur mit Mühe öffnen. Und in dieser kurzen Sekunde, in der ich meine Kräfte sammelte, begriff ich, daß ich lieber nicht hinausgehen, mich nicht sehen lassen sollte.

Etwas lief da ab. Durch das Bullauge in der Tür konnte ich deutlich sehen, daß dort etwas vor sich ging. Der Zodiac lag im Wasser, ganz vorn, am Bug der Ewa. Er lag tief im Wasser, war schwerbeladen. Georg saß hinter dem Rad, Pia am Bug, und zwischen ihnen lagen zwei riesige, in Planen gehüllte und mit Schnüren umwickelte Pakete. An den Schnüren hingen hier und dort weiße Eisklumpen. Ich drehte mich um, lief in die Messe und von dort aufs Achterdeck. Dort konnte ich durch die Plastikplane nach vorn sehen. Die Sonne stand tief, sie verzerrte die Umrisse, und der Nachtnebel hing über dem Fjord. Aber ich konnte immerhin sehen, daß das Ladenetz in den Zodiac hinuntergewinscht und dann von Pia mit den Paketen gefüllt wurde. Georg mußte ihr dabei helfen, und das Gummiboot trieb ein Stück weiter, während sie sich mit dem Netz abmühten. Georg lief wieder zum Rad und brachte das Boot langsam wieder in die richtige Position, dann packte Pia den Haken und befestigte daran das Netz. Sicher bediente Per die Winsch. Das Netz wurde hochgehievt, und der Zodiac hob sich spürbar im Wasser.

Ich preßte die Augen an das Fenster, versuchte zu sehen, wo das Netz hin sollte, und konnte vorn am Bug eine offene Luke ahnen. Ich hatte tausendmal dort gestanden, aber mir war noch nie eine Ladeluke aufgefallen. Dort hatten Kästen gestanden. Taurollen und anderer Schrott hatte herumgelegen.

Kaum daß die Pakete in der Luft waren, drehte Georg den Zodiac und steuerte auf die Strickleiter zu, die diesmal draußen hing. Pia kletterte hinauf und ließ sich über die Reling fallen. Alle Bewegungen da draußen waren schnell und präzise. Die Winsch drehte sich, der Haken senkte sich wieder. Georg befestigte die Kette daran, die den Zodiac hochhieven sollte, und kletterte die Leiter hoch. Der Zodiac war noch vor Georg an Deck. Georg und Pia verschwanden aus meinem Blickfeld, um ihn zu vertäuen, ich selber rannte los. Durch die Messe, vorbei an der Tür zum Deck, die Treppen hinunter, in die Kajüte. Ich riß mir die Kleider vom Leibe und ließ mich ins Bett fallen. Und dann erst ging mir auf, was ich einige Sekunden vorher draußen auf dem Gang gesehen hatte: Oscars Kajütentür, die sich langsam schloß.

Die Motoren der Ewa verstummten. Er würde bald kommen.

Ich war wieder zu Atem gekommen, als er die Tür öffnete, und ich kniff die Augen zusammen und schnarchte ein wenig. Er fing an, sich auszuziehen.

Ich tat so, als ob ich erwachte, ihn entdeckte.

»Bist du fertig mit dem Papierkram?«

»Ja«, er lächelte, seine Stirn war schweißnaß. »Und hier bin ich.«

»Ich bin so müde, Georg, ich muß einfach ein bißchen schlafen. Es ist so eng in der Koje.«

»Meinst du wirklich?«

»Mm. Ich muß schlafen. Meine Begegnung mit dem Teddy hat mich wohl mehr mitgenommen, als ich gedacht habe. Die Belastung, weißt du ...«

»Ja, wenn du meinst, dann ...«

Ich schloß die Augen, er sollte nicht wissen, daß ich seine Enttäuschung ignorierte. Er küßte mich auf die Stirn, und es gelang mir, nicht loszuheulen.

»Gute Nacht«, flüsterte er.

»Mmm ... gute Nacht, Georg.«

Ich wartete lange, mindestens eine halbe Stunde, oder vielleicht auch nur fünfzehn Minuten. Ich hatte mein Zeitgefühl verloren. Langsam zog ich mich wieder an und ging hinaus. Horchte. Lange. Ehe ich mich zur Treppe schlich, riß ich die Daunenjacke vom Haken und kletterte an Deck.

Die Ewa lag still an ihrem Treibanker im Murchisonfjord. Ein Bergmassiv, groß wie halb Jotunheimen, umgab sie, die Berge waren unten grün, wie mit Gras bewachsen. Das war das erste Grün, was ich hier oben zu sehen bekommen hatte. Ab und zu streckten die Gletscherarme ihre Zungenspitzen bis zum Strand hin aus und spuckten kleine Sahnetupfer aus Eis ins Meer. Die Wasseroberfläche lag schwarz vor dem weißgrünen Hintergrund. Über den Talsenken im Osten war der Himmel tief blaulila, durchzogen von purpurroten Wolkenbändern, vom Westen her kam der Nebel.

Auf weichen Gummisohlen ging ich zum Zodiac und schaute hinein. Dort waren nur einige Schneeklumpen zu sehen.

Vorn am Bug sah alles aus wie immer, aber nun entdeckte ich die Luke, zumindest ihre Umrisse. Und eine kleine Vertiefung mit einem runden Haken. Daran zog ich. Zu schwer. Und außerdem waren Kästen davorgeschoben. Auf der Luke und um sie herum sah ich Fußspuren. Sie waren an Land gewesen. Und hatten etwas geholt. Und an Bord gebracht.

Ein Raum unter Deck mußte doch auch von einer anderen Seite her zugänglich sein?

Am Ende des Ganges zwischen den Kajüten lag das Klo. Wir hatten zwei Klos, eins hier, und eins oben, bei der Decktür. Ich stand ganz still und schaute durch die Klotür. Dort entdeckte ich einen Bratenwender, halb hinter dem Spülkasten versteckt. Er lag immer noch da. Vor tausend Jahren hatte er vor Fett geglänzt, und ich hatte bei diesem Anblick gekotzt. Durch das Bullauge sah ich, daß der Nebel dichter wurde. Ich machte die Tür zu. Von hier aus führte keine Tür weiter. Daneben lag ein Kabuff. Ich starrte die Decke an und versuchte, die Breite des Bootes abzuschätzen, zu raten, wie weit der Bug noch entfernt war. Die Decke wurde noch nicht schmaler. Es mußten also mehrere Räume zwischen mir und dem Bug liegen. Aber auch das Kabuff hatte keine weiteren Türen. Also blieben nur noch die Kajüten. Eine einzige Tür führte nach vorn. Daran gab es keinen Namenszettel; bisher war mir das nie aufgefallen.

Vorsichtig öffnete ich diese Tür. Es war keine Kajüte, sondern ein Raum für Schrott und Geräte, Werkzeug, Kisten mit leeren Bierflaschen, einem Schrank. Ich knipste das Deckenlicht an und öffnete die Schranktüren. Bettwäsche. Handtücher. Tischdecken. Ich schaute zur Decke, die sich verjüngte. Ich war fast am Bug, und dieser Raum nahm die volle Breite der Ewa ein. Ein Dreieck fehlte, der Raum, der die letzte Spitze bis zur Innenseite des Bugs einnahm.

Die Kisten. Hinter den Bierkisten. Leise zog ich die Tür hinter mir zu, hob dann unendlich vorsichtig, damit sie nicht klirrten, die Kisten vom Stapel und stellte sie auf den Boden. Ich erblickte eine schmale Tür, einen halben Meter oberhalb des Fußbodens. Die machte ich auf.

Kalte Luft schlug mir entgegen. Metallgeruch. Es war dunkel. Vorsichtig setzte ich einen Fuß über die Schwelle und fand festen Boden. Ich ging weiter, ohne die Tür loszulassen. Dort lagen die Pakete.

Werkzeug. Ein Messer. Ich brauchte ein Messer. Unter allerlei Schrott im Werkzeugschrank fand ich ein altes verrostetes, dann ging ich wieder in den Bugraum. Ich sicherte die Tür mit zwei aufeinandergestapelten Bierkästen vor dem Zufallen.

Dann hockte ich mich hin und säbelte an der Schnur herum. Schnee und Eisklumpen verrieten, daß die Pakete vergraben gewesen waren. Die Schnüre waren starrgefroren, aber endlich hatte ich die erste gekappt. Drei weitere folgten, dann öffnete sich das Paket. Ich stand auf und trat ein paar Schritte zurück, um das Licht hereinzulassen, als die Plane auseinanderglitt und weißes Fell zu Boden fiel. Ich schlug mir die Hand vor den Mund, griff zum Feuerzeug und ging wieder in die Hocke.

Das erste Paket enthielt vier Eisbärenfelle, das zweite fünf. Zwei davon stammten von Jungen. Die Felle waren so abgezogen worden, daß Kopf und Tatzen noch mit Fleisch gefüllt waren. Ansonsten fehlte das Fleisch. Es gab nur wenig Blut. Die Bärenfelle waren aufgerollt, der Kopf war ganz innen. Und als ich die beiden ersten auseinanderrollte, entdeckte ich die Merkzettel an ihren Tatzen. Einen Namen für jeden Bären. Ich drückte auf das Feuerzeug und las: Dieter. Und dann: Enrique. Und bei einem dritten: William. Für jeden Teddy ein neuer Name.

Die Felle fühlten sich weich an und überhaupt nicht gefroren. Aber sie waren kalt genug, um altes Blut aufzubewahren. Hier oben, beim einundachtzigsten Breitengrad, liegt der Verwesungsprozeß anders als anderswo. Tote Tiere wurden gefriergetrocknet. Oder von anderen gefressen.

Ich betastete die Ohren. Sie fühlten sich gut an, waren rund. Mehrere Bären hatten die Augen geöffnet, eine trübe Haut zog sich über die schwarzen Pupillen, ihre Zungen hingen heraus, bläulich verfärbt. Ich mußte auch einen daumengroßen Eckzahn anfassen. Er war bis zum Gaumen hoch dunkelgelb, mit kleinen Streifen im Emaille, wie von Nikotin.

Ich erhob mich. Meine Knie zitterten, ich packte eins, um es zur Ruhe zu bringen. Ich spürte meinen Puls gleichmäßig in meinem Kehlkopf schlagen, wenn ich Luft daran vorbeiströmen ließ, zur Lunge und wieder zurück. Mein Körper trug mich aus dem Zimmer, meine Arme stapelten die Kisten wieder aufeinander, eine Hand legte das Messer zurück in den Schrank, und meine Füße führten mich zurück zur Kajüte, wo ich mich mechanisch auszog und in Embryostellung zusammenrollte.

Jetzt wach aber auf, Eulchen ... es gibt Frühstück, und wir wollen doch an Land, jetzt wach auf!«

Ich hatte es geträumt, nur geträumt. Ich öffnete die Augen und blickte in Georgs lächelndes Gesicht. Ich hatte es nicht geträumt.

»Nun wach aber auf«, wiederholte er und nahm mich in den Arm, ein wenig ungeschickt, da er sich unter die obere Koje ducken mußte.

»Oder soll ich mich vielleicht hinlegen ...« flüsterte er.

»Nein«, sagte ich schnell. »Ich ... ich muß aufs Klo ... und ich habe Hunger, ich will Frühstück. Was haben wir heute eigentlich für einen Tag?«

»Weißt du das nicht? Montagmorgen.« Und sein Gesicht verdüsterte sich. »Jetzt sind wir bald wieder in Longyear. Dienstagabend. Nach dem Essen.«

Ich rieb mir die Augen.

»Kommst du?«

»Ja, ich komme.«

»Du brauchst dich nicht so dick anzuziehen. Hier im Fjordinneren ist es warm und windstill, das reine Paradies. Freu dich!«

Als erstes fielen mir Per und Pia auf. Sie waren anders als vorher. Lächelten häufiger, scherzten mit allen, die da vor vollen Tellern und dampfenden Kaffeetassen saßen. Natürlich waren sie erleichtert, jetzt, wo die Eisbären an Bord waren. Das zu planen, während das Boot voll von Leuten war, die nichts davon erfahren durften – kein Wunder, daß sie sich gestritten hatten und nervlich reichlich zu Fuß gewesen waren. Und Georg wollte die Hälfte des Geldes, ich konnte mich jetzt an den genauen Wortlaut erinnern. Alles stimmte. Bären sind tolle Tiere, hatte Georg am Strand in der Vibebucht gesagt. Seehunde auch. Gleich nachdem er sie abgeschossen hatte. Aber die Namenszettel, was war hier eigentlich abgelaufen, ich begriff das nicht.

Mehrere von den anderen hatten ihre Tischkarten am Infobrett befestigt, um sie den anderen zu zeigen, und sie fragten mich nach meiner Arbeit aus. Automatisch antwortete ich. Erzählte von politischen Kommentaren in der Zeitung, die von einem frechen Strich begleitet werden sollten, von Buchumschlägen, Comics, lustigen Büchern mit Vignetten. Sie hörten zu und nickten und lobten mich. Ich hätte ihnen gern geglaubt. Hätte gern geglaubt, daß es mein Leben war, was ich da beschrieb. Daß ich es nicht verloren hatte. Daß ich jederzeit in mein altes Leben zurückkehren könne, so, wie Frauen das in früheren Zeiten gekonnt hatten, wenn ihr Mann starb oder sich aus dem Staub machte.

Per sammelte seine Truppen und verbreitete sich über den Murchisonfjord und die Vegetation. Es sei schon ein bißchen spät im Jahr, bedauerte er. Aber noch immer würden wir Svalbardmohn und Knöllchensteinbrech und Roten Steinbrech sehen.

Wir zogen uns an und gingen an Deck. Ich sah, daß der Nebel sich verzogen hatte. Überall drängten sich die Bergspitzen, die Gletscher glitzerten silberblau, marmoriert von schwarzen Streifen durch die Bewegungen hinunter zum offenen Meer. Wer eine Kamera hatte, fotografierte in alle Himmelsrichtungen und seufzte, weil er geglaubt hatte, alles hier oben schon gesehen zu haben. Georg half mir, die Schwimmweste zu verknoten. Ich stand stocksteif da und ließ ihn gewähren.

»Bist du krank?« fragte er leise.

»Vielleicht brüte ich irgendwas aus ... eine Erkältung, oder meine Tage ... oder vielleicht AIDS? So kommt mir das vor.«

»Sei still, darüber macht man keine Witze.«

Ich wäre fast von der Leiter gefallen. Sigmund fing mich auf, erwischte meinen Fuß.

»Vielleicht solltest du nicht mit an Land kommen«, sagte Georg, »sondern dich lieber etwas ausruhen.«

Doch, ich wollte an Land. Um nichts in der Welt wollte ich mit zehn Leichen, neun davon Bären, an Bord der Ewa allein sein.

»Ich will aber mit«, sagte ich und ließ mich zwischen Samuel und Jean auf die Gummikante sinken. Dana saß am Bug, ihre Füße berührten die Stelle, an der Georg und ich erst vor einer kleinen Nacht …

Aber war ein Bär mehr wert als ein Seehund, bloß, weil er unter Naturschutz stand? Ich spürte den Wind im Gesicht, ich schaute zum Land hinüber, wo die grünen Hänge näherrückten.

Jean half mir aus dem Boot. Hob mein Feuerzeug hoch, als ich es in den Sand fallen ließ.

»Sieh doch nur!« sagte er. »Die vielen Blumen! Hast du gesehen, wie schön die sind …«

Das waren sie. Einwandfrei sehr schön. Eine dichte Decke aus Rotem Steinbrech. Obwohl viele schon verblüht waren, gab es noch viele, die kräftig leuchteten. Ich starrte sie an und rauchte. Plötzlich hatte ich meinen Entschluß gefaßt.

Ola und der Zodiac holten die zweite Ladung. Georg fuhr mit zurück. Ich wartete, lächelte ihn an und wandte mich an Sigmund und Per. »Habt ihr nicht genug Teddyposten? Können Georg und ich allein einen kleinen Spaziergang machen?«

»Aber sicher«, sagte Per. »Mit Pia sind wir zu dritt. Geht nur.«

Georg schmunzelte. Er hatte seine Mütze auf dem Schiff gelassen und seinen Thermoanzug vorn geöffnet. Er trug seinen weißen Pullover. Weiß vor braunem Hals. Nur ich wußte, wie weiß seine Haut wirklich war. Weiß wie eine Elfenbeinmöwe. Weiß wie die Unschuld. Weiß wie ein Eisbär in der Phantasie derer, die in Wirklichkeit noch nie einen gesehen haben.

»Komm«, sagte ich.

Das Grüne war weich unter unseren Füßen und saugte alle Geräusche auf. Moos. Ungewohntes Gefühl nach Tagen voller Steine, Eis und Schiffsdecks. Georg nahm meine Hand.

»Ich habe heute nacht nachgedacht«, sagte er. »Über uns. Ich habe zu Hause einen kleinen Fischkutter, den benutze ich im Winter. Sie ist nicht groß, aber … vielleicht möchtest du sie mal sehen. Ich glaube, du magst Schiffe jetzt gut leiden …«

»Ja, ich mag Schiffe jetzt gut leiden.«

»Und ich hab ein kleines Haus, hab ich von meiner Mutter geerbt. Ein schönes Haus, ich halte es gut in Schuß.«

»Ach.«

»Deine Hand ist so kalt.«

»AIDS«, antwortete ich. »Mir bleibt nicht mehr viel Zeit.«

Er sah, daß ich nicht lachte, er blieb stehen, schaute mir ins Gesicht. Wir hatten uns weit von den anderen entfernt.

»Was ist denn los mit dir ... mit sowas darfst du keine Witze machen, jetzt mußt du ...«

»Ich mache keine Witze.«

»Was sagst du da? Stimmt das ...«

»Es stimmt, daß ich das Gefühl habe, daß ich nicht mehr lange zu leben habe. Ich habe euch letzte Nacht gesehen.«

Etwas schien aus seinem Gesicht davonzugleiten, über sein Kinn zu rutschen und zu Boden zu fallen, seinen Blick bloßzulegen, ihn weit aufzureißen. Er drückte meine Hand. Das tat weh.

»Hast du gesehen, daß wir etwas an Bord gebracht haben?«

»Ja. Und danach war ich im Laderaum, um die Pakete zu öffnen und mir ihren Inhalt anzusehen.«

Ich brach in Tränen aus. »Der Teufel soll dich holen, Georg, wie kannst du ...«

Er legte die Arme um mich.

»Aber Liebes ... wenn du das weißt ... ich kann das ja auch nicht abstreiten, aber es ist nicht so schlimm, wie du glaubst. Du warst doch selber mit auf Schnutenjagd. Ich begreife nicht, wie du ...«

»Bären stehen unter Naturschutz, Georg ... was du machst, ist gefährlich ... das kommt raus ... alles ist kaputt.«

»Hast du vor, uns zu verraten ... beim Sigmund oder ...«

»Weiß er denn nichts davon?«

»Spinnst du? Nur Per und Pia und ich wissen das. Und jetzt du ... komm, ich nehm dich in den Arm.«

»Nein.« Ich trat zwei Schritte zurück. »Erzähl mir, warum ihr das getan habt.«

Georg ließ sich auf ein grünes Moosbüschel sinken, zog seinen Tabak aus der Tasche, drehte und leckte.

»Was meinst du damit, daß alles kaputt ist, Bea?«

»Du hast Tabak im Schnurrbart«, sagte ich. Seine Hände zitterten. Ich glaubte jetzt, jede Runzel in seinem Gesicht zu kennen.

»Ich werd dir eins sagen«, sagte er. »Die Kohle ist mir scheißegal, wenn diese Sache irgendwas für uns beide kaputtmacht ...«

Ich ließ meinen Blick über den Fjord wandern. »Um wieviel Kohle geht es denn überhaupt?«

Die Ewa lag klein und allein da, sie wiegte sich vorsichtig am Ende der Ankerkette. Ich atmete die Düfte von feuchter, fruchtbarer Erde ein, die so sauber war, daß man sie essen könnte.

»Zweihunderttausend pro Teddy ... aber nicht für die Felle. Für die Jagd.«

»Nicht für die Felle?«

»Nein ... für ein Fell kriegst du nur dreißigtausend. Es gibt ja Felle zu kaufen. Bären, die in Notwehr erschossen worden sind, werden versteigert, und das Geld fällt an die Staatskasse. Und es gibt Felle aus Kanada und Grönland. Die Urbevölkerungen da oben haben kleine Quoten. Nein, es geht um die Jagd.«

»Aber wie?!«

»Per und Pia sind hier oben schon seit Jahren als Reiseleiter tätig, obwohl sie noch so jung sind. Sie kennen die Leute ... die mit der Ewa und anderen Booten unterwegs gewesen sind. Leute, die jagen wollen.«

»Die ein Tier jagen wollen, das unter Naturschutz steht. Wilddiebe.«

»Wilddiebe? Ja, wenn du das so ausdrücken willst.«

»Das will ich. Was ist denn mit Sigmund? Wieso hat der nichts gemerkt?«

»Der muß ja auch irgendwann schlafen. Als wir die Schnute abgeknallt haben, ist doch auch niemand aufgewacht, weißt du noch. Wir hatten pro Tour zwei Jäger dabei. Aber auf dieser letzten Fahrt jetzt wollten wir keine. Per meinte, es würde genug Arbeit machen, die toten Bären an Bord zu schaffen.«

»Aber wie geht die Jagd vor sich?«

»Einfach. Per und Pia verleihen ihre Gewehre. Dann fahren wir mit dem Zodiac an Land, wenn die Ewa irgendwo still liegt. Ja, manchmal auch, wenn sie unterwegs ist. Der Zodiac holt sie doch leicht wieder ein. Am Strand machen wir ein Feuer und hängen an einem Spieß Seehundsspeck in den Rauch. Meister Petz riecht das noch kilometerweit. Und dann kommt er. Wir brauchen nur zu warten.«

»Und dafür bezahlen sie zweihunderttausend?«

»Das sind Leute, die sich das leisten können. Und für einen echten Jäger ... in freier Natur einem Eisbären eine Kugel zu verpassen ... und danach das Fell zu bekommen ... wir könnten uns sicher noch besser bezahlen lassen.«

»Wie werden die Felle denn weitertransportiert?«

»Per hat viele Beziehungen. Zu Forschern und so. Das hier ist die letzte Tour. Wir hatten die Felle hinten hinter der Landspitze vergraben.«

Er zeigte auf die Stelle.

»Im Hafen von Longyear warten Metallkästen, für wissenschaftliche Ausrüstung. Die Felle werden darin verstaut und zum Festland geflogen. Du brauchst dir keine Sorgen zu machen. Solche Ausrüstungskästen sind dauernd unterwegs. Das ist ganz einfach. Ich sage dem Sigmund einfach, er soll mal eine Pause machen, ins Busen gehen und ein Bier trinken. Das macht er, und Per und ich haben im Handumdrehen die Bären von Bord gebracht.«

Alles hörte sich so einfach an.

Georg stand auf und fuhr fort: »Ist schon in Ordnung, daß er unter Naturschutz steht, aber es gibt jetzt zu viele von seiner Sorte. An die dreitausend, vielleicht auch noch mehr. Er verhungert. Der Bestand müßte bejagt werden, aber das will niemand einsehen.«

»Der, den ich gesehen habe, war fett.«

»Aber das sind nicht alle. Und niemand kapiert, daß die jungen Bären als erste draufgehen ... die, die nicht genug fangen können, um satt zu werden.«

»Aber du und Per, ihr habt das kapiert.«

»Es war nicht meine Idee, ich habe nur geholfen.«

Er legte den Arm um mich, ich schloß die Augen und sah wieder den Teddyblick vor mir. Den Teddy in der Vibebucht. Einen lebendigen Teddy in der Polarnatur. Mitten im Eismeer. Mitten in der kalten Zone, Zona Frigida, wo es nirgendwo Liebe gibt; die so unbewohnbar ist, daß sogar die Tiere weiß werden, um ihr Futter kämpfen müssen, keine Sekunde Pause machen, sich nie auf ihren Lorbeeren ausruhen dürfen, sondern jagen müssen, um zu überleben, schon, wenn sie als kleine Wuschel zum ersten Mal neugierig aus ihrem Bau an einem Südhang auf Kong Karls Land krabbeln, um zusammen mit einer großen beschützenden Mama durch den Schnee zu rutschen. Es ist ein beinhartes Leben, das keine Ruhe kennt. Viele gehen unter, fallen Hunger oder Unfällen zum Opfer. Und doch ist das besser als bei fünfunddreißig Grad über Null im Londoner Zoo auf einem verdreckten Betonboden zu sitzen. Oder mit offenem Maul und gespreizten Tatzen vor einem Kamin zu liegen.

»Ich habe zu Hause einen Kamin«, sagte ich. »Aber ich glaube, ich würde trotzdem hier oben keinen Teddy schießen, um mir ein Fell davor legen zu können. Den mit dem gebrochenen Rückgrat, ja. Aber keinen, der frisch und gesund ist.«

»Aber wenn du ein Fell *kaufen* könntest ... für dreißigtausend, von der Regierungsbevollmächtigten, und wenn du das Geld hättest ... was dann?«

»Dann würde ich es vielleicht tun.«

»Ja. Diese Antwort hatte ich erwartet. Und das ist der Unterschied zwischen dir und mir. Ich sehe da nämlich keinen Unterschied.«

»Das mußt du aber, Georg. Das liegt doch auf der Hand! Und diese Deutschen ...«

»Deutsche, ein Amerikaner, ein Grieche und noch andere.«

»Verdammt! Und die kommen her und reißen unsere Bären an sich?«

»Das sind nicht unsere. Das hast du selber gesagt. Norwegen hat kein Monopol auf den Fisch. Und wir haben das auch nicht auf den Teddy. Überleg dir das doch mal genau, Mädel, verdammte Axt.«

Eins komma acht Millionen. Dreitausend Bären hier oben. Neun hatten sie erwischt. In Afrika wurden Elefanten gewildert. Und Tiger in Indien.

Ich blickte zu Boden. Ein kleiner Roter Steinbrech. Unvorstellbar klein. Hier stand er und blühte in einer hoffnungslosen und ungastlichen Natur. Aber er war hier. Er existierte. Und hier stand ich und existierte. Der Teddy in der Vibebucht hatte mich nicht gefressen. Und auf dem Schiff lagen neun tote. Neun ohne Rückgrat und Körper und Innereien.

»Warum ist in Kopf und Pfoten noch Fleisch?«

»Das muß ausgekocht werden. Danach kann das Fell dann präpariert werden.«

»Jetzt gehen wir zurück zu den anderen.«

»Aber wie siehst du das alles jetzt …?«

»Ich weiß es nicht. Ich weiß es ehrlich gesagt nicht, Georg.«

Wir fanden die anderen weiter hinten in der Bucht, auf einem weißen Kieselstrand. Sie standen vor einer alten Bärenfalle. Einer Selbstschußfalle. Ironie des Schicksals. Per verbreitete sich darüber, wie ein Stück Fleisch den Teddy dazu brachte, den Kopf in den Kasten zu stecken, wobei sich dann der Schuß löste. Ich konnte seine Stimme selbst dort hören, wo ich saß und rauchte. Georg löste Sigmund ab, und der unterhielt sich mit Oscar. Die beiden gingen am Wasser entlang, ich betrachtete ihre Gesichter in der scharfen Luft. Ernst, konzentriert.

Ich stand auf und ging langsam hinter ihnen her. Ich schaute zu Boden, schien nach Blumen zu suchen, bückte mich einige Male. Oscar und Sigmund sahen sich nicht um. Oscar gestikulierte. Sigmund nickte, stellte Fragen, kommentierte.

Mir fehlte eine Wand, an die ich mein Ohr pressen könnte. Deshalb ging ich schneller und hatte sie fast erreicht, als ich Sigmund leise sagen hörte: »Ich wüßte gern, wie viele Tiere insgesamt sie schon …«

Er sah mich aus dem Augenwinkel heraus an und versetzte Oscar einen Rippenstoß.

Ich hielt ihm eine gelbe Blume hin: »Ist das Svalbardmohn, Sigmund?«

»Ja«, er nickte.

»Wunderschön. Aber, du …«

»Ja?«

»Ich fühle mich nicht so ganz wohl … meinst du, Ola oder Bjørn könnten mich zurück aufs Schiff bringen?«

»Ja, sicher«, sagte Sigmund. »Komm mit. Ist es etwas Ernstes?«
»Nicht doch, nur das, was alle Frauen einmal im Monat haben.«
Er lächelte verlegen. »Ach so.«

»Quatschen wir eine Runde?« grinste Ola.
»Von mir aus gern. Nachdem du mich an der Leiter abgesetzt hast.«
»Himmel. Liebeskummer?«
»Nein. Nur ein bißchen Bauchweh.«
Ich stieg die Leiter hoch. Nuno steckte besorgt den Kopf aus der Tür und fragte: »Ist alles in Ordnung?«
»Sicher, Izu geht es sehr gut. Ich bin hier diejenige, die nicht so ganz auf dem Damm ist.«
Ich nahm Eis aus der Tiefkühltruhe. Wir hatten bei der Einfahrt in die Vibebucht nachgefüllt. Ich nahm mir drei Flaschen Tonic und ein Glas, hatte nicht den Nerv, Striche auf die Liste zu setzen. Dann ging ich unter Deck, schnappte mir Georgs Schwarzmarktschlüssel und hoffte, daß der auch für meine Tür paßte. Das tat er. Ich schloß ab, öffnete das Bullauge, um atmen zu können, behielt die Daunenjacke an. Ich mixte mir einen Gin-Tonic und trank. Trank lange. Mixte mir noch ein Glas. Wartete. Bis der Rausch den Tränen freien Lauf ließ.
Sigmund und Oscar wußten Bescheid. Welche Strafe stand wohl auf das Umnieten von Teddys? Wen könnte ich fragen? Sie würden erwischt werden. Ich heulte und trank, putzte mir im Handtuch die Nase, trank mehr, weinte mehr, glotzte die Eissturmvögel im Wasser vor dem Bullauge an, trank noch mehr, hörte, wie viel, viel später die anderen aufs Schiff zurückkamen, hörte jemanden an der Tür, hörte Georgs Stimme: »Hast du dich eingeschlossen? Geht's dir nicht gut?«
Ich machte auf. Schnell. Er stolperte herein.
»Ach, du trinkst. Aber ... aber kleines, feines Eulchen ...«
»Sag mir eins, Georg.«
»Du bist besoffen.«
»Sicher. Aber sag mir eins ... wieviel ... wie ... hoch ist die Strafe, wenn ihr gefaßt werdet?«

»Wir werden nicht gefaßt. Sei still!« flüsterte er und schloß hinter sich die Tür. »Herrgott, wenn du etwas verrätst, bloß, weil du getrunken hast und nicht weißt, was du …«

»Antworte. Wie hoch, wieviel …«

Er setzte sich auf die untere Koje und mußte dabei den Kopf senken. Ich wünschte mir plötzlich, er mache das, weil er sich schämte.

»Herrgott, wieso mußtest du das heute nacht denn auch sehen!«

»Antworte. Sonst heule ich ganz laut los.«

Er seufzte. »Das alte Gesetz schrieb ein Jahr vor, aber wir werden nicht gefaßt.«

»Das alte? Wie meinst du das?«

»Jetzt gibt es ein neues. Eine Art Strafgesetz. Sigmund hat vorhin davon erzählt, dieser Frikk fragte danach, als sie die Selbstschußfalle entdeckt hatten … ich wußte das noch gar nicht. Frikk hat auch auf der Rückfahrt darüber geredet … ich wußte nicht, wo ich hinschauen sollte. Per saß da, und wir konnten uns einfach nicht ansehen …«

Er grinste kurz.

»Du lachst? Kapierst du denn nicht …«

Georg erhob sich und nahm mich in den Arm. »*Du* kapierst nicht … wir werden nicht gefaßt. Wie oft soll ich dir das denn noch sagen?«

»Wie hoch ist die Strafe, nach dem … neuen Gesetz?«

»Das ist ein Gesetz über Umweltkriminalität … über Tiere unter Naturschutz … bis zu sechs Jahren.«

»Sechs Jahren?«

»Pst! Ja, sechs Jahren. Das Gesetz haben diese verdammten Bürokraten durchgedrückt. Greenpeaceleute. Solche wie Dana.«

»Georg! So einfach ist das nicht!«

»Doch. So einfach ist das. Und übermorgen werde ich um neunhunderttausend reicher sein. Wegen ein paar Teddys, die wahrscheinlich sowieso verhungert wären.«

»Geh jetzt.«

»Aber willst du einfach hier sitzen? Ich halte das nicht aus, Bea, ich …«

Er faßte meine Schultern. Seine Augen waren feucht, ein Mundwinkel zitterte. Er flüsterte. »Mach uns nicht alles kaputt ... verstehst du nicht ... du und ich ... ich hätte in meinem Leben nicht gedacht, ich könnte eine wie dich finden ...«

»Ihr werdet gefaßt, Georg. Sechs Jahre! Himmel, wieso kannst du nicht ...«

»Werden wir nicht. Reg dich nicht auf. Und daß du ja nichts sagst.«

»Geh jetzt. Ich brauche meine Ruhe. Geh.«

Ich schob ihn aus dem Zimmer, machte die Tür zu, schloß ab.

Ich blieb in der Kajüte. Niemand nervte. Ich schlief ein bißchen. Dann wurde mir schlecht. Ich mochte nicht mehr trinken. Georg meldete sich nicht mehr, er hoffte wohl, seine logische Argumentation werde ihre Wirkung tun, wenn ich nur erst einmal darüber nachgedacht hätte. Lena fragte, ob ich etwas zu essen wollte. Sie klopfte, berührte aber die Türklinke nicht, merkte also nicht, daß ich einen ungesetzlichen Schlüssel hatte.

»Nein, danke, ich brauche bloß Ruhe. Ich habe auch Kopfschmerzen. Aber tausend Dank.«

Die Ewa wiegte sich sanft, aber das half nicht. Wir befanden uns wieder in altem Fahrwasser, auf der Strecke, die wir gekommen waren, mit Kurs auf Nordvestøyane. Dienstagnacht würden wir Longyear erreichen. Sigmund und Oscar wußten alles.

Ich setzte mich in der Koje auf, wiegte mich hin und her, weinte. Er würde ins Gefängnis kommen. Sechs Jahre. Der gute, liebe Georg mit den grauen Haaren auf dem Brustkasten und dem pieksenden Schnurrbart. Der mich in den Arm nehmen konnte, ohne daß ich in Panik geriet. Der außen liegen und mich an die Wand pressen und fragen konnte, was mir fehlte, ohne mir dadurch Klaustrophobie zu verpassen. Georg, der hier *gewesen* war.

»Scheiße, Scheiße, Scheiße ...«

Ich konnte es nicht zulassen. Ich würde es nicht zulassen.

Ich schlief ein und erwachte viele Stunden später. Mein Gehirn brauchte einige Sekunden, um weiße Flecken zu füllen, um mich über den Stand der Dinge zu informieren. Mein Solar plexus krampfte sich zusammen, als das Bild komplett war.

Ich spülte mein Glas unter dem Wasserhahn aus und füllte es mit Wasser. Jetzt nicht mehr trinken, sagte ich zu mir, du hast etwas zu erledigen.

Stian und Sonja deckten die Tische. Ich half.

»Wo stecken die anderen?«

»Überall«, sagte Sonja. »Im Salon. Auf Deck. Einige schlafen. Georg schläft.«

Dabei warf sie mir einen raschen Blick zu. Das hier war das pure Dorf. Alle bemerkten alles. Ich mußte sie auf andere Gedanken bringen.

»Ihr habt Glück, du und Frikk, ihr wohnt in derselben Stadt.«

»Ja. Du Arme, Bea. Obwohl Georg ...«

Sie zögerte.

»Nicht gerade dein Typ ist«, vollendete ich.

»Er ist doch so alt ... ich meine ... viel älter als ... ich.«

»Und als ich.«

Ich bat Lena, ihn zu mahnen, und ging zum Rauchen an Deck, nach vorn zum Bug, wo ich auf der Ladeluke herumwanderte und daran dachte, was sich darunter verbarg. Ich warf auch einen verstohlenen Blick auf die weiße Kiste. Dort lag ein Menschenkörper bei etwa null Grad – und auch die neun toten Bären unter meinen Füßen. Drei Schnuten hatten auf dieser Fahrt ihr Leben lassen müssen. Insgesamt dreizehn Leben. Wenn Dana von den Bären gewußt hätte, hätte sie sie zutiefst betrauert. Turids Tod hatte sie, soweit ich das beurteilen konnte, nicht im mindesten berührt. Und ich war hergekommen, um zu töten, genau wie Dieter und William.

Ich warf die Kippe über die Reling, steckte die Hände in die Tasche. Oscar stand mit Sigmund auf der Brücke, die Japaner fotografierten. Ich fragte mich, was sie so toll fanden, dann ging mir auf, daß es sich einfach um die Berge, die Inseln handelte. Ich war jetzt daran gewohnt, hielt sie für selbstverständlich. In den letzten Tagen hatte ich zuviel für selbstverständlich gehalten. Viel zu viel, und nun kam er, gähnte, zog seine Daunenjacke fester zusammen. Ich wußte genau, wie er riechen würde, wenn ich die Nase an seinen Hals hielte. Aber das tat ich nicht. Statt dessen klapperte ich übertrieben mit den Zähnen und lächelte.

»Gut geschlafen?«

»Ja. Und jetzt brauch ich eine Zigarette zum Wachwerden. Geht's dir besser?«

Er blickte mir forschend ins Gesicht, ich erwiderte seinen Blick. Ich entdeckte gelbe Striche in seiner Iris, kleine Speere im Braunen. Seine Haare standen frisch erwacht zu Berge, seine dunkelbraune Mähne war graugestreift.

»Ich bin müde«, sagte ich. »Weiß auch nicht, ob ich etwas essen möchte.«

»Ich war in deiner Kajüte, um nach dir zu sehen. Wo du mich nicht gemahnt hast.«

»Ach.«

»Dir geht es überhaupt nicht gut.«

»Nein.«

»Und dabei habe ich doch alles erklärt! Daß ich nichts Schlimmes getan habe.«

»Das hilft trotzdem nicht. Ich kann nichts dafür.«

»Ich würde dich so gern gegen das Geld eintauschen. Jederzeit!«

»Ich weiß. Aber es ist zu spät.«

»ESSEN! DINNER!« rief Stian durch die Tür.

Ich setzte mich zu den anderen. Sigmund wurde sein Essen auf die Brücke gebracht. Im Meer gab es wieder Treibeis, immer wieder dröhnte etwas gegen den Bug. Sonja und Frikk servierten Lammfrikassee und Reis.

»Soll ich dir ein Bier holen?« fragte Georg.

»Mineralwasser«, sagte ich.

Als mir die Schüssel gereicht wurde, schaute ich nur hinein und gab sie weiter. Ich zählte, ob alle, die hier sein sollten, in der Messe waren. Ja, das waren sie. Bjørn schlief. Ola war im Maschinenraum, Sigmund auf der Brücke.

»Ich glaube, ich habe keinen Appetit«, sagte ich laut und lehnte mich zu Georg hinüber. »Ich leg mich doch ein bißchen hin. Nachher komme ich wieder hoch. Dann geht es mir sicher besser.«

Er nickte. Ich drückte im Vorbeigehen seine Schulter. Er mußte mir glauben.

Einige Minuten lang stand ich unten vor der Treppe und horchte. Ich hörte Bestecke klirren, Schüsseln, leise Stimmen, Essensruhe. Arbeitsruhe. Der Schiffsrumpf war nach innen abgeschrägt. Niemand würde etwas sehen. Und das Bild im Reiseprospekt hatte mir erzählt, daß ein Teddy seinen Kopf durch ein Bullauge pressen konnte. Mehr brauchte ich nicht zu wissen.

Ich rannte über den Gang. Öffnete die Tür, machte sie hinter mir zu und betrachtete den Inhalt der Regale. Ketten. Keine Axt. Wenn ein Kopf zu groß wäre, würde ich zur Säge greifen müssen. Eine rostige Säge. Hoffentlich würde das nicht nötig sein.

Ich stapelte wieder die Kästen auf der Seite auf. Mit Ausnahme der beiden, die ich in die Tür stellte.

Als ich die Tür öffnete, hörte ich einen wahnsinnigen Lärm, schließlich hatte ich das Treibeis ja genau vor der Nase, von mir nur durch einige Zentimeter Metall getrennt. Aber der kalte Luftzug war unverändert. Noch immer konnte ich nicht ganz glauben, daß sie wirklich hier lagen. Neun Teddys. Schwarze Nasenknöpfe leuchteten im weißen Fell. Die Zungen hingen noch immer unbeweglich wie lange Eckzähne aus ihrem Mund. Und die Jungen. Nicht größer als ein Bernhardiner. Sie stammten sicher von einer der allerersten Touren. Ich würde mit ihnen anfangen.

Ich schleppte sie zur Kajütentür und linste hinaus. Niemand. Öffnete die Klotür, riß das Bullauge auf. Ein wenig Wasser spritzte herein, obwohl die Ewa doch ein gemächliches Tempo vorlegte.

Ich warf die Jungen hinaus. Strömung und Tempo des Schiffsrumpfes drängten sie zunächst an die Schiffsseite, dann versanken sie. Sie versanken. Ich brauchte keine Ketten. Ich schaute zu Boden. Einige Blutspuren und Haare. Darum würde ich mich später kümmern müssen. Ich horchte in Richtung Gang, aber die Geräusche hatten sich nicht verändert, aus der Ferne Klirren von Besteck, Stimmen, die mir verrieten, daß die Mahlzeit da oben ihren Lauf nahm.

Der nächste war schwieriger. Unfaßbar schwer, wo doch der Körperinhalt entfernt worden war. Ich konnte ihn kaum bewegen, mußte ihn nach und nach hochheben, einen Fuß nach dem anderen über die Türschwelle schaffen. Zum Schluß den Kopf. Dabei öffnete sich der Mund. Rosa Gaumen, blaubleiche Zunge. Einige Eiskristalle hinten im Schlund. Der Gaumen war geriffelt wie der Bauch eines Finnwals.

Irgendwann hörte ich auf zu denken. Die Angst vor der Entdeckung aktivierte Muskeln, die ich in meinem Leben noch nicht benutzt hatte. Muskeln, die anschwollen und brannten. Später wußte ich einfach nicht mehr, wie lange ich gebraucht hatte, um neun Bären fünf oder sechs Meter weit zu schleppen, in scharfer Kurve um eine offene Klotür herum, um sie dann aus einem offenen Bullauge zu werfen. Einige Minuten vielleicht? Fünfzehn? Ich weiß es nicht. Wenn ich zuerst den Kopf aus dem Fenster warf, ging der Rest leichter. Der Kopf wog am meisten. Die Tatzen sahen aus wie die Schulterdekorationen älterer Damen: Baumelnde Fuchsfüße. Obwohl sie von ganz anderer Größe waren.

Mir tropfte der Schweiß vom Gesicht, wenn ich mich bückte, er brannte in den Augen, schmeckte salzig in meinem Mund, lief unter meinem T-Shirt und unter meinem Pullover an mir herunter. Wenn ich mich nicht irre, dann weinte ich wohl auch, die ganze Zeit. Diese Bären sollten nicht vor Dieters oder Williams Kamin liegen. Sie sollten auf den Meeresgrund, in ein nasses Grab, sollten mit einem letzten Rest von Würde in Auflösung übergehen.

Ich schob den letzten aus dem Fenster. Die Tatzen glitten über den Rand des Bullauges, breite Tretkissen, vom Versuch, festen Halt zu finden abgeschliffene Klauen. Als der letzte Eisbär aufs Wasser auftraf, fiel mein Blick auf einen großen Seehund. Der Seehund glitt von seiner Eisscholle und näherte sich neugierig dem versinkenden Eisbären, dann tauchte er selber unter und war verschwunden.

Jetzt kamen die Planen an die Reihe. Die würden schwimmen. Ich brauchte Ketten. Das Ladenetz legte ich beiseite, schüttelte es aber zuerst. Es war ganz normal, daß es hier unten lag.

Die Planen waren von Eis und Klumpen aus gefrorenem Blut verklebt. Braune Kristalle glitzerten im Licht der offenen Tür. Alles mußte verschwinden. Keine Spur durfte übrigbleiben. Ich nahm ein Handtuch aus dem Schrank und wischte den Boden, während das Eis, das gegen den Bug schlug, weiter einen Höllenlärm machte. Ich las sorgfältig Haare vom Boden auf, tunkte das Handtuch ins Klo, um es anzufeuchten, und wischte den Rahmen um das Bullauge ab, dann ließ ich den Boden von Kajüte und Klo folgen. Ich sammelte Haare auf, nahm im Laderaum das Feuerzeug zu Hilfe. Es war leicht, die Haare zu entdecken. Sie waren lang und gelbweiß und ein wenig rauh.

Ich rollte das Handtuch und beide Planen zu einer Wurst zusammen, wickelte die Kette darum und warf alles ins Wasser. Dann schloß ich das Bullauge, holte Atem, lehnte mich an die Wand. Ich entdeckte den Bratenwender, öffnete das Bullauge und warf ihn hinterher. Setzte mich auf die Klobrille. Holte noch einmal Atem. Horchte.

Ich schwankte auf dem Weg in meine Kajüte. Meine Arme vibrierten ganz von selber, von den Schultern abwärts, ebenso Oberschenkel und Waden. Ich hatte einen Krampf in den Wadenmuskeln.

Von oben hörte ich die gleichen Geräusche wie vorhin. Gabeln und Messer, die über Teller schrappten, leise Gespräche, Lachen.

In der Dusche drehte ich das Wasser auf. Heißer als sonst. Es wurde angeklopft.

»Bist du das, die da duscht?«

»Ja.«

»Kann ich reinkommen?«

Ich antwortete nicht sofort.

»Bea, kann ich zu dir reinkommen?«

»Hol erst den Schlüssel, damit wir abschließen können.«

Er preßte meinen nackten Körper an sich, sowie er im Dampf den Schlüssel umgedreht hatte. Ich streichelte seine Haare. Er zitterte.

»Georg«, flüsterte ich. »Georg …«

»Ach, Gott, das war alles so schrecklich …«

»Pst, jetzt ist alles gut. Jetzt ist es gut.«

»Ich hätte dich jederzeit gegen diese Bären …«

»Pst, jetzt ist alles gut.«

»O verdammt, ich muß gleich nach oben. Der Sigmund wartet auf mich. Mein Törn.«

»Ich komme nachher zu dir hinauf.«

Georg schlüpfte in einer Dampfwolke aus der Dusche. Seine Haare waren naß geworden. Ich schloß hinter ihm ab und drehte das heiße Wasser noch weiter auf, ließ es hart auf meinen Bauch und meine Oberschenkel prasseln. Ich roch noch immer ranziges Fett dicker Pelze, Blut, Reste von toten Eingeweiden und den schweren, heißen Atem aus dem Schlund eines Raubtieres, das sich von Kadavern ernährt.

Wir waren auf dem Weg nach Süden. Es war Nacht. Perlmuttfarbener Dunst hing in horizontalen Linien vor der Sonne, ließ die Sonnenscheibe zur Ellipse werden. Ich folgte auf der Seekarte unserem Kurs. »Die sieben Berge« stand dort. Ich zählte. Es stimmte. Der höchste der sieben war 854 Meter hoch. Der südlichste war Scorebyfjellet, wo sich Krossfjord und Kongsfjord ins Land hineinschnitten.

»Hier gibt es viele seltsame Namen«, sagte ich. »Dahinter versteckt sich bestimmt jede Menge Geschichte.«

Er rauchte durch einen offenen Fensterspalt. Das Meer war jetzt wieder eisfrei. Die Ewa hatte freie Bahn und warf, wie ein Gespensterschiff, gen Backbord ihren Schatten.

»Schade, daß wir den Seehundsspeck nicht benutzen konnten, hier begegnen uns doch sicher keine Bären mehr?«

Georg gab keine Antwort.

»Schau mal!« Ich stand noch immer vor der Karte. »Prins Karls Forland. Und ich habe zuerst Prins Karls Vorhaut gelesen.«

»Du quasselst ja vielleicht ...« Er lachte nicht.

Eine Küstenseeschwalbe jagte eine andere, sie sahen aus wie weiße Streifen in der Luft, weil sie beim Fliegen die Beine an ihren Bauch preßten, wie Flugzeuge, die die Räder einholen.

Ich flüsterte: »Ich möchte dir so gern glauben, Georg ...«

Er erwiderte meinen Blick.

»Ich will so gern glauben, daß ... du recht hast. Vielleicht, wenn du hier lebtest und das Fell bräuchtest, um nicht zu frieren, oder ...«

Ich hörte selber, wie bescheuert das klang.

»Aber Dieter und sonstwer. O verdammt«, sagte ich.

»Hast du auch über den Fisch deine Meinung geändert?«

»Vielleicht. Aber der steht nicht unter Naturschutz.«

»Was ist denn das für eine Logik, Mädel! Das ergibt doch keinen Sinn.«

»Ich geh mal eine Runde an Deck.«

»Sigmund kommt her, wenn wir Sarstangen umfahren. In einer Weile.«

»Komm lieber nach unten, wenn du frei hast.«

»Das ist aber erst morgen früh um acht.«

»Du ... wie heißt dein Boot? Das bei dir zu Hause?«

»Pierre Brice.«

»Was? Du hast ein Boot, das Pirre Brise heißt?«

Er griff zum Bleistift und schrieb an den Rand der Karte: »Pierre Brice. Den Namen habe ich aus einer Zeitschrift.«

Ich umarmte ihn schnell und lief die Treppe hinunter zu den Flaschen an der Wand. Doppelte Dosis Cognac und ein Bier. In der Kombüse fand ich Erdnüsse.

Ich ging aufs Achterdeck, machte Feuer im Ofen, bis es mit dumpfem Knacken brannte. Dann holte ich Decke und Liegestuhl und sicherheitshalber noch ein Bier. Alle anderen schliefen.

Plastikplane und Mitternachtssonne färbten den Raum gelb. Die Eissturmvögel hingen hinter dem Boot in der Luft, sie ließen nicht locker. Erst in Longyear würden sie uns aus den Augen lassen, wenn sie ein neues Boot gefunden hätten. Ich legte die Füße auf einen freien Stuhl und trank. Die Kohlensäure brannte, der Schnaps brannte, ich verbrannte mir die Finger, als ich ein neues Holzscheit in den Ofen schob. Die Schwimmwesten bewegten sich sachte im Rhythmus der Ewa. Wir würden sie nicht mehr umbinden. Der Zodiac hatte seine letzte Tour mit mir an Bord hinter sich. Ich blickte zu den Bergen hinüber, wo sich Stein und Meer begegneten. Zu den Stränden. An solchen Stränden hatte Georg Feuer gemacht, hatte Speckstücke auf Stöcke aufgespießt, sie in den Rauch gehalten, hatte auf englisch und norwegisch Witze gerissen, während Per und Pia in Gedanken sechsstellige Zahlen multiplizierten.

Ein ganzer Tag. Ein ganzer Tag blieb uns noch zusammen, dann würden wir ankommen, und alles würde zu Ende sein. Ich holte mir noch ein Bier und noch einen Cognac. Ich fürchtete mich nicht mehr vor Träumen. Ich fürchtete mich vor meinen Gedanken, wenn ich wach war.

»Okay, so ist das Leben, Beachen«, sagte ich laut und prostete dem Eismeer zu. »Easy come, easy go. Jetzt bist du bald zu Hause. Da wird Andersen sich aber freuen.«

Ich trank und summte Casablanca, wollte aber den Text nicht singen. Ich fragte mich, wie alles zu Erinnerungen geworden war und nicht zu Wirklichkeit, obwohl ich physisch doch immer noch hier war.

Ich erwachte, ehe er kam, und stand auf. Es war sieben Uhr. Ich hielt den Kopf unter den Wasserhahn in der Kajüte und seifte mir die Haare ein. Ich spülte sie mit dem Glas aus, das ich auf der Kommode fand. Dann wollte ich sie trockenfönen, wollte mich für meine Begegnung mit der Zivilisation zurechtmachen. Mit einem Handtuch um den Kopf wanderte ich an Kajütentüren vorbei, horchte, ob noch andere wach waren, die mir vielleicht einen Fön leihen könnten. Ich hörte Izus Stimme und klopfte an.

»Guten Morgen, hast du zufällig einen ... einen ...«

Wie zum Henker heißt Fön auf englisch?

Ich tippte gegen mein Handtuch, sie verstand und holte ihren Fön.

»Das ist traurig«, sagte sie mit breitem Lächeln. »Daß die Reise heute zu Ende ist.«

»Ja. Das ist traurig.«

»Wir waren nur eine Woche unterwegs. Trotzdem war das lange ... viel ist passiert.«

»Ja. Viel ist passiert. Verdammt viel.«

Ich nahm den Fön und ging langsam zu meiner Kajüte zurück. Georg saß auf der unteren Koje.

»Ich konnte ein bißchen früher kommen. Sigmund hat gemerkt, daß ich das brauche.«

Sigmund hatte soviel gemerkt. Soviel durchschaut. Viel mehr, als Georg überhaupt ahnte.

»Ich habe mir die Haare gewaschen. Und Izus Fön ausgeliehen.«

»Wann fliegst du?«

»Morgen früh, sehr früh. Ich habe im »Funken« ein Zimmer bestellt, kann aber nur ein paar Stunden da verbringen, ich glaube, es lohnt sich gar nicht, daß ich überhaupt ins Bett gehe.«

Laber laber laber. Wörter aneinanderreihen, die Kajüte mit Wörtern füllen.

»Ich fliege erst am Freitag. Nach Tromsø. Und dann nach Hause.«

Ganz unten in der Wand gab es eine Steckdose. Sie hing lose aus der Wand. Ich kehrte Georg beim Fönen den Rücken zu. Er legte mir die Hände auf die Hüften, ohne zu drücken, ohne mich an sich zu ziehen. Er ließ sie dort liegen. Die Wärme seiner Hände zog durch den Jeansstoff, wurde zu zwei brennenden Flächen, die sich schließlich in der Mitte trafen, im Unterleib. Ich riß den Stecker aus der Wand, drehte mich um, sank in die Knie und legte den Kopf in seinen Schoß.

»Jetzt hast du eine schöne Frisur ... ganz anders als sonst ...«

Vorsichtig strich er über jede Locke. Ich hörte nichts mehr. Schaute zwischen seinen Oberschenkeln hindurch den Boden an, drückte die Ohren gegen seinen Hosenstoff, malte Tränenpunkte aufs Linoleum, entdeckte ein einzelnes Eisbärenhaar, schnappte es mir, schob es zum Koffer unter die Koje. Er zog mich zu sich hoch, sagte nichts über meine Tränen, wischte sie weg, küßte mich.

»Jetzt reden wir nicht mehr darüber«, flüsterte ich. »Jetzt reden wir nicht mehr darüber.«

Die Bettdecke war noch warm. Ich entdeckte eine Tätowierung, einen kleinen Anker, an einer Stelle, die ich bisher noch nicht untersucht hatte.

Jean und Philippe schlugen vor, Adressen auszutauschen.

»Dann können wir uns gegenseitig Weihnachtskarten schicken.«

Samuel fehlte der Kopierer, aber daran ließ sich nichts ändern. Per hatte Erfahrung mit dieser Situation, er sagte, wir könnten zuerst Namen und Adressen auf eine Liste schreiben. Die würden wir dann ans Infobrett hängen, und alle könnten sie in Ruhe abschreiben.

»Meine Güte«, sagte ich. »Du bist ja vielleicht ein durchorganisierter Typ!«

Ich war nicht mehr nüchtern – und fest entschlossen, das auch vorerst nicht mehr zu werden. Der Rest dieser Reise und die Reise bis vor meine Haustür mußten mit Promille im Blut passieren. Und zu Hause ... nun ja. Es bestand durchaus eine gewisse Möglichkeit, daß die Promille beibehalten werden würden. Auf hohem, linderndem Niveau.

Georg war in meiner Koje eingeschlafen, ehe ich ihn verlassen hatte. Ich hatte einen guten Gin mit dem Rest Tonic gemischt und ihn im Stehen getrunken, mit dem Rücken zu Georg.

Ich schrieb Namen und Adressen ab, bis mich der Schreibkrampf packte. Meine Weihnachtskarten waren sehr begehrt, selbstgemachte natürlich und mit einer guten Portion Selbstironie. Andersen spielte darauf immer eine zentrale Rolle, schließlich war er der Mann in meinem Leben. Im letzten Jahr war er ein Bodybuilder gewesen, der in meinem Schlafzimmer strippte, während ich mich auf dem Bett räkelte und klare Ähnlichkeit mit Madonna aufwies – und doch züchtig war. Immer diese Grenze, diese kleine Schutzzone, die das Platte, das Alberne, das Unbedachte, das Ernste, das allzu Nahe und Entlarvende verhinderte.

Die Stimmung in der Messe war trist und verschnieft. Niemand wollte, daß diese Tour ein Ende nahm. Jetzt kannten wir uns alle.

»Ich wünschte, wir hätten noch eine Woche«, sagte Frikk.

»Dann würde sich vielleicht die Eismeerkrankheit einstellen«, sagte Pia.

Die Eismeerkrankheit, die Samuel »cabin fever« nannte, sorgte dafür, daß die Leute den Anblick der anderen einfach nur noch satt hatten. Jäger, die zusammen überwinterten, isoliert in irrsinnigem Klima, konnten sich plötzlich gegenseitig kaltblütig umbringen. Sie hockten zu dicht aufeinander, und das endete im Haß, erklärte Pia. Ich hörte interessiert zu und trank Bier. Rauchte draußen eine und nahm dazu eine neue Flasche mit. Es war zwölf Uhr. Ich schaute nach Süden. Die Zeit verstrich jetzt langsamer. Schließlich schleppte ich mich mit gebeugten Knien weiter. Ich brauchte noch eine Stunde, um eine Zigarette zu rauchen. Ich dachte in weiten Bogen, wich mit Leichtigkeit den pulsierenden Punkten der zentralen Gedanken aus: dem Inhalt der weißen Kiste, den zerschnittenen Fingerspitzen, die ich vor langer Zeit an geheimen Hautstellen gespürt hatte. Den Hautstellen, die Georg berührt hatte. Ich hatte zwanzig Jahre lang geglaubt, mein Körper lebe – aber ich hatte nach Svalbard fahren müssen, um ihn zum Auftauen zu bringen. Bei aufgetauten Lebensmitteln war es lebensgefährlich, sie danach wieder in die Tiefkühltruhe zu legen, dann konnten sich tödliche Bakterien entwickeln.

Ich dachte an meine Begegnung mit dem Eisbären in der Vibebucht, an alle Geschichten über das Leben, das angeblich an uns vorüberzieht, wenn wir dem Tod ins Auge schauen. Das war Unfug. Gelogen. Ich war betrogen worden. Ich hatte oft gedacht, die Revue im Augenblick des Todes sei etwas, auf das man sich freuen konnte. Eine Revue des eigenen Lebens, spitze. Alles, was ich gesehen hatte, waren der Dreck am Fuß des Teddys und der kleine blutige Kratzer an seiner Nase. O verflixt. Nicht einmal darauf konnte man sich also freuen. Ich trank einem Eissturmvogel zu. Er zwinkerte zurück.

Oscar stand mit Sigmund auf der Brücke. Die Ewa legte ein gutes Tempo vor und durchpflügte das Polarmeer mit großer Leichtigkeit. Nach meinen Berechnungen, aufgrund von Karte und Tempo, nahm ich an, daß wir durchaus nicht bis nach dem Essen auf dem offenen Meer bleiben würden. Sie hatten ihre Pläne offenbar geändert. Aber das mußte doch auch Per bemerken.

In der Messe hörte ich die Lüge, die sie sich ausgedacht hatten.

Eine neue Tour für das Boot. Forscher, die nach Akseløya gebracht werden wollten, noch an diesem Abend. Nur eine dreitägige Tour, aber Sigmund würde die Besatzung an Bord benötigen. Alle würden stundenlang damit beschäftigt sein, zu organisieren, würden aber nicht Reisebüros und Fluggesellschaften anrufen und ihre Flüge umbuchen können. Ein ausgezeichnetes Ablenkungsmanöver, das die Besatzung beschäftigte und den Motorenlärm erklärte, die wilde Jagd nach Süden.

Georg erwachte und kam nach oben, wollte wissen, was los sei. Per erklärte ihm die neuesten Entwicklungen.

»Drei Tage nach Akseløya. Ja ja ... mir ist es wohl recht.« Er ging zum Rauchen an Deck. Ich blieb sitzen, während Per ihm folgte. Sigmund würde Per und Pia nicht brauchen, hatte er gesagt. Ergo würden sie trotz allem die Eisbären vom Schiff schaffen können. Jetzt standen Georg und Per an Deck und besprachen das flüsternd. Ich ging nach achtern und rauchte, trank, ging mir ein neues Bier holen, dann zurück aufs Achterdeck. Mein hektisches Benehmen ließ sich leicht damit erklären, daß der Augenblick des Abschieds näherrückte.

Georg kam zu mir.

»Jetzt ist alles klar. Sigmund muß ins Reisebüro und die Papiere klar machen ... die Vereinbarung mit den Forschern ... du kannst ganz ruhig sein, falls du dir Sorgen gemacht hast. Und wenn zu viele Leute auf dem Kai sind ... na, dann warten wir eben, bis wir von Akseløya zurück sind.«

»Akseløya, seltsamer Name ...«

»Per hatte Angst, du könntest etwas wissen, aber ich konnte ihn beruhigen.«

»Schön.«

»Aber ... was ist mit uns?«

»Wir telefonieren. Ich muß sowieso zuerst nach Hause. Job und so ...«

»Ach so.«

Er setzte sich in einen weißen Plastiksessel.

»Ich will dich nicht verlieren, Bea. Das will ich nicht.«

»Das hast du schon gesagt. Und ich habe es schon verstanden.«

»Du hast Angst. Aber warte nur, bis alles vorbei ist, dann siehst du, daß ich recht habe.«

»Wir werden sehen ... ob wir uns gegenseitig vermissen.«

»Ich vermisse dich jetzt schon. Du bist jetzt mehr du selber als zu Anfang der Reise.«

Er streichelte meine Wange und flüsterte: »Frierst du? Du klapperst ja mit den Zähnen, Eulchen.«

Ich wich aus. »Ich muß aufs Klo.«

Der Super-Puma erwartete uns an der Mündung des Isfjords, vor Daudmannsodden. Dana entdeckte ihn als erste. Noch andere kleinere Schiffe waren hier unterwegs. Eines hielt Kurs auf uns. Ich stand unter der Brücke an Deck und rauchte. Schluckte. Atmete aus und ein, ruhig, ruhig. Ich versuchte, meine Zunge an meinen Backenzähnen vorbeizusteuern, um kein Blut ausspucken zu müssen.

Oscar war nicht an Deck. Lena und Stian hatten ein warmes Mittagessen gekocht, einen Auflauf aus Makkaroni, Wurst und Zwiebeln. Ich hatte ihnen beim Zwiebelschneiden geholfen. Dana und ich waren allein an Deck. Sie hatte mir ein wenig von ihrer Modelagentur erzählt, aber ich hatte nichts richtig mitbekommen.

»Ach, sieh mal! Ein Hubschrauber!« sagte sie.

Jemand brüllte. Sigmund. Aus dem Brückenfenster.

»In die Messe!« rief er. Ich packte Dana am Arm und zog sie mit mir, während wir den brüllenden Riesenvogel betrachteten, der immer näher kam.

Tschuka tschuka tschuka, machten die Rotoren, wenn sie die Luft zerschnitten. Der Hubschrauberrumpf war rot und weiß angestrichen. Er hing tief über dem Wasser und sah aus wie eine Hummel mit etwas zu hoch angesetzten Flügeln. Nicht einmal die wilde Fahrt mit dem Zodiac durch eine eisfreie Bucht konnte sich mit diesem peitschenden Inferno von Lärm messen, das uns umgab, als Supermann eine Runde um die Ewa drehte. Er kam uns so nah, daß wir die Aufschrift REGIERUNGSBEVOLLMÄCHTIGTE SVALBARD lesen konnten. Regierungsbevollmächtigte. Supermann.

TSCHUKATSCHUKATSCHUKA!

Supermann drehte noch eine Runde, dann senkte er sich um siebzig Fuß auf Höhe der Ewa. Ich sah, daß Sigmund über Funk etwas sagte.

Oscar stand schon bereit und schloß hinter Dana und mir die Tür, schob uns in die Messe. Die anderen aßen. Oscar war blaß.

»Kommt da der Supermann?« fragte Georg. Er saß vor einem vollgehäuften Teller. Per und Pia saßen bei den Japanern. Durch das Bullauge sah ich das Boot näherkommen.

Oscar nickte und zog etwas aus der Tasche. Einen Ausweis.

»Ich habe Polizeibefugnisse«, rief er auf englisch. Samuel sprang auf. Das hatten sie geplant. Oscar hatte seinen neuen Freund als Helfer engagiert. Die Motoren der Ewa verstummten. Georg starrte mir ins Gesicht. Ich schüttelte leicht den Kopf. Aber er ließ meinen Blick nicht los. Sigmund kam hinter uns herein. Dana und ich standen noch immer vor dem vorderen Tisch.

»Setzt euch«, sagte Oscar. »Setzt euch. Es tut mir leid.«

»Es geht hier nicht um … Turid?« fragte Dana und packte meinen Arm.

»Nein«, sagte Oscar.

Sigmund erklärte: »Ich soll alle Waffen zusammentragen, die es hier an Bord gibt. Sie werden beschlagnahmt. Sam, kommst du mit mir?«

Sie verschwanden. Georg ließ über seinem Teller den Kopf hängen und legte die Arme auf den Tisch. Ganz still. Er saß ganz still da. Das Boot lag jetzt neben uns.

»Ola! Geh ihnen helfen. Die müssen an Bord«, sagte Oscar.

Ola stürzte hinaus. Georg hob den Kopf und sah mich an. Er hatte Tränen in den Augen. Ich schüttelte wieder den Kopf. Aber er würde weiter glauben, daß ich es gewesen war, noch minutenlang. Diese Minuten würden alles zerstören. Ist Angst stärker als Trauer? Nein. Es ist umgekehrt. Ich dachte: Scheißdraufscheißdraufscheißdrauf. Entdeckte, daß sich das im Takt der Supermannrotoren über uns sagen ließ: Tschuka-tschuka-tschuka … scheißdraufscheißdraufscheißdrauf.

Eine Frau und zwei Männer in dunklen Polizeiuniformen kamen in die Messe. Seltsam, in *unserer* Messe fremde Menschen zu sehen. Sie stellten sich vor als Regierungsbevollmächtigte Olsen und zwei Beamte. Olsen kannte ich aus der Zeitung. Die erste Frau auf diesem Posten. Sie ergriff das Wort, erklärte auf englisch und auf norwegisch, daß die Besatzung dieses Schiffes Eisbärensafaris organisierte. Dana heulte los. Ich kniff sie in den Arm. Hart. Sie verstummte.

»Das ist nicht auf dieser Reise passiert«, sagte ich leise zu ihr. Oscar starrte mich an. Olsen bat Georg, Per und Pia, aufzustehen und mit an Deck zu kommen. Georg stieß im Gehen eine Flasche Bier vom Tisch. Die Flasche kullerte bis zur Tür zum Achterdeck und lieferte für lange Zeit das einzige Geräusch im Raum. So lange, wie Georg brauchte, um ohne eine Miene zu verziehen an mir vorbeizugehen, während alle in der Messe Anwesenden seinen Rücken und mein Gesicht anstarrten. Ich glaube nicht, daß sie meinem Gesicht sonderlich viel entnehmen konnten, ich habe das Alleinsein schließlich lange geübt.

»In Ordnung«, rief Olsen. »Der Rest bleibt hier.«

Pia weinte. Ich stand auf und ging hinter den anderen her. Oscar gab Olsen ein Zeichen, daß das in Ordnung sei.

»Das ist Britta Abner«, sagte Oscar.

»Das Verhör kommt später. Heute abend«, sagte die Regierungsbevollmächtigte.

»Mein Flugzeug geht morgen früh«, sagte ich.

»Das ist kein Problem«, erwiderte sie. »Oscar weiß ja alles über diese Angelegenheit.«

Ohne es zu wissen, hatte ich also einen Polizisten als Zeugen für Turids Fall gegen das Bullauge gehabt. Praktisch.

»Ich will trotzdem mit an Deck kommen«, sagte ich.

»Der Rest bleibt hier«, rief Olsen über ihre Schulter.

Der Lärm des Hubschraubers lag wie eine dicke, undurchdringliche Decke über dem Boot. Ich ging zu Georg. Merkte, daß ich weinte, ohne es zu wollen. »Ich war es nicht«, wiederholte ich. Aber meine Worte ertranken im Lärm.

Sein Gesicht war tot. Alt.

»Holt die Felle«, rief Olsen.

»Der kleine Laderaum am Bug«, brüllte Oscar.

Olsen gestikulierte zu einem Mann im anderen Schiff hinüber. »Weg mit Supermann. Wir brauchen jetzt keine Hilfe mehr.«

Einige Sekunden später drehte der Hubschrauber nach links ab, beschleunigte und donnerte in den Isfjord, wurden zum Insekt, und dann war es still.

Kästen wurden beiseite geschoben, Taurollen weggetreten, die Luke geöffnet. Ich fror.

Ein Beamter sagte: »Da unten liegt nur ein Ladenetz.«

»Die Felle sind in Planen gewickelt. Und mit Schnüren zugebunden«, sagte Oscar.

»Da unten ist nichts«, erwiderte der Beamte.

Ich begegnete Georgs Blick und konnte gerade noch die gelben Striche in seiner Iris sehen, dann schloß er die Augen.

»Aber verdammt, die waren doch hier!« rief Oscar. Er kniete neben der Luke und glotzte ungläubig durch die viereckige Öffnung.

Per sagte kein Wort. Pia auch nicht. Sie starrten vor sich hin.

»DIE WAREN HIER, ZUM TEUFEL! ICH HABE SELBER GESEHEN, WIE SIE AN BORD GEHIEVT WURDEN!«

»Beweise«, sagte Georg.

»Alles klar. Durchsucht das Boot. Sie haben die Felle sicher woanders hingebracht.«

Oscar dirigierte die Beamten und riß selber die Tür zum Geräteschuppen vor dem Zodiac auf. »Sucht überall. ÜBERALL!«

Ich steckte mir eine Zigarette an. Der Filter war naß. Steckte auch Georg eine in den Mund. Gab ihm Feuer. Die Hand, die nach der Zigarette griff, zitterte. Er hatte dunkelbraune Haare auf dem Handrücken. Sigmund stand neben ihm, aber sie schauten sich nicht an. Oscar brachte den Eisbärenkopf. »Seht mal, was ich gefunden habe! Bingo!«

»Der war schon tot«, sagte Georg, brach den Filter von der Zigarette und warf ihn über Bord.

»Beweise«, sagte Oscar.

»Ich habe eine Zeugin«, sagte Georg.

Sie hatten schon lange einen Verdacht gehabt. Ein deutscher Jäger hatte der Versuchung zu protzen nicht widerstehen können. Das Gerücht hatte sich verbreitet und war bei der falschen Person gelandet. Die Effektivität der Buschtrommel hängt immer von der Stärke der Botschaft ab. In Europa wimmelt es von Menschen, die Norwegen hassen und alle Norweger für Walmörder und Robbenschlächter halten. Und jetzt auch noch Eisbären! Verdammte Barbaren!

Oscar, ein unbekanntes Gesicht auf Svalbard, wurde ausgesandt, um die Sache zu überprüfen. Er hatte sich als Psychologe ausgegeben – und irgendwie stimmte das ja wohl auch.

Im Büro der Regierungsbevollmächtigten bekam ich Kaffee serviert. Mein Gepäck stand in einer Zimmerecke. Meine Striche waren gezählt und beglichen. Turid war an Land und zum Flugplatz gebracht worden. Sonja und Frikk machten im Nachbarraum ihre Aussagen, über Rasierklingen und sexuell frustrierte Frauen.

»Ich will das Hotelbett gar nicht«, sagte ich. »Kann ich hier warten, bis mein Flugzeug geht?«

»Kein Problem«, sagte Olsen.

»Ich glaube, sie ist nicht nüchtern genug, um eine Aussage zu machen«, sagte Oscar.

»Halt die Klappe«, sagte ich. »Natürlich bin ich das.«

Ich hatte lange genug geübt, nüchtern zu wirken.

»Du hast sie entfernt, nicht wahr? Hast den ganzen Scheiß mit der Winsch ins Meer befördert«, sagte er.

»Weißt du, was?« erwiderte ich. »Ich mag dich. Wir haben zusammen Fossilien gesucht. Ist es nicht übel, daß du …«

»Ich hätte es dir gern nach Turids Unfall erzählt, um dich ein bißchen zu beruhigen, aber es stand zuviel auf dem Spiel, wo du doch mit Georg zusammen warst. Wie hast du denn herausgefunden, daß ich …«

»Ich habe überhaupt nichts herausgefunden. Laß den Quatsch. Können wir zuerst die Sache mit Turid abwickeln?«

»Ich weiß, daß du das warst.«

Ich redete. Sie schrieben. Ich unterschrieb. Dann kamen die Teddys an die Reihe.

»Wir schicken den Puma rauf und überprüfen den Bären auf Phippsøya«, sagte Olsen.

»Der liegt da, wo ich gesagt habe. Oscar sagt ja selber, daß er und Samuel den auch gesehen haben.«

»Wir konnten doch auf die Entfernung nicht sehen, ob er verhungert war«, sagte Oscar.

»War er aber.«

»Verdammt!«

Sie schrieben. Ich unterschrieb.

»Wo ist Georg?« fragte ich.

»Im Huset«, antwortete Oscar. »Wir haben nicht genug, um sie festzunehmen. Der verdammte Kopf kann seine Haare überall auf dem verdammten Boot hinterlassen haben. An deinen und an seinen Kleidern. Was für ein verdammter Scheißdreck!«

»Kann ich wirklich hier warten?«

»Aber sicher«, sagte Olsen.

Frikk und Sonja wollten dasselbe Flugzeug nehmen. Ich setzte mich weit von ihnen weg und trank die ganze Zeit. Ich schaffte es sogar, nicht daran zu denken, daß Turid unter mir im Laderaum lag. Es kann zur Gewohnheit werden, zusammen mit einer Leiche zu reisen. In Tromsø wurde mein Gepäck durchsucht. Ich schaute gar nicht hin, wußte, daß ich fast alles ausgetrunken hatte. Sie sahen sich mein Diplom an.

»Ei der Daus«, sagte der eine Zollbeamte. Ich lächelte nicht und gab auch keine Antwort.

Sonja und Frikk warteten.

»Zwei Stunden bis zu unserem Flug«, sagte Frikk.

»Würdet ihr mich wohl wecken?« fragte ich.

Die Träume waren leer, das Licht schwarz und rot. Wellen und Stöße ohne Inhalt. Das Sofa bewegte sich, rollte. Ich lief durch die Wartehalle zum Klo, kotzte gelb und dünn, hatte lange nichts mehr gegessen. Der Spiegel zeigte ein viel zu nacktes Gesicht. Ich nahm die Sonnenbrille aus der Umhängetasche.

Draußen fiel Schneeregen auf schwarzen Asphalt und weiße Flugzeuge.

Andersen zwitscherte wild drauflos, als ich ihn auf die Türmatte stellte, um aufzuschließen. Das Echo von Sissels Stimme füllte eine winzigkleine, noch leere Stelle in meinem Kopf. »Hattest du eine nette Reise?«

Ja. Später würde ich alles erzählen. Alles. Und nichts.

An der Türklinke hing ein Blumenstrauß. Er wog nicht viel. War längst vertrocknet. Ein dicker Brief war in den Türspalt gesteckt worden. Er fiel zu Boden, als ich öffnete. Lupus' Handschrift.

Der Anrufbeantworter blinkte. Ich schaltete ihn aus, ohne ihn abzuhören, ich wußte, daß vor allem mein Vater angerufen hatte.

Ich ließ Gepäck und Vogelkäfig in der Diele stehen. Schloß hinter mir ab. Wickelte den Blumenstrauß aus dem Papier. Tote Rosen von Frau Bergesen und herzlichen Dank für die tollen Tischkarten. Den Brief legte ich zusammen mit den Blumen in den Holzkorb. Gut zum Feuermachen.

Ich zog mich aus, duschte und schlüpfte in den Morgenrock. Dann nahm ich falsches Eis aus dem Kühlschrank und mixte mir einen Drink mit viel Gin und wenig Tonic.

Ich trank lange, dann suchte ich in meiner Handtasche nach Zigaretten. Etwas Schweres lag auf dem Boden. Ich zog es hervor. Ein dunkelbrauner Panzer mit Rissen. Permanent fossilierte Risse, die niemals verschwinden würden.

Georgs Eulenei. Es füllte meine Hand, eine perfekte ovale Form. So schön wie die Eier, die Fabergé gemacht hatte. Das hier hatte Georg gefunden und mit seiner eigenen Geschichte gefüllt. Ich war nie dazu gekommen, ihm von den kostbaren Ostergeschenken des Zaren an seine Gemahlin zu erzählen. Oder davon, daß das Ei ein Symbol für Hoffnung und Neuanfang ist.

Vielleicht wußte Georg das aber auch schon? Ich legte das Ei vorsichtig auf den Kaminsims und sah mich um. Die Zimmer waren unverändert, würden das jedenfalls wohl sein, wenn ich ihnen ein wenig Zeit ließ. Die Regale mit den Videos, CDs, Büchern, Pflanzen, die gegossen und wieder auf die Terrasse gestellt werden mußten. Die Zimmer brauchten Zeit, das war alles.

Ich hob Andersen vom Dielenboden auf.

Herrgott, der war ja vielleicht klein. Ganz entsetzlich klein. Kleiner als eine Küstenseeschwalbe. Kleiner als eine Schneeammer.

Ich öffnete die Käfigtür und nahm ihn heraus, spürte, wie das Vogelherz unter meinen Fingern heftig pochte. Ich setzte ihn mir auf die Schulter. Er krallte sich fest, wackelte ein bißchen hin und her und fand das Gleichgewicht. Ich ging auf die Dachterrasse. Es waren fünfzehn Grad. Sommer. *Wir haben doch noch Sommer ... ein ganzes Grad.*

Die Blätter raschelten. Zwischen den Zweigen machten die Vögel sich gegenseitig Vorwürfe.

»Das ist die Welt, Andersen. Sag doch den Vögeln im Baum mal guten Tag. Ihr werdet sicher bald Freunde.«

Er rührte sich nicht. Klimperte mit den Augendeckeln.

»Ja verdammt!«

Er bohrte seine Krallen in den Stoff des Morgenrocks und blieb sitzen.

Ich ging ins Haus und schloß hinter uns die Terrassentür.

Die norwegische Originalausgabe von »Tod im Fjord« erschien 1998 unter dem Titel »Jeg vinket ikke, jeg druknet«, die Originalausgabe von »Mord in Spitzbergen« erschien 1995 unter dem Titel »Zona frigida« bei Tiden Norsk Forlag A / S, Oslo.

FSC
www.fsc.org
MIX
Papier aus verantwortungsvollen Quellen
FSC® C083411

Verlagsgruppe Random House FSC-DEU-0100
Das FSC-zertifizierte Papier *Munken Pocket* für dieses Buch liefert Arctic Paper Munkedals AB, Schweden.

Einmalige Sonderausgabe Februar 2011

Umschlaggestaltung: semper smile, München
Umschlagmotiv: © plainpicture / Readymade-Images / Sébastien Tabuteaud
Druck und Einband: CPI – Clausen & Bosse, Leck
NB · Herstellung: SK
Made in Germany
ISBN 978-3-442-74160-1

Besuchen Sie unseren LiteraturBlog www.transatlantik.de

www.btb-verlag.de